Bahriyeli

Hasan Doğan

Karina
Yayınevi

BAHRİYELİ

Hasan Doğan

1.Basım: Mayıs 2022
ISBN: 978-625-8440-44-7
Editör: Çiğdem Aktepe
Tasarım-Dizgi: Mehmet Coşkun
Yayın Hakları: Karina Yayınevi
Sertifika: 40347
Adres: Adakale Sk. 16/9 Kızılay Çankaya/ANKARA **Telefon:** (0312) 433 03 58
www.karinakitap.com
iletisim@karinakitap.com

Baskı: Bizim Büro Matbaa Dağıtım Bas. Yay. San. Tic Ltd. Şti.
Matbaa Sertifika: 42488

HASAN DOĞAN

BAHRİYELİ

Karina Yayınevi

İçindekiler

Hasan Doğan; 1963 yılında Kastamonu, Çatalzeytin'de doğmuştur. İlkokul ve ortaokulu Çatalzeytin'de okumuş, lisenin ilk iki yılında Karabük'te Ticaret Lisesi'ne devam etmiş, son sınıfında ilçesine geri dönmüştür.

1980 yılında girdiği Deniz Harp Okulu'ndan 1984 yılında teğmen rütbesi ile mezun olmuş, 1984-85 yıllarında aldığı denizaltıcılık eğitiminin ardından on altı yıl süre ile denizaltı gemilerinde görev yapmıştır.

Deniz Kuvvetleri'ndeki görev kariyeri içinde, 1996-98 yılları arasında Deniz Harp Akademisi'nde kurmaylık eğitimi almış, 2000-01 yıllarında denizaltı komutanlığı, 2001-04 yılları arasında Brüksel/ Belçika'da yurt dışında askerî görev yapmıştır.

2010 yılında amirallik rütbesine terfi ettirilen yazar, 2010-16 yılları arasında tuğamiral rütbesi ile Millî Savunma Bakanlığı'nda Daire Başkanlığı, Çanakkale Boğaz Komutanlığı, Denizaltı Filosu Komutanlığı ve Ereğli/Zonguldak'ta Karadeniz Bölge Komutanlığı görevlerinde bulunmuştur.

15 Temmuz 2016'da yaşanan hain darbe girişimi sırasında Ereğli'de Karadeniz Bölge Komutanlığı görevinde iken, darbeye teşebbüs eden hainlerin hazırladığı atama ve görevlendirme listelerinde adı geçtiği için 20 Temmuz 2016 günü gözaltına alınarak tutuklanmış ve yargılanmıştır. Yazar:

- Nisan 2017'de emekli olmuş,
- Haziran 2018'de Zonguldak'taki yerel mahkeme tarafından, "görevini ihmal etmek suretiyle darbeye yardımcı olmak" suçu ile 15 yıl hapis cezasına çarptırılmış,
- Yargıtay'ın, bu kararı yanlış bularak bozması üzerine, 24 Haziran 2020 tarihinde tahliye edilmiştir.

Yargıtay'ın bu bozma kararı ışığında, yazarın Zonguldak'taki yargılamasına devam edilmektedir.

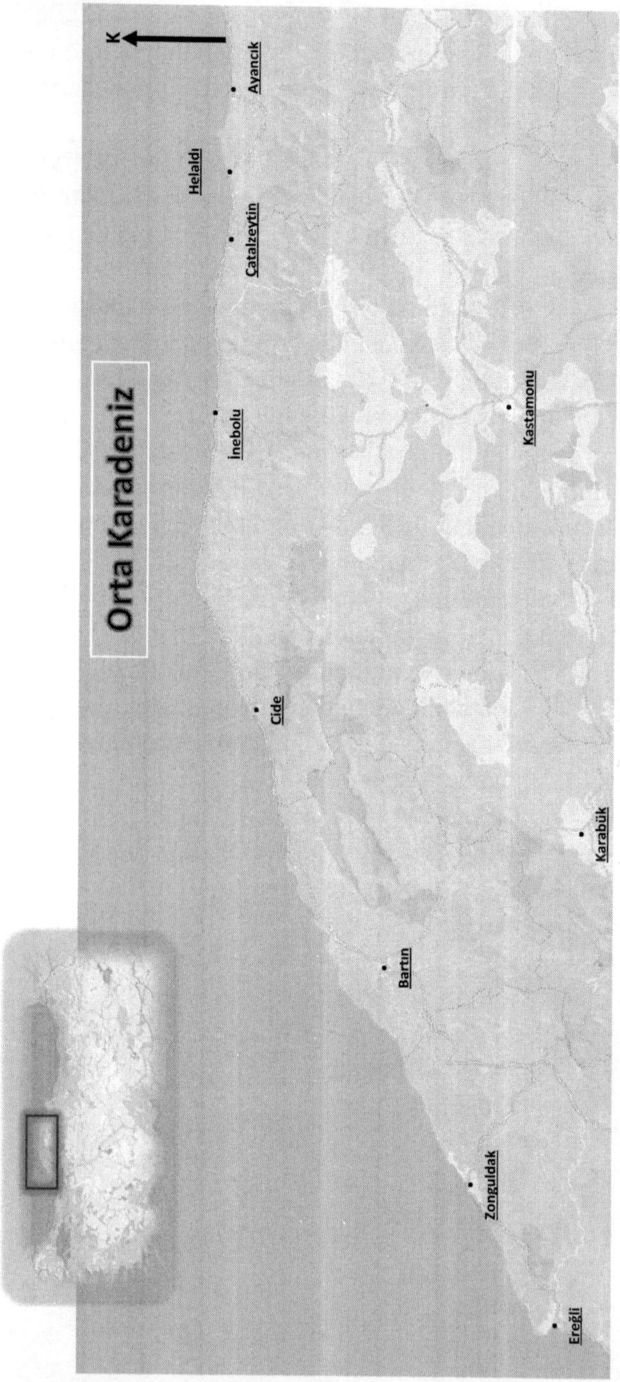
Orta Karadeniz
K
Ayancık
Helaldı
Çatalzeytin
İnebolu
Kastamonu
Cide
Karabük
Bartın
Zonguldak
Ereğli

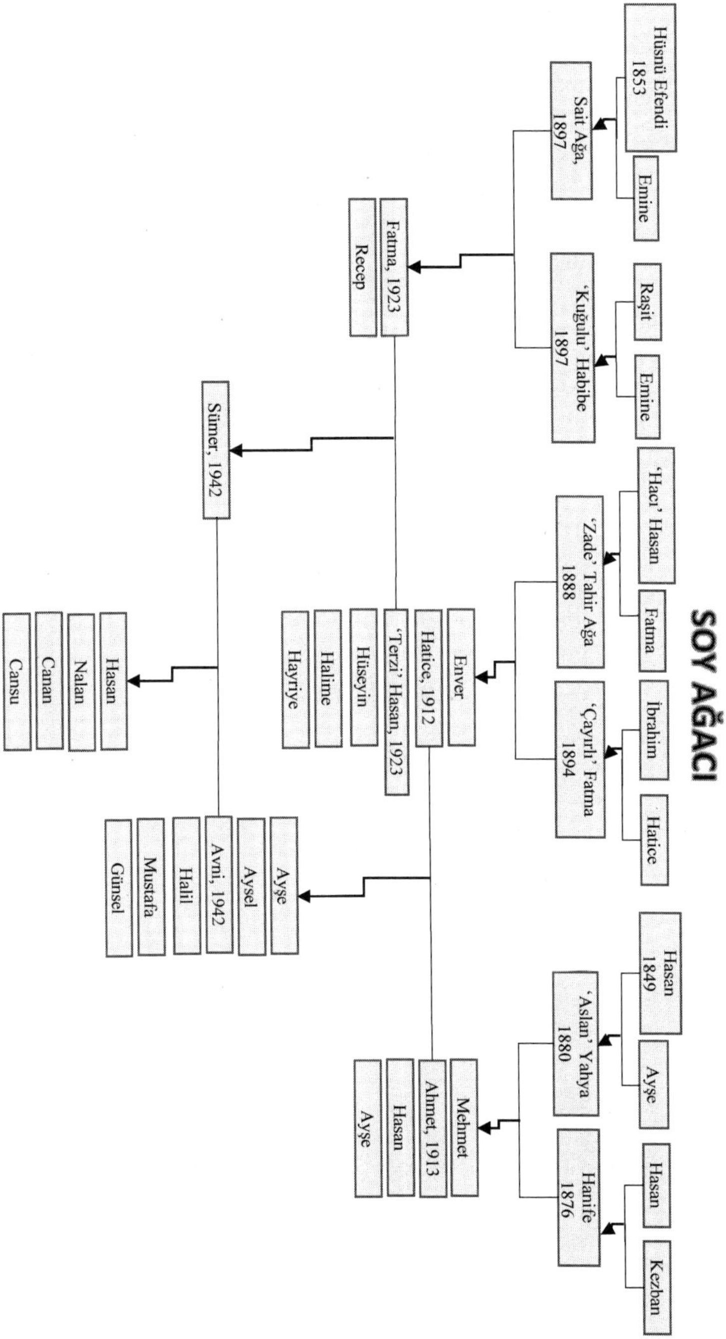
SOY AĞACI
Hüsnü Efendi 1853
Emine
Sait Ağa, 1897
Raşit
Emine
'Kuğulu' Habibe 1897
Fatma, 1923
Recep
Sümer, 1942
'Hacı' Hasan
Fatma
'Zade' Tahir Ağa 1888
İbrahim
Hatice
'Çayırlı' Fatma 1894
Enver
Hatice, 1912
'Terzi' Hasan, 1923
Hüseyin
Halime
Hayriye
Hasan
Nalan
Canan
Cansu
Ayşe
Aysel
Avni, 1942
Halil
Mustafa
Günsel
Hasan 1849
Ayşe
'Aslan' Yahya 1880
Hasan
Kezban
Hanife 1876
Mehmet
Ahmet, 1913
Hasan
Ayşe

Beybabam Terzi Hasan'ın aziz hatırasına...

TEŞEKKÜR

"Bahriyeli" olmak tesadüf değil… "Bahriye Mektebi"ne gitme ideali beybabam Terzi Hasan'a aittir. 1940'lı yıllarda Bahriye'nin "Şanlı Yavuz" gemisindeki askerliğinde sevdiği bu camiaya evlat gönderme hülyası, torununun 1984'te teğmen olması ile otuz sekiz yıl sonra gerçekleşti. Onun idealinin izinde yürüyerek Bahriye'de bir yerlere gelmenin, şanlı bir görev yapmanın gururunu her zaman taşıyacağım. O, teğmenliğimi gördü. Fakat meslekteki yirmi altıncı yılda amiral rütbesine ulaştığımı, bunun bir bedeli olarak belki; başıma epeyce işler geldiğini göremedi…

Deniz Kuvvetleri bünyesinde otuz altı yıl, azımsanacak bir görev kariyeri değil… Hele bunun on dokuz yılı denizaltı gemilerinde ve Denizaltı Filosu'nda, en altından yukarıya doğru, bütün basamakları geçerek yaşanmış ise…

Varlıkları ile bana her zaman sevgi ve güç veren; eşim Hatice'ye, kızlarım Elçin ve Simin'e, konuyu 1940'lardan alıp 2020'lere uzanan bir perspektifle yazmaya teşvik eden kardeşlerim; Nalan, Canan ve Cansu'ya teşekkür ederim.

Kitabın hazırlığına katkı veren; Canan O'Flynn'e, Veda Beşgül'e, Emin Türkay Öztürk'e ve Merve Özbay'a ayrı ayrı teşekkür borçluyum.

Kayıtlarından çokça yararlandığım için bir teşekkür de Çatalzeytin Mektubu Gazetesi'ne ve Ciye Çatalzeytin Belgeseli'ne…

Son olarak, Karina Yayınevi'ne ve kitabın editörlük çalışmasını yürüten Çiğdem Aktepe, Mehmet Coşkun ve Aydan Burcu Özdem'e teşekkürlerimi sunarım…

-1-

Gölcük, Kocaeli, Mart 1946

Güneş bir pazartesi günü sabah yedi sularında İzmit Körfezi'nin diplerindeki Sapanca Gölü'nün arkasından doğdu, yavaş yavaş yükselirken kızıldan sarıya dönen ışığı ile batıya doğru uzanan bütün Körfez'i aydınlattı.

Marmara'nın bu şirin kıyılarında, kuzeyde İzmit, güneyde ise Gölcük, sabah pusundan pek seçilemeyen manzara içerisinde, yavaş yavaş yeni güne uyandı. Güneş yükselecek, yükseldikçe pusu boğacak, şurasında burasında demir atmış, kıyılarına bağlanmış Donanma gemileri ile Körfez'i daha görünür hâle getirecekti.

Donanma'nın şanlı gemisi *Yavuz*, Gölcük önlerinde her zamanki yerinde, baştan[01] ve kıçtan[02] demirlerini atmış, ihtişamlı silüeti ile fakat uysal bir çocuk gibi hareketsiz yatıyordu. Başı doğuya, kıçı batıya bakıyordu.

Yavuz, Türk bayrağı çekmeden önce, *Goeben* ismi ile Alman Donanması'nda görev yapmıştı. Almanya'nın Hamburg'daki tersanelerinde 1912 yılında inşa edilen ve adını bir Alman generalinden alan bu savaş gemisi, 43 subay ve 1.000'den fazla askeri ile Alman Donanması'nın Birinci Dünya Savaşı'ndaki en güçlü ve en modern gemilerinden birisiydi.

Goeben zırhlısı, savaşın ilk yılında Akdeniz'de görev yaparken, Fransız ve İngiliz filolarının takibinden kurtulmak amacıyla, yanındaki *Breslau* isimli kruvazör ile birlikte, 11 Ağustos 1914 günü Çanakkale Boğazı'ndan Marmara'ya girmişti. İki gemi, Osmanlı Devleti ile Alman İmparatorluğu arasında yapılan diplomatik görüşmelerden sonra, 15 Ağustos 1914'te İstanbul'daki Büyükada'da Türk bayrağı

01 Baş taraf: Gemi, tekne vb. deniz araçlarının ön tarafı.

02 Kıç taraf: Deniz araçlarının arka tarafı.

çekilerek Osmanlı Donanması'na katılmışlar, *Goeben*'e "*Yavuz Sultan Selim*"; *Breslau*'a "*Midilli*" ismi verilmişti. Alman mürettebat gemilerinde görev yapmaya devam etmiş, ancak başlarına birer fes takarak "Osmanlı bahriyelisi" olmuştu.

Yavuz ve *Midilli*, Ekim 1914'te Türk bayrağı ile Karadeniz'e çıkmış, Rus gemilerini batırıp, Sivastopol Limanı'nı bombardıman ederek Osmanlı'nın Birinci Dünya Savaşı'na girmesine sebep olmuştu.

Savaşın son yılında, Çanakkale Boğazı önünde "İmroz Muharebesi" esnasında mayınlara çarpan ve hava saldırılarına uğrayan iki gemiden *Midilli* batmış, *Yavuz*, ciddi yaralarına rağmen Boğaz'ın Nara Burnu yakınlarında karaya oturtularak kurtarılmıştı. Savaşın bitmesinin ardından, Türkiye Cumhuriyeti'nin İzmit Körfezi'nde kurduğu havuz ve fabrikalarda 1920'li yılların sonlarında onarılan *Yavuz*, 1930'ların başından itibaren Türk Donanması'nın sancak gemisi[03] olarak görev yapıyordu...

Bu güneşli pazartesi sabahı, bütün gemiler saat sekizde Bahriye'nin günlük geleneklerinden birisi olan toka sancak[04] merasimini yaptılar. Görevli askerler uygun adımlarla geminin baş ve kıç taraflarında bulunan bayrak gönderlerine[05] geldiler; ellerinde taşıdıkları güzelce katlanmış kocaman iki bayrağı birer göndere bağladılar; savlo iplerini arşın arşın çekerek bayrakları gönderin en üstüne çıkardılar. Üç beş dakika içinde, sadece *Yavuz*'un değil, Donanma'nın rıhtım ve iskelelerinde, demir yerlerinde bulunan tüm savaş gemilerinin bayrakları gönderlerine çekilmiş, yeni çıkan sabah esintisi ile yavaş yavaş dalgalanmaya başlamıştı.

Yavuz'un personeli, bu merasimden kısa süre sonra kıçüstündeki iki büyük top taretinin[06] arasında kalan açıklıkta toplanmaya başladı. Haftanın bu ilk gününde "mesai taburu" yapılacak, o günkü işler gözden geçirilecek, yukarıdan aşağıya sıralı emirler verilecek, aşağıdan yukarıya da müracaat ve istekler alınacaktı.

Saat dokuzda geminin ikinci komutanı olan, albay rütbeli bir subay, kalabalığa yaklaşırken, toplanma düzenini almış olan tamamı

---

03 Sancak gemisi: Bir donanmanın komutanını taşıyan gemi.

04 Toka sancak töreni: Göndere bayrak çekme töreni.
Toka etmek: Bayrağı çekerek yukarı yükseltmek.

05 Bayrak gönderi: Bayrağın çekildiği metal veya ahşap direk.

06 Taret: Topun makine bölümünü ve topçuları koruyacak biçimde yapılmış zırhlı kule.

bin kişiyi geçen; erler, gedikliler[07] ve subaylar seslerini kestiler ve esas duruşa geçtiler. Subaylar, yerlerinden selam vererek toplantıya katılan bu en büyük rütbeliyi karşıladılar.

Tebliğler yapıldı, işler izah edildi, emirler verildi. Subaylar ve gedikliler dağılarak görev yerlerine yollandılar. Vatani görevini yapan erlerin oluşturduğu grup yerinde kaldı. Amirleri bunların muayenelerini yapacak, bireysel müracaatı olanların istekleri alınacaktı.

Muayene işlemleri tamamlandı. Hizmet tabur komutanı olan bir binbaşı, altı yüz kişilik kalabalığa hitap ederek, bağırdı:

"Müracaatı olan var mı?.."

Pek çok el kalktı.

"Müracaatım var, komutanım!"

İş ocakları bölüğünden tek bir el kalktı müracaat için... Esmer ama solgun yüzlü, orta boylu ve zayıfça idi. Sesi de zayıf geldi:

"Kırk üçe iki tertip, Kastamonulu, Tahir oğlu Hasan Yıldırım. Müracaatım var, komutanım!"

Hizmet tabur komutanı, yirmiden fazla müracaat sahibinin çoğunun söylediklerini sıra ile orada dinledi, istekleri kaydedildi. Sona ayırdığı üç dört askerin ise makam kamarasına[08] getirilmesini emretti. Sonra döndü, seri adımlarla toplanma yerinden ayrıldı.

Bir başgedikli ve iş ocaklarının bölük komutanı olan yüzbaşı, Kastamonulu er Hasan'ı alıp, hizmet tabur komutanının kamarasına götürdüler. Kendilerinden önce, amirleri ile gelen diğer birkaç askerin arkasına geçip, sıralarının gelmesini beklediler. Hasan'ın sırası geldiğinde, üçü birlikte Tabur Komutanı'nın kamarasına girdiler.

"Gel bakalım Hasan!" dedi binbaşı. "Çocuklar, siz de şöyle oturun hele..."

Hasan, günlük işbaşı kıyafetleri[09] ile hazır ol vaziyette, başı önüne düşmüş, ayakta duruyordu. Düşünceli ve üzgün görünüyordu.

"Ne diyeceğini tahmin ediyorum, Hasan," dedi Binbaşı, "çıtlattılar bana amirlerin... Görüştün mü memlekettekilerle?"

"Görüştüm, komutanım."

---

07 Gedikli: 1950'li yıllardan önce Türk Silahlı Kuvvetleri'nde astsubay rütbesine karşılık gelen rütbe.

08 Kamara: Gemilerde oda.

09 İşbaşı kıyafeti: Denizcilerin günlük çalışma kıyafeti. O dönemde hâkî renkli ve keten kumaştan dikilmekteydi.

"Ne dediler, kabul ettiler mi?"

"Etmediler, komutanım!" dedi Hasan. Sesi çatallandı. Gözleri doldu. Mahcubiyetinden başını kaldırmaya, yaşlı gözlerini göstermeye çekiniyor gibiydi.

"Kim kabul etmedi?"

"Kayınvalidem!"

"Niye ki?"

"Ben iç güveyiyim komutanım... Dul anasının tek kızını aldım, askere gelmeden önce. Bir de kayınbiraderim var, daha on üç yaşında..."

"Eee?"

"Bizi kime emanet edecek de bırakacak buralarda, demiş kayınvalidem. 'Başımızda adamımız mı var ondan başka!' demiş... 'Hem' demiş, 'Fatma bir evin bir kızı, ben kızımı gurbet ele nasıl göndereyim, o benim can yoldaşım!' demiş..."

Bir süre düşündü Tabur Komutanı. Parmakları ile masasına vuruyordu düşünürken.

"Anladım... Ne yapacağız peki? Biz, seni burada üç senedir tanıdık, sevdik, kardeşimiz yerine saydık. Düşündük ki tezkere[10] bırakır, kalırsın Bahriye'de, buralarda doyurursun karnını..."

"Ben de çok arzu ettim komutanım. Ne çare ki çağırıyorlar geriye... Onlara inat iş yapılmaz, doğru olmaz... Tezkereyi alınca naçar döneceğim geri..."

"Allah yolunu açık etsin oğlum! Ne edelim, davet etmek bizim vazifemizdi, biz onu yerine getirdik. Kabul görmedi ise, yapacak bir şey yok. Döneceğin yer de yaban eli değil ya! Memleketine dönüyorsun. Hem kurulu düzenim, dükkânım var, demişsin..."

Üzüntülü olduğunu anladığı er Hasan'ı teselli etmeye çalışıyor gibiydi Binbaşı.

"Evet, komutanım, öyle."

"Komutanım, müsaade buyurursanız!" diyerek oturduğu yerden söze girmek istedi, Bölük Komutanı Yüzbaşı.

"Söyle, yüzbaşı!.."

"Biz Hasan'a ne yapması lazım geldiğini söyledik. Şimdi paşa paşa dönsün memleketine, üzmesin gönlünü... Erkek evlat büyütsün, onu göndersin kendi yerine Bahriye'ye... Aynı şey sayılır, dedik..."

---

10 Tezkere: Vatan görevini yapan askerlerin görevini tamamladığını gösterir belge. Terhis belgesi.

"Hah! İşte budur yapacağın, Hasan!.." diyerek yerinden kalktı Binbaşı. Sanki Hasan'ın üzüntüsünü ortadan kaldıracak çareyi bulmuş gibi, kollarını açmış, gözlerini karşısındaki Hasan'a dikmişti.

"Bu ahvalde, senin de yapman lazım gelen budur işte, oğlum! Sen gidersin, evladın gelir Allah nasip ederse..."

"İnşallah komutanım." dedi Hasan, başı öne eğilmiş vaziyette.

Üç yıllık askerliğinin sonunda *Yavuz* gemisinden tezkeresini alıp, Karadeniz kıyısında, İnebolu'nun az ötesine düşen kasabası Çatalzeytin'e dönecek, erkek evlat sahibi olacak ve onu Bahriye'ye gönderecekti... Kim bilir, belki de *Yavuz'a...*

Kamaradakiler birkaç dakika daha güzel sözler söyleyerek Hasan'ın gönlünü hoş etmeye çalıştılar. Nihayet yüzünde bir tebessümün küçük izlerini görünce sırtını sıvazlayıp, terzihaneye gönderdiler.

***

-2-

Çatalzeytin, Kastamonu, 1940

Adını, kıyı gemicilerinin kendilerine işaret bellediği, sahildeki çatal dallı bir zeytin ağacından alan bu kıyı kasabası, 1940 yılında Batı Karadeniz'deki kıyı vilayetlerinden biri olan Kastamonu'nun İnebolu ilçesinin bir beldesiydi. Belde nüfusunun yüzde 90'a yakını kıyıdan içerideki köylerinde yaşarken, belde merkezinin nüfusu 1.000'e yakındı.

Tarihî kayıtlara göre sırasıyla; Hitit, Frigya ve Lidya Krallıklarının egemen olduğu Batı Karadeniz Bölgesi, MÖ dördüncü yüzyılda Perslerin eline geçmiş, ardından Büyük İskender tarafından fethedilmişti. Makedonlardan sonra kısa bir dönem Pontusluların egemenliğine giren bölge, MS 395'e kadar yaklaşık beş yüzyıl süre ile "Paflagonya" adı ile Roma İmparatorluğu'nun toprakları arasında kalmış, İmparatorluğun ikiye bölündüğü MS 395'ten itibaren Bizans İmparatorluğu sınırlarına dâhil olmuştu.

Kastamonu'nun Türklerin eline ilk kez geçişi Danişmentliler zamanında, 1105 yılında gerçekleşmişti. Yüz yıllık Danişmentliler hâkimiyeti sırasında kısa bir süre Bizans'ın eline düşen Kastamonu toprakları, 1213 yılında Anadolu Selçuklu Devleti tarafından fethedilmişti.

Anadolu'nun Moğollar tarafından istilası sırasında yaşanan çalkantılı dönemden sonra, 1309 yılında Kastamonu'da Candaroğulları Beyliği kurulmuştu. Daha sonra "İsfendiyaroğulları" adını alan bu beylik, Fatih Sultan Mehmed tarafından 1460 yılında Sinop ile fethedilerek Osmanlı topraklarına katılmıştı.

Çatalzeytin; batısındaki İnebolu ile doğusundaki Sinop'a bağlı Ayancık ilçesinin yaklaşık ortasında kalıyordu. İkisine de karadan mesafesi yaklaşık ellişer kilometreydi. Belde, yüzünü Karadeniz'in açık ve hırçın sularına vermiş, sırtını kıyıdan başlayan ormanlarla kaplı İsfendiyar Dağları'nın yamaçlarına yaslamıştı. Bu hâliyle,

Karadeniz'in tipik sahil kasabalarından biriydi.

Doğusunda çarşıdan bir kilometre mesafede denize dökülen Akçay, ilçeyi Türkeli beldesinden, Kastamonu topraklarını da Sinop'tan ayırıyordu. Batısında da aşağı yukarı aynı mesafede Harda Çayı vardı.

Belde bütün cephesi ile kuzeye bakıyordu. Bazen günlerce süren kuvvetli rüzgârların ve ağır fırtınaların yaşandığı Karadeniz'in yorucu, yıpratıcı ve hapsedici etkilerine açıktı. Harda Çayı'ndan az ilerideki, Cenevizlilerin MS 1200'lerde küçük bir hisar yaptıkları Ginolu Burnu, ağır denizlerden korunmaya uygun görünse de sadece kara yellerden[11] koruyabilecek bir koltuk altıydı burası, kuzeydoğudan gelen poyraza tamamen açıktı.

Belde halkı, Birinci Dünya Savaşı sırasında pek çok cepheye asker vermiş; gönderdiği erlerin kimisi şehit olup kalmış kimisi dönmeyi başarmıştı. Geri gelebilenlerden bazıları ya elini ya kolunu, bir bacağını veya bir gözünü cephede bırakmışlar, yanlarında bol bol kurşun yarası ve sakatlıklar getirmişlerdi.

Bölgede, Doğu Karadeniz taraflarında görülene benzer çay, tütün veya fındık bahçeleri yoktu. Bu yüzden belde halkı, Batı Karadeniz'in geleneksel geçim alanlarına yönelmişti: Tarım ve hayvancılık, küçük esnaflık, denizcilik ve balıkçılık, birkaç devlet kapısında memuriyet... 1940'ların başında Çatalzeytin'deki hane sayısı yüzün altında olup, tamamı ahşap yapılıydı.

Birinci Dünya Savaşı biteli yirmi yıldan fazla olmuştu. Bu savaşa topyekûn giren Osmanlı, aldığı ağır yenilgi ile parçalanmanın eşiğindeyken büyük bir önderlik ve millî seferberlik ile yeni Türkiye Cumhuriyeti kurulmuştu. Yeni devlet, dışarıya karşı savaşlar dönemini bitirmiş, komşu ülkelerle barış sağlamış, dünya milletlerinin şerefli bir mensubu olma yolunda çalışıyordu. Büyük seferberlikler gerektiren savaşlar geride bırakılmış olsa da içeride yeni devlete karşı yer yer isyan ve karışıklıklar çıkarılmış, 1940'larda içerideki bu güvenlik sorunları da halledilmişti. (Yeni devletin kuruluşunun ardından Batı Karadeniz'de bu anlamda hiçbir rahatsızlık görülmemişti.)

1940'lardaki bu genel manzara içerisinde, geçmiş on yıllarda verilen savaşlardan artakalan yokluk ve yoksulluk günlük hayatın her alanında kuvvetle kendisini gösteriyordu. Yaşanan fakirliğin yanın-

11 Kara yel: Kuzeybatıdan esen rüzgâr.

da, yeni Cumhuriyet dışında kalmayı başarmış olsa bile, hâlen devam eden İkinci Dünya Savaşı'nın yirmisini daha yeni doldurmuş bu genç devlete getirdiği sıkıntılar da memleketin her köşesinde olduğu gibi Çatalzeytin'deki hayatı da zorlaştırıyordu.

Beldenin kurulu olduğu alan pek küçüktü. Ahali bir yoldan zenginleşip genel ekonomik durumunu güçlendirse de coğrafi anlamda beldenin büyümesine pek imkân ve ihtimal olmadığını görmek zor değildi... Nereye doğru büyüyecekti? İki yanı çay, sırtı yüksek dağ, önünde de zapt etmesi zor Karadeniz! Tarihî perspektifte nüfusun büyük kısmının içerideki köylerde yaşıyor olması, arazi özelliklerinin kaçınılmaz sonucuydu. Bölge Türkleşmeden önce yaşayan Bizans nüfusun kıyıdaki bu küçük kasaba yerine içerideki köyleri (Mamlay-Mavra ve diğerleri) tercih edip, denize bakan sırtların gerisine yerleşmiş olmasında coğrafi sebep kadar, muhakkak bir güvenlik kaygısı da vardı. Savaşlarda ikide bir Rus bombardımanına uğrayan, son olarak Kurtuluş Savaşı sırasında da Yunan devriye gemilerinin top atışları ile kayıplar veren Türk nüfus da ağırlıklı olarak tepelerden içerilerde yaşamayı seçmişti.

Beldeyi ne içerideki Kastamonu vilayetine ne de iki yanındaki İnebolu ve Ayancık'a bağlayan işe yarar bir kara yolu vardı. Henüz motorlu araç da yoktu bölgede. Yük ve yolcu taşımacılığı kağnılarla, at arabaları ile ve yük hayvanları ile arazide gide gele ortaya çıkmış yollardan yapılmaktaydı.

Çatalzeytin gibi kasabaların, deniz kıyısında kurulu olmaktan kaynaklanan bir geçim yolu daha vardı: Kıyılar boyunca, kürekli, yelkenli ve varsa, motorlu teknelerle gidip gelinebilir, taşımacılık yapılabilirdi. "Kıyı gemiciliği" denebilecek bu taşımacılık sadece Çatalzeytin'de değil, 1940'larda ülkenin tüm kıyılarında görülüyordu.

Beldeye gelen ve giden ticari ürünler, boyları on, on beş metre civarında, on beş tona kadar yük alabilen motorlu ve yelkenli teknelerle taşınıyordu. Yolcular da... 1930'lardan itibaren "kaptan" namı ile denizde dolaşmış, Karadeniz'in kahrını çekmiş pek çok gemici vardı Çatalzeytin'de. Bu kaptanlar, zaman içinde denizi ve denizciliği kuşaktan kuşağa aktararak pek çok yeni kaptan yetiştirmişlerdi: Mehmet Ali Kaptan, Şakir Kaptan, Yakup Kaptan, Meşe Kaptan, Hilmi Kaptan, Halil Kaptan, Kemal Kaptan, Yekta Kaptan, Hayri Kaptan, Tahir Kaptan, Salim Kaptan, Ateş Kaptan, Rıza Kaptan, Mehmet Kaptan...

Çatalzeytin'in 1930'lu yıllardan itibaren ondan fazla yelkenli ve motorlu teknesi vardı; Şahinbahri, Sarı Çiçek, Didim, Kırlangıç, Savaştepe, Kocatepe, Çırçır ve diğerleri... Bu motorların kıçüstünde dümen yekesini[12] eline alan kaptanlar; batıda Cidelere, Zonguldaklara, hatta İstanbullara kadar; doğuda İnceburun, Sinop tarafına, kimi zaman daha da ötesine uzanıyor, Çatalzeytin türküleri söyleye söyleye beldenin malını ve yolcusunu getiriyor, götürüyorlardı.

Püsürge'den ay doğdu,
Ben sandım sabah oldu.
Selaldı'ya varmadan
Oğlum Sabri kayboldu...

İstifan Burnu burun,
Durun kayıklar, durun.
Ben Sabri'mi kaybettim,
Vurun beni, öldürün...

***

Terzi Hasan, "Zade" Tahir Ağa'nın[13] üç oğlunun ortancasıydı. Zade Tahir'in babası Hacı Hasan, Çatalzeytin'in kuzeyinde, Karadeniz'in kuzey sahillerindeki Kırım Yarımadası'nın Azak Denizi tarafından kalkıp, kim bilir hangi göç dalgası ile doğuya yürümüş, Karadeniz'i dolanıp, güneydeki Osmanlı topraklarına sığınmış, "Azaklıoğulları" adı ile bilinen Kırım Türklerindendi.

Hacı Hasan'ın, karısı Fatma'dan, Tahir'le birlikte beş çocuğu daha vardı: "Paşa" lakaplı Süleyman, Abdi, Müzeyyen, Zekiye ve Emine.

1888 yılında doğan Zade Tahir, karısı "Çayırlı" Fatma'yı[14] üç yaşındaki oğlu Enver ve yeni doğmuş kızı Hatice ile yapayalnız bırakıp, askere gitmişti. 1912 yılında başlayan Balkan Savaşı ve hemen sonrasında, 1914 yılında kopan Birinci Dünya Savaşı'nın oluşturduğu, yaklaşık altı yıllık savaşlar döneminde cepheden cepheye gönderilen

12 Yeke: Dümen yelpazesinin baş tarafına takılan ağaç veya metal kol.

13 Tahir Ağa'ya yüksek insani özellikleri nedeniyle "Zade" lakabı takılmıştı.

14 Fatma, komşu belde olan Türkeli'nin Çayırlar köyünden gelin alındığı için "Çayırlı" lakabı takılmıştı.

binlerce Anadolu çocuğundan birisiydi, Çatalzeytinli Tahir. Ayrıca, Yemen cephesinde iken 1918 yılında esir düşmüş, yaklaşık dört yıl da esaret altında yaşamıştı.

Memleketinde bıraktığı Çayırlı Fatma, gideli neredeyse on yıl geçtiği hâlde dönmeyen kocası için: "Düştü kaldı cephelerde bir yerlerde muhakkak!" diyordu, "Sağ kalsa şimdiye dönmez mi? Savaş bitti, ölenleri öldüğü yere gömdüler, sağ kalanlar geldi, ama Tahir nerede? Yok!" Çayırlı, kocası çıkıp gittiğinde, daha on sekizinde idi. İki küçük çocuğu, Enver ve Hatice başında, eşinin kardeşlerine emanet, ortada kalmıştı.

1922 yılında bir gün İnebolu'dan Çatalzeytin'e bir haber ulaşmıştı: "Zade Tahir sağmış! Meğer esir düşmüş... Onun için gelememiş... Kurtulmuş da dönmüş, İnebolu'daymış!.." diye. Haber doğru çıkmış, Tahir evine dönmüştü. Eve dönüşünden sonra Çayırlı, dört çocuk daha doğurmuştu. Sırasıyla; Hasan'ı, Hüseyin'i, Halime'yi ve Hayriye'yi...

Babasının esaretten dönüşünün hemen ardından, 1923 yılında doğan Hasan, Çatalzeytin'de beş sene ilkokula gitmiş ve diplomasını almıştı. Beldede başka okul yoktu. Ortaokulda okumak isteyenlerin İnebolu'ya gitmesi gerekiyordu. İlkokulu bitirdikten sonra babası, onu bir zanaat öğrenmesi için İnebolu'ya gönderip, Ermeni bir terzi ustasının yanına çırak verdi. 1935'ten 1940'a kadar İnebolu'da çalışan Hasan, çırak başladığı dükkânda kısa zamanda kalfa oldu. 1938 yılında, ortaokulda okutmak için kardeşi Hüseyin'i de İnebolu'ya yanına aldı. Ancak, Hasan'ın artık bir meslek sahibi olduğunu gören babası, askerlik çağının da yaklaştığını hesap edip, onu Çatalzeytin'e geri çağırdı. 1940 yılında ustası ile helalleşen Hasan, okulunu yarım bırakmaya mecbur kalan kardeşini de alıp Çatalzeytin'e döndü. Döndüğünde kendisi on yedi yaşında, kardeşi Hüseyin ise on dört yaşındaydı.

Askere göndermeden önce Hasan'ı baş göz etmeye karar verdi büyükleri. Aradılar, taradılar, ona münasip eş olarak, Çatalzeytin'in üç ana soyundan birisi olan "Karahalil oğullarından" Hüsnü Efendi'nin 1938 yılında ölmüş olan oğlu Sait'in kızı Fatma'yı buldular. Fatma, kardeşi Recep ile beldenin batısına düşen Kuğu köyünde büyümüş, babası 1930'ların başında beldeye taşınınca, ailece Çatalzeytin'e yerleşmişlerdi. Fatma'nın annesi "Kuğulu" Habibe, iki yıl önce dul kalmış, iki çocuğu ile hayat mücadelesi vermekteydi.

Hasan'ı 1940 yılında Fatma ile evlendirdiler. Kuğulu kayınvalide bu evliliğe razı olmak için bir şart koşmuştu. Kendisi duldu, evin adamı yoktu, Recep de daha çocuktu, öyleyse Fatma dışarı verilmeyecek, Hasan iç güveyi gelecekti. Zade Tahir tarafı bu şartı kabul etti ve Hasan, düğününden sonra kayınvalidesinin evine yerleşti. Evde, Kuğulu Habibe, Hasan, Fatma ve Recep birlikte yaşıyorlardı. Evlendiğinde Fatma on beşinde, kardeşi Recep ise daha yedisindeydi.

İşe güce aklı eren bir gencin gelip aralarına katılması, evdekilerin üçüne de çok iyi geldi. Habibe, on yedisindeki damadının devreye girmesi ile bir iki yıldır belde kaptanlarının elinde emanette olan, kocasından kalmış Kırlangıç motorunun aklının ermediği ayrıntılarından, arızasından, parçasından, yakıtından, bakımından, seferinden, navlun hesaplarından, kısacası bilmediği bir sürü dertten kurtulmuştu. Hasan, eve gelir gelmez kolları sıvamış, Kırlangıç'ın seferlerine de gitmeye başlamıştı. Kocası Sait Ağa'dan kalan hatırı sayılır malın ve mülkün idaresinde de yardımcı oluyordu damadı, Kuğulu'ya.

Genel olarak inisiyatif kullanmaya yatkın, girişken ve cesaretli bir yaradılışa sahip Recep, babasını küçük yaşında kaybetmenin getirdiği eksikliği, ağırbaşlı, oturaklı ve gerektiğinde kendisi ile çocuk olup oynayabilen Hasan eniştesinin varlığı ile kapatma fırsatı buldu. Bu hava içinde Recep, eniştesine yakından bağlandı, onu sevip, saydı. Bu saygı ve sevgisini bütün hayatı boyunca sürdürecekti.

Hasan, Fatma'ya da çok iyi geldi... Dürüsttü, namusluydu, sözünü az söyler, öz söylerdi. Ağırbaşlıydı, fakirlikten, yokluktan yetiştiği, iyi bir ustanın elinden zanaat öğrendiği için bir işin önünü, arkasını düşünme, görme becerisi yüksekti.

Babası Zade Tahir'in önayak olması ile Hasan'a kasabanın çarşısında bir terzi dükkânı açıldı. İnebolulu Ermeni ustanın yetiştirmesi Hasan, genç yaşına rağmen dükkânı tek başına çalıştırmaya başladı. Ticari ahlakı sağlam, zanaatkârlığı yüksek, efendi, çarşı esnafına karşı hürmetkâr, halim ve selim bir karakter sergileyen Hasan'ı kasaba ahalisi de kısa zamanda sevdi, benimsedi, çarşı esnafının arasına kabul etti.

1942'nin Temmuz ayında, Hasan ile Fatma'nın bir kızları dünyaya geldi. Adını Sümer koydular. Çatalzeytin'de ilk kez duyulan, kadınlarda da nadir rastlanan bu ismi ilk kez Kuğulu'nun evinde kiracı olan bir ahbaplarından duymuşlardı. Hasan da önerilen bu ismi benimsedi. Zira, Büyük Önder Atatürk'ün Türk tarihini ortaya çıkarmaya dönük çabalarını öteden beri izlemeye çalışıyor, onun Türk dilini arıtmayı hedef alan politikalarını gönülden destekliyordu. Kızına verdiği isim, Türk tarihi üzerinde yapılan çalışmalar ile gündeme gelen Sümer kavmine dayanıyordu.

Sümer, eve yepyeni bir heyecan, telaş ve neşe getirmişti. O doğduğunda dayısı Recep dokuz yaşına basmıştı. Koca evde o yaşına kadar tek başına büyüyen Recep'in afacanlıkları evde birden patlayan fırtınalara yol açıyor, annesi Kuğulu veya ablası Fatma, ikide bir Recep'in peşinden koşturmak zorunda kalıyordu. Torunun kız oluşu, iki erkek ve iki kadından ibaret hane halkı içinde, kadınların daha baskın bir duruma gelmesine yol açmıştı.

On beşinde evlenmiş Fatma'nın çocuk sahibi olması da epeyce erken sayılırdı. Daha on yedisinde iken! Recep doğduğunda, Fatma da henüz sekiz yaşında olduğundan, kardeşinin bakılıp büyütülmesinde annesinden pek bir şey öğrenme imkânı olmamıştı. Bu yüzden, Sümer'in ilk aylarında, Kuğulu, kızına çok yardım etti.

Fatma'nın erken yaşta evlenmekle yaşadığı acemilikler sadece bebek bakımında değildi. Evliliğinin ilk aylarında, birisiyle birlikte yatmaya henüz alışamadığından, ikide bir yataktan düşüyordu…

Hasan, kızı bir yaşında iken, 1943'te askere gitti. O dönemde, Anadolu'da yüzmeyi bilen, denize alışkın genç bulmanın pek kolay olmadığından olsa gerek, kıyı şehir ve kasabalarından gelen mükellef asker[15] adaylarının neredeyse tamamı Bahriye'ye sevk edilirlerdi. İnebolu'daki askerlik şubesi Hasan'ı da Bahriye'ye ayırdı.

Evdekiler onun Bahriyeli olacağına kesin gözüyle bakmışlar ve endişe etmişlerdi. 1943'te İkinci Dünya Savaşı daha devam etmekteydi. Türkiye, 1939'da kopmuş olan bu savaşın dışında kalabilmeyi becermişti ama 1941-42 yıllarında yaşanmış iki büyük deniz kazasında Bahriye çok sayıda şehit vermiş, bütün ülke bu kazalarda şehit verdiği evlatları için derin üzüntüler çekmişti.

İlk kaza Refah şilebinin başına gelmişti. 1941 yılında, Mersin'den Mısır'a giden Refah, savaşan ülkelerden birisine ait bir denizaltının attığı torpidolarla isabet almış ve batmıştı. İngiltere'ye sipariş ile inşa

15 Mükellef asker: Vatan görevini yapan asker.

ettirilmiş dört denizaltı gemisini almaya giden denizaltıcılar ile yirmi bir pilot adayını taşıyan Refah'ta 167 vatan evladı şehit olmuştu.

Hemen ertesi yıl, 1942'de, Çanakkale Boğazı'nın güney ağzında dalış yapan Atılay isimli denizaltı Birinci Dünya Savaşı'ndan kalan bir mayına çarpmış, aldığı yara yüzünden batmıştı. Atılay'da da otuz dokuz denizaltıcı şehit olmuştu.

Son iki yıl içinde yürekleri yakan bu şehit haberleri Kuğulu Habibe'nin evindekiler de dâhil, Çatalzeytinlilerin zihninde tazeydi. Haberler İnebolu üzerinden duyulduğunda, askerliğini Bahriye'de yapmış olan kasaba erkekleri üzülüp ağlamış, memleketin her yanında olduğu gibi, Çatalzeytin'de de yas tutulmuştu.

Bu kayıpların yüreklerde bıraktığı üzüntü ve endişe içinde, Hasan askere gitmek için hazırlığını tamamladı. Takım elbisesini kendisi dikmiş, asker tıraşını da Tevfik Efendi'nin kahvehanesinin bir köşesinde, beldenin tek berber koltuğunda, Mustafa Çelikkol'a yaptırmıştı. Hasan'ı 1943'ün Mayıs ayında Çatalzeytin'den uğurladılar. Önce, kasabadan sefer yapan motorlardan birisi ile İnebolu'ya geçti. Askerlik şubesinde işlemlerini tamamlayıp, Karadeniz limanlarına sefer yapan Anafarta vapurunun Rize, Trabzon taraflarından dönüşünü bekledi. Beklerken, kasaba çarşısındaki ustası Agop Efendi'ye uğradı, elini öptü. Agop Usta, vapur gelene kadar Hasan'ı bırakmadı ve evinde misafir etti.

Anafarta, üç gün sonra İnebolu önlerine geldi ve açıkta demirledi. Vapurun doğuda ufukta görünmesiyle birlikte İnebolu Limanı'nda ve Türk Ocağı binası önünde her hafta yaşanan vapur telaşı ve koşuşturma başladı. Yükünü sahilde bulduğu yere yıkıp, birkaç gündür ilçenin otellerinde, kahvehanelerinde geceleyen yolcular sahile, yüklerinin başlarına koştular. İstanbul'a gönderilecek küçükbaş ve kümes hayvanları, mevsimlik meyveler, sebzeler, içleri saman dolu kocaman sandıklarda istiflenmiş yumurtalar toparlandı, sahilden vapura gidecek kayıklara yüklendi. Vapur doğuya geçtiğinden beri sıkıntılı, hareketsiz bir bekleyişin egemen olduğu, sessiz ve sakin İnebolu Limanı şimdi bağırtılar, çağırtılar, kayık kapma tartışmaları, tavuk ve koyun sesleri arasında panayır meydanına dönmüş gibiydi.

Hasan, işlemlerini tamamlamış yirmi beş kadar mükellef asker adayı gencin arasında, kavgaya gürültüye karışmadan, elinde tahta bavulu ile bir köşede bekliyordu. Askere giden gençlerin kayığını askerlik şubesi önceden ayarlamış olduğundan, onların karmaşanın içine atılmalarına lüzum kalmamıştı. Hasan, yükü ve yolcuyu bir an önce alargadaki vapura götürme kavgasına da yabancı değildi. Kayınpederi Sait Ağa'dan kalan Kırlangıç motoru ile pek çok kez bu kaosun içinde yük getirip götürmüştü o da. İki saat kadar sürecek, sahildeki tüm yük ve yolcunun alınması ile aniden bitecek, bilindik telaştı bu.

Kayıklar yük ve yolcu ile doldurulup, vapura doğru yola çıktıkça sahildeki koşuşturma azaldı, bağırtılar kesildi. Sonlara yakın Bahriye askerleri de kayığa bindiler ve vapura gittiler.

Hasan, yanındaki arkadaşları ile gemiye çıktığında, yolcu kamaralarında ve açık güvertelerde[16] yer bulamadı, başaltına[17] yöneldi. Bir yük ambarında, biraz sıkışsalar da hepsini alabilecek bir alan buldular ve elli altmış kadar tavuğun yanında kendilerine yer açıp, güçlükle yerleştiler. Biraz önce sahilde kopan fırtına, şimdi vapurun ambarlarında, güvertelerinde devam ediyordu. Yolcuların yer kapıp, yerleşme telaşı! Asker adaylarının buldukları yerde ne bir minder ne bir oturma yeri ne de yatak vardı. Bavullarından çıkardıkları yün kazak ve havlu gibi katlanabilen eşyalarını yuvarlayıp kendilerine yastık yaptılar, yan yana yere uzandılar. Gece vaktinde palto gibi kışlık giysisi olan paltosunu, olmayan büyük banyo havlusunu yorgan yapıp, üzerine çekecekti.

"Ne şanslıyız, tavukların yanına düştük." dedi, muzip bir Abanalı genç: "İstanbul'a inene kadar yumurta yeriz artık!" Hâllerine güldüler ama o yıllarda Karadeniz seferleri yapan vapurlardaki yolculuk tam da böyleydi. Sahildeki kavga bittikten sonra, vapura çıktığında yer bulamayan ve ambarlara gitmeye mecbur kalan yolcular bir kavga da orada koparırlardı, yok benim yerimi işgal ettin, yok şu bavulunu alsana kardeşim benim yattığım yerden, yok böyle horlama mı olurmuş, diye...

İstanbul'a yolculuk üç gün sürdü. İnebolu'dan ayrıldıktan sonra sırasıyla Cide ve Zonguldak Limanlarına uğradılar, vapur, indirme, bindirme için iki limanda da altı yedişer saat oyalandı. Cide'de açıkta demir atıldı, Zonguldak'ta şehir merkezindeki limana girilip, rıhtıma

---

16 Güverte: Gemilerde baştan kıça, kesikli veya devamlı, ambar ve kamaraların zemini. Bir binanın katları gibi. Ana güverte, alt güverte, üst güverte, vb.

17 Gemilerin baş tarafta, deniz seviyesinin altında kalan bölümler.

bağlandı. Hasan bu sırada, yeni tanıştığı Evrenyeli Abdi ile samimi arkadaş oldu. Birlikte üst güvertelere çıktılar, sigara tellendirerek Cide'yi ve Zonguldak'ı seyrettiler. Bu limanlarda da İnebolu'da izledikleri çekişmeler yaşanıyordu.

Hasan ve Abdi, ambarın havasızlığına, canlı hayvanların yaydığı kokuya dayanamayıp, yolculuklarının son gecesinde bavullarını alıp en üst güverteye çıktılar, kurtarma filikalarından[18] birinin içinde oturacak yer bulup yerleştiler. Hava serindi, ancak filikanın kuytusu, üzerindeki branda örtünün de yardımıyla, onların rüzgâr yemesini önlüyordu. Paltolarını giyip başlarına da havlu sardılar, aralıklı uykularla pek soğuk yemeden sabahı ettiler.

Vapur, yolculuğun üçüncü günü sabah vaktinde İstanbul'a ulaştı. Tophane'de Salıpazarı rıhtımına yanaştı ve yükünü boşalttı. Hasan, Abdi ve diğer memleketli arkadaşları ile vapurdan indi. Şehrin farklı yerlerindeki birliklere teslim olacak gençler vedalaşıp ayrıldılar. Hasan tek başına kaldı ve Kasımpaşa'da teslim olacağı acemi birliğini sorup öğrenerek, elinde bavulu ile yola düştü. Yürüyerek Karaköy'ü, Galata Köprüsü'nü geçti, Şişhane altından Kasımpaşa'daki eğitim birliğine ulaştı. Birliğin "lumbarağzında"[19] nöbet tutan gedikliye kendini tanıttıktan sonra, içeri girdi ve acemi erlere verilecek kurs eğitimlerine kayıtların yapıldığı ofise gidip, kayıt işlemlerini tamamladı.

Birliğine varışında kendisine verilen ayakkabı, elbise, şapka ve iç çamaşırlarını aldığında, keten kumaştan işbaşı pantolonunun, bedenine büyük geldiğini fark etmişti. Birliğin terzihanesini arayıp buldu, pantolon belini daraltmak istediğini söyledi.

"Hah! Sen de geldiy, tamam olduk şindi!" diye kükredi, boynunda mezurası ile dikiş makinesinin başında çalışan asker. Ter içindeydi ve işinin yoğunluğundan siniri tepesinde görünüyordu.

"Dünyanıy işi var elimde! Bi başıma uğraşıyon gece vakitlerine gadar... Seniy o düttürü pantolonuya sıra gelü mü bu hafda?.."

Hasan, beklemediği bu tepkiye şaşırmış, pantolonu elinde, terzihanenin orta yerinde kalakalmıştı. Fakat terzi askerin şivesi de tanıdık gelmişti kulağına. Bir süre sonra:

---

18 Filika: Gemilerdeki küçük tekne ve sandal.

19 Lumbarağzı: Bahriye birliklerinin ve gemilerinin giriş kapısı. Karacı terminolojide; nizamiye.

"Şöyle yapsak nasıl olur çavuşum?.." dedi, karşısındakinin çavuş olmadığını gördüğü hâlde. "Ben de terziyim, işi bilirim, bu pantolonu kendim de halledebilirim. Beklesem seni, makineden kalktığında on, on beş dakika ben otursam? Sana da hiç zahmet vermemiş olurum, ne dersin?"

"Nerelisiy acemi oğlan sen?"

"Kastamonu, İnebolu. Dün gelen tertiptenim..."

"Desene şunu! Ben de Cide'deniyim... Bak gördüy mü, adamıy toprağı nasıl çekiya birbirini..."

Hüseyin Erçelik'ti adı, Cide'nin Güzelyayla köyündendi. Hemşehri oldukları ortaya çıkınca, Hüseyin, çay ısmarladı toprağına. Çayları içtiler, köylerin havasından, suyundan, İnebolu'dan, Cide'den konuştular. Elindeki işin makinedeki kısmı bitince Hüseyin kalktı, Hasan geçti makineye oturdu. Hiç konuşmadan, seri hareketlerle çalışmaya başladı. Ellerinin makineye yatkın olduğu, iğne ve yüzük kullanmayı iyi becerdiği görülüyordu.

"İnebolu'da beni yetiştiren ustam Ermeni'ydi, adı Agop idi..." dedi Hasan, "kulakları çınlasın, çok iyi ustaydı..." Kafasını pek kaldırmadan hem işini yaptı hem Hüseyin ile konuştu. İşini bitirince hemşehrisine teşekkür edip ayrıldı. Böylece Hüseyin, onun İstanbul'da bulup tanıdığı ilk hemşehrisi oldu.

Hasan, kurs ve derslerden artan zamanlarında sık sık Cideli hemşehrisinin yanına gitti. Akşamların serbest saatlerinde, Hüseyin işi başından aşmış vaziyetteyse, oturup ona yardım etti. Bu arada, Hüseyin'in, her iki dedesini 1915 yılında, üç beş ay ara ile kaybettiğini, birisinin Sarıkamış'ta, diğerinin Çanakkale'de Conkbayırı yakınlarında şehit olup, kaldıklarını öğrendi. Dostluklarını askerlikten sonra da yıllarca sürdüreceklerdi. Kimi zaman Hüseyin; Cide'den kalkıp, İnebolu, Çatalzeytin tarafına gelecek, kimi zaman Hasan; o tarafa yol yapan motorlu teknelere atlayıp, Cide'ye Hüseyin'i görmeye gidecekti.

Bir sohbetleri sırasında Hüseyin, pazar günleri çarşı iznine çıktığında nerelerde vakit geçirdiğini sormuştu.

"İstanbul'un acemisiyim, buraya gelişim ilk benim. Şehrin de ucu bucağı yok. Arkadaşlardan pek ayrılamıyorum. Beyoğlu'na çıkıyoruz, Eyüp tarafı, Sirkeci, Gülhane..." demişti Hasan.

"İyi ya, bak ne diyeceğim. Karşı sahile bak, sola doğru Unkapanı Köprüsü'nü gördün ya, karşı tarafta başında Cibali var, Unkapanı var. O yakada sola doğru yürürsen, doğruca Sirkeci'ye kadar devam ediyor. O tarafa git, köprüyü geç, Sirkeci tarafına doğru üç beş dakika yürü, kıyıda göreceğin büyük toptancı yeri Eminönü sebze hali olur. Halin tam karşısında Küçükpazar denen bir sokak var. Bir ilerisi de Kantarcılar Sokağı'dır. Bizim oranın insanı Küçükpazar'da toplaşır, birbirlerini bulur. Bizim memleketten İstanbul'a gelenler oralarda, Balat kıyılarında yerleşip oturmuşlar. Abanalıların, İnebolulularin kahvehanesi, lokantası filan var. Uğrarsan hemşehri görür, gelip gidenlerden, memlekete haber de alıp gönderebilirsin..."

Hasan, bu tavsiye ile adını ilk kez duyduğu Küçükpazar'a sık sık gidecekti. Sadece acemi askerliği sırasında değil, hayatının her döneminde, İstanbul'a her geldiğinde Küçükpazar'ı şehrin en mühim yeri belleyecek, uğrayacak, şehirdeki bütün işlerini Küçükpazar'a yaslanarak görecekti.

Ağustos ayının sonunda kurslar tamamlandı, üç aylık acemilik eğitimi bitti. Kursun sonuna doğru Hüseyin: "Seni karargâh komutanıma söyledim," demişti, "iyi bir terzi olduğunu, sağlam adam olduğunu... Bakalım dağıtımını nereye çıkaracaklar?.."

Hasan'ın dağıtımını şanlı *Yavuz* gemisine çıkardılar. Yaklaşık üç yıl sürecek usta askerlik görevini Türk Bahriyesi'nin bu haşmetli ve namlı gemisinde yapacaktı. *Yavuz*'da askerlik! Her Bahriyeliye nasip olmayan bir şeydi. Askerliğini bu gemide yapacak olmasına çok sevindi Hasan.

1923'te Türkiye Cumhuriyeti yeni bir devlet olarak kuruluşunu tamamlarken, her devlet kurumu gibi Bahriye'nin de geliştirilip, kuvvetlendirilmesine önem verilmiş, planlar projeler hazırlanmıştı.

1928'de Ankara'daki Genelkurmay Başkanlığı içinde Deniz Müsteşarlığı kurulmuştu. O sırada Donanma'nın en büyük gemisi *Yavuz* zırhlısı idi. Boyu 186, eni yaklaşık otuz metre olan bu dünyaca meşhur geminin, Birinci Dünya Savaşı'ndan kalan önemli hasar ve arızaları vardı, havuza alınması ve onarılması gerekiyordu.

Yavuz'un onarılması için İzmit Körfezi'nin dibinde, Kocaeli'nin Gölcük ilçesi uygun görülmüştü. Bu bölgede havuz ve gerekli atölyelerin inşa edilmesi ile Osmanlı Devleti döneminde Haliç'te, Kasımpaşa'da barınan Donanma'nın Haliç'ten çıkıp, yeni ve büyümeye müsait bir üsse sahip olmasının yolu açılmıştı.

O yıllarda sahilleri bataklık hâlinde olan, adını aldığı bir de göl birikintisi bulunan, fındık tarlaları ile kaplı, köylük bir yer olan Gölcük, gemi onarım tesislerinin kurulması ile yavaş yavaş gelişmeye, Donanma gemilerini Körfez'in bu köşesinde toplamaya başlamıştı.

Yavuz, 1938 yılında Büyük Önder Atatürk'ün naaşını İstanbul'dan İzmit'e taşıdıktan sonra Bahriye'nin ve Donanma'nın sancak gemisi olarak görev yapmakta idi. Donanma Komutanı olan amiral, sahildeki mesaisini, Gölcük'te, atölyelerin üst tarafında satın alınıp karargâh hâline getirilmiş binada yapıyordu ama *Yavuz*'a da sıklıkla uğruyor, denizdeki görevlerine bu gemi ile gidip geliyor, yüksek düzeyli resmî misafirlerini *Yavuz*'da ağırlıyordu.

Acemi askerliğini tamamlayan Hasan, 1943'ün Ağustos ayı sonuna doğru Sirkeci'den motora binip Haydarpaşa'ya geçti, Ankara'ya giden trene bindi ve İzmit'te indi. *Yavuz*, Gölcük önlerinde demirlemiş yatıyordu. İzmit'ten at arabalarına binerek Gölcük'e geçti. Donanma kışlasının girişinde kendini tanıttı. Görevli askerlerin yönlendirmesi ile "Poyraz Rıhtımı" dedikleri, *Yavuz*'un personelini taşıyan filikaların kalktığı yere vardı, filikalardan birisine bindi ve usta askerliğini yapacağı gemiye gitti. Gemi Komutanı, Albay Tacettin Talayman idi. Hasan, gemide bir ayını dolduracak fakat Gemi Komutanı'nı henüz bir kere bile göremeyecekti. O kadar büyüktü *Yavuz*.

Hasan'ı kıç tarafta, alt güvertelerden birinde toplanmış olan iş ocakları bölümünde, kocaman bir kamarada kurulu terzihanede görevlendirdiler. 23.500 tonluk *Yavuz*'un bin kişiden fazla mürettebatının bütün terzilik işleri burada görülüyordu. Kendisi ile sekiz terzi asker daha vardı. İçlerinde en kıdemsiz olan, Hasan idi. Geminin binden fazla personeli olduğunu öğrenince, içinden hesap yapıp iş yükünü Çatalzeytin'deki dükkânı ile kıyaslamıştı. Çatalzeytin merkezinde de nüfus aşağı yukarı bu kadardı. İki, bilemedin üç terzi dükkânı vardı çarşıda: Kendisininki, bir de Terzi Hüseyin'inki... "Eh," demişti içinden, "dokuz on kişiyiz, çalışmaktan bunalmayız, işsiz güçsüz de kalmayız..."

Hasan, günlük programa göre toplu ders ve talimlere katılıyor, bunlar dışındaki zamanını terzihanede çalışmayla geçiriyordu. Geminin savaş organizasyonuna göre tatbikatlar yapıldığında, hava saldırısı eğitimleri için alarm verildiğinde Hasan'ın görev yeri kıç taraftaki çift namlulu, 28 santimlik top bataryası idi. *Yavuz*'da toplam otuz iki tane top vardı. Bunlardan beş çifti 28 santim çaplı, altı çifti 15 santim çaplı, geri kalanları da 8,8 santim çaplı idi.

28'lik çift namlulu bataryanın doldurma işleminin yapıldığı yer, Hasan'ın terzihane kamarasına yakındı. Alarm vurulduğunda, tüm terziler süratle terzihaneden çıkıyor ve görev yerlerine koşuyorlardı. Onun top başına varması iki dakikayı geçmiyordu. Dinlediği derslerde, en uzun menzilli topun bu 28'likler olduğunu öğrendi. Ateşlendiklerinde 23 kilometre menzile kadar mermi gönderebiliyordu bu toplar.

Gemide çalışma organizasyonuna göre, her bir personelin temizlik yapacağı yerleri gösteren bir "neta batarya" planı vardı. Gemici deyimi ile "mıntıka temizliği" yani. Onun neta batarya yeri kıçtaki ana direğin güverteye bağlandığı kısımda idi. Gemide geçen her gününde sabah ve akşam, iki kere bu direğin dibine gidecek, sorumlu olduğu bölgenin temizliğini yapacaktı.

Neredeyse her hafta, üst düzeyli bir asker veya devlet adamı, kalabalık heyetler hâlinde *Yavuz*'a geliyordu. Bu heyetler için gemide gezi programları hazırlanıyor, ağırlamalar yapılıyordu. Misafir edilenlerin önemli bir kısmı yabancı oluyordu; İngiliz, Alman, Fransız heyetleri... Fransızlar ve Almanlar *Yavuz*'un onarımı için havuzu ve tamir atölyelerini inşa etmişlerdi. Donanma, 1923'ten bu yana Almanya'ya ve İngiltere'ye muhtelif gemi siparişi verdiğinden, bu ülkelerden gelen heyetlerde denizciler de bulunuyordu.

Yabancı heyetlerden birinin ziyareti sırasında, bir öğle yemeğinde Hasan'ı, İngiliz bahriye askerleri ile yan yana oturtmuşlardı. İlk kez yabancı dil konuşan birileri ile bir araya gelmiş, sağ tarafında oturan İngiliz erin konuşmalarından hiçbir şey anlamamış, İngilizceyi az çok anlayan İstanbullu bir iki arkadaşının yardımı ile konuşmaları takip edebilmişti.

"Nahyede[20] nereye gitseydik, hangi öğretmenin önüne otursaydık da İngilizce öğrenseydik?" diyordu arkadaşlarına, "İngilizceyi, Almancayı hayatında duymuş adam mı var bizim oralarda?.."

Hasan'ın *Yavuz*'daki askerliğinin ikinci senesinde yeni komutan olarak Deniz Kurmay Albay Nedim Ülseven atanmıştı. Üçüncü yılında ise, diğer bir albay, Münci Ülhan geldi.

20 Nahiye: Bucak, belde. Köyden büyük, ilçeden küçük yerleşim yeri.

Donanma yılda bir kez büyük bir tatbikat yapıyor, *Yavuz* da Donanma Komutanı'nı alıp, Marmara'daki tatbikatlara katılıyordu. Hasan, bu tatbikatlar sırasında Donanma Komutanları, Amiral Şükür Okan'ı ve Mehmet Ali Ülgen'i de görmüş, özellikle Şükür Okan'dan etkilenmişti. Biraz kilolu yapısı, Laz şivesi, etrafına ve konusuna hâkim, kendinden emin, babacan, kararlı tavırları... Giresun'un Tirebolu ilçesinden yetişmiş bu amiral, 1931'den beri, on dört yıldır Donanma Komutanlığı yapmakta idi. Söylendiğine göre denizaltıcıydı Şükür Amiral. Diğer amiral ve subaylardan farklı olarak, üniformasının sol göğüs cebinin altında fazladan bir bröve taşıyordu. Geminin subay salonunda kamarot er olarak görev yapan bir İstanbullu arkadaşından duyduğuna göre, Şükür Amiral'in *Savarona*'da Atatürk ile çekilmiş resimleri vardı.

Hasan kendini asker arkadaşlarına ve gemi personeline sevdirdi kısa zaman içinde. Kendisi de *Yavuz*'u, Bahriye'yi ve gemide askerlik yapmayı sevdi. Hafta içi gemide kalıyorlar, cumartesi veya pazarları günübirliğine Gölcük'e çıkıp geziyorlardı. Onu zamanla terzihanenin bazı eksik malzemelerini tedarik için hafta içinde İzmit'e de göndermeye başladılar.

Başlangıçta, Donanma'nın diğer gemilerinde bulduğu İnebolulu ve Sinoplu hemşehrisi olan üç beş asker dışında, Gölcük ve İzmit taraflarında tanıdığı pek kimse yoktu. Çarşı izinlerinde ve terzihane için yaptığı alışverişler sırasında yavaş yavaş yerli esnafı, Gölcük'ün ahalisini tanımaya başladı. Gemideki arkadaşlarından, subayların ve gediklilerin arasından da içinin ısındığı pek çok arkadaşı, sevgi ve saygı ile bağlandığı amirleri oldu. Geminin iş ocaklarından sorumlu olan Gedikli Başçavuş Ahmet örneğin. Üç yıllık usta askerliği[21] boyunca Ahmet Başgedikli de aynı görevini sürdürdü. Yaptığı işlerdeki verimliliği, elinin becerisi ve temiz, sakin, efendi huyları nedeniyle Hasan'ı seven ve sessizce takip eden Ahmet Başgedikli, başı sıkıştığında koşup akıl danışabileceği, emir ve talimatlarının yanında, nasihat de alabileceği sevdiği bir ağabeyi olmuştu onun.

***

Ahmet Başgedikli, bir gün Hasan'ı çağırttı.

21 Usta askerlik: Askerlikte acemi eğitimi alındıktan sonra yapılan görev.

"Hasan, bu pazar günü çarşı iznin var mı?"

"Var, başgediklim."

"Cumartesi günü ne yapıyorsun?"

"Terzihanede iş çıkarsa ona bakacağız. Nöbetim yok, başgediklim."

"Gemi komutanı İstanbul'da oturuyor, duymuşsundur, Kadıköy'de. Üniformalarının bir kısmı evinde imiş. Yaz geliyor, kışlıklar çıkarılıp yazlıklar giyilecek ya! Yazlık elbiselerinin paça boyları, bel daraltması vesaire işleri varmış. Ben fırsat bulup da getiremedim gemiye, hepsi evde kaldı, demiş bölük komutanına. 'İşinde elyak bir terzi varsa, alıp İstanbul'a götürsem, şu elbiseleri hallediverse orada, Kadıköy'de terzi bir ahbabım var, onun dükkânında işini görebilir.' demiş... İçinizden birini göndereceğim Mustafa Gedikli'n ile. Ben seni düşündüm, bir mâni var mı?"

"Başüstüne, başgediklim. Ama ben yeter miyim? Benden kıdemli terziler varken kamarada..."

"Senden kıdemli var da senden iyi yok oğlum... Merak etme, ne iş çıkarsa, güzelce yapar, teslim edersin..."

"Başüstüne. Nerede yatarım?.." İstanbul'a günübirlik gidip, gecesine dönmek muhtemelen mümkün olamayacaktı.

"Mustafa Gedikli seni karşıya geçirip Kasımpaşa'da bir yer bulup yatıracak. Kendisi de Şişhane tarafından zaten. İşleri bitirince birlikte dönersiniz..."

"Anlaşıldı, başgediklim!" dedi Hasan.

Bir cumartesi sabahı erkenden İzmit'e geçtiler, Haydarpaşa trenine bindiler, öğleye doğru Kadıköy'e, gemi komutanının evine vardılar. Türkçeyi kırık konuşan bir yardımcı kadın açtı kapıyı ve kim olduklarını öğrenince, onları içeriye buyur etti.

Gemi Komutanı Albay Nedim Ülseven, cuma gecesinden gelmişti evine. Gelen ikiliyi, gemide görmeye alıştıkları mesafeli, resmî tavrından daha farklı bir havada karşıladı ve onları şaşırttı:

"Gelin bakalım çocuklar! Hoş geldiniz evladım, şöyle buyurun..."

Genişçe bir antreden geçip salona girdiler, ev sahibi, onlara oturmaları için yer de gösterdi. Birer koltuğa kıyısından iliştiler. İkisi de rahat değildi. Hele Hasan! Böyle büyük, gösterişli bir eve hiç girmemiş, böyle bir salonda oturmamıştı. Anlı şanlı *Yavuz*'un koskoca komutanının evinde, onun karşısında oturmak! Gördüğü, duyduğu şey değildi...

Albay Nedim, onların aç olup olmadığını sordu, teşekkür ettiler. Çay teklifine karşılık Mustafa Gedikli: "Sayın komutanım," dedi, "rahatsızlık vermeyelim biz, zahmet olmasın!"

Albay, yardımcı kadına seslendi, herkese çay, yanında da varsa kurabiye gibi şeyler ikram etmesini söyledi.

Mahcup bir hava içinde, terleyerek geçen on beş yirmi dakikada çaylarını içtiler. Biraz sonra Albay, tamir ve düzeltme yapılacak yazlık üniformalarını getirtti. Altlı üstlü toplam on parça beyaz elbise vardı. Hasan, izin isteyip komutanının pantolon boyunu ve bel ölçülerini aldı. Söylediği ölçüleri Mustafa Gedikli kaydediyordu. "Ey ya Rabbim!" diye geçiriyordu içinden, "Gemi komutanının sağına soluna yapışıyorum, gedikli üstçavuşa iş buyuruyorum, o da yazıyor!.." Paçaların ölçüye göre kısaltılması ve bastırılması, belden de kemerlerin açılıp, ağına doğru sökülerek daraltılması gerekecekti. Ayrıca, ceket omuzlarına rütbe apoletleri için beyaz fitilden köprü dikmek gerekiyordu.

"Sayın komutanım!" dedi en masum ve medeni konuşması ile: "Köprülerin aralığını ayarlamak için bir çift apolet lazım olacak... Acaba... Evde..."

"Var oğlum, getirteyim hemen." dedi Nedim Albay: "Kızım!.."

Biraz sonra, yardımcı kadın, hiç kullanılmamış bir çift apolet getirdi, Hasan'a verdi. Plastik üzerine kaplanmış siyah kumaş üzerinde dört sıra sırma işlenmiş albay apoleti. Mustafa Gedikli, apoletleri yanındaki çantasına koydu.

Hasan ve gedikli üstçavuş, bütün elbiseleri birkaç askıya asarak omuzladılar, müsaade isteyip kapıya yöneldiler. Hasan, işin geceye tamamlanmasının zor olduğunu, ihtimal ertesi güne kalacağını söyledi terbiyeli bir dil ile. "Benim için gayet münasiptir," dedi komutanı, "yarın da evdeyim nasıl olsa. Geldiğinizde görüşürüz, hem bir iki lokma da yeriz beraber..."

Yakındaki terzi dükkânına gittiler. Üç dikiş makinesi vardı. Usta, makinelerden birisini boşalttırdı. Hasan oturdu ve çalışmaya başladı. Mustafa Gedikli, "dükkânın kapanmasına yakın vakitte dönerim" diyerek ayrıldı, iskele meydanına gitti. Akşam saat sekiz gibi geri geldiğinde, Hasan, elbiselerin yarısının işini bitirmiş, dükkândaki kalfa, ütülerini yapmıştı. Onları astılar, diğerlerini de bir köşeye koyduktan sonra paydos ettiler.

Mustafa Gedikli ve Hasan, Kadıköy'den motora binip gece saat ona doğru Karaköy'e geçtiler. Oradan yürüyüp Donanma'nın Haliç Tersanesi'nin lumbarağzına vardılar. Gedikli üstçavuş, durumu izah etti. Önceden haberdar edildikleri anlaşılan nöbetçiler, Hasan'ı içeri alıp bir yatakhaneye gönderdiler, Mustafa da evine gitti.

Ertesi sabah erkenden geldi ve Hasan'ı tersane lumbarağzından aldı Mustafa. Birlikte Eminönü tarafına geçtiler, vapura binip Kadıköy'e, kendileri için açılan dükkâna gittiler.

Hasan, kalan işi ikindi vaktine doğru bitirdi. Tamiri tamamlanan elbise hemen ütüye alınıyordu. Beş takım elbiseyi askılarında omuzladılar, ütücü kalfa da beraberlerinde, gidip Albay Nedim'in evinin kapısını çaldılar.

Yine yardımcı açtı kapıyı. Onları içeri davet etti. Komutan, eşi ile salonda oturuyordu. Onları ve ellerindeki elbiseleri görünce kalktı. "Bitirdiniz mi çocuklar? Ne kadar zahmet verdik size böyle. Hem de izin gününüzde... Gelin bakalım, yemek hazır olana kadar oturalım biraz." dedi.

Hasan'ın aklına gelmiş şey değildi gemi komutanı ve eşi ile oturmak... Böyle sofralarda yemeye de alışık değildi. Çatalzeytin'de, karakoldaki jandarma gediklisinin evine bile girmişliği yoktu. Beraber yemeğe oturmak ne demekti?..

Albay Nedim de eşi de ummadıkları bir yakınlık gösterdiler. Evlerine gelen bir yarbay, albay olsa ne izzet-i ikramda bulunacaklarsa, Mustafa Gedikli ile Hasan'a da aynı konukseverliği gösterdiler. Hasan, acemi eğitimi sırasında öğrendiği ve gemideki yemekhanelerde uygulanan sofra nezaket kurallarına göre, pek zorluk da çekmeden çatalı, bıçağı kullanmayı başardı. Yemeğini bitirdiğinde dizlerinin üzerine koyduğu peçete ile ağzını sildi. Yemek sırasında askerlikten, gemideki hayattan, *Yavuz*'un görevlerinden, geçmişinden, yakında evleneceğini söyleyen Mustafa'nın hazırlıklarından konuşmuşlardı.

"Mustafa Gedikli'me göre benim yaşım küçük ama ben evlendim de geldim askere." diyerek anlatmıştı kendini Hasan. "Eşimin adı Fatma. Bir de kızım var. Adını Sümer koyduk. İnebolu'nun bir nahiyesidir bizim memleketimiz. Geldiğimden beri gidemedim hiç. İki yıl oldu neredeyse..."

Yemek bitince, çay servisi yapıldı. Çaylar içilirken Nedim Albay, elbiseleri denemek için ayrıldı. Biraz sonra üzerinde yeni üniforması ile geldiğinde: "Aferin Hasan!" dedi. "Beyoğlu'ndaki sosyete terzilerine götürseydim, ancak bu kadar iyi oturturlardı üzerime. Ellerine sağlık..."

"Sağ olun komutanım!" dedi, iki eli kucağında bağlı, oturduğu yerden.

Havanın kararmasına daha vakit vardı. Mustafa çekingen bir eda ile izin istedi ve kalktılar. Hasan, ayrılırken Nedim Albay'ın ve eşinin ellerini öptü.

Bu sefer Eminönü tarafına giden bir motora bindiler. İndikleri iskeleden sağa dönüp Galata Köprüsü'ne yöneldiklerinde Hasan: "Mustafa Gedikli'm," dedi, "şurada, az ileride Küçükpazar var. Bizim İnebolu tarafının insanları hep oraya gelir giderler. İzin verirsen ben bu gece orada kalayım... Acemi eğitimindeyken epeyce öğrendim bu tarafları, başımın çaresine bakarım. Yarın sabah burada Sirkeci iskelesinde istediğin saatte hazır olur, seni beklerim."

Bir süre tereddüt eden Mustafa Gedikli: "Olur," dedi, "fakat sakın bir yaramazlık yapıp başına bir iş getirme, beni de sıkıntıya sokma..."

Sonra ayrıldılar.

Ertesi gün pazartesi idi. Sabah saat dokuzda Eminönü'nde buluştular. Kadıköy'e giden bir motor ile Haydarpaşa'ya geçip, İzmit tarafına giden ilk trene bilet aldılar.

Yavuz'a geri döndüklerinde akşam olmuştu. Ahmet Başgedikli, nöbetçi vardiyadaydı. Geri geldiklerini Mustafa'dan öğrenince bir yaramazlık yaşanıp yaşanmadığını, işin bitirilip bitirilmediğini sordu. Gemi komutanının onlara yemek bile ikram ettiğini, kendi masasına oturttuğunu öğrenince her şeyin yolunda gittiğini anladı Başgedikli ve Mustafa'ya teşekkür etti.

Ahmet Başgedikli, ertesi gün bir ara terzihane kamarasından başını uzatıp, gözleri ile Hasan'ı aramış: "Aferin oğlum! Yüzümü kara çıkarmadın, bizi mahcup etmedin!" demişti.

İstanbul'a, gemi komutanının evine yaptığı bu tamir seferinden sonra, gemideki rütbeli subaylar ve gedikliler arasında adı duyuldu Hasan'ın. Gemideki rütbeli personelin yazlık, kışlık üniformalarına ve hâkî renkli keten kumaştan işbaşı elbiselerine pek çok tamir, düzeltme, ayarlama işi getirdiler kendisine. Bunların hepsini güzelce yaptı. Bir keresinde, işbaşı pantolonunun paçalarından ölçü almak için gemi komutanının kamarasına bile girmişti.

1945'in Mayıs sonuna doğru Bahriye beyaz üniformalarını giydi. Eylül sonuna doğru beyazlar çıkarıldı, kışlık siyah elbiseler giyildi. Ağustos ayında Albay Nedim Ülseven tayin olup, Donanma karargâhında bir şubenin müdürlüğüne gitmiş, yerine yeni bir gemi komutanı gelmişti.

1946'nın Şubat ayı geldiğinde, Hasan da yirmi üç yaşını bulmuştu. Büyük bölümü geminin terzihane kamarasında geçen otuz aylık usta askerliğinin sonuna yaklaşmıştı. Gemi, İzmit açıklarında demiri üzerinde yatmaya, Donanma komutanına sancak gemisi olarak ev sahipliği yapmaya devam ediyordu.

Terhis belgesini almasına bir hafta kadar bir zaman varken Ahmet Başgedikli, Hasan'ı çağırttı bir gün ve geminin hizmet bölük komutanı olan yüzbaşının kendisini göreceğini söyledi. Birlikte yüzbaşının kamarasına gittiler.

Kamaraya girerken, Hasan başı ile güzel bir selam verdi. Yüzbaşı, Ahmet Başgedikli'ye yer gösterip oturttu. Hasan ayakta kalmıştı.

"Eee, Hasan! Haftaya selametle bitirip gideceksin, öyle mi?"

"Evet, yüzbaşım, bir mâni çıkmazsa, gideceğim."

"Otuz ay az zaman değil, üç sene saymalı, değil mi? Hele, gece gündüz de berabersen, adamın gözüne bakıp, ciğerinin kaç para ettiğini anlayabiliyorsun..."

"Siz daha iyi bilirsiniz, yüzbaşım."

"Evet! Az çok biliriz... Sana diyeceklerim var, Hasan! Otur bakalım şimdi, şuraya!"

Hasan oturdu. Asker ocağında büyüklerinin yanında oturduğu zaman hep yaptığı gibi, iki elini kavuşturmuş, dizlerine koymuştu. Şimdiye kadar bölük komutanının kamarasında hiç oturmamış, hiçbir arkadaşını da bu vaziyette görmemişti.

"Kötü bir haber mi geldi yoksa bizim taraftan?" diye düşündü, içini bir sıkıntı bastı, terlemeye başlamıştı.

"İyi dinle şimdi Hasan! Ahmet Başgedikli'm seni çok anlattı bana, methini çok duyduk gemi içinde. Sadece ben değil, gemide görev yapan, terzi işlerini yaptığın pek çok rütbeli seni tanıdı. Seni çok efendi bildik... Terziliğinden de memnun kaldık..."

"Kötü bir haber yok, değil mi yüzbaşım? Bir ölüm kalım haberi yok, değil mi?"

"Ne kötü haberi? Yok öyle bir şey oğlum. Ben, sana bir teklifte bulunacağım..."

Hasan ferahlamıştı. Gerilen yüzü yumuşadı, terli avuçlarını pantolonunun dizlerine sıvayıp, sildi. İçinden bir "oh" çekip, dinlemeye koyuldu.

"Sen iyi bir terzisin. Daha mühimi, disiplinli, iyi bir adamsın. Ar, namus sahibisin. Terhis olmak konusunda önünde iki yol var, oğlum. Birincisi; tezkereni alır, doğruca memleketine dönersin. Bekleyenlerine kavuşur, hayat kavgasına atılırsın. İkincisi, şimdi söyleyeceğime itibar edip, tezkere bırakır, Bahriye'de kalırsın..."

Hasan'ın yüzündeki mahcup ifade kaybolmuş, ciddileşmişti şimdi...

"Biz, senin tezkere bırakıp gemide kalmanı, Bahriye'de çalışmaya devam etmeni istiyoruz... Gedikli sınıfına naspedilmen[22] için elimizden gelen gayreti gösteririz. Dilekçe vermen yeter, sonra birkaç imtihana gireceksin. O işleri Ahmet Başgedikli'm sana anlatıp izah edecektir. Şunu da aklının bir köşesine koy, askerlik mesleğinde kalmak sana münasip gelmezse, terhis olunca gitmez, Gölcük'e de yerleşebilirsin... Burası az gelirse İzmit'i düşün! Biz de senin gibi iyi bir terzinin becerikli ellerine iş gördürmeye devam ederiz böylece... Başka kimse gelmese bile *Yavuz*'dan gelecek müşteri sana haydi haydi yeter..."

Hasan şaşakalmıştı. Böyle bir davet almaktan mutlu olduğunu hissetti. Beğenilmek, takdir edilmek gururunu okşamış, gözlerini yaşartmıştı. Belli etmemeye çabaladı. Ama ne cevap vermeliydi?..

"Yüzbaşım!" dedi, "Ne diyeyim şimdi? Bunları duydum ya, bu bana yeter... Lakin oturup düşünmek lazım... Asıl, memlekete de haber edip, danışmak lazım. Onların rızasını almak lazım..."

"Tamam, daha vaktin var oğlum," dedi yüzbaşı, "otur, düşün, memlekete gitmek, gelmek terhisine yetişmez ama İzmit'ten telgraf çekersin belki... Terhis gününe yakın tekrar görüşürüz bu konuyu... Haydi, şimdi işinin başına!"

Hasan, derin düşüncelere dalmış hâlde, başı ile şaşkınca bir selam verip kamaradan çıkmış, terzihaneye dönmüştü.

***

Takip eden pazar günü için Ahmet Başgedikli'sinden müsaade is-

22 Naspedilmek: Atanmak.

teyip, çarşı iznine çıktı. Yalnız kalmak istemişti. Bir köşeye oturup, yapılan teklifi sakince düşünmeye, enini boyunu tartmaya ihtiyacı vardı.

Poyraz rıhtımına çıktıktan sonra, kalın kumaştan dikilmiş siyah elbisesi ve er kaputu üzerinde, şapkası başında, Gölcük'ün avuç içi kadar çarşısından çıktı, Bursa tarafına giden yoldan yürüyerek Değirmendere köyüne indi. Değirmendere, demir üzerinde yatan, rıhtım veya iskelelerde bağlanmış gemilerin; bu gemilere gelen gidenlerin yarattığı telaştan uzakta, Gölcük'e nazaran daha sessiz ve sakin idi.

Sahile inip bir ileri bir geri yürümeye başladı. Ara sıra bir kenara ilişiyor, etraftan sakınarak bir sigara yakıyor, birileri yaklaştığında elindeki sigarasını saklamaya çalışıyordu.

Sadece kendi iradesi ile karar verecek olsaydı, teklifi hiç tereddütsüz kabul eder, dilekçesini yazıp doğruca sınavlara koşardı. Kasımpaşa'daki acemi birliğinden itibaren, Bahriye dedikleri camiada ve mensupları olan Bahriyelilerde gördüğü şeyler, tam da İnebolu ve Çatalzeytin'de geçen yıllarında arayıp bulmaya çalıştığı şeylerdi: Toplumda daha görünür yerlere, makam ve mevkilere çıkabilmek, önemli vazifeler almak, onları yerine getirip, takdir görmek... Anadolu'nun deniz kıyısına sıkışmış küçücük kasabalarından bir tanesinde, yani Çatalzeytin'de, kendisi de sıkışmış bir hayat geçirmekten kurtulmak, daha büyük yerlere gitmek, kızını, daha sonra doğacak diğer çocuklarını seçenekleri daha geniş şehirlerde okutmak, daha kazançlı işler yaparak kardeşlerine ve Fatma'nın tarafına da destek verebilmek... Ne de güzel olurdu!.. Kim bilir, Hüseyin'i İnebolu'ya okutmaya getirdiği gibi, kardeşlerinin de kasabadan dışarılara uzanabilmesine vesile olabilirdi belki böylece...

Elindeki altın bileziğe, terziliğine güveniyordu. Agop Usta'nın yanında iyi bir terzi olmuş, Çatalzeytin'de de *Yavuz*'da da kendini sevdirmişti. Gemide, terzihanede hiç boş kalmamıştı. Demek ki yaptığı işler, diktiği elbiseler beğeniliyor, müşteri buluyordu. Gölcük'te bir küçük dükkân açabilse, düğünden kalan borçlarını öder, Kuğulu'yu kandırabilirse, Fatma'yı da alır, taşınırdı belki buralara. Bu fikirlerini dinleyince, Fatma'nın da kendisinden yana olmasını umuyordu.

Çocukların eğitimi ve yetiştirilmesi, kendisi ve Fatma için güzel bir hayat kurmaktan daha önemliydi. Dört, beş yıl sonra Sümer'in okul vakti gelecekti. Çatalzeytin'de kendisinin de vaktizamanında okuyup bitirdiği ilkokul vardı. Sonra?.. Başka okul yoktu ki kasabada!..

Ortaokul, İnebolu'da, Kastamonu'da veya şu yeni fabrikanın kurulduğu Karabük'te idi. Sümer ortaokula gelince buralara taşınmak lazım gelmeyecek miydi? Ya da okusun diye hısım akraba yanına mı gönderecekti?..

Kafasında yavaş yavaş şekillenen diğer bir konu da sahip olacağı oğlan çocuklara denizi ve denizciliği sevdirmek, onlardan birini, artık kaç tane gelirlerse, belki de birkaçını Bahriye'ye vermekti...

Geçen yıl İstanbul'a gittiklerinde gemi komutanının evine girip, onların ev hâlini gördükten, kendisini küçümsemeyen, tam tersine sevgi, şefkat, yakınlık ve konukseverlik gösteren tavırlarına muhatap olduktan sonra daha da çok düşünür olmuştu Bahriye'ye çocuk verme konusunu. Koskoca şanlı *Yavuz*'un komutanı... Güverte kurmay albay!.. İstanbullu Nedim Ülseven... Evde ne kadar mütevazı, alçak gönüllü, misafir canlısı idi... Bu albayın yerinde kendi evladını görmek!.. Hayal gibi geliyordu Hasan'a...

Babası Tahir Ağa'nın bu yolda kendisine karşı duracağını, Çatalzeytin'den çıkıp gitmesine itiraz edeceğini tahmin etmiyordu. Hem ağabeyi Enver de Çatalzeytin'de değil miydi zaten? Babası büyük ihtimal: "Gidin oğlum, gidin," diye teşvik edecek, "ekmek neredeyse memleket de orası sayılır, öyle değil mi? Gemisini kurtaran kaptan! Uğurlar ola..." diyecek, izin verecekti.

Kardeşlerinden evlenme badiresini atlatmış üç kişi vardı halihazırda; ağabeyi Enver, kendisi ve bir de ablası Hatice... Ablasını, Çelebiler'in Kemal Küme denen kısmında -*Kemalköyü* derlerdi aralarında- Aslan'ın Ahmet'e vermişlerdi. Ahmet eniştesi, belde çarşısında ağabeyi Mehmet ile kunduracı dükkânı işletiyor, iki kardeş, akşamları köydeki evlerine gidiyorlardı. Şimdiden üç çocuğu vardı Hatice'nin; Ayşe, Aysel, Avni. Enver ağabeyinin de iki kızı, bir oğlu vardı; Mübeccel, Günseli ve Niyazi. Enver ağabeyi, Hüseyin ve diğer iki kız Çatalzeytin'de idiler. Bunların daha düğünleri vardı, dernekleri vardı.

Babaevinin geçindirilmesi de ayrı bir işti. Şayet giderse, babası, evin geçiminde ve arkadaki üç çocuğun baş göz edilip evlendirilmesinde zorlanmayacak mıydı? Gerçi, Hüseyin yirmi yaşına gelmiş, artık yetişmişti. Ama onun da kendi evlilik işi vardı başında. Bu yaşında kasabanın teknelerinde makinistlik yapıp üç beş bir şey kazanıyordu, ama sabit bir işi ve kazancı henüz yoktu.

Her şey bir yana, en büyük mesele kayınvalidesi Kuğulu Habibe'nin ne diyeceğiydi. Duldu, henüz yetişmemiş bir oğlan çocuğu, bir de yanından bırakmadığı Fatma'sı vardı. Kuğulu'nun yerine kendisini koyup, düşünmeye çalıştı: Hasan ve Fatma pılılarını pırtılarını toplayıp İzmit mi her neresiyse, geçip gidecekler, elli yaşını bulmuş, kocasız Habibe'yi dokuz yaşında oğlanı ile burada böylece bırakacaklar? Habibe'nin maaşı mı vardı? Yok!.. Habibe'nin babası mı vardı? Yok!.. Habibe'nin kocası mı vardı? O da yok!.. Kuğu'da köyde bıraktığı kardeşi Raşit ve diğerleri kendi karnını ancak doyurabiliyordu. Gücü kuvveti olsa, Raşit, topu topu otuz insanın yaşadığı Kuğu'yu bırakıp da Çatalzeytin'e gelmez miydi? Onu bile yapamıyor, gelip Habibe ablasının yanı başında omuz veremiyordu... Ya kimi vardı dayanacak? Fatma ile Hasan! Durum meydanda idi...

Değirmendere kıyısında ilişip oturduğu fındık ocağının dibinden kalktı, pantolonunun arkasını silkeledi, dalgın bakışlarla karşıda Derince köyünün sahillerini süzmeye devam ederken düşüncelerini toparladı: Kendi gönlü, buralarda kalmaktan, Allah nasip ederse başgedikli olup Bahriye'de çalışmaktan yana idi. Fatma, kendisini onaylardı, bu düşüncesinde onu yalnız bırakmazdı. Babası ve kardeşleri de itiraz etmezlerdi... Ama kayınvalidesi! Ah Kuğulu, ah! Hasan'a öyle geliyordu ki karşı çıkacak, Fatma'yı bırakmayacak ve ortalığı velveleye verecekti...

Hava kararmadan gemiye döndü. Düşünceler içinde, akşam yemeğini hafifçe geçiştirdi. Evci izinlerinden dönenlerin ve İzmit Çarşısı'nda volta atanların[23] izin dönüş muhabbetlerine katılmamayı tercih etti, er koğuşuna gidip erkenden yattı.

***

Ertesi sabah geminin kıçüstünde 28'lik top taretinin önünde yapılan mesai toplantısında müracaatı olduğunu söyledi bölük komutanı yüzbaşıya. Memlekete acil bir telgraf çekmeye ihtiyacı vardı, İzmit Postanesi'ne gitmek istiyordu.

Yüzbaşı, üç dört gün önce yaptıkları konuşmayı hatırladı ve Hasan'ın talebini kabul etti:

"Uygundur! Lakin çıkmadan kamarama bir uğra, izin kâğıdını da alır, öyle gidersin..."

23 Volta atmak: Gezmek, gezinmek.

Hasan bir gün önce giydiği kışlık haricî elbisesini tekrar giydi, ayakkabılarını geceden boyamıştı, şapkasını kirli buldu, bir arkadaşının şapkasını ödünç aldı. Hazırlığını tamamlayınca, bölük komutanının kamarasına gitti, kamaranın kaportasına[24] eli ile vurup, başı ile selam vererek müsaade istedi.

"Gel bakalım, Hasan..."

"Çarşı için izin kâğıdımı alacaktım yüzbaşım."

"Evet, burada. Ama sormamda bir mahzur var mı? Memlekete çekeceğin telgraf, geçen gün konuştuğumuz konu üzerine mi?"

"Evet, yüzbaşım."

"Ne diyeceksin köydekilere?"

"Teklifinizi izah edeceğim. Gedikli sınavlarında talihimi denemek istediğimi söyleyeceğim. Başarılı olursam, Fatma'yı alıp getirmek lazım geldiğini söyleyeceğim."

"Sen bu işe varsın yani?"

"Allah nasip ederse, yüzbaşım."

"Aferin sana... Söyle bakalım, neden kabul ediyorsun?"

"Bahriye'yi sevdim. Burada vazife yapmak, memleketler görüp, öğrenmek isterim. Mühim olan şu ki çocuklarımı buralarda yetiştirip memlekete faydalı olacakları yerlere getirmek istiyorum..."

"Ha, şunu bileydin! Bahriye'ye senin gibi adamlar lazım, oğlum... Haydi, oyalanma atla, git. Cevaplarını da iki üç güne iste ki terhis işlemlerine yetiştirelim işi."

"Anlaşıldı, yüzbaşım!" dedi. Müsaade isteyip ayrıldı, doğru İzmit Postanesi'ne gitti. Postane İzmit'te, Fevziye Camii ile Hükûmet Konağı arasında bir yerde idi. Alışverişe gelişlerinde İzmit Çarşısı'nı epeyce öğrenmişti.

İçeri girdiğinde, mektup ve telgraf vermek için gelmiş kalabalığın gişelerdeki memurların önünde birkaç sıra yaptığını gördü. Ortalıkta duran hazır telgraf formlarından bir iki yaprak aldı, bir kalem bulup, bir köşeye geçti ve çekeceği telgrafın metnini büyük harflerle basılı forma yazdı:

ALICI: TAHİR YILDIRIM
MERKEZ MAHALLESİ
ÇATALZEYTİN, KASTAMONU

---

24 Kaporta: Gemilerde kapı, geçiş yeri.

06 MART ÇARŞAMBA GÜNÜ TERHİS OLACAĞIM. GEMİ KUMANDANLIĞI, TEZKERE BIRAKIP GEDİKLİ SINIFINA NASBEDİLMEM İÇİN İMTİHANLARA GİRMEMİ TEKLİF ETMİŞTİR STOP.

İMTİHANLARA GİRİP TALİHİMİN NE GETİRECEĞİNİ GÖRMEK İSTERİM STOP.

MUVAFFAK OLURSAM, İSTANBUL'DA BİR SENE KURS VE TALİM GÖRMEM, SONRA GEDİKLİ ÇAVUŞ OLARAK BAHRİYE'DE GÖREVE BAŞLAMAM İCAP EDECEKTİR STOP.

BU TAKDİRDE, FATMA'YI VE EVİMİ İZMİT'E ALMAK LÜZUMU HASIL OLACAKTIR STOP.

MESELEYİ MÜTALAA EDİNİZ STOP.

EŞİMİN, PEDERİMİN VE KAYINVALİDEMİN BU MEVZUDAKİ FİKRİYATINI AŞAĞIDAKİ ADRESİME ÜÇ GÜN İÇİNDE TELGRAF İLE BİLDİRİNİZ STOP.

HASAN YILDIRIM,
YAVUZ GEMİSİ ERİ
GÖLCÜK/KOCAELİ"

Telgrafını vermek için sıraya girdi. Sırası gelince gişeye yanaştı, önünde yığılı mektup ve telgraf kâğıtlarından bunalmış görünen posta memuruna: "Bir telgrafım var, ağabey," dedi, "Kastamonu'da İnebolu Postanesi'ne..."

"Alalım hele, asker ağa!"

"Yalnız, bir sualim var!"

Kafasını kaldırarak Hasan'a baktı memur, kaşlarını çatıp, bir kulağını ona çevirerek, "dinliyorum" dedi.

"Bunu en acil yoldan göndermek istiyorum. Karşı taraf üç güne kadar telgrafla cevap verecektir. Ben *Yavuz*'da askerim. Cevabın *Yavuz*'a ulaştırılması ne kadar vakit alır?"

"Telgrafın yarın da gelse, çarşamba, perşembe de gelse, burada cuma gününü bekler. Cuma sabahtan dağıtıma çıkar. Gölcük'e denizden kayıklarla posta yapıyoruz. Tahminim, cuma akşama kalmadan gemiye teslim edilmiş olur... İşini görüyor mu?"

"Görüyor." dedi. Telgrafını uzatıp, en acele şekilde çekilmesini istedi, bedelini ödedi, teşekkür edip postaneden ayrıldı.

***

Hasan'ın telgrafı acele kayıtlı olduğu için akşama kalmadan İnebolu Postanesi'ne ulaştı. Salı sabahı Abana ve Çatalzeytin beldelerine çıkarılan posta katırının torbasına kondu ve yola çıkarıldı. Postanın Çatalzeytin'e ulaşması yedi saati buldu. Beldede bir postane ofisi yoktu ancak, posta işlerini görmek üzere kadrosu İnebolu'da olan bir memur vardı. Askerliğini yapıp birkaç ay önce dönmüş ve posta idaresine memurluğa kabul edilmiş olan genç, Sadık... Beldede "Postacı Sadık" derlerdi. Postacı Sadık, ikindi vaktine doğru İnebolu'dan gelen postaları çantasına doldurup omzuna astı, Hasan'ın telgrafı dâhil, o gün gelenlerin sahiplerini bulmak için çarşıya çıktı. Zade Tahir'i, Abdullah'ın kahvesinde buldu ve emanetini teslim etti.

Tahir Ağa, beklemediği bir posta almanın şaşkınlığı ile Hasan'dan gelen telgrafı inceleyince, acele cevap vermek lazım geldiğini anladı ve masasındaki domino oyununu yarıda bırakarak hızlı adımlarla evine yöneldi.

"Çayırlı! Kız!.. Fatmaa!.." diye seslendi, âdeti olduğu üzere. Hanımı Fatma'ya hep böyle seslenir, onun köyüne gönderme yapardı. "Kuğulu Habibe", "Çayırlı Fatma..." Anadolu insanının, Soyadı Kanunu'ndan önceden gelen, zorunluluktan kaynaklanmış âdeti idi isimlere, bulup buluşturup bir lakap takmak... Köyüne bakarak, mesleğine, enine, boyuna bakarak, huyuna, suyuna bakarak... En olmadı, başka canlılara benzeterek... "Tilki Cemal" gibi örneğin, "Kedi Naci" gibi...

Telgrafı birlikte okudular. Hasan'ın mart başında terhis olacağını zaten biliyorlardı. Askere gitmeden evlenip bir de çocuk sahibi olan Hasan, terhis olur olmaz muhakkak koşa koşa evine, Çatalzeytin'e gelecekti. Askerliğinden önce açıverdikleri dükkânı da emanet ettikleri ahbaplarından geri almayacak mıydı zaten?

Tahir Ağa, düşündü taşındı, hanımına döndü:

"Sevip beğendilerse oğlanı, bir istikbal göründüyse önünde, gitmesin mi? Gitmeye hakkı yok mu?" dedi. "Hem gemi kumandanlığı kendisi teklif etti, diyor, baksana... Aferin bizim oğlana! Sen ne dersin Çayırlı?.."

"Sen ne dersen, ben de onu derim." diye görüşünü bildirdi karısı. "Oralarda yiyecek ekmeği varsa, biz mâni olmayalım. Sonra başımıza kakmasın. Talihim ne getirecek, göreyim, diyor. Varsın görsün... Zaten nasip olmayacaksa, dönüp de gelmeyecek mi?"

Tahir Ağa, "tamam" diyerek öne düştü, doğru düğürşüleri Kuğulu'nun evine gittiler. Ev, sahildeki pazar yerinin üst tarafında, biraz içeride idi. Ahşap evin arkadaki bahçe kapısından girdiler, demir halkayı kaidesine vura vura kapıyı çaldılar. Çayırlı, Kuğulu'ya sesleniyordu bir taraftan: "Kuğulu! Kuğulu! Düğürşü, evde misin kıız!.."

Kapıyı, gelinleri Fatma açtı, gelenleri görünce şaşırdı, heyecana kapıldı, heyecanlandığında her zaman olduğu gibi, yanakları kızardı. "Anne, baba, hoş geldiniz," dedi, "buyurun, annem tavanda. Haber vereyim ben."

Girdiler, hayattan yürüyerek doğruca karşıdaki misafir odasına geçip oturdular. Az sonra Fatma, annesi ile yanlarına geldi. Gidip dönerken düşünüp endişelenmiş olmalı ki "Hayrola, baba!" dedi kayınpederine, "Yaramazlık mı var? Hasan'a bir hâl mi oldu?"

"Yok, kızım, hiçbir yaramazlık yok. Telgrafı geldi. Yarın tezkeresini alacağını haber ediyor..."

Kuğulu: "Ee, daha önce haber ettiydi zati, Mart'ın altısı diye... Ortalığı niye telaşeye veriyosuuz? Yoksam başka bir mesele mi var?" dedi.

Aksiliği üzerindeydi. Tavanda her ne iş yapıyorsa, yarıda bıraktığı için asabileşmişti anlaşılan.

"Yok, düğürşü," dedi Tahir Ağa, "bir şey daha bildiriyor... Gemi kumandanlığı, Hasan'a demiş ki tezkere bırak, seni imtihanlara sokalım, kazanırsan Bahriye gediklisi olursun, buralarda çalışır, ekmeğini kazanırsın istersen, demiş... Biz Çayırlı ile düşünüp konuştuk meseleyi de... Sana geldiydik..."

Tahir Ağa daha lafını bitiremeden Habibe, lafını ağzına tıkadı ve başladı söylenmeye:

"Ekmeeni yaban ellerinde mi gazanıcaamış? Kime sormuş da oralarda çalışıcaamış? Buralarda işi gücü yok muymuş Hasan'ın? Buralarda çoluu çocuu yok muymuş? Ne menem bi gemi gumandanlıymış orası, ööle? Tek başına bulmuşla da aklına mı girmişle gendü gendülerine?.."

"Yok, Kuğulu! Tam öyle değil o husus... Herkes razı gelirse şayet, diye söylemişler. Anana, babana sor en önce, demişlerdir muhakkak. Zaten o da aynısını yazmış. Babamın ve kayınvalidemin fikirlerini acele bildirin diyor..."

Tahir Ağa, oğlunun kayınvalidesini sakinleştirmeye çabalıyordu.

"Hah, şööle... Dek dursunla biraz!.." Kuğulu, sakinleşecek gibiydi:

"Gayınanamın fikrini mi demiş?.."

"He, ya! Okuman yok ama bak! Tam şurada yazmış..." Tahir Ağa, elindeki telgrafın ucundan bir yeri göstermeye çalışıyordu.

Fatma, sesini çıkarmadan annesinin kopardığı fırtınanın geçmesini bekliyordu. Sırası geldiğinde kendi fikrini de soracaklardı muhakkak. Kuğulu, gelenlerin ifadelerini almaya başladı:

"İmtaana giriceemiş, ööle mi?"

"Öyle diyor."

"Gazanusa?"

"İstanbul'da bir sene kurs görecekmiş..."

"Eee?"

"Sonra, Bahriye gediklisi olacakmış. Gemilerde filan çalışacak zaar!"

"Hangi gemileere?"

"Askerlik yaptığı *Yavuz* var. Başka bir sürü gemisi var Bahriye'nin İzmit'te, İstanbul'da..."

"O vakıt Fatma netceemiş, ev nolcaamış burlaara?"

Konunun bam teline gelmişlerdi. Şu anda öfkesi geçmiş, biraz sakinlemişti, ama az sonra Kuğulu, buradan tuttuğu gibi koparacaktı...

"Kazanırsam, Fatma'yı da bu tarafa alıp, evi taşımam lazım gelecek, diyor telgrafında!"

Ve kıyamet koptu:

"Fatma'yı mı alcaamış? Nereye alcaamış benim gızımı? O giderse benim kimim var şu memlekette başka elimden dutucak?"

Oturduğu yerden ayağa kalkmış, dünürlerine dönmüş, ellerini kollarını savura savura bağırıyordu... "Dünya yerinden oynasa, ben Fatma'yı goyvermen! Taa gızı verüken şart olsun demedim miydi size ben? Dünya ahret bi dene gızım var... Recep taa ayaaa yeni galkıya... Şart olsun, olmaz! Fatma bi yere gidemez. Benim yoldaşım o!"

Fikrini böylece söyledi, bütün kapılarını kapattı. Görünen o ki Hasan, imtihanları kazanıp Bahriye'ye gedikli olsa bile, anası bırakmadığı için Fatma, Çatalzeytin'den çıkamayacaktı.

"Tamam, Habibe," dedi Çayırlı, "senin fikrini öğrendik. Destur verirsen, bir de Fatma'nın fikrini alalım. Oğlana yarın telgraf çekeceğiz."

"Ne deyceemiş Fatma? Ben söylencee sööledim ya şindi!"

"Bugüne bugün oğlanın hanımıdır. Fikrini söylemesi lazım gelmez mi?"

Tahir Ağa, başını önüne eğmiş, iki elini bağlamış, parmakları ile oynayıp duran Fatma'ya döndü:

"Kızım, sen ne dersin?" diye sordu.

"Hasan ne derse, onu derim baba, ama!.." dedi yüzünü kaldırmadan Fatma, "Anamın dediğine de kulak vermek lazım... Ben de onu bu hâlinde bırakıp gitmek istemem..."

Diplomatça verilen bu cevaba rağmen, annesinin, üzerine çullanıp bir kıyamet daha koparmasını beklemişti. Fakat Kuğulu, sadece ters ters bakmakla yetindi kızına. Sesini çıkarmadığına göre, cevabın iki tarafını da beğenmiş görünüyordu. Hem kendisine hem kocasına gösterdiği bağlılık hoşuna gitmiş gibiydi...

Biraz önceki asabi çıkışını telafi edip, düğürşülerinin gönlünü almayı denedi Kuğulu: "Bak, Tahir Ağa! Sen, beni bilisüy... Gaç yaşımda dul galdım. Fatma'yı götürüse, ben bu Receb'i nası zapt ederim gadun başımnan? Baaçe, bosdan bir tarafa, gurşun döküyon milletin başına, gorkuya bakıyon, üç guruş nafaka çıkarıcan deyi... Golay mı sanıyosuuz? Fatma baa ilazım! Size en başında söölediydim, gelüse oolan iç güveyi gelsin evime, dediydim... Yalansa, yalan de!.."

Tahir Ağa, Kuğulu'nun, telgrafa karşılık cevabını iyice anlamıştı. Bıraksalar Hasan imtihanları filan geçip, gedikli olsa, Bahriye'de çalışsa, kazansa dahi evi burada, hanımı, çocuğu burada... Bu oğlan, evine nasıl gelip gidecekti? Yola düşse, en az bir haftada gelebilirdi. Bir hafta da geri gitmesi... Bu iş böyle olur muydu? Hiç mümkünü yoktu. Olmayacağı açıktı...

"Tamam, Habibe," dedi, "bize kalsaydı, biz Hasan'a mâni olmayacaktık. Çayırlı ile böyle konuştuyduk gelmeden. Senin de Fatma'nın da ne düşündüğünüzü güzelce anladım. Ben yarın telgraf yazdırayım, bu cevaplarımızı Hasan'a ulaştırayım. Senin Fatma'yı bırakmayacağını açıkça anlatırım. Varsın, kararını kendisi versin!.."

Kuğulu: "İyi olu, ööle yap!" dedi. "Hasan benim gusuruma bakmasın, onun ekmeenin, istikbalinin önünde ben de durman. Emmevelakin, Fatma'yı da burnumun dibinden bi yere bırakman!"

Tahir Ağa, hanımını alıp, Kuğulu'nun evinden ayrıldı. Çayırlı eve gitti, Tahir Ağa çarşıya yöneldi. Salim Kaptan'ı aradı, Sabri Efendi'nin dükkânının önünde buldu.

Selam verdi, yanaştı. Sabri Efendi buyur edip bir alçak tabure de ona çıkardı.

"Kaptan, Hasan'dan bugün bir telgraf aldık. Yarın bir cevap vermem lazım. İnebolu'ya postaneye gideceğim. İnebolu tarafına giden motor var mı yarın sabah?"

"Ben daha yeni geldim." dedi kaptan: "Sabri Efendi'nin bakkaliyesini getirdim. Benim o tarafta işim yok, ama sen Ali Kaptan'ı bir yokla bakalım. Kıyıda, Şahinbahri'nin başında hazırlık yapıyordu... Öğren, ne tarafa gidiyormuş."

Şahinbahri, beldedeki üç beş motordan birisi, en yaşlısı ve en büyüğü idi. Kurucaşile'deki ustalara sipariş verilip, inşa ettirilmiş, 1940'ların başında beldeye getirilmişti. Altı yıldır kimi zaman Ali Kaptan kimi zaman da Halil Karahan, dümenine geçiyor, komşu ilçelere gelip gidiyordu.

Şahinbahri çarşı meydanının altında yatıyordu. Tahir Ağa kıyıya indi, teknenin başına gitti, makinenin pervane şaftında uğraşıp duran Ali Kaptan'ı buldu.

"Kaptan, kolay gelsin! Yardıma hacet var mı?"

Ali Kaptan başını kaldırdı: "Sağ ol, Tahir. Neredeyse bitti. Şaft yatağından su alıyordu. Salmastrasını[25] değiştirdik, biraz don yağı bastık, hallettik..."

"Kaptan, yarın İnebolu'da bir işim var. Gidip, akşamına dönmem lazım. Duydum ki yola hazırlanıyormuşsun."

"Tam adamına geldin. Yarın sabah İnebolu'ya gidiyoruz. Yükleyip kaya tuzu getireceğiz. Sabah erken gel, gidip geliriz. Hayırdır?"

"Bizim Hasan birkaç güne terhis olacak. Ona bir telgraf çekelim dedik de..." diye açıkladı Tahir Ağa.

"Tamam. Yarın sabah, gün doğumunda gel."

Ertesi sabah belde gençleri Şahinbahri'yi suya indirdi. Ali Kaptan kıçüstünde dümene, Özdemir Çınar makinistliğe geçti. Tahir Ağa'yı da tayfa yaptılar, Ginolu açığına doğru yol verip İnebolu'ya gittiler.

Tahir Ağa, İnebolu çarşısında, Türk Ocağı binasına yakın bir arada postaneyi buldu ve acele kayıtlı telgrafını çektirdi:

"ALICI: HASAN YILDIRIM
YAVUZ GEMİSİ ERİ
GÖLCÜK/KOCAELİ
TELGRAFINI ALDIK STOP. PEDERİN VE KAYINVALİDEN ME-

25 Salmastra: Makinelerde, birbirine sıkıca değen iki yüzey arasına yerleştirilerek, bu yüzeyler arasına su, buhar ya da yağın sızmasını önleyen urgan.

SELEYİ MÜZAKERE ETTİLER STOP.

VALİDEN VE PEDERİN SENİN KARARINA MUTABIKTIR STOP. KAYINVALİDEN, FATMA'YI NAHİYEDEN DIŞARIYA BIRAKMAYA RAZI DEĞİLDİR STOP.

KENDİ KARARINI KENDİN VER STOP.

TAHİR YILDIRI

MERKEZ MAHALLESİ,

ÇATALZEYTİN, KASTAMONU"

***

İnebolu'dan çekilen telgraf aynı gün akşam İzmit Postanesi'ne ulaştı. Daktilo ile kâğıda yazılı telgraf metni ertesi sabahki dağıtım için Gölcük torbasına kondu. *Yavuz* gemisine gelen posta gönderileri cuma öğleden sonra gemiye teslim edildi. Hasan, telgrafını gece yapılan yat taburu[26] sırasında aldı. Açıp okumadan pantolon cebine koydu. Ortalığın sakinleşmesini, el ayağın çekilmesini bekleyecek, bir köşeye oturup okuyacaktı.

Gece yarısına doğru ranza ve hamakların bulunduğu er koğuşunda alt kattaki ranzasından kalktı; pantolon cebinden telgraf kâğıdını aldı, üzerine bir kazak uydurdu, siyah kaputunu da eline alıp kıçüstünde açık güverteye açılan hangara gitti.

Açtı ve okudu. Başından aşağı kaynar su dökülmüş gibi oldu. Kalbinin hızlandığını, ellerinin titremeye başladığını fark etti. Kızgınlık mıydı? Galiba... Ama ondan başka bir şey daha vardı. Midesini taş gibi eden şeyin, istikbalini istediği gibi kuramayacağını anlamaktan doğan hayal kırıklığı olduğunu anladı. Tek kızına çok düşkün olan kayınvalidesi, kızını verirken de aynı şartı ileri sürmüş olan Kuğulu, Fatma'yı dışarıya bırakmayacağını söylemişti yine... Gözlerini kâğıttan bir süre kaldırıp, boşluklara doğru baktı, düşünmeye çalıştı.

Kendisini kayınvalidesinin yerine koyup, içinde bulunduğu durumu kavramaya çalışıyor, ihtiyaçlarını anlıyor, onu kendince haklı buluyor, ama kızgınlığı yine de geçmiyordu... Fatma İzmit'e gelemeyecekse?.. Bütün planı paydos etmek icap ediyordu o zaman. Ne sınavlara girip gedikli sınıfına geçmeyi denemek ne Gölcük'te

26 Yat taburu: Günlük program sona erip, yatmaları için serbest bırakılmadan önce personelin sayım ve kontrolünün yapıldığı toplanma.

dükkân açıp yerleşmek... Her şey suya düşüyordu. Fatma'yı ve küçük Sümer'i memlekette bırakarak bunları yapmaya kalkışsa, kısa zamanda hasret deryasının içinde boğulurdu, aklı fikri onlarda kalırdı... Ya diğerleri? Kardeşleri, anası, babası... Ve Recep? Onlar da vardı... İşleri ne kadar iyi giderse gitsin, tek başına dışarıda olmaya dayanabileceğini sanmıyordu.

Dakikalar geçtikçe öfkesi azaldı, sakinleşti. Nabzı düzeldi, ellerinin titremesi geçti. Ama yaşadığı hayal kırıklığının, yüreğine taş gibi oturduğunu hissediyordu. Annesi ve babası, kendisini destekliyorlardı, bunun için onlara minnet duydu. Ne kadar üzülürse üzülsün, memlekete dönünce bu konuda kimseye tek kelime etmemeye karar verdi.

Hayatında ilk kez askerlik çağında geldiği İzmit'te ve İstanbul'da, Çatalzeytin ve İnebolu'nun dışında bir hayat ve insanlar görmüş, buraları sevmiş, hele Bahriye'ye, başta *Yavuz* olmak üzere, Donanma'nın gemilerine, gemicilerine gönlünü vermişti. Onlar da Hasan'ı sevip saymışlar, üç seneye yakın askerliği boyunca bunu hissettirmişlerdi. Aldığı teklife muhatap olmak bile başlı başına değerliydi. Her askere nasip olan bir şey miydi bu söylenen? Tezkere bırak, müracaat et, sınavlara gir, biz de yol yordam gösterelim, seni gedikli yapalım...

"Nasipten öteye bir şey olmuyor. Demek ki bize nasip değilmiş." dedi içinden. "Hayırlısı nasılsa öyle olsun!.."

Döndü, yatakhane koğuşuna gitti. Telgrafı katlayıp dolabına koydu. Yatağına girip yüzünü alabandaya[27], sırtını diğer yataklara döndü. Çekti yorganını başına, için için ağlayarak uyumaya çalıştı. Ertesi gün Ahmet Başgedikli'ye durumu aktarması, bölük komutanına gidip tekmil vermeleri[28] gerekecekti.

Cumartesi sabahı muayene ve müracaat taburunda başgediklisine müracaatını iletti. Memleketten cevabının geldiğini, bölük komutanına çıkmak istediğini söyledi. Ahmet Başgedikli, konunun ne olduğunu anlamış, Hasan'ın ruh hâlinden, aldığı haberin onu üzdüğünü sezmişti. Muayene ve müracaat işlemleri tamamlanınca erler serbest bırakıldı. Hasan kısa süre sonra, Ahmet Başgedikli'si ile bölük komutanının kamarasının önünde idi.

"Hasan, gel bakalım! Beklediğin haber geldi mi?" diye sordu bö-

27 Gemilerin borda kaplamalarının gemi içindeki yüzü, yan duvarların iç yüzü.

28 Tekmil vermek: Rapor vermek.

lük komutanı.

"Geldi yüzbaşım."

"Ne diyorlar?"

"Annem, babam razı oldular. Ancak kayınvalidem, kızını memleketten dışarı göndermeyi kabul etmedi... Fatma gidemez, demiş. O gidemez, Hasan varsın gerisini kendisi düşünsün, demiş..."

"Eee, ne yapacağız bu durumda?"

"Eşim, kızım gelmezse, tek başıma duramam ben buralarda... Onlar oradayken benim burada sarayım olsa, ne kıymeti var? Benim de tezkereyi alıp dönmem lazım. İstikbali, nafakayı oralarda arayacağız artık..."

"Tamam, Hasan," dedi bölük komutanı, "ne yapalım, böyle bir kararı verirken onlara danışman şart idi, onu yaptın... Rızaları olmadan da bu iş olmazdı..."

"Olmazdı."

"Hayırlısı olsun artık. Sen de döner gidersin. Yaban eli değil ya gideceğin yer, memleketine dönüyorsun... İleride felek önüne başka fırsatlar getirecektir. O fırsatları kollarsın sen de."

"Sağ olun, yüzbaşım." dedi Hasan, başını önüne eğerek.

Bölük komutanı: "Tamam," dedi, "ben hizmet tabur komutanına durumunu anlatırım. Bakalım seni görmek isteyecek mi... Duruma göre çağırırız seni."

Hasan, güzel bir selam verdi, Ahmet Başgedikli'si ile ayrıldılar.

***

Aynı günün akşamında *Yavuz*'da kırk üçe iki tertipli erler için tezkere gecesi eğlenceleri düzenlendi. Tezkere gecesi sadece Bahriye birliklerinin değil, tüm ordu birliklerinin geleneksel olarak yaptığı bir vedalaşma organizasyonu idi. 1943'ün Haziran ayında üç ay acemilik ve otuz ay mükellef askerlik görevi için Bahriye'ye katılan Hasan, üç yıla yakın askerliğinin sonunda, 6 Mart 1946 günü terhis oluyordu. Gemiye aynı tertipte gelmiş toplam kırk beş er ve erbaşın terhis belgelerini alması ile askerlik hizmetleri resmen tamamlanmış olacaktı. Kendilerine istihkak olarak verilmiş askerî üniforma, elbise ve ayakkabıdan kullanılabilir ne kaldıysa, geride kalan arkadaşlarına hediye olarak bırakacaklar, ellerinde birer çanta ile gemiden ayrılacaklardı.

Yavuz'daki tezkere gecesi, er salonlarının en büyüklerinden birinde yapıldı. Gündüzden salonun alabandalarına takım takım, rengârenk işaret sancakları[29] ve Türk bayrakları asıldı. Terhis olan askerlere verilecek hediyeler ve anı fotoğrafları bölük teşkilatı tarafından hazırlandı. Terhis belgeleri hafta içinde düzenlenmiş, ilgili subaylarca imzalanmıştı. Gemi komutanının bizzat imzaladığı tam boy gemi fotoğrafı, *Yavuz*'un 1936 yılında Malta Adası'na yaptığı resmî ziyaret sırasında çekilmişti. İskele tarafından çekilmiş resimde *Yavuz*'un kıç direğinde çok büyük bir Türk bayrağı dalgalanıyor, yabancı ülkelerin limanlarına gidildiği için geminin itina ile boyanıp, temizlendiği görülüyordu.

Bu fotoğrafın çekildiği sırada, Mustafa Kemal Atatürk'ün kurduğu genç Türkiye Cumhuriyeti'nin Donanması, Akdeniz ülkelerinin bir kısmına ziyaret yapmak üzere sefere çıkarılmıştı. Bu seferde; *Zafer, Tınaztepe, Adatepe* ve *Kocatepe* muhripleri[30], *Erkin* isimli denizaltı ana gemisi, *Dumlupınar, Gür, Sakarya ve II. İnönü* denizaltıları da *Yavuz* ileydi.

1936'nın Temmuz ayında Montrö Boğazlar Sözleşmesi imzalanmıştı. Genç Türkiye Cumhuriyeti'nin 1923'te imzalanan Lozan Antlaşması ile dünyaya kabul ettirdiği bağımsızlık ve egemenliği, on üç yıl sonra imzalanan bu sözleşme ile pekiştirilmiş, İstanbul ve Çanakkale Boğazlarımız üzerindeki hükümranlık hakları tescil edilmişti.

Bu dış politik durum içinde, henüz on üç yaşındaki devletin kısa zamanda kurup geliştirdiği donanmasını bu gezi ile Akdeniz'de görücüye çıkarması, diplomatik, askerî ve siyasi, pek çok yönden önem taşıyordu. Malta'ya yapılan altı günlük ziyaretten sonra gemiler Yunanistan'ın Pire Limanı'na, Atina'nın kıyılarına da gitti. Pire'ye yapılan liman ziyareti içerisinde dönemin Yunan Kralı da gemiye gelmiş ve komşusu olan ülkenin bu haşmetli armadasını şereflendirmişti.

Akşam yemeği telaşının bitiminin ardından yapılan tezkere gecesi eğlencesi, bölük teşkilatınca görevlendirilen rütbeli subay ve gediklilerin yaptıkları güzel konuşmalarla başladı. Eğlenceye katılan ve ko-

29 İşaret sancağı: Donanma gemileri arasında görünür muhabere için kullanılan, çeşitli şekil ve renklerdeki işaret flamaları.

30 Muhrip: Muhrip veya destroyer. Hızlı, yüksek manevra kabiliyeti olan, zırhlı, dayanıklı, filolara veya saldırı gruplarına, daha küçük araçlardan gelen saldırılara karşı koruma ve eskortluk yapan savaş gemisi.

nuşma yapan rütbeliler arasında Hasan'ın amiri Ahmet Başgedikli ve Bölük Komutanı Yüzbaşı da vardı. Rütbelilerin konuşmaları tamamlanınca gemi aşhanesinde özel olarak hazırlanmış tezkere pastası ortaya getirildi. Pastanın üzerinde büyük rakamlarla "1943/2" yazılmıştı. Neşeli kahkahalar arasında, Bölük Komutanı Yüzbaşı'dan emanet alınmış subay kılıcı ile pasta kesildi. Eğlenceye katılan kıdemli, kıdemsiz tüm erlere pastaları dağıtıldı. Pastanın kesilmesinden sonra kısa bir seremoni ile terhis olan er ve erbaşlar, tek tek isimleri okunarak çağrıldılar ve terhis belgeleri verildi. Belgesini alan tezkereci askerler, geceye katılan branş gediklisi ile bölük komutanının ellerini öperek teşekkür ettiler. Hasan, belgesini Ahmet Başgedikli'sinin elinden aldı, belgesini alırken arkadaşlarınca alkışlandı. Terhis belgelerinin verilmesinden sonra sesi güzel erlerin solo ve hep bir ağızdan söyledikleri türkü ve şarkılarla gecenin en hareketli kısmına geçildi. Eğlence başlayınca nezaket gereği, erlerin türkülerine ve oyunlarına kısa bir süre katılan rütbeliler, daha sonra salondan ayrıldılar ve meydanı erlere bıraktılar.

Gemilerde talim var,
Bahriyeli yârim var!
O da gitti sefere,
Ne talihsiz başım var...

Gece yarısına doğru eğlencenin tamamlanması ile herkes dağıldı ve güle oynaya yatakhane koğuşlarına gittiler.

Hasan, ertesi gün Gölcük'e çarşı iznine çıktı. Gece yapılan eğlence ve konuşmalar, neşelenmesine yetmemişti. Çatalzeytin'den gelen telgraf ile aldığı haber onu üzmüş, kendince dilediği bir yola yürümekten alıkonulmuş olması keyfini kaçırmıştı. Birkaç gün sonra terhis olup, askerliğini bitireceği hâlde, sanki askere yeni gelmiş gibi karamsar, çekingen, derin düşüncelere dalmış bir ruh hâli içinde idi.

Çarşıda altı, yedi saat dolaştı. "Peki, ne yapacağım?" diye kendi kendine soruyordu. Havanın kararma zamanı yaklaşırken, uzun düşüncelerden sonra yüreğini ısıtan bir yol bulduğunu hissetti için için... Bir oğlu olursa, onu Bahriye'ye göndermek için elinden geleni yapacaktı! Tam da amirlerinin söyledikleri gibi... Çarşıdaki gezmesinin son saatlerine doğru, böyle bir dileğin gitgide gönlünde yer ettiğini, kayınvalidesine duyduğu kızgınlığı geçirdiğini hissediyordu. "Ben

Bahriye'de kalamıyorum ama evladımı göndereceğim. Ne fark eder, aynı şey değil mi?" diyordu bir ses, içinden. Ferahlamış, yüzü gülmeye başlamış ve gözlerini feri canlanmış hâlde gemiye döndü.

Hasan, 6 Mart 1946 günü tezkereci arkadaşları ile sivil kıyafetlerini giyip *Yavuz*'a veda etti. Filikalarla Gölcük sahiline çıktılar. Bursa, İzmir tarafına gidecek birkaçı dışında, tezkerecilerin çoğu İzmit'e yöneldi. Buldukları at arabaları ile İzmit tren istasyonuna gittiler. O, İstanbul'a giden bir tren için bilet aldı. Öğle sıralarında İzmit'ten kalkan tren, akşam saatlerinde Haydarpaşa'ya ulaştı. Kadıköy ve Eminönü arasında çalışan motorlar ile karşı yakaya geçti, oradan da Küçükpazar'a yürüdü. Abana, İnebolu ve Çatalzeytin'den gelenlerin konakladığı Otel Akın'da üç kişilik bir odada tek başına kaldı. Bu otelden ona, askere gelmek için İnebolu'dan vapura bindiğinde tanıştığı Evrenyeli arkadaşı Abdi bahsetmişti. "Bizimdir otel," demişti, "ne zaman yolun düşerse git, kal..."

Ertesi gün İstanbul'dan Karadeniz seferine çıkacak vapurların kalktığı Karaköy, Tophane tarafına gidip, İnebolu'ya uğrayacak vapurları araştırdı. Haftaya salı günü kalkacak *Tırhan* gemisinden İnebolu için bilet aldı. Geminin kalkışına kadar beş gün boş vakti vardı. Bu süre boyunca Küçükpazar'da Akın Otel'de konaklayarak başta Topkapı Sarayı ve Sultanahmet Meydanı olmak üzere, şehrin tarihî yerlerini gezdi, her gördüğünü hafızasına nakşetmeye çalıştı.

Tophane rıhtımından sabah on gibi kalkan vapur, Karadeniz'e çıkıp, sırasıyla; Ereğli, Zonguldak ve Cide'ye uğradıktan sonra, bir cumartesi günü sabah saatlerinde İnebolu açıklarına vardı ve demir atıp, yükünü ve yolcusunu indirdi.

Hasan, İnebolu'nun meşhur denk kayıklarından[31] birisine atlayıp, sahile çıktı. Elinde tahta bavulu, asker tıraşlı saçı ile askerden döndüğü ilk bakışta anlaşılıyordu. Önce, sahile çekili motorlu ve yelkenli teknelerin olduğu tarafa gitti. Çatalzeytin'den tekne olup olmadığını soruşturdu. Ateş Kaptan'ın İnebolu'da olduğunu, yükünü yükleyip, sabah ayrıldığını, nahiyesine döndüğünü öğrendi. Limandakilere göre, ertesi gün Salim Kaptan gelecekti.

Ertesi güne kadar boş vakti olduğundan, ilçe çarşısına yöneldi. Boğaz'dan Karadeniz'e çıkışta ve Kerempe Burnu'nu döndükleri sı-

31 Denk kayığı: Kurtuluş Savaşı'nda İnebolu ve Kastamonu havalisinden yapılan silah, cephane ve askerî malzeme naklinde görev alan, yöreye özgü küçük tekneler.

rada yedikleri kuvvetli poyraz yüzünden vapurda epeyce sallanmış, iştahtan kesilmiş, yorgun vaziyette idi. Doğruca Agop Usta'sının dükkânına gitti. Onu makine başında çalışırken buldu. Elini öpüp, hoşbeş ettikten sonra, terhis olup askerliğini salimen bitirdiğini anlattı ustasına. Agop Efendi, onu iki yanağından öptü ve kutladı:

"Hoş geldin benim aslanım!" dedi, "Geçmişler olsun. Bahriye'de askerlik yaramış sana, olgunlaşmışsın. Oraların denizi, havası bizim İnebolu'nun denizinden farklı, öyle değil mi?"

Hasan, ustasının nazik sözlerine teşekkür etti. Çatalzeytin tarafından gelip gidecek motorların durumunu ustası ile paylaştığında: "Tamam," dedi Agop Usta, "bu gece bize misafirsin yani..."

O gece ustasının evinde misafir olan Hasan, ertesi gün sabah vedalaşıp sahile indi, kıyıyı gören bir kahvehanede doğudan gelecek kayıkları ve motorları gözetlemeye koyuldu. Denizi gözetleyerek geçen birkaç saatten sonra bir de ne görsün! Kayınvalidesinin Kırlangıç'ı geliyordu... Gözleri doldu, askere gitmeden önce pek çok seferine katıldığı, yükler taşıyıp para kazandığı tekneyi görünce. Kıçüstünde, dümeninde yanaşma manevrası yapan Salim Kaptan'ı seçince, durduğu yerde gözleri ışıldadı, gülmeye başladı. Hasretlik! Ne yaman şeydi... Beldesinden bir tekne, tanıdık bir yüz görünce insanın içi nasıl açılıyor, yüreği coşuyordu...

Kaptan yumuşak bir manevra ile tekneyi getirdi, sahile baştan kara[32] yanaştırdı. Bakkal Sabri Efendi için bakkaliye malı almaya gelmişti. Hararetle sarılıp öpüştüler. Kaptan, Hasan'ın hatırını sordu. "Bahriye sana pek yaramış Hasan!" dedi. Onların sohbeti sürerken siparişi daha önceden verilmiş olan mal, kıyıya hazır edilmişti. Salim Kaptan: "Bir saatte alırız motora bu yükü, saat üç gibi çıkarız yola, hava da sakin, kararmadan bizim çarşıyı buluruz!" diyerek seyir planını açıkladı.

Salim Kaptan'ın dediği gibi, pazar günü hava kararmadan Çatalzeytin'de çarşı önüne vardılar, kıyıya yaklaştılar. Hava, gün boyunca esen poyraz rüzgârının getirdiği serinliğin etkisi altındaydı. Motor sahile başını verdiğinde Hasan, Salim Kaptan'a teşekkür edip, başüstünden atladı, yer yer çakıl ve kumluktan oluşan sahilde çarşıya doğru yürümeye başladı. Dükkânların neredeyse tamamı kapalıydı. Bir kahvehanede toplaşmış kalabalığı görünce, o tarafa döndü. Çar-

32 Baştan kara: Geminin baş tarafından sahile yanaşması.
Kıçtan kara: Geminin kıç tarafından sahile yanaşması.

şı ahalisi onu görünce, hemen tanıdılar. Oyunlarını bırakıp masalarından kalktılar ve kahvehanenin önüne çıktılar. "Ooo, Sait Ağa'nın Hasan'ı gelmiş! Bahriyeli! Hoş geldin, geçmişler olsun. Nerelerde kaldın yahu! Özlettin kendini." diyerek hoşbeş ettiler.

"Hoş bulduk İbrahim amca, cümleten sağ olun. Ben de sizleri çok özledim. Arada kısa izinler yaptım ama hep İstanbul'da geçirdim onları. Bu taraflara gelmeye kalksak, gel, git, en az on beş gün isterdi malum..."

"Kırlangıç mı getirdi seni İnebolu'dan?"

"Öyle denk geldi. Şansım varmış, bugün o gitmiş İnebolu'ya."

"E, tabii yani! Başka kimin motoru alıp getirecek, kayınvalideninki dururken!"

Hep beraber güldüler bu espriye. Hasan'ı zorla kahvehaneye sokup oturttular. "Meraklanma," dediler, "hepsi iyi evdekilerin... Kızın da epeyce büyüdü..." Çayları tazelettirip, Bahriye'den, *Yavuz*'dan konuştular. Tahir Ağa'nın, Hasan'ın tezkere bırakması konusunda yaşadıklarını çarşıda kimseye anlatmadığı anlaşılıyordu.

Hasan, bir çay içimlik oturmadan sonra etrafındakilerden izin istedi ve kalkmaya teşebbüs etti. "Çayımı da içtim afiyetle," dedi, "şimdi müsaade edin, eve gideyim. Hanım bekliyordur... Sümer neredeyse dört yaşına geldi, üç senedir yüzünü görmüşlüğüm yok. Kızımı bir göreyim..."

"Tabii, tabii!" dediler, "Biz buralardayız. Sen evdekileri daha fazla bekletme!"

Kahvehaneden çıktı, doğruca kayınvalidesinin evine, eşinin ve kızı Sümer'in yanına koştu. Ev halkı, onun bugünlerde geleceğini biliyordu ama böyle birden karşılarına çıkınca, evi tatlı bir telaş ve heyecan sardı. Sarıldılar, kucaklaştılar... Hasan, kayınvalidesinin de elini öptü hürmetle. Hatırını, sağlığını sordu. Sonra Fatma ile sarılıp hasret giderdiler. Sümer ayaklarının dibinde dolaşıyor, meraklı bakışlarla gelen adamı inceliyordu.

"Sümer, gördün mü kızım, bak kim gelmiş evimize? Baba gelmiş, değil mi ya? Haydi bakalım, öp elini babanın..."

Hasan, üç yıldır görmediği, kıvır kıvır saçları ile tadına doyulmaz olmuş, dillenmiş, bülbül gibi şakıyan kızını aldı kucağına, yanaklarından öptü, saçlarını okşadı, uzun uzun sevdi, ona hediyeler verdi.

Sonra, evin zemin katındaki hayatın sol yanında, merdiven başındaki mutfağa girdiler. Cam kenarındaki sedire geçip oturdular. Sümer, annesinin dizlerinin dibinden uzaklaşmadan, meraklı gözlerle babasını inceliyor, konuşmaları takip etmeye çalışıyor, gözü bir annesine, bir büyükannesine dönüyor, ama uzun uzun babasına bakıyordu.

"Gızdıy mı baa ay oğul?" diye doğrudan konuya girdi Kuğulu: "Lakırtılarım galbiyi gırdı mı?"

Hasan da lafı hiç dolaştırmadan: "Başta çok üzüldüm ana," dedi, "ben oraları çok sevdim. Onlar da belli ki beni sevdiler. Terziliğimi, adamlığımı, arımı, namusumu... Kendileri teklif etti bu işi. Ne yalan söyleyeyim, çok hoşuma gitti böyle takdir görmek..."

"Emme velakin, Fatma benim canım, ciğerim. Canımın yarısı o, yarısı da Ercep işdi, bilmez misiy... Fatma'yı emanet ettük emme, Ercep taa böyüücek, sıraya garışcak... Hem başımıza adam ilazım deyil mi Hasan? Sen de bu eve ilazım deyil misiy? Bak hele, Gırlangıç hâlâ el âlemin elinde dolanıp duruya... Başına geçmee adam ilazım deyil mi bize?"

"Haklısın ana." dedi Hasan: "Sen hiç tasalanma, canın sağ olsun. Düşündüm taşındım, üzüntüm de geçti zaten sonradan. Bana nasip değilmiş, dedim, inşallah erkek evlat yetiştiririz de onu yollarız, dedim..."

"Allah böyük oolum." diye cevapladı kayınvalidesi: "Bak gördüy mü, söölediiy gibi olu işdi..."

Hasan, üç beş gün gezip dolaşarak memleket hasretini giderdi, hısım akrabasını, çarşıda ahbaplarını gördü. Sümer ile oyunlar oynadı, dört ayak yere uzanıp kızını sırtına aldı, onu oda oda gezdirdi. Sümer de babasına iyice alıştı. Birkaç günü böyle geçirdikten sonra, önce sahildeki çekek yerinde yatan Kırlangıç'a gitti, sağını solunu gözden geçirdi. Salim Kaptan ile görüşüp, teknenin durumunu, bakıma, onarıma ihtiyacı olup olmadığını konuştular.

Salim Kaptan: "Tekne daha on bir yaşında, Hasan," demişti, "Evrenye'de bunu yapan ustaları tanıyorum ben. Onlar senin kayınvalidenin akrabaları. Geçen yaz da ahşap bakımını yaptırdık, Sinop tarafından gelen bir kayıkçı ustasına. Sintinede[33] deniz suyu yiyip yumuşamış postalardan[34] birkaçını değiştiriverdi. Makine 'Johnson',

---

33 Sintine: Teknenin dibinde suyun biriktiği yerdir. İtalyanca "sentina" sözcüğünden denizci dilimize yerleşmiştir.

34 Posta: Gemilerde üzerine kaplama tahtalarının veya sacların tespit edildiği ağaç veya

biliyorsun. Piyasanın en sağlam makinesidir ha! Amerikan malıdır, öyle her teknede göremezsin 'Conson'u. Sen askerde iken makinistliğini kardeşin Hüseyin yaptı. Bir şikâyeti yok. Evrenye'deki ustalar, 'Yirmi, yirmi beş sene daha dolaşır, güzel bakılırsa.' diyorlar..."

Hasan, Kırlangıç hakkında işittiklerine sevinip rahatlamıştı.

"Tamam, benim kıymetli kaptanım," dedi Salim Kaptan'a: "ne güzel bakmışsınız yokluğumuzda. Ben de geldim artık. Dükkânı toparlayıp açana kadar, bil ki ben de hazır tayfayım. Bu vakitten sonra da herhangi bir şey icap ederse, kayınvalideyi rahatsız etmeyelim, ikimiz konuşalım."

"Hah! Bir de Recep'in durumu var." diye devam etti Hasan, aklını kurcalayan bir konuyu hatırlayarak: "İlkokulu bitirmiş geçen sene oğlan, evde duruyor, haylazlıkla vakit geçiriyor. Onu da artık ufak ufak seferlere alalım da gemiciliği öğretmeye başlayalım... Malum, gücü kuvveti yettiği zaman Recep'e vereceğiz rahmetli babasının mirasını..."

Salim Kaptan'la konuşmasından sonra kendisini bekleyen dükkâna yollandı Hasan. Dükkânı açtı, birkaç gün derleyip toparlamakla uğraştı. Havalandırdı, boyasını, badanasını, temizliğini yaptı. Bu işler bittikten sonra, dükkân üç senenin hareketsizliğini üzerinden atmış; silkinip ayağa kalkmış, raflar kumaş toplarının istiflenebileceği, askılıklar elbiselerin asılabileceği, ön tarafta cam önündeki camekân vitrin de dikişi biten elbiselerin gelen geçen müşteriye gösterilebileceği bir hâle kavuşmuştu. Sonunda, sıvadı kollarını, dükkânda üç senedir onu bekleyen dikiş makinesinin başına oturdu.

O senenin Ramazan Bayramı, ağustosun son üç gününde, Kurban Bayramı da kasım ayının başında idi. İşe girişmek için bir ara İnebolu'ya gitmek icap ediyordu. Agop Usta'nın kefil olması ile renk renk, yazlık, kışlık kumaşlar almak; makaralar dolusu naylon, ibrişim tedarik etmek; işler yoğunlaşırsa, dükkânın demirbaş malzemesini artırmak; yeni makas, plastik mezura, ahşap metre, kumaş kesiminde kullanılan sabun, dikiş yüzükleri almak; belki de kömürlü, ikinci bir ütü bulmak lazım gelecekti.

---

maden kaburgalar.

-3-

Çatalzeytin, Şubat 1947

1945'te İkinci Dünya Savaşı'nın sona ermesi ile savaşa girilmesine ilişkin endişe ortadan kalkmıştı. Çalışma ve iş hayatını, ülke ekonomisini baskı altında tutan, bir kısım tüketim maddelerini karneye bağlayan tedbirler yumuşamış, hayat canlanmaya başlamıştı.

Beldeden İnebolu ve Ayancık taraflarına sefer yapan motorlu kayıkların trafiği de doğal olarak artmıştı. Haftada bir İstanbul tarafından gelip, doğuya devam eden *Anafarta* ve *Tırhan* gibi vapurlara başkalarının da katıldığını gördüler, bunların Çatalzeytin önlerinden geçişleri sırasında: *Kadeş, Etrüsk...*

Beldenin motorcu tayfası *Anafarta*'yı ve *Tırhan*'ı İnebolu'ya gelişlerinden iyi tanıyorlardı. Yeni gelenlerin boyları, renkleri, bacaları, direkleri, genel olarak silüetleri daha farklı idi bunlardan.

Yeni devletin Uzak Asyalara doğru uzanan eski Türk tarihini ortaya çıkarmaya dönük çabalarından alınan ilhamla verilmişti bu yenilerin isimleri. Milattan dört yüz yıl kadar önce Anadolu topraklarından Kuzey İtalya'ya göçüp, Roma medeniyetini kuran ve Türk kökenli olduğuna inanılan Etrüskler... Milattan on üç yüzyıl önce Mısır Firavunu İkinci Ramses ile Anadolu'daki Hitit Kralı Hattuşili arasında imzalanan, Yakın Doğu'da yapılmış en eski anlaşma... Lidya Kralı'nın milattan önce altıncı yüzyılda İtalya'ya göç eden oğlu... Hep bu isimlerin kaynağını oluşturuyorlardı.

Terzi Hasan da ikinci büyük savaş sonrası açılan işlerden nasibini aldı. Çarşıdaki kiralık dükkânında tek başına çalışıyordu. Tüm beldenin ve köylerinin biçki dikiş ihtiyacı çarşıdaki iki, bilemedin üç terzi dükkânı tarafından görülüyordu. Çarşıdan aldığı bu pay, Hasan'ın evi geçindirmesine yetiyordu. Ayrıca, her seferine katılamasa da Salim Kaptan ve Ateş Kaptan'ın çalıştırdıkları Kırlangıç vardı. Tekne kendi ihtiyacı olan bakım tutum ve onarım masraflarını karşılayıp, kaptanların da hakkını verdiği gibi, Kuğulu'ya hatırı sayılır bir gelir sağlıyordu. Terzi Hasan ayrıca, henüz yetişip de işe güce yapışamamış akrabalarına, geçiminde sıkıntı çeken kız kardeşlerine elinden geldiğince destek veriyordu.

1947'nin Şubat ayında ikinci çocuğu dünyaya geldi. Pek zayıf doğan bu çocuk erkekti. Hüseyin adını verdiler ona. O yıllarda beldede hastane yoktu, devletin gönderdiği bir doktor da yoktu. Sadece bir sağlık memuru vardı; o da köylerden gelen hasta haberlerinin peşinde koşmaktan, köy köy dolaşmaktan belde merkezinde pek bulunamıyordu. Hastan mı var? Ya motorlu teknelerle ya da katır veya at sırtında doğru İnebolu'ya... İnebolu'dakilerin akıl erdiremediği vakalarda, acil hastalık ve ağır yaralanma durumlarında ise, yetiş yetişebilirsen büyük şehre!.. İnebolu'dan vapura binip havanın, denizin durumuna göre, genelde bir haftayı bulan, kimi zaman haftayı da aşan deniz yolculukları ile İstanbul'a gitmek ve şifa aramak, karadan yolu olmayan Kastamonu tarafına gitmeye uğraşmaktan daha mümkün geliyordu Çatalzeytin halkına.

Sağlık ve tedavi imkânlarının sunduğu bu şartlar içinde, Hasan'ın yeni doğan oğlu Hüseyin, hayata tutunamadı. Bir türlü geçirilemeyen ishal hastalığından eridi, sekiz aylıkken vefat etti. Çok büyük üzüntü yaşadılar. Yeni doğan çocukların, bebek çağlarında iken kaybı sıklıkla karşılaşılan bir durumsa da aileye gelecek bebeklerle çoğalmayı ve şenlenmeyi bekleyen Kuğulu Habibe'nin evine âdeta matem havası çöktü.

Kocasını kaybettikten sonra hayat mücadelesini tek başına sürdüren kayınvalide Habibe, bu üzüntüyü çabuk atlattı. Ama yetim büyüyen Fatma ve Bahriye'ye ilişkin büyük hayalleri olan Hasan, bu üzüntüyü kolay kolay geride bırakamadılar. İkinci çocuğun beklenmedik vefatı ile yaşanan acı bir tarafa, bebeğin doğumunu yaptıktan sonra Fatma'nın sağlığı da nazikleşti. Onu sık sık İnebolu'ya doktora götürmek zorunda kalıyordu Hasan. Derin üzüntünün getirdiği belirtiler; iştah kaybı, büyük keder ve depresyon hâli, zayıflama, kilo kaybı, kolay üşütmeler ve zatürreye varan solunum yolu rahatsızlıkları... Fatma'ya iyi gelen, yüzünü güldüren tek şey, dizinin dibindeki Sümer'in varlığı idi.

İkinci çocuğun doğup vefat ettiği, ağır üzüntülerin yaşandığı 1947'de Recep de on dört yaşına gelmiş, artık ergen olmuştu. Evin büyükleri her ne kadar derde düşüp dertlenseler ne kadar tasa çekseler de günler aylar geçiyor, çocuklar da bir yandan büyüyordu.

Recep, ablası daha evlenmeden önce, 1940 yılında başladığı ilkokulu 1945'te bitirmiş, Kırlangıç'ta işe yaramaya başlamıştı. Sümer, ilkokula 1949 yılında yeni yapılan kâgir binada başladı. Bu yıllarda Çatalzeytin'de ortaokul yoktu. Çocuğunu ortaokula göndermek isteyen ailelerin ya İnebolu'ya taşınması ya da çocuğu İnebolu'da emanet edecek bir tanıdık bulması gerekiyordu.

Bu şartlar içerisinde Kuğulu, Recep'i ilkokuldan sonra okula göndermedi. Görüp öğrendiği, okuyup yazdığı yeter, dedi, gerisini de hayat öğretecektir zaten...

Sümer'in okula başladığı 1949 yılında, Terzi Hasan'ın altmış bir yaşında olan babası Zade Tahir Ağa rahmetli oldu. Bütün çocukları Çatalzeytin'de idi. Büyük bir üzüntü ile babalarına son vazifelerini yaptılar.

Anadolu kadınlarının geleneksel sağı sağmaları, ağıt yakmaları arasında Tahir Ağa'nın namazını kıldılar. Karamandağı'ndaki belde mezarlığına cenazesini defnettiler. Beldede kimse ile kavgası gürültüsü olmayan, kimseye husumet beslemeyen, tersine, dürüstlüğü ve efendiliği ile bilinen halim selim Tahir Ağa, arkada bıraktığı hanımı Çayırlı Fatma ile altı çocuğuna, en büyük ağabeyi Paşa Süleyman'ın yaptırdığı ve Abdi ağabeyi ile kendisini birer taraflı oturttuğu ahşap evin çarşı taraftaki yarısını ve evin etrafındaki bir miktar arsayı miras olarak bıraktı. Bu mülk de zaten babasından kendisine kalmıştı.

En büyükleri Enver kırk yaşını bulmuştu. Gençliğinde İstanbul'a gidip, Yahudi bir kunduracının yanında meslek öğrenen, uzun yıllar İstanbul'da kalan Enver, daha sonra Çatalzeytin'e dönmüş, kunduracılığa kasabada kız kardeşi Hatice'nin kocası Aslan'ın Ahmet ile devam etmişti. Enver, babasının vefatını takip eden günlerde, Karabük'te 1937'de kurulan Demir Çelik Fabrikası'nın işçi alımı yaptığına dair duyduğu bir haber üzerine, ailesini de alıp gitti, Karabük'e yerleşti. "En büyüğünüzüm! Bu hayatta bir yol açıp, size göstermek bana düşer." dedi kardeşlerine. "Gideyim de Karabük'te bir kapımız açılsın. Arkadan, kim bilir, sizler de birer ikişer gelir, yerleşirsiniz..." Enver, uğraştı, didindi, kendini fabrikaya atmayı başardı. 1950 yılında işçi olarak fabrikaya girdi.

Çayırlı Fatma, ortanca kızı Halime'yi 1950 yılında Somay köyünden Salim ile evlendirdi. Salim de Enver gibi Karabük'teki Demir Çelik Fabrikası'nda çalışıyordu. Halime'yi alıp Karabük'e götürdü. 1951 yılında ise Hüseyin evlendi. Hüseyin'in eşi Türkeli tarafından, esasen teyzesinin torunu olan Hanife idi. Düğünden sonra Hüseyin, babasından kalan ahşap evde, annesi ile oturmaya devam etti. Kırlangıç'ta makinistlik yaparak geçimini sağlıyor, ilaveten belde çarşısında bakkal ve manav işleri ile kazancını artırmaya çalışıyordu.

1953 yılında Recep'in askerlik sırası geldi. Sümer on bir yaşına gelmiş, ilkokul dördüncü sınıfta idi. İnebolu Askerlik Şubesi, Recep'i de Bahriyeli yaptı. Rahmetli babası Sait Ağa'ya, Karahalil oğullarına çektiğinden olsa gerek, boylu boslu, endamlı, yakışıklı, zeki ve girişkendi.

Recep, yaradılıştan haylazdı biraz. Muhtemeldir ki kabından taştığında önüne duracak bir babanın olmayışı, annesi Kuğulu zapt etmeye gayret etse de Recep'e nazaran kısa boylu, çelimsiz oluşu, Recep'e meydanı boş bırakmış, biraz yaramaz yapmıştı. Çarşıdan, hiç beklenmedik zamanlarda Recep'in bir yaramazlık haberi gelir, annesine şikâyetler edilirdi. Çarşıda değilse, evin geniş bahçesinde... Ağaç tepelerinde, dalların uçlarına kadar gider, dal eğilir, kökünden kırılacak hâle gelir, Recep, bulunduğu yerde dalı sallayıp dururdu... Az mı düşmüştü bahçedeki erik ağacından...

Ergenliğinden sonra da ele avuca sığmaz hikâyeleri devam etmişti. Bir seferinde, Recep, on dokuz yaşında iken, kıyıda Kırlangıç'ın başında akranları ile girdiği bir iddia üzerine, poyraz rüzgârı ile iyice kabarmış Karadeniz, dalgaları ile kıyıyı döverken tek başına denize girmişti. "Bu havada, kıyıda patlayan dalgaların üzerinden aşıp ileriye gidebilir misin gidemez misin?.." Akranları ile girdiği iddia buydu.

"Giderim!" diyerek hemen olduğu yerde soyunmuş, ayakkabılarını, gömleğini ve kazağını çıkarmış, çakıl taşlarının üzerine katlayıp koymuştu. Üzerinde sadece iç çamaşırı kalmıştı. Etrafındaki arkadaşlarına "Bakın," demişti, "üç beş iri dalgadan sonra ara verecek, o arayı kollayıp dibinden arkasına geçeceğim... Üç beş dakika açılıp, döneceğim. Elbiselerim burada. Geri gelip taşa bastığımda, yıkılmadan sudan çıkabilirsem, kazanmışımdır. Anladınız mı birader?.."

Karadeniz'in "üçerleme"[35] denen huyundan yararlanmayı düşünmüştü. Kıyıya, dalgaların önüne gidip, dalganın kabarıp öne doğru büküldüğü yere yürümüştü. Patlayan dalga kuvvetle geliyor, Recep'in dizlerinden yukarıya yükseliyor, bir ileri bir geri yuvarlanarak sürüklenen taşlardan çıkan ürkütücü uğultu ile dalga daha da korkutucu bir hâl alıyordu. Recep, gelen dalgaya karşı bazen öne doğru eğilerek, bazen bir bacağını arkaya atıp geriye kaykılarak düşmemeye çalışıyor, dalga ile boğuşup duruyordu. Ancak, yuvarlanan koca koca taşların ayaklarını dövmesinden canının epeyce yandığı, ahlayıp, oflamalarından belli oluyordu.

Birkaç dakika geçmiş, Recep'in beklediği, fırsatını kolladığı dalga arası gelmişti. Üst üste büyük dalgalardan sonra fark edilir bir sakinlik başlamış, dalgalar sanki birden uysallaşıvermişti. Kısa süre içinde, dalgalar şiddetini tekrar artıracak, Recep'i yıkmaya çalışacaklardı.

Suya giriş zamanının geldiğini anlayıp, birden hareketlendi, ileriye doğru yürüdü, boyu alçalmış dalgaların dibine kadar gitti, balıklama daldı ve gözden kayboldu. Sahildeki arkadaşları, dalgaların onu geri atmasını, taşlarla beraber kıyıya sürüklemesini bekliyorlar, Recep'in suya girdiği noktaya bakıyorlardı.

İki dakika kadar bir süre geçti. Dalganın arası geçmiş, boyları büyüyüp kabarmıştı. Recep'in başı nihayet göründü!.. Dalgaların arkasına geçmiş, etki alanından çıkmaya, açılmaya çalışıyordu. On, on beş metre açıldı, döndü, sağ elini havaya kaldırıp sahildekilere işaretini verdi. Şimdi, işin yarısı tamamdı... Dalgaların yeni bir ara vermesini yakalayacak, uygun zamanı bulduğunda, süratle kıyıya yüzecekti.

Recep, beklediği arayı bir türlü yakalayamadı. Aradan yarım saate yakın zaman geçti. Karadeniz'in inatçılığı tutmuş, kayıkları, sandalları, motorları sahile çekerken hep bekleyip buldukları ara bir türlü kendini göstermemişti. Yorulmuş ve üşümeye başlamıştı. Nefes nefese, bitkin hâlde sahildeki arkadaşlarına bağırdı: "Ara vermiyor!.. Dalgaya yanaşsam beni kapıp taşa vuracak... Açılıp geride bekleyeceğim. Biraz açılıyorum!"

"İddia bitti, kaybettin Recep!" diye bağırarak cevap verdiler ona.

---

35 Üçerleme: Karadeniz'de birbiri peşi sıra ve sık aralıklarla gelen üç büyük dalgaya verilen ad. Bu büyük dalgalardan sonra kısa bir süre için dalgalar küçülür ve hafifler. Ardından tekrar büyük dalgalar gelir.

"Seni mi bekleyeceğiz böyle saatlerce, hava kararıyor, kaybettin işte!.."

Zor bir iş için tek başına karşılarına dikilip iddiaya giren Recep'in cesaretini cezalandırmak ister gibi, döndüler, çarşıya yürüdüler ve sahilden ayrıldılar. Recep'in ayakkabıları, gömleği ve kazağı sahilde, kendisi denizde alargada kalmıştı...

Hava karardı. Çatalzeytin'de o yıllarda elektrik yoktu. Akşam havanın kararmasından ertesi sabah gün ağarıncaya kadar gaz lambaları, ispirtolu flamanlı lüks lambalar ile karşılanıyordu aydınlatma ihtiyacı.

Saat gece yarısına vardığında, Recep hâlâ dalgaların ara vermesini bekliyordu. İddia üzerine girdiği suda atacağı alt tarafı üç beş kulaç, şimdi hayat mücadelesine dönmüştü. Çok yorulmuştu. Akşamın karanlığı ile hava serinlemiş, vücut ısısı düşmüş, yediği soğuktan yüzü bembeyaz, dudakları mosmor olmuştu. Denizle boğuşma sırasında üzerindeki çamaşırı, çorapları hepten sıyrılıp gitmişti, ama Recep bunun farkında bile değildi. Artık, kıyıya da bağırmayı bırakmış, bütün gücünü suyun üzerinde kalabilmek için kullanıyordu.

Evdekiler havanın kararmasına, vaktin de ilerlemesine rağmen Recep'in gelmeyişi ile telaşa kapıldılar. Terzi Hasan dosdoğru çarşıya gitti, Rafet'in ve Abduş'un lokantasını, kahvehaneleri kontrol etti. Yoktu ortalıkta Recep!.. Nihayet, Recep'in akranlarını ve arkadaşlarını bulduğunda, iddia konusunu öğrendi. Onların, Recep'i denizde bırakıp çarşıya dönmelerine çok kızmış, en ağır küfrünü etmekten kendini alıkoyamamıştı: "Hay bacağınıza köpek işesin, hergeleler!.. Adam olan, arkadaşını denizde tek başına bırakır da gider mi? Hiç olmazsa bana haber etseydiniz, çıkamadı diye..."

Beraberce kıyıya koşup Recep'in ayakkabıları ile giysilerini buldular. Elbiseleri bıraktığı yerde durduğuna göre, demek ki henüz çıkamamıştı... Büyük bir korkuya kapıldılar:

"Çıkamadı! Eyvahlar olsun! Muhakkak boğuldu oğlan..."

O andan itibaren Hasan'ın feryatları ile bütün çarşı ayağa kalktı. Gençler kahvehanelere koşup haber ettiler, ne kadar lüks lambası varsa, yakıt hazneleri ispirto ile dolduruldu, yakılıp kıyıya getirildi. Akçay'ın ağzı ile Harda Çayı'nın ağzı arasında, iki kilometrelik kıyı boyunca gruplara ayrılarak Recep'i aramaya başladılar. "Recep! Recep!" diye denize dönüp bağırıyorlardı...

Saatler ilerlemiş, Recep can derdi ile kendini suyun yüzünde tutmayı başarmıştı, ancak, dalgalardan geçip kıyıya geri çıkmaya fırsat bulamamıştı. Gündüzden kalan poyrazın sürüklemesi ile deniz, Recep'i yavaş yavaş batıya doğru götürmüş, Harda Çayı'nı da geçip, Ginolu'ya doğru yaklaştırmıştı. Harda Burnu'nun batısında, Konaklı köyünün altında, poyrazdan nispeten korunaklı bir noktada Recep nihayet fırsat bulabilmiş ve gece yarısından epeyce sonra tükenmiş bir vaziyette kendini kıyıya atabilmişti.

Sudan çıktığında tamamen çıplak, bütün vücudunun kanı çekilmiş, bembeyaz ve yalın ayaktı. Her tarafı titriyordu. Bu hâlde, kıyıdan yukarı, yola çıktı, Harda Çayı üzerinden çarşıya doğru yürümeye başladı. Kıyıda ellerinde lambalarla ekipler kurarak onu arayanlar, bu anadan doğma hayaleti bir türlü göremediler. Recep de birkaçını gördüğü bu ışıkların ne yaptığını merak edecek, dakika kaybedecek durumda değildi. Bir an evvel eve, hiç olmazsa sıcak bir sobanın başına varması gerekiyordu. Zaten, üzerinde hiçbir şey yok, anadan üryan vaziyette idi. Bu hâlde kimin karşısına çıkabilirdi?

Eve varıp bahçe kapısını açtığında konuşacak hâlde değildi. Evin kapısını çaldı. İçeriden feryat figan sesler geliyordu. Eniştesi, ahali ile kıyılarda Recep'i arıyor, komşular eve doluşmuş, bu acılı anda Habibe ile Fatma'nın yanında duruyorlar, Recep için hep beraber ağıtlar yakıyorlardı.

Çalan kapıyı Habibe açmıştı... Gelenin, akla hayale gelmeyecek bir görünüm içinde Recep olduğunu anlayınca eli ayağı çözülmüş, "Anacuuum!.." diye bağırarak olduğu yere düşüp bayılmıştı. Fatma, kapıdan gelen patırtıdan işkillenip, kapıya gelmişti.

"Kim o gelen, anne?"

Eşiğe yanaşınca kardeşini bütün haşmeti ile karşısında gören Fatma da bayılmış, yerde yatan annesinin yanına serilmişti...

Evdekilerin birkaçı açık kalan kapıya yönelip yaklaştıklarında, ayakta tir tir titreyen Recep'i ve yerde baygın yatan Kuğulu ile Fatma'yı gördüler. Recep'i bir hamlede kapının hemen sağındaki odaya sokup sakladılar. "Tamam, Recep bulundu!" diye bağırarak, evdeki ağıtları durdurdular. Daha sonra, baygın yatan ana kıza müdahale ettiler. Onları kendilerine getirip kaldırdılar ve birer yatağa yatırdılar.

Bu arada, evde erkek giysilerinden ne bulunduysa toparlanmış ve Recep'e verilmişti. Recep, giyinip evdekilerin arasına çıkınca başına geleni kısaca anlattı, onu mutfakta ocağın başına oturttular, ocağa birkaç odun attılar, ısınıp kendine gelmesini sağladılar. Bu arada deniz kıyısına, Recep'i arayanlara haber gönderilmiş, sağ salim eve geldiği bildirilmişti.

Recep bu hikâyenin ertesinde eniştesinden çok büyük bir azar yemiş, annesi de artık askerlik çağına gelmiş kocaman oğlunun peşine düşüp kovalamıştı: "Nedü bu bizim başımıza gelenler seniy yüzüyden!" diye bağırarak...

***

Hasan, bir yandan Fatma'nın muayene ve tedavisi için İstanbul hastanelerine gidip geliyor, bir yandan kardeşleri ile alakadar oluyor, aynı zamanda kayınbiraderi Recep'in askerliğe hazırlıklarını takip ediyordu. Kendisi daha otuz yaşını yeni bulmuştu, ama askerlik için İzmit'e, İstanbul'a gitmiş gelmiş olması ve *Yavuz*'da geçirdiği üç yıl onu olgunlaştırmış, sadece evde değil, belde çarşısında, esnafların arasında da konuştuğu zaman, dönüp dinlenen, sözüne itibar edilen bir noktaya getirmişti.

"Bak Recep," demişti kayınbiraderine, "henüz İstanbul'u görmedin. Ama İnebolu'ya gelip gitmelerimiz oldu. Kırlangıç'ta yetiştin, kaptanlığını edebilecek duruma geldin. İnebolu tarafını, Ayancık tarafını gördün. Sinop'a da gitmişliğin var."

"Var, enişte. Yedi, sekiz senedir koşturuyorum denizde. Her havasını yedim bu Karadeniz'in. Evelallah, askerde de idare ederim kendimi..."

"Edersin etmesine de... Benim askerliğim sırasında iki deniz kazası ile nice memleket evladı şehit olmuştu. Sana anlatmıştım, hatırlarsın Refah vapuru faciasını, Atılay denizaltısının batışını? İki kazada iki yüzden fazla Bahriyeli şehit vermiştik. Allah bir daha göstermesin bu millete böyle kazalar. Ama dikkatli olmak lazım. Sen de her nereye, hangi birliğe gidersen git, aklını başında tutmalısın. İlk evvela, asker, kendisine verilen işleri doğru düzgün yapacak, kuralına, kaidesine uyacak. Sonra, branş dersen branş, gemi dersen gemi, filo dersen filo, en sonunda da donanma... Hani, kaderin getireceği kazadan beladan belki kaçılmaz, mücadele edersin ama zayıflık edip kazayı da kendi eli ile getirmemeli insan, değil mi? Bu söylediklerimi unutma!"

"Tamam, enişte." diye cevaplamıştı: "Emir, talimat, kural, kaide, her ne ise, ona göre..."

"Tamam, birader. Gelelim tepeceğin yola... Önce İnebolu, sonra vapur, doğru İstanbul'a! İstersen geleyim, seni acemi birliğine teslim edip döneyim. Ne dersin?"

Recep, buna lüzum olmadığını söylemişti.

"İyi madem! Öyle olsun. Senin acemiliğin de Kasımpaşa'da. Bakalım dağıtımın nereye çıkacak? Acemiliğinin bitmesine yakın belki biz de bir İstanbul yaparız ablan ile... Görüşürüz o vakit. Sonrası Allah kerim..."

Recep, eniştesi ve askerliğini Bahriyeli olarak yapmış beldedeki diğer büyükleri ile konuşa konuşa kendini askerliğe zihnen hazırladı. Denize ve denizciliğe zaten alışkındı. 1953'ün bahar mevsiminde askere gitti. Acemilik eğitimlerini Heybeliada'daki Deniz Eğitim Komutanlığı bünyesinde görecekti.

Acemi birliğinde daha bir ayını doldurmadan, 1953'ün Nisan ayının dördünde, Çanakkale taraflarından yeni bir deniz kazası haberi duyuldu ve bütün memleket baştan başa yasa boğuldu.

Akdeniz'de katıldıkları bir NATO deniz tatbikatından Gölcük'teki ana üslerine dönmekte olan *I. İnönü* ve *Dumlupınar* denizaltılarından ikincisi, *Dumlupınar;* 4 Nisan günü gece vaktinde Çanakkale Boğazı'ndan geçerken Hollandalı bir ticaret gemisi ile çarpışmış, beş dakika içinde batmıştı.

Dumlupınar, Türkiye'nin 1952 yılında NATO'ya üye olması ile paralel yürütülen savunma projeleri içinde, 1950 yılında Amerika Birleşik Devletleri Deniz Kuvvetleri'nden alınıp, Donanma'ya katılan denizaltılardan birisi idi. Kazaya uğradığı yerde seksen altı kişilik mürettebatından beş kişi, çarpışma anında denize atlayarak veya savrularak denize düşüp kurtulmayı başarmış, geride kalan seksen bir asker, batan denizaltı ile Boğaz'ın sularına gömülmüştü. Gemideki seksen bir denizaltıcının yirmi ikisi kaza sırasında kendilerini en arka taraftaki "kıç torpido dairesinde" emniyete alarak hayatta kalmayı başarmışlardı.

Çanakkale Boğazı'nın Nara Burnu denen, gemi seyri ve deniz trafiği bakımından en nazik kısmında uğradığı kazanın ardından *Dumlupınar,* gemi içine dolan deniz suyu nedeniyle seksen yedi metre derinliğe, deniz dibine gitmiş, bir tarafına otuz beş derece yatıp kalmıştı.

Çevre bölgelerden yerli ve yabancı, sivil ve askerî onlarca gemi, yardım edebilmek amacıyla süratle kaza bölgesine geldiler. Türk Donanması'nın denizaltı kurtarma gemisi olan *TCG Kurtaran* da kaza yerine gelmişti. *Kurtaran, Dumlupınar*'ın tam üzerinde kendini sabitlemiş, batan denizaltı gemilerinden mürettebatı çıkarmak için o dönemin tek kurtarma aracı olan kurtarma çanını[36] *Dumlupınar*'ın kıç tarafındaki kaportasına indirerek bağlamaya çalışıyordu. Kaza bölgesinde çalışmaları yöneten, koordine eden, Donanma ve Deniz Kuvvetleri'ndeki üst yöneticilere bilgi vererek talimat alan, dönemin Denizaltı Filosu Komutanı Amiral Fahri Korutürk idi. Fahri Amiral, çalışmaları *Kurtaran*'dan sevk ve idare ediyordu. Yirmi yıl kadar sonra ülkenin Cumhurbaşkanlığı makamına da gelecek olan bu denizaltıcı Amiral, kurtarılmayı bekleyen *Dumlupınar*'ın durumunu en iyi bilen, kurtarma organizasyonunun da en sağlıklı ve süratli şekilde yürütülmesini sağlayabilecek olan subaydı.

Yukarıdaki olağanüstü çalışmalara rağmen, Boğaz'ın Nara Burnu'nda hâkim olan kuvvetli akıntılar, kurtarmanın başarıya ulaşmasına engel oldu.

Kurtarmada ilk yapılması gereken, *Kurtaran*'daki çanın aşağı yukarı hareketi sırasında ona kılavuzluk edecek olan çelik tel halatın uç kısmının aşağıya götürülüp, *Dumlupınar*'da sağ kalan mürettebatın bulunduğu dairenin hemen üst kısmındaki kaportaya bağlanması idi. Bu başarılınca, kurtarma çanı bu kılavuz halat boyunca, aşağı yukarı işletilmeye başlayacaktı.

Kılavuz halatı *Dumlupınar*'a ulaştırabilmek için pek çok dalgıç suya girdi, sayısız dalışlar yapıldı. Ancak, tamamı denizaltı gemisine ulaşamadan suda kendilerini alıp sürükleyen akıntıya karşı yenik düştüler, kimi dalgıçlar bayılıp, suda kaldılar. Bayılanlar derhâl yukarıya çekiliyor, basınç odalarına alınıp kendilerine getirilmeye çalışılıyordu. Bu dalgıçların sadece birisi, Astsubay Nurettin Ersoy, seksen metre derinliğe kadar inebildi. *Dumlupınar*'a en fazla yaklaşabilen o olmuştu. Maalesef, o da kurtarılmayı bekleyen yirmi iki denizaltıcıya yedi, sekiz metre kala, gücünü tüketti ve bayıldı. Hiçbir dal-

36 Denizaltı kurtarma çanı: Denizde mahsur kalarak yüzeye çıkmayı başaramamış denizaltı gemilerinden personel kurtarmak için kullanılan, çana benzer cihaz. Yukarıdan aşağıya, denizaltıya indirilerek bağlanan bir kılavuz halat boyunca iniş ve çıkışlar yaparak denizaltıcıları gruplar hâlinde satha çıkarır.

gıcın *Dumlupınar*'ın güvertesine inebilmesi, kıç torpido dairesindeki kaportaya yapışıp tutabilmesi mümkün olamadı.

Dumlupınar'ın deniz dibinde yattığı yerden serbest bıraktığı kurtarma şamandırası[37] deniz sathına çıkmıştı. Kurtarmaya gelen denizci personelin ulaştığı şamandırada bulunan acil telefon cihazı çalıştırıldı. Bu telefon sayesinde, kırk saate yakın, *Dumlupınar*'ın kıçında hayata tutunan denizaltıcı astsubaylar ile konuşulabildi. Fakat saatler geçtikçe aşağıdaki mürettebatın soluduğu havadaki oksijen tükendi, sonunda, kelime-i şehadet getirerek son sözlerini söyleyen askerlerin sesleri büsbütün kesildi.

Kıç torpido dairesinden yukarıdaki kurtarmacılarla konuşan, aşağıdaki durumu anlatan Astsubay Selami Özben'in şu sözleri, o günlerdeki gazetelerin ilk sayfalarında yer aldı ve ülkenin dört bir yanındaki zihinlere âdeta kazındı:

Yukarıdan, Üsteğmen Suat: "Alo, Selami!" diye seslenmişti kurtarma şamandırasındaki telefondan.

"Evet, Dumlu..."

"Selami, nasılsınız?"

"Efendim, hava biraz fenalaştı..."

"Moralinizi bozmayın, o hava size iki gün yeter... Sen çocukları yatır, sigara içmeyin..."

"Yok, efendim, hepsi yatıyor. Sigara da içmiyoruz. Işık da yok, karanlıktayız..."

Yarım saat kadar sonra: "Alo, Selami!" diye tekrar seslenmişti Üsteğmen Suat: "Selami! Selami, duyuyor musun?.."

"Vatan sağ olsun!.."

"Selami!"

Selami, vatanına sağlık dilemiş, ardından hiçbir çağrıya cevap verememişti. Aşağıdan cevap olarak sadece inlemeler ve kelime-i şehadet sözleri duyuluyordu.

Amiral Fahri Korutürk, Ankara ve İstanbul'daki amirlerine son durumu izah etti. Nisan'ın dördü ile yedisi arasında, üç gün süre ile *Dumlupınar*'a ulaşmaya, sağ kalanları kurtarmaya çalıştıklarını, an-

---

37 Denizaltı kurtarma şamandırası: Deniz dibinde mahsur kalmış denizaltıdan serbest bırakılarak satha gönderilen şamandıra. Tel halatla aşağıdaki denizaltıya bağlıdır. Denizaltının yerini gösterir. İçindeki telefon vasıtasıyla denizaltıdaki personel ile konuşmayı mümkün kılar.

cak, Boğaz'ın akıntısına karşı çaresiz kaldıklarını açıkladı. Neticede, 7 Nisan günü sabaha karşı iki sularında artık bütün umutların tükendiğini anladılar ve kurtarma çalışmalarına son verdiler.

Dumlupınar'ın adı, yaşadığı bu feci kaza ve 81 denizaltıcı şehidin isimleri tek tek ülkenin bütün illerine, ilçelerine ve köylerine yayıldı, ülke büyük bir yas tuttu.

Milletçe tutulan yasa Çatalzeytin halkı da katılmıştı. Kuğulu Habibe'nin evinde şehitler için çekilen üzüntünün yanında bir de Recep'in endişesi yaşanıyordu.

"Bi adamım, Ercebim var elimde! Allah'ım sen onu baa bağışla... Başına bir gaza bela vermeden sağ salim döndür evine!" diye dua ediyordu Kuğulu, oğlu için.

1953'ün Haziran ayında acemilik eğitiminin tamamlanmasından sonra, Recep'in dağıtımı Heybeliada'da bulunduğu birlik içine çıkarıldı. Bütün askerlik hizmeti boyunca Heybeliada'da kaldı. Hafta sonu, cumartesi veya pazar günleri sabahtan İstanbul'a çarşı izinlerine çıktı, akşam havanın kararmasına yakın, bir vapurla adaya döndü. Her çıkışında Küçükpazar'a uğramayı âdet hâline getirdi. Hemşehrilerini aradı, sordu, memleketinden haberler aldı. Kalan vaktinde arkadaşları ile Beyoğlu tarafına gitti ara sıra.

Terzi Hasan, kimi zaman tek başına kimi zaman doktor ve hastane işleri için Fatma ile geldiklerinde, Heybeliada'ya geçip kayınbiraderine ziyaretler yaptı, ona temiz çamaşırlar, harçlıklar götürdü. Recep'in askerliğini yaptığı Deniz Eğitim Komutanlığı karargâhı, adanın sırtlarında, tepelik bir yerde idi. Terzi, Heybeliada'ya her gelişinde vapur Burgaz'dan kalkıp Heybeliada'nın Değirmenburnu'nu dönerken *Yavuz*'da geçen kendi askerlik günlerini hatırlayarak dalgın dalgın adayı seyrediyor, iskelenin hemen yanındaki Deniz Harp Okulu'na bakıyor, okulun bahçelerinde tek başlarına veya gruplar hâlinde sağa sola giden öğrencileri takip ediyordu. "Allah nasip ederse," diyordu içinden, "buraya bir oğul göndereceğim..."

Bir keresinde Terzi Hasan ile Recep, adanın sırtlarından aşağıya, vapur iskelesine yürüyorlardı. Recep, çarşı iznine çıkmıştı. Eminönü ve Küçükpazar tarafına gitmek için vapura bineceklerdi. Yukarıdan aşağıya, Harp Okulu duvarlarının dibine uzanan yokuş yoldan inerlerken, Hasan, önlerinde görünen beyaz duvarların arkasındaki okulu işaret ederek: "Hiç işin oldu mu bu okulda, Recep?" dedi,

"Hiç girdin mi içeriye?"

"Girdim enişte. Bahriye'de bir kuzu günü âdeti var. Hani biz de 'Hıdırellez' diye kutluyoruz ya... Bahriye askerlerinin Hıdırellez'i sayılır. Çeşitli yarışmalar oluyor, kuzu etli pilav yeniyor. Bu sene adadaki tüm birlikler buraya toplandı, kuzu günü eğlenceleri yapıldı. O sebeple gelmiştim..."

"Gezip dolaştın mı sağını solunu? Hiç konuştuğun oldu mu?"

"Bizi bölük hâlinde getirdiler, şurada üst tarafta gördüğün küçük kapıdan geçirip dosdoğru yürüttüler. Okulun arkasında, yakın yerde bir top sahası var. Vaktimizi orada geçirdik, çok kalabalıktık."

"Benim, adaya epeyce gelmişliğim var, ama hiç de girip gezemedim... Talebeler nerede yatar, nerede kalkar, kim yetiştirir, gemileri onlara kim gösterir?.."

"Bir tanıdığımız olsa, alttan girip üstten çıkar, bir yolunu bulup gezerdik be enişte!"

Terzi'nin bildiği bahriyeliler *Yavuz*'daki askerliği sırasında tanıdığı iki elin parmağını geçmeyen subaylar, gediklilerdi. Onlar da kim bilir şimdi nerelerde idiler?

***

Recep'in askerliği sırasında Çatalzeytin'i epeyce meşgul eden bir konu vardı: "Belde" olmaktan "ilçe" olmaya geçiş! Osmanlı Devleti döneminde 1905 yılında bucak, yani belde yapılan Çatalzeytin'de ilk belediye teşkilatı 1911 yılında kurulmuş, Karahalil oğullarından Hüsnü Efendi, ilk belediye başkanı olarak görev yapmıştı. Hüsnü Efendi, Terzi Hasan'ın rahmetli kayınpederi Sait Ağa'nın babasıydı.

Çatalzeytin beldesindeki nüfusun çoğunluk kısmı öteden beri köylerde yaşar, merkezdeki nüfus bin, bin iki yüz civarında dolaşırdı. Merkez kadar kalabalık ve onun kadar büyük köyler vardı, Celaller, Mamlay gibi. Paşalı da zaman içinde gelişip büyüyen köyler arasına katılacaktı.

Nüfus dağılımındaki bu durum nedeniyle, 1940'lı, 50'li yıllarda Çatalzeytin beldesi bir türlü ilçe olmaya yetecek nüfus barajını aşamıyor, Ankara'daki siyasileri ve bürokratları ikna edemiyordu.

1940'lardan itibaren beldenin ileri gelenleri, muhtelif heyetler kurarak pek çok kez Ankara'ya gitmiş, başta Türkiye Büyük Millet Meclisi olmak üzere, birçok makam ve kurumun kapısına dayanıp, ilçe yapılmak için şartları zorlamışlardı.

Kendileri gibi İnebolu'nun beldesi olan Abana, 1945 yılında, Abana'nın bir köyü olan Bozkurt ise 1953 yılında, bir şekilde ilçe olmayı başarmıştı. Abana'nın ilçe oluşundan sonra, tutup Çatalzeytin'i, Abana'ya bağlamaları, Çatalzeytinlileri biraz kızdırdı, onların daha da fazla çalışmalarına sebep oldu.

Belde eşrafından Şekerci İbrahim Efendi'nin oğlu Hüseyin Avni İnce, 1952 yılında belde merkezine muhtar seçilmişti. Babasının artık elini ayağını çekmeye başladığı şekerci dükkânını devraldığında, onun namını da devralan Şekerci Hüseyin, muhtarlığının ilk günlerinden itibaren Ankara'yı âdeta bir komşu kapısı hâline getirdi. Çarşıdan toparladığı esnaf ve ileri gelenlerle oluşturduğu heyetlerin önüne düşüp, Ankara'ya götürüyor, karar makamlarının kapılarını zorluyorlardı.

Yeni Muhtar Hüseyin Avni İnce, elli yıldır beldelikten kurtulup da büyüyememiş Çatalzeytin'i muradına erdirmek için bir formül geliştirdi. Yakın köylerden birini merkezin mahallesi yaparak nüfus barajını aşmak! Bunun için Çelebiler köyünü seçtiler. Köyün kümeleri neredeyse, kasabanın bitiminden itibaren başlıyor, içeriye doğru yedi, sekiz kilometreye kadar yayılıyordu. Çelebiler, Terzi Hasan'ın kız kardeşlerinden Hatice'nin de gelin gittiği köydü. Kastamonu'ya doğru yapılması düşünülen yolun üzerindeydi.

Ankara ile yapılan temaslar sonucunda bu formül işe yaradı. Çelebiler, beldenin bir mahallesi olarak tanımlandı, nüfus böylece barajın üzerine çıktı. Neticede Çatalzeytin, 1 Haziran 1954 tarihinde doğrudan Kastamonu'ya bağlı bir ilçe oldu. Muhtar Hüseyin Avni İnce de bu başarının sayesinde, ertesi yıl yapılan seçimlerde ilçe belediye başkanı oldu. Bu seçimlerle kurulan belediye meclisinin üyeleri arasında Terzi Hasan da vardı.

1953'te askere giderken arkasında bir belde bırakan Recep, 1956 yılında askerliğini tamamlayıp geldiğinde, Çatalzeytin'i ilçe olarak buldu. Bir hafta, on günlük gezip dolaşmadan sonra Hasan eniştesi ile konuştular. Bu konuşmada Recep, Kırlangıç'ın kaptanlığını almayı talep etti. "Tamam, Recep," dedi eniştesi, "beş altı aydır Ateş Kaptan çıkıyor denize. Konuşalım, onunla bir iki ay dolaş. Ateş Kaptan, 'vakti geldi, verelim Recep'e' dediğinde teslim al Kırlangıç'ı..."

Böyle yaptılar. Recep, Ateş Kaptan ile birkaç ay kıçüstünde dümen tuttu. Tekneyi sahile baştan karalar etti, İnebolu ve Ayancık taraflarına gittiklerinde iskelelere bağlama ve avara etme[38] egzersizleri yaptı. Sonunda Ateş Kaptan: "Recep artık tamam!" dedi, "Kırlangıç'ı verebiliriz!"

Recep, Kırlangıç'ın kaptanlığını aldığında kendisi yirmi üç, Kırlangıç ise yaklaşık yirmi yaşında idi. Yaşları birbirine uygun bu iki genç, çok iyi anlaştılar. Recep, babasının mirası Kırlangıç'ın her derdine yakından ilgi gösterdi. Bakımı ve tutumu zamanında yapıldıkça, manevraları yumuşak yapılıp makinesine özen gösterildikçe, Kırlangıç da sanki uysal bir at gibi, Recep'e itaat etti, birlikte denizde çok yol teptiler.

40'lı yılların sonu ve 50'li yılların ilk yarısı, Hasan'ın, Fatma için çabalaması ile geçmişti. Dükkânda çalışıp kazanmaktan yana bir sorun yoktu. Sadece kendisinin değil, yanına yardımcı alsa, akşam dükkânı kapatıncaya kadar onun da elini meşgul edecek işi oluyordu. Askerden gelip, dükkânı tekrar açalı dokuz, on yıl vakit geçmiş, gelgelelim Fatma'nın rahatsızlıkları tamamen geçmemişti. 1950'li yıllarda Hasan, Fatma'yı pek çok kez İstanbul'a götürdü, Aksaray'daki Haseki'de, Vatan Caddesi'nde yeni açılan Vakıf Gureba'da, Haydarpaşa'daki Numune Hastanesi'nde pek çok kez yatırdı, tedaviler gördüler. Uygulanan tedavinin uzun süreceği seferlerde Hasan, İstanbul'da yakın bir akraba bulup da emanet edemediği Fatma'yı hastanede tek başına bırakmak ve Çatalzeytin'e dönmek mecburiyetinde kaldı. Dükkânı açmak, çalışıp para kazanmak gerekiyordu.

1954 yılında Sümer, ilkokulu bitirdi. Büyükannesi Kuğulu'nun Recep'e yaptığı gibi, Terzi Hasan ile Fatma da kızlarını ilkokuldan sonra ortaokul için ilçeden dışarıya göndermediler. Aslında, okuyup ilerlemesini arzu ediyorlardı. Sümer'in ilkokul beşinci sınıftan çıktığı haziran ayında Çatalzeytin de belde olmaktan çıkıp ilçe olmuştu. Gelgelelim, kasabada -üç yıl sonra açılacak olan- ortaokul henüz yoktu. Doğan erkek çocuğun kaybı ile yaşadıkları üzüntü onları büsbütün Sümer'e bağlamıştı. Bu yüzden, bir tanecik kızlarını Çatalzeytin dışına, İnebolu'ya veya Karabük'e göndermeyi hiç düşünmediler.

Sümer ile aynı yıl Hatice halasının oğlu Avni de Çelebiler'de de-

38 Avara etmek: Geminin bağlı olduğu iskeleden, rıhtımdan hareket edip, ayrılması.

vam ettiği ilkokulu bitirmişti. Etraftaki her ailenin yaşadığı tereddüt, Avni için de yaşandı. Gönderilebileceği ortaokul yoktu. Çocuk okumaya yatkın ise, ailesinde okutma azmi ve maddi güç varsa, İnebolu'da veya başka yerdeki bir ortaokula gönderilebilirdi. Yatkın değilse, ilkokulda aldığı eğitim ile yetinilir, gecikmeden bir esnafın, bir zanaat sahibinin yanına verilirdi ki çocuk bir baltaya sap olabilsin...

Hatice, Avni'nin okulu bitirmesinin ardından kardeşi Hasan'a sormaya başlamıştı: "Hasan, bu oğlana bir zanaat öğretmek lazım, bak okulu bitti, ortalıkta geziyor. Al yanına dükkâna, senden öğrensin bu mesleği... Hem senin de elini rahatlatır. On senedir tek başına çalışıyorsun. Sana da adam lazım değil mi?" Kocası, kunduracı "Aslan'ın" Ahmet de aynı fikirde idi.

Sonuçta, 1954'ün Haziran ayında Terzi Hasan, ablasının oğlu Avni'yi beş lira haftalıkla yanına çırak aldı. Avni'nin babası, çarşıda ağabeyi Mehmet ile işlettiği kunduracı dükkânında paydos edince çarşıdan yedi kilometre yukarıdaki köye çıkıyordu. Daha on iki yaşındaki Avni'nin her gün yaya olarak köye gidip gelmesine imkân olmadığını görünce, Hasan, ablası ile konuştu, yeni çırağını iç güveyi olduğu, Kuğulu'nun evine misafir aldı. Avni'ye de evde bir yer verip, yatırmaya başladılar.

Avni'nin terzilikte yetişmesine diyecek bir şey yoksa da disipline ve kontrol altında çalışmaya yatkın olmayan yaradılışı, akla gelmeyecek haylazlıkları, dayısı olan ustasını zaman içerisinde yormaya başladı. Bir seferinde, Hayriye teyzesinin oğlu olan diğer çırak Atik'i dövmesi, Atik'in bu olayı babasına anlatması üzerine, Hayriye'nin kocası Ali enişte ile yaptıkları bir tartışmada Avni'nin onu da hırpalayıp devirmesi hem dükkânda hem Çelebiler'de hem de Kuğulu'nun evinde epeyce üzüntü yarattı. Bir ara saza, bağlamaya merak saldı, abdallar gibi düğünlerde gezdi, ikide bir elindeki işi bırakıp dükkândan kaçtı, ortalıktan kaybolunca sabahlara kadar köy köy dolaşıp, Avni'yi aradılar.

Terzi Hasan, arada ablasının hatırı olduğundan, bu kadar yaramazlığına, uslanmaz arlanmaz hâllerine rağmen yeğeni Avni'yi başından atmayı düşünmedi. Türlü yaramazlıklarına rağmen, onu dükkânda ve kendisinin iç güveyi olduğu evde tutmaya devam etti.

***

Takvim 1957'nin günlerini sayarken Recep, Kırlangıç ile denizde dolaşmaya devam ediyordu. Hüseyin de makinist olarak çalışıyordu Kırlangıç'ta. Recep, uzun boyu, yapılı vücudu ve öz güveni yüksek yaradılışı ile Kırlangıç'ın kıçüstüne çok yakışmıştı. İnebolu'dan, Ayancık'tan bakkaliye malı, tuğla, briket, mevsimine göre, karpuz, kavun alıp getiriyorlar, ihtiyaç oldukça yolcu taşıması da yapıyorlardı.

Kırlangıç, silüetinin keskin hatları, baş tarafından bakıldığında dolgun gövdesi, yükünü aldığında göze batacak kadar suya gömülen, yüksek dümen başı ile Çatalzeytin kıyısındaki diğer tekneler arasında hemen göze çarpıyordu. Johnson marka Amerikan malı motoru nadirdi. Pervaneyi çevirme gücü pek kuvvetli olan bu marka sadece Çatalzeytin'de değil, komşu kasabalarda da hatta İstanbul'da da pek nadir bulunuyordu. Teknenin boyu on iki, on üç metre civarında, eni üç metre kadardı. Sekiz tona kadar yük alabiliyordu. Sakin havada tam yol vurduğunda dokuz mil sürat yapabiliyordu.

Başüstüne yakın bir direği vardı. Direğin alt kısmında da bumbası. İstenirse, güzel bir yelken donatılabilir ve pekâlâ yelken seyri de yapabilirdi. Ama diğer teknelerin kimileri yelken de kullanırken, Kırlangıç'ta hiç yelken açılmadı. Makinesi kıç güvertenin hemen önünde idi. Başta sancak ve iskele[39] taraflardaki mapalara[40] halatlarla bağlanarak bordadan[41] aşağıya sarkıtılmış birer lastik usturmaça[42] bulunurdu. Eskiyip çıkarılmış otomobil dış lastikleri... Kıç tarafında, dümen yekesine yakın yerde bir buçuk adam boyundaki direkte teknenin bandırası, yani bayrağı dalgalanırdı. Baş tarafının iki yanında, beyaz boya ve büyük harflerle "KIRLANGIÇ" yazılıydı. Bu yazının altında da siyahtan bir kırlangıç kuşu resmi vardı.

Fiziki durumu gayet iyi idi Kırlangıç'ın. Postaları ve omurgası[43] kestane ağacından, borda ve güverte kaplamaları ise sarıçamdan imal edilmişti. Yıllık raspası ve boya bakımı düzenli yapıldığından, maki-

39 Sancak taraf: Geminin sağ tarafı. İskele taraf: Geminin sol tarafı.

40 Mapa: Ucu halkalı cıvata.

41 Borda: Geminin dış yanlarının su üstünde kalan bölümü.

42 Usturmaça: Gemilerin iskele, rıhtım gibi yerlere yanaşmaları sırasında olabilecek çarpmaları önleyen; halat, lastik, ağaç, plastik gibi esnek bir malzemeden yapılmış, sabit ya da taşınabilir yastık.

43 Omurga: Geminin inşa sırasında kızağa konan ilk kısmıdır. Geminin diğer elemanları omurga üzerine inşa edilir. Gemi dibinde baş bodoslamadan kıç bodoslamaya kadar uzanır.

nesi zaten nam saldığından, kasaba esnafının ve ahalinin tercih ettiği bir tekneydi. Her senenin 1 Temmuz gününde kutlanan Denizcilik ve Kabotaj Bayramları vesilesiyle kasabada düzenlenen motorlu tekne yarışlarının favorisiydi.

Komşu kasabalara panayır, düğün ve bayram gibi sebeplerle gidecek kalabalık gruplar, 60'lara kadar henüz kara yolu açılmadığından mecburen denizden giderler ve bu durumda Kırlangıç'ı tercih ederlerdi. Böyle seferlerin yolcuları; başüstüne, orta kısımdaki yük ambarına, kıç tarafta makine kasasının her iki yanına, dümen yekesine kadar balık istifinde oturtulur, kimsenin ayağa kalkıp da yerini değiştirmesine, dengeyi bozmasına izin verilmezdi. Ayağa kalkıp gezinmeye yeltenen yolcuya Recep, kıçüstünden gür sesi ile bağırırdı: "Yeğenim, otur yerine, anladın mı? Ne tembih ettik çarşıdan kalkarken? Şimdi Hüseyin ağabeyim geliyor yanına ha!.."

Çarşıdan bir esnafın -Meral Önüralp- Türkeli'deki gelin almasına gidilirken örneğin, Kırlangıç tamamen dolmuş, altmıştan fazla yolcu almıştı.

***

1957 yılında, henüz üç yaşına gelmiş ilçeye hareketli günler geçirten iki olay yaşandı. İlki, ilçe olmanın Ankara'dan getirdiği yenilikler kapsamında, sadece tek bir ilkokulun bulunduğu kasabaya yeni bir bina yapılarak ortaokul açılması idi. İkincisi ise, yıllık tatbikatları için haziran ayında Karadeniz'e açılan Donanma gemilerinin, tekneler ve kayıklar ile ilçe önünde yolları kesilerek durdurulması, bütün Donanma'nın kasabaya davet edilmesi, alınan söz üzerine, tatbikatın tamamlanmasını takiben geri dönüş yolu üzerinde *Cerbe* isimli denizaltı gemisi ile *Giresun* isimli muhrip tipi bir su üstü savaş gemisinin kasabaya gelmesi ve bir gün vakit geçirmesi idi.

Terzi Hasan, çarşıdaki kiralık dükkânını işletmenin yanı sıra, Avni'nin varlığından istifade ile kasaba motorcularının kâhyalığını yapıyordu 1957'de. Görevleri arasında; kasaba esnafının dışarıdan alınıp getirilecek malları için yapılacak seferleri motorlar arasında paylaştırmak, sahildeki çekek ırgatlarının bakımlarını yaptırmak ve çalışmaya hazır bulundurmak, ilçe gemicilerinin Evrenye ve Kurucaşile gibi tekne inşa ve onarım kapasitesi olan yerlerle irtibatlarında koordinasyon sağlamak vardı. Recep ile Hüseyin de yanlarına gerektiğinde tayfa bularak Kırlangıç'ı donatıyorlar, sağa sola seferler yapmayı sürdürüyorlardı.

Bir gün Kaymakam Arif Arık'ın, Terzi Hasan'ı çağırttığı haberi geldi. Gittiğinde Kaymakam, Hasan'ı buyur etti, oturttu. Yanında, öğretmen Mustafa Öztürk de vardı. Çelebiler'den olan Mustafa Hoca askerden geçen yıl gelmiş, Mamlay köyündeki ilkokula atanmıştı. Kaymakam, Terzi'ye gemicilerin hâlini hatırını sorduktan sonra konuyu açtı:

"Hasan Efendi! Biliyorsun, ilçeye yeni bir ortaokul projemiz var. Binası yeni yapılacak, yeri de dere yanında, jandarma karakolu ile ilkokulun arasındaki arsada olacak."

"Biliyoruz Kaymakam Bey. Belediye meclisi olarak yakından takip ediyoruz. Belediye reisi ile de sık sık konuşuyoruz. Çok sevinçliyiz bu konuda..."

"Eksik olmayın. Gelelim sadede! Belediye reisi, kasaba halkının bizzat çalışarak inşaatın işçiliğini üstlenmek istediğini bildiren bir yazı gönderdi. Mustafa Hoca da köydeki okulu yaz tatilinde olduğu için birkaç ay boşta olduğunu, inşaatta çalışmak istediğini söylüyor..."

"Evet, efendim."

"İşçi ihtiyacını böyle karşılayacağız, buna mâni bir durum yok. Tahsis edilen ödenekten demiri, çimentoyu ve tuğlayı alacağız. Demiri Karabük'ten, çimentoyu da Ankara'dan getirtiyoruz. Ancak, Ayancık'tan alacağımız tuğlayı getirecek vasıtamız yok. Mustafa Hoca biraz önce dedi ki 'Hasan ağabey motorcular kâhyasıdır, ona bir soralım. Bir hâl çaresi bulur...' Uzun lafın kısası, motorcuların eline kaldık yani..."

Terzi Hasan, konuyu anlamıştı. Hiç tereddüt etmedi:

"Ne kadar lazımsa biz gidip yükler, getiririz, derenin altına indiririz Kaymakam Bey. Ondan fazla motorlu teknemiz var, hepsi faal, yola gidebilir. Kaptanların hepsi de seve seve yapacaktır bu seferleri."

"Sağ olasın muhterem Hasan Efendi," diyerek sevincini açıkça göstermişti Kaymakam Arif Bey, "ben Ayancık tarafı ile görüşeyim, ne zaman gidip yükleyebileceğiz, öğreneyim. Senden motorları tembihleyip, hazır bekletmeni istirham edeceğim."

"Motorları yarın sabahtan hazır bilin Kaymakam Bey! Ben sırasını yaparım, sefer nöbetlerini yazarım..."

Ortaokul için yeni yapılacak iki katlı binanın tuğlaları bu ayarlamaya göre Ayancık'tan alındı. İlçenin tüm motorları birer sefer yapıp, yükleyebildiği kadar tuğlayı getirdi, inşaat yerinin yanına yığdı. Kasaba halkının karıncalar gibi üşüştüğü inşaatta önce temel kazıldı, sonra inşaat başladı. İmece ruhu ile neşeli, hareketli ve dışarıdan izleyeni duygulandıran bir çalışma ortaya kondu. En başta Muhtar Fikri ve Mustafa Hoca olmak üzere, kasabanın yaşı uygun ne kadar adamı varsa, hepsi inşaatta çalıştı. İnşaat 1957'nin sonuna doğru tamamlandı. Hep birlikte temizliği yapıldı ve okul, eğitime hazır hâle getirildi. Çatalzeytin'in yeni ortaokulu 23 Kasım 1957'de resmen faaliyete başlamıştı.

Ortaokul açılınca Terzi Hasan'ın gündemine kızının ortaokula gitmesi konusu geldi. Sümer'in ilkokulu bitirmesinin üzerinden üç yıl geçmiş ve yaşı on beş olmuştu. Normalde liseye başlaması gereken bir yaştı bu!.. Üç yıldır evde oturan, ara sıra babasının dükkânına giderek terzilerin çalışmalarını izleyen Sümer, ortaokula gitmeyi hararetle istiyordu. Terzi de bu fikri destekliyordu. Ancak, Fatma, bu fikre karşı çıktı. "Hasan!" dedi kocasına, "Bu kızı ortaokula gönderirsek, arkasından liseyi isteyecek... Peki, lise için de gözümüzün önünden ayırıp bir yerlere gönderecek miyiz?.. Gözüne alabiliyor musun bunu?.. Bir meslek, memuriyet sahibi olur da ya 'ben çalışacağım' deyip, gitmeye kalkarsa evden?.. Gönderebilecek misin?.. Benim gönlüm bu işe razı değil... Yaşı ilerledi zaten, onu okutmayalım, ama doğuracağı çocukları okutmak boynumuzun borcu olsun ona!.."

Böylece Sümer'in, ilçede yeni açılan ortaokula gitmesi konusu kapanmıştı.

***

1957'nin Haziran ayında bir gün Belediye Reisi Hüseyin İnce, haber göndermiş, Terzi Hasan'ı çağırtmıştı. Terzi, Avni'yi dükkânda bırakıp, üstünü başını silkeledi, makineden üzerine yapışmış beyaz iplikleri ayıkladı ve yola düştü. Çarşı meydanını geçerken, hayırdır diyenlere, Reis Bey'in çağırttığını söylüyordu.

"Ağabey, merhaba!"

"Gel, Hasan. Otur hele, bir çay içelim."

Belediyenin bir çay ocağı yoktu henüz. Çarşıdaki kahvelerden birine çay söylendi. Çaylar geldiğinde Reis, konuyu açtı: "Sen askerliği Bahriye'de, Gölcük'te yapmıştın, değil mi?"

"Evet. *Yavuz*'da."

"Tamam. Donanma'daki gemileri filan görünce tanırsın, subayların rütbelerini filan bilirsin yani?"

"Geleli daha on sene oldu ağabey. Unutulur mu bu kadar zaman içinde! Hayrola?.."

"İzmit, Gölcük tarafından haber aldık bir iki gün önce. Donanma, senelik tatbikat için Karadeniz'e çıkmış bu sene. Bazı limanlara girip, birer ikişer gün kalacaklarmış. İnebolu'ya da gemi göndereceklermiş, haber doğruysa. Ben, Gölcük'le, İzmit'le filan uğraşmadan, doğrudan Ankara'dan devreye gireyim deyip, aradım oralardaki bağlantılarımızı..."

"Ee, ağabey?"

"Biz ilçe değil miyiz bugüne bugün, Hasan? Dedim ki biz de gemi isteriz! İnebolu'ya ne gelecekse, hiç olmazsa yarısı da bize gelsin..."

"Gelecekler mi ağabey?"

"I-ıh... Yok efendim plan yapmışlar, yok efendim ona göre hazırlık yapmışlar... Bir sürü şey söylediler cevaben. Bu sene mümkün değilmiş de... Seneye belki gönderirlermiş de..."

"Ah, gelseler neler yapardık onları misafir etmeye! Memleket de Bahriye'yi görürdü..."

"Aklımda bir şey var, ama!.. Sen motorcuların kâhyasısın, danışıp fikrini dinlemek istedim. Olur mu olmaz mı sen de bir düşün hele..."

"Söyle ağabey."

"İnebolu'ya gelişlerini takip edelim. Gemiler İnebolu'ya geldiğinde, gidip konuşalım. Böyleyken böyle, diyelim. Buradan kalkıp, bizim oraya gidiyoruz, diyelim. Tamam, derlerse, alır getiririz. Getiremezsek, bizim bu tarafta yollarını keselim, önlerine duralım. Nazımızı geçirebilirsek, peşimize takıp çarşının önüne getirelim ne alabiliyorsak... Ne dersin?.."

Terzi, dudaklarını kemire kemire düşündü bir süre. *Yavuz* da Marmara'ya seyre, tatbikata çıktığında İstanbul'a, Tekirdağ'a gider, bir süre yatardı büyük şehirlerin önünde. Maksat memleket, gemisini görsün, devletine güveni artsın, bayrağını görsün, göğsü kabarsındı...

"Olur ağabey!" dedi bir süre sonra, "Ben üç sene *Yavuz*'daydım. Bahriye'nin gemilerinde kiminle nasıl konuşulacağını az çok öğrendim. Ben askerken, donanma komutanı da gemide yapardı çoğu zaman mesaisini. Az mı yanımdan geçti? Gemi kumandanları, filo kumandanları dediklerin de saraydan yetişme değil ki! Bizim burası gibi yerlerin insanları. Benim zamanımda donanma komutanı olan amiral -Şükür Okan'ı kastediyordu- Giresun'un Tirebolu kazasındandı mesela..."

"Tamam. Kayıkları, motorları sen tembihler, hazır edersin. Ben İnebolu tarafını kollayayım. Gelişme olursa haber ederim, konuşuruz yine..."

Sonradan öğrendiler ki Karadeniz'e çıkacak deniz filoları tatbikat yapa yapa batıdan doğuya, Trabzon tarafına doğru gidecekler, oynaya oynaya tersin geri dönecekler, tatbikatlarını bitirince; Trabzon'a, Samsun'a, Sinop'a ve Zonguldak'a birer ikişer gemi göndereceklerdi. İnebolu'ya gelen olmayacaktı. Bu haber üzerine, kasabanın ilçe oluşunda tuttuğunu koparmayı öğrenmiş olan Reis Hüseyin İnce, meclis üyelerini topladı, durumu onlara anlattı.

"Ben buraya gemi getirtmeden bunları da buradan geçirtmem arkadaş!" diyordu. "Ben Ankara'da kimlerin başına dikilip de ikna etmiş adamım... Bunları mı edemeyeceğim?.."

Ankara üzerinden tatbikat programına, Donanma'nın faaliyetlerine ilişkin bilgi topladılar. Donanma'nın gemileri temmuz ayında bir salı akşamı Kerempe'den dönüp doğuya, İnceburun tarafına doğru ilerleyecek, ertesi günü öğle vaktinde kasabanın önlerinden, ama epeyce de açığından geçecekti. Kasabada ne kadar sandal, kayık, motor, yelkenli tekne varsa, bu geçişleri sırasında hepsini Donanma gemilerinin önüne çıkartıp, geçenleri durdurmaya çalışacaklardı. Reis'in planı buydu.

"Tamam!" dediler topluca, belediye meclisinde... Üyelerin tamamı, Belediye Reisi'nin ortaya koyduğu planı benimsedi, oy birliği ile kabul etti.

"Biz de ilçe değil miyiz? Bizim de bir adımız var bu memlekette? Bize de birkaç gemi verin, misafir edeceğiz... Yoksa geçirmeyeceğiz şart olsun ki!.." diyerek Donanma ile yapacakları konuşmanın hazırlığına başlamışlardı erkenden... Beş on kayık, birkaç motor ile koca Donanma nasıl durdurulacaksa artık!..

Günler geçti, kasabada hazırlıklar ilerledi, kıyıda çalışmalar yapıldı. Kasaba meydanı, pazar yeri, ilkokulun ilerisindeki top sahasında düzen tertip alındı, ortaokulun bahçesinde voleybol sahasının çizgileri tazelendi, filenin delik deşik yerleri çarşıdaki terzilere tamir ettirildi, çarşıdaki lokantalar yemeklerini daha bir özenle yaptılar ve gelecek ilave müşteriye karşı hazırlandılar. Böylece Donanma'nın geçeceği günün sabahı geldi.

Kasaba kıyısında ve Ginolu'da ne kadar balıkçı kayığı, sandal, motorlu tekne varsa, hepsi hareketlendiler sabah erkenden. Kıyıda çekek yerlerindekiler suya indirildiler, sudakiler halatlarını fora ettiler[44], hepsi çarşı önünde toplaşıp, saat sekizi bulmadan beraberce yol verip, kuzeye doğru yükseldiler. Kıyıdan on kilometre kadar açıkta toplaşıp, kendilerini denizin oynaşmasına bıraktılar. Bulundukları yer, hesaplarına göre Kerempe'den İnceburun'a doğru Donanma gemilerinin takip edecekleri rotanın üzerine denk geliyor, yollarını kesiyordu.

Belediye Reisi ve meclis üyeleri Kırlangıç'ta idiler. Aralarında konuşuyor, yanlarında getirdikleri kahvaltılıklarını atıştırıyor, bir taraftan da gelecek gemileri tartışıyorlardı.

"Arkadaşlar! *Yavuz* yokmuş aralarında... 1950 senesinden beri böyle tatbikatlara çıkmıyormuş, Gölcük'te demir üstünde yatıyormuş. Üç sene önce de Donanma envanterinden çıkarmışlar, resmen emekli etmişler." diye üyeleri bilgilendirdi Reis.

"Yerine hangi gemi varmış?"

"Galiba onun gibi namlı bir tane yok henüz." diye açıklamaya çalıştı Terzi Hasan, "Benim terhisime yakın, Osmanlı zamanından kalan yaşlı gemilerin hepsinin emekli edilecekleri konuşuluyordu. 40'ların sonlarında birer birer hizmetten çıkarıldıklarını okuyorduk gazetelerde..."

"1952'de NATO'ya girmemizden itibaren Donanma'nın güçlendirilmesi için epey bir şeyler yapılmış," diye ilave etti Başkâtip İbrahim Akçay, "Amerika'dan alınan muhripler, denizaltılar..."

Belediye Reisi: "Evet, ben de yaptığım görüşmelerde öğrendim, bu tatbikata katılan birkaç tane denizaltı gemisi varmış." diyerek bildirdi öğrendiklerini.

Öğle vaktinde batıda, İnebolu açıklarında üç dört karartı belirdi, toplu iğne başı kadar. Gemiler görünmüşlerdi. Yavaş yavaş büyüdüler;

44 Fora etmek: Çözmek, bağını açmak.

önce direkler, sonra bacalar ve bacaların altında yuvarlak grimsi gemi bedenleri...

Gemilerin geldiğini görünce herkesi bir heyecan bastı, hareketlendiler, denizin hafif sallaması ile olduğu yerde gevşeyenler, uyuklayanlar uyandırıldı. Belediye Reisi, gelen gemiler durunca ne konuşacağını bir kez daha aklından geçirdi.

Batıdan gelen Donanma grubu yaklaştıkça yavaşlayarak Çatalzeytin'den çıkıp normalin ötesine açılmış bu kayık ve tekne kalabalığının yakınında, açıktan tarafa hep birlikte durdu... Gelenlerin, askerliğini Bahriye'de yapanların bile pek tanıyamadıkları, yeni tipte gemiler olduğu anlaşılıyordu. Dört tane, Amerika'da yapılmış muhripti bunlar. Çatalzeytinli kalabalık, bunların sağlarına sollarına baktılar, ama isimlerini gösteren bir şey bulamadılar.

Muhriplerin bir tanesinin, başını yavaş yavaş sancağına, kendi üzerlerine doğru çevirdiğini gördüler. Hafif yol verdiğini bacasından çıkmaya başlayan ince dumandan anladılar. Diğerleri yerinde bekliyordu. Üzerlerine gelen muhrip iyice yaklaştı ve kayıkları yine sancak tarafında tutup, kendi başını sahile doğru vererek durdu. Seslenerek konuşabilecek mesafedeydiler. Bu gemi, yaklaştıkça büyümüş, sanki kollarını kaldırıp üzerlerine çökecek bir dev gibi, kocaman olmuştu.

Ortasında iki tane bacası, bacaların önünde yüksekçe bir direği, direğin tepesinde ızgara tele benzeyen radar anteni, direğin ön tarafında kaptan köşkünün bulunduğu yapı, baş ve kıç taraflarında önlü arkalı ikişer tane top tareti vardı.

Bir megafondan çıkan mekanik ve ince bir ses duydular:

"Muhterem vatandaşlar! Burası Donanma muhribi *TCG Gaziantep!..*"

Sesin, kaptan köşkünün yan tarafındaki çıkıntıdan geldiğini anladılar. "Oraya 'kırlangıç' denir Bahriye'de!" diye bilgi verdi Terzi Hasan. Kırlangıçtaki kalabalığın içinden birisinin elindeydi megafon. Hep beraber, megafon ile konuşana diktiler gözlerini.

Belediye Reisi, iki eli ile ağzını çevreleyerek: "Hoş geldiniz, hoş geldiniz, sayın kumandanlar!" diye kükredi.

"Hoş bulduk! Sağ olun... Hayrola, ne yapıyorsunuz bu kadar açıkta böyle?.."

"Hayırdır Kumandan Bey, hayırdır!" diye hemen inisiyatifi eline aldı Belediye Reisi. "Size geldik!.. Ben, şu görünen Çatalzeytin ilçesinin belediye reisiyim. Adım Hüseyin Avni İnce. Sizi karşılayıp, selamlamak için geldik. Bütün ilçe halkı buradayız!"

Muhriptekilerin birbirleriyle konuştuğunu gördüler. Megafonda bir sessizlik olmuştu. Sonra, başka bir ses konuştu megafondan:

"Çok mütehassıs olduk Reis Bey! Sağ olun, var olun... Ben gemi komutanıyım. Birazdan Donanma komutanımız gelecek, hatırınızı soracak, sayın reisim!"

Bunu duyunca, Çatalzeytinliler kafilesinden kendiliğinden bir alkış koptu. Donanma komutanını görüp konuşma imkânı bulacak olmalarına çok sevinmişlerdi. Bir beş dakika kadar beklediler. Biraz sonra, kırlangıçtaki kalabalığın açılıp, öne çıkan birine yer verdiğini gördüler. Megafondan şimdi, yaşlı bir ses konuşuyordu:

"Reis Bey! Ben Donanma Komutanı Koramiral İbrahim Ulusan! Bizi karşılamak için zahmet edip buraya kadar gelmişsiniz. Çok mütehassıs olduk efendim! Şeref duyduk..."

"Bizler de sizi gördüğümüze çok memnunuz Sayın Kumandanım. Bir şeye ihtiyacınız var mı diye sormaya geldik..."

"Sağ olun. Allah devletimize, milletimize zeval vermesin. Bir ihtiyacımız yoktur. Tatbikat yapmaya geldik buralara. Sizin bizden yana bir ihtiyacınız var mıdır Reis Bey?"

"Sayın kumandanım, biz bütün kasaba toplaşıp buraya sizi görmeye geldik. Sordunuz ya, ben de söyleyeyim o vakit: Bizim sizden, nasıl söylesem... Küçük bir istirhamımız vardır..."

"Buyurun, Reis Bey? Elimizden gelen bir şeyse, hayhay... Söyleyin!"

"Programınızın meşgul olduğunu biliyoruz. Ankara'dan öğrendik. Biz, sizleri ilçemize davet etmek için buradayız. Durumunuz müsait midir bilemiyoruz, ancak, ilçemiz on, on beş gündür hazırlık yapıyor sizi misafir etmek için... O kadar hazırlıktan sonra, sizi ilçemizde göremezsek çok üzüleceğiz..."

Yine bir sessizlik... Bu seferki bayağı uzundu. Donanma komutanının, etrafındakilerle konuştuğunu görüyorlardı. Aşağıda, motorlardakilerin hepsi ayakta, hafif hafif sallanıyorlardı. Bütün başlar yukarıda, megafonu elinde tutan yaşlı denizciye bakıyorlardı.

"Muhterem Reis Bey!" diye konuşmaya başladı Donanma komutanı, megafonu ağzına yapıştırarak: "Bu talebinizi akşama Deniz Kuvvetleri karargâhına vereceğim raporuma dâhil edeceğim. Bahriye olarak davetinizden ötürü çok mesut olduk..."

"Biz de sizi, gemilerinizi kasabamızda görürsek mesut olacağız,

Sayın Kumandan Bey!.."

"Müsaade buyurursanız şöyle yapalım: Bu vakitte bu filotilladan[45] gemi ayırıp size bırakmama imkân yoktur. Samsun önlerinde talime yetişmemiz lazımdır. Ancak, haftaya perşembe günü size bir denizaltı gemisi ile bir muhrip gönderme durumumuz mümkün olabilir. Beraber gelip, ilçenizde bir gün kalabilirler. Gemilerin personeli sahile çıkar, sizlere ziyarette bulunur... Şimdilik bu kadarı size kâfi midir Reis Bey?"

Hüseyin İnce'nin gözleri fıldır fıldır dönüyor, "Nasıl becerdik!" der gibi, yukarıdaki ile konuşurken bir yandan da yanındaki meclis üyelerine bakıyordu.

"Kâfidir Sayın Kumandanım! Şimdilik bu kadarı kâfidir. Lakin biz sizi her sene bekleriz. Bu söylediğiniz iki gemiyi sözünüz olarak kabul ediyoruz. Cümle Çatalzeytinli, onları bekliyor olacağız..."

Donanma Komutanı Amiral: "Sözümdür, Reis Bey!" dedi. Kayıklardakilere ve sahildeki ilçe halkına selam, sevgi ve saygılarını bildirdi. Karşılıklı nezaket cümleleri ile vedalaştılar.

Gaziantep muhribi, görüşmenin tamamlanmasından sonra, düşük yolla tornistan[46] vurdu, kendini kayık ve motor kalabalığından geri çekerek, açığa doğru uzaklaştırdı. Yerinden hareket ederken üç kısa düdük çalmış, düdük sesi ile Çatalzeytinlilerin bir kısmı irkilip, hoplamıştı. Muhrip sonra ileri yola geçti, iskelesine dönerek İnceburun'a doğru rotasını aldı. Bir kilometre kadar uzakta iken uzun uzun düdük çalarak Çatalzeytin halkına "Allah'a ısmarladık!" dedi...

***

Bir sonraki haftanın perşembesi geldiğinde çarşıda yine telaş vardı. Bütün sahil yolu ve çarşı meydanı süpürülüp temizlenmiş, direklere bayramlık bayraklar asılmıştı.

Belediye Reisi dönünce, denizde yaptığı görüşmeyi Kaymakam Bey ile paylaşmış, onu da harekete geçirmişti.

Çarşı altında, ırgatların yanında üç çift davul zurnacı takımı sabahtan beri yörenin türkülerini, oyun havalarını çalıyor, kasabalıları coşturuyordu. Kavalcılar, işin epeyce uzayacağını görüp, her havanın

45 Filotilla: Küçük filo.

46 Tornistan seyir: Geminin geri geri yaptığı hareket.

arasına mutlaka bir "Peştamalın Tersine" türküsü sıkıştırmaya başlamışlardı.

"Peştamalın tersine, kız yavaş yürüsene,
Ben sevdalık çekiyom! Gardaşım demesene..."

Bütün hükûmet ve belediye memurları, çarşı esnafı, bayramlık takım elbiselerini giymişlerdi. Belediye Reisi Hüseyin Avni İnce, Çatalzeytin'i ilçe yapmak için Ankara'da uğraşıp koşuşturduğu günlerde başından hiç çıkarmadığı, o Amerikan fötr şapkasını yine yanına almış, yaz sıcağından bunaldıkça yüzüne doğru yelpazeliyordu.

Saat on gibi doğu istikametinde, Türkeli açıklarında göründü gelen gemiler... Gelen muhribin önce direklerini, sonra üst yapılarını, daha sonra da gri boyalı gövdesini gördüler. Arkasından da denizaltı gemisinin siyah bir nokta gibi karartısı ortaya çıktı. Muhrip, geçen hafta yanına gidip konuştukları Gaziantep'e benziyordu ama denizaltı bambaşka bir şekle, büsbütün simsiyah renge sahipti. Terzi Hasan, belediyenin zabıta çavuşu Yakup ve askerliğini denizaltı gemilerinde yapan Demirci Hüseyin, hemen teşhisi koydular: "Bunlar, onlar," dediler, "söz verdikleri gibi, bir muhrip, bir de denizaltı geliyor!"

İlçenin bütün hazırlıkları tamamlanmıştı. Belediye Reisi ve Kaymakam, çarşıda denizaltıları ve muhripleri bilen, tanıyan adamlar aramış, Şekerci İbrahim Efendi'nin dükkânının yanında daha yeni demirci dükkânı açmış olan Tevfik ve Hüseyin Ustaları bulmuşlardı. Demircilerin ikisi de Bahriyeli idi, Belediye'deki Yakup Çavuş da öyleydi. Hüseyin ve Yakup, tam aradıkları adamlardı. Askerliklerini birisi denizaltı gemilerinde, birisi muhriplerde yapmış, daha yeni dönmüşlerdi. Muhrip nedir, denizaltı nedir, ne iş yaparlar, nasıl yaparlar, mürettebatı kaç kişidir, kıyıya yanaşabilirler mi? Denizaltı aşağıdan mı gelir, yukarıdan mı gelir, içine nereden girilir, nereden çıkılır; bütün bunları bir hafta boyunca konuşmuşlar, Bahriyelilerin anlatabildiği kadarıyla bütün ahaliye öğretmişlerdi.

Çatalzeytin'in beklediği iki misafir gemi, yarım saat içinde dosdoğru geldiler, çarşı önlerinde durdular. Denizaltı kıyıdan beş altı yüz metre mesafede, muhrip ise daha geride, bin metreden daha uzakta idi. Muhribi geçen hafta Donanma komutanı ile konuşmaları sırasında çok yakından görmüş, sağını solunu iyice inceleyip, bellemişlerdi.

Doğal olarak, çoğu, hayatında ilk kez gördüğü denizaltı gemisine dikmişti gözlerini. Sırtındaki testere dişine benzeyen çıkıntıdan birtakım direklerin yukarıya doğru çıkıp indiğini, birkaç adamın çıkıntının yırtık kısmında sağa sola dönüp durduklarını gördüler. Baş ve kıçüstünde, nereden çıktıklarını anlayamadıkları beşer, onar adam, bir şeyler yapıyorlardı. Biraz sonra bir takırtı işitildi. Yakup Çavuş: "Demir atıyorlar! Zinciri suya seriyorlar!" diye izah etti bunu... Denizaltının başüstünde öne doğru, kendini suya sarkıtmış bir denizaltıcının hareketlerinden takırtılar içinde suya inen demirin hareketlerini kontrol etmekte olduğunu anladılar. Kısa süre sonra demir sesleri kesildi.

İlçenin motorlarından beş altısı, geçen haftaki gibi, sabahtan suya indirilmiş, kıyıya yakın bir yerde bir arada bekletilmişti. Bu motorlar misafirlerin demir manevrası sırasında, fazla sokulup çapariz vermemeye[47] özen göstererek gelen gemilerin yanlarına doğru yaklaştılar. Motorlar arasında Kırlangıç da vardı, dümeninde Recep, makinede Hüseyin ile. Terzi Hasan baş tarafta, Belediye Reisi ve birkaç meclis üyesi ile ayakta idi.

Belediye Reisi, gelenlerin, bekledikleri gemiler olduğundan emin olunca, motorlar arasında hemen bir ayarlama yapmış, denizaltıya ve muhribe gidip, hoş geldiniz, diyecek iki grup kurmuştu. Kırlangıç'takiler, yanlarında birkaç kayık ile denizaltı gemisine, Şahinbahri motorundakiler de birkaç sandalı yanına alıp, muhribe yaklaşmışlardı.

Demir sesleri kesilince gruplar harekete geçti ve misafirlerin üzerine iyice yaklaştılar. Belediye Reisi, yakınındaki denizaltı gemisine seslendi:

"Hoş geldiniz Kumandan Bey! Gözümüz yollarda, bir haftadır sizi bekliyoruz..."

Testere dişli yelkenden, bir subay, elini kaldırarak kendini gösterdi: "Hoş bulduk, efendim. Siz Reis Bey olmalısınız! Ben, *Cerbe* denizaltısının kumandanıyım... Binbaşı Orhan Tezdemir... Şu muhrip de *Giresun*! D 345 borda numaralı *TCG Giresun...*"

Muhrip tarafındakiler de karşılıklı seslenerek konuşuyorlardı. Oradaki karşılayıcı, Başkâtip İbrahim Akçay'dı.

Kendini tanıtınca daha dikkatle baktıkları bu denizaltı kumanda-

47 Çapariz vermek: Bir geminin yaptığı manevrayı engelleyici durumda olmak, harekette bulunmak.

nının saçının, sakalının birbirine karışmış olduğunu, yüzünden yorgunluk ve uykusuzluk aktığını fark ettiler. Garipsediler bu hâli. Bahriyelilerin saçı sakalı birbirine karışmış mı olurdu böyle?..

"Evet, binbaşım. Ben Belediye Reisi Hüseyin İnce. Geçen hafta muhterem Donanma kumandanımız ile görüşmüştük. Bir denizaltı ile bir muhrip göndereceğine söz vermişti. Hoş geldiniz, sefalar getirdiniz... Belediye meclis üyesi arkadaşlarımız da burada, sizi karşılamaya geldiler..."

Reis Bey, etrafındaki arkadaşlarını gösterdi. Meclis üyeleri bir ağızdan: "Hoş geldiniz! Hoş geldiniz!" diyerek ellerini kaldırıp selam verdiler. Binbaşı bunları, başını önüne eğerek verdiği selam ile karşıladı: "Sağ olun efendim! Niye zahmetler ettiniz böyle?"

Selamlaşma ve karşılıklı tanışma bittikten sonra, *Cerbe* komutanı, konuşmaya devam etti:

"Reis Bey, dediğiniz gibi Donanma kumandanımızın talimatı ile yarın öğleye kadar size misafir geldik. Demir attığımız bu mevkiler herhâlde size de uygundur. İçeri rüzgârı esip de sahile atmasın diye biraz uzak duralım dedik. Ümit ederiz, size yük olmayacağız..."

"Ne demek yük olmak, binbaşım! Ziyaretiniz şereftir. Kasabamız, köyümüz, ne varsa sizindir. Buyurun kıyıya gidelim..."

"Hayhay! Ancak, bize bir saat kadar bir vakit lazımdır, üstümüzü başımızı toparlamamız için. *Giresun* kendi vasıtası ile sahile çıkabilir. Ancak, benim sahile gidip gelmeye herhangi bir imkânım yok. Sizinkilerden bir motor, saat iki gibi ekibimizi almaya gelirse, çok memnun olacağız."

Reis Bey, Terzi Hasan'a dönüp baktı: "Senin motor olur mu?" diye soran gözlerle. Terzi Hasan'ın tebessüm ettiğini görünce, olumlu cevap verdiğini anladı.

"Merak buyurmayın, binbaşım. Tamamdır. Bu Kırlangıç yanınızda olacak, dediğiniz vakitte."

"Anlaşıldı Reis Bey. Şimdi müsaade ederseniz, biz alt güverteye inelim, hazırlığımızı yapalım. Kaymakam Bey mesaisinde, makamındadır, değil mi Reis Bey?"

"Evet, binbaşım. Mesaisinde. Sizleri bekliyor."

"*Giresun*'un kumandanı ve yanında birkaç arkadaşı ile beş on kişilik bir heyet olacağız. Kıyıya çıktığımızda topluca Kaymakam Bey'i ziyarete gideceğiz, bir nezaket ziyareti yapacağız. Bildirilmiş olması lazım. Oradan ayrılınca, sizin makamınıza da geleceğiz..."

"Hayhay, binbaşım. Kaymakam da biz de bekliyoruz. Gerisini kıyıda konuşuruz. Şimdi, bize müsaade, biz kıyıya dönelim. Geldiğinizde görüşmek üzere."

Topluca kıyıya döndüler. Reis Hüseyin Bey, yaptığı görüşmeyi paylaşmak için doğruca Kaymakam Arif Bey'e gitti.

Terzi Hasan, Gölcük'ten, *Yavuz*'dan aşina olduğu, gıpta ettiği bu subay profili ile on bir yıl sonra tekrar karşılaşmaktan, onun iki denk adam gibi kendileri ile konuşmasından etkilenmiş, bir hoş olmuştu. *Yavuz*'da iken limana gelip giden denizaltı gemilerinin ağır ağır süzülmelerini çok izlemişti gemisinin açık güvertelerinden. Yelkeninde, başüstünde, kıçüstünde karınca gibi birden ortaya çıkan, seri hareketlerle, ama hiç bağırıp çağırmadan işlerini yapan denizaltıcılar... Bu *Cerbe* denizaltısı da öyleydi. Reis Bey'in görüşmesi süresince sadece denizaltının komutanı olan subay konuşmuş, yanındakiler hiç sesini çıkarmamış, konuşmaya karışmamışlardı. Baş ve kıçüstünde işlerini tamamlayan diğerleri de çıktıkları kaportalardan birer birer ve sessizce denizaltının içine inmiş, gözden kaybolmuşlardı. Bu görüntü *Yavuz*'da görüp yaşadığı ortamı hatırlattı ona, tekrar askerlik günlerine döndürdü. Kıyıya doğru dümen tutarken: "Aah, Bahriye, ah!" diyordu içinden.

Kırlangıç öğleden sonra saat ikide geldi, *Cerbe*'nin sancak baş omuzluğuna[48] yanaştı. Dümende Terzi Hasan, başüstünde Recep, makinede Hüseyin vardı. Başüstünden iki üç denizaltı eri çıktı. Bunlar motorun baş ve kıç halatlarını alıp güverteye bağladılar. *Cerbe* komutanı, yanında bir subay ve bir astsubay ile başüstüne çıktı. Önce astsubay, sonra subay, arkasından da gemi komutanı Kırlangıç'a geçti. Gemi komutanı *Cerbe*'den ayrılırken başüstündeki ve testere dişli yelkendeki tüm personelin, durdukları yerden selam verdiğini gördüler. Diğer subay ile astsubaya sadece bir kısmı selam vermişti.

Denizaltıcıları alan Kırlangıç, tornistan ile ayrılarak sahile yöneldiğinde, gemi komutanı, dümeni kullanan Hasan'ın yanına geldi, dikildi. Bir saat kadar önceki hâlinden eser yoktu. Taze sabun kokusunu fark etti Hasan. Denizaltıcılar sakal tıraşlarını olmuşlar, bembeyaz, ütülü yazlık üniformalarını giymişlerdi.

---

48 Baş omuzluk: Geminin baş tarafında, yan taraflar.
Kıç omuzluk: Geminin kıç tarafında yan taraflar.

"Siz de meclis üyesiydiniz, değil mi beyefendi?"

"Doğru, binbaşım. Ben Hasan Yıldırım. İkinci harp sırasında *Yavuz* gemisinde üç yıl askerliğim var. Ben de Bahriyeli sayılırım."

Arkalarında, alargada[49] kalan *Giresun*'dan küçük bir teknenin ayrılıp sahile yönelmesini izlediler. Denizaltı komutanı hem o tekneyi takip ediyor hem Terzi ile konuşuyordu.

"Ona ne şüphe Hasan Bey! Değil mi ki *Yavuz*'daymışsınız, ona ne şüphe... Giresun'un ekibi de geliyor..."

"Tezkere bırak, seni sınavlara sokup gedikli yapalım, demişlerdi, fakat nasip olmamıştı..."

"Öyle mi? Ne yaparsınız, sağlık olsun... Her şeyin hayırlısını dilemek lazım, öyle değil mi? Benim dedem de babam da Bahriyeliydiler. Beni de Bahriyeli yaptılar..."

"Dedesi de babası da Bahriyeliymiş, evlatlarını da Bahriyeli yapmışlar!" dedi içinden Terzi Hasan... "Aynı şey işte!.." Hâlâ bir erkek evlat sahibi olabilmeyi ümit ediyordu.

Kırlangıç, çarşı altında sahile yanaştı. Bu defa etkilenme sırası denizaltı komutanına gelmişti. Terzi Hasan'ın manevrası, sahilde ırgat[50] başındakilerin; tel halat ile feleklerde[51] çalışanların, âdeta bir denetleme veriyorlarmış gibi, işlerini ahenk içinde ve ciddiyetle görmeleri dikkatini çekmişti. Kırlangıç'ın yanına Giresun'un vasıtası geldi, o da baştan kara etti. İki tekneden çıkan beyaz elbiseli Bahriyeliler, sahilde toplandılar ve uzunca bir süredir onların kıyıya çıkmasını bekleyen Reis Bey'e döndüler.

Reis Bey, büyük bir muhabbet ve coşku ile karşıladı gelen bahriyelileri. Her birine sıra ile sarıldı ve öptü. Giresun komutanı, kendini ve yanındaki arkadaşlarını tanıttı Reis Bey'e.

"Çok memnun olduk kıymetli kumandanlar, çok mütehassıs olduk sizlerle tanışmaktan. Tekrar hoş geldiniz! Arkadaşlarım şimdi sizi Kaymakam Bey'e götürecek. Oradaki oturmaya ben katılmayacağım, sizi kendi yerimde bekleyeceğim. Bana geldiğinizde görüşmek üzere..."

---

49 Alarga: Açık deniz, engin. Denize doğru, açık taraf.

50 Irgat: Gemilerde kullanılan, yatay kolları olan ve birkaç kişi tarafından çevrilen bocurgat.

51 Felek: Küçük kayıklar sahile çekildiğinde aralıklı olarak altına verilen ahşap kaydıraklar.

İlçedeki resmî makamlara ziyarete katılacak heyet; gemi komutanları, gemilerinin çarkçıbaşısı olan iki subay ve iki gemideki en kıdemli astsubay olan iki başçavuştan ibaret idi. Karma heyet Kaymakam'ın odasında bir saate yakın oturdular, gemilerini ve yaptıkları tatbikatı anlattılar. Kaymakam Bey de daha üç yaşını yeni doldurmuş Çatalzeytin ilçesini onlara anlattı. Heyeti uğurlamadan önce, misafirler için yaptıkları programı özetledi. Önce, Çatalzeytin eşrafının da katılacağı kalabalık bir akşam yemeği yenecekti. Kaymakamlığın ev sahipliği yapacağı bu yemeği, çarşı meydanının hemen kıyıya çıkan ağzındaki park alanında, açık havada yiyecekler, yemek servisi Belediye Reisi'nin de babası olan Şekerci İbrahim Efendi'nin dükkânının hemen yanındaki Abduş'un İsmail'in lokantasından yapılacaktı. Gemiler birer takım çıkarabilirse, ilçenin takımları ile futbol ve voleybol maçları yapılacaktı. Futbol maçını ilkokulun öbür yanına düşen adliye binasının arkasındaki top sahasında, voleybol maçını ilkokulun bahçesinde oynayacaklardı.

İki gemi komutanı, yanındaki başçavuşlar ile birer ikişer cümle konuştuktan sonra: "Hayhay, Kaymakam Bey," dediler, "malumunuz tatbikat dönüşündeyiz, adamlarımız epeyce bir yoruldu. Buradan ayrılınca da yapacak işlerimiz var. Münasip bulursanız, futbol maçına *Giresun* takım çıkarsın, *Cerbe* de voleybol maçına çıksın. Voleybolda zıplamak lazımsa da hiç olmazsa koşmak yok!" Maçları böylece iki gemi arasında paylaştırdılar.

Gemi komutanları, bu misafirperverliğe karşılık, ilçe halkının gezip görebilmesi için kendilerinin de saat dörtten hava kararıncaya kadar gemilerini açacaklarını, şu sırada biraz temizlik yapıldığını, kapalı bölümlerin havalandırıldığını, saat dörtten itibaren kıyıdan ne kadar misafir gelirse, iki geminin kapılarının açık olduğunu, herkesi beklediklerini belirttiler. "Gençti, ihtiyardı, kadındı, erkekti demeyiniz, kimseyi ayırmayınız, ne kadar vatandaş gelir ve gezerse, o kadar mesut oluruz." dediler.

Ertesi sabah kahvaltısını da Belediye Reisi üstlenmişti.

"Yarın ne zaman hareket edip ayrılacaksınız binbaşım?" diye sordu Kaymakam, *Cerbe* komutanına.

"Benim öğlen on ikide ayrılıp yola düşmem lazım Sayın Kaymakamım. Batıda bir yerlerde dalacağım. Arkadan gelen birliği geçerlerken yakalayıp vurmaya çalışacağım..."

Giresun komutanı: "Benim de saat üçe kadar vaktim var. En geç üçte kalkmalıyım." dedi, "İnebolu açıklarında devriye yapıp doğudan gelen ana grup ile buluşmayı bekleyeceğim. Sonra hep beraber batıya doğru gidip, bu Cerbeli arkadaşların barajını geçip, kendimizi İstanbul Boğazı'ndan içeri atmaya çalışacağız..."

"Tatbikat dönüş yolunda da devam ediyor yani?"

"Evet."

"Siz nerede dalacaksınız, binbaşım?"

"Sayın Kaymakamım, onu burada *Giresun* komutanının yanında söylersem, onlar da bana yaklaşmadan kaçıp giderler. Müsaade ederseniz, nerede dalacağım bizde kalsın..."

Kaymakam Bey, durumu anlamıştı. Denizaltı, kendisini saklayarak önünden geçecek hasım rolündeki gemileri avlamaya çalışırken, diğerleri, yani *Giresun* ve yanındakiler de denizaltıyı bulup rol gereği vurmaya, kendileri vurulmamaya çalışacaklardı...

Nezaket cümleleri ile ziyaret tamamlanırken, Bahriye heyeti, ilçeye mütevazı bir hediye olarak bir miktar kitap getirdiklerini, kitapların sahile çıkarılmış olması lazım geldiğini, Kaymakam Bey'in bu kitapları en güzel şekilde dağıtacağına inandıklarını söylediler. Kaymakam onlara bu nazik düşünce için teşekkür etti.

Daha sonra Bahriye heyeti, Kaymakamlıktan ayrılıp, Belediye Reisi'ne gitti. Rehberleri Kenan Acar idi. Belediye Reisi, onları binanın giriş kapısında, sokağın başında karşıladı. Her birini tekrar hararetle öptü, yol gösterip yukarıya makamına götürdü. Heyet, makam odasında toplanmış olan meclis üyeleri ile tanıştırıldı; Ali Çelikkol, Hayri İnce, Hüseyin Karahan, Kazım Azak, Hasan Yıldırım, Cemal Güzelaydın, Mehmet Ziya Ertürk, Mümtaz Tekinel, Kemal İnce, İsmail Akçay, Mehmet Doğan ve Hamza Öztürk...

Karşılıklı hâl hatır sorulduktan sonra Reis Bey sözü aldı ve Donanma'nın bu ziyaretini nasıl hayata geçirdiğini hararetli cümlelerle anlatmaya başladı. Fötr şapkası masasının üzerinde, eline yakın bir yerde duruyordu.

"Biz de bu memleketin insanı değil miyiz kıymetli kumandanlarım? İnebolu'ya, şuraya, buraya gelen Donanma, bizim bu mütevazı kasabamıza niye gelmesin? Aynen böyle anlattım Ankara'daki makam mertebe sahiplerine. Yok önceden planlanmış dediler, yok seneye yapsak dediler... Siz misiniz bize bunu vermeyen, biz de kendi bildiğimiz yoldan çözdük işi..."

Giresun komutanı, geçen haftaki görüşmeleri sırasında gördükleri yakınlığın hem Donanma komutanında hem de yanındaki rütbelilerde büyük memnuniyet yarattığını söyledi. Daha sonra, Kaymakam'a verdiği bilgileri tekrarladılar. Belediye Reisi de belediyesinin çalışmaları hakkında bilgiler verdi. Hüseyin İnce çok coşkulu görünüyordu. Hâlihazırda devam eden, birkaç ay içinde bitirmeyi ümit ettikleri ortaokul inşaatından bahsetti. Bahriyeliler, Kaymakam Bey'e anlattıkları kitap hediyesini bir kez daha izah ettiler. Kitapların bir kısmının yeni yapılan ortaokulun kütüphanesine konmasını ümit ettiklerini söylediler.

Kitap konusunun ardından, sahilde hazırlanan program konuşuldu. Gemilerin, ilçe halkının gezisine açılması işi üzerinde durdular. Görüşme saat üç buçuk gibi tamamlandı. Terzi Hasan, heyeti belediyeden alıp sahile götürdü. *Giresun*'un vasıtası heyetin tamamını alacaktı. Vasıta suya indirilirken iki yanından asılarak iten ilçe gençleri bir ağızdan bağırıyorlardı: "Hooy, hop... Hooy, hop!" Vasıtanın başı kıyıdan kurtulmadan bahriyelileri başüstüne çıkardılar, sonra açıktaki gemilere doğru gidişlerini izlediler.

Voleybol ve futbol maçları saat altıda, hava biraz serinlediğinde yapılacaktı. Akşam yemeği saat sekizdeydi. Biraz sonra Kırlangıç, hazırlık yaptı. Kaymakam ve Belediye Reisi'ni gemilere, iadeiziyarete götürecekti.

***

Recep'in Kırlangıç'a aldığı kalabalığın arasında ablası Fatma ve on beş yaşındaki Sümer de vardı. Sümer'in yanında da biricik sırdaşı, arkadaşı Şirin. Terzi Hasan, erkek ve kız kardeşlerinin yaşı yeten ne kadar çocukları varsa, bu postaya vermiş, Recep'e emanet etmişti. O günkü eğlenceler için sabah babalarıyla beraber köyden gelen, Hatice'nin çocukları; Halil, Aysel ve Ayşe de aralarındaydı. Hüseyin'in kızı Gürsel ve Hayriye'nin oğlu Atik de...

Yol verip açığa doğru giderlerken, Recep hem dümen tutuyor hem taşıdığı ziyaretçi grubuna talimatlarını veriyordu:

"Hepiniz dinleyin bakalım beni, anladın mı? Şımarıklık yok! Bahriyeliler münasebetsizliğinizi görmesin, sakın ha! Bizi acayiplemesinler... Unutmayın, bugüne bugün siz Çatalzeytin ilçesini temsil ediyorsunuz. Çocukların atlamasına, zıplamasına anneler babalar mâni olsun, çocuklarını zapt etsinler... Anlatılanı, gösterileni güzelce dinleyin, öğrenin. Bir daha zor görürsünüz böyle, denizaltı filan, anladın mı!"

"Niye dayı?" diyordu Sümer, teknenin sahibi aileden olmanın verdiği öz güvenle: "Seneye filan da tekrar gelmezler mi buralara?"

"Kim gönderecek de kim getirecek kızım, anladın mı? Bahriyeli adam yetiştirdik de söz sahibi mi ettik? Hasan eniştemle benden başka!.." Bu şakaya hep birlikte güldüler.

Kırlangıç, *Cerbe*'nin yine sancak tarafına yanaştı. Getirdiği misafirler sıra ile denizaltının güvertesine çıktılar. Gemi ikinci komutanı olan bir yüzbaşı karşıladı onları. Gemide ona "Efendi Kaptan" diyorlardı. Efendi kaptan, geminin içine girecekleri yolu, geçecekleri kaportayı gösterdi, aşağıya nasıl ineceklerini izah etti. Grubun yarısı baştan girecek, kıça doğru geze geze ilerleyecek, diğer yarısı da kıçtan girecek, başa doğru ilerleyecekti.

Recep, baştan giren gruba katıldı ve en önlerine geçti, sıra ile aşağıya indiler. Kendisini Teğmen Ömer Serinçay olarak tanıtan gençten bir subay, önce baş torpido dairesini gösterip anlattı onlara. Bu dairede torpido kovanlarını, üzerlerindeki branda örtülerini kaldırarak torpidoları gördüler. Koca koca torpidolar, astsubayların yatacakları yataklar ile iç içeydi.

"Birisi uykusunda yanlış bir tarafına dokunup da torpidoları çalıştırmaz mı?" diye sordu Fatma. Bu soruya Ömer Teğmen gülerek cevap verdi: "Yok hanımefendi. Pek çok emniyet mekanizması var onların üzerinde..."

Gruptakiler kovanlardan ve torpidolardan çok etkilendi. Daha sonra, baş batarya dairesini, santral dedikleri merkez daireyi, kıç batarya dairesini, geminin pervanesini döndüren motorlara elektrik üreten dizel jeneratörlerin bulunduğu dizel dairelerini ve en sona yakın, manevra dairesini gördüler. Sonra, kıç torpido dairesine geldiler. Yürüyüşleri boyunca çok şey anlatılmış, pek çok şey gösterilmişti.

Sümer, santral gösterilirken bir ara dayısı ile yukarıda bir bölüme çıkmış, periskop denen direklere gözlerini dayayıp, dışarıya bakmış, periskopu kendi etrafında çevirip, bütün sahili, kasabayı, çarşıyı görmüştü. Evlerin arasında Kuğulu'nun evini seçtiğinde bağırmıştı: "Ayyy! bizim ev değil mi şu? Büyükannem mi o camdaki?" diye.

Dizel dairelerindeki koca dizel makineleri görünce Recep: "Vay anasını, teğmenim ya!" diye hayretini belirtmişti, "Şunlardan bir tane de bizim buraya koysak, nasıl aydınlatırdık ortalığı!.." Sanki o dizel-jeneratörlere benzeyen bir elektrik santrali setinin sekiz yıl sonra ilçeye getirilip kurulacağını biliyordu.

Cerbe denizaltısı 1943'te inşa edilmiş, İkinci Dünya Savaşı'nın son bölümünde savaşa da katılmış, 1952'de Kore Savaşı için hazır beklemiş, sonra 1953'te Türkiye'ye verilmişti. Bunlara Bahriye'de "filo sınıfı" denizaltı deniyordu.

Baş torpido dairesinde altı tane, kıç torpido dairesinde ise dört tane torpido kovanı vardı. Dizel makinelere bağlı dört de jeneratörü vardı. Bu jeneratörlerin ürettiği elektrik, pervaneye bağlı motorlara gidiyor ve o motorları çeviriyordu. Böylece pervane dönüyor, gemi ilerliyordu.

Geminin üst güvertesinde, orta bölümdeki o testere gibi yapıya "yelken" diyorlardı denizaltıcılar. İçinde anten direkleri ve periskoplar vardı. Gemide sekiz dokuz kadar subay, elli civarında astsubay ve yirmi beş kadar mükellef denizaltıcı asker görev yapıyordu.

Gezinin son dairesine geldiklerinde: "Burası da kıç torpido dairesi," dedi Teğmen Ömer, "burada da kıdemi düşük astsubay arkadaşlarımız ve erlerimiz yatarlar."

Recep tam burada: "Ömer Teğmen'im," dedi, "Allah bir daha Bahriye'ye, memlekete öyle acılar yaşatmasın. Hani, dört sene önceki *Dumlupınar* faciasını diyorum. *Dumlupınar* bu denizaltıyla aynı tipte miydi?"

"Evet." dedi teğmen. Dairedeki bütün kalabalık durmuş, sağa sola bakmayı ve konuşmayı kesmişti. Suratlar acılı bir ifade almıştı.

"O yirmi iki şehidin, kendilerini kurtardıkları vakit sığındıkları yer burası mı?"

"Evet! Koşup buraya kendilerini atabildiler. Zaten bir kısmı burada idi kaza sırasında. Şu üstteki kaporta zaten kapalı durumda. Daireye girdikleri şu kaportayı da kapatınca, deniz suyu buraya giremedi. Burada uzunca bir süre sağ kalıp beklediler."

"Boğaz'ın akıntıları fırsat verseydi, nasıl kurtulacaklardı?"

"Tam da yerinde sordun kardeşim!" dedi Ömer Teğmen: "O yirmi iki şehit işte bu yataklara, mümkün mertebe yerden yukarılara yattılar. Kirlenip de ağırlaşmış hava aşağı çöker çünkü. Şurada gördüğün telefonu aldı ve yukarısı ile konuştu şehit Selami Astsubay... Akıntı fırsat verseydi, yukarıdan inecek dalgıçlar şu gördüğün, birazdan üst güverteye çıkacağımız kaportanın başına geleceklerdi. Ellerindeki tel halatı o kaportaya bağlayacaklardı. Onlar bu işi yapabilselerdi, o teli kendine kılavuz yaparak yukarıdan aşağı inecek, kurtarma çanı kaportanın tam üzerine gelecek, kendini *Dumlupınar*'a sıkıca bağlayacaktı. Sonra da çanın alt kaportası ile Dumlu'nun bu kaportası açılacak, bu dairede kalıp kurtulmuş olan personel, bir seferde beşer, altışar alınacak ve yukarı götürülecekti..."

"Anladım teğmenim," dedi Recep, "onların mekânları cennet olsun. Allah sizlere selamet versin. Hiç kolay iş değilmiş bu denizaltıcılık."

Çatalzeytinli grubun tamamı bu duayı tekrar ederek, temenniye katıldılar.

"Şehitleri tanır mıydınız?" Sümer'in arkadaşı Şirin sormuştu.

"Seksen bir şehidin çoğunu tanıyorduk. Gemilerimiz Gölcük'te yan yana yatar çünkü..."

Bu açıklama ile Ömer Teğmen'in anlatımı bitmişti. "Şimdi yukarı çıkacağız, baş tarafa gideceğiz, sonra turumuz bitiyor."

En önden Recep çıktı ve dimdik merdivene nasıl tırmanılacağını geridekilere gösterdi. Sonra teker teker yukarı çıktılar. Fatma, yukarıda açık ve temiz havaya ulaşınca ferahlamış, aşağıda üstüne çöken sıkıntı gitmişti. "Allah esirgesin bütün evlatlarımızı, Allah sizin yardımcınız olsun!" diyordu üst güvertedeki ahşap ızgaraların üzerinde yürürken.

Ömer Teğmen: "Bir şey daha göstereyim size," dedi Recep'e bakarak, "*Dumlupınar*'ın kazasını gazetelerden, ajanstan takip ederken adını çokça duymuş olmalısınız. Hani, Dumlu'nun aşağıdan yukarı gönderdiği bir kurtarma şamandırası vardı, içinde telefon cihazı olan... Hani, kaza yerine gelenlerin, içindeki telefonu alıp da şehit Selami Astsubay ile konuştukları?"

"Evet, hatırladım," dedi Recep, "sizin de var mı aynısından?"

"Evet, bizim de var. Her denizaltı gemimizde var. İşte, şu iki metrelik sac kapağın altında. Şuradan eğilip altına doğru bakarsanız, göreceksiniz..."

Eğildiler, şamandırayı gördüler. Birkaç büyük yay üzerine basmış vaziyette, yağ varillerinin iki üç katı kadar büyük bir şeydi, portakal renginde. Görüp öğrendikleri bu son konu onları duygulandırmıştı. Fatma ağlamıştı. Alt güvertedeki dolaşmaları sırasında, çoğunlukla güle eğlene gezen Sümer ile Şirin, *Dumlupınar*'ın şehitleri konuşulduğu sırada sessizleşmişlerdi.

Recep bütün grubu toparladı ve baş tarafa ilerlediler, gemiden ayrılmak üzere sıralandılar. Recep, hepsinin adına Ömer Teğmen'e teşekkür etti. Akşamki yemeğe gelip gelmeyeceğini sordu ona. Teğmen, geleceğini söyledi.

"Beraber oturalım o zaman teğmenim? Sizi tanıyıp dinlemek isteyen çok arkadaşlarım var kıyıda."

"Hayhay, tanışırız, bana şeref olur. Gelmesine geliriz de çok konuşarak başınızı ağrıtmayalım?"

Recep fıldır fıldır sağa sola bakan gözleri ile güldü: "Ne demek baş ağrısı, aslanım teğmenim," dedi, "Abduş emicenin, baş ağrısına iyi gelen çok güzel içecekleri var..."

"Abduş emice?"

"Lokantacı İsmail ağabeyin babası, bizim Abdullah amca. Biz ona hürmetimizden 'Abduş emice' diyoruz..."

Teğmen ile vedalaşıp *Cerbe* denizaltısından ayrıldılar.

Motorda balık istifi gibi sahile dönerlerken aralarında, görüp öğrendikleri şeyleri konuşuyorlar, hararetle tartışıyorlardı. Fatma, çok yükselen nabzını ancak sakinleştirmişti. "Hasan, tezkere bırakıp da kalaydı oralarda, böyle gemilerde mi çalışacaktı?" diye geçiriyordu içinden, "Allah göstermesin, ne biçim gemiymiş bunlar!.."

Sümer, annesinin mırıldanmasını duyup: "Ne dedin, kız anne?" diye sorduğunda: "Yok kızım bir şey, kendi kendime düşünüyordum. Baban gelmeyip de kalıvereydi o Gölcük'te filan, böyle yerlerde mi çalışacaktı acap?" diye cevapladı kızını.

"Nasip nereye ise, yol da oraya değil mi anne?" diyen Sümer, yanındaki yaşıtları ile konuşmaya döndü sonra. Şirin yine yanı başındaydı. Çoğu vakitlerinde beraberdiler Şirin ve Sümer... Şirin, bir seferinde denizde yüzerlerken boğulmak üzere olan Sümer'i saçlarından tutup olanca kuvveti ile kıyıya doğru çekmiş, kurtarmıştı. Sümer'in ona düşkünlüğü bu olaydan sonra daha da kuvvetlenmişti.

Kırlangıç kıyıya doğru yanaştığında: "Kız, Şirin!" diye fısıldıyordu Sümer, arkadaşının kulağına doğru eğilerek: "Gördün mü teğmeni? Ne de çok şey biliyor..."

Kâh gülerek kâh konuşarak kıyıya vardılar. Kırlangıç sahile vardığında bütün ziyaretçiler tekneden inmiş ve evlerine dağılmıştı.

***

*Cerbe'*nin akşamüzeri saat altıdaki voleybol maçına katılacak takımını Şahinbahri motoru aldı, getirdi. *Giresun'*un futbol takımı da kendi vasıtası ile çıkıp geldi. Denizcilerin futbol takımı pırıl pırıl formalar içinde iken, denizaltıcıların ne formaları ne spor ayakkabıları vardı. Tatbikat ve karakol görevleri gibi uzun süreli dalışlara, seyirlere çıkan denizaltı gemileri, geminin içindeki yer darlığından, seyirde gerekli olmayan ne varsa kıyıya çıkarır, sahilde emniyet altına alırdı. Mürettebat için de aynı kural geçerliydi. Seyirde kullanılmayacak her şey sahile çıkarılır, emanete veya eve bırakılırdı. Dolayısıyla, geminin oyuncularının üzerinde forma yerine, tek tip bir kıyafet vardı; hâkî renkli keten kumaştan işbaşı elbiseleri. Oyun başlayıp terleyince, hepsi üstlerini fora etmiş, altta pantolon, üstte fanila ile oynamışlardı. İlçe takımı ise çok şık görünüyordu. Galatasaray futbol takımının klasik modeline benzeyen, bedenin sağ ve sol yarılarını saran yeşil ve beyaz renkler, siyah şortlar, tozluklar ve futbol ayakkabıları... Futbol takımının kıyafetlerini giydikleri belli oluyordu. İlçe takımı; Kaptan Esat Açıkgöz, Vahit Tekinel, Özdemir Çınar, Yaşar, Fikri ve Yüksel Karahanlar ve Orhan İncemustafa'dan oluşuyordu.

*Giresun'*un futbol takımı, önlerine düşen refakatçilerin eşliğinde Topluk tarafına yürüyüp gitti. *Cerbe'*nin takımını ise ilkokulun önüne götürdüler.

*Cerbe'*nin voleybol takımında, subay olduğu hareketlerinden ve talimatlarından belli olan bir kaptan vardı, gençten, yakışıklı... Diğer oyuncuları ise astsubaylardan ve bir erden oluşmuştu. İzleyiciler bu durumu garipsediler. *Cerbe'*nin subayı, astsubayı ve eri aynı takımda top oynuyordu. Bu durum, askerliğin kurallarına uygun muydu? İncemustafa oğullarından Orhan, bu durumu bir set arasında *Cerbe'*nin kaptanına sordu.

"Haydi, astsubay arkadaşları anlarız da şu asker kardeşimiz hangi cüretle gelip sizin aranızda oynayabiliyor? Subay çocuğu mudur?"

"Yoo," demişti karşısındaki, "askerden önce voleybol oynamış bu çocuk. Çanakkale'nin Kumkale'sinden köy çocuğu aslında. Hepimizden daha iyi oynuyor. Er olması oynamasına mâni değil ki... Bizim yatmamız bir arada, yememiz bir arada, vazifemiz bir arada... Ayrım yok. Aslında çocuğa kaptanlığı vermeyi konuştuk gemide ama çok çekindi, 'ben utanırım, mahcup olurum, onca kalabalığın önünde size laf söyleyemem' dedi. Gemiye gidip dolaşmış mıydın görmüş müydün bizimkileri?.."

"Henüz görmedim, fırsat bulursam yarın sabah gideceğim."

Konuşmayı izleyenler denizaltıcıların yazılı olmayan bu kurallarına, görev anlayışlarına şaşırıp kalmışlardı.

Maçlar, kasabadan toplanan izleyicilerin şen şakrak tezahüratları arasında aynı saatlerde oynandı. Voleybol maçı üç sette bitti. İlçe takımı 3-0 kazanmıştı. Futbol maçını ise 7-5'lik sonuçla *Giresun* kazanmıştı.

Voleybol maçının sonunda üstünü başını toparlarken: "Dalıştan gelip de maç mı yapılır?" diye yenilgilerini izah etmeye çalıştı *Cerbe*'nin kaptanı. "Profesyonel takımlar maç yapmadan önce bir hafta kamp yapıyor. Bizi aç biilaç maça çıkardılar... Ne oldu? Sırtüstü devirdiler işte! Biz şimdi hangi yüzle gideceğiz gemiye?"

"Açlığı dert etmeyin!" dedi kasabalılar, hep birlikte gülerlerken: "Akşam yemeğine oturduğumuzda, karınlarımız da doyacaktır. Belediye Reisi'nin, Tecir Dursun'a getirttiği üç tane kuzu, tepsiler üzerinde çarşıda dolaşıyor sabahtan beri..."

Kaymakamlığın ev sahipliği yaptığı akşam yemeğinin "U" şeklindeki büyük masası çarşının altında, sundurmalı pazar yerinin bitişiğindeki park alanına kurulmuştu. Birkaç kahvehaneden ödünç alınan masalar birleştirmiş, büyükçe bir masa hazırlanmıştı. Masaların üzerine, evlerden toplandığı anlaşılan rengârenk örtüler serilmişti. Servis takımlarının da farklı yerlerden toplandığı görülüyordu.

Yemeğe katılacak ilçe sakinleri saat yediden itibaren toplanmaya başladılar. Kurulu sofranın biraz uzağında gruplar hâlinde ayakta bekliyorlar, genellikle alargadaki gemiler hakkında konuşuyorlardı. Çarşı açığındaki iki geminin başları Türkeli tarafına, kıçları Ginolu tarafına dönmüş, gelin gibi duruyorlardı. Çarşıdaki camide akşam ezanı okundu. Ondan on, on beş dakika sonra *Cerbe*'nin yelkeninden baş ve kıç taraflarında en uç noktaya doğru uzanmış, iki hat üzerinde birer dizi hâlinde lambaların yandığını gördüler. *Giresun* da *Cerbe*'ye benzer bir aydınlatma zincirini yaktı aynı anda. Bahriye gemilerinin bayram ve tören günlerinin akşam saatlerinde kurdukları "çadır tipi tenvirat" dedikleri aydınlatma düzeneğiydi bu. Gün batımından gece yarısına kadar yanacak, gece yarısında söndürülecekti.

Saat yedi buçuk gibi Kaymakam geldi. Gelişinden önce on kadar lüks lambasını bir sıradan yakıp ortalığı aydınlatmışlar, lambaları eş aralıklarla yemek masasının etrafına asmışlardı.

Gemilerden yemeğe katılacakları getiren motorlu teknelerin hareket ettiğini, bulundukları yerden izlediler. Motorlar çarşı altında sahile yanaşıp misafirleri indirdiler. İki motor ve *Giresun*'un kendi vasıtasından elliden fazla bahriyelinin çıktığını, güle oynaya yemek yerine yürüdüğünü gördüler.

Bayıldım Sadık, gelen kalabalığı görünce, dikildiği yerden: "Bunlar yemeyi içmeyi çok seviyor herhâlde," dedi, "gemilerinde ne kadar adam varsa, hepsini doldurup getirmişler, baksanıza... İki lokma bir şey kalsa da yiyebilsek bari!.."

Kasabalılar, Bayıldım'ın aç kalma korkusuna hep bir ağızdan güldüler. Yemek öncesinde, on beş yirmi dakika süren bir sohbet yapıldı. O sırada, bir köşede hazır edilen hafif içkilerden ve meşrubattan ikramlar yapıldı. Bunlarla birlikte Bahriyelilere fındık şekeri sunuldu ve nasıl hazırlandığı anlatıldı.

Fındık şekerinin ustası, Belediye Reisi'nin babası Şekerci İbrahim Efendi'ydi.

"İçlerinde soyulmuş ve kavrulmuş fındık vardır evladım." diye açıkladı. "Bunları bir kazana atarız, altından ısıtılıp iyice kızdırılan kazan ha babam dönerken bunları devamlı çalkalar, karıştırır... Üzerlerine hafif hafif şekerli su ve un serperiz ki yuvarlanıp duran fındığa yapışsınlar..."

Bahriyeliler, birer ikişer alıp tadına bakarken: "İlk defa gördük bunu!" dediler. Hoşlarına gitmişti kavrulmuş fındık içli unlu şeker.

"Sadece bizim burada yapılır bu... Ben yaparım, Harda'dan yeni gelip dükkân açan Cemil var, o da yapar. Karabük'e, Zonguldak'a, İstanbul'a göndeririz. Çok severler oralarda."

Saat sekizi geçerken Kaymakam'ın buyur etmesi ile topluca sofraya oturdular. Kaymakam, sağ yanına *Giresun* komutanı binbaşıyı, sol yanına *Cerbe* komutanı binbaşıyı almıştı. *Giresun* komutanının sağ yanına Belediye Reisi oturmuştu. Yemeğe katılan diğerleri geleneğe uygun olarak, bir sağa, bir sola otura otura tüm masayı doldurdular. Recep ve arkadaşları ile *Cerbe*'nin genç subay ve astsubayları, masanın iki ucuna doğru zorlukla yer bulabilmişlerdi kendilerine. Ömer Teğmen, yanında diğer denizaltıcılar, Recep, voleybol takımının genç oyuncuları; Yüksel, Yaşar, Orhan...

Gemilerden gelen rütbelilerin aralarında beşer onar tane de mükellef asker bulunduğunu gördüler. Subay ve astsubaylar sivil ve gündelik kıyafetler içinde olmasına rağmen, bu çocuklar hâkî işbaşı elbiseleri içindeydiler. Çarşının askere gitme çağı yaklaşmış ırgatçı, gemici tayfası, aynı yaşlarda olmanın getirdiği sempati ile bu askerleri aralarına aldılar, onlarla karışık oturdular. Yemek boyunca savaş gemilerinde ve denizaltılardaki askerliğin zorluğundan, nöbetlerden, denizaltıların nasıl dalıp çıktığından, torpidoların ve topların nasıl atıldığından konuştular. Askerlerin içinde Karadeniz'in doğu taraflarından olduğu şivesinden anlaşılan biri, bütün sorulara verdiği kıvrak cevaplarla Çatalzeytinli gençleri kendine hayran bırakmıştı.

Yemeğin servisi, planlandığı gibi çarşının üst tarafındaki lokantadan yapıldı. Menünün ana sıcak yemeği, taş fırında odun ateşinde pişirilmiş üç adet kuzu idi. Kuzular, içlerine doldurulmuş iç pilav ile çarşıdaki fırının son ağız ekmeğinin yanına verilmişlerdi. Lokantacı İsmail ve babası Abdullah amca, park alanının girişinde dikiliyor, oturanların etrafında dolaşarak yeneni, içileni takip ediyor, kırk elli metre ötedeki lokantadan servis taşıyan garsonlara ellerini kollarını sallayarak çıkışıp talimat yağdırıyordu. Servis yapanların içinde İsmail'in üç oğlunun büyük olanları, Ferhat ile Ferit de vardı.

Sohbetler, kahkahalara karıştı, Bahriyelilerden ve Çatalzeytinlilerden hemen herkes konuştu ve yemek gece yarısından önce bitti. Çay ve kahveleri masada içtiler. Çay kahve ikramı, oturdukları parkın hemen yanındaki Rafet Efendi'nin kahvehanesinden yapılmıştı. Oradan yapılan serviste de Rafet Efendi'nin oğlu Fikret ile Muhtar Fikri'nin oğlu Hadi çok gayret göstermişlerdi.

Giresun ve *Cerbe* komutanlarının kısaca yaptıkları teşekkür konuşmaları ile yemeğin sonuna gelindi. Onların konuşmasına karşılık Kaymakam Bey de nazik sözler ile yemek programını bitirdi. Hep beraber kalkıp dağıldılar. Gemilerden yemeğe katılan misafirler dört, beş lüks lambasının ışığı altında Kırlangıç'a, Şahinbahri'ye ve *Giresun*'un vasıtasına bindiler; çadır tipi tenviratları, başlarındaki ve kıçlarındaki liman fenerleri ile Çatalzeytin'in hiç görmediği bir manzara sunan Donanma gemilerine yöneldiler. Yemeğe katılan ilçe sakinleri, önce Kaymakam, sonra Belediye Reisi olmak üzere, yavaş yavaş dağılıp evlerine yollandılar.

Ertesi günü, Çatalzeytin'in haftalık pazarının kurulduğu cuma idi. Belediyenin ikram edeceği kahvaltının yeri Ginolu'da hazırlanmıştı. Kahvaltı düzeni, koyun içinde birkaç evden ibaret kümenin hemen önünde ve suyun kenarında idi.

Kahvaltı da neşeli sohbetler ve nazik konuşmalar içinde, *Giresun* ve *Cerbe*'den gelen rütbelilerin Bahriye felsefesini, görev anlayışını, yaşama biçimini, bu gemilerde on beş, yirmi yıla varan sürelerle görev yapmanın güzelliklerini ve zorluklarını anlatmasıyla geçti. Çatalzeytinliler, bu anlatılanları büyük bir ilgi ile dinlemişlerdi. Terzi Hasan bir ara *Cerbe* komutanına sormuştu:

"Binbaşım, yeni mezun olmuş bir teğmen veya astsubay çavuş, gelip başlayınca, kaç sene görev yapıyor sizin gemilerde?"

"Subaylarda on beş, astsubaylarda neredeyse yirmi yılı buluyor... Sadece tek bir gemide kalmıyoruz. Üç beş senelik aralıklarla görevlerimiz de değişiyor. Çalıştığımız gemi de değişiyor. Mesela ben, buraya komutan olarak tayin edilmeden önce, *I. İnönü*'de ikinci komutandım. Oradaki görevimin sonuna yanaşırken ehliyet imtihanlarına girip kazandım. Gemi komutanı olma hakkını böyle elde ettim. Sonra bu *Cerbe*'ye tayin oldum."

"Ehliyet imtihanı mı?"

"Evet. Pek çok imtihan... En başta, denizaltıcı olurken. Ağır imtihanlardır onlar. Hem yazılı hem sözlü hem de bir geminin başına geçip uygulamalı... Al gemiyi, yanaştır şu iskeleye, kaldır oradan, çık denize, daldır, satha çıkar... Bin türlü şey... Çarkçıbaşı olurken de yine imtihanlar var. Örneğin, subaylar için denizaltıcılık tarzımız şöyledir: Teğmen rütbesi ile genç yaşında başlayan bir denizaltıcı subay, sıra ile bir güverte vazifesine, bir makine vazifesine, sonra yine güverte vazifesine tayin olur. Bir aşağı, bir yukarı yani... Bu sayede, geminin her tarafını avucunun içi gibi öğrenir, sorumlu olduğu işi de başkasının işini de gözü kapalı yapacak hâle gelir. Vazifeler arasında sıra çarkçıbaşılığa ve gemi komutanlığına gelince, bu kademeler için de ayrı ayrı imtihanlar yapılır..."

Terzi Hasan, dalgın gözlerle, çarşı önünde yatan *Cerbe*'ye bakıyor, bir kulağı ile de anlatılanları dinliyordu. Kahvaltıda Ömer Teğmen ile yan yana oturan Recep, bulunduğu yerden bu konuşmaya katıldı: "Dört sene önceki kaza sırasında *Dumlupınar*'dan önce Boğaz'dan geçen *I. İnönü* müydü?"

"Evet, oydu."

"Siz de o sırada *İnönü*'de miydiniz?"

"Evet!"

Recep'in bu sorularını işitenler, konunun *Dumlupınar* kazasına geldiğini anlayınca büsbütün susmuşlardı. Sonra *Dumlupınar*'ı konuşmaya başladılar. Recep'in sorduğu ayrıntılı sorulara karşılık, *Cerbe* komutanı kazayı bir de *İnönü*'nün cephesinden anlattı. Arkadan gelen *Dumlupınar*'ın başına gelen kazadan ve büyük yara alıp battığından maalesef haberi olmamıştı *İnönü*'nün... Kuzeydoğuya doğru yoluna devam edip, Boğaz'dan çıkmış, Marmara Denizi'nde de birkaç saat kadar ilerlemişti. Ne zaman ki Gölcük'ten aldıkları bir mesajla *Dumlupınar*'ın kazasını öğrenmişler, verilen emir ile derhâl geri dönüp Çanakkale Boğazı'na, kaza yerine gitmişlerdi.

Recep'in sorduğu her soruda Hasan eniştesi, dönüp hayretle ona bakıyor: "Bu oğlan bütün bunları nereden biliyor?" diye geçiriyordu içinden.

Bu konuşmalarla kahvaltının sonuna geldiler. Saat onu geçmişti. *Giresun* ve *Cerbe* komutanları yine nazik cümlelerle, yapılan ikramlar ve gösterilen misafirperverlik için gönülden teşekkürler ettiler. Çatalzeytin'de kendileri için yapılan her şeyi, gördükleri ilgi ve alakayı Gölcük'e döndüklerinde yazacakları raporlarına dâhil edeceklerini, amirlerine ve Donanma komutanına anlatacaklarını söylediler. Masadan hep birlikte kalkılmadan önce, iki komutan, hareket etme vakitlerinin yaklaştığını, seyir hazırlıklarına nezaret etmelerinin gerektiğini belirterek izin istediler.

Belediye Reisi Hüseyin İnce'nin yaptığı içten bir konuşma ile kahvaltı programı tamamlandı:

"Muhterem gemi kumandanlarım," dedi Reis, "her sene bekleriz, hepinizi bekleriz... Bizler müşerref olduk sizleri görüp tanımaktan, bu kıymetli gemilerimizi burada misafir etmekten... Bizi çok bahtiyar ettiniz. Allah hepinize selamet versin. Denizleriniz sakin, pruvanız[52] neta olsun!"

---

52 Pruva: Geminin baş tarafı, ön taraf.

Cin fikirli Belediye Reisi, konuşmasını bitiren bu Bahriye deyimini, Recep'i tembihleyerek Cerbelilere sordurtmuş, oradan öğrenip konuşmasına dâhil etmişti. Bu sözleri duyan Bahriyeliler kendi camialarına ait bir deyimi Çatalzeytinli birisinden duymakla önce hafif bir şaşkınlık geçirdiler, sonra Hüseyin İnce'ye saygı ile karşılık verdiler.

Cerbe, tam öğle vaktinde demirini denizden almış, başını batıya çevirip, Ginolu açıklarına doğru süzülmeye başlamıştı. Demiri alması ve ayrılması esnasında yelkeninde ve üst güvertesinde bulunan bütün denizaltıcılar ellerini kollarını sallayarak Çatalzeytin'e veda ettiler. Denizaltı, düdüğünü uzun uzun çaldı. Sahilde ise, cuma pazarının da sayesinde meydana gelmiş büyük bir kalabalık, yol boyunca sahile doluşmuş, giden denizaltı gemisine el sallıyordu.

Saat üçe doğru *Giresun* muhribi de demirini aldı ve Çayağzı açığına doğru yavaş yavaş ilerlemeye başladı. Hem ilerliyor hem iskelesine doğru dönüyordu. Dönüşünü bitirip başını Ginolu tarafına verdiğinde o da düdüğünü çalmaya başladı. Uzakta olduğu için sahildekiler, *Giresun*'un köprü üstündekileri göremiyorlardı ama düdüğünü çalışından, geminin Çatalzeytin'e, "Allah'a ısmarladık!" dediğini biliyorlardı...

***

-4-

Kadıköy, İstanbul, 1958

Yıllar ilerledikçe, kaybettiği çocuğunun, Fatma'nın yüreğindeki acısı soğudu. Sümer'e sarıldıkça, oğlunu kaybetmenin verdiği acı azaldı. Tek kızına büyük bir kuvvetle bağlandı. Hastanelere gide gele, üşütmelerinden kaynaklanan rahatsızlıklarına şifa bulundu. Bir müddet sonra anlaşıldı ki Fatma yeniden hamile kalamıyordu. 1950'lerin sonlarına kadar bu sorun ile de uğraştılar. İstanbul'da gitmedik doktor, yatmadık hastane bırakmadılar. En sonunda Haydarpaşa'daki Numune Hastanesi'nde Nisaiye bölümünün şefi olan yaşlı başlı, tecrübeli doktor, Fatma ve Hasan'a, durumu kesin sözlerle bildirdi.

"Kızım, beş seneden fazladır geliyorsunuz, artık bu işin sonuna geldik! Tıbbın bugün bize gösterdiği bütün yolları, verdiği tüm imkânları denedik... Başka hastalarda netice aldığımız her tedaviyi sana uyguladık, ne var ki başarılı olamadık... Yumurtalıklarının hâlihazır durumu, senin bu vakitten sonra yeniden hamile kalmana imkân vermeyecektir!.."

Doktorun bu konuşmayı yaptığı yıl 1958 idi. Hasan ve Fatma, beraberce doktorun karşısındaydılar. Fatma daha otuz beş yaşında idi. Doktorun söyledikleri ile ikisi de donup kalmış, oturdukları yerlerinden kalkamamışlardı. Hasan, Fatma'nın bir elini kendi elleri arasına almış, sanki başlayan depremden onu çekip kurtaracakmış gibi, sımsıkı tutuyordu. Fatma'nın yüzü bembeyaz, aklı durmuş vaziyetteydi. Uzun bir süre sonra kendilerine geldiler ve doktora yarım yamalak teşekkür ederek hastaneden ayrıldılar. Haydarpaşa Garı'nın önünden vapura bindiklerinde ikisinin de gözü yaş içindeydi. Fatma, içli içli, inleyerek ağlıyordu. Hasan, onu teselli etmeye çalışan bir şeyler söylerken, kendi yüreğinde kopan fırtınayı bastırmaya çalışıyordu bir taraftan.

"Ne yapalım Fatma! Mukadderat böyle imiş... Şükredelim ki Sümer'imiz var elimizde. Bundan sonra aklımız fikrimiz, bütün varımız yoğumuz o!.."

"..."

"Önemli olan senin kendi sağlığın değil mi? Hastane günleri, İstanbul'da tek başına hastane koğuşlarında yatıp kalmalar artık bitti, geride kaldı. Ne diyelim, buna da şükür... Hem bir başa bir göz yetmez mi?.."

Fatma'nın üzüntüsü kolay geçecek gibi değildi.

"Yeter ki sen sağ olasın... Allah seni bağışladı bana ya, yeter... Daha görecek çok günümüz var bu hayatta... Sümer büyüsün, o da mürüvvetini görsün, kim bilir kaç torun getirecek de kucağımıza verecek? Sabredelim!.."

Denizden bir haftada İnebolu'ya varıp, Çatalzeytin'e geçtiler. Çok kötü bir yolculuk olmuştu. Yürekleri, doktorun söyledikleri ile yanmaya devam ediyordu. Çaresizlik içinde akılları şaşmış, yemeden içmeden kesilmiş vaziyette idiler. Vapurun seyri boyunca fırtına yüzünden çektikleri eziyet de cabası olmuştu kasabaya dönüşlerinin.

Çatalzeytin'e ayak bastıkları andan itibaren Hasan, kendini dükkânına, işine gücüne verdi, Fatma ise bütün ilgisini Sümer'in üzerine topladı. Annesi Kuğulu'nun telkin ve uyarıları ile evin günlük işlerini yaparak oyalanmaya çalışırken gözünü Sümer'in üstünden ayırmıyor, Sümer de annesine yardım ederek evi çekip çevirmeyi öğreniyordu.

Haftalık pazarın kurulduğu cuma günlerinde Kuğu köyünden kalkıp çarşıya inen, Habibe'nin kardeşi Raşit, sırtına binip geldiği hayvanı evin yanında bir ağaca bağladıktan sonra pazara gidiyor, getirdiği bağ bahçe ürünlerini satıyor, pazarın dağılmasının ardından kız kardeşinin yanına gelip dinleniyor, Habibe'ye az çok yardımda bulunuyor, hangi hayvanın sırtına binip geldiyse, tekrar atlayıp, akşama doğru köyünün yolunu tutuyordu.

***

Terzi Hasan, 50'li yılların sonuna doğru, biriktirip bir kenara koyduğu parasını saydı, etraftaki inşaatçı ustalara, marangozlara danıştı, bir ev yaptıracak olsa bu işin kaça çıkacağını hesap etmeye çalıştı. Parasını yetirebilirse münasip bir yerde ev yaptırıp, kayınvalideşinin evinden ayrılmayı düşünmeye başladı. Ufacık bir kasabada bir terzi dükkânında kazanılan para ile böyle bir işin altından kalkmak kolay olmayacak, dost ve ahbaptan, alabilirse babasından ve Karabük'teki ağabeyinden de borç alması icap edecekti. Maddi açıdan zorluğuna rağmen, böyle bir konuyu evde ortaya atıp uğraşmanın hem kendisine hem Fatma'ya iyi geleceğini tahmin ediyordu. Daha kaç sene kayınvalidesinin evinde oturmaya devam edecekti? Kayınvalidesinin kendisine karşı tutumu gayet sıcaktı. Konuşmasında, hâl ve hareketlerinde damadını âdeta kendi oğlu gibi kabul ettiğini açıkça gösteriyor, üstelik ona güveniyor, önemli konularda muhakkak fikirlerine müracaat ediyordu. Çoğunlukla da Terzi Hasan'ın dediğine uyuluyordu. Ama daha ne zamana kadar? Recep de artık askerliğini aradan çıkarmış, evlilik yaşına gelmişti. Evlenirse, karısını doğal olarak annesinin evine getirip oturtacaktı.

Başını sokacakları iki gözlü bir ev! Yeter de artardı şimdilik... Bir de altına bir dükkânlık yer uydurabilse! Ne güzel olurdu. Çarşıdaki dükkânın kirasından da kurtulurdu böylece.

Bir sabah annesi Çayırlı Fatma'ya gitti. Onu evde, bitişikteki eltisi Makbule ile yufka açarken buldu. Oturdular, hoşbeş ettiler. Çayırlı, oğluna: "İç güveyi işleri ne âlemde Hasan?" diye sordu, "Kuğulu ile aranız nasıl?"

"İyi, ana. İyi olmayıp da ne yapalım? Hep beraber yuvarlanıp gidiyoruz. Yirmi seneden fazla zaman oldu, saray gibi evini açtı bize. Bir gün de demedi ki çekip gidin ayağımın altından!.."

"Dükkânda işler?"

"Bereket versin. Yirmi saat otursam, yapacak işim çıkıyor. Avni ile Atik de yanımda beş altı senedir. Avni yetişti artık, kalfa oldu. Atik de yakında olur. Bir çırak daha alsam mı diye düşünüyorum."

"Soruşturayım mı mahallede?"

"Hele dur biraz, ana... Bir oğlan var, babası ile konuşacağız. Ben sana başka bir mevzu için gelmiştim..."

"Hayrola, oğul?"

Hasan, yeni bir ev yaptırıp iç güveyiliği bitirmeye, dükkânda kiracılıktan kurtulmaya ilişkin tasarılarını annesine açtı. "Bir yer arıyorum, binayı yaptıracak yer lazım." dedi. Makbule yengesi de dikkatle dinliyordu ocağın başında oturdukları yerden.

"Oğul," dedi annesi, "bilirsin, Süleyman amcan bu evi yaptırıp, baban ile Abdi amcana vermişti. 30'ların başı gibiydi... Yan yana oturduk işte kaç senedir. Makbule o yanda, ben bu yanda. Sen daha altı, yedi yaşlarındaydın. Enver ağabeyin de buranın üst tarafına ev yapmak için nabzımı yokluyor kaç vakittir."

"Haberim var anne. Ağabeyim, bize anlattıydı."

"Şöyle yapsak nasıl olur?" diyerek kendince kafasında kurduğu planı oğlu Hasan'a açtı Çayırlı: "Kızların üçünü de gelin verdik, gittiler. Halime Karabük'e gitti, Hatice burada, köyde. Hayriye'yi de Ali eniştene verdik. Her birisi bir tarafa tutundu. Üç oğlanı da şöyle halletsek diyorum: Enver, evin üst tarafından istediği yeri alsın, evini yapsın istediği gibi. Sana gelince... Madem kolları sıvadın, sana da alt taraftaki yeri vereyim. Hüseyin'e gelince, o da gücünü toparlayınca ev yapma telaşına girecektir bir taraflarda muhakkak. Ama oturduğum bu evi de ona bırakayım. Ne dersin?"

"Ben de sana onu teklif etmeye geldiydim anne. Enver ağabeyim de aynı şeyi düşünüyordu..."

Aklın yolu birdi. Enver ağabeyi de üst taraftaki yeri almak istediğini söylediğinde, babadan kalan evi Hüseyin'e vermeli, alt taraftaki yeri de Hasan'a paylaştırmalı, diyordu.

"Tamam, oğul! Sen hazırlıklarını tamamlayagör. Önce Enver'e haber verelim, Halime'ye de. Hatice ve Hüseyin ile de konuşalım. İşe başladıktan sonra 'Ben razı değildim!' diyen olmasın, el âleme rezil rüsva olmayalım, aman!"

Kardeşler birbirleri ile bu konuyu konuştular, uzlaştılar. Annelerinden tapu devri ile üst taraftaki yeri Enver, alt taraftakini Hasan, ahşap evi de Hüseyin alacaktı. Halime, yazdan yaza Karabük'ten geldiğinde başını sokabileceği bir odalık bir yer istedi babaevinden. Hüseyin, ablasına bir oda ayırdı, kapısını kilitleyip, anahtarını teslim etti.

Terzi Hasan'ın yeni evi ile dükkânının yeri böylece bulundu. Babasından kalan mirastan payını almak suretiyle. Hasan'a düşen yer; sahilde, yol kenarında, derenin başına yakın bir yerde elli, bilemedin altmış metrekarelik bir arsa idi. Yer, babasının evinin önünden başlayıp denize doğru yola kadar iniyordu. Arsanın önü sahil yolu, doğusu amcası Abdi Irak'a ait arsa, batısı ise başka bir komşuya ait arsa idi.

Evin betonarme yapılmasını istiyordu. Bittiğinde kasabanın birkaç betonarme evinden birisi olacak bu evde kendilerinden sonra Sümer de uzun yıllar oturabilecekti. İnşaat işinin pazarlığı Gencek köyünden Ali Usta ile yapıldı ve 1958 yılında inşaata başlandı. Plan; zemin katın yola bakan kısmında dükkân, dükkânın arkasında evin mutfağı, dükkânın ve mutfağın altında odun koymaya mahzen, çarşı yanından eve giriş kapısı, yukarıya daracık bir merdiven, üst katta, merdivenin açıldığı bir salon, iç ve deniz taraflarında da birer oda içeriyordu.

1959'un sonlarına doğru inşaat bitti, sıvası çekildi, badanası yapıldı. İleride ilave kat çıkılabilmesi için çatı kurmadılar. Zemin kat tamamlanıp, üst katın ince işlerine devam edilirken Terzi Hasan, çarşıdaki dükkânını bu binaya taşıdı. Evin inşaatı tamamlanmadığından Kuğulu'nun evinde oturmaya devam ediyorlardı.

25 Ocak 1960 tarihli tapu belgesi, binayı "55 metrekare arsa ile üzerinde kâgir, altında mahzen ve üstünde iki katta dört oda ve bir dükkânı ile müştemil bina" şeklinde tarif ediyordu. Evin ön taraftaki odasında, ayağının altındaki denize bakan dar bir balkon vardı.

***

-5-

Çatalzeytin, Kastamonu, 1961

Sümer, 1954'te ilkokulu bitirdikten sonra birkaç yıl evde oyalanmış, ev işlerinde annesinin ortağı olmuştu. Yeni evlerine geçeli iki yıl kadar olmuştu. Topu topu üç kişiydiler, anne, baba ve yirmisine yaklaşmış genç bir kız... Evin işleri vakitlice görülüyor, mahallede oturan ahbaba, akrabalara gidip geliniyor, artık yetmişine merdiven dayamış olan Çayırlı Fatma ile Kuğulu Habibe ziyaret ediliyor, sağlıkları sıhhatleri izleniyordu. Onlar için bir iş görmek gerekirse, anne ve kız, güle oynaya o işlerin de peşine koşuyorlardı. Bu küçük kasabanın gündelik rutininde önlerine çıkan işler görülüyor, yine de Sümer'in boş kalıp, canının sıkıldığı vakti oluyordu.

İlkokuldan çıktığından bu yana, ister istemez babasının mesleği ilgisini çeker olmuştu. Sıklıkla çarşıdaki dükkâna, babasının yanına giderdi taşınmazdan önce. Dükkânda iken, babasının elindeki işleri, çeşitli kalıplarda kesilmiş kumaş parçalarının kenarlarının teyellenmesini, paçaların bastırılmasını, ceket yakasına tela kumaştan takviye, omuzlarına pamuktan vatka yapılmasını izler, bir çocuktan beklenmeyecek kadar detaylı sorularla babasının etrafında cıvıldardı.

Onun dikiş nakış işlerine meraklı olduğunu fark eden Hasan, Fatma ile de konuştuktan sonra, Sümer'i ilçede açılan bir biçki dikiş kursuna gönderdi. Yaklaşık dört ay süren kursta kendisini geliştirme fırsatı buldu Sümer. Kurs tamamlandığında, babası, çarşıdaki eski terzi dükkânında uygulamalı sınava tabi tuttu onu bir gün. Eli makas kullanmakta mahir, gözleri dikkatli, dikiş makinesinde becerikli idi.

"Nasılım baba, beğendin mi terziliğimi?"

"Aferin, kızım!" demişti babası, "Vallahi, helal olsun kurstaki öğretmenlerine. Epeyce şeyler öğretmişler. Hani neredeyse, bir makine daha alıp, şu dükkânda yanıma kalfa olacak kadar ilerletmişsin kendini. Aferin sana!"

"Ah baba, bir makine bulsam, çalışmaya hemen yarın sabah başlarım ya... Bu dükkânda olur mu? Görenler ne der?"

"Baba oğul olsaydık, bir şey derler miydi görenler? Baba kız olup çalışsak ne fark edecekmiş kızım?"

"Ben, kendime ait bir makine isterim. Ama dükkânda değil de evde isterim... Oturup iyi kötü bir şeyler diktikçe işimi de ilerletir, daha da güzelleştiririm. Ne dersin?"

"Annen ne der? Onu da bir yoklayalım. Olur, derse, ilk motorla İnebolu? Var mısın?"

"Olmaz mıyım babacığım, dünden varım!"

Sümer, babasına sarılıp kucaklamıştı. İnebolu'ya gidip kendisine dikiş makinesi alınması fikri ile heyecanlanmıştı.

Akşam yemeğini yedikten sonra Fatma ile çaya oturduklarında, Sümer'e bir dikiş makinesi alınması konusunu açtı Terzi Hasan. Fatma daha ilk duyduğunda: "Ah, Hasan!" dedi, "İyi hoş da bu kız parmaklarını makinenin iğnesine filan kaptırmaz mı elini? Eline ayağına bir zarar verip kızı beçel etmeyelim? Çok azap çekeriz sonra..."

"Sen yarın Sümer'i alıp da dükkâna gel hele, ikindiye doğru, görelim elini kaptırıyor mu? Ben bugün onu imtihan ettim. Hiç de fena değildi. Görünce, sen de marifetlerini beğeneceksin."

"İyi bakalım." diyerek karşı gelmeyeceğini hissettirdi Fatma.

Ertesi gün aynı işler Sümer'e bir kez daha yaptırıldı; terzi makası ile kumaş kesme, bir pantolon paçasının bastırılıp teyellenmesi, ütüleme ve benzeri şeyler. Fatma da kızının ellerinin yatkınlığını yakından görmüş, etkilenmişti. Kursta iken evde yaptığı işleri takip etmiş, kızını gözü tutmuştu zaten. Sümer, annesinin de sınavından geçmiş oldu böylece.

Birkaç gün sonra Terzi Hasan, kızını yanına alıp İnebolu'ya giden bir motora bindi. Ateş Kaptan vardı dümende. İnebolu'ya ne için gittiklerini öğrenince, Ateş Kaptan, birkaç güzel söz söyleyip gönlünü okşadı Sümer'in.

"Ah kızım, şu kasabada bir kadın terzisi yok ki! Benim kızlara güzel güzel elbiseler diktireyim, diyorum, İnebolu'ya gitmek icap ediyor. E, bunun birinci provası var, ikinci provası var, kolay mı ikide bir kızları götürmek? Sen şu işe bir giriş de kadın kısmı da rahat etsin şu çarşıda..."

"Ateş amca, şu makineyi bulalım da sen gör beni ondan sonra!"

diye cevap vermişti Sümer. Heyecanı yüzünden belliydi.

"Aferin kızım! İşte böyle cesaretli, girişken olacaksın... Aramak, bulmak, denemek, görmek lazım... İnsan böyle ilerler, değil mi ya!"

Hasan, kızını İnebolu'da Agop Usta'nın dükkânına götürdü. Sümer, ustanın elini öptü, hürmet gösterdi. Gelişlerinin sebebini anlatınca Agop Usta, kalfasına döndü, talimatını verdi:

"Oğlum! Bırak elindeki işi... Seğirt bakalım çarşıdaki terzilere! Bir genç kız için dikiş makinesi arıyoruz. İşimiz acele de! Veritas olur, Singer olur, ne bulursak... Alışverişi benim yapacağımı söyle, soranlara..."

Kalfa bir saat sonra döndü. Ahbapları olan bir terzinin elinde orta hâlli bir dikiş makinesi vardı, Veritas marka. Dükkânda boş duruyordu. Pazarlıkta anlaşılırsa, satılabilirdi.

"Kaç para istiyormuş ona?"

"Otuz lira!"

Agop Usta, Hasan'ın düşünmesine hiç fırsat bırakmadı: "Kap da gel bakalım, görelim şu makineyi!"

Kalfa beş on dakikaya koltuğunun altında makine ile geldi.

"Şu masadakini sök, onun yerine bunu bağla, çalıştır hele!"

Kalfa onu da yaptı. Makine fena değildi.

Terzi Hasan: "Sümer, bir de sen otur bakalım." dedi.

Sümer de makineyi rahatça kullanabiliyordu.

Agop Usta: "Ne diyorsun kızım?" diye sordu Sümer'e, "Bunu alıp götürsen işine yarar mı?"

Sümer, babasına bakarak, soran gözleri ile izin istedi. İstediği izni Hasan'ın mimiklerinden aldı.

"Tamam mıyız Hasan?"

"Tamamdır usta."

Agop Usta, kalfasına döndü: "Makine burada kalsın, gidip de ki aldık. Ama yirmi lira çıkıştırabildiğimizi, bu parayı kabul etmesini söyle."

Sonra Terzi Hasan'a döndü: "Çıkar mı yirmi liran, oğlum, yoksa ben çıkarayım?"

Terzi Hasan, yirmi lira çıkarıp, kalfaya verdi. Kalfa, doğruca makineyi satan ahbaplarına gitti. Makinenin bağlandığı masadan sökülmesi gerekiyordu. Bunu gören Agop Usta: "Dur, oğlum!" dedi, "Hiç sökme, öylece gitsin. Masa da Sümer'e benim hediyem olsun...

İlla parasını vereceğim derse, benim hanıma bir tayyör takım diksin, ödeşmiş olalım. Kumaşını ben seçer, gönderirim size..."

Hasan da Sümer de Agop Usta'nın elini öptüler. Makineyi iki yanından tutarak kaldırıp deniz kıyısına, motorun yanına götürdüler. Ateş Kaptan, işlerini bitirmiş, dönüş yoluna çıkmak için onları bekliyordu.

Akşam havanın kararmasına yakın Çatalzeytin'e indiler. Ateş Kaptan, motoru çarşı önündeki ırgatların altına çektirdi. Hasan, tayfa çocukların el vermesi ile makineyi eve yolladı. Sümer de tayfaların peşinden koşturuyordu.

***

Terzi Hasan, 1960'ta yeni evine geçmeden önce, kayınvalidesinin evinde bir konuyu neticeye bağlamaya karar vermişti. Avni'nin dükkândaki kalfalığı sorunlar yaratmaya devam ediyordu. Onun bu hâllerinden ne köydeki annesi ne çarşıdaki babası ne dayısı olan ustası ne de Kuğulu'nun evindeki diğerleri hiç memnun değillerdi.

1960'lara doğru Avni de kuzeni Sümer de on sekiz yaşına gelmişlerdi. Aynı evde kalıyor olmaları, erken yaşlarda normal karşılanabilirse de bu yaşlarda pek doğru değildi. Geleneklere, göreneklere tersti. Hâl ve gidişatındaki uslanmaz çizgi, öteden beri bildikleri, baş etmeye çalıştıkları bir şeydi, ama konuyu etraflıca değerlendirince, Avni'nin artık Kuğulu'nun evinden ayrılması gerektiği sonucuna vardılar. Hatice tarafı ve Terzi Hasan, bu konuyu aralarında konuştular, sonra Avni'yi Kuğulu'nun evinden ayırdılar. Kalfa artık akşamları köye gidiyordu. Köyde kalmaya başlamasından bir süre sonra Avni'nin yaramazlıklarının büsbütün arttığını gördüler.

Yeni dükkâna geçtiğinde Terzi Hasan, Avni de dâhil, yanındaki elemanlarını bırakmamıştı. Yapımı devam eden evin altındaki dükkânda beraber çalışmaya devam ettiler. Sümer de İnebolu'dan getirilen, çok sevdiği dikiş makinesi ile evde kesip biçmeye, dikiş dikmeye başlamıştı.

Sümer'in çalışmaları gayet iyi gitti. Gün geçtikçe elinin becerisini geliştirdi. İlk başlarda, kasaba merkezindeki hanımlardan, komşulardan ve akranlarından küçük işler aldı. Bel daraltma veya genişletme, etek veya pantolon paçaları yapma, ütü gibi işler... Daha sonra, etek, bluz, tam boy elbise... Derken, adı kasabadan dışarıya taştı, civar köylerde de duyuldu. "Sait Ağa'nın Fatma'nın kızı Sümer! Evde dikiş dikiyormuş, kadın terziliği yapıyormuş... Nazire yengenin Makbule'sinin, geçen düğünde giydiği elbiseyi o dikmiş..." diye yaptığı işi methediyorlardı.

Genç kız artık yirmisine yaklaşmıştı. Küçücük kasabada herkes birbirinin kızını, oğlunu biliyor, pek çok anne, oğullarına gizli veya açık kız arıyor, adayları kendince inceliyor, eliyor, kızlarsa, hayırlı bir damat çıkıp da gelsin diye bekleyip duruyordu.

Sümer'i de soran, soruşturan, ağız yoklatan kısmetler çıktı, damat adayları gösterildi. 1961 yılının sonuna doğru bir gün, Sümer'i istemeye geldiler. Karahalil oğullarından birine. Damat adayı ile Sümer'in arasında biraz yaş farkı vardı. Ancak, damat adayı efendi bir genç olarak biliniyordu. İşi gücü vardı. Dahası, Karahalil oğullarındandı. Fatma'nın tarafındandı yani... O da çarşıda terzilik yapıyordu, dükkânı vardı. Kazanıyor, babasının evine destek oluyordu. Sümer'i istemeye geldikleri sıralarda damat adayı, iki ortakla birlikte bir otobüs almış, yolcu taşıma işine de girmişti.

Terzi Hasan düşündü taşındı, annesine, kayınvalidesine, yakındaki hısım akrabalarına danıştı. Sümer'i karşısına alıp, ona da sorduğunda: "Sen ve annem, siz bilirsiniz." cevabından kızının da gönlünün olduğunu anlayınca, kızını bu talibe vermeye söz verdi. Sözün alınması üzerine, oğlan tarafı hiç vakit kaybetmeden nişan bohçası hazırladı ve Terzi Hasan'ın evine gönderdi.

Bu gelişmelerin yaşandığı günlerde Avni'nin huysuzluklarının sebebi ortaya çıktı. Meğer, Sümer'i o da istiyordu. Fakat Sümer'i, Avni'ye vermek fikri, Avni'den başka kimsenin aklından geçmemişti o güne kadar! Bu konuda hiç kimse, Terzi Hasan'a veya eşi Fatma'ya bir kelam etmemişti.

Avni, Sümer'in başka birisi ile evliliğe doğru ilerlediğini görüp, treni kaçırmakta olduğunu anlayınca bir annesine, bir ablası Aysel'e koşmaya başladı. "Bir şey yapın! Sümer'i ben istiyorum!" diye çırpınıyordu. Hâlbuki daha askerliğini bile yapmamıştı. Bir gün tüm cesaretini toplayıp durumu babasına açtığında: "Beni babam evermedi," dedi babası, "kendim evlendim! Hem senin gibi hayırsız, sorumsuz birine dayının biriciği Sümer'i istemeye yüzüm mü var benim? Ne hâlin varsa gör!.."

Dayısı tarafında, Atik'e ve onun babasına yaptıklarından dolayı yaşanan üzüntü ve hayal kırıklığı henüz geçmemiş, Avni'ye kızgınlık devam ediyordu.

Avni düşündü taşındı, isyana yatkın dünyasının tabiatı içinde, ne yapıp edip Sümer'in sözünden vazgeçilmesini sağlamaya karar verdi. Birilerinin onu haklı görmesine, sonra dayısı Terzi Hasan'a gidip konuşmasına, velhasıl Terzi Hasan'ın ikna edilip verdiği sözden caydırılmasına ihtiyacı vardı. Bu amaçla her kime derdini açıyorsa; Sümer'e talip olanın yaşlı olduğunu, kendisinin ise aileden birisi olduğunu, Sümer'in, öz dayısının kızı olduğunu, sekiz yıldır gece demeden, gündüz demeden yanlarında fedakârca çalıştığını ileri sürüyordu.

Medet deyip de yardım istediği hiç kimse ona anlayış göstermiyor "Doğru! Bu çocuk haklı!" demiyordu. İş bu hâle gelince, Avni başka bir yol denemeye karar verdi. Bu yola başvurması için kasabada ona hiç akıl veren olmuş mudur bilinmiyordu. Avni, konuyu köyde annesi ile tartıştıkları bir gün: "Vallahi de billahi de Sümer'i başka birine yâr etmem!" dedi, "Eğer giderse, gideni de vereni de alanı da yaşatmam!.."

Yirmi yaşına gelmiş bir adamdı. Henüz askere gitmemişti, ama birkaç aylık vakti kalmıştı. Çocukluğundan beri yaradılışı belliydi; haylazdı, asiydi, derbederdi.

Her yerde, her zaman olurdu bu; bir genç adamın bir genç kıza gönlü düşer, sever, isterdi, ama nasipse olur, nasip değilse olmazdı. Bir kızı on erkek sevip, isterdi, ancak kız sadece birine nasip olurdu. Hayal kırıklığı yaşayan dokuzun ne yapması lazım gelirdi "ne yapalım, bize nasip değilmiş" demekten başka? Gönlündeki muradına eremeyen herkesin cana mı kastetmesi lazımdı?

Sonuçta, Avni'nin bu ültimatomu durumu bambaşka bir yere getirdi. Açık bir tehditte bulunuyordu... Yapar mıydı?.. Avni'ydi bu! Olur ya, bir delilik eder, yapardı...

Annesi Hatice, gecikmeden geldi, konuyu kardeşine açtı. Duyduğuna inanamayan Terzi Hasan çok öfkelenmişti:

"Nereden peyda ettiniz de başıma sardınız bu serseriyi? O ne demekmiş öyle? Hangi devirdeyiz, böyle ulu orta adam mı tehdit edilir? Hem de dayısını, öyle mi? Hem de ustasını, ha!.. Ben yedi, sekiz sene tahammül edeyim de onu adam edip bir iş sahibi yapacağım diye akla gelmez serseriliklerine katlanayım, senelerce kendi evimde yatırayım, üç öğün karnını doyurayım, o da gelsin, boğazıma bıçak dayasın, öyle mi?.."

Çok geçmeden bir de tehdit mektubu ulaştı Terzi'nin eline! Yanındaki kalfasından... Ablasının oğlundan... Yeğeninden yani!.. Mektupta Avni, aynı şeyi tekrar ediyordu: "Vereni de alanı da gideni de!.."

Sonraki günlerde Terzi Hasan, burnunun dibindeki Avni'nin önce dolaylı yoldan, sonra mektup ile doğrudan duyurduğu tehdidi enine boyuna düşünmeye başladı. Bu dediğini yapabilir miydi? Çok geçmeden, kardeşi Halime'nin Karabük'teki kocası Salim enişte geldi bir gün yanına. Sümer'in evlilik hazırlığını ve Avni'nin durumlarını konuşmaya başladılar. Salim enişte, Avni'nin lehinde konuşuyordu.

"Nasıl yaparız, enişte?" diyordu. Terzi: "Âdet, usul ne ise, icabına göre geldiler, Allah'ın emri ile istediler. Düşündük taşındık, sözüne kıymet verdiklerimize danıştık. Sümer de razı olduğunu söyledi yüzüme. Biz de sözünü verdik!.. Bu işler böyle görülmüyor mu?.. Biz, çiğlik mi yaptık?.. Bilmez misin? Ben bir işe girişmeden kırk kere düşünürüm? Alelacele iş yapmadık. Biz adam gibi söz verdik, bu çıkmış, ben isterim, diyor. Olacak iş mi? Hem neyine güveniyor? Ben şimdi nasıl giderim de oğlan tarafına, kusurumuza bakmayın, biz caydık, derim. Benim şu çarşıda şerefim var, haysiyetim var. Üç günde ağız mı değiştirir adam olan?.."

Salim enişte: "Haklısın tamamen Hasan ağabey," diyordu, "ama önemli bir şey var... Hiçbirini yaşatmam, deyip anasının önünde yerlere atmış kendini. Ya böyle bir çılgınlık yaparsa? Dünya ahiret bir tane kızın var, ya birinize bir hâl olursa?.."

İşte sözün burası, Terzi Hasan'ın elini ayağını bağladı, ne yapacağını bilemez durumda bıraktı. Kaç günlerdir Terzi de bu meseleyi zihninde evirip çeviriyor: "Acaba yapar mı?" diyerek sabahlara kadar kıvranıp duruyordu.

"Ağabey, oturun Fatma ile iyice düşünün taşının... Siz yeter ki kararınızı verin, ben oğlan tarafı ile konuşup görüşmeyi hallederim..."

Terzi Hasan, karısı ile oturdu, uzun uzun konuştu:

"Ne dersin, Fatma? Böyle bir iş eder mi bu çocuk?"

"Senin kendi hamurundan değil mi? Günde on iki saat dükkânda yan yana oturan da sensin. Sen söyle! Haylazlıklarına, yaramazlıklarına baksana! Atik'e, Ali enişteye neler yaptı, baksana..."

"Doğru. Ne küçüğünü küçük biliyor ne büyüğünü büyük!.."

"Ya bir kötülük etmeye kalkışırsa? Kim önüne duracak da eline yapışacak? Bizim varımız yoğumuz Sümer değil mi? Onun başına bir hâl gelirse, biz yanmaz mıyız? Dünyamız başımıza yıkılmaz mı? Sümer'e bir hâl olursa, senin de benim de bu dünyadan ne alıp vereceğimiz kalır başka?.."

Terzi Hasan, karısının da Avni'nin yanlış bir iş etmesinden korktuğunu görünce kararını verdi. Avni'nin, Sümer'e kastetmesinden korktu. Yedi gün, yirmi dört saat etraftaydı. Aklının sesi: "Hiç kimse engel olamaz, önüne duramaz!" dedi Terzi Hasan'a... Sümer ile de konuşacak, peki, dedirtebilirse verdiği sözden dönecekti... Söz verdiklerinin yaşı başı veya Avni'nin diline doladığı başka ne varsa, bunların hiçbiri önemli değildi. Tek mesele, Avni'nin, "yaşatmam" dediğini yapmaya kalkışması ve bunu engelleyemeyecek olmalarıydı...

Sonra Sümer'i aldılar karşılarına: "Kızım," dediler, "son karar senindir! Biz, senin de fikrini aldıktan sonra oğlan tarafına sözünü vermiştik. Ancak, duyduklarımız hiç hayra alamet değil... Bu çocuk, 'Sümer'i başkasına verirlerse, vereni de alanı da gideni de yaşatmayacağım' diyormuş... Bunu her tarafta, her gördüğüne söylediğini duyuyoruz. Anası, babası çaresiz, laf söz dinletemiyorlar... Gözü döndüğü zaman neler yaptığını gördük... Biz bunun dediğine bakmayıp da verdiğimiz sözde durursak, bu da Allah muhafaza, tehlikeli bir işe kalkışırsa biz ne yaparız? Kendi canımızdan yana bir korkumuz yok, sakın öyle düşünme! Sana bir zarar vermesinden korkuyoruz. Sana bir hâl ederse, bizim bu dünyada ne işimiz kalır? Biz de gidelim, atalım kendimizi bir kayadan aşağıya o vakit?.. Bizim fikrimiz, senin canının sağlığı için sözden dönmekten yana. Dönelim, vazgeçelim, dersen bir yolunu bulacağız, karşı tarafa durumu anlatacağız, bohçayı da geri iade edeceğiz..."

Sümer, tüm bunları hiç sesini çıkarmadan, başı önde, yüreği yanarak, içli içli dinlemişti.

"Benim için de sizin sağlık ve esenliğinizden başka bir şeyin önemi yok." dedi. "Tek çocuk olduğum için üzerime titriyorsunuz, pervane oluyorsunuz... Ben de sizi kıracak bir yanlış yapmaktan korkarım öteden beri... Benim yüzümden üzülmenize tahammül edemem... Ne yapalım, bağrıma taş basarım ben de... Gönlüm istedi, ama sizin için vazgeçiyorum... Yüzüğümü çıkarayım, bohçayı geri gönderelim, karşı tarafa bildirelim..."

Üçü uzun uzun sarıldılar, ağlaştılar.

Terzi Hasan, kızı ile yaptıkları bu konuşmadan sonra Salim enişte ile irtibat kurdu ve aldıkları kararı açıkladı.

"Tamam." dedi Salim enişte. "Ben durumu oğlan tarafına bildireceğim..."

Fazla vakit geçmeden, Salim enişte, Çatalzeytin'deki Hayriye ile Hüseyin'in karısı Hanife'ye haber gönderdi:

"Nişan bohçasından çıkanların tamamını yerine koyup, götürün, oğlan tarafına teslim edin! Kız tarafı bu işten vazgeçti, deyin!.."

Sahildeki evde, Hayriye halası ile Hanife yengesi toplanıp, kapatılan bohçayı alıp oğlan tarafına götürmek için kapıya indiklerinde Sümer, merdivenin başından aşağı, onların arkasından bakıyordu. Hıçkıra hıçkıra ağlayarak... Bohçayı geri vermelerine rağmen, sağ elindeki nişan yüzüğünü uzunca bir süre çıkarmayacak, takmaya devam edecekti... Hayriye ile Hanife, kendilerine deneni yaptılar. Oğlan tarafının bin türlü sorusunun hiçbirine doğru dürüst cevap veremeden geri döndüler.

Salim enişte ile Terzi Hasan ayrıca, dedikoduya, tartışmaya yer vermemek için Sümer'i bir müddet Karabük'e göndermeye karar vermişlerdi. Kıza da iyi gelebilirdi bu değişiklik. Üzüntüsünü dağıtırdı... Nişan bohçasının geri verilmesinin hemen ertesi günü Sümer'i bir otobüse bindirip Halime halasının yanına gönderdiler.

Sözden cayıldıktan birkaç gün sonra, Terzi Hasan, Sümer'in vazgeçtiği talibini çarşıda bir tenhada bulup kenara çekti. Aklı başında iki adam gibi konuştular. Terzi, verdikleri sözden niçin caymak zorunda kaldıklarını dilinin döndüğünce anlattı. Kendileri için herhangi bir endişelerinin olmadığını, ama Sümer'in başına bir şey gelmesinden korktuklarını, onun dünyada ahirette tek çocukları olduğunu, sadece bu korku nedeniyle vazgeçmek mecburiyetinde kaldıklarını söyledi.

"Ne yapalım Hasan ağabey," demişti muhatabı, "yüreğimin yandığını yüzümden herhâlde görüyorsundur... Ama ne yapalım? Allah hepinize can sağlığı versin, hayırlısı olsun..."

Bu gelişmelerin ardından, oğlan tarafının hiçbir taşkınlığı, çirkinliği olmadı. Ne Terzi'ye ne Sümer'e ne de bu işte rol alanlara dönüp kötü tek bir laf etmediler...

***

Sümer'in Avni için istenmesi ve sözünün verilmesi işleri o daha Karabük'te iken yapıldı. Düğünü ise ilçeye dönüşünden sonraya bıraktılar. Kuğulu'nun evinde torun Sümer'in evlilik hazırlıkları ile ikinci bir evliliğin de hazırlıklarına girişilmişti. Recep'in evliliği!..

1962 yılında ikinci bir düğün daha yapıldı. Recep, artık yirmi dokuzunu bulmuş, otuz yaşına gelmişti. Kasabada yapılan bütün evliliklere bakıldığında, erkeklerin, çoğunlukla askere gitmeden önce, yirmili yaşlarının başında evlendirildiği görülüyordu. Kızlar da genellikle on beş, yirmi yaşları arasında iken...

Recep, 1956 yılında askerliğini yapıp geldikten sonra var gücüyle Kırlangıç'a sarılmış çalışıyor, evin geçimine en büyük katkıyı sağlıyordu. Hasan eniştesi, eşini ve çocuğunu alıp 1960 yılında yeni yaptırdığı eve taşınınca, babasından kalan evde annesi ile iki kişi kalmışlardı. Ahşap mimarili, sekiz dokuz odalı kocaman bir Kastamonu evi, Karahalil oğullarından Sait Ağa'nın evi... İçinde sadece anne ve oğul...

Evde çektikleri bu sessiz yalnızlık ve Recep'in yaşının ilerlemekte oluşu, annesi Kuğulu'yu bir kez daha harekete geçirdi. Ne yapıp etmeli, Recep'e güzel bir eş bulmalıydı. Önce Recep ile sonra Fatma ile konuştu, onların fikirlerini aldı. Recep "olur ana" demişti. Bunun üzerine, Recep'e münasip bir eş aramaya başladı.

Aradıkları kızı Çelebiler'de, uzak akraba bir ailede buldular. Hüseyin Efendi ile Beyaz Hanım'ın kızlarından en büyüğü, Neziha! Hüseyin Efendi, Çelebiler köyünden olup, Karabük'te Demir Çelik Fabrikası'nda çalışıyordu. Kızı arlı edepli, güleç yüzlü, gençliğinin baharındaydı. Henüz on yedisindeydi. Evlenme vaktinin tamam olduğunu düşünüp, karşı tarafı yoklamaya karar verdiler. Hem Fatma da daha on beşinde gitmemiş miydi Hasan'a?

1962'nin yaz başında, Sümer Karabük'te iken, Hüseyin Efendi, hanımı ve çocukları ile köyüne yıllık izne geldiğinde, Recep'in, kızı görmesine imkân verecek bir vesile yaratıldı. Terzi Hasan bir gün kayınbiraderine, Çelebiler'deki kız kardeşine çarşıdan yapılan bir alışverişin yetiştirilmesi gerektiğini, Ahmet enişte akşamları yayan gittiği için taşıyamayacağını, Karabük'e giden bir araba yakalamasını ve emaneti köye götürmesini, söyledi.

Recep, içinde ne olduğunu bilmediği koca bir paketi yüklendi, Karabük'e giden bir otobüs yakaladı ve Çelebiler'e çıktı. Eniştesinin ablası Hatice'nin evine varıp da emaneti teslim ettiğinde, eve buyur ettiler, bir şeyler ikram etmeden bırakmadılar. Hatice'nin, Somay köyünden ilkokul öğretmeni Mahir'e verdikleri kızı Aysel vardı evde. Bir de ilk defa gördüğü gençten bir kız...

"Hatice abla, kim bu kız? Akrabadan mı? Buralardan mı?"

"Bizim buradan ay oğul! Hüseyin Efendi'nin kızlarından, en büyük olan... Neziha."

"Çarşıda pazarda hiç görmedim ya şimdiye kadar?"

"Karabük'te oturuyorlar, ondan... Yazdan yaza geliyorlar. On, on beş gün kalıyorlar dedelerinin evinde. Sonra tekrar Karabük'e..."

Recep'in ayranını ve tereyağında pişirilmiş yumurtasını getirip Neziha koymuştu önüne.

"Zahmet oldu size de..."

"Ne zahmetiymiş! Afiyet olsun..."

"Yumurtayı Hatice ablam mı pişirdi?"

"Yok, ben pişirdim. İnşallah beğenirsiniz..."

Yediği yumurtayı çok beğendi Recep. Kocaman adam, yaz gününün de sıcağında, oturduğu yerde terliyordu. Recep'in yumurta servisi kaldırılınca çay ikramı başladı. Çaylar içilirken Hatice ve evdeki kızlar geldiler, hep beraber oturdular.

"Ee, Recep! Vaziyetler nasıl aşağıda?"

"Nasıl olsun abla? Çalışıyoruz. Hasan eniştem çoğu vakit dükkânda. Hüseyin ağabeyimle ben Kırlangıç'tayız. Yük kolluyoruz getirilecek, götürülecek... Şükür Allah'a, kazanıyoruz. İşten güçten de sağa sola da pek bakamaz olmuşuz, haberimiz yok baksana..."

"Kırlangıç ne ki?" diye sordu Neziha. Karabük'te yaşadığından motorlu tekneyi duymamıştı demek ki...

Recep: "Benim motorlu tekne!" diye cevapladı. "Çarşıdakilerin içinde en hızlısı, babamdan kaldı, ben kaptanlığını yapıyorum..."

"Ne güzel, Allah güle güle kazanmak nasip etsin."

Karabük'ten, fabrikadan, fabrikanın kuytu Karabük'ün havasını nasıl kirlettiğinden bahsettiler. Sonra laf Hüseyin Efendi'nin kaç gün daha izninin kaldığına geldi. Bir hafta daha vakti vardı; haftaya aynı gün ailece Karabük'e döneceklerdi.

Konuşa konuşa sekiz, on bardak çay içen Recep, demlikteki çayı bitirmişti.

"Yenisini demleyelim mi oğul?"

"Yok abla, ben döneyim çarşıya artık. Allah bereket versin. Ellerinize sağlık. Akşam yemeğimiz de buradan olacakmış, baksana..."

Havanın kararmasına daha vakit vardı. Recep ayaklandı, Hatice'nin elini öptü. Aysel'e, Mahir Hoca'ya selam söylemesini tembihledi. Neziha'ya da gülen gözlerle baktı ve: "Allah'a ısmarladık," dedi, "daha görüşürüz inşallah..."

Recep, yedi kilometrelik yolu yokuş aşağı tepip çarşıya vardığında hava kararmıştı. Yol boyunca şarkılar söylemiş, ayağına denk gelen taşa toprağa tekmeler savurmuştu. "Hey Allah'ım!" demişti kendi kendine, "Sen şu işe bak! Motorum olduğunu, kaptanlık yaptığımı söyleyince nasıl baktı yüzüme doğru uzun uzun..."

Arkadaşı Yüksel'i buldu hemen, Terzi Hüseyin'in damadı... Abduş emicelerinin lokantasına gidip oturdular. Recep, Çelebiler'e yaptığı seferden açtı bahsi. "Bir kız gördüm köyde, Yüksel," dedi, "bizim buralıymışlar, ama Karabük'te oturuyorlarmış..."

Köye götürülen emanetten ve Recep'in orada kimleri gördüğünden haberi olan Kuğulu, oğlunun ruh hâlindeki değişikliği hemen fark etmişti. Deli fişek hâller sakinlemiş, Recep'e bir ağırlık, dalgınlık çökmüştü. Bir iki gün geçince annesi bir akşamüzeri Recep'i karşısına oturttu ve evlenme konusunu tekrar açtı.

"Ercep!" dedi, "Sağa sola haber ettiydim ben... Gurşun döktümee, gorkuya bakıtmaa gelenleri de depeden aşaa süzüyom, emme velakin saa ilayık bek bi gözelini göremedim, oğul..."

"Çelebiler'den hiç gelen olmuyor mu ana?"

"Oluya tek tük... Emme, gözüm birini dutmadı taa..."

"Bir Hüseyin Efendi varmış... Fabrikadaymış Karabük'te... Onlardan bildiğin var mı hiç?"

"Gızları varmış deyi duyduydum... Görmedim hiç... Sen ras geldiy mi?"

"Ben birine rast geldim ana. Geçen gün eniştem, ablasına bir emanet göndermişti acele tarafından. Onu götürdüğüm vakit gördüm." dedi Recep.

"Adını ne dedile?"

"Neziha! En büyükleriymiş. Üç dört günleri kalmış, döneceklermiş..."

"Eee?"

"Ne ee'si ana?"

"Gözüy duttu mu?.. Beyendiy mi?"

"Beğendim beğenmesine de... Acaba başka beğenen de var mıdır bilmediğimiz?"

"Bi isdeyeni edeni yoksa, habar ediyin mi o darafa?"

"Aman ana, kaçırmayalım. Üç dört gün, dediler. Dönüp giderlerse, Karabüklere nasıl gidilir, nasıl gelinir bu iş gücün arasında?"

Kuğulu: "Tamam, Ercep." deyip konuyu kapatmıştı.

Nezihalar tatillerini bitirmeden ön görüşmeler yapıldı. Hüseyin Efendi ile konuşmayı Terzi Hasan ve Aslan'ın Ahmet yaptılar. "Arada akrabalığımız var," dediler, "oğlumuz aslan gibi, pehlivan gibi." dediler. "Motoru var, senelerin kaptanı... İşinde gücünde, gözü karadır, delikanlıdır, denizden domuzdan korkusu yoktur, bir gün de bir ayıbı çıkmamıştır çarşıda. Karahalil oğullarından, Sait Ağa'nın tek oğludur..."

Hüseyin Efendi: "Nerede oturtacak kızımı?" diye sormuştu.

"Anasının evinde. Rahmetli Sait Ağa'nın evi yani... Saray gibi... Çarşının hemen üst yanında... Kuğulu neredeyse yetmişine geldi. Gelin, ona da yoldaş olur, koca evde saraylı hanım gibi oturur..."

Gidip evdekilerle konuşmasını yaptıktan sonra: "Hayırlısıysa olsun!" demiş ve yeşil ışığı yakmıştı Hüseyin Efendi. Nezihalar toplanıp Karabük'e dönmeden, hemen bir dünürcü ekibi kuruldu ve Çelebiler'e kız istemeye gönderildi. İstemeye gidenler arasında; Terzi Hasan, kardeşi Hüseyin, Fatma ve müstakbel kayınvalide Kuğulu Habibe vardı. Kızın sözünü aldılar ve döndüler. Hüseyin Efendi, Karabük'te oturduklarına göre, düğünün de orada yapılmasını istedi, oğlan tarafı da bunu tereddütsüz kabul etti.

Hüseyin Efendi, tatili bitince ailesini toplayıp Karabük'e döndü ve düğün hazırlıklarına girişti. Neziha'nın hazırlıkları, gelinliği, düğün bohçası ve benzeri biçki dikiş işleri için o sırada Karabük'te olan Sümer de var gücüyle çalıştı. Büyükler, neredeyse aynı aylar içinde evlenecek bu iki genç kızın pek güzel anlaştıklarını görerek memnun oluyorlardı.

Sümer'in düğününden kısa bir süre önce dayısı Recep'in düğünü yapıldı. Kuğulu, Terzi Hasan, Fatma hep beraber gelip, düğünde hazır bulunmuşlardı. Terzi ve Fatma, bu vesile ile uzunca bir zamandır gözlerinden uzakta, Karabük'te olan Sümer'i de görme fırsatı bulmuşlardı. Karabük'ten alınan gelin, düğünden sonra Halime'nin evine getirildi.

Karabük'teki düğün telaşı bitince Çatalzeytinliler, Sümer'i de alıp, topluca geri döndüler.

Terzi Hasan, sahil boyunda yaptırdığı yeni evin işlerini bitirmiş, oturmaya hazır hâle getirmişti. Ev taşınmaya hazır hâlde olmasına rağmen, düğününden sonra kızını oturtmak için, kendi taşınmasını ertelemiş, Sümer'e bir jest yapmak istemişti.

Dayısının düğününden kısa bir süre sonra Sümer ve Avni'nin düğünü de yapıldı. Terzi Hasan'ın Kuğulu'ya karşı kabul ettiği şartı, bu kez kendisi Avni'ye karşı koştu. Sümer tek çocuktu, uzaklaşamazdı. Anasının, babasının gözü önünde olacak, Avni askerliği bitince iç güveyi gelecekti. Avni ve ailesi bunu tereddütsüz kabul ettiler. Düğünden sonra Avni, dayısının yeni yaptırdığı eve, çalıştığı dükkânın üst katına oturdu.

Düğünden sayılı gün sonra Avni askere gitti. Acemi birliği Siirt'te, 43'üncü Süvari Alayı'nda idi. Burada dört ay süre ile acemi eğitimi aldı, atları tanıdı, seyislik yaptı ve at binmeyi öğrendi. Acemiliğinden sonra dağıtımını Ankara'da Cumhurbaşkanlığı Muhafız Alayı'nın süvari taburuna çıkardılar. Avni, Ankara'ya gelişinden bir ay sonra yapılan sınavlarda başarılı bulunup onbaşı yapıldı.

Avni, Siirt'te acemiliğini yaparken Sümer'in hamile olduğu anlaşıldı. Avni gidince, yeni evinde tek başına kalan Sümer'in yanına annesi ve babası geldi. Böylece, Terzi Hasan da nice zamandır ertelediği taşınma işini aradan çıkarmış oldu.

Arasını epeyce yakın tutarak iki düğün yapmak!.. Pek kolay değildi, ama düğünlerin hazırlıkları için para biriktirilmiş, bir köşeye konmuşsa, sorun yoktu. Sümer için de Recep için de epeydir hazırlık yapmışlardı. Düğünler yapılıp bittiğinde öyle büyük borç harç da kalmamıştı.

Neziha, kayınvalidesinin evinde, güler yüzü, tatlı dili ile Kuğulu'nun senelerce dul yaşamaktan kaynaklanan yorgunluğunu üzerinden aldı, onu rahatlattı. Sekiz odalı, iki katlı kocaman evde bir kayınvalidesi bir de Recep'i ile genç yaşında hayatının yeni bir dönemine başladı.

Sümer de yeni yapılmış bir evde, annesinin ve babasının gözleri önünde karnındaki bebeğini büyütmeye koyuldu.

-6-

Çatalzeytin, Kastamonu, 1962

Terzi Hasan, çarşıdaki dükkânda çalışmaya devam ederken, kasabadaki her esnafın giriştiği bir şeyi kendisi de denemek istemişti: Dükkânın münasip bir tarafında ikinci bir iş yapmak! Terzi dükkânında başka ne yapılabilirdi ki? Olsa olsa, İstanbul'dan manifatura malzeme getirilir, raflara, camekâna istiflenir, satılır... Düşündüğü bu değildi. Az çok mal koyacağı bir yer bulabilirse, inşaat malzemeleri satışı yapmayı düşünüyordu o.

Kasabanın 1954'te ilçe statüsü kazanması ile sırtlardaki mahallelerde, çarşıda dükkânların bulunduğu sokaklarda inşaat işleri görünür bir hız kazanmıştı. Küçük de olsalar, yeni binalar yapılıyordu yavaş yavaş. Diğer yandan, ilçe olmanın sayesinde devlet kurumları da ilk yıllarda emaneten sığındığı kiralık yerlerden çıkmaya bakıp, yeni binalar yaptırmaya başlamıştı. Adliye örneğin, 1954'te ilk gelen devlet daireleri arasındaydı. Uygun yer bulunamamıştı. Ne zaman ki Topluk'ta İsmail Efendi, kendi evinin bir katını boşaltıp vermişti, o zamandan beri şahıs malı bir evin bir katına sıkışmış vaziyette çalışıyordu adliye. Muhakkak ki yeni bir binaya geçecekti. Sadece adliye mi? Ortaokul gelmişti 1957'de, kendi binasını yapmıştı hemen. Daha pek çok devlet kapısı açılacaktı kasabada. Bunca yapılacak binanın çimentosu, demiri, tuğlası, kireci... Kimden satın alacaklardı?..

Bu yönü ile bakıldığında, Terzi haklıydı, inşaat malzemeleri işi terzilikten kazandığını artırmaya yardımcı olabilirdi. Fakat çarşıdaki dükkânın, sahil yolunda, bitişik nizamın arasında olması, ona inşaat malzemelerini koyacağı bir yer veremiyordu.

İnşaat malzemeleri işine girme düşüncesini kafasında çevire çevire birkaç yıl geçirdi. Aradığı fırsatı, yeni dükkânına taşındığında buldu. Bu yeni binanın iki yanı da boş arsa idi. Özellikle dere tarafına düşen yanı uygundu. Ayrıca, binanın arkasında, kardeşi Hüseyin'in oturduğu ahşap ev ile arasında kalan küçük alan da Hüseyin'den izin alabilirse, malzeme koymaya uygun görünüyordu. Evin kapı tarafı hem akrabadan olmayan birilerine aitti hem inşaat malzemesi koymaya pek elverişli değildi.

Dükkânın sağ yanında kalan arsa, Abdi amcasından hanımı Makbule'ye ve çocuklarına kalmıştı. Konuyu amcasının büyük oğlu, öğretmen Cemal Irak ile bir ara görüştü. Oraya kendilerinin de yakında ev yapacağı yolunda bir cevap alıp, reddedilmekten çekinmişti. Ancak, Cemal Hoca, verdiği cevap ile Terzi'yi rahatlattı. "Olur, ağabey," demişti, "neyin varsa güzelce koy. Biz de senin gibi ev yapma hülyasındayız, ancak, bizim o işe girişmemiz için daha yıllar lazım..."

Böylece Hasan, her gün sabahtan kaldırıma çıkarıp, sandalyeler üzerine istiflediği kumaş toplarına ilaveten, Ayancık ve İnebolu'dan Kırlangıç ile getirttiği alaturka tuvalet taşlarını, boy boy lavabo taşlarını, Sinop'un Boyabat'ında imal edilen kırmızı tuğlaları istiflemeye başladı, dükkânın önünde, evin arkasında ve Cemal Hoca'nın arsasında.

Kasabada aynı işe girişen başka esnaf da vardı. İnşaat malzemeleri işinden pay alabilmek için müşterilerine ilginç ödeme kolaylıkları sundu Terzi Hasan. Zaman geçtikçe bu işten de üç beş kuruş kazanmaya başladı. Sattıklarına, ilerleyen yıllarda Enver ağabeyinin de telkinleri ile Karabük Demir Çelik Fabrikası'ndan getirteceği altılık, sekizlik, onluk, on ikilik, halka ve "U" kalıbında çubuk demirler, Bartın'dan getirteceği çimento ve alçı da ilave olacaktı.

***

Hem yukarıdaki evde hem aşağıdaki evde yeni gelinlerin hamileliği en önemli konuydu. Önce Neziha doğurdu. Bir erkek çocuğu olmuştu. Adını Hüseyin koydular, ancak bu bebek, daha birkaç aylıkken vefat etti. Kuğulu'nun evinde büyük üzüntü çektiler. Fatma'nın da Sümer'i doğurmadan önce aynı acıları yaşadığını hatırlayarak, endişelendiler. Torun torbaya karışamayacaklar mıydı?

Kardeşinin yaşadığı üzüntüleri çaresizce izleyen Fatma, Sümer'in durumu üzerine titremeye başladı. Hem kendi hem Neziha'nın evlat kayıpları aklından çıkmıyor: "Ya bu çocuğa da bir şey olursa, Sümer'in karnında?" diyerek kâbuslar görüyordu.

Önemli bir terslik yaşanmadan haftalar geçti. Fatma da yavaş yavaş sakinleşti. Konu komşu, hısım akraba Sümer'in karnına bakıyor, gelen çocuğun cinsiyeti üzerinde tahminde bulunuyordu.

"Baksana, göbeği düşük Sümer'in. Kesin kız bu!" diyorlardı kimileri.

"Ben de Sümer'e hamileyken karnım aynı böyleydi. Demek ki kız!" diye destekliyordu Fatma.

Neler söylenmiyordu ki? Sümer'in tatlı yemeye düşkünlüğü, yüksek seyreden nabzı, uyurken ne tarafına döndüğü... Bir dolu veri vardı, bebeğin kız olacağını gösteren. Tek tük aksine görüş bildirenler çıkmışsa da mahalledeki çoğunluk görüşüne uyarak, bebeğin kız olacağına kanaat getirdi Sümer ve annesi. Bunun ardından, var güçleri ile bebek giysileri hazırlamaya koyuldular. Rengârenk, dökümlü, pileli elbiseler, zıbınlar, kundak bezleri, ortası delikli alt bezleri dikiliyor, yün hırkalar, başlıklar, patikler örülüyordu. Dikişi tamamlanan her kıyafet, bebeğin sandığına konuyor, ara sıra çıkartılıp, gelen giden misafirlere gösteriliyordu.

Çatalzeytin'in genç, ama görevine hâkim, cesur ebesi Şükriye Hanım, son aylarında düzenli olarak Sümer'i ziyaret etmiş ve hamileliğinin gelişimini izlemişti.

"Kız, Sümer!" diyordu Şükriye Ebe, "Bu bana oğlan gibi geliyor vallahi!"

"Abla, her kim görüp baktıysa, kız olduğunu söyledi. Biz de ne yapacağımızı bilemedik annemle..."

"Sağlıklı sıhhatli gelsin de kız mı oğlan mı o hiç mühim değil! Gayet iyi gidiyorsun. Yemeyi de kessen iyi olur artık!"

1963'ün Nisan ayının on dördünde, bir pazar günü akşama doğru, Şükriye Ebe'nin komuta ve kontrolü altında Sümer'in doğumu başladı.

Bütün mahalleli, hısım akraba, anneannesi Kuğulu ile babaannesi Çayırlı da Sümer'in başına toplanmışlardı. Şükriye Ebe, Sümer'in üzerine örttükleri çarşafın altında tek başına çalışarak büyük bir dikkatle bebeğin önce başını gördü, sonra tüm bedenini, ayaklarını...

"Geldi!" diye seslenerek çarşafın altından kalabalığa haberi verdi: "Her bir tarafı sağlam, hiçbir anormalliği yok!.."

Çocuğun ebenin eline gelmesi ile Sümer'in feryat figan bağırtıları da kesilmiş, ortalığa bir sessizlik hâkim olmuştu.

"Ne geldi, kız Şükriye?" diye sordu alı al, moru mor vaziyetteki Fatma. Sümer, başını koyup terden sırılsıklam ettiği yastıktan kafasını önüne doğru bükerek bebeğini görmeye çabalıyordu: "Abla, kız mı oğlan mı?"

Şükriye Ebe, kucağındaki bebeği iki ayak bileğinden birer eli ile tutarak ters çevirdi ve havaya kaldırıp doğuma şahitlik eden kalabalığa gösterdi. Bebek, bütün mahalleyi yanıltmış, çoğunluk kararına rağmen, erkek gelmişti...

Henüz sesi duyulmamış, nefes almaya başlamamış bebeğin kıçına Şükriye Ebe'nin okkalı bir şamar aşk etmesi ile tiz bir ciyaklama sardı evin her yanını. Bebek bağıra bağıra ağlamaya başlamıştı. Üstü başı silinip kurulandıktan, yüzü gözü aralandıktan sonra bir örtüye sarılan oğlanı, yüzünde sevinçten güller açan annesinin yanına, sağ koltuğunun altına yatırdılar.

Bebeğin babası Avni, henüz askerden dönmemiş, terhis için Ankara'da gün sayıyordu. 1962'yi 63'e bağlayan yılbaşına yakın vakitte aldığı beş, altı günlük bayram izninin çoğunu yollarda harcamış, iki gününü evde geçirebilmişti. Sümer'in hamileliğini biliyor, doğum zamanını da tahmin ediyordu. Fakat bir oğlunun olduğu haberi Karabük'ten, Ankara'da Avni'ye varıncaya kadar birkaç hafta geçecekti.

Bebeğin ağlama sesi aşağıda, eve çıkan merdivenin alt başında dudaklarını kemire kemire kıvranan Terzi Hasan'a ulaştığında gözleri yaşardı önce, biraz sonra da ağlamaya başladı koca adam. Hele, bebeğin erkek olduğunu, elinin ayağının, her bir tarafının noksansız olduğunu da öğrenince, Terzi'nin ağlaması daha da arttı.

Yanındaki Recep, eniştesini sakinleştirmeye çalışıyordu yanındaki kalabalığın yardımı ile:

"Enişte! Al sana erkek çocuk! Yirmi senedir bekliyordun ya, işte, geldi, anladın mı?.."

***

Bebek, doğduğu saatten itibaren evde her şeyin merkezindeki yerini aldı, tahtına oturdu. Evin bütün işleri onun uyuma, uyanma saatlerine ve açlık durumuna göre ayarlanıyor, uyuduğu vakitlerde evde çıt çıkarılmıyordu.

Avni'nin askerden dönüşüne daha birkaç ay vardı. Sümer: "İsimsiz o kadar zaman bekleyecek mi anne?" dedi bir gün, "Çocuk görmeye gelen gidenden kapımız hiç durmuyor. Koyalım adını da soranlara söyleyelim!"

Ona, dedesinin adını vermeye karar verdi Sümer. Bebeğin adını "Hasan" koyacaklardı. Bu kararını annesi ve babası ile de paylaştı. Terzi, bu oğlan torunun göbek adının da "Âdem" olmasını istedi. Böylece, bebeğin isminde anlaştılar. Terzi Hasan'ın çarşıdaki camiden alıp getirdiği yaşlı, orta boylu ve kilolu imam, bebeği kucağına aldı. Sağ tarafına ezan okudu, sol tarafında kamet getirdi. Sonra bebeğin sağ kulağına iyice yaklaşıp üç kere: "Senin adını 'Hasan' koyduk! Vatana, millete hayırlı bir evlat olursun inşallah." dedi.

Sümer bir gün annesi ile oturup doğum öncesinde diktiği elbiseleri ve bebek malzemelerini önüne dizdi. "Anne, bunları ayıklayalım da birkaçını elimizin altında tutalım. Gerisini kaldırayım ilerisi için." dedi.

Kız bebek için dikilmiş, göğüsten aşağı pileli bir iki küçük elbise ile pazen kumaştan çiçek desenli birkaç alt-üst takımını, zıbınları ve alt bezlerini ayırıp, bebek karyolasının çekmecelerine koydular. Gerisi katlanıp Sümer'in çeyiz sandığına kondu.

"Kızım, oğlana bunları giydirdiğimizi gören bizi acaplamaz mı? El âlem ne der bize?" diyerek tereddüt etmişti Fatma.

"Yabancının yanında giydirmeyiz, anne. Kendi insanımız geldiğinde giydiririz... Bizim kız beklediğimizi bilmiyorlar mı? Oğlan giysilerini dikip örene kadar ne giyecek bu çocuk?"

Bebek, cinsiyetine pek uygun düşmeyen bu çiçekli, pileli elbiselerle sadece akraba önüne çıkmakla kalmayacak, her misafiri bu kıyafetlerle karşılayacak, farkında bile olmadan poz vereceği fotoğraflarda sonradan doğacak kız kardeşlerinin alay konusu olacaktı...

Elindeki işi bırakıp ikide bir dükkândan eve çıkan Terzi Hasan, eğilip torununa bakıyor, ona diller döküyor, bir tarafı incinecek korkusu ile kucağına almaktan çekiniyordu.

Fatma ve Sümer, dedesini gösteriyordu bebeğe:

"Bak oğlum! Beybaba[53] gelmiş... Haniymiş oğlumuzun beybabası?"

Bir iki ay sonra Avni de askerden döndü. Çocuğunu yattığı bebek karyolasında gördü. Artık üç ayını doldurmaya yaklaşmış bebeği karyoladan kaldırıp babasının kucağına verdiler. Rusların Mat-

---

53 Çocukların genellikle babaları için kullandığı bu saygı sözünü, torunların, dedeleri Terzi Hasan için kullanmasını istediler. Muhtemelen, evin reisinin ve son karar vericisinin kim olduğunu vurgulamayı, ona duyulan saygıyı göstermeyi amaçlamışlardı.

ruşka'sına benzer, sımsıkı sarılmış bir kundağın içinde, sadece gözlerini oynatabilen bebek, babasına benziyordu.

Sümer'in bebeği bir, iki aylıkken Neziha'nın da ikinci bir bebek getireceği anlaşıldı.

Avni'nin de gelişi ile evdeki ve dükkândaki işler eski hâline döndü. Terzi, dükkânın patronu sıfatıyla dikiş işine pek oturmuyor, terzilik işleri Avni, Atik ve işe yeni alınmış çırak Bayram tarafından görülüyordu. Gelen, giden inşaat malzemelerini indirip kaldırmak genellikle Terzi'de ve Avni'de idi. Sadece terzilik haftalığı aldıklarından, çıraklar bu işe karışmıyorlardı.

Hem annesi Fatma'nın hem de babaannesi Çayırlı'nın verdiği destekle makinesinin başına geçebilecek duruma gelen Sümer, ara verdiği biçki dikiş işlerine tekrar başladı. Bebeği emanet edecek uygun birini bulamadığı zamanlarda beşiği, makinesinin yanına getiriyor, bir yandan işini görürken, bir yandan bebeğe şarkılar, türküler ve ninniler söylüyordu. Çocuk huzursuzlandığı zamanlarda makinenin pedalındaki ayağını uzatıp, arada bir beşiği sallıyor, hemen bir şarkı söylemeye başlayarak ağlamasını önlüyordu.

Aylar geçtikçe küçük Hasan da istediği ve istemediği şeyleri kendine özgü vücut dili ile ifade etmeye başladı. Beğendiği bir şeyin gelmekte olduğunu fark ettiği zaman sesini soluğunu kesiyor, gelen şeye odaklıyordu gözlerini. Tadını beğenmediği bir mama ağzına tutulduğunda, yüzünü bir tarafa çevirip ağzını kaçırıyor, kaşığın geldiği taraftaki kolunu sallayıp duruyordu. Çayırlı'nın sırtına binişleri onun en büyük eğlencesi idi. Yaşadığı hayatın yorgunluğu ile artık önüne doğru bükülmeye başlamış olan yaşlı kadıncağız, bebeği sırtında gezdirmekten zevk alıyor, ancak çabuk yoruluyordu. Hasan'ı evde zapt edip susturamadıkları zaman can havli ile iki adım yukarıda oturan Çayırlı'ya götürüyorlardı. "Babaanne, susturamadık yine," diyordu Sümer, "biraz sırtına alıversen şunu?"

"Ver kızım. Şöyle dolaştırayım biraz evin önünde. Gel oğlum, gel bakalım, abış!" Bin sırtıma, sarıl bana, demek istiyordu.

Çayırlı'nın sırtında sıkıldığını göstermek istediği zaman yeni bir huy geliştirmişti küçük oğlan. İki bacağından Çayırlı tuttuğu için, küçük elleri ile büyük babaannesinin entarisine sıkıca yapışmayı ihmal de etmeden, kendini geri geri atıyor, sırtından indirmesini istiyordu. Düşecek gibi olduğu bu vakitlerde:

"Oğlum, tamam, dur! Dur be çocuk, dek dur biraz!.. Bu ne biçim çocukmuş be yahu! Bezdirdi vallahi beni... Ötekilerin hiçbirinden görmedim ben böyle eziyet!" diye söylenip duruyordu Çayırlı.

Terzi Hasan ve Fatma, küçük Hasan'a dil dökerken: "Aslan oğlum benim!" diyorlardı sıklıkla, "Büyüyecek de kocaman adam olacak... Bahriyeli olacak, paşa olacak bizim oğlumuz..."

Bu, büyüyünce adam olmak meselesi kulaklarında iyice yer ettiğinden olsa gerek, ileride üç, dört yaşına geldiğinde, öğretmen mi doktor mu mühendis mi memur mu? Büyüyünce ne olacağını sordukları zaman: "Adam olacağım!" diyecek, soranları güldürecekti.

Küçük Hasan dokuzuncu ayına yaklaştığında, 1964'ün sonuna doğru Recep ile Neziha'nın da ikinci çocukları doğdu. O da erkekti. Adını Gökhan koydular. Kocası Sait Ağa'yı kaybettiği 1938 yılından beri, yirmi beş senedir bir kız ve bir oğlan, iki evladı ile gün geçirip hayata tutunmuş olan Kuğulu'nun da artık ocağı şenlenmişti. Torunu Sümer'in evlenmesi, Neziha'nın eve gelin gelmesi, Fatma'nın evinde bir oğlan bebek, bir oğlan bebek de Recep'ten!.. Kuğulu'ya, Fatma'ya, Terzi Hasan'a hayat gülüyor, istediklerini veriyordu artık...

Sümer, işlerini yoluna koyup vakit buldukça oğlu kucağında mahalleye çıkar, soluğu yukarıdaki evde, Neziha'nın yanında alırdı. Kendisinden üç yaş kadar küçüktü, ama çok sevdiği Recep dayısının karısıydı Neziha, çok iyi anlaşırlardı. Avni tarafından uzaktan da akrabaydılar Neziha ile. Gündelik hayatlarında benzeyen o kadar çok şeyleri vardı ki... Gökhan kucağa alınıp da dışarı çıkarılabilir hâle gelince Neziha da Sümer'in yanına inerdi sık sık.

"Kız Neziha, yanlış mı yaptık, bilmiyorum. Annem aşağıda mutfakta, ben yukarıdayım makine başında. Yetiştirilecek dünya kadar işim var. Bir de bu çıktı başımıza! Daha yaşını bulmadı, şarkı, türkü istiyor bu oğlan, söylemezsem başlıyor viyak viyak..."

"Ah anam," derdi Neziha, "ben de gözümü kapatamıyorum sabahlara kadar... Recep, yorgun argın geliyor motordan, vurup başını kalıyor... Kayınannem desen, o da gelmiş yetmişine..."

"Şöyle yan yana yatıralım da birbirlerinin sesine soluğuna alışsın kulakları, tanısınlar birbirlerini... Bak oğlum, bu kardeş Gökhan..."

"Gökhan! Kim varmış yanımızda? Bak! Hasan!"

Neziha'nın aşağıya, Sümer'in yanına inişlerinde sıkça yaptıkları bir şey de hava elverirse balkona çıkıp baş başa oturmaları, denizi ve denizden gelen geçenleri izlemeleriydi. Bu sırada bebekler beşiğe veya bir yer yatağına yan yana yatırılır, gözaltında tutulurdu. Kırlangıç sahildeyse, onun hakkında konuşur, sağını solunu incelerlerdi. Yoksa Kırlangıç'ın dönüşünü kollarlardı, çocuklar izin verdiği sürece.

"Recep, Ayancık'a gideceğiz, yeni yumurta kasalarını alacağız Rasim Tüccar'ın, dediydi dün akşam..."

"Hava bir iki saate kararmaya dönecek... Birazdan görünürler Çayağzı tarafında. Az daha oturalım da gelişlerini seyredelim..."

"Kız, kayınvalidem kuyudan su çek, dediydi, çekmeden geldim. Artık bakraç filan kaldıramıyor yerden. Aman be, olsun! Azıcık beklesin. Recep'i görelim madem!.."

Biraz sonra Çayağzı önünde Kırlangıç görünürdü. Öğle öncesi çıkan poyraz sakinlemiş, deniz uysallaşmış olurdu. On dakikayı bulmadan Kırlangıç, evin altına gelir, önce biraz sancağına doğru harmanlayıp açılır, sonra başını dimdik, evin önündeki ırgata verirdi. Onun gelişi ile kıyıdaki balıkçı, gemici tayfası da hareketlenip ırgatı hazırlar, felekleri sudan ırgata doğru bir hat üzerinde adım adım ilerleyecek şekilde bekletirlerdi.

Recep dümende, kıçüstünde ayakta olurdu. Yekeyi kendine özgü biçimde tutardı hep. Dümen yekesini eliyle değil, bacakları ile tutmak, dümeni bastığı zeminde ayaklarını milim milim sağa sola gezdirmek âdetiydi. Makine muhafazasının yanından Sümer'in Hüseyin amcası görünürdü. Makineye yapışmış, Recep'in makine kumandalarını gecikmesiz uygulamak için kulağını Recep'e doğru vermiş olurdu:

"Baştan bodoslama[54] çıkıyorum Hüseyin ağabey, hazır mısın?"

"Hazır anam... Haydi!"

Recep: "Hürsel! Geliyoruz?.." diyerek sahile kükrerdi.

"Hazırız koca ağabey! Gelin!" diye cevaplardı kıyıdan, Hüseyin'in büyük oğlu Hürsel.

Recep, kıyıda ırgatı başta tutarak viyalayıp, makineyi stop ettirir, üstünde kalan yol ile teknenin tatlı tatlı kıyıya doğru akmasını izlerdi. Kırlangıç'ın başını bastığı yerde ilk feleği, ardından sıra ile diğer felekleri yetiştirirlerdi altına. Kırlangıç'ı yerine kadar çekip en son

54 Baştan bodoslama: Önden, ön taraftan.
Baş ve kıç bodoslama: Gemi omurgasının baş ve kıç taraflarından yukarıya uzanan ağaç ya da demir direklerden her biri.

barbalarını[55] vururlardı.

Başını çevirip sahile doğru yaklaşırken, Recep bir yandan da ırgatın arkasındaki binanın balkonundan bakan iki genç hanımı kollar, onları orada görürse, keyiflenir ve sağlam bir kahkaha atardı:

"Kızlar! Geldi Kırlangıç... Geldi Sait Ağa'nın yadigârı, anladın mı?.."

***

Takvimler 1960'ların ikinci yarısında bir yaz sonunun günlerini sayıyordu. Terzi Hasan, damadı Avni ile çalıştırdığı dükkâna, çıraklıktan yetiştirdiği kalfalar Sabahattin ve Bayram'dan sonra yeni bir çırak daha almıştı: Tecir Dursun'un oğlu Yaşar! Çelebiler Mahallesi'ndeki ilkokulu bitirmişti. Dükkâna geldiğinde 13 yaşını daha yeni bitirmişti, ancak, terbiyeli, öğrenmeye hevesli, gözü açık ve eli marifetli görünüyordu. Üst kattaki evde artık yürüyen, cıvıl cıvıl öten, evdekileri âdeta yoran küçük Hasan, biraz havalanıp sakinleşsin diye dükkâna indirildiği vakitlerde gördüğü bu yeni yüzü, muhtemelen dükkânda çalışanlar arasında yaşı en küçük olan Yaşar olduğu için, kendine çok yakın buldu. Yaşar'ın 1970'lerde askere gidişine kadar gittikçe kuvvetlenen bu yakınlık, onun askerden dönüşü ve kendi dükkânını açması sonrasında da devam edecekti.

Kırlangıç'ı denizde dolaştırmaya devam eden Recep ve Hüseyin ise, denizden kazanılan para ile evi geçindirmenin gitgide zorlaştığını görüyorlardı. Recep'in iki çocuğu vardı ardı ardına doğan: Gökhan ve Seyhan. Hüseyin ise beş çocuk sahibi idi: Gürsel, Hürsel, Kemal, Fatma ve üçüncü bir erkek daha. Hüseyin'inkilerin çoğu yetişkindi ama hiçbiri evli değildi, hepsi baba eline bakıyordu.

Bir gün Terzi Hasan, Hüseyin ve Recep oturdular, bu konuyu enine boyuna konuştular. Terzi'nin dükkândan geçinmesi ve inşaat malzemeleri ticareti ona yetiyordu ama Kırlangıç, Hüseyin ve Recep'e yetmiyordu. Hüseyin, bir süredir bakkaliye ve manav işini denemişti. Kendisi Kırlangıç ile denize çıktığında, çocuklardan kimi yakalarsa, dükkâna bırakıyordu. Birlikte, ilave bir iş yapmaya niyetlendiler ve kahvehane açmaya karar verdiler.

Hüseyin ile Recep, kasabanın çarşısında kiraladıkları bir yeri ta-

55 Barba: Sahile çekilen kayıkları dengede tutmak için iki yanına vurulan payanda. Genellikle ahşap tahtalarla üçgen şekilde yapılır.

dil edip, boyadılar, badana ettiler. Abana, Bozkurt tarafından Akkuş marka sandalyeler, masalar tedarik edildi. Kahveyi açtılar. Kırlangıç'a iş olmadığı vakitlerde ikisi de kahvede duruyor, Recep çay ocağını, Hüseyin de servisi çekip çeviriyordu. Bir süre sonra, Kırlangıç'ı kıyıda yalnız bırakmamak gerektiğini düşünerek kahvehane için ikili bir nöbet sistemi geliştirdiler. Bir ay süre ile Recep kahvede çalışırken, Hüseyin Kırlangıç ile alakadar oluyor, iş olursa, kurduğu ekip ile işe gidiyordu. Takip eden ay; Hüseyin kahveye, Recep de Kırlangıç'a... Kırlangıç'a paralel yürüttükleri bu ortaklığı 1970'lerin başına kadar sürdürdüler. Daha sonra, Recep, kahvehanedeki payını Hüseyin'e devredip ayrılacak, yeni yapılan belediye binasının altında bir dükkân kiralayarak manifatura ve tuhafiye işine girecekti.

***

Hüseyin'in üçüncü çocuğu Kemal, 1966'da ilkokulu bitirmiş, eylül ayında ortaokula başlayacaktı. O dönemde ortaokul ve lise öğrencileri rütbeli asker şapkasına benzer şapkalar giyiyor, öğretmenlerine ve hocalarına selam veriyorlardı.

Kemal'in ilkokulda giydiği önlüğü artık üzerinden atıp, yeni bir takım elbise edinmesi, elbisenin altına bir giyim de kundura satın alınması gerekiyordu. Kırlangıç cemiyeti, ilkokulun başından beri okumaya düşkün, derslerinde özenli olduğunu gözledikleri Kemal'in, ortaokula da yeni bir heyecan ile başlaması için kendi arasında bir iş bölümü yaptı. Recep, Hüseyin'den habersiz, Hasan eniştesine: "Enişte be!" dedi bir gün, "Kemal de ortaokula başlayacak..."

"Biliyorum, Recep?.."

"Üstü var, başı var... Hüseyin ağabey muhakkak parasını hazır etmiştir, ama biz de bir güzellik yapsak, diyorum. Hürsel de yetişip sıraya karıştığından beri Kırlangıç'tan elini çekmiyor. Suya ineceğiz; dayan Hürsel! Kıyıya çıkacağız; çek Hürsel..."

"Eee?"

"Diyorum ki takım elbisesini siz dikiverseniz, ayakkabıyı da Ahmet eniştenin dükkânında yaptırıversek?"

"Aferin koca oğlan!" demişti eniştesi.

Hüseyin'in haberi olmadan Kemal'i bir gün dükkâna çağırdılar. Takım elbise ölçüsünü aldılar. Ortaokul öğretmenlerinin genellikle giydiği renk ve desenden bir de kumaş beğendirdiler Kemal'e. Sonra onu çarşıya, Aslan'ın kunduracı oğullarının dükkânına gönderdiler. Avni durumu çıtlattığında: "Gelsin dosdoğru bana," demişti babası, "ben ölçüsünü alır, kalıbını çıkarırım. Elimizdekilerden kundura beğensin, aynısını yaparım... Hüseyin'in oğlan, bizim de evladımız sayılır, değil mi ya!"

Kemal'in yeni ayakkabı işi de o tarafa ihale edildi. Babası, iki dükkânın provalar için ikide bir Kemal'i çağırmalarından işkillendi sonunda ve durumu öğrendi. Azıcık kızmıştı.

"Bizde para yok mu?" demişti, "Parasını ödeyip de yaptıramıyor muyuz biz?"

Serzenişli konuşmalarına son verebilmek için: "Tamam, Hüseyin," dedi ağabeyi, "ödersin masrafı ne ise... Hiç olmazsa işçilikleri bizden olsun..."

Ayakkabı için de aynı şey yapılmıştı. Malzeme parası ödenmiş, işçiliğine bir şey alınmamıştı.

Kemal ağabeyinin elbise provalarının birkaçını Hasan da izlemişti. Üç yaşındaki oğlan, bu ağabeyin sırtına geçirilen ceketin kollarının omuzlarından bir çekişte sökülüp alınmasını, babasının ceket kumaşının birtakım yerlerine elindeki çizgi taşı ile ince ince beyaz çizgiler çizmesini, o sırada babası ve dükkândaki diğerleri ile Kemal ağabeyinin ayakta kımıldamadan durarak heyecanla "okul" dedikleri bir yer hakkında konuşmasını ilgi ile takip etmişti oturduğu yerden.

***

Hasan, büyüğünü, küçüğünü tanımaya başladığı yıllarda kuzeni Gökhan'a ilave, bir arkadaş daha buldu kendisine: Ali Karahan... Kıvırcık sarı saçlı ve neşeli, konuşkan bir çocuk olan Ali, Hasan'ın yaşlarında idi. Çatalzeytin'in diğer kıdemli terzisi Terzi Hüseyin Karahan'ın torunu, "Bankacı Yüksel"in oğlu idi. Nasıl ki Terzi Hasan, küçükten çırak almış, epeyce terzi ustası yetiştirmişti çarşıya, Terzi Hüseyin de aynı şeyi yapıyordu caminin önündeki dükkânında. Vecdi, Meral, Necati... Hepsi yetişip, Terzi Hüseyin'in elinden sıraya karışmışlardı.

Kasabadaki çoğu insan gibi, Hasan ile Ali de birkaç kuşak yukarıdan akraba idiler. Hasan'ın büyükannesi Fatma, Karahalil oğlu Hüsnü Efendi'den, Ali'nin büyük dedeleri ise hem Hüsnü Efendi'den hem onun ağabeyi Nazif Ağa'dan geliyordu. Anneler de yaşça birbirlerine yakın olup, iyi geçiniyorlarsa, bu küçük kasabada çocuklar da küçük yaştan itibaren sıkı arkadaş olurdu.

Gökhan, Ali ve Hasan, hanımların ev gezmelerinde sık sık bir araya geldiler. Daha ilkokulu bile görmeden, ömürleri boyunca koruyacakları güzel bir dostluk kurdular. Yaşları dördü, beşi bulduğunda artık çarşı meydanında birlikte dolaşıyorlardı.

Çocuklar, okul öncesi telaşları içinde 1967 yılının yaz aylarına geldiler. Büyükleri, o yaz Hasan'ın sünnet işinin halledilmesine karar vermişlerdi. Çatalzeytinli oğlanların sünnet işini tekeline almış olan orta boylu, kilolu, siyah bıyıklı, dalgalı saçlı sünnetçi arandı, bulundu, Hasan ile mahalleden iki çocuk daha yakalandı ve sünnetçinin önüne yatırıldı. Üç kurbandılar: Hasan, Hüseyin dayısının en küçük oğlu ve kasabadaki tek banka şubesinde çalışan diğer bir Çatalzeytinli, "Bankacı Mehmet"in oğlu Şenol...

Sünnetin birkaç gün öncesinden itibaren, sağ omzundan aşağı inen "Maşallah" yazısı ve başındaki tacı ile mahallede dolaşmaya başlamıştı Hasan. Çarşıya gönderiliyor: "Gez oğlum biraz," deniyordu, "görsünler, paşa yakında sünnet olacak!" Sünnete psikolojik olarak hazırlanması için taç ve "Maşallah"ın altına en sevdiği kısa paçalı, kemerinin ortasından zincir tokalı yazlık pantolonunu giydiriyorlar, ayağına da bayramlık siyah ayakkabısını veriyorlardı. Ayakkabısını Ahmet dedesi özel olarak imal etmişti Hasan'a. Bu gezmelerinde Gökhan da yukarıdan aşağıya kırmızı beyaz şeritli, yazlık tişört ve sağ yanı cepli pantolonu ile yanında dolaşıyordu.

Sünnet gününün sabahında Fotoğrafçı Yılmaz'a haber gönderildi, birkaç poz fotoğraf çekmesi için dükkâna çağrıldı. Hasan ve Gökhan beraberdiler. Önce birkaç gündür giydiği kıyafeti ile sonra sünnet elbisesini tam takım giydirerek bol bol fotoğrafını çektiler. Sonra, üç çocuk, sünnet kıyafetleri içinde... Hasan ve Gökhan yan yana... Hasan, iki dedesi ve babası ile bir arada... Bir fotoğrafta da sünnet çocukları, biraz sonra canlarını yakacak adamın o olduğundan habersiz, siyah bıyıklı, şişman amca ile... Fotoğrafların çoğunda, arka planda Kırlangıç vardı. Kıyının başında yattığı yerden, Hasan'ın bu önemli gününe şahitlik ediyordu sanki.

Hasan'ın sünneti evde, doğduğu odada yapıldı. Kirvesi çarşı tarafında oturan, kasabada düğün dernek ve sünnet dendiğinde, toplu yapılan her işte öne çıkan, Fadıl ağabey idi. Recep dayısı da bütün hengâme sırasında Fadıl ağabeyin yanında yer alıyordu. Kirvesi, döktüğü dil ile Hasan'ın güvenini kazanmış, böylesi bir kalabalığın niçin evlerine toplandığını çözmekle meşgul Hasan'ı, dereden tepeden ettiği laflarla meşgul etmiş: "Çok yoruldun, kucağıma gel biraz!" diyerek Hasan'ın iyiliğini de düşünmüş, ancak, bir iki saat önce birlikte fotoğraf çektirdiği o kara suratlı adamın elindeki usturayı ve iğneyi gördüğünde atlayıp kaçmak istediği zaman, Hasan'ı bırakmamıştı... Canı yanıp ciyak ciyak bağırdığında, feryatlarını, hep bir ağızdan söyledikleri tekerlemelerle bastırmıştı evdeki kalabalık:

"Oldu da bitti, maşallah! oldu da bitti, maşallah..."

Hasan ilk defa yaşadığı can acısı ile boğuşurken, olanca gücü ile bağırıp cevap vermeye çabalıyordu:

"Ben size sorarım, inşallah!.."

Hemen yanı başındaki Gökhan'ın varlığı, tekerlemeler söylenerek yapılan türlü komiklikler biraz sonra sakinleşmesini sağlamıştı. Acısı hafiflemeye yüz tuttuğunda onu, özel hazırlanmış sünnet yatağına yatırdılar. İnce, uzun ve kılıfı dantel işlemeli bir yastığı vardı. Evdeki kalabalığın sıra ile yanına gelip kendisine bir şeyler söylemesi ile oyalandı, avundu. Herkes uzanıp yastığının altına bir şeyler sokuşturuyor: "Geçmiş olsun, şimdi tam adam oldun işte!" diyor ve gidiyordu.

Evdeki sünnet merasimine katılan misafirlere limonata, ayran ve yiyecek servisini Sümer ile Neziha yaptılar. Mahalleden gelen genç hanımlar da yardım ettiler. Fatma, aşağıdaki mutfakta bolca yufka açmış, sabahtan yaktığı ocakta kat kat gözlemeler pişirmişti. Sümer ile Neziha'nın dağıttığı ikramlıkları alan misafirler birer köşeye çekildiler ve sohbet ederek tabaklarındakileri yediler. Verilen ikramı bitirenler: "Haydi geçmiş olsun, hayırlı uğurlu olsun." diyerek ayrıldılar.

Hasan ertesi güne ayaklanmış, göğüsten dökümlü beyaz sünnet elbisesini kuşanmış, tacını ve maşallah şeridini de tamamlamış olarak, Gökhan ile çarşıyı dolaşmaya gönderildiğinde, Fadıl ağabeyini görmüş ve ona çok kızmıştı:

"Oooo, Hasan! Dünden beri ne kadar büyümüşsün böyle... Koca adam olmuşsun."

"Ben sana göstereceğim koca adamı... Senin de oğlun olsun da..."

Çarşı meydanında bu atışmayı işitenler gülmüşlerdi: "Vicdansız Fadıl ağabeysi! Nasıl da kandırdı küçücük çocuğu!" diyerek...

***

Hasan ve Gökhan'a, sünnetlerine doğru giden yıllar içinde ikişer kız kardeş gelmişti. Sümer, Temmuz 1965'te Nalan'ı, Ekim 1966'da Canan'ı, Neziha ise, Şubat 1966'da Seyhan'ı, Kasım 1967'de Ferhan'ı dünyaya getirmişti. Terzi Hasan'ın evi ile Kuğulu'nun evi şimdi birer yaş aralarla dünyaya gelen bu kız çocukların cıvıltılarına da boğulmuş, büsbütün şenlenmişti. Sümer'in ve dayısı Recep'in düğün tarihlerinden start alarak başlayan torun sayısını artırma, böylece geçmişte yaşanan acıların, üzüntülerin ve yalnızlıkların üzerini örtme yarışı vardı sanki...

Talih, Terzi Hasan'ın ve Kuğulu'nun hayatına yeni renkler katmaya devam ediyordu. Üst üste gelen torunlarla 60'lı yıllar herkese iyi geldi. Terzi Hasan, erkek torunu üzerine titremeye devam ederken, ayaklarının dibinden ayrılmayan Nalan ve Canan ile de oynuyor, çocukları mutlu etmek için epeyce yoruluyordu. En favori oyunları, çocukları sıra ile sırtına bindirmesi ve evin içinde dört ayak üzerinde odadan odaya gezdirmesi idi.

"Ağabeyimi çok bindiriyorsun, beni de beni de!"

Bir divan kenarına oturup yere koyduğu iki ayağının üzerine torunlarını bastırıyor, elleri ile onların iki elini tutarak geriye doğru kaykılıp aşağı yukarı hoplatıyor, herkes gülerek bu oyunu seyrederken bir taraftan da tempo tutuyordu:

"Hoppala, hoppala..."

Hasan, Nalan'ın gelişi ile evdeki egemenliğine gölge düştüğünü hissederek başlangıçta pek mutlu olmamış, kendisi dururken, kardeşinin kucaklarda gezdirilmesini yadırgamıştı. Kendisine yönelmiş ilgi ve sevginin bölünmesini kendi geliştirdiği yollardan reddediyordu.

"Senin adın ne bakalım?" diye sorduğunda bir gün Halime halasının en büyüğü Neşe, "Haçan!" demişti.

"Ya kardeşinin adı?"

"Haçan, Lâlân!"

Bir kardeşi vardı, doğru ama önce kendisi vardı!..

Mahalle arası patikalardan en fazla iki yüz metre uzaklıkta bulunan iki evde, birbirlerini her gün görerek büyüyen birer ağabey ve ikişer kız kardeşten kurulu bu iki takım, vakit ağabeylerin ilkokula gidişine geldiğinde daha da coştular, evlerine getirdikleri yaşama sevincini doruğuna çıkardılar.

Hasan ve Gökhan elebaşı kimlikleri ile bir araya geldiklerinde meydanın tozunu attırıyor, sakin ve sessiz bir gün geçiren evlerden artık hangisinde buluşmuşlarsa, koşuşturup türlü oyunlar oynayarak ortalığı bir anda velveleye veriyorlardı. İki tarafın kızları da onların icat ettiği oyunlara katılmak için ağabeylerinin etrafında koşturuyor, bağırıp duruyorlardı.

Yaşları birbirlerine yakın iki erkek kuzen, bir araya geldiklerinde akla hayale gelmez oyunlar, işler buluyorlardı kendilerine. Bir seferinde Hasan, dayısının evine, Gökhan'a gitmişti. Kontrol altında tutabilmek için iki oğlanı bir odaya soktu Neziha. Hareket alanları kısıtlanmıştı, ama yine de bir oyun buldular kendilerine. Kuğulu'nun yattığı divana çıkmış, birlikte zıplayıp hoplayarak tempo tutuyorlardı. Seyhan ile Ferhan da içeride başlanan oyuna katılmak isteği ile kapıdan içerisini dinliyorlardı.

"Hop, hop, hop!.."

Divanın yaylarından ve şiltesinden gelen ses, ağabeylerinin birlikte tuttukları tempo... Bir süre devam etti bu oyun. Sonra birden değişik bir ses girdi araya:

"Çaattt!.."

Divanın bir bacağı kırılmış, divan bir yana yatıp kalmıştı! Oyun, divanın elden çıkması ile ister istemez kesilmişti. Oğlanlar, terli saçları yapış yapış; yüzleri kıpkırmızı vaziyette, süklüm püklüm birer tarafa dönmüşlerdi seslerini keserek.

Neziha ve Kuğulu, divanın bacağını eğip bükerek, yerine bir odun parçası koymaya çalışıp, hasarı telafi yoluna gittiler. Ancak, iki haylaz kuzen, güzel bir papara yemekten kurtulamamışlardı. Ödedikleri bedel, bu papara ile kalmadı. Seyhan, kızlara da bir ceza verilebileceği endişesi ile akşam eve gelen babasına hikâyeyi güzelce anlatıvermiş, bir fırtına da Recep estirmişti evde...

Yine ikisi, Kuğulu'nun evinde bir gün koşturup dururken kapısı kapalı bir odaya dalmak istediler. Evde kapalı tutulan kapılara pek alışık değillerdi. Siyah demirden tutamağa asılıp uğraşarak kapıyı açtılar ve odanın orta yerinde, büyük bir çamaşır leğeninin içinde ayakta durmuş, elindeki maşrapa ile başına su dökmek üzere olan Kuğulu'yu gördüler!..

Kuğulu, leğenden dışarı atlayıp üstlerine yürüse, durumu müsait değil, Neziha'ya bağırıp çocukları şikâyet etse, Neziha da koşup geldiğinde durumu görecek, belki de gülecek... Şaşkınlık ve çaresizlik içinde bir süre bir şey söyleyememişti. Sonunda, oğlanları tatlı dille odadan göndermeyi denemişti:

"Haydi oğullarım! Ayıp, ayıp... Büyükannelere böyle bakılmaz, Allah çarpar sonra... Haydi çıkın da kapıyı kapatın..."

Oğlanlar, Allah korkusundan daha çok, yetmiş yaşını bulmuş, çalışıp çabalamaktan yorgun düşmüş bir bedeni ilk kez görmenin şaşkınlığı içinde seslerini soluklarını kesip çıktılar odadan... Sonra: "Haydi oğullarım! Ayıp, ayıp!" diyerek bu talihsiz karşılaşmayı hatırlattılar birbirlerine ve kıkırdadılar uzun süre.

***

En yakın doktorun İnebolu'da veya Ayancık'ta bulunduğu o yıllarda rahatsızlığa kapılan, hasta olan birini doktora yetiştirmek büyük işti. Hele ki köylük yerlerde, kıyıdan içeride, dağların arasında yaşayan ahali için. Karın, kışın, hastayı götürmeye izin verip vermediği de ayrı bir meseleydi kış zamanlarında. Bu nedenle, tıbbın ulaşıp da el uzatamadığı vatandaşların başvurabileceği, derdine derman arayabileceği alternatif tedavi yöntemleri denenirdi öteden beri. Kuğulu'nun bu konuda bir marifeti vardı: "Kurşun dökmek" ve "korkuya bakmak!.."

Nazara karşı kurşun döktürmek inanç sistemimiz içinde yer almamasına rağmen, Anadolu'da, kökeni muhtemelen İslam öncesi çağlara uzanan, yaygın bir gelenekti. Batı Karadeniz'de, Kastamonu havalisinde de öyleydi. Kuğulu, kurşun dökme işinde becerikliydi, Çatalzeytin'in çevre köylerinde adını duyurmuştu.

Korkuya bakmak ise, daha derin bir uzmanlık gerektirirdi. Her doktorun (!) akıl erdirebildiği bir iş değildi. Ama Kuğulu, bu işin sırrını biliyordu ya da bildiğine inanılıyordu. Her nerede, kimden öğrenmişse, gece gördüğü kötü rüyadan korkmuş genç kızları, köylü hanımları, karanlıkta yürürken birden önüne çıkan hayvandan ürküp eli ayağı boşalanları getirip önüne yatırdıklarında, bedenlerinin farklı noktalarına ellerini dayayıp ovalayarak korkunun sebebini bulmayı, kötü etkilerini ortadan kaldırmayı biliyordu Kuğulu.

Çatalzeytin'in cuma günleri kurulan pazarlarında, köyden kasabaya inen hasta sahipleri, kurşun döktürmek için veya korkuya baktırmak için akşama kadar Kuğulu'nun kapısını aşındırırlardı. Her iki rahatsızlık da psikolojikti esasında. Bıçak vurup da karınlarını mı açıyordu? Hayır! Nazara uğramışların başına kurşun döküyor, önünde yatanların dirsek içlerini, diz arkalarını ve kimi zaman da koltuk altlarını, eline bulaştırdığı gül reçeline benzer, hoş kokulu bir mayi ile ovalayarak korkunun sebebini buluyor: "Hah! İşte burası." diyor, kendince birtakım dualar ederek hastayı korkusundan kurtarıyordu. Tüm bu emeklerine karşılık, tedavi ücretini de alıyordu...

Hasan ve Gökhan, cuma günleri Kuğulu'nun evinde buluştuklarında, korkuya bakma seanslarını izlemek en büyük oyunlarıydı. Gelen hasta, evin arka tarafındaki kapıdan girer, derdini dinleyen Kuğulu'nun: "Şöyle uzan bakalım kızım şuraya, al şu minderi de başının altına." diyerek gösterdiği yere, alt katta hayatın orta yerine uzanır, yatardı. Hastanın muayene için uzanması ile iki oğlan, üst kata çıkan ahşap merdivenin üst başında, tırabzanlar arasından başlarını uzatırlar, teşhis ve tedaviyi izlemeye başlarlardı. Hastanın, Kuğulu'nun ovalayıp mıncıklamalarından huylanıp tepki vermesi, iki oğlanın en çok güldüğü şeydi. Böyle anlarda kıkır kıkır gülerler, yakalandıklarında tırabzandan geri çekilip bir yerlere kaçarlar, zor tuttukları kahkahalarını koyuverirlerdi.

"Büyükanne, biz de çok korktuk. Gofur Kâzım'ın köpeği Con'u gördük çarşıda... Üstümüze doğru öyle bir koştu ki! Ağzını kocaman açtı, böyle sivri sivri dişleri vardı... Bizim de korkumuza bakıver, ne olur!.."

Neziha: "Anne kız, kırma oğlanları!" diyerek genellikle çocuklardan yana tavır alırdı. O zaman, oyun olduğunu bile bile: "İyi bakalım, gelin şöyle. Köpoğulları sizi... Nerenizden korktunuz?" der, hastayı kabul ederdi "böyganaları."[56] Hasan uzanır, kollarını dirseklerinden yukarıya; pantolon paçalarını dizlerden yukarıya sıyırır, sırtüstü yatıp dizlerini de karnına doğru çekerdi ve sihirbaz büyükan-

56 "Böygana": Yerel ağızda "büyükanne"

nenin şifalı ellerine bırakırdı kendini.

"Burası acıyor mu?"

"I-ıh..."

"Burası?"

"Yok, büyükanne."

"Ee, neresi o zaman?"

"Ben galiba şu koltuk altımdan korktum!"

Kuğulu koltuk altlarını ovalamaya başladığında Hasan, gıdıklanmaya artık dayanamaz ve baştan beri zor tuttuğu kahkahasını patlatır, seansın bilimsel ciddiyetini berbat ederdi.

"Seni gidi köpoğlusu, seni!.. Bir alırsam süpürge sopasını elime... Çekilin ayağımın altından!.." diye bağırarak yapmacık bir kızgınlık gösterirdi Kuğulu. Hasan ve onun hemen yanında duran Gökhan ayağa fırlayıp bir koşudur tuttururlar ve ahşap evde patır patır koşarak üst katlara, tavana tırmanırlardı.

***

Bir seferinde, epeyce tehlikeli bir macera yaşamışlardı. O gün Neziha'nınkiler aşağıya, Sümer'e gelmişlerdi. Kâh evin içinde kâh evin çarşı yanındaki arsaya inip ağaçların altında hep beraber oynuyorlardı. Oğlanlar gözlerine kestirdikleri ağaçları birbirlerine göstererek çıkabilirdin, yok çıkamazdın diyerek iddialara girip becerilerini ispatlamaya çalışıyor, sırtları ter içinde atlayıp zıplıyorlardı.

Evdeki iki anne, bir ara arsadaki kızların hep birden ağladıklarını işittiler. Evin kapısının üstündeki camdan uzanıp da çocuklara bakan Neziha, Seyhan ile Ferhan'ın iki gözü iki çeşme, hıçkıra hıçkıra ağladığını gördü. Hasan ve kız kardeşleri de arsadaki su kuyusunun etrafında toplaşmış, ne diyeceklerini bilemez hâlde bir kuyuya aşağıya, bir yukarıdaki Neziha yengelerine bakıyorlardı.

"Kızım, ne oldu, niye ağlıyorsunuz?"

Seyhan, ağlamaktan konuşamıyor, ancak eli ile su kuyusunu gösteriyordu. Başından aşağı birden kaynar sular dökülen Neziha, ortalıkta görünmeyen Gökhan'ın kuyuya düştüğünü anladı.

"Kız! Kız, ağabeyin kuyuya mı düştü, yoksa?"

Seyhan başını sallayarak hıçkırmaya devam ediyordu.

Neziha: "Eyvah! Şu başa gelen!" diye feryadı basarak camdan çekildi ve merdivenden aşağı attı kendini. Kuyunun başına koşarken Sümer'e ve artık kim varsa, dükkândakilere bağırıyordu:

"Sümeer! Eniştee! Yetişin, Gökhan kuyuya düşmüş!.."

Neziha'nın haykırışlarını duyan dükkândakiler hep beraber fırladılar dükkânın önüne, sonra da sesin geldiği tarafa koştular. Neziha, çocukları birer tarafa savurup, kuyunun başını araladı, eğilip aşağıya baktı. Üç metre kadar aşağıda, yarı beline kadar suyun içinde ayakta duran Gökhan, başını kaldırmış yukarıya bakıyor, yaşadığı şaşkınlık nedeniyle konuşamıyordu.

"Oğlum!" diye haykırdı Neziha, "İyi misin? Bir tarafına bir şey oldu mu?"

Kafasını iki tarafa çevirerek, bir şey olmadı, demeye çalıştı Gökhan. Baştan aşağıya ıslanmıştı sadece.

Neziha, oğlu ile birkaç cümle konuşup iyi olduğunu, bir tarafının kanamadığını anlayınca biraz sakinleşti. Terzi Hasan, Neziha ile Sümer'i kuyunun başından geri alarak Gökhan ile bir iki dakika konuştu. Gökhan'ı çıkarmaları gerekiyordu.

"Tamam, kızım! Bir tarafında bir şey yok oğlanın. Telaş etmeyin bakalım! Biz şimdi çeker alırız oğlanı yukarıya..."

Kuyudan su çektikleri bakracı kontrol ettiler, bakraca bağlı urganı iyice sıkılaştırıp, bedenini iki kat yaptılar. Sonra aşağıya suya indirip, türlü tarifler ederek Gökhan'ın, bakracı suyun içine gömmesini, sonra iki ayağını bakracın içine koyup, yukarı uzanan iki kat urgana sıkıca sarılmasını sağladılar. Gökhan bakraç ile yukarı çekileceğini anladı, verilen talimatları güzelce yerine getirdi.

"Hazır mısın oğlum? Sarıldın mı bütün gücünle urgana?"

"Sarıldım!"

Gökhan'ı yavaş yavaş yukarı aldılar. Hafiften titriyordu, ama hiçbir tarafında yara, kanama, morarma belirtisi yoktu.

"Eğilmiş, sudaki resmime bakıyordum. Nasıl oldu, anlamadım, kendimi suyun içinde buldum... Ayağa kalktım, bekledim." diye açıkladı kazayı.

"Haydi, giy ayakkabılarını, eve gidelim, güzel bir banyo, sonra da kıyafetini değiştirelim." diyerek Neziha çocuklarını alıp eve çıkarmak istedi. Gökhan, ayağındaki sünger tokyonun bir tekinin eksik olduğunu fark etti ve tokyosunun birinin aşağıda kaldığını söyledi. Eğilip bakınca, tokyonun kuyuda suyun üzerinde gezindiğini gördüler.

"Şimdi onu da alırız!" dedi Terzi Hasan, "Gökhan, senin üstün ıslak, sen kuyuya inmeyi de öğrendin artık, gir hele bakracın içine!"

Gökhan tekrar bakraca konup kuyuya indirilmiş, eksik tokyosunu alıp getirmesi sağlanmıştı.

***

Gökhan'ın yaşadığı bu kaza, çocukların altı, yedi yaşlarını bulup okullu olmasına kadar geçen dönemde yaşadıkları kazaların ciddi görünen, sadece bir tanesi idi. Haylazlıkta o kadar yaratıcı idiler ki düşecek muhakkak bir yer buluyorlardı... Ağaçlardan, bisikletten, divanlardan, sedirlerden... Bir seferinde, oyun oynadıkları kamyon kasasından aşağı düştüler. Çocuk bu, düşe kalka büyüyecek, diyenler doğru söylemişlerdi.

Avni'nin kuzeni ve en yakın arkadaşı İbrahim, otobüslerde muavinlik yaparak işi ilerletmiş, otobüslerde ikinci şoförlük ile kendisini geliştirmiş, 1960'ların sonuna doğru İstanbul'dan satın alıp getirdiği "Uaz" marka Rus malı bir kamyonet ile kasabada nakliyecilik yapıyordu. Öndeki burun kısmı bordo renkli bu kamyonetin arkasındaki ahşap kasanın üzeri kahverengi bir branda ile kaplıydı. Kamyonet, tam yüklendiğinde sırtına üç tondan fazla mal alabilecek ölçülerdeydi.

İbrahim, bir cuma günü kasabadaki pazarda işlerini görmüş, köy halkını ve alışveriş yükünü kasasına koyup, Mamlay köyüne götürmüş, döndüğünde birkaç lakırtı edip, Avni'yi görmek için Terzi Hasan'ın dükkânına gelmişti. Kamyoneti dükkânın önünde, yolun alt tarafında, başını denize verecek şekilde bırakmıştı.

Onların sohbeti devam ederken, Hasan ve kız kardeşleri çıktı geldi bir yerlerden. Boyası pırıl pırıl olan bu şirin arabayı kasabada herkes biliyor, "İbrahim'in 'Uvaz'ı" diye tarif ediyorlardı:

"Uvaz nerede bugün?"

"Uvaz İnebolu'ya gitmiş."

"İbrahim'e haber gönderin, Uvaz'la köye atıversin bizi..."

Yollarda tek tük görmeye başladıkları bu motorlu araçlar, çocukların da ilgisini üzerinde topluyordu. Hasan, meşhur Uvaz'ın dükkân önüne geldiğini görünce, fırsatı kaçırmak istememiş, bindirmeleri için izin istemişti. Direksiyon tarafının çocuklar için tehlikeli olacağını söyleyen İbrahim amcası: "Arkaya kasaya çıkabilirsiniz, isterseniz, orada oynayabilirsiniz." demişti.

Hasan ve kardeşleri, Uvaz'ın kasasına çıkarıldılar ve oynamaya başladılar. Hasan, ne kadar becerikli bir erkek olduğunu kardeşlerine göstermek için ikide bir kasanın arka kapağından aşağı iniyor, toprak zemine basıyor, kardeşleri kendisini yukarıdan bakarak görüyor, sonra tekrar tırmanıp, yukarı çıkıyordu. O inip çıkarken kızlar da ileri geri koşa koşa oyunlarını sürdürdüler.

Yukarıya çıktığı bir ara becerisinin sadece inip çıkmaktan ibaret olmadığını, kasanın kapağını açmayı da öğrendiğini göstermek için, kapağın kilit pimlerini yuvalarından çıkarmış, zincirlerinden aşağı sarkıtıp bırakmıştı becerikli Hasan... Arka kapak kapalı, ancak kilidi açık durumda idi. Kızlar kasada koşturmaya devam ediyorlardı. Bir ara, Canan'ın önünde koşan Nalan'ın gelip kuvvetle yaslanması sonucu kasanın arka kapağı birden açıldı ve menteşelerinden aşağı dönerek kasanın bedenine "Taak!" diye gürültü ile vurdu. Dükkândaki Avni ile İbrahim, kamyonetten gelen bu gürültüyle hoplayarak başlarını kaldırdılar, Nalan'ı kasadan aşağıya uçarken gördüler. Saniye geçmeden Canan da ablasının arkasından uçarak yere indi. Hasan ise yukarıdan, boylu boyunca yere uzanmış, toza toprağa bulanmış olan kız kardeşlerine bakıyordu şaşkın şaşkın: "Nasıl düştüler böyle durup dururken?" diye soran gözlerle...

Dükkândan koşup yerdeki kızları kaldırdılar. Kafalarını, kollarını, bacaklarını kontrol edip herhangi bir hasar görmediklerinden emin oldular. Hasan, o günkü zılgıtını, kilitlerini açtığı kapak yüzünden yemiş, ceza olarak oyunları sona erdirilmiş ve hepsi süklüm püklüm eve gönderilmişlerdi.

***

-7-

Çatalzeytin, Kastamonu, Temmuz 1969

1969 yılının Temmuz ayında bir pazar günüydü. İki gün önce ilçenin haftalık pazarı kurulmuş, köylerden ve komşu kasabalardan gelen ahali, çuvallarla getirdikleri ürünleri sahilde, yolun altındaki üstü kapalı pazar yerinde yerlere serdikleri yaygıların üzerinde satmış, halk, haftalık alışverişini yapmıştı. Yaz mevsiminin en sıcak ayında, alışılmış bir hafta sonu yaşanıyordu.

Terzi Hasan'ın, sahil sırasında, jandarma karakolunun bulunduğu dere ağzından çarşıya doğru az berideki evinin altındaki dükkân kapalı, yol sakindi. Kasabanın kalabalığı yolun altında kumluk ve çakıl kaplı kıyıya serpilmiş, güneşin ve denizin tadını çıkarıyordu.

Sümer, evin üst katında iç taraftaki odada kurulu dikiş makinesinin başından kalktı ve kollarını açıp gerindi. Üç saate yakındır makinede çalışıyor, Ateş Kaptan'ın kızı Selma'nın nişanlık elbisesini dikiyordu. Devamlı dikiş iğnesinde olan gözleri yorulmuş, makineyi çevirdiği pedaldaki ayakları şişmişti. Biraz mola verecek, bu arada denize gitmiş olan iki Hasan'a, dede ile toruna, balkondan bir göz atacaktı. Kızlar aşağıda, mutfakta iş yapan anneannelerinin yanındaydılar.

Alt taraftaki odadan geçip balkona çıktı, dede ve torunun dizlerine kadar suya girmiş vaziyette bir şeyler konuştuklarını gördü. Kırlangıç'ın ırgatının alt tarafında, feleklerin bir öbek yığıldığı yerde idiler. Babasının hararetle küçük Hasan'a bir şeyler anlatmaya çabalamasını izledi bir süre Sümer. Saat ikindi vakti, hava sıcak ve rüzgârsız, gökyüzü bulutsuz, güneş çoktan tepelerinden devrilip Ginolu tarafına geçmiş, inmeye başlamıştı. Deniz sütliman gibiydi. Terzi Hasan, kıyıdaki kalabalığın çoğunun yaptığı gibi, iki ağaç sırık arasına gerdiği bir çarşaf ile gölgelik kurmuş, giysilerini ve havlularını katlayıp altına koymuştu. Birkaç saattir denizdeydiler.

"Oğlum!" dedi dedesi, küçük Hasan'a, "Mantarla yüzdüğün gibi, korkulacak bir tarafı yok! Mantarla yüzmeyi zaten hallettik. Şimdi benim hatırım için, bir kere de mantar kuşanmadan yüzeceğiz..."

Eski usul can yeleğini kastediyordu. Motorlarda ve sandallarda bulunan, beyaz keten bezi ile dilimler hâlinde kılıflanmış, yirmiye otuz santim boyutlarında, beş, altı dilimli, boyundan askı ipli ve sırttan bağlanan yelekleri. 1940'larda askerlik yaptığı *Yavuz* gemisinde de kullanılan, İnebolu'da Hacipoğulları'nın dükkânında satılan can yelekleri... Terzi Hasan bu yeleklerden on beş tane satın almış, Kırlangıç motoruna on tane koymuş, kalan beş taneyi çocukların yüzme öğrenmeleri için Hüseyin ve Recep ile paylaşmıştı.

"Küçük bir fark var sadece, mantarlı iken ellerini ayaklarını hiç oynatmadan suyun üstünde durabilirsin, batmazsın. Çünkü mantar seni yukarıda tutar... Ama, mantarsız da suda durulabilir. Bak! Beni görmüyor musun? Sadece ellerini ve ayaklarını benim gibi hareket ettireceksin, o kadar!"

"Hayır, beybaba! Ben hem yoruldum hem çok acıktım," diyordu torunu, "çıkalım artık, başka zaman yaparız!"

"Tamam," dedi Terzi, "ama bitirmeden iki şey daha yapalım. Ben sana ellerini ve ayaklarını suda nasıl kullanacağını kıyıda oturup göstereyim. Sen de benimle aynısını tekrar et... Sonra ben, suya gireyim, boyuma kadar gideyim, ellerimi ve ayaklarımı nasıl kullandığımı göstereyim... Sen sadece bana yaklaş ve nasıl yaptığımı gör! Hem," diye devam etti küçük Hasan'ın beybabası, "Bugün bu mantarsız denemeyi yaparsak, sana bir de ödül var!"

Hasan'ın canı sıkılmış ve istemez tavırları yumuşadı, birden merak saran gözlerini dedesine dikti:

"Ödül mü? Yine kuzu mu alacağız?" Bir şeyi yapmaya ikna olması için son çare olarak başvurdukları yoldu ödül.

"Hayır, kuzular yeni doğmuşlar, büyümemişler daha. Bu dediğimi yaparsan, denizden çıkınca doğruca çarşıya, Şekerci Hüseyin amcanın dükkânına gideceksin. Bir teneke tahin helvası alacaksın, parasını da ben ödeyeceğim!.."

Şekerci Hüseyin amcanın dükkânında teneke kutularda satılan tahin helvası Hasan'ın en favori kahvaltılığı idi. Bu teklif, onun bütün inadını bırakmasına, mantarsız yüzme işini biraz düşünmesine yetti. Denizde iken yanından hiç ayrılmayan dedesi şimdi de yanındaydı zaten. Bir şey olursa o, kolundan tutarak çeker, sırtına alırdı muhakkak...

"Tamam, haydi göster bakalım, nasıl olacak?"

Sudan çıkıp yüzlerini denize dönerek dalganın hemen önündeki çakıl yükseltiye yan yana oturdular. Terzi Hasan, ellerini önünde kaldırdı, bacaklarını da yerden kesti biraz yukarıya ve elleri ve ayaklarını çevirerek küçük daireler çizmeye başladı.

"Sen de yap bakalım aynısını! Haydi, oğlum!"

Hasan da dedesi ile aynı hareketleri yapmaya, yaparken de kendi kendine gülmeye başladı...

"Bu kadar mı, beybaba?"

"Bu kadar işte! Ben sana zor iş yaptırır mıyım? Benim babam da bana yüzmeyi böyle öğretmişti senin kadarken..."

"Tahir dede mi?"

"Evet. Hem Tahir dede hem Sait dede..."

Sahilde onlara yakın yerlerde denize giren konu komşu, oturduğu yerde âdeta debelenen dede ile toruna bakıp gülüyorlardı. Biraz sonra laf atmaya başladılar.

Kenan Acar: "Hasan ağabey, ne yapıyorsunuz, şaşırdınız mı siz? Suda yapsanıza o işi!" diyordu.

Sağ tarafta Kara Cemal vardı, hanımı Zehra ve çocukları ile:

"Ne o Hasan! Toruna yüzme dersi mi yapıyoruz?"

Terzi, soranlara kafasını sallayarak cevap vermeye çalışırken, el ve ayaklarını çevirmeyi sürdürüyor, göz ucuyla torununa bakıyor, onun da aynı şeyi sürdürdüğünü gördükçe keyifleniyordu.

"Ha oğlum ha! Ha oğlum ha! Az kaldı. Ha bakalım!.."

Çayağzı tarafından Terzi'nin ahbabı Nurettin Usta geliyordu. Yanında üç oğlu vardı; Ergun, Eren ve Emin. Dalganın kilim gibi serilip çekildiği yerden yürüyorlar, bir yandan da başlarına bandana gibi sardıkları gölgelik havlularını çekiştirerek ıslak kumda bıraktıkları ayak izleri hakkında konuşuyorlardı.

"Hasan, yorma oğlanı fazla! Erken değil mi yüzmeyi öğrenmeye?" diyerek duruma müdahale etti Nurettin Usta.

"Sen, yanındaki aslanlara kaç yaşında öğrettiydin usta?"

"Biz de Hasan kadardık öğrendiğimizde," diye cevap verdi Ergun, "ama koşup top oynaması, yüzmeden daha güzel..."

Biraz sonra kıyıdaki çalışma bitti. Terzi kalkıp suya girdi, torunu da ihtiyatlı adımlarla onu takip etti. Terzi boyuna kadar ilerledi,

Hasan yarı beline kadar geldi. Dedesi, boyundan bir adım ileri atıp dipten ayağını kesince, elleri ve kolları ile suyun yüzünde tutunma hareketlerine başladı.

"Gel bana doğru bir adım daha! Bacaklarımı görebilmen için. Korkma! Bir adım daha..."

Hasan, su göğsüne çıkana kadar dedesine doğru ilerledi. Sonra, kolları ile kıyıda yaptığı hareketlere başladı. Dedesi hem suda olduğu yerde duruyor hem Hasan'ı izliyordu.

"İşte böyle! Bir adım daha gel ve ayaklarını da çalıştırmaya başla... Korkma, ben elimi uzatsam seni tutabilecek yerdeyim zaten..."

Hasan, dedesinin dediğini yaptı. Bir adım attı ve dedesinin gözlerine sabitlediği gergin bakışlarıyla hem kollarını hem ayaklarını işletmeye başladı... Artık denizin dibine basmadığını ve kendini suyun üstünde tutabildiğini fark ettiğinde birkaç dakika geçmişti. Gördü ki bir yere basmadan suyun üzerinde durmak, sandığı kadar korkutucu değilmiş, "Hiç de zor değilmiş" dedi içinden, "biraz daha gideyim beybabama doğru bakalım..." İşte! Artık yüzüyordu...

Sümer, tüm bu çabalamayı evin balkonunda dirseklerini beton korkuluğa dayamış hâlde izliyordu. Hasan'ın yüzdüğünü görünce, duramadı içeri koştu:

"Kız anne! Gelip de oğluma bak! Yüzmeyi öğretti beybabası..."

Hasan, dedesine yakın yerlerde bir müddet daha suda kaldı. Ara sıra biraz açılan dedesi, Hasan'ı yanına çağırdı, o yüzerek dedesine doğru gitti. Bazen kıyıya doğru gitmesini, sonra tekrar geri dönüp yanına gelmesini istedi dedesi, Hasan bunları da kafasını suda ileri geri oynatarak yaptı. Hem söylenen yöne doğru yüzüyor hem daha on, on beş dakika önce öğrendiği yüzmeyi kendisinin mi dedesinin mi daha iyi becerebildiğini sorguluyordu içinden...

Bir müddet sonra: "Yoruldum!" dedi, "Artık çıkalım mı beybaba? Daha benim çarşıya gitmem lazım, helva alacağım ya!"

"Peki, çıkalım... Havanın kararmasına yakın Kırlangıç gelecek İnebolu'dan. Onu karşılayıp kıyıya çekmemiz lazım. Haydi, topla eşyalarını..."

Çıktılar, havlularını sırtlarına sararak kurulandılar. Mantarı ve havluları alıp terliklerini giydiler. Hasan dedesinin elini tutmuş, kumsaldan yukarı yürürken etrafta gördüğü akranlarına sesleniyor, günün bu önemli olayını bildiriyordu:

"Recep, Muharrem, gördünüz mü beni? Yüzebiliyorum artık! Hem de beybabamdan daha güzel yüzüyorum..."

Annesi, evin kapısında Hasan'ı öpüp koklayarak karşıladı. Ayaklarındaki kum bulaşığını kapının dışında yıkamaları için bir ibrikle su verdi. Terzi hem kendi ayaklarını hem küçük Hasan'ınkileri güzelce yıkayıp kumdan arındırdı, sonra eve girdiler.

Kızlar da mutfaktan koşmuş, dedelerinin iki bacağına sıkıca sarılmış: "Bize de bize de!" diyorlar, kendilerine de yüzme öğretmesini istiyorlardı.

"Sizin sıranız daha gelmedi, yaşınızın tutmasını bekleyeceksiniz biraz!"

Hasan'a banyoda acele bir duş yaptırıldı. Üzerini giyindikten sonra telaşla çarşıya koşturmasını izlediler. Dedesi arkasından sesleniyordu:

"Şekerci amcaya söyle, borcumuz neyse deftere yazıversin..."

"Helvayı getirince, Gökhan'a gideceğim! İsterse ona yüzme öğreteceğim..."

***

Akşam güneşinin batmasına yakın Kırlangıç, batıda Ginolu Burnu'ndan döndü ve dosdoğru çarşı üzerine, Terzi'nin evinin önüne geldi. Hüseyin makinede, Recep kıçüstünde dümende idi. Irgatın altına doğru yaklaşırken makineyi stop ettiler. Tekne, Recep'in yaptığı dümen manevrası ile dalgalara doğru diklemesine sahile döndü, hafif hafif baştan kara etmeye yaklaştı. Terzi, Kara Cemal'in oğullarını, dükkândaki Avni'yi ve çırak Yaşar'ı çağırıp kıyıya toplamıştı, motoru çekmek için. Gelenlerin dördü ırgat başına geçti, kalanlar feleklere koştu. Kara Cemal'in çocuklarının en büyüğü, ayakkabılarını ayağından attı, paçalarını sıvadı ve feleklerden birini kapıp dalgaya yürüdü. Elinde felek ile Kırlangıç'ın başını sahile değdireceği yeri kestirmeye çalışıyordu.

Terzi Hasan: "Hazır ol, oğlum!" diye seslendi ona. Sonra Recep'e döndü: "Böyle gel Recep!" dedi. İlk felek tam zamanında Kırlangıç'ın altına verildi. Bu sırada ırgattan suya kadar serilmiş tel halatın başındaki kilitli kancayı yerden kapan Avni, teknenin başüstündeki mapaya uzandı ve elindeki kancayı mapaya bağladı. Terzi Hasan, ırgat halatının motora bağlandığını görünce: "Vira!" diye bağırdı ırgattakilere.

Hazırda bekleyen ırgattakilerin koşarak yaptıkları dönüşlerle Kırlangıç, önüne atılan feleklerin üzerinde, yola doğru ilerlemeye başladı. Böylece, tekneyi yedi sekiz boy kadar yukarı aldılar, barbalarını iki yanına vurup, sabitlediler.

Kırlangıç'ı 1930'ların ortasına doğru Kuğulu'nun kocası Sait Ağa yaptırmıştı, Evrenye'de kayık ve tekne inşaatı yapan akrabalarına. Karahalil oğullarından Hüsnü Efendi'nin oğlu Sait, beldenin birkaç varlıklısından biriydi. Hem Kuğu köyünde hem belde merkezinde tarlaları, hayvanları vardı. Hayvanlarının bakımı için özel çoban çalıştırıyordu. 1930'ların başında Fatma'nın okul çağı geldiğinde, beldenin ilkokulu Çayağzı tarafındaki ilk ahşap binasında idi. Yağmur ve kar olduğunda ağa kızı Fatma, okula, çoban sırtında götürülürdü. Sait Ağa 1938'de rahmetli olunca, bütün varlığı, malı mülkü, karısı Habibe'ye kalmıştı. Kırlangıç da uzunca bir süre kıyıda çekildiği yerde kalmıştı. Evdeki tek erkek, Recep, babası öldüğünde henüz beş yaşındaydı. Kuğulu, rahmetli kocasından kalan bu teknenin akıbetinin ne olacağını çarşıdaki ileri gelenlerle, gemicilik yapan kaptanlarla konuşup, görüşmüştü. Satmaya kalksa, yok pahasına gideceğinden çekinmişti. En sonunda, Recep yetişip sıraya karışana kadar, Kırlangıç'ı beldedeki kaptanlardan isteyenler emanet gibi alıp, çalıştırmışlardı. Salim Kaptan ve Ateş Kaptan bu işe gönüllü olmuşlardı. Böylece, Kırlangıç ağırlıklı olarak Salim Kaptan'ın ve Ateş Kaptan'ın elinde seferlere gidip gelmeye devam etmişti.

Kırlangıç, sabah İnebolu'ya gitmiş, eski Belediye Reisi Şekerci Hüseyin'in bakkaliye siparişlerini yükleyip getirmişti. Malın geldiğini haber vermek için çarşıya Hüseyin'in büyük oğlu Hürsel'i göndermişlerdi. Sonra, hep birlikte malı indirmeye koyuldular. Bayıldım Sadık, at arabası ile gelmiş, ırgata yakın durmuş, atı ile konuşuyor, onu kontrol altında tutuyordu. Malları at arabasına yükleyip gönderiyorlardı. Üç sefer yapınca malların taşınması tamam oldu. Mal boşaltılırken Hüseyin, sorumlu olduğu makineyi temizlemiş, yağdan isten arındırmıştı. Recep de yolun üstündeki bir su kuyusundan bakraçlarla taşınan suyla baş ve kıçüstünü, orta bölümdeki ambar kısmını güzelce yıkadı, tuzlu deniz suyunu temizledi. Kinistin tapasını[57]

57 Kinistin tapası: Teknenin sintinesinde, deniz seviyesine göre en alt kısımda yer alan tapa. Denizde iken açıldığında tekneye deniz suyu girer, sahilde iken açıldığında, teknenin

açıp sintinede kalan suyu da tahliye etti. Sonunda işlerinin bittiğini Terzi Hasan'a bildirdiler ve paydos ettiler.

Hasan, Recep ile o gün yapılan iş hakkında konuştu. Konuşmasını bitirince kardeşine döndü: "Hüseyin," dedi, "ben, Kalaycı Kâzım ve Kara Cemal ile Rafet ağabeyin gazinosunda oturacağım bu akşam. İstersen sen de gel..."

Hüseyin, ağabeyinin oturmadan neyi kastettiğini biliyordu. Güzel bir balık sofrası ve rakı... Ama fazla uzatmadan... Adam başına en fazla bir, bilemedin iki duble! Her duble de yarım yarım... Yani en fazla dört "düdük." Tek rakıya, düdük, diyorlardı.

"Sağ ol ağabey, ben eve gideyim. Fatma biraz rahatsızdı sabaha doğru... Ona bir bakayım." diyerek teşekkür etti ağabeyine. Âdeti değildi, ağabeyinin sofrasına otururdu, ama içmezdi.

Hava artık kararmıştı. Zonguldak'ın Çatalağzı ilçesinden 1965'te getirilip Akçay'ın ağzındaki kereste atölyesinin yanında kurulmuş olan "Alister Blackstone" marka, yüz yirmi beygir gücündeki elektrik jeneratörü, belediye görevlisi Mustafa Korkmaz tarafından çalıştırılmış, ilçe aydınlatılmıştı. Bu jeneratör yaz akşamlarında, saat sekizde başlar, gece yarısına kadar elektrik verir, gece on ikide paydos ederdi. Çok çalışıp da bir arıza yapmasını önlemek ve yaktığı mazottan tasarruf etmek için gündüz aydınlığında çalıştırılmıyordu.

***

Terzi, evde gömleğini değiştirip Rafet Efendi'nin gazinosuna vardığında, Kara Cemal ile Kalaycı'yı denizi gören bir masaya oturmuş vaziyette buldu. "Hoş geldin!" deyip, buyur ettiler.

Cemal: "Fikret!" diye seslendi Rafet ağabeylerinin büyük oğluna, "Haydi bakalım! Bizim tayınımızı getiriver..."

Gelen mezelerden ufak ufak tatmaya başlayarak, sağlık ve şeref için kadehlerini kaldırdılar, birer ikişer yudum aldılar. Diğer masalarda oturup karnını doyuran veya bir iki dublelik keyif yapan müşteriler yabancıları değildi: Kâzım Ağa, Tecir Dursun, Mümtaz Tekinel, Seyfettin Karahan, Vahit Tekinel...

Kara Cemal: "Eee, Hasan!" diyerek sohbete girişti, "Bugün toruna yüzmeyi öğrettin. Birinci vazife tamam oldu mu şimdi? Bundan

---

yıkanması ile biriken su tekneden dışarıya akar.

sonra ne olacak?"

Onun, torunu üstüne kurduğu hayalleri kastediyordu. Terzi, kadehinden kuvvetli bir yudum aldı, yeni yaktığı sigarasından derin bir nefes çekti. Sonra kadehini ve sigarasını masaya bıraktı, beyaz uzun kollu gömleğinin kollarını âdeti olduğu üzere dirseklerine kadar kıvırıp katladı, sandalyesinde geriye doğru kaykıldı:

"Siz benim ne kadar gizlim saklım varsa bilirsiniz. Bir işe girişip girişmemeyi önce size açar, ikinize danışırım... Bu oğlanı kaç senedir bekleyip dua ettiğimi de biliyorsunuz." diyerek söze girdi ve küçük Hasan'ı Bahriye subayı yapmayı ne kadar arzu ettiğini anlatmaya başladı: *Yavuz*'daki askerliği, terhis olmasına yakın aldığı teklif, Kuğulu'nun Fatma'yı bırakmaması, "sen de evladını gönder o vakit" diyenler, bebekken ölen oğlu, başka çocuğunun olmaması, gelen torunların içinde tek erkeğin Hasan olduğu... En son, bugünkü yüzme eğitimi! Bugünkü yüzme işini bile senelerdir nasıl hevesle, heyecanla beklemişti...

Hasan'ı uzun uzun dinlediler. Onun Bahriye'ye düşkünlüğünün ne kadar derin olduğunu ilk defa görüyorlardı. "Allah'tan hayırlısı be Hasan!" dediler.

***

Yıl 1969 olduğunda Recep, Gökhan'ın sünnet işinin bu yılın yazında halledilmesi gerektiğini düşünüyordu. Yaz geçince, eylülde okullar başlayacak, Hasan ve Gökhan ilkokula başlayacaklardı.

Evde birisi için sünnet hazırlığı yapılmakta olduğunu fark etmekte gecikmedi Gökhan. Bir önceki yaz Hasan'ın başına gelenleri yakından izlemişti. Avazı çıktığı kadar bağırarak kopardığı feryat sırasında da hemen yanı başındaydı. Hasan'ın, bildiği bütün küfürleri sıralamasından, canının çok yandığını anlamıştı. "Bu sünnet dedikleri şey, çocuklar için iyi bir şey değil!" diye sünnete ilişkin hükmünü vermişti o zamandan.

"Evde benden başka kimse var mı sünnet olacak? Bir erkek benim, eyvah!"

Bir yandan hazırlıkları, bir yandan da annesinin, Sümer halası ile yaptığı konuşmaları izledi. Hiç farkında değilmiş gibi yaptı. Hasan'ınkiler gibi ona da güzel bir sünnet kıyafeti dikilmiş, taçlı şapka ve "Maşallah" yazılı, saten kumaştan kuşak satın alınmıştı.

Birlikte oyun oynadıkları bir ara, evde olup bitenleri Hasan'a anlattı Gökhan. Bir sünnet hazırlığı yapıldığını görüyor, fakat ne zaman olacağını bir türlü öğrenemiyordu. Hasan: "Ben, bilmiyormuş gibi anneme sorayım, öğrenirsem sana gizlice söylerim." demişti. Ertesi gün, öğrendiklerini, gelip Gökhan'a söylemişti: Gökhan'ın sünneti ertesi gün yapılacaktı!

Gökhan, gizli planını yaptı ve ertesi sabahı bekledi. Ertesi gün kahvaltı telaşı bittikten sonra, kimseye haber vermeden evden çıktı, evin batı tarafını ve arkasını çevreleyen büyük bahçeye daldı. Bol meyve ağaçlı ve yer yer kürüz kaplı olan bahçede bir çalılığın altına girdi, öğle vaktine kadar sessizce saklandı.

Bulunduğu yerden, eve gelip gidenleri görebiliyor, konuşmaları az çok işitebiliyordu. Hiç sesini çıkarmadı. Hasan'a yapılan kötü şeylerin kendisine de yapılmasına fırsat vermeyecekti.

Vakit öğleyi bulduğunda eve gelenlerin arttığını, epeyce bir kalabalığın toplandığını gördü. Kalabalık büyüdükçe tedirginliği arttı. "İstediğiniz kadar toplaşın," diye kendi kendini telkin etmeye çalışıyordu, "bulamayacaksınız ki... Bulamayacaksınız ki!.." Çıt çıkarmıyor, başını bile yerden kaldırmıyor, tilki gibi etrafı dinliyordu. Bir süre sonra, evden çıkan birkaç kişinin, bahçeye girip sağa sola dönerek etrafı aramaya başladıklarını fark etti.

Biraz sonra, hiç beklemediği bir anda kocaman bir elin, çalılığın arasından uzanıp ensesinden kavraması ile kaderden kaçışının orada bittiğini anladı. Cemile teyzenin oğlu Zeki Akçay, bahçeyi adım adım taramış, gelmiş, kendisini bulmuştu.

"Hah! İşte burada kaçak!"

Hiç sesini çıkaramadı. Başına gelecekleri mecburen kabullenip, ensesindeki elin sahibine itaat etti. Zeki ağabeyi, Gökhan'ı elinden tutup kaldırdı, sanki iki eski arkadaşlarmış gibi, konuşa konuşa eve götürdü ve babası Recep'e teslim etti.

Kaçınılmaz son, Gökhan'ın da başına geldi. Çarşıdan, mahalleden toplanmış kalabalığın çıkardığı gürültünün arasında Gökhan'ın bütün gücü ile haykırışı hiç duyulmadı bile... Hasan'ın yaptığını Gökhan da tekrar etti. Sünnetçi, o kara, şişman adam, başından uzaklaşıp usturasını çantasına koyarken, o yaşına kadar öğrendiği bütün küfürleri bir sıradan saydı bağıra bağıra...

Gelen kalabalık ayrılıp, ev sakinledikten sonra Recep, oğlunun başucuna oturdu.

"Bitti işte oğlum! Hepsi bu kadar yahu..."

"Çok acıdı ama..."

"Yarın sabaha bir şeyin kalmayacak, oğlum! Çok acıyacak olsa, ben o kara suratlıya izin verir miydim? Onun şarap çanağına... Bilmez misin?"

"Yarın sabaha acıması kalmayacak, söz mü?"

"Söz tabii! Yakında okullar açılacak, artık okula gideceksiniz. Bu işi yapıp bitirmemiz gerekiyordu. Şimdi birazcık sabretmen lazım oğlum. Şu Zambo sakızlarının hepsi de senin, al bakalım. Hem bir de mükâfat var sana...

"Öyle mi?" diye babasına döndü Gökhan, "Ne mükâfatı?"

"Birkaç gün geçsin, güzelce iyileş. Hasan'ı da alıp, motorda gezdireceğiz sizi..."

"Yaşasın! Ali de gelsin, olmaz mı baba?"

"Olur oğlum, olmaz mı? Ali de gelsin... İsterse bütün Karahalil oğulları gelsin. Hepsine yer var motorda, anladın mı?"

***

Gökhan'ın sünnet yarası birkaç gün içinde geçti. Yavaş yavaş ayaklandı ve kısa zamanda üçlü çeteye geri döndü. 1969'un Ağustos ayının bir pazar gününde, Gökhan'a verilen söz üzerine, Kırlangıç, çocuklar için denize hazırlandı. Üçlü, bir arkadaşlarının daha bu geziye katılmasını istemişti sonradan; Karahalil oğullarından Nihal'in oğlu Fikri... O, kendilerinden iki yaş küçüktü, ancak son zamanlarda üçlü ile vakit geçiriyor, oynuyordu. Nihal, Sümer'in uzak akrabası olmasına rağmen, sevip saydığı, iyi anlaştığı bir ablasıydı. Gezi gününde, güneşin tepeden aşarak Ginolu'ya doğru inmeye başladığı bir saatte deniz şortlarını, ince fanilalarını giymiş vaziyette, ayaklarında tokyo ile kıyıya, motorun başına geldiler. Denize çıkmadan önce, güneşten korunmak için korsanlarınkine benzer bandanalar da bağlandı başlarına. Anneler; Nihal, Neziha, Gülser ve Sümer, Terzi Hasan'ın evinin balkonundan kıyıdakileri izliyordu.

"Kızlar, oğlanların başına güneş geçmez değil mi?.." diyerek evhamlandı Nihal. Onun oğlu, çocukların en küçüğü idi. Daha dört yaşında...

Sümer: "Merak etme, abla," dedi, "babam hepsinin başına güneşlik ayarladı. Dayım da denizde iken başlarından çıkarmalarına izin vermez zaten."

"Merak etmeyeyim de... Sizinkiler okula başlama yaşına geldi, benimki daha beş yaşını bulmadı... Denize filan düşmez inşallah."

"Tasa etme Nihal abla," dedi Neziha da "motor suya inince Recep öyle sıkı talimatlar verir ki yolcularına, hiçbiri yerinden kımıldayamaz... Baksana, kaç tane adam bindi motora, koca koca..."

"Yüksel de yanlarında, hiçbir şey olmaz Allah'tan sağlık..." diyerek Nihal'i teskin etmeye çalışan arkadaşlarına katıldı Gülser.

"İyi madem... Kazasız belasız yapsınlar şu gezmeyi de selametle dönsünler bir an önce..."

Kırlangıç kıyıdan başını kurtarmadan önce çocukları birer birer başüstüne vermişler, oradan teknenin ortasına, ambar kısmına indirmişlerdi. Ali'nin babası, çocukların başlarında dikiliyor, onları kontrol altında tutuyordu. Yaşlarına göre, bir kısmı yüzmeyi daha yeni becermiş, ebeveynlerinin takibi altında dalganın gelip giden suyunda pek çok kez yatıp yuvarlanmış bu dört afacan, tekne üzerinde olmaya hiç alışık değildiler. İçinde oturdukları kocaman teknenin suya indikten sonra başladığı yalpa onları ürküttü önce. Kırlangıç, yavaşça denize doğru açılmaya başladı. Hem iki yanına doğru hem başkıç istikametinde yaptığı sallanmadan korkup irkilmeleri bir süre devam etti. Ancak, motordaki büyüklerin duruma aldırış etmediklerini, hiç zorlanmadan ayakta durabildiklerini görünce, bu sallantının korkulacak bir şey olmadığını anladılar kısa zamanda. Böylece, ambarda oturdukları yerlerden uzanıp da bir yerleri sıkı sıkıya kavramış küçük elleri bir süre sonra gevşedi. Bu arada, teknenin makinesi çalıştırıldı. Bu kadar yakından ilk kez duydukları bu ritmik gürültüyü çıkaran makineyi izlediler hayranlıkla...

Motor siya siya[58] üç-beş boy ilerleyince hızının kesildiğini, sonra makinenin sesinin ve ritminin değiştiğini gördüler. Şimdi yavaşça sahile doğru ilerlemeye ve sağ tarafa, çarşıya doğru dönmeye başlamışlardı.

"Gidiyor muyuz artık?" diye sordu çocuklar.

"Evet, gidiyoruz!" diye cevapladı yekeyi bacaklarının arasına al-

58 Siya: Geriye doğru. Tornistan yönde.

mış olan kaptanları. Bunu duyunca neşelenerek oldukları yerde ayağa kalktılar. Ambarın alabandasından yan yana dört tane baş uzandı tekneden dışarı, sonra sahildekilere ve balkondaki heyecanlı annelere el salladılar:

"Hey bee! Biz gidiyoruz, gidiyoruuz! Hoşça kalın!.."

"Çatalzeytin'in en genç erkekleri! Sizi nereye götürmemizi istersiniz?" diye sordu Recep, özel yolcularına. Kıçüstünde, dümende idi. Üzerinde paçaları yukarı sıvanmış bir pantolon ve siyah bir fanila vardı. Kırlangıç, yalıdan yalıdan[59] kışla altına doğru ilerlerken keyifle bir de sigara yakmış, kıyıya bakıyordu.

"İstanbul'a!" dedi Hasan.

Gökhan, Karabük'e gitmek istedi.

"Bence, Kastamonu'ya gidelim!" diyerek daha farklı bir yere işaret etti Ali de.

"Fikri!.. Sen nereyi istersin, paşam?.."

Fikri, kendi evlerinin oraya gitmeyi istediğini söyledi.

"Emriniz olur!.. Şimdi, Fikri'nin evine doğru gidiyoruz. Ev yerinde duruyor mu kontrol edeceğiz. Sonra, Ginolu tarafına doğru devam edip oraları göreceğiz... Daha sonra biraz açılalım ve Çatalzeytin'e uzaklardan bakalım. Sizin dediğiniz şehirlere okulda sınıflarınızı geçerseniz gidelim, olur mu?"

"En önce bizim eve, yaşasın!.." diyerek sevinçle ellerini çırptı Fikri.

Diğerleri: "Söz mü?" diye sordular heyecanla.

"Söz tabii! Koca Recep sözü, anladın mı..."

Bu gezi planı ile denizdeki dolaşmaları iki saate yakın sürdü. Hareket ettikten birkaç dakika sonra Fikri'nin evinin önündeydiler.

"Fikri, bak bakalım, sizin eve gelmiş miyiz?.."

Kışla altındaki son evdi onlarınki. Fikri, başını küpeşteden dışarı çıkarıp, kıyıdaki evleri kontrol etti, "Evet! Yaşasın, bizim eve geldik!.." dedi.

Fikri'nin evinin yerinde durduğunu gördükten sonra, sahili seyrederek Ginolu'ya kadar ilerlediler. Çocuklar, kasabayı bu taraftan, denizden sahile doğru ilk defa görüyorlardı. Çok ilginç geldi bu bakış açısı onlara. Cuma günleri pazarın kurulduğu hal, çarşı, yüksek minaresi ile cami, kışla altına doğru ilerledikçe seyrekleşen evler...

---

59 Yalıdan: Kıyıya yakın yerden.

Hepsini gördüler. Ondan sonra görülecek pek bina yoktu. Ama kıyıdan geriye doğru yükselen yamaçları sarmış çam koruları, kasabalıların çevirip de bahçe, bostan yaptığı yerler, meyve bahçeleri, bu yeşil örtünün arasında karıncalar gibi dolaşan inekler, beyaz benekler gibi koyunlar, kuzular... Arada uzaklardan gelen hayvan sesleri... En geride, kasabanın üzerinde, Yenievler Mahallesi'nden geçerek sola kıvrılan, taşlı yoldan ilerleyip, tepenin ardına doğru giderek kaybolan Kastamonu, Karabük yolu... İnce beyaz bir ip gibi görünüyordu.

Harda Çayı'ndan ileriye, batıya doğru giderlerken çocukları başüstüne alıp, emniyetli bir şekilde yan yana oturttular.

Recep: "Bakın," dedi, "burada bir çay var, dağlardan toplanıp gelen su, burada denize kavuşuyor... Harda'yı hiç görmediniz mi? Ama öbür taraftaki Akçay'ı görmüş olmanız lazım..." Çocuklarla, onların arkadaşı gibi konuşa konuşa etraftakilere ve kıyıda görünenlere çocukların dikkatini çekiyorlar, sonra açıklıyorlardı.

"Evet! Ben kaç kere gördüm Akçay'ı!" dedi Gökhan, "Anneannemlere gittiğimizde hep oradan geçiyoruz."

"Evet, orası işte... O tarafında Akçay, bu tarafında Harda Çayı... Ne güzel, değil mi Çatalzeytin?"

"Evet!.." diye hep birlikte cevap verdiler buna, "Çatalzeytin!.. Güzel ilçemiz..."

Hasan, Gökhan'ın, babası ile konuşmalarını ilgi ile takip ediyordu. Lafın burasında araya girme ihtiyacı duydu:

"Dayı! Ben de gördüm Çayağzı'nı..."

"Sen ne zaman gördün, yeğenim?"

"Değirmenin yanındaki bostana giderken gördüm..."

"Doğru ya, bostan çayın kıyısında, değil mi? Tamam! Aferin hepinize..."

Ginolu'ya yaklaşıp, koyu yakından gördüler. Ali'nin babası, çocuklara, burundaki kayalığın üzerine yapılmış Ceneviz Kalesi'nin duvarlarını gösterdi. Sonra sancak taraflarından, açığa doğru döndüler.

"Şimdi, biraz açılalım, Çatalzeytin'imize en, en, en uzaktan bakalım!" dedi kaptanları. "Sonra söyleyeceksiniz bana, Çatalzeytin uzaktan mı güzel, yoksa yakından mı?.."

Çocuklar, "tamam" diyerek baş tarafta oturdukları yerlere güzelce yayıldılar. Dördü yan yana oturmuşlar, bir şeyler anlatılıp, sahilde bir yer gösterildiğinde başları o tarafa dönüyor, dikkatle dinliyorlar, soru sorulursa kendilerince cevaplar veriyorlardı. Konuşmalar kesilip motorun tekdüze sesini dinleyerek ilerlediklerinde gözlerini sahile veya küpeşteden[60] aşağı suya dikiyorlar, ilk defa gördükleri manzarayı ve denizi beyinlerine nakşetmek istercesine dikkatle inceliyorlardı. Böyle konuşmalarla yarım saate yakın yükseldiler kuzeye doğru.

Recep: "Midesi bulanan, başı dönen var mı içinizde?" diye durumlarını sordu.

"Hayır, yok." dediler.

"Güzel! En uzağa geldik işte... Daha da uzak var ama şimdilik bu kadarı size yeter."

Kırlangıç, sancağına dönüp doğuya doğru sabit bir rotada ilerlemeye başladı. Hüseyin amcaları da makinenin süratini düşürmüş, gürültüyü azaltmıştı.

"Ağabey, stop edelim!" dedi Recep, makinist Hüseyin ağabeyine.

Makine durdu. Herkes konuşmasına ara verdi. Kırlangıç, üzerinde kalan yol ile hafif hafif ilerlerken çocuklar sadece motorun baş tarafından gelen hışırtıyı dinlediler. Baş döndürücü bir andı... Hasan, Gökhan, Ali ve Fikri, böyle bir deneyimi ilk defa yaşıyorlardı. Ne bir insan sesi ne bir kamyon gürültüsü vardı... Ne bir karga ötüyordu o kem sesi ile ne de bir inek böğürüyordu... Hiçbir ses duyulmuyordu. Sağ yanlarında çok uzaklarda kalmış, küçücük olmuş kasabalarını seyrettiler. Etraflarındaki uçsuz bucaksız, masmavi su, nazlı nazlı tekneyi sallarken bu sessizlik ne kadar büyüleyiciydi... Çocuklar, konuşarak gürültü yaparlarsa anın büyüsünün bozulacağından korkuyorlardı.

Ali fısıltıyla: "Balıklar konuşunca onları duyar mıyız baba?" diye sordu babası Yüksel'e.

"Onlar konuşamazlar, oğlum."

"Peki, biz konuşursak onlar bizi duyabilir mi?"

"Biraz duyabilirler."

Fikri, çakır gözlerini açmış, merakla, teknedeki konuşmaları izlemeye çalışıyordu. "Balıkların kulakları mı var yani Yüksel amca?" diye sordu.

"Bizim kulaklarımız gibi değil, ama onlar da denizin içindeki ses-

60 Küpeşte: Gemide güverte hizasındaki dikmelerin dış yüzlerine kaplanan kaplamaların oluşturduğu siper, borda kaplamalarının en üstü, güverteden yukarı kalan bölüm, korkuluk.

leri duyabiliyorlar..."

Çocuklar, altlarındaki mavi denizin, uzaklardaki uçsuz bucaksız kıyıların, gerisindeki tepelere, dağlara serilmiş yemyeşil örtünün, Çatalzeytin'de sahile oya oya işlenmiş kanaviçe gibi görünen beyaz binaların göz alıcı manzarasını bir süre seyrettiler. İlçelerinden en, en, en uzakta geçirdikleri bu dakikalardan sonra, denize çıkmayı ve denizde bir tekne üzerinde olmayı çok sevdiler. Kasabalarını denizin bu tarafından görmek çok hoşlarına gitmişti.

"Size birkaç yer daha gösterelim, ondan sonra yavaş yavaş dönelim çarşıya." dedi kaptanları.

"Bakın şimdi! Şu tarafa, Ginolu'nun ötesine doğru bakın... Sıra ile önce Abana, sonra İnebolu var... İnebolu'yu görebildiniz mi?"

Evet, görüyorlardı.

"Şimdi de bu tarafa... Çayağzı'ndan daha ötesini görüyoruz, değil mi? Güllüsu'daki kayaları gördünüz mü bembeyaz... Onun arkasında Türkeli var... Türkeli, bizim kasabamız kadardır. Sonra, dikkatle bakarsanız, Helaldı var... En ileride de Ayancık!.. Gördünüz mü hepsini?"

Evet, görmüşlerdi.

"Peki, Ayancık'tan sonra ne var, dayı?" diye sordu Hasan.

"İstefan Burnu var. Sonra da pek çok köy var. En sonda da İnceburun'u görürsün. İnceburun'un öbür tarafında Sinop var..."

Benzeri bir soru da Gökhan'dan geldi:

"Peki, İnebolu'dan ileride?"

"O tarafta İnebolu'dan sonra Meset gelir. Meset'ten sonra Kerempe Burnu, onun öte tarafında da Cide var..."

Anlamış gibi, hepsi başlarını sallıyorlardı. İlk defa duyuyorlardı hâlbuki bu isimleri. Sorulduğunda, anladıklarını, gördüklerini söylüyorlardı ama anlayıp anlamadıkları pek önemli değildi. Önemli olan, onların bir teknenin sırtında denize çıkmış olmaları, gezmeleri ve bu geziden hoşlanmış olmalarıydı.

Recep: "Tamam mıyız beyler? Artık dönelim mi ufaktan ufaktan?" diye gezi programının bitmek üzere olduğunu bildirdi çocuklara.

"Tamam, ama her gün gelelim buraya, Çatalzeytin'e doğru bakalım!" diyerek karşılık verdiler.

"Geliriz tabii, gelmez miyiz? Nasıl olsa hiçbirimizin işi gücü yok..." diyerek işi şakaya vurdu Ali'nin babası.

"Eveeet!" diyerek oturduğu küpeşteden kalktı Recep, "Şimdi makineyi çalıştıracağız!"

Hüseyin: "Basayım mı Recep?" dedi.

"Ağabey, bir dakika! Yüksel ağabey! Çocukları buraya kıçüstüne getirirsen, Hüseyin amcaları makineyi nasıl çalıştırdığını, motorun nasıl gittiğini gösterir belki..."

Çocuklar, etraflarına tutunarak kıç tarafa geldiler. Suya inip ilk açıldıklarında yaşadıkları tedirgin dakikalara kıyasla artık daha rahatlardı. Denizde tekne üzerinde olmaya, koca motorun iki yanına beşik gibi sallanmasına daha alışkındılar şimdi.

Çocukların dikkatli bakışları altında Hüseyin amcaları makineyi çalıştırdı: "Pat pat pat pat..."

Hasan: "Ama gitmiyor ki... Yerimizde duruyoruz!" diyerek dayısına döndü, soran bakışlarla.

"Evet, gitmiyor... Çünkü boşta çalışıyor şu anda. Hani, olduğu yerde motorunu çalıştıran ama hareket etmeyen arabalar var ya... Onlar gibi... Birazdan makinist amcamız ileri yol verecek, o zaman ileriye doğru gideceğiz. Geri yol verirse, geriye doğru gideriz... Makinistin sağ eline iyi bakın!.."

Hüseyin amcaları, sağ eli ile makinenin yağa bulanmış yüzeyinde siyah bir tutamağa uzandı, onu sağa doğru çevirdi. O andan itibaren motorun mekanik patırtı hâlindeki temposunun yavaşladığını, teknenin hafif bir silkelenme ile hareketlendiğini ve ilerlemeye başladığını gördüler.

Dosdoğru kıyıya gittiler. Onlar sahile yaklaştıkça Çatalzeytin, önlerinde büyüdü, büyüdü, çarşıda dolaştıkları zaman gördükleri kadar oldu. Sonra tekneyi baştan kara ederek kıyıya yanaştılar. Çocuklar bellerinden kavranıp teker teker kıyıya indirildiler. İki saatten fazla süre ile denizde, Kırlangıç motorunda kalmışlar, ne kadar çok yer görmüşlerdi... Kumsaldan yukarı yürürlerken denizde vakit geçiren herkesin başına gelen şey onlara da olmuştu; âdeta sarhoş gibi, iki yanlarına yalpalayarak yürüyorlardı... Denizde sallanma etkisi! Çekici bir koku gibi, insanın vücuduna siniyor, bir süre sonra da kayboluyordu bu yalpalamalar.

Çocuklar, birbirlerinden ayrılmadan, Ali'nin babasının nezaretinde doğruca annelerinin yanına gittiler. Kasaba cemiyetindeki son havadisleri birbirleri ile paylaşırken bir yandan da çocukların denizde bir o yana bir bu yana gezmesini takip eden anneler, çocuklarda herhangi bir rahatsızlık, yara, bere olmadığını görünce rahatladılar. Anneler, birer birer çocuklarının ellerini, yüzlerini yıkayıp temizlerken, çocuklar da annelerinin eteklerini çekiştirerek, gözlerini yusyuvarlak aça aça, denizde nerelere gittiklerini, nereleri gördüklerini anlatıyorlardı...

Hasan, gördüğü bu uysal, sessiz ve sakin Karadeniz'i çok sevdi. Büyüdükçe, kimi zaman yüzerek kimi zaman bir kayığın sırtında kuzeye doğru açılacak, dönüp arkasında küçücük kalmış kasabaya bakacak, bu sessiz güzelliği kana kana içmeye çalışacaktı

***

Nalan ve Canan, ağabeylerine gösterilen sıra dışı ilgiyi çocuk içgüdüleriyle fark edip, evden dışarı çıkacak çağa gelince Hasan'ın peşini bırakmaz olmuşlardı. O nereye giderse, onlar da peşine takılıyorlardı. Nalan önde, Canan arkada... Hasan, Şekerci Hüseyin'e tahin helva almaya gidiyor; birlikte... Cuma günleri Ahmet dedesinin kunduracı dükkânına haftalık bir lira harçlığını almaya... Kızlar yine arkasında...

"Kızım! Gidin başımdan, siz gelemezsiniz çarşıya!.." diyerek onlara çıkışıp, kovalamaya çalıştıkça, kardeşleri: "Bize ne, bize ne! Biz de geleceğiz işte!" diyorlar, peşini bırakmıyorlardı.

Çarşı esnafı, onların boy sırası düzeninde yürüyerek meydanda bir o yana, bir bu yana seğirtmelerine alışmıştı. Özellikle Nalan, daha bugünlerinden çarşıdaki esnafın çoğunu tanımış, simalarını bellemiş, hangisinin hesabı kuvvetli, hangisinin zayıf, hangisinin gözleri az görür, iyice öğrenmişti: Galip dayı, Şekerci Cemil, Nuri dayı, Şekerci Hüseyin amca, köşebaşındaki Kemal amca...

Kızların, ağabeylerinin peşinde dolaşma alışkanlığı, Hasan'ın ilkokula başlamasından sonra bir süre daha devam edecekti. Sümer'in saten siyah kumaştan özene bezene dikip, kolalanmış bembeyaz yakalığı ile tamamladığı okul önlüğünü giyip okul yollarına düşen Hasan, arkasına baktığında Nalan ve Canan'ın yine peşinde olduğunu görmüştü. Ağabeylerinin hemen arkasından, merdivenin yüksekçe basamaklarını efil efil telaş içinde iniyorlar, birer sünger tokyo, naylon ayakkabı, ne bulurlarsa alelacele ayaklarına geçiriyorlar, üç beş adım arkadan okula geliyorlardı.

"Kız gidin! Okula gidiyorum. Siz gelemezsiniz, yasak!"

"Bize ne! Geleceğiz işte, sen gidiyorsun ya, biz de geleceğiz..."

"Kızım, sizin önlüğünüz yok, okula sokmazlar..."

"Bana ne, bana ne..."

Nalan ile Canan'ın bu ağabey aşkına karşı durmanın yolunu bulamayacaktı öğretmenler ve problemi, iki kız kardeşi, beş, on gün için Hasan'ın bulunduğu sınıfın en arkasına ilave ettikleri birer tabureye oturtmakla çözümleyeceklerdi. Ders başladığında veya öğretmen sınıfa girdiğinde sessizce otursalar ne âlâ, ama bu iki meraklı, kendilerine gösterilen yerde uzun süre oturamıyorlar, dersin tam ortasında ayağa kalkıp öğrenciler arasında geziniyorlar, çoğu zaman, ağabeylerinin yanına ilişmeye çalışıyorlardı... Bazen sınıfta kendilerine ilginç gelen şeylere uzanıp kurcalıyorlardı, sanki sınıfta kendilerinden başka kimse yokmuş gibi...

Hasan ilk on beş gününü devirince, kızların okula gitme şevkleri yavaş yavaş kayboldu. Bunda, ilkokul müdürü Mustafa Öztürk Öğretmen'in, kısa boyuna rağmen bir aslan kükremesini andıran sesli ikazları etkili oldu. Nalan ve Canan, müdürün kükremelerinden sonunda tedirgin olmuşlar ve okula giden ağabeylerinin peşini bırakmışlardı.

***

-8-

Çatalzeytin, Kastamonu, Eylül 1969

Hasan ve Gökhan'ın ilkokula kayıt işlemleri tamamlandı. Eylül ayının başında ilçedeki okullar açıldı. İlkokula o yıl başlayan birinci sınıf, iki şubeye ayrılmıştı. Şubelerin birisini Sabri Güzelaydın Hoca, diğerini Ateş Kaptan'ın kızı Selma Hoca alacaktı. İlkokulun birinci sınıfını alan bir öğretmen, mecburi sebep olmadıkça, teslim aldığı çocukları beşinci sınıftan mezun edene kadar bırakmaz, öğrencileri ile âdeta sınıf geçer, öğrencilerinin mezuniyeti ile kendileri de tekrar birinci sınıfa dönerdi.

Sümer ve Neziha, baş başa vererek çocukları hangi öğretmene vermelerinin daha isabetli olacağını düşündüler.

"Nasıl yapalım, kız Sümer?"

"Sabri Hoca'yı da Selma'yı da çok yakından biliyoruz." dedi Sümer. Selma, yaşça kendilerinden daha küçüktü. "Sabri Hoca, Çatalzeytin'in damadı sayılır. Selma da Ateş Kaptan'ın kızı, gözümüzün önünde yetişti. Daha geçen gün geldi bana, konuştuk. Nişan elbisesi için modellere bakmıştı..."

Neziha, ikilemi basitçe ortaya koyarak: "Tecrübeli öğretmen mi diyelim, hanım öğretmen mi diyelim? Hangisini seçsek ki?" diye sordu.

"Bizim oğlanları şu öğretmene verin, dersek, diğerine ayıp etmiş olmaz mıyız?"

"Eee, ne yapacağız?"

"Bana kalırsa, biz hiç sesimizi çıkarmayalım. Ama bizim oğlanları aynı sınıfa koymalarını isteyelim. Onlar birbirine çok düşkündür, diyelim... İş öğretmen seçmeye gelince, onlar nasıl isterlerse öyle yapsınlar..."

"Kız, daha okul başlamadı, tasasını çekmeye başladık... Bu işler ne zormuş?"

"Ah Neziha, daha işin başındayız. Bu daha ilkokulun başı, bunların daha çok seneleri olacak... Kaç sene okur bu oğlanlar dersin? On beş mi? Yirmi mi?"

"Bir de kızlar geliyor arkadan, değil mi?"

"Ya... Ne zormuş çoluk çocuk sahibi olup da sorumluluğunu omuzlamak..."

Sonra işi oluruna bırakıp, çocukların hangi öğretmenin eline gideceğini merakla beklemeye başladılar. Okullar açıldığında, Hasan'ın, Sabri Hoca'nın aldığı 1-A şubesine, Gökhan'ın ise, Selma Hoca'nın aldığı 1-B şubesine verildiğini gördüler.

Böylece Hasan'ın, Gökhan ile kimi zaman yan şubelerde kimi zaman aynı sınıflarda, uzun yıllar sürecek eğitim öğretim maratonu başladı. Her sabah annesinin, önüne koyduğu çayı içip, bazen yağlı ekmeğini bazen yumurta ile kızartılmış ekmeğini yiyor, kahvaltısını yaparken, mutfaktaki ocağın üst pervazındaki "Grundig" marka radyoyu açtırıyor, bahtına ne çıkarsa, kahvaltısı bitene kadar dinliyordu; halk hikâyeleri "Kerem ile Aslı", "Arzu ile Kamber", tane tane konuşan, tok ve etkileyici sesleri ile halk ozanlarından şiirler okuyan spikerler, reklamlar... "Demirbank"ın reklamına çok gülüyordu: "Bugün 19 Eylül 1969! Demirbank hayırlı günler diler!" Kahvaltısını bitirdikten sonra, siyah renkli, parlak saten kumaştan okul önlüğünü giydikten sonra, son olarak beyaz yakalığını ilikliyor, küçük çantasını eline alıp, sabah sekiz buçuğa doğru okul yoluna çıkıyordu.

İlkokul, evin yüz metre kadar doğusunda, sahil yolundaki sıra içinde idi. Evinden ilkokula kadar; dere yolu, jandarma karakolu ve ortaokul binası vardı. Çoğunlukla dere yolunun başında Gökhan'ın gelişini bekler, buluşurlar ve okula beraberce giderlerdi.

Dersler öğleden sonra da devam ediyordu. Çarşamba günleri öğleden sonra ders yoktu, ancak cumartesi günleri öğleye kadar ders yapılıyordu.

İlkokul müdürü, Çelebiler köyünden, Avni'nin de akrabası olan Mustafa Öztürk Öğretmen idi. Müdür, 1943 yılında yatılı girdiği Kastamonu'nun Gölköy Enstitüsü'nü 1947'de bitirmiş, o yıldan beri Çatalzeytin'de ve köylerinin ilkokullarında öğretmenlik yapmıştı. Mustafa Müdür, derslere girmiyor, özellikle derslerin başlangıç ve akşamüzeri bitim zamanında öğrenciler toplanıp dağılırken kendini gösteriyor, gür sesi ile bütün öğrenciler üzerinde otorite tesis ediyordu.

Müdür Yardımcısı Yusuf İnce Hoca idi. Yusuf Hoca, Suzan Öğretmen ile evli olup, üst sınıfların bazı derslerine girmekte idi. Daha başka öğretmenler de vardı ilkokulda. Sevgi Aşık öğretmen örneğin, Ortaokul Müdürü Mükerrem Bey ile evli idi. Hayat Oğuzhan da Çatalzeytin'de çok öğrenci yetiştirmiş diğer bir öğretmendi.

Okul binası iki katlı ve beyaz boyalıydı. Önünde, sahil yolu kenarınca uzanan duvarı ile sınırı çizilmiş bahçesi vardı. Bahçe, binanın doğu yanından dolanır ve arka tarafa devam ederdi. Öğrenciler teneffüs zamanlarını çoğunlukla ön bahçede geçirirlerdi. Ön bahçe kapısından okul alanına girilince binanın batı ucuna yakın ana giriş kapısına gelinirdi. Bu kapıyı geçince; sağ tarafta temizlik odası, kiler ve ambar gibi yerler ve okul sekreterliğinin odası yer alırdı. Alt katın koridorunda ilerleyince yol iki tarafa devam ederdi. Sol tarafta bina boyunca uzanan, sınıfların sıralandığı koridor, sağ tarafta ise üst kata çıkan merdiven vardı. Merdivenden çıkılınca, üst katın, alttakine benzer koridoru görülürdü. Üst kattaki sınıf odaları da bu koridora açılırdı. Alt kattaki sekreterlik odasının üstüne öğretmenler odası ve müdür odası denk gelirdi. Okulun küçük sınıfları alt katta, büyük sınıfları üst katta yerleştirilmişti.

İlkokulun önemli bir diğer bölümü üst kata çıkan merdivenin altındaki kantin idi. Öğrencilerin gözü ile belki de en önemli yer! Teneffüslerde ve öğle yemek aralarında kantinin alışveriş yapılan camı önünde bağırtılı çağırtılı müşteri kuyrukları oluşur, öğrenciler, yiyecekleri gofret, çikolata ve benzeri hafif tüketim maddelerini bir an önce alıp, bahçeye çıkmanın telaşını yaşarlardı. Hasan, ilkokuldaki yılları ilerleyip kariyerini ispatlayınca, sınıftaki yakın arkadaşı Basri ile kantinde görevlendirilecek, cam önüne yığılan küçük müşterilerine kızacak, bağıracaktı:

"Birinci sınıflar! Sırayı bozmayın! Şimdi kapatacağız camı, ha! Hiç şemsiye çikolata yemediniz mi hayatınızda?.."

Hasan'ın ilkokul hayatı bu binada geçti. 1969'da başlayıp, beş yılı burada tamamlayacak, ortaokul yılları için hemen bitişikteki binaya geçecekti. Beş yılın tamamında öğretmeni Sabri Güzelaydın idi. Gün oldu, öğretmeninden sözlü takdirler ve beğeniler aldı, gün oldu, diğer arkadaşları ile sıra dayağına geçti.

Kimi zaman Hasan'a sınıf başkanlığı görevi de verdiler. Başkanlık vazifesinin gereği olarak, ders zili çaldıktan sonra yerine oturmamakta direnen; ayakta dolaşmaya devam edenlerin, öğretmen gelmeden önce sınıfta gürültü yapanların numaralarını tahtanın sol üst köşesine yazdı. Millî bayram ve törenlerde çarşı meydanında yapılan kutlamalarda ve anmalarda onu kürsüye çıkartıp şiirler okuttular. İnce, çocuksu sesi ile eline tutuşturulan mikrofonlardan bağıra bağıra şiirler söyledi. Kimi şiirleri bir çırpıda, hiç takılmadan okuyabildi, kimilerinde ise takıldığı oldu.

23 Nisan'dı, 29 Ekim'di derken, Hasan'ın, şiirlere karşı ilgi duyduğunu fark etti annesi. Şiire duyduğu ilgide, sabah kahvaltıları sırasında radyoda dinlediği halk ozanlarını tanıtan programların da etkisi olmuştu muhtemelen. Halk edebiyatından şiirler dinlemekten, eline verilmiş şiir kıtalarını ezberlemekten, bağıra bağıra okumaktan hoşlanıyordu... Bu, çoğu öğrencide görülen bir şeydi ama Hasan, kimi zaman kendince düzdüğü satırları, dörtlüğe benzer şeyleri karalayıp getiriyor, annesine gösteriyordu, güzel olmuş mu diyerek. İlkokul yaşlarında, okuluna, öğretmenine, evdeki kedilere seslenen şiirlerdi bunlar:

"Benim küçük, kara kedim!
Ben dün sana ne söyledim?
Bakma öyle dolaplara,
Ciğerleri hep ben yedim..."

***

Devam ettiği ilkokulun adı, 1973 yılında, Cumhuriyet'in kuruluşunun ellinci yılı olması vesilesi ile "Çatalzeytin 50'nci Yıl İlkokulu" olarak değiştirildi.

İlkokulun dördüncü sınıfının bitmesine yakın, 1 Mayıs 1973 tarihinde, Hasan'ın Çelebiler'deki babaannesi Hatice vefat etti. Kanser hastalığına yakalanmıştı ve son aylarında Karabük'te hastanede tedavi altında idi. Ablasının vefat haberi bir sabah vaktinde ulaştığında, Terzi Hasan'ın evi büyük bir üzüntüye boğuldu. Hatice'nin kötü hastalığa yakalandığı biliniyordu, tedavi için Karabük'e Enver ile Halime'ye gitmişti. Şifa bulamadığı haberleri geliyordu, kötü sona az çok kendilerini hazırlamışlardı, ama yine de vefat haberleri hep derin üzüntüler bırakırdı arkada. Hatice; Terzi Hasan'ın ablası, Fatma'nın görümcesi, Avni'nin annesi, Sümer'in halası ve kayınvalidesi, çocukların da babaannesi idi.

Cenazenin alınıp getirilmesi için, süratle plan yapıldı. Terzi, defin işlemlerinin takibi için kasabada kalacak, Avni ve Sümer, Karabük'e cenazeyi almaya giden gruba katılacak, Hasan'ın Ahmet dedesi ise Kemalköyü'nde mezar yerini hazırlatacaktı.

Annesi ile babasının telaş içinde, Karabük için tutulan minibüse yetişmeye çalıştıkları sırada Hasan, "ben de gideceğim" diye tutturdu. Hemen, yarın döneceklerini söylediler, fayda etmedi, durumu açıkladılar, yine de vazgeçiremediler. Aşağıda, mutfak kapısının önünde ağlayıp sızlanıyordu. Sümer, oğlunu susturmak için son bir deneme ile:

"Bak!" dedi, "Yeter ki sus, sana istediğin kadar kitap getireceğim Karabük'ten."

Hasan, kitap fikri ile yumuşadı ve bir şiir kitabı getirmelerini istedi. Ama şiir kitabı kocaman olmalıydı, uzun uzun okuyacaktı, şiirler hiç bitmeyecekti...

Çatalzeytin kafilesi o günün akşamına doğru Karabük'e vardı. Hastanelerdeki işleri Enver ile Halime'nin kocası Salim enişte takip etmişti. Cenaze o gece hastanenin morgundan teslim alındı, belgeleri katlanıp bir çantaya kondu, kasabadan gelen kafile, Karabük'tekilerin de katılması ile cenazelerini yanlarına alarak İstanbul'dan gelip Çatalzeytin'e geçen otobüse bindiler, sabah erken saatlerde Çelebiler'de indiler.

Cenaze namazını kıldıktan sonra, cenazeyi Kemalköyü'nde Aslan'ın Ahmet ve ailesi için ayrılmış mezar yerine defnettiler.

Annesi, Hasan'a verdiği sözü tutmuş, ona Karabük'ten kalınca bir şiir kitabı getirmişti: "Halk Ozanı Pir Sultan Abdal..."

Kendi çocuk dünyası içinde ilk şiirlerini okuluna, öğretmenlerine ve evdeki kedileri Osman ile Nazire'ye yazan Hasan, hediye gelen bu kocaman kitaptaki Pir Sultan şiirlerini okudukça, halk edebiyatına karşı gittikçe artan bir meraka kapıldı. Sanki sihirle sıralanmış gibi görünüyordu kelimeler, kafiyeler... Her satırın eşit hece sayısında yazılması ne ilginçti... Pir Sultan şiirlerini okuyup ilerledikçe, bir yandan da farklı konular işleyen kendi şiirlerini yazmayı deniyordu.

"Hızır Paşa bizi berdar etmeden,

Açılın kapılar Şah'a gidelim...
Siyaset günleri gelip çatmadan,
Açılın kapılar Şah'a gidelim...

Bin cefalar etsen almam üstüme,
Gayet şirin geldi dillerin dostum.
Varıp yad ellere meyil verirsen,
Kış ola bağlana yolların dostum..."

***

1970 yılının yaz mevsimi yaklaşmıştı. Tüm memleket sathında olduğu gibi, Batı Karadeniz Bölgesi'nde de kara yolları hiç olmazsa stabilize altyapı ile artık kara yolu trafiğine elverir duruma gelmişti. Bu gelişmeden Çatalzeytin de nasibini aldı. İlçeyi kıyıdan Sinop ve İnebolu taraflarına bağlamak için 60'lardan itibaren açılan yollar az çok iyileştirilmiş, kasabadan Kastamonu'ya giden yol, hiç olmazsa kamyon ve otobüs gibi tonajlı araçların çalışmasına uygun hâle getirilmişti.

Kara yollarındaki bu gelişme, ulaşımın hızlanmasına ve güzergâhların çeşitlenmesine yol açmıştı ama motorcuların geçinmesine de olumsuz etki yaratmıştı. Önce kamyonların, sonra otobüslerin, daha sonra da hafif ulaşım araçlarının yollarda işlemeye başlaması ile denizden yapılan yük ve yolcu taşımacılığının aktörü olan motorlu tekneler, artık taşıyacak yük bulamaz hâle gelmişlerdi. 1970'li yılların başlarına doğru, kasabanın motor sahipleri ve kaptanları ne yapacaklarını düşünmeye başladılar. "Bu kamyonlar, otobüsler, bu şoför takımı, kırk, elli senedir taşıdığımız yükü, yolcuyu elimizden aldılar. Ne yapacağız?" diyorlardı. Artık motorculuk ölüyordu...

Bölgedeki ulaşımın değişime uğrayıp, denizden karaya çıkması ile motorlu, yelkenli tekneler kıyılarda çekili oldukları yerlerde günlerce, haftalarca yatmaya başladılar. Bütün tekneler ahşap yapılı idi. Metal yapılı olsalardı da ne fark edecekti ya? Ahşap olsun, sac yapılı olsun, hepsinin bakımını zamanında yapmak, raspasını[61], boyasını tamamlamak, tuzlu deniz suyunun çürütücü etkisinden korumak

61 Raspa: Demir veya tahta yüzeylerdeki boya kabarması, paslanma vb.ni çıkarmak ve temizlemek için yapılan işlem. Genellikle iri dişli bir törpü veya çekiç kullanılarak yapılır.

gerekiyordu. Bu işler de bedava mıydı? Çalışacak işçisine para, boyasına para, kalafatına[62] para, makinesi arıza yapar, tamirine para...

Kasabalı motorcular, teknelerinin küçük sandallar gibi balığa çıkarak falan da durumu idare edemeyeceğini anlayınca onları birer birer kıyıdan yukarıya, yolun üst yanına çekmeye başladılar. Görünen o ki motorculuk bitmişti... Çarşı meydanında kaptanların, herkesin ağzını açık bırakan konuşmalarını artık kamyon ve otobüs şoförleri yapar olmuşlardı. Bir de gemicilere nispet yapar gibi, otobüs şoförlerine de "kaptan" demiyorlar mıydı!..

"Gece Yaralıgöz'den inip Esentepe'yi döndüm, geliyorum yukarıdan aşağı... Isırganlık'a varmadan sol ön lastik patlamaz mı? Zor tuttum koca kamyonu... Çektim sağa, sıvadım kolları..."

"Otobüs ağzına kadar yolcu dolu, dışarısı bir metre kar... Kalorifer, bırak otobüsün içini, kendisini bile ısıtamıyor... Neredeyse donacağız cümleten... Arka beşliye yatırdıkları hamile yolcu, 'şoför bey, suyum geliyor, Karamanlar'da duralım' demez mi?.."

Artık çarşı kahvelerinde; şoför Mehmet'in, Hurşit'in, Salim'in, Şükrü'nün, Naip'in yol maceraları anlatılıyordu.

***

Terzi Hasan ile kayınbiraderi Recep, arada bir yaptıkları gibi, yine Rafet'in gazinosunda cam kenarında bir masaya oturmuşlar, Ginolu açıklarında suya indikçe kızıllaşan ve ateşten topunu büyüten güneşi seyrediyorlardı.

"Fikret, bir iki düdük bir şey alacağız," demişlerdi, "ne var sıcaklardan?"

Önden mezelik bir şeyler söyleyip, kuzu şiş sipariş ettiler. "Benimkini iki porsiyon yapıver ağabey!" diye seslendi Recep, içeriye. "Bir porsiyon yetmiyor enişte, anladın mı?" diye açıkladı iştahını. Terzi, cebindeki Bafra paketinden tek bir sigara çıkarmış, âdeti olduğu üzere, uçlarından dışarı çıkan tütün parçalarını düzeltip geriye sokuyordu. Biraz sonra sigaranın iki tarafını dudakları ile ıslatacak ve sonra yakacaktı. Bir ara Recep'e uzattı paketi, "bir tane al" dercesine. Recep, "sağ ol enişte" dedi. Eniştesi ile kadeh tokuştururlar, ama yanında sigara içmezdi.

---

62 Kalafat yapmak: Ahşap teknenin kaplama tahtaları arasını üstüpü ile doldurup ziftleyerek su geçirmez duruma getirme işlemi.

"Recep, nasıl durumlar Kırlangıç'ta?"

Derin bir iç çekip sonra uzun bir solukla nefesini dışarı bıraktıktan sonra Recep: "Enişte," dedi, "vallahi billahi tadı tuzu kalmadı!.."

"Kalmadı, değil mi?"

"Yok be enişte! Tekne ahşap, bedeni yorgun... Neredeyse otuz beş yaşına geldi artık... Kaplamaları falan iyiden iyiye bıraktı kendini... Ömrü bitiyor. Zaten bu kadar ömür biçmişlermiş Evrenye'deki ustalar, sen biliyorsun."

"Rahmetli baban, bunu 30'ların ortasında annenin Evrenye'deki akrabalarına sipariş verip yaptırmıştı... Ben, Sait Ağa'nın son zamanlarını hatırlıyorum... On, on beş yaşlarındaydım Sait Ağa Kırlangıç'ı çalıştırırken... Makine Johnson, biliyorsun. Öyle her teknede bulunmuyor. Buralara gelen ilk makine bu, Amerikan malı. Çok da tutuluyor. Çekişi çok iyi, kolay kolay arıza vermiyor. Düşünsene, bunca senedir çalıştırıyoruz, hiç yolda bıraktı mı bizi? Hiç Hüseyin ağabeyim kaldı mı öyle, makinemin arızası tamir edilecek diye?"

Rafet Efendi'nin oğlu Fikret, meze tabaklarını birer ikişer getirdi, masaya donattı. Birer düdük rakı ile iki kişilik de servis açtı.

"Haydi, sağlığına Recep!"

"Şerefine enişte."

Birer yudum alıp mezeleri yoklamaya başladılar.

"Ne yapmak lazım o zaman?" diyerek konuyu açmaya girişti Terzi Hasan.

"Vallahi enişte, herkes motorunu çekiyor yolun üst yanına. Baksana Kalaycı Mehmet'e! Çekti yukarı... Rıza Kaptan? O da çekti... Artık bırakıyorlar motorculuğu. Bırakmayıp da ne yapacaksın? Mecburlar enişte! Kamyonlar, kamyonetler, otobüsler... Ne yükümüz ne yolcumuz varsa, aldılar elimizden..."

"Yani?"

"Biz de aynısını yapacağız, mecbur. Motorculuk faslını kapatalım artık, derim, bana soracak olursan..."

"Tekne ömrünü bitirdi, ama makine sağlam diyorsun, öyle mi?"

"Öyle, enişte."

"Tekneyi çekip bir tarafa bırakınca, makinesini üstünde mi bırakacağız? Madem sağlam, Amerikan malı!"

"Makineyi söküp alalım! Kıymetini verirlerse, satalım isteyene diyorum..."

"Kime satacağız? Buralarda motorculuk bittiyse buna kimsenin ihtiyacı olmaz ki..."

"Ne yapalım o zaman enişte? Belediyeye filan mı hibe etsek? Reis Bey'in bir işine yarar mı?"

"Zannetmem. Bir kamyonun sırtına koyup bir tarafa da göndermek bize pahalıya patlar. Navlunu var, nakliyesi var. Şöyle yapsak nasıl olur acep?.."

Recep çatalını bırakıp eniştesinin yüzüne dikti gözlerini, dinlemeye başladı.

"Makinesini söksek, orta hâllice bir tekne bulup ona monte ettirsek..."

"Motorculuğa devam mı edeceğiz yani?" diyerek diklendi oturduğu yerde Recep, "Sen beni dinlemedin mi enişte? Haftalardır yatıyoruz diyorum ya sana!"

Kaç zamandır bir işe gidip üç beş kuruş kazanamadığından olsa gerek, epeyce gergindi.

"Az dur be birader!" diyen eniştesi de sesini yükseltti Recep'i sakinleştirmek için: "Dinlesene biraz lafımı! Bu makineyi bağladığımız tekneyi vursak yola, nerede satılabilirse oraya götürsek?"

"Haa! Öyle diyorsun?"

Recep şimdi, gözlerini eniştesinin yüzünde sabitlemiş, bu işin olup olamayacağını düşünmeye başlamıştı. Evrenye'de, anne tarafından akrabalarının tekne atölyeleri vardı... Orta hâlli bir tekne aramak lazımdı. Bulunursa, makineyi söküp bağlayacak usta bulmak kolaydı. Sonra? Müşteri bulup satmanın yoluna bakılacaktı.

"Olur galiba, ama bize kaça patlar bu iş, enişte?"

"Öyle yaparız ki masraflarımızı çıkarırız, kalan da senin olur..."

"Olur mu bu iş?"

"Bana sorarsan, olur..."

Kırlangıç ile alakalı bu sıkışık durumun üstesinden gelmeye bir yol görününce önlerinde, ferahladılar. Cızır cızır ederek mangaldan çıkıp gelen kuzu şişlerini yediler yavaş yavaş. İkisi de işin önünü, arkasını düşünüyor, bir şeye takıldıklarında, konunun orasını burasını tartıyorlardı. Recep'in fazla oyalanmadan Evrenye'ye doğru gidip, akrabalarını dolaşmasını kararlaştırdılar.

Recep, ertesi gün Türkeli'den dönen posta arabasına atlayıp Evrenye'ye gitti. Doğruca sahildeki tekne yapım atölyelerine indi. Kuğu köyü üzerinden akrabalığı olan ustaları buldu, Kırlangıç'ın durumunu konuştu. Kırlangıç'ı vaktizamanında inşa eden ustalar da onlardı zaten. Tekneyi ismen biliyorlardı. Recep, durumu izah edip, tekneyi artık elden çıkarmayı düşündüğünü, makinesini söküp almak istediğini, makineyi bağlayıp çalıştıracak orta hâlli bir tekne aradığını söyledi. Bulursa, makineyi onlara söktürüp bağlatacak, sonra, bir müşteri bulup tekneyi de makineyi de satacaktı.

Akrabaları, Recep'i sessizce dinlediler. Kırlangıç, kendi ellerinde doğmuştu. Otuz beş senedir bakımını tutumunu da kendileri yapmıştı. Akıbeti ile ilgili olarak doğal bir sorumlulukları vardı. Neticede Recep'in derdine çare için düşündüler taşındılar, sağda solda münasip tekne var mıdır? Kimdedir, aralarında tartıştılar.

"Senin bu dediğin olur, Recep!" dediler.

"Olur mu ağabey?"

"Olur ya! Helaldı tarafında Münir var, duymuşsundur. Sen onu bulup bir konuş... Onda, size uygun küçük bir tekne olması lazım. Ayancık tarafından aldığını duyduyduk. Adı 'Küçüktaş' mıydı, neydi?"

Birbirine yakın kıyı kasabalarının esnafı ve gemicileri birbirlerini bilirlerdi. Recep de Münir'i biliyordu.

"Vallahi mi? Münir ağabeyde var mıymış bize uygun bir şey?"

"Vardı. Biz görmedik bu dediğimizi, ama duymuşluğumuz var. Lakin acaba elinde midir? Sen şimdi bu gece bize misafir ol. Yarın seni erkenden gönderelim posta ile o tarafa. Doğru Helaldı yaparsın, Münir'i bulursun. Bizden de selam söylersin..."

Recep o gece Evrenye'de misafir kaldı. Sabah Çatalzeytin tarafına giden posta arabası ile Helaldı'ya geçti. Çatalzeytin çarşısında postayı vermeye durduklarında, kahvehanede oturanlardan, Hasan eniştesine kısa bir haber gönderip, durumu kısaca açıkladı. Helaldı'ya, Münir'e gittiğini bildirdi.

Posta arabası Helaldı çarşısına varınca indi ve Münir'i buldu. Selam sabah ettikten sonra, Kırlangıç meselesini anlattı. Münir de Kırlangıç'ı iyi biliyordu, Türkeli ve Ayancık taraflarına geliş gidişinden.

"Elimde, Recep!" dedi, "Müşteri arıyorum bir iki aydır. Bulamadım bir alıcı..."

Beraberce kıyıya indiler, feleklerin üstünde yatan Küçüktaş'ın başına gittiler. Tekne iyi görünüyordu, boyası bakımı düzgündü, üstünde makine ve pervane donanımı yoktu. Tam da Recep'in aradığıydı...

Recep: "Ağabey," dedi, "iki güne kalmaz, biz bunun pazarlığını etmeye geliriz eniştemle. Allah aşkına, biz gelmeden bir tarafa söz verme, anladın mı?"

Münir, "tamam" deyince, Recep: "Haydi eyvallah, o vakit." diyerek ayrıldı.

Ayancık'a kadar uzanıp ikindiye doğru geri dönen posta arabası ile Çatalzeytin'e geri dönen Recep, iki tarafta yaptığı görüşmeleri, Küçüktaş isimli tekneyi eniştesine anlattı. Hemen harekete geçtiler. Aslan'ın Mehmet'in İbrahim'i arayıp buldular, ertesi günü sabahtan Uvaz ile Helaldı'ya gideceklerini söylediler.

Ertesi günü Terzi Hasan ile Recep, Münir'in Helaldı çarşısındaki dükkânına varınca, tekrar Küçüktaş'ın başına gidildi. Tekneyi bir kez de Terzi inceledi. Gözü tutmuştu. Terzi ve Münir, öteden beri birbirlerinden alışveriş yapmaktaydılar, iyi tanışıyorlardı. İlaveten, Terzi'nin ağabeyi Enver'in damadı olan, Helaldı'nın sözü dinlenen adamlarından Hasan Göksu'nun da araya girmesi ile al takke ver külah, üç bin liraya anlaştılar. Birkaç gün içinde Kırlangıç ile gelecek, Küçüktaş'ı yedekte çekerek Evrenye'ye götüreceklerdi.

Tekneyi almaya geldiklerinde Münir'in parasını ödediler, Küçüktaş'ı Kırlangıç'ın arkasına bağlayıp, yedekte çekerek Evrenye'ye götürdüler. Makinesi ve pervane donanımı yer değiştirecek iki tekneyi bir hafta sonra gelip almak üzere, Çatalzeytin'e döndüler.

Bir hafta sonra, Terzi Hasan, Avni, Recep ve Hüseyin, yanlarına dükkândaki yeni kalfa Yaşar'ı da alarak, İbrahim'in Uvaz'ı ile Evrenye'ye gittiler. Teknelerin yanına vardıklarında, işin tamamlandığını, Kırlangıç'taki Johnson makinenin ve pervane şaft aksamının Küçüktaş'a nakledildiğini gördüler. Tekneler suya inmeye hazırdı. Kırlangıç'ın tekne açıklıkları güzelce körlenmiş, kinistin tapaları çakılmıştı.

Evrenyelilerin atölyesi ile helalleşildikten sonra, Recep, Hüseyin ve Yaşar Küçüktaş'a; Terzi Hasan ile Avni yedekte çekilecek olan emekli Kırlangıç'a geçtiler. İki tekne, on beş metre boyunda yedek halatı ile birbirine bağlandı. Bismillah, deyip yola düştüler. Onlar yola çıkarken, İbrahim'i de serbest bıraktılar. İbrahim, Evrenye'de birkaç saat daha oyalanıp, hanımı Sebahat'ın akrabalarını göreceğini, kasabaya daha sonra döneceğini söylemişti.

Yedeğindeki Kırlangıç ile Küçüktaş, çarşı altına vardıklarında hava kararmak üzere idi. Onların Ginolu'dan beriye doğru geldiğini gören çarşı gençleri, Kırlangıç'ın ırgatını donatmış, tekneleri çekmeye hazır olmuşlardı. Teknelerin birbirinden ayrılmasının ardından, önce Kırlangıç, arkasından Küçüktaş kıyıya çekildi. İki tekneyi yolun altına kadar yanaştırıp yerlerinde emniyete aldıktan sonra paydos ettiler.

***

Küçüktaş bir hafta sonra seyre hazırlanmıştı. İstanbul'a götürülecek ve satılacaktı. Hüseyin ve Recep, kahvehaneyi bir arkadaşlarına emanet edip, yol hazırlığı yaptılar. Terzi Hasan, "bunca yıl ekmeğini yedik, bu Kırlangıç'ın son seferi sayılır, ben de geleyim" diyerek İstanbul'a gidecek ekibe katıldı. Bismillah deyip, 1970 Mayıs ayının bir pazartesi günü yola çıktılar.

Gündüzleri yol yapıp, havanın kararmasına yakın uygun bir yere sığınacaklar, geceyi kıyılarda geçireceklerdi. Bulabilirlerse bir dam altında yatıp istirahat edecekler, bulamazlarsa, teknede ambar bölümünde birer yana kıvrılacaklardı.

Saatte sekiz dokuz mil kadar sürat yapabileceklerini tahmin ediyorlardı. Poyraz eser de arkalarından dayanırsa, havanın aydınlandığı saat beş sularından akşam gün batımına kadar, on dört, on beş saatlik sürede, yüz milin üzerinde yol alabileceklerini hesapladılar.

Pazartesi günü İnebolu'yu geçip, batıya doğru yola devam ettiler. Öğle üzeri Kerempe Burnu'ndan aşağı kıvrıldılar. İkindi vaktine doğru Cide'yi bulmuşlardı. İlk günleri için bu kadarını yeterli görüp, Cide Limanı'nda gecelemeye karar verdiler. İlk gün altmış mil kadar yol gelmişlerdi. Ne poyraz ne de kara yel yemişler, süratleri nispeten düşük kalmıştı.

Terzi Hasan, acemi birliğinden Cideli asker arkadaşı Hüseyin Erçelik'i arayıp bulmak istedi. Çıktı Cide çarşısına, birkaç kahvehaneyi dolaşıp, aradı. Arkadaşını tanıyan birini buldu, ama arkadaşını göremedi. Hüseyin, kasabadan on beş kilometre kadar içeride, Gideros'un sırtındaki tepelerin arka yamacında kalan Güzelyayla köyünde yaşıyor, haftada bir pazar işleri için kasabaya iniyordu... Terzi, ona çok selam ve haber bıraktı, sonra teknedekilerin yanına geri döndü.

Salı günü sabah erkenden yola çıkıp, öğleye doğru Bartın Çayı'nı ve İnkumu'nu geçtiler. Hafif poyraz ile yaptıkları sürat de artınca, ikindi vaktinde Zonguldak'ı geçip, akşamüzeri Baba Burnu'ndan aşağı döndüler ve Ereğli Limanı'na girdiler.

Terzi ve kardeşi Hüseyin, motoru çarşı meydanına yakın bir yerde bağlayıp, başına Recep'i nöbetçi bıraktılar, sonra çarşıda odun, kömür ticareti yapan "Oduncu Hüsnü" lakaplı, kasabadan hemşehrilerini aramaya koyuldular. Buluştuklarında Oduncu, onların İstanbul'a yolculuğunu merakla dinledi. Teknenin başına gittiler. Oduncu, limandaki birkaç ahbabına tekneye göz kulak olmalarını tembihledi. Recep'i de yanlarına alıp, hep birlikte çıktılar.

Oduncu, misafirlerini önce, sahilde Bozhane Hamamı'na götürüp bir güzel yıkattı. İki gündür denizde olan Çatalzeytinliler hamamda Tokatlı tellakların marifetli elleri altında bir güzel aklanıp paklandılar. Hamamdan çıkınca yürüyerek hükûmet binasının yanında, yüksek çınar ağaçlarının altında bir lokantaya girip, yemeğe oturdular. Ereğlili ev sahibi, misafirlerine kuruş para ödetmiyor, bunu kendisine ayıp sayıyordu. Ardından, limana yakın yerdeki Eken Otel'de üç kişilik bir oda bulundu. Motorcular fazla oyalanmadan müsaade isteyip, istirahate çekildiler.

Çarşamba sabahı erkenden kalkan Küçüktaş mürettebatı, hemşehrilerinin erkenden gelmiş, otelin resepsiyonunda kendilerini beklediğini gördüler. Oduncu, onları Bozhane Hamamı'nın hemen karşısındaki çınar ağaçlarının altındaki çay bahçesine götürdü ve kahvaltı ikram etti.

Oduncu Hüsnü'yü incitmekten sakınarak, yola çıkmakta acele etmediler. Usulünce vedalaşıp, teşekkürlerini bildirdikten sonra, saat dokuz gibi Ereğli Limanı'ndan ayrıldılar, iskele taraflarında kalan sahili gözden kaybetmeden, sol yanlarına doğru hafif yay çizerek, batıya doğru ilerlediler.

Öğleden sonra Kefken Burnu'nu bordalayıp[63] devam ettiler. Poyraz çıkmış ve tüm gün boyunca arkalarından itmişti onları. Akşam saat yedi sularında İstanbul Boğazı'nın kuzey ağzında, iki yakadaki fener binalarını seçtiler.

Terzi Hasan, gece karanlığında Boğaz'da yol yapmanın tehlikeli olabileceğini söyleyerek, Boğaz'ın ağzında buldukları ilk koya girip geceyi geçirmeyi teklif etti. Recep ile Hüseyin: "Öyle yapalım ma-

63 Bordalamak: Hizasına gelmek.

dem." dediler.

Yukarıdan aşağıya Boğaz'a girince kendilerini iskele tarafa, Anadolu kıyısına yamadılar ve süratlerini azalttılar. Anadolu Feneri'ni geçtikten sonra Beykoz'un önlerine doğru sokulup, bir iskeleye yanaştılar. Tekneyi bağladıktan sonra, kıyıya çıkıp akşam yemeği niyetine bir şeyler atıştırdılar ve teknede yatmayı tercih ettiler. Ertesi günü perşembe idi. Beykoz'dan vakitlice kalkacaklar, Boğaz'dan dosdoğru aşağı inecekler ve Haliç'e gireceklerdi.

Sabah Beykoz'dan avara edip, Boğaz'ın iki yakasını hayranlıkla seyrede seyrede öğleye doğru Haliç'in ağzına geldiler. Eminönü ile Karaköy'ün arasından geçişleri sıkıntılı olmuştu. İstanbul'un pek çok semtine giden gelen vapurlar ve motorlar yüzünden, yarım saate yakın dönüp durmuşlar, bütün vapurların uğrak yeri olan bu bölgede, manevralarını ezbere yapan vapurların altında kalmamak için bir o yana, bir bu yana kaçmışlardı. Nihayet, önce Galata Köprüsü'nü, sonra Unkapanı Köprüsü'nü geçtiler ve sancak tarafta, Kasımpaşa'daki iskelelerde teknelerini bağladılar.

Recep yine nöbetçi kaldı teknede. Terzi ve kardeşi Hüseyin, bir kayığa atlayıp Eminönü tarafına geçtiler. Doğruca Küçükpazar'a giderek Terzi'nin Evrenyeli asker arkadaşı, Uvaz'ın şoförü İbrahim'in kayınpederi Abdi Usta'yı buldular. Küçüktaş daha yolda iken, motorla İstanbul'a geleceklerini, getirdikleri motoru satıp döneceklerini arkadaşına önceden bildirmişti Terzi. Abdi, durumdan vazife çıkarıp, Kasımpaşa taraflarında, Şişhane önlerinde ve Eminönü kayıkçı iskelesinde bulduğu kâhyalara ve gemicilere, satılık bir motorun gelmekte olduğunu duyurmuş, ilgilenenleri tespit etmişti.

Abdi Usta'nın öne düşmesi ile Küçüktaş'ı satın almaya talip birkaç müşteri bulundu. Birisi ile güzel bir pazarlıktan sonra, tekneyi üstünde ne var ne yoksa, olduğu gibi sekiz bin beş yüz liraya sattılar. Parayı peşin alıp, Küçükpazar'da Ziraat Bankası'na yatırdılar ve Çatalzeytin'e havale ettiler.

Alışveriş tamamlandıktan sonra, yeni müşteri, Küçüktaş'ın halatlarını iskeleden aldı, "haydi, uğurlar ola" diye seslendi Çatalzeytinlilere, ardından makineye yol verip, çıktı gitti. Üç motorcu, giden tekneyi değil ama içindeki Johnson makineyi gözleri yaş içinde uğurladılar.

"Hey gidi Conson," diyordu yaşlı gözlerini saklamaya çalışan Recep, "otuz beş senedir çok ekmek yedik sırtından!.. Artık İstanbullarda dolaşacaksın ha? Allah selamet versin..."

***

İki gün kadar İstanbul'da dolaştıktan sonra bir otobüse atlayıp geri döndü Çatalzeytinli gemiciler. Vardıklarında, satıştan alınan bedel de kasabaya ulaşmıştı.

Terzi Hasan: "Recep!" dedi, "Kırlangıç da makinesi de senin, rahmetli babanın mirasıdır. Bu para sana düşer. Al paranı, annen ile konuş, istediğin yerde kullan..."

Recep, bu işi Kuğulu ile de görüştükten sonra, 1940'ların başından beri ara vermeksizin Kırlangıç'ın makinistliğini yapan Hüseyin ağabeyine iki bin lira ayırdı, kalan altı bin beş yüz liranın yarısını kendisine aldı, yarısını da "ablamın hakkı" diyerek Hasan eniştesine teslim etti.

Onlar İstanbul yollarında iken Avni, Kırlangıç'ı yoldan yukarı çektirmiş, dükkânın yanındaki boş arsanın kıyısına yatırıp bırakmıştı. Kırlangıç, bu çekili olduğu yol kenarında, otuz yıldan fazladır ekmek yedirdiği sahiplerinin gözleri önünde son nefesini verebilirdi artık...

Kırlangıç'ı görenlerin arasından yeni sahipler çıktı bir iki gün içinde. İlkokulun birinci sınıfını geçip, eylül ayında ikinci sınıfa başlayacak olan Hasan ve Gökhan, Kırlangıç'ın üzerine çıkıp kaptanlık yaparak kendilerine yeni bir oyun icat ettiler. Birisi kaptan, diğeri makinist oluyor, bir süre sonra görev değiştiriyorlardı.

"Kırlangıç bizim olabilir mi beybaba?"

"Olmaz mı? Olur tabii! Onun sahibi artık siz sayılırsınız! Yarı yarıya ortaksınız, kavga etmek yok, sakın ha! Bizden habersiz atlayıp İnebolu'ya, Ayancık'a filan da götürmek yok, haa!"

"Gider mi o taraflara?.."

"Gitmez mi... Çayağzı'nda köprüyü geçtin mi ver elini Ayancık!.."

"Siz artık binmeyecek misiniz?"

"Hayır. O çok yaşlandı. Dinlenmesi için buraya getirdik, burada kalacak. Bütün sorumluluğu sizindir bundan sonra."

***

Terzi Hasan'ın dükkânında üç dört sene çıraklık yapan Yaşar, kalfalığa terfi etmiş, yirmi yaşını bulmuştu. Ustasının gözünde artık yetişmişti. Eli becerikli, hesabı kuvvetli, muhtemelen babasından aldığı meziyetlerle, ticari zekâsı yüksekti. Askerlik çağı geldiğinde, 40'ların başında Terzi Hasan'a ne yapıldıysa; 60'ların başında Avni'ye ne yaptılarsa, Yaşar'a da aynısını yaptılar 70'lerin başında. Askerlik için çıkıp gitmeden baş göz etmenin isabetli olacağını düşündüler. 1971'in sonuna doğru bir gün Terzi Hasan, meseleyi Yaşar'ın babası Tecir Dursun'a açıp, fikrini sordu.

"Dursun Ağa!" dedi, "Şu Yaşar'ın durumunu bir konuşsak!.."

"Hayırdır, Hasan ağabey! Bir haylazlığı mı oldu oğlanın?"

"Yok, haşa! Yaramazlık ne kelime, bilakis yetişti artık. Bıraksam kendi ayaklarının üzerinde duracak hâle geldi..."

"Allah razı olsun ağabey. O da senden gördüğü ustalıktan pek memnun. Damadına nasılsa, bana da öyle, diyor. Biz de çok memnunuz. Kendi kardeşlerinin o kadar oğlu varken, bu bizden değil, demedin de aldın bizimkini, adam ettin..."

"Her meslekte öyle değil mi be Tecir! Büyükler önüne geçip, küçüğünü yetiştirir, elden ele, nesilden nesile... Biz ayrı bir şey yapmadık ki! Bak, Terzi Hüseyin ne yapıyorsa, biz de onu yapıyoruz. Her esnaf kendinden sonra gelecek olanı yetiştirmekten mesul! Kendi evladın varsa onu, yoksa kimi adam olacak gibi görürsen, onu..."

"Ee, doğruya doğru!"

"Yaşar'ın askerliği gelmedi mi artık? Yeni sene girince gitmeyecek mi oğlan?"

"Yoklamaları filan tamam. Baharda gidecek."

"Ee, baş göz etmenin zamanı gelmedi mi? Başı bağlansa da sağda solda göreceklerinin peşine seğirtmese yaban ellerinde?"

"İyi dedin, ağabey de... Şahinaz ile oturup konuşuyoruz biz de ne vakittir... Sağa sola bakınıyoruz kendimizce..."

"Hatice ablamın kızların en küçüğü var yukarıda, Kemalköyü'nde... Hiç aklınıza geldi mi?"

"Geldi. Geldi gelmesine de... Şahinaz'ın anne tarafından akrabası da oluyorlar. Yaşar bize bir şey demeyince, biz de girişmedik tam."

"Sen eve gidince, yengemle oturup bir konuş hele. Etrafa yaymadan! Münasip görürseniz, ben ablamla Ahmet enişteyi yoklarım. Sana da durumu bildiririm. Olacak gibi görünürse, ondan sonra da çocuklara açarız durumu."

"Tamam, ağabey, öyle yapalım." demişti Tecir Dursun. Yaşar'dan habersiz, konu, Tecir, karısı Şahinaz, Terzi Hasan, ablası Hatice ve Ahmet eniştesi arasında istişare edildi. Büyükler, Allah nasip ederse, bu işin oluruna kanaat getirdiler. Daha sonra, Tecir ve Terzi, aralarında konuşup, Yaşar'a konuyu Terzi'nin açmasını kararlaştırdılar.

"Yaşar! Ben gazinoda oturacağım biraz bu akşam," dedi bir gün ustası, "akşam ezanı geçtikten sonra gelip beni gör!.."

Yaşar: "Tamam usta!" dedi, oturduğu makineden ustasına bakarak. Şaşırmıştı. Soran gözleri ile öbür makinedeki Avni ağabeyine dönüp baktı, "hayırdır" der gibi. Onun da bakışlarından bir fikri olmadığını anladı.

Akşamüzeri, Avni ve Yaşar, dükkândaki işleri paydos ettiler, ellerindekini katlayıp bir kenara koydular. Dikiş makinelerinin üstündeki kırpıklar, iplik artıkları temizlendi, küçük Hasan'ı evden çağırıp dükkânı süpürttüler. Kömürlü ütünün içindeki sönmeye yüz tutmuş kömürü boşalttılar, külünü döktüler. Dükkânın önüne çıkarttıkları mostralık kumaş topları içeri alındı ve dükkânı kapattılar. Avni, Hasan'ı alıp eve çıktı, Yaşar, çarşıya doğru seğirtti. "Bir kusurum mu oldu, bilmeden?" diye son birkaç günde neler yaptığını aklından geçirmeye çalışıyordu yolda. "Birisi hakkımda gelip bir şeyler mi yetiştirdi acaba ustaya?.."

Elleri belinde, kışla tarafına doğru uzunca bir tur attı, döndü geldi, Rafet'in gazinosuna girdi. Terzi, denize bakan sırada tek başına bir masaya oturmuş, piyazının tadına bakıyordu. Rakı kadehi vardı önünde...

"Gel, oğlum! Geç bakalım karşıma!"

Yaşar şaşakalmıştı. Şimdiye kadar, ustasının evinde pek çok kez sofraya oturmuşluğu, beraber yemek yemişliği vardı ama rakı içtiği masaya çırağını, kalfasını oturttuğunu hiç görmemişti onun. "Allahtan hayırlısı," dedi içinden, "bakalım başımıza ne gelecek..."

"Fikret! Bir piyaz daha alalım, misafirime de bir düdük ver!"

Ustasının verdiği siparişi duyunca, saçı sakalı, yüzü gözü doğuştan sarıya çalan Yaşar, kızarmaya başladı. Mahcup hissetti kendini. Ustasının buyurucu sözlerine herhangi bir itirazda bulunamıyor, yüzünü kaldırıp da etrafta oturanlara bakamıyordu. Kendi kendine: "Ben, ustamın masasında oturup da rakı içecek kadar adam oldum mu?.. Babama duyururlarsa alimallah, keser beni... Bu ne terbiyesizlik, der... Ustam çağırdı, o oturttu, desem de dünyada inanmaz." diyerek için için kıvranıyordu.

"Sıkılma, Yaşar," dedi ustası, "ben kiminle oturulur, kiminle içilir, bilmem mi? Rahat dur, gerilme... Al şu piyazdan bakalım biraz!"

"Usta, babam duyarsa, kötü eder beni. Adam, ustasının karşısında içer mi ulan, der, tozumu atar vallahi."

"Ben onun müsaadesini aldım, Yaşar! Telaşe etme, otur..."

Yaşar biraz sakinleşti. Üç beş dakika geçti, piyazının kenarından azar azar yoklamaya başladı. Hem piyazdan tırtıklıyor hem yan gözle sağını solunu kolaçan ediyordu.

"Haydi bakalım, sağlığına Yaşar!"

"Sağ ol, usta."

Buzlar eriyip, Yaşar ferahladıktan sonra, Terzi Hasan konuyu açtı. Artık yaşının geldiğinden, kalfalıktan da ileri gittiğinden girdi, askerliğin gelip dayandığından, iki sene kadar gurbet ellerine gideceğinden çıktı.

"Bilirsin, babam beni 1941 senesinde askere gitmeden önce everdiydi." dedi ustası. "Gittim, yaptım askerliğimi, geldim evime, yuvama kavuştum. Sümer daha ben gitmeden doğmuştu..."

"Ööle olduydu, dey mi usda?"

"Öyle olduydu ya... Avni'ye de aynısını yaptık, hatırlamadın mı? Askere gitmeden evlendirdik, oğlan doğduğunda daha askerdeydi... Bitirdi, geldi, işine devam etti..."

"Hatırlıyorum... On yaşında filandım ben de..."

"Hah! Şimdi, lafı nereye getireceğimi anladın mı?"

Yaşar, ciddi bir yüzle ustasının yüzüne baktı ilk kez... Bir süre düşündü...

"Anladım, usta!" dedi.

"Nereye?.."

"Beni de askerlikten önce baş göz etmeye, herhâlde..."

"Aferin, oğlum! Bunu konuşmamız lazım artık. İki büyük adam gibi. Evet, senin ustanım, ama bu masada iki arkadaşız şimdi. Masadan kalktığımızda arkadaşlık burada kalır, ustalık, kalfalık kaldığı yerden devam eder."

Yaşar, "tamam" derken ustasının, birisini işaret edip etmeyeceğini düşünmeye başlamıştı.

"Senin de gitmeden başını bağlasak, iyi olur diye düşünürüm... Tecir ile de konuştum. Annenin de haberi oldu. Şimdi sana diyeceğime onlar rıza gösteriyorlar. Ama mühim olan senin ne diyeceğin!.."

Yaşar'ın aklı fır fır dönüyordu: "Kim ki acaba? Kimin kızı var buralarda?"

"Askere gitmeden önce düğünü derneği yapmaya ne dersin, Yaşar?"

Yaşar kısa bir süre düşündü. Piyazına uzandı, sonra vazgeçti, çatalını geri bıraktı. Bir lokma kavun alayım dedi, onu da bıraktı. Düşünüyordu... Bir süre sonra: "Allah'tan hayırlısı, usta," dedi, "nasibimizde birisi varsa, ben de istemem demem..."

"Aferin, oğlum!" dedi ustası, cebindeki Bafra paketinden bir sigara çıkarırken: "Sen hiç Kemalköyü'ne çıktın mı bu sıraları?"

"Çıkmaz mıyım? İlkokulu orada okudum. Büyükannemi görmeye gidiyorum sık sık... Avni ağabey, Gökay ağabey bir de ben, mevsimine göre ava da gidiyoruz. Çulluk, bakal avlıyoruz..."

"Eee? Avni, hiç babasının evine götürüp de çay, çorba verdirmedi mi sana? Bizim Hatice'nin Günsel'i görmedin mi oralarda hiç?"

Yaşar, konunun kime doğru gittiğini anlamıştı şimdi... Yüzü kızardı birden. Bir şey diyemedi... Kaç senelik sınıf arkadaşıydı Günsel... Köydeki ilkokulun büyük kısmını beraber okuduğu, son sınıfta iken mektuplaştığı!..

"Oğlum," dedi ustası, "ben sadece seninkilerle değil, kızın anası babası ile de usulüne göre konuştum... Anası benim ablam, biliyorsun. Onlardan başka kimsenin bu işten haberi yok... Avni'ye de kıza da duyurmadık şimdilik. Sen, olur usta, dersen, önce Avni'nin, sonra kızın fikrini alacağız..."

"Anladım, usta! İyi yapmışsınız..."

"Gelenek görenek ne ise, ona göre gidiyoruz... Şöyle yapalım şimdi; bu konuyu şimdilik kapatalım burada... İki üç gün çekil bir köşeye, güzelce düşün... Kızı da sor, soruştur... Beraber okuduyduk, dedin zaten..."

"Beraber okuduyduk, usta..."

"İki gün sonra cuma pazarı var. Kız ihtimal ki iner çarşıya... Kunduracı dükkânına, babasına uğrar muhakkak... Bir bahane uydur, git dükkâna, bekle yolunu, yüzünü bir gör, konuş fırsat bulursan..."

"Tamam, usta. Dükkânda ne derim onlara, ben?"

"Onu da sen bul, oğlum!.. Uydur bir bahane, git yanlarına işte! Cuma pazarı geçince, akşamüzeri gel, konuşalım..."

"Anladım, usta!" dedi Yaşar.

Konunun artan ciddiyeti, masada verilenleri yiyip içmesine büsbütün mâni olmuştu. Bir an önce kalkıp gitmek, sessiz bir köşede düğün dernek işini ve Günsel konusunu düşünüp taşınmak istiyordu. Ustası onun bu sabırsızlanmasını hoşgörü ile karşıladı:

"Tamam, tamam, bırak o kadehi de madem bana... Senin iştahın da kalmadı anlaşılan... Haydi, ben biraz daha oturacağım..."

Yaşar, iki üç gün dalgın dalgın dolaştı ortalıkta. Doğru dürüst bir iş almadı. Elindeki işleri de oyalayıp duruyordu. Bu durum, Avni'nin dikkatini çekti. Ara sıra Yaşar'a sorduysa da doğru dürüst bir cevap alamadı.

Haftalık pazarın kurulduğu cuma günü bütün vaktini, ustasının tavsiyesi doğrultusunda, çarşı meydanında dolanarak geçirdi Yaşar... İki eli belinde bir o yana, bir bu yana, gergin bir yüz ifadesi ile dolanıyordu. Hasan'ı yanına almış, Aslan'ın oğullarının kunduracı dükkânına gelen gidenleri kolluyordu. "Hayırdır!" deyip, soran olursa, Hasan'ı, Ahmet dedesine getirdiğini, çocuğun haftalık bir lira harçlığını almaya geldiğini söyleyecekti.

Kemalköyü'nün sakinleri öğleye doğru ortalıkta göründüler. Topluca pazara gelmişlerdi. Hatice'nin yanında oğlu Mustafa ve küçük kızı Günsel vardı. "Kız tarafı" öğle ezanının okunmasına yakın kunduracı dükkânına girdi. Kunduracılar, ezan sesini duyunca ellerindeki işi bırakıp, siyah ve yer yer yıpranmış iş önlüklerini çıkarıp bir yana astılar, çarşı meydanındaki şadırvana abdest almaya gittiler. İki kardeş; Mehmet ile Ahmet, Mehmet'in oğlu "Çavuş" Yahya... Mustafa da camiye gidenlere katıldı. Onlar dükkândan çıkınca Hatice, yanındaki kızı ile dükkânda nöbetçi kaldı. Dükkânda çalışanların topluca camiye gittiğini gören Yaşar, durumun uygun olduğuna kanaat getirip, Hasan'ı da elinden çekiştirerek kunduracı dükkânına daldı.

"Abla, hoş geldiiz! Ustalar yok muydu?"

"Yok, oğul!" dedi Günsel'in annesi, "Namaza gittiler az önce..."

"Ben de Hasan'ı getirdiydim dedesinin yanına... Bir de bizim Musavaka'dan sipariş varıdı... Şu Tor lastiklere bakacaktım..."

"Gel hele, oğul! Otur şöyle... Hasan gel bakalım yanıma..." Hasan, babaannesinin kucağına yanaşmıştı.

"Siz bakın Günsel'le beraber şu raflara... Kaç çift sipariş var?"

"İki, üç giyim alıncak herhal!"

"Eh! Bakın işte oralara... Günsel, sen de numarasına göre çıkarıp yardım ediver kızım, Yaşar'a..."

Hatice, Yaşar ile kızının Tor lastiklerle uğraşmasına hiç karışmamayı tercih etti. Manalı gözlerle bir Günsel'e bir Yaşar'a bakıyordu. Yaşar hiç acele etmeden, ne kadar Tor lastik varsa bir sıradan elden geçirmeye başladı. Lastikleri evirip çeviriyor, ikiye katlıyor, kimisinin burnunda, kimisinin topuğunda kusur buluyor, yokladıklarını bir tarafa yığıp, Günsel'den, başka lastik istiyordu.

Yaşar'ın yığdığı Tor lastiklerin tepeleme dolduğunu görünce "Anaam!" diye içinden geçirdi Günsel, "İki giyim lastik alıcan deyi bütün dükkânı aktarttı bize... Ne biçim adamımış bu!"

"Cızlavat var mıydı?" diyerek başka bir markaya geçti Yaşar...

"Cızlavat mı? Onu da gelince bubama sorarsıy!" diyerek hafiften çıkıştı Günsel, sıkıntıdan kızarmış yüzü ile dik dik bakarak... "Adam, Tor lastik, dedi, hepsini yıktırdı, şimdi de Cızlavatları döktürecek olduğu gibi..." diyordu içinden...

Namaza gidenler döndüğünde, Hasan, oturduğu yerden koşup Ahmet dedesinin kucağına atıldı. Her cuma bir lira harçlığı vardı. Bir lirasını alınca büyükbabası ile sohbeti daha fazla sürdürmesi için bir sebebi kalmadı ve bir kenara çekildi. Yaşar, sipariş, dediği iki giyim Tor lastiği o arada seçip beğenmişti. Parasını ödedi. Namazdan gelenler, dükkândakilere birer çay ikram ettiler. Sonra Yaşar, Hasan'ın elinden tutup, Tor lastikler koltuğunun altında, güle oynaya dükkândan ayrıldı. Şaşırmışlardı Yaşar'ın hâllerine. Tor lastik alan hiçbir müşterinin böyle güle güle ayrıldığını görmüyorlardı dükkândan...

Cuma akşamüzerine doğru pazar yeri dağıldı, köylüler atlarını, eşeklerini, bağladıkları ağaçlardan çözerek bindiler sırtlarına ve köylerine gittiler. Kasabanın cipleri ve kamyonetleri yayan yolcuları toplayıp, yükleri ile köylerine taşıdı. Hava kararmadan çarşı eski sessiz ve sakin hâline kavuşmuştu.

Yaşar arayıp ustasını buldu. "Ben razıyım, usta," dedi, "Allah nasip etti ise, olsun!" Ustası: "Tamam, oğlum," dedi, "sen, benden haber bekle!.."

Birkaç gün sonra, Avni'nin de kardeşlerinin de Günsel'in, Yaşar'a varmasına razı oldukları haberi geldi. Fazla uzamadan, Günsel'in de Yaşar'ı beğendiği öğrenildi. Tüm bu görüşmelerden sonra, Kemalköyü'ne dünürcü gidilip, Allah'ın emri ile Günsel istendi. Kız babası: "Hayırlısı ise, olsun! Allah sonuna erdirsin." demişti.

Kızın sözü ilk gidişte alınmıştı. Bunun arkasından, Yaşar'ın askere gidişine göre düğün dernek işleri sırasına kondu. Kış mevsiminin ortasında, 1972'nin Ocak ayının ilk haftasında, Yaşar ile Günsel'in düğünü yapıldı. Birkaç ay sonra da Yaşar, Kütahya'daki hava birliğine acemi eğitimine gitti.

***

Yaşar'ın askere gidişinden sonra, Terzi Hasan'ın dükkânında çalışan bir tek Avni kaldı. İş olup da ikinci adam lazım oldukça Terzi Hasan da makineye oturuyordu. Tamir ve dikiş işleri yapıyorlar, bir taraftan da inşaat malzemeleri satıyorlardı.

Terzi Hasan, işini gücünü iyice gözden geçirip, hesabını kitabını yaptı. Dükkândan ve inşaat malzemesi işinden kazanılan paraya, piyasanın gelecekte ne gösterdiğine baktı. Çarşı esnafından yakın ahbapları olan; Kalaycı Kâzım'a, Mümtaz Tekinel'e, Kenan Acar'a ve Kara Cemal'e danıştı. Münasip bir yer bulabilirse, yatırımlık bir bina inşa ettirmeye karar verdi.

Fatma'ya babasından kalan mülkten münasip bir yer çıkıp çıkmadığını düşündüler. Sait Ağa'dan, Kuğulu'ya kalan ev ile etrafındaki arsa vardı. Fatma'nın da bu mirasta hissesi vardı ama tapu kayıtlarında henüz ayırma yapılmamıştı. Terzi, o işi Fatma kendisi konuşup halletsin diyerek üstünde durmaktan vazgeçti.

Çarşının kışla tarafına doğru yolun üst tarafında bina yapmaya müsait arsalar vardı ancak, kimisi çok hisseli olduğundan satıcıları toparlayıp bir araya getirmek kolay görünmüyordu, kimi yerler için de söylenen fiyat Terzi'nin boyunu aşıyordu.

En sonunda, Çayağzı tarafında, sahil yolunun altında rahmetli babası Tahir Ağa'dan kalan arsada, kardeşlerinden yetecek kadar pay alıp, bir binalık yer ortaya çıkarmaya karar verdi. Kardeşleri ile bir bir görüşüp anlaştı. Kastamonu ile Sinop'u kıyı hattında kuzeyden güneye doğru ayıran Akçay üzerindeki köprünün yüz metre kadar berisinde, deniz tarafında, sahil yoluna cepheli 240 metrekare kadar bir yer sahibi oldu.

On yıl kadar önce çarşıdaki betonarme evi yaptırdığı inşaatçı ekibini, Gencek köyünden Ali Usta'yı buldu yine. Al takke, ver külah pazarlık yaptılar. Ali Usta, temeli kazmaya başlayıp işe girişti.

Terzi, binanın yapımında lazım olan çubuk demirleri, arkadaşı Kenan Acar'ın Karabük'te demir ticareti ile uğraşan ağabeyi Selahattin Acar'dan, çimentoyu Bartın'dan, tuğlayı Boyabat'tan tedarik etti. Alışveriş yaptığı bu esnafların çoğu, dükkânda sattığı malzemeleri aldığı yerlerdi zaten. İnşaat malzemesini aldığı bütün tüccarlar, aldıklarının borcunu ödemekte epeyce kolaylık gösterdiler ona.

Hasan'ın ilkokulda son sınıfa başlayacağı sırada, Çayağzı'ndaki binanın yapımı devam ediyordu. Aynı günlerde, 1973'ün Ağustos ayında Mustafa amcasının da düğünü yapıldı.

Amcasının kısmeti, Türkeli'nin Kuzköy'ünden çıktı. Mustafa'ya da nasibini bulup gösteren yine Terzi Hasan oldu. Terzi'nin, Kuzköy'den çıkıp Zonguldak'a çalışmaya giden yakın arkadaşları vardı. Mustafa için etrafı kolaçan ederken bu arkadaşlarının Kuzköy'de bir kız kardeşi olduğunu öğrenen Terzi, durumu araştırınca, Gülfidan'ı bulmuştu.

Kız kardeşi Hatice'nin üç ay önceki vefatından ve Günsel'in de evlenip kasabaya gelin gitmesinden sonra, Kemalköyü'ndeki evde Ahmet enişte ile oğlu Mustafa yalnız kalmışlardı. Bir evde baba ve oğul, iki erkek!.. Annesinin rahmetli oluşunun üzerinden daha üç ay geçmişken, Mustafa'nın evlenmesi lüzumu bu nedenle ortaya çıkmıştı. Kızlar evlenip her birisi bir tarafa gitmiş, Halil evlenmiş, hanımını alıp İstanbul'a gitmişti. İki erkeğin kaldığı evi çekip çevirecek bir kadın eline ihtiyaç vardı. Acilen hem de!

Geleneğine, göreneğine uygun olarak Mustafa ile Gülfidan'ın düğünü de yapıldı. Gülfidan, Akçay'ın öte yakasındaki tepelerden kalkıp, bu yakasındaki tepelere, Çelebiler'e gelin geldi.

Halil ve Mustafa, evinde tek başına kalan babalarını kollayıp gözetmek, köydeki ocağı söndürmemek için eşleri Aynur ve Gülfidan'ın sıra ile birer sene köye gelerek nöbet tutmasına karar verdiler. Nöbetçi gelin uygulaması on yıldan fazla devam edecek, köydeki ocak söndürülmeyecekti.

Mustafa, çalışmak için önce İstanbul'a gitti. Bir süre Kasımpaşa'da, Abdi Usta'ya yakın bir sokakta oturdu. Daha sonra, Kastamonu'da bir fabrikada iş bulup, Kastamonu'ya taşınacaklardı.

1974'ün yaz başında, Hasan'ın ilkokulu bitirdiği Haziran ayında Çayağzı'ndaki binanın inşaatı da bitti. Yola göre, kotta bir ardiye katı, ardiyenin üzerinde iki göz dükkân, dükkânların arka tarafında, yani denize bakan cephede küçük bir daire, dükkânların üzerinde de iki katta, ikişerden toplam dört daire meydana çıkmıştı.

Binanın çatısı kurulup kiremitleri döşendikten sonra Terzi Hasan, tapu işlemlerini tamamladı ve 27 Haziran, 1974 tarihli tapusunu aldı. Terzi, inşaatı yapan Ali Usta ve ekibi ile günde beş kere tartışırken, ülke, Kıbrıs'a bir barış harekâtı yapmanın hesabını yapıyor, hazırlıklarını sürdürüyordu dört koldan...

***

-9-

Karabük, Zonguldak, Haziran 1974

Türkiye'nin Kıbrıs Adası'ndaki soydaşlarını zulümden ve yok olmaktan kurtarmak üzere Kıbrıs Barış Harekâtı'nı gerçekleştirmeye hazırlandığı günlerde Hasan da haziran ayı ortasına doğru ilkokulun beşinci sınıfını bitirmiş, o zamanki sisteme göre, öğretmenlerden oluşan bir heyet karşısındaki bitirme sınavlarını başarı ile vererek yaz tatiline başlamıştı.

İlkokulu güzel bir karne ile bitirmesine karşılık ona bir ödül hazırladı evdeki büyükleri. Karabük'e gidecek, mezuniyet armağanı olarak bir bisiklet ve futbol topu alınacak, üstelik orada kalarak bir süre de tatil yapacaktı.

Annesi, onun için Karabük'te giyeceği güzel elbiseler hazırladı, bol bol iç çamaşırı ile bir valize yerleştirdi.

"Ne zaman ki böyle uzun bir yolculuğa çıkıyorsun, elbiselerini, giysilerini tertemiz hazırlamalı, ütülemeli, bir valize yerleştirmelisin. Valizin, yattığın yerde, yanı başında durmalı."

Terzi Hasan, torunu ile bir cumartesi günü ikindi vaktinde Çatalzeytin'den kalkıp, Karabük üzerinden İstanbul'a giden otobüse bindi ve yola çıktılar. 302 model Mercedes otobüsün direksiyonunda şoför Salim vardı. Önceden yer ayırtıp şoförün hemen arkasındaki iki koltuğu almışlardı.

Yolun ilk yarım saatinde birkaç köyde durup, çarşıdan köyüne dönen yolcuları indirdiler, birkaç kişi de Kastamonu ve Karabük'e gitmek için otobüse bindi. Şoför Salim hem otobüsü sürüyor hem yakın koltuklardakilerle oradan buradan konuşuyor hem de inen, binen yolcuyu takip ediyordu.

"Karabük'e kadar, öyle mi Hasan ağabey?"

"Hı, Salim. Öyle."

"Hayırdır, ağabey? Hastalık filan yok ya..."

"Paşayı tatile götürüyoruz. İlkokulu pekiyi ile bitirdi, ödülünü almaya gidiyor."

"Paşa! Kastamonu'ya, Karabük'e gitmedin mi hiç sen?"

"Gitmedim, Salim amca." dedi Hasan, oturduğu bir numaralı koltuktan öne doğru uzanarak.

"En uzak nereye kadar gittin?"

"Ayancık'a dişçiye gittim, İnebolu'ya gittim. Kırlangıç ile denize gittim. Bir de Kemalköyü'ne..."

Şoför Salim, çok yerler görmüş de biliyormuş gibi bilgiç bir tavırla verilen bu cevaba güldü.

"Ohoo! Sen şimdiden dünyanın yarısını dolaşmışsın be ağabeysini!"

"Şimdi de Karabük'ü göreceğim. İki hafta kalacağım orada. Necmi ağabeyim her tarafta gezdirecek beni."

Halime halasının oğlu idi, Necmi ağabeyi. Büyük kızı Neşe ile küçük kızı Necla'nın arasındaki çocuğu...

"Aferin, yeğenim! Her yeri dolaş... Yalnız, dikkat et kaybolmayasın oralarda."

"Kaybolmam ki... Beybabam var bir kere!"

Güle eğlene Hamidiye köyünü geçtiler. Hamidiye'den itibaren gelip geçtikleri yerleri Hasan ilk kez görüyordu. Bir yandan oturduğu koltukla birlikte aşağı yukarı yaylanan şoförü izliyor, bir yandan da meraklı gözlerle yanındaki ve önündeki camlardan dışarıyı inceliyor, üç beş evden ibaret bir yerleşim dahi görse, gözlerini ayırmadan dedesine soruyordu:

"Burası neresi beybaba?"

"Burası Karamanlar köyü... Kayadibi köyünün mahallesidir aslında..."

"Burası?"

"Buraya Sırganlık diyoruz biz. Tam adı Isırganlık olur. Bak, burası Esentepe. İki yanındaki derin uçurumu görüyor musun? Çok yüksek bir geçiş yolu olduğu için, çok rüzgâr olur burada. Onun için adına Esentepe demişler."

"Şu yumruk gibi kayalıklar?"

"Orası da Yaralıgöz Dağı, yeğenim!" diye ara sıra konuşmalarına katılıyordu şoför Salim de: "Sinop, Kastamonu, Zonguldak havalisinin en yüksek dağı odur... Çok uzaklardan görülür. Kastamonu'dan bile baksan görürsün. O dağa bakarak Çatalzeytin'e yolunu kolayca bulabilirsin. Dosdoğru ona gel, dibinden geç, yukarıdan aşağıya deniz kıyısına in..."

Hasan'ın gözü bir sağda bir solda, dönüp dedesine sorular sorarak saatleri geçirdiler. Devrekani'yi ve Kastamonu'yu gördü ilk kez. Aracın içinden geçtiler, otobüs İğdir'de bir dinlenme tesisinde yemek molası verdi. Yarım saatlik mola sırasında Hasan ve dedesi birer çorba içtiler, ihtiyaçlarını gördüler, otobüsün yanında bir ileri bir geri yürüyüp bacaklarını esnettiler.

Tekrar yola çıkmalarından yaklaşık bir saat sonra Karabük'e yaklaştılar. Safranbolu'ya yakın bir yerden sola dönerek Karabük tarafına saptılar. İlçeye girdikten on dakika kadar sonra otobüs terminaline vardılar ve yazıhanelerin önünde durdular.

Otobüsten indiklerinde Hasan'ın dikkatini çeken ilk şey, soluduğu havanın rahatsız edici kokusu oldu.

"Ne kokuyor böyle beybaba?"

"Kirli hava! Fabrikadan geliyor. Burası böyle işte! Doğruca gidelim halanlara, haydi. Düş peşime!"

Karabük; yapımına 1937'de başlanan Demir Çelik Fabrikası'nın 1939 yılında faaliyete geçmesiyle, çoğunluğu yakın şehir ve kasabalardan olmak üzere, civar bölgelerden gelerek yerleşen işçilerle büyümüş bir sanayi merkezi idi. Fabrikadan önce sadece on üç hanelik bir köyden ibaretken, fabrikanın kuruluşu ile önce belde, sonra da ilçe olmuş ve Zonguldak'a bağlanmıştı. Denebilir ki Karabük'te yapılan on dördüncü bina idi fabrika.

İlçenin çevresi yüksek tepelerle çevrilmiş, âdeta üç tarafı kapalı doğal bir sera görünümündeydi. Bu arazi yapısı ile şirin bir kasaba olsa da fabrikanın kazanlarında yakılan kömürden çıkan karbondioksit ve kükürt gibi zararlı gazlar pek rüzgâr işlemeyen ilçenin üzerine oturup kalıyordu. Böylece, Karabük'ün havası kirleniyordu. Kış aylarında ısınma için halkın odun ve kömür yakmaya başlamasıyla bacalardan salınan kirlilik de fabrikanınkine ilave olunca, Karabük oldum olası hava kirliliği ile boğuşup duruyordu.

Terzi Hasan'ın kız kardeşi Halime, otobüs terminalinin hemen karşısındaki 38 Evler'de oturuyordu. Demir Çelik Fabrikası'nın işçi lojmanlarından oluşan bir sitede... Terminalde şoför Salim ve tanıdık yolcularla vedalaştılar.

"Salim!" dedi Terzi Hasan, "Ben iki gün kalıp döneceğim, ama oğlanı bırakacağım biraz burada. Sen ne vakit dönüyorsun aşağıya?"

"İstanbul'dan pazartesi akşam kalkacağım ağabey. Sabaha karşı geçerim nasip olursa. Gelirsen, beraber gideriz..."

"Tamam! Haydi uğurlar ola..."

Birer valizi ellerine aldılar ve yürümeye başladılar. Dedesi, Hasan'a, ceketinin bir ucundan tutmasını söyledi. Yoldan karşıya geçip 38 Evler'in arka tarafına dolandılar.

"Halime halanlara gidiyoruz. Biliyorsun ya, Salim enişte hani... Kızları var; Neşe, Necla. Oğlu var, Necmi..."

"Biliyorum beybaba. Biz Necmi ağabey ile denize girdik kaç kere Ginolu'da. Hepsi de evde şimdi, değil mi?"

"Sadece Neşe ablan yok. Evlenip kendi evine gittiydi. Ama Necmi ve Necla evde olmalılar. Eve girince, büyüklerinin elini öpmeyi unutma sakın..."

"Hepsinin mi?"

"Hepsi senden büyük değil mi?"

"Necmi ağabey benim arkadaşım, Necla da ortaokulda... Çok büyük değil ki?"

"Tamam, onlarınkini öpme, ama tokalaşırsın hiç olmazsa."

"Tamam." dedi Hasan.

Kapıyı Necmi açtı onlara. Geleceklerinden haberleri vardı. Misafirleri çok sıcak karşıladılar. Evin tüm sakinleri, misafirlerin geldiğini işitince işlerini güçlerini bırakıp bir araya toplandılar.

"Enişte!" dedi Terzi, evin reisine, "Oğlan ilkokulu bitirdi ya, sözümüz vardı. Pekiyi ile bitirirse, bir bisiklet bir de futbol topu dediydik. Onları almaya geldik..."

"Hemen alırız, ağabey. Gelmişken kalın biraz. Sen dinlenir, hava alırsın, oğlan da gezer dolaşır, ne isterse yaparız..."

Terzi, iki gün kalıp döneceğini, ama torununu beş on gün kadar bırakabileceğini söyledi. Sonra, oturup yemek yediler. Çaylar kahveler içilip memleket havadisleri paylaşıldıktan sonra istirahate çekildiler.

Ertesi günü pazardı. Güzel bir kahvaltıdan sonra: "Ben oğlanı gezdireyim bugün, sağı solu göstereyim." diyerek, Hasan'ı gezmeye çıkarmaya hazırlandı dedesi.

Salim enişte: "Belediyenin oralara uzanırsanız, bisiklete, topa da bakın etrafa." dedi, "Bisiklet için Belediye'nin az ilerisinde, üç yol ağzındaki mağazaya bakın. Önünde onlarca bisiklet göreceksin üst üste dizilmiş. Oranın fiyatları iyidir. Siz seçin, alışverişi gider beraber yaparız sonra..."

Halime: "Ağabey," dedi, "hal içine giderseniz, bizim Musa'ya da uğrayın, damada. Düğünde Sümer ile Avni'yi görmüştü, ama seni pek tanımıyor henüz."

"Uğrarız, Halime. Tanıyalım bakalım şu Eskipazarlı damadı!"

"Ağabey, akşama geç kalmayın. Vakitli gelirseniz, bir iki lokma bir şey yeriz, sonra Yeni Mahalle'ye gideriz, Enver ağabeyimle Hayriye'yi görmeye."

Dede ve torun birlikte çıktılar. Dosdoğru Balıkpazarı tarafına yürüdüler.

"Bu mahalleye '100 Evler' diyorlar. Bizimkiler 38 Evler'de oturuyor, burası 100 Evler, yukarıda da '200 Evler' var. Hatta, bir de '5000 Evler' diye kocaman bir yer yapıyorlar şimdi Safranbolu tarafında..."

"Bizim Çatalzeytin'de '5 Evler', '10 Evler' bile yok, beybaba!"

"Burası da Balıkpazarı. Bak! Ne çok balıkçı var, tezgâhlarında balık satıyorlar. Koca Karabük'ün bütün balıkları burada satılır. Hem dolmuş durağı burası. Buradan kalkarlar, Karabük'ün her tarafına giderler..."

"Dolmuş ne beybaba?"

"Minibüsler işte. Burada yolcu bekler. Yolcular birer ikişer gelir, binerler, minibüsün dolmasını beklerler. Onun için 'dolmuş' denmiş. Bütün koltuklar dolunca minibüs kalkar, yolcusunu götürür..."

"Bizim orada da mesela çarşıdan Ginolu'ya dolmuşla gidilse?"

"İleride o da olur herhâlde, oğlum. Buradan şu yokuşa doğru çıkacağız. Hal içine gideceğiz. Orada göreceğimiz tanıdıklarımız var. Sorarız onlara, futbol topunu nereden alacağız diye..."

Balıkpazarı'na sırtlarını verip yavaş yavaş yokuş yukarı yürüdüler. Birkaç dakika sonra bir ara yol bularak sol tarafa girdiler. Kendilerini hal içinde buldular. Dar sokak aralarında tek katlı dükkânlar vardı burada. En fazla iki katlıydılar.

Tuhafiyeciler, çorapçılar, oyuncakçılar ve plakçı dükkânları vardı bir sıradan. 1970'lerin popüler şarkıcılarının plakları çalınıyor, amfilerde yükseltilen müzik sesi bütün hal içini inletiyordu. En çok Orhan Gencebay'ın "Dertler Benim Olsun" şarkısı duyuluyordu:

"Bir zamanlar benim sevgilimdin,
Yanımdayken bile hasretimdin.
Şimdi başka bir aşk buldun,
Mutluluk senin olsun!.."

Karabük'te yaşayan insanların kılık kıyafetleri çok farklı göründü Hasan'a. Özellikle de genç kızların ve erkeklerinkiler. Beli ve dizlere kadar bacakları dar pantolonlar, dizlerden itibaren aşağıya doğru genişleyen süpürge gibi paçalar, alacalı bulacalı, yaka düğmeleri neredeyse yarıya kadar açık, geniş geniş yakalı yazlık gömlekler... Hele saçlar! Erkeklerin saçları da kızlar gibiydi, upuzun, dalga dalga... Omuzlara kadar, omuzlardan bile aşağıya dökülüyordu erkeklerin saçları! Çatalzeytin'de böyle kılık kıyafet, böyle uzun saçlı erkek hiç görmemişti.

"Şu aşağıda gördüğün bina belediyenin. Gel, şuraya soralım, Musa'nın dükkânı neredeymiş? Bir de Kemal'i göreceğiz, Seher'in kocasını. Onun da dükkânı var buralarda..."

Tarife göre Eskipazarlı damat Musa'nın dükkânını buldular. Genç bir tezgâhtar vardı dükkânda, yirmisine yakın.

Girip kendilerini tanıttılar. Tezgâhtar buyur ederek oturttu onları. "Musa ağabeyim," dedi, "Ankara Caddesi'ne indi bir iş için, birazdan gelir." O da akranları gibi İspanyol paçalı sapsarı bir pantolon giymiş, saçlarını omuzlarına kadar uzatmıştı.

"Biz de plak ve kaset satıyoruz," dedi tezgâhtar, "Orhan Gencebay çok gidiyor, Selda, Cem Karaca gidiyor... Barış Manço var, Erkin Koray var... Kazanıyoruz ölmeyecek kadar. Musa ağabeyim, bir de spor malzemeleri dükkânı açmaya çalışıyor..."

Büyükler çay içerken, Hasan'a da bir "Bağlar" gazozu geldi. İkramlıklar içilince Terzi: "Oğlum," dedi, "ziyade olsun. Musa gelene kadar biz gidelim, öbür damadımızı görelim. Selam verip hatırını bir soralım. Bizi damattan saymadı, demesin sonra..."

Enver ağabeyi, en küçük kızı Seher'i daha geçen yıl evlendirmişti. Damadı, Malatya'nın Darende'sinden gelip, Karabük'e yerleşmiş bir ailenin oğlu, Kemal Aydın'dı. Terzi, Kemal'i bir kez görmüştü. Hatırşinas, sıcakkanlı, akraba canlısı, hafızası kuvvetli, konuşması dinlenen, esnaftan, efendi bir adamdı.

Dükkânı yakında idi. Girdiler. Hal içinde "Çorapçı" diye tanınan damat Kemal, onları coşku ve muhabbetle karşıladı, birer sandalye verip, oturttu. Bir çay içimlik, kısa bir ziyaret yaptılar. Karşılıklı hatır sual ettiler. Hısım işi birkaç çift de çorap aldılar. Müşterinin yoğun olduğu vakitte dükkânı fazla meşgul etmemek için, "Seher'e de selam söyle" deyip ayrıldılar, Musa'nın dükkânına döndüler.

Musa, çok geçmeden gittiği yerden döndü. Dükkâna girdiğinde ilk defa gördüğü Terzi Hasan'ı, kayınpederinin evindeki fotoğraflardan tanıdı. Terzi Hasan'ı mahcup edecek kadar hürmet etti, elini öptü Musa. Tanıştılar. Terzi, ona evlilik hayatı için iyi dileklerde bulundu, ticaret hayatına ilişkin bir iki nasihat etti. Musa, konuşkan, içten, terbiyeli ve akıllı bir izlenim bıraktı Terzi'nin üzerinde. Alçak gönüllü ve yapıcıydı.

Hasan için bisiklet ve futbol topu alınacağını öğrenince: "Ah be dayı!" dedi Eskipazarlı damat, "Siz birkaç ay erken geldiniz futbol topu almaya... Ben de o işe gireceğim, ama yetiştiremedim henüz. Aşağıda, Site Sineması'nın yanında bir dükkânlık yer var, kiralamaya çalışıyorum..."

"Oğlana sözümüz vardı. Okul bitsin, karne hep pekiyi ile gelsin; doğru Karabük'e, dediydik... Orta hâlli bir şey buluverelim de sözümüzü tutalım. Sen dükkânı aç, biz oraya da gelir, alırız bir şeyler muhakkak..."

Musa: "Tamam, dayı." dedi. "Topu hemen şuradan halledelim. Güzel topları var komşunun, meşinden..."

Üç dükkân bitişiğe giderek spor malzemeleri satan küçük bir mağazaya girdiler. Hasan'a güzel bir top beğenildi. Pazarlığını Musa yaptı, indirimli bir fiyatla topu satın aldılar. Musa'nın karşı çıkmasına rağmen, topun parasını Terzi Hasan ödedi.

Bisikletleri görmek için Salim eniştenin tavsiye ettiği mağazaya gittiler. Mağazaya girdiklerinde ya yer darlığından ya da malın çokluğundan, pek çok bisikletin üzüm salkımları gibi tavana asıldığını gördüler. Bisikletlerin teker lastikleri tuhaf bir koku ile doldurmuştu mağazayı. Mağazanın camlarının dışında da pek çok bisiklet vardı. Çocuk bisikletlerinin sırasını tek tek inceleyerek bir tane beğenmeye çalıştılar. Kimisine Hasan'ı oturttular, ayaklarının pedala yetişip yetişmediğine baktılar. Birkaç bisiklet ile Hasan, küçük birer tur bile atmıştı.

En sonunda kırmızı renkli, üzerinde markası yazan (Pinokyo) selesinin ön kısmı "V" şeklinde açık, gıcır gıcır bir bisikleti beğendiler. Selenin ön kısmındaki açıklık, Hasan'ın kolaylıkla oturup kalkmasına imkân veriyordu.

"Ahmet ağabey, biz bunu seçtik. Bir köşeye ayırıver bir zahmet." dedi Musa, mağazanın sahibine. "Kayınpeder, alışverişini ben yapacağım, demiş. Yarına kalmaz, gelip alırlar."

Musa'nın dükkânına dönerlerken Terzi: "Oğlum!" dedi, "Dükkânın var, tezgâhın var, biz seni böyle meşgul etmeyelim. Sen git dükkânına. Biz de Ankara Caddesi'ne inip, Selahattin Acar'ı göreceğiz. Sonra yavaş yavaş döneriz eve doğru..."

"Topu aldık, bisikleti de seçtik, dayı. Siz kayınpederle uğrayıp, alırsınız. Bıraksaydın, onu da alır, atar omzuma götürürdüm eve ben ya!"

"Kayınpederine ayıp etmeyelim, oğlum. Dediği gibi yapalım, kızıp gücenmesin sonra bize..."

Musa, dükkânına döndü. Dede ve torun, el ele, Hasan'ın elindeki naylon poşette yeni alınan futbol topu, sağa sola baka baka Ankara Caddesi'ne doğru yürüdüler.

Üç, dört yüz metre ileride, sağ tarafta, kapalı ve karanlık, güneş görmediği için serin de bir havası olan pasaj içinde ahbaplarını buldular. Çubuk inşaat demiri ticareti yapan Selahattin Acar... Terzi'nin Karabük'ten çubuk demirleri aldığı Çatalzeytinli demir tüccarıydı.

Selahattin Efendi, onları sevinçle karşıladı. Bir lokantaya götürüp, yemek ikram etmek için ısrar etti. Onlar, birkaç çay içerek köyden, memleketten, ticaretten, demir işlerinden konuşurlarken, küçük Hasan da pasaj içinde, yeni aldığı topunu deniyordu. Terzi, ertesi günü uğrama sözü vererek müsaade istedi ve kalktı.

"Hasan, bunu saymam ha! Ona göre!" dedi Selahattin Efendi, uğurlarken: "İki lokma bir şey ikram edemedim! Yarın gelişini yemek vaktine denk getir de oturup bir şeyler yiyelim beraber. Siparişlerini de yarın konuşuruz..."

Eve dönerken farklı bir güzergâhtan yürüyerek başka mahalleler görmek istediler. Ankara Caddesi'nden belediyeye doğru yürüyerek bisiklet mağazasının önünden sola döndüler, halin üst tarafından dolanıp, postaneye geldiler. Yenişehir ve 200 Evler tarafına çıkan yoldan yürüyünce 38 Evler'in sırtına kadar gelmişlerdi. Sağa dönüp aşağı indiler ve evin kapısını çaldılar. Neler yapıp ettiklerini, kimleri gördüklerini anlatırken, evdekiler merakla dinlemişlerdi onları.

Misafirlerin haberini alan Neşe, oturdukları Yeşil Mahalle'den dolmuşa atlayıp dayısını görmeye gelmişti. "Musa'yı gördün mü dayı?" diye heyecanla sormuştu, "Nasıl buldun bizim adamı, gözün tuttu mu?"

"Allah bir yastıkta kocamayı nasip etsin kızım, ikiniz de birbirinize yakışmışsınız. Çok efendi çocuğa benziyor. Sanki kırk senedir tanıyormuş gibi sıcak karşıladı bizi."

"Çatalzeytin'i, oradakileri çok anlattık, iyi biliyor. Sümer ablamlar düğünümüze de gelmişlerdi ya..."

"İyi insan evladı olduğu belli. Ticaretten de anlıyor. Kemal'e de uğradık, Seher'in kocasına."

Salim enişte, bisiklet işini dinleyince: "Tamam, ağabey," dedi, "ben yarın 4-12 çalışıyorum. Öğleden önce gider, alışverişi yaparız..."

Erken vakitte hızlı bir akşam yemeği yediler, Neşe'yi evine uğurladılar. Sonra hep beraber Yeni Mahalle'de oturan Enver ağabeyleri ile en küçükleri olan Hayriye'yi ziyarete gittiler.

Enver altmış beş yaşına gelmiş, Demir Çelik Fabrikası'nda yirmi beş senesini doldurup emekli olmaya yaklaşmıştı. Yeni Mahalle'de kardeşi Hayriye ile karşı karşıya oturuyorlardı. Enver'in yanında çocuklardan sadece Nazmi vardı. Diğer çocukları; Mübeccel, Günseli, Niyazi ve Seher evlenip evden gitmişlerdi. Hayriye'nin ise bütün çocukları yanındaydı. En büyükleri Atik, terzilik işini bırakmış, Çatalzeytin otobüslerinde muavinlik yapmaya başlamıştı. İki numara Dursun, fabrikada çalışıyordu ve bekârdı.

Zade Tahir'in altı çocuğundan dördü, o akşam Yeni Mahalle'de bir araya toplandılar. Kalan iki kardeşten Hüseyin, Çatalzeytin'de idi. Kızların en büyüğü Hatice ise, geçen yıl rahmetli olmuştu.

O gece Enver'in evine bir misafir daha geldi: Avni'nin ablası Aysel, kocası ve çocukları. Aysel'in ilkokul öğretmeni olan kocası Mahir, Karabük'e tayin olmuş, evini taşımış, o da karısının dayısı Enver'in oturduğu mahalleye kiraya girmişti.

Enver'in evini dolduran Çatalzeytinliler, o gece uzun uzun atalardan, babalardan, çoluktan çocuktan, çocukların okumasından, geçinme telaşından konuştular, ölmüşlerini yâd ettiler. Küçük Hasan, bir yandan yaşı kendisine yakın olan Recep, Münir ve Necla ile oyunlar oynuyor, bir yandan da ilk kez gördüğü, başını sallaya sallaya Osmanlı tarihini ve padişahları anlatan Enver amcasını dinliyordu.

Enver ve Hayriye, Terzi'yi alıkoyup yatıya misafir etmek için çok ısrar ettiler. "Halime'ninki ev de bizimki değil mi?" dediler. "Dün gece kalmışsınız orada, bu gece de sıra bizim. Dünyada bırakmayız! Hem televizyon var bizde! Televizyon filan da seyrederiz..."

"Yanımızda giyecek bir şeyimiz yok!" dedi ise de Terzi, ağabeyine dinletemedi. En sonunda, karşı gelmeyi bırakıp, ağabeyinde yatıya kaldılar.

Küçük Hasan, hayatındaki ilk televizyonu Enver amcasının evinde gördü. Kocaman, dışarıya doğru bombeli, griye çalan renkli bir cam ekranı vardı, ekranının üzerine mikadan yapılmış bir renkli koruyucu takıyorlardı. Televizyonun altında da başka bir önemli cihaz! "Regülatör" demişti onun adını Nazmi ağabeyi.

Salim enişte ve Mahir Hoca, çocuklarını toparlayıp evlerine döndüler. Nazmi, yatmadan önce küçük Hasan'a televizyonu açıverdi ve nasıl çalıştığını gösterdi. Aslında, oturup seyredeceklerdi ama gece saat on iki civarında televizyonun ortasında alacalı bulacalı bir yuvarlak şekil çıktığından, devamlı öten tiz bir de düdük sesi duyulduğundan, hevesleri kursaklarında kaldı. O geceki yayın bitmişti, yayının ertesi gün öğlen tekrar başlamasını beklemeleri gerekiyordu.

Ertesi günü erken bir vakitte kuvvetli bir kahvaltı yaptılar. Hayriye de bitişikten gelip onlara katıldı. Sonra Terzi Hasan, ağabeyi ve kız kardeşi ile vedalaşıp ayrıldı. Torununun elinden tutup, doğruca 38 Evler'e gitti.

Salim enişte, dede ve torunu yanına aldı, doğruca bisiklet mağazasına gittiler. Seçip ayırttıkları bisikleti satın aldılar. Bisikletin fiyatı üzerine sıkı bir pazarlık yapıldı. Terzi Hasan parayı ödedi. Mağazadan çıkıp eve döndüler. Yolda kalabalık içinden, trafik güzergâhından geçerken büyükler, bisikleti ellerine aldılar, sakin yerlere geldiklerinde küçük Hasan'a verdiler. O da bir eli gidonda bir eli selede bisikleti ittiriyor, ona alışmaya çalışıyordu.

"Enişte, ben bu gece gelen otobüse binip aşağıya döneceğim." demişti Terzi Hasan, bisikletin şerefine evde yandan çarklı birer kahve içerlerken.

"Evimiz senin de evin sayılır, ağabey. Ne vakit istersen... Kal, diyeceğim, ama sen bilirsin. İş güç sahibi insansın. Nasıl kolayına geliyorsa, öyle yap. Bak, kardeşlerinin yarıdan çoğu buralarda. Buraları ihmal etmeyin fazla..."

"Müsaade edersen, oğlanı bırakalım biraz sizde. Eğlensin burada Necmi ağabeyiyle, Necla ile. Yeni Mahalle'ye gider, oradakilerle de vakit geçirir. Aysel'inkileri de görür hem..."

"Hayhay, ağabey. Ne kadar isterse. Okullar açılana kadar..."

"Aşağıda okul hazırlığı yapacağız daha. Vakitlice döner."

"Tamam, ağabey. Necmi elinden tutup getirir, sonra döner geriye."

Terzi Hasan: "Öyle yapalım, enişte," demişti, "gelmişken Necmi de birkaç gün gezer bizim o tarafta..."

İkindi vakti Salim enişte kalktı, fabrikaya 4-12 vardiyasına gitti. Terzi de Ankara Caddesi'ne, Selahattin Efendi'ye çubuk demir alışverişi yapmaya gitti.

Terzi Hasan'ı o gece şoför Salim'in Çatalzeytin tarafına geçen otobüsüne bindirip yolcu ettiler. Küçük Hasan, 38 Evler'de Halime halasında misafir kaldı.

Dedesinin ayrılmasını takip eden on gün boyunca Hasan, Karabük'te çok eğlenceli bir tatil yaptı. Kapı önünde saatlerce topu ile oynadı, şutlar çekti, duvarlardan sektirdi ve ter içinde kaldı. Necmi ağabeyinden, 38 Evler'deki Ahmet Bakkal'ın, Çatalzeytinli yaşlı bir teyzenin oğlu olduğunu öğrendi. Cebindeki harçlık yettiğince, Ahmet Bakkal'dan gofret ve ilk kez tattığı Bağlar gazozları aldı, Necmi ağabeyiyle sıra ile birbirlerine gazoz ısmarladılar. Gofret ve yanında bu güzel gazoz! Böyle bir eğlenceyi Çatalzeytin'de hiç denememişti...

Yeni alınan bisiklet, akşamları apartman içine, daire kapısının önüne getiriliyor, bir tarafa bağlanıyordu. Sabah kahvaltısından sonra, Necmi ağabeyi kilidini açıp bisikleti apartmanın önüne çıkartıyor, Hasan da bisikleti ile vakit geçiriyordu. Bütün çabası, bisiklete binmeyi bir an önce öğrenip, arka tekerleğe bağlı olan iki küçük yan tekerleği söktürebilmek idi. Dedesinin gidişinden üç dört gün sonra o işi de becerdi. Önce Necmi ağabeyinin yakın kontrolü altında, daha sonra ona da ihtiyaç kalmaksızın bisikletin üzerinde durup, istediği yöne gitmeyi becerdi. Her ne kadar öğrenmişse de 38 Evler'in arka bahçesinden çıkmasına izin yoktu. Bu nedenle, Hasan, top oyununun dışında kalan tüm vaktini bisikletine binerek geçirmeye başladı. 38 Evler'in, yaşı kendisine yakın kızları ve oğlanları duvar dibinde veya set üzerinde oturdukları yerden çekirdeklerini çitliyor, Hasan'ı izliyorlardı. Necmi ağabeyi ile Necla'dan başka kimseye vermedi bisikletini 38 Evler'de...

Hasan, yirmilerine yaklaşmış Necmi ağabeyi ile çok iyi arkadaş oldu. Neşeli, sanki yaşıtıymış gibi Hasan'ın duygu ve düşüncelerini anlayabilen ve çok da komik olan Necmi ağabeyi, Hasan'ı alıp sık sık hal içine, belediye taraflarına, Yenişehir'e ve Yeni Mahalle'ye gezmelere götürdü. Bu gezmeler sırasında bir gün bir kitapçıya girdiler. Hasan'ın seçip beğendiği bir şiir kitabı satın aldılar.

Belediye'ye yakın mağazaların önünden geçerken, müşteri çekmek için vitrinlerde sıra sıra televizyonun aynı anda çalışmasını izliyor, şaşırıyordu. Ne kadar çok televizyon vardı... Çatalzeytin'de bir tane bile görmemişti henüz...

Yeni Mahalle'ye gidişlerinde, Aysel halasına da gitti. Hala çocukları ile vakit geçirdi, onlarla kaynaştı. En büyük oğlan Sahir, onun küçüğü Mahinur, sonra Münir, ondan sonra Sema ve en sonuncu, üçüncü oğlan... Sema ve kardeşi, Hasan'dan epeyce küçük, diğerleri ise büyüktü. "Mahir enişte nasıl da becermiş bu işi!" diye bir ara aklından geçirmişti; "En önce oğlan, sonra kız, sonra oğlan, sonra bir daha kız ve tekrar oğlan!" Sahir, Karabük'te liseyi bitirmek üzere idi, Mahinur, Sinop'ta Kız Öğretmen Lisesi'nde yatılı okuyor, yaz tatillerinde Karabük'e geliyordu. Münir ise ortaokul son sınıfa geçmişti.

Tüm bu kuzenlerini sevdi Hasan. Onlarla iyi anlaştı. Mahinur ara sıra flüt ile neşeli parçalar çaldı, solo şarkılar söyledi, hepsi, onu hayranlıkla izlediler.

"Çemberimde gül oya, gülmedim doya doya....
Dertleri karıyorum günleri saya saya..."

Recep ve Münir, oğlanlar çetesine Hasan'ı da dâhil ederek ara sıra dışarı çıktılar, izin alabildikleri ölçüde etrafı gezdiler. Yeni Mahalle'den aşağıya, İstasyon Caddesi'ne indiler bir iki kez. Hasan orada ilk kez tren gördü. Uzaklardan meşhur Demir Çelik Fabrikası'nı da gösterdiler ona. Arada büyükçe bir çay vardı... Fabrikanın ince ve uzun pek çok bacası vardı. Bacalardan farklı farklı dumanlar çıkıyordu. Kimisi sarıdan kırmızıya çalar renkte, kimisi bembeyaz...

"Bu acayip koku şu fabrikadan geliyormuş, öyle mi?"

"Evet. Bacalarını görüyorsun ya! Şu en yüksek olanlar... Çoğu onlardan geliyor. Bir de kış gelince, herkes sobasını yakınca... İnsan soluk alamıyor neredeyse..."

Hasan'ın Karabük'teki tatili sırasında 1974 yılının futbol Dünya Kupası maçları oynanıyordu. Denk geldikleri yerlerde naklen yayınlanan kupa maçlarını izlediler televizyondan. Hasan, Almanya'nın, Hollanda'nın ve o yıl büyük sükse yapan Polonya ve Yugoslavya'nın futbolcularının isimlerini ezberledi. Dünyanın ta öbür ucunda bir yerde, Batı Almanya'da oynanan bir maçı aynı anda Karabük'te nasıl olup da seyredebildiklerini bir türlü kavrayamıyordu...

Günler geçti. Hasan'ın Karabük'teki tatilinin sonu geldi. Bir çarşamba gecesi, geçen Çatalzeytin otobüsüne Necmi ile Hasan'ı bindirdiler. Bisiklet ve valizi bagaja kondu. Hasan, topunu yanına almakta ısrar etti.

Sabah Çatalzeytin'e vardıklarında gün ağarmıştı. Karabük'ten gelen yolcuların haberi verilmişti Terzi Hasan'ın evine, önceden. Otobüsü karşılamak için Sümer ve kızlar dükkânın önüne inmişti.

Annesi, otobüsten inen oğlunu görünce hasretle sarıldı ve öptü. "Anne!" diyerek heyecanla anlatmaya çalışıyordu Hasan, pek çok şeyi aynı anda... "Öyle güzel biniyorum ki bir görsen! Yan tekerleklerini de çıkardık çoktan..."

"Aferin benim oğluma. Düşüp bir tarafını incitmedin ya!"

"Şu dizimde biraz yara oldu. Geçti ama..."

"Bu da topun mu?"

"Evet, hem de meşin! Dünya Kupası'ndaki futbolcuların oynadığı topun aynısıymış. Necmi ağabeyim söyledi..."

"Kitap aldın mı Karabük'ten?"

"Bir tane şiir kitabı aldık, Necmi ağabeyim ile... Ben seçtim, 'Karacaoğlan' diye bir şair varmış, onun. Gece yatmadan önce hep şiir okudum orada... Bak mesela, en güzeli bu şiir bence..."

Hasan, en beğendiği şiirin sayfasını bulup göstermeye çalışıyordu dükkânın önünde. En sonunda buldu. "İşte!" dedi:

"İncecikten bir kar yağar,
Tozar Elif, Elif deyi...
Deli gönül abdal olmuş,
Gezer Elif, Elif deyi..."

"Ben bunu biliyorum, oğlum! Bunun türküsü de var..."

"Bana söyler misin anne, ne olur! Sen söylerken, ben de şiirinden takip ederim..."

Hasan'ın bisikletini evin kapısının önündeki erik ağacına dayayıp bağladılar. Valizi ve topu alıp, hep beraber eve girdiler. Hasan, uzun uzun, Karabük'te neler yaptığını anlattı evdekilere. Nalan ve Canan bisiklete binmek istediler. Hasan:

"Binemezsiniz ki!" dedi, "Yan tekerlekleri yok!"

Annesi: "Hani var demiştin... Binmeyi öğrenince söktük demiştin?" diye sordu.

"Getirmedik, onları Karabük'te bıraktım?"

"Neden?"

"Yan tekerlekleri takarsak, bunlar da biner diye!.."

Elleri yüzü yıkanıp üstü başı değiştirildikten sonra Hasan, hiç vakit kaybetmeden koşup Gökhan'ı görmeye gitti. Bisikletini, topunu ve Karabük'te görüp öğrendiklerini anlatmak için sabırsızlanıyordu...

***

Hasan'ın Karabük'te, Çatalzeytin dışındaki ilk tatilini geçirdiği aylarda, dedesi on beş yıla yakın oturduğu binanın üstüne bir kat daha çıkmaya karar verdi. Evde iki aile yaşıyordu. Üstelik, üç de torun gelmişti aralarına. Mutfak hesaba katılmazsa, bir hol ve iki odadan ibaret üst katta oturup yatacak yer bulmak epeyce problem olmaya başlamıştı. Mecburen çocukları birer ikişer kendi yanlarında yatırıyorlardı. Hasan örneğin, üç dört yaşına gelip, annesinin bakımına ihtiyacı ortadan kalktıktan sonra hep dedesinin odasında yatmıştı.

İnşaat için yine Gencekli Ali Usta ile konuşuldu. Pazarlığı yapıldı ve 1974'ün Haziran ayında inşaata başlandı. Yaz aylarının geçip, okulların açılma zamanı geldiğinde kat inşaatı da bitirildi. Binanın üst katındaki iki oda ve bir holden ibaret olan plan, yeni çıkılan katta da aynen uygulandı. Bu sırada, bina, güneyinde kalan arsaya doğru birkaç metre genişletilmişti. Böylece, zemin kattaki mutfağın arkasına bir odunluk yapıldı, üstteki iki katta, güneyde kalan odalar büyütüldü. Ev şimdi daha kullanışlı ve yaşanabilir bir hâle gelmişti.

***

-10-

Çatalzeytin, Kastamonu, Eylül 1974

1974'ün Eylül ayının başında bir pazartesi günü Çatalzeytin Ortaokulu, eğitim ve öğretim yılının açılışını yapmak üzereydi. Çatalzeytin Lisesi de ilk kez eğitim ve öğretime başlıyordu.

Her iki okul, 1957 yılında ilkokul ile jandarma karakolunun arasına yapılan ortaokul binasında olacaktı. Eğitime başlayacak olmasına rağmen, lisenin kendisine ait ayrı bir binası yoktu henüz. İki katlı ortaokul binasının üst katındaki birkaç odayı lisenin ilk sınıfı için iki kısım hâlinde ayırmışlar, üst katta kalan diğer odalar ile alt katın bir kısmını ortaokul sınıflarına vermişlerdi.

Her iki okulun müdürlüğünü Mükerrem Aşık Hoca üstlenmişti. Mükerrem Hoca'nın memuriyet serüveni biraz maceralı başlamıştı. 50'lerin sonunda girdiği Kara Harp Okulu'nda öğrenci iken yaşanan askerî olaylarda, hiçbir kusuru olmadığı hâlde feleğin sillesini yemiş, 1963'te, asteğmen olmasına bir iki hafta kala Kara Harp Okulu ile ilişiği kesilmiş, askerlik kariyeri sona ermişti. O da Trabzon'daki Fatih Eğitim Enstitüsü'ne girmiş, bitirip öğretmen olmuştu. On yıl kadar önce öğretmen olarak başladığı Çatalzeytin Ortaokulu'ndaki görevine birkaç yıldır müdür olarak devam ediyordu. Bazen hoca sıkıntısı yaşanan derslere de girip öğretmen kadrosuna destek veriyordu Mükerrem Bey.

Ortaokulun ikişer kısımdan oluşan üç sınıfındaki ve lisenin ilk sınıfındaki öğrenciler, okul binasının arkasındaki bahçede sınıflar hâlinde dizilerek düzen almışlar, görevli hocalar da sol tarafta kendi aralarında toplanmış, hep beraber cephelerini okul binasına vermişler, törenin başlamasını bekliyorlardı.

Saat dokuza geliyordu. Birkaç dakika sonra Mükerrem Bey, binanın arka bahçeye açılan kapısından çıktı, çevik ve seri adımlarla merdiveni aştı ve bahçede toplanan öğrencilerin önüne geldi, ellerini arkasında kavuşturarak durdu. Orta boylu ve zinde bir vücuda sahipti. Dalgalı siyah saçları itina ile taranmış, Ayhan Işık'ınkine benzer bıyıkları, yeni eğitim yılının başlaması vesilesi ile olsa gerek, yeni düzeltilmişti.

"Başlayalım mı Müdür Bey?"

Müdür yardımcılarından biri çekinerek sormuştu. Mükerrem Hoca, bir süre öğrencilerin düzenini inceledi, sıraları ve hizaları kontrol etti. Gözleri bir sağa, bir sola gidiyor, ateşli bakışları ile bu okulun müdürünün kim olduğunu şüpheye yer bırakmayacak şekilde gösteriyordu.

"Evet! Haydi bakalım. Önce İstiklal Marşı'nı söyleyeceğiz hep beraber. O sırada bayrak göndere çekilecek. Sonra ben bir konuşma yapacağım. Teyp ile amfi hazır mı?"

Ses sisteminin başında dikilen memur Atakan Uğuz, hazır olduğunu söyledi.

Mükerrem Hoca, önce yüksek bir sesle: "Rahat!" diye komut vererek biraz sonra hazır ol durumuna geçileceğini bildirdi herkese. Öğrenciler, bulundukları sıralarda hep birlikte sağ ayaklarını vurarak adımlarını açtılar ve ellerini arkalarında bağladılar.

"Hazır olll!"

Ses sisteminden yüksek bir volüm ile İstiklal Marşı'nı başlattı, Atakan Uğuz. Giriş melodisinden sonra marşın sözlerine sıra gelince, bütün sınıflar hep bir ağızdan marşa katıldılar:

"Korkma! Sönmez bu şafaklarda yüzen al sancak,
Sönmeden yurdumun üstünde tüten en son ocak..."

Teypten çıkıp amfide kuvvetlenen ve bahçedeki iki hoparlörden tüm mahalleye yayılan marşa şevk ve heyecanla, hep birlikte eşlik edildi.

Mükerrem Bey, marşın ardından yeni bir rahat komutu vererek öğrencileri ve hocaları rahata geçirdi. Daha sonra çevik birkaç adım atarak ses sisteminin kurulu olduğu masanın yanındaki ahşap kürsüye geçti. Eğitim ve öğretim yılının açış konuşmasını yapacak, öğrencilerin uymakla sorumlu oldukları genel eğitim ve disiplin esaslarını açıklayacak, hocalara eğitim direktiflerini verecek, yeni eğitim yılının hayırlı ve uğurlu olmasını dileyerek töreni bitirecekti.

"Sayın öğretmen arkadaşlarım!" diyerek başladı, hocaların bulunduğu tarafa bakarak: "Kıymetli öğrencilerimiz!.." Şimdi de öğrenci gruplarını süzüyordu bir taraftan diğerine.

"Çatalzeytin Ortaokulu'muz ile bu yıl ilk kez eğitime başlayan lisemizin 1974-75 eğitim ve öğretim yılı açılışını yapmak üzere toplanmış bulunuyoruz... Geçen yıl ortaokuldan mezun olan sınıfımız şimdi lise eğitimine başlıyor. O nedenle, bugün Çatalzeytin'imiz için de çok önemli bir gündür... İlçedeki ilkokul ve ortaokulumuza ilaveten, artık bir lisemiz de vardır... Geçen yıl ilkokul eğitimini başarı ile tamamlayıp, bugün ortaokul eğitimine başlayan kalabalık bir sınıf katıldı aramıza..."

Önündeki öğrenci sınıflarının oluşturduğu kalabalığın kendine göre sol tarafına bakıyordu. Orada ortaokul birinci sınıf öğrencileri vardı, Hasan'ın da aralarında bulunduğu...

"Onlara: 'Ortaokula hoş geldiniz!' diyorum."

Mükerrem Bey, konuşmasının devamında okulun disiplin kurallarını açıkladı öğrencilere, hocalara da derslerin işlenmesinde esas alacakları prensipleri özetledi. Sonra konuşmasını tamamladı:

"Bu duygu ve düşüncelerle, 1974-75 eğitim ve öğretim yılımızın, Başöğretmenimiz Mustafa Kemal Atatürk'ün bize gösterdiği istikamet doğrultusunda, hayırlı uğurlu olmasını diliyor, hepinize çalışmalarınızda başarılar temenni ediyorum!"

Sınıflar hep birlikte: "Sağ ol!" diye haykırarak karşılık verdiler. Mükerrem Bey, hocaların bulunduğu tarafa yöneldi ve: "Haydi bakalım!" dedi, "Alalım çocukları sınıflarına. Biz de hocalarla müdür odasında kısa bir toplantı yapalım."

***

Hasan, Gökhan ve Ali, 1-A sınıfına verilmişlerdi. Sınıfta otuzun üzerinde öğrenci vardı. Çoğunluk öğrenci geçen haziran ayında ilkokuldan mezun olan çocuklardı. Erkeklerden; Ramazan, Âdem, Basri, Ali Rıza ve Yaman gibi... Kızlardan ise; Leyla, Meral, Betül, Nesrin, Berrak ve Fatma... İlkokuldan birlikte mezun oldukları arkadaşlarının yarısı da 1-B sınıfına gitmişlerdi.

Civardaki ilkokullardan mezun olup, ortaokula devam için ilçeye gelen yeni arkadaşları da vardı. Tahsin, Mustafa, Yılmaz, Ertan, Ekrem, Yusuf, Orhan gibi.

Yeni gelenler arasında bir tane de kız vardı; Veda Kaplan. O, ailesi ile Çatalzeytin'e yeni taşınmıştı. Eşraftan İbrahim ve Hatice Acar'ın, kızları Gökçin'den torunu oluyordu. Yaz tatillerini gelip Çatalzeytin'de geçirmelerine rağmen okuldaki çocuklar pek tanımıyorlardı onu henüz. Teneffüslerde konuşmalardan, babasının jandarma astsubayı olduğunu, emekli olunca Çatalzeytin'e yerleşmeye karar verdiklerini duymuşlardı. Beş kız kardeştiler. Veda, 1-A sınıfına gelmiş, kardeşlerinden yaşı tutanlar, okulların diğer sınıflarına verilmişlerdi.

Hasan'ın ortaokul eğitimine başladığı bugünlerde iki kardeşi Nalan ve Canan ise ilkokula devam ediyorlardı daha. Nalan dördüncü sınıfa, Canan üçüncü sınıfa başlamıştı.

Ortaokulda ders öğretmenlerine görev dağıtımında, ilkokulda alıştıklarından daha farklı bir yöntem uygulandığını gördüler, ilk günden. İlkokulda sınıfın, hatta kısımların öğretmenleri vardı. Sabri Güzelaydın Hoca, birinci sınıfın başında Hasan'ın bulunduğu "A" şubesini almış, beşinci sınıftan mezun edene kadar öğrencilerini bırakmamıştı. Hastalık, izin ve benzeri gerekçelerle okula gelemediği günler hariç... Gökhan da Selma Hoca'nın elinde geçirmişti beş yılını, benzer şekilde.

Ortaokulda ise her dersin ayrı bir öğretmeni vardı. Beden eğitimi dersine Aslan Yavuz Hoca giriyordu örneğin. Matematik Hocası Şükriye Polat Hanım idi. Fen dersi için iki hoca vardı; Memduh Bey ve üniversiteden yeni mezun olup, ilk ataması ile ilçeye gelen genç hoca, Sabri Mutlu... Tarım dersine Güner Ziylan, din ve ahlak dersine Mustafa Öztürk, sosyal bilgilere ise Mustafa Saraç giriyordu. İngilizce dersinin atamalı öğretmeni yoktu. Bu derse ilçedeki askerlik şubesinin başkanı olan Binbaşı Muzaffer Kılıç geliyordu... Muzaffer Binbaşı'nın oğlu Harun da sınıfın öbür kısmında idi. İkinci sınıftan itibaren İngilizceyi, ilk ataması ile gelen Herekeli Hatice Hanım öğretecekti.

Hasan'ın ortaokul serüveni, kalabalık bir öğretmen grubunun elinde başladı. O yıl ortaokul ve liseler için birtakım yenilikler de uygulamaya konmuştu. Ortaokul ve lisedeki erkek öğrencilerin şapka giymesi ve öğretmenlere selam vermesi uygulamasına son verilmişti. Öğrencilere 1960'lı yılların başlarında giydirilen şapkalar, 1970'li yılların ortalarına doğru tüm yurt çapında kaldırılmıştı. Kızlar ise beyaz gömlek üzerine lacivert kumaştan, kolsuz tunik forma giyiyorlardı.

Ortaokula başlayan öğrenciler için bir değişiklik de beyaz yakalıklı, siyah kumaşlı ilkokul önlüklerinin artık giyilmemesi idi. Ortaokulda erkekler takım elbise, kızlar da buna uygun kıyafet giyiyorlardı.

Beş yıldır gide gele her gün aynı sınıfta saatlerce oturduğu, kendisine âdeta ikinci bir ev olmuş ilkokul binasından çıkıp yeni bir binaya geçmek Hasan'ı biraz etkilemişti. Sanki evinden uzakta, alışık olmadığı, yabancı bir ortamdaymış gibi hissetti kendini. Temel eğitimin ilk, orta ve lise gibi ana kademelerinden birisini tamamlayıp diğerine başlayan her öğrenci, buna benzer hisler yaşamış mıdır bilinmez ama Hasan, yeni okulundaki bu ilk günlerinde yalnızlık duygusu altında bocaladı bir süre... Dersleri takip etmekten yana bir problemi yoktu. Yeni yeni dersler, ilk defa karşılaştıkları konular önlerine geliyor, öğretme ve anlatma yöntemleri birbirlerinden farklı birçok hocayı dinliyor, takip ediyorlardı. İlkokul yıllarında alıştığı ilginin birdenbire ortadan kalkması buna sebep olmuştu belki... İlkokul yıllarında derslerinde başarılı olmuş, sınıf başkanlığı ve kantin görevi gibi ilave sorumluluklar almış, idare nezdinde yüksek kredi elde etmiş ve bu kredinin zevkini tatmış bir öğrencinin, hemen bitişikteki binaya geçince, yeni hocalarının kendisini henüz tanımayışından, dolayısıyla, yeni başlayan sınıfın elli, altmış kadar öğrencisi arasında, sıradan biriymiş gibi davranmalarından kaynaklanan bir huzursuzluk muydu? Belki... Ama yeni okula ve hocalara alıştıkça zaman içinde bu sorun yavaş yavaş ortadan kalktı.

Hasan'ın performansı ilk sınavlardan itibaren kendini gösterdi. (Gökhan ile başa baş durumdaydılar.) Başarılı idi, okumaya ve öğrenmeye düşkündü. Meraklıydı, ilginç bir gözlem yeteneği vardı.

Okul, ödev ve ders çalışmak dışında kalan vakitlerde, mevsimin ve havanın uygunluğuna göre deniz kıyılarında, ilçenin iki yönde sonu sayılan Çayağzı ve kışla taraflarında küçük gezilerle vakit geçiriyordu. Pek çok yaşıtı, arkadaşı vardı, ama çoğunluk vaktini Gökhan ve Ali ile geçiriyordu. Ara sıra Fikri de katılıyordu aralarına.

İlkokul yıllarında evdeki kedilerine ve okuluna yazıp okuduğu şiirler, ortaokul yaşlarında ergenliğin de gelip çatması ile yeni konular üzerinde gelişmeye başladı. Artık, yürek, sevda, güzel ve ayrılık şiirlerini daha bir ilgi ile okuyor, kendisi de denemeler yazıyordu. Karacaoğlan'ın karaçalıdan "gül" yaptığı şu dörtlüğündeki benzetmeye hayrandı örneğin:

"Nazlı olur güzellerin iyisi,
Deli gönül güzellerin delisi!
Gayrı bizim elin karaçalısı,
Gül oldu gidelim bizim ellere..."

Kendisi de şiirlerinde etrafındaki güzelleri işliyor, kendince benzetmeler yapıyordu:

"Gözlerimde yüzün var,
Kulağımda hoş sesin!
Sen gönlümde bir ateş,
Dudağımda busesin..."

***

70'li yılların ortasına doğru gelinirken, Çatalzeytin Belediyesi, kendisi için yeni bir bina yapıp, taşınma arayışına girişti. Proje ile sahil yolunun altında, havanın bozup denizin azdığı vakitlerde su altında kalma tehlikesi yaşayan eski pazar yerinin başka bir yere taşınması da düşünülmüştü. Belediye, yeni binanın, kurulacak yeni pazar yeri ile önlü arkalı olmasını planladı. Bina iki katlı olacaktı.

1974'ün ortalarında inşaat bitti ve belediye, yeni yerine taşındı. Üst katına belediye ofislerinin yerleştiği binanın alt katında iki sıra hâlinde dükkânlar vardı. Belediye, bu dükkânları kiraya vererek gelir sağlamayı amaçlamıştı. Dükkânların bir sırası bitişikteki pazar yerine, arkadaki diğer sırası ise güneye, ilçenin sahile paralel ikinci caddesine bakıyordu.

Terzi Hasan'ın kalfası Yaşar, 1972 yazının sonuna doğru gittiği askerden, 1974 yılının Ekim ayı başında döndü. Kütahya'daki acemiliğinden sonra, ustalık dönemini Ankara'da, Etimesgut'taki Hava Dikimevi'nin özel atölyesinde general terzisi olarak tamamlamıştı.

On gün kadar gezip dolaşarak askerlik yorgunluğunu atan Yaşar, ustasının çağırıp, dükkâna bir süre yardımcı olmasını istemesi üzerine -o yılın Ramazan Bayramı ekim ayı ortasında, Kurban Bayramı ise aralık ayında idi- tekrar dükkânda çalışmaya başladı. İki bayramın iş yükü atlatılıp dükkân rahatlayınca, Terzi Hasan, artık askerliğini tamamlamış olan, askerliğinde yaptığı general terziliği ile ustalık mertebesine de ulaştığını belli eden Yaşar'ın, kendi dükkânını açması zamanının geldiğine kanaat getirdi. Düştü Yaşar'ın önüne, belediyenin yeni dükkânlarından birini kiralamasına önayak oldu. Yaşar, dükkânının adını "Stil Terzihanesi" koydu. İki terzi beraber İstanbul'a gittiler. Sultanhamam'da, Mahmutpaşa'da, Mercan Yokuşu'nda Terzi Hasan'ın öteden beri kendi toptan alışverişlerini yaptığı esnafları birer birer gezdiler, Yaşar'ın dükkânı için gerekli alet ve avadanlıkları satın aldılar. Meşhur Gürün Han'daki toptancı mağazalarından pantolon ve ceketlik top top kumaşlar satın aldılar. Satın aldıkları bütün malları Çatalzeytin'e giden bir otobüse teslim edip gönderdiler. Böylece, Sabahattin ve Bayram'a ilaveten, Terzi Hasan'ın bir kalfası daha yetişip aradan çıkıyor, kendi dükkânını açarak hayat mücadelesine atılıyordu.

Recep ve Hüseyin, Kırlangıç'ı emekliye ayırdıktan sonra birkaç yıl, kahvehane işletmeciliği ile meşgul olmuşlardı. Evlerinin geçimini artıracak ilave işler için arayışları devam ediyordu. 1974 yılında belediyenin yeni dükkânları kiralığa çıktığında Recep de Yaşar'ın iki adım yakınında, ama pazar yerine bakan bir dükkân kiraladı ve tuhafiyecilik işine başladı.

Hüseyin, Recep'in ayrılmasından sonra kahvehane işletmeye devam etti. O da yeni bir iş ilave etmişti geçinme kapısına; belediyenin, çarşının alt tarafında yeni yaptığı denize cepheli çay bahçesinin ihalesini alıp, bahar ve yaz mevsimlerinde işletmeye başlamıştı. Oğulları da ona yardım ediyordu. Müşterinin yoğun olduğu kimi yaz gecelerinde Hasan da eline tepsiyi almış, çalışmıştı. 70'li yılların ortalarında Hürsel, Tekel İdaresi'ne -İnhisar- memur oldu ve Çayağzı tarafındaki ofisinde çalışmaya başladı.

Hüseyin'in büyük kızı Gürsel, ilçe kütüphanesinde memur olarak işe başlamıştı. Kemal, 1972 yazında Kastamonu'da Abdurrahmanpaşa Lisesi'nden mezun olmuş, Balıkesir'deki Necatibey Eğitim Enstitüsü'nü kazanmış, okumaya gitmişti. Kemal Necatibey'de iken, Fatma da 1977 yılında Buca Eğitim Enstitüsü'nü kazanıp, İzmir'e gitmişti. Kemal 1978'de, Fatma ise 1980'de okullarını bitirerek öğretmen olacaklar, ilk görevleri için Kemal Tunceli'ye, Fatma Nevşehir'e atanacaktı.

Recep, işi gereği yeni açtığı dükkânı bırakmak zorunda kaldığında kimi zaman evden, eşi Neziha'yı çağırıyor, okul durumu müsait olursa yerine Gökhan'ı bırakıyordu. İlçenin kısıtlı ekonomisinin insanları zorladığı, ticaretin sınırlı kaldığı dönemlerde, geçinmek için başvurulan yollardı bunlar. Hasan'ın evinde örneğin; dedesi ve babası aşağıda dükkânda; babası ek iş olarak ahbabı Gofur Kâzım ile mevsimine göre yazın karpuz kavun, kışın balık işinde; annesi evde sabah kahvaltısından sonra başlayarak gece yatıncaya kadar dikiş makinesi başında; anneannesi Fatma ise mevsimine göre bahçe bostan işlerinde ya da evde kızının biçki dikiş işlerine yardım etmede... Gökhan'ın evinde; babası dükkânda, annesi evde triko örgü makinesinin başında, akşamlara kadar bir sağa, bir sola, yün ve orlon yumaklarından ipleri çeke çeke kazaklar, hırkalar, çocuk pantolonları örüyordu... Recep'in, dükkânı emanet edebileceği, örneğin, Avni gibi bir damadı olmayınca, Neziha'nın da inemediği vakitler, dükkâna geçmek mecburen Gökhan'a kalıyordu...

Ortaokulun tatil dönemlerinde dükkâna sokup, küçük küçük işler yaptırarak Hasan'ı yetiştirmeyi denediler büyükleri... Akşam paydos edince dükkânın süpürtülmesi ile başlatılan bu denemeler, bir ara sağ elinin yüzük parmağına terzi yüksüğünü takıp, parmağını boğumlarından bükerek bağlamaya doğru ilerledi. Amaç, parmağın yüksük ile iğnenin delikli tarafını ittirmeye alışmasıydı... Daha sonra, dikişi bitmiş pantolonların ütülenmesi, ceketlerin ütüsüne geçiş... Fakat bu işe pek gönlünün olmadığını kısa zamanda gösterdi Hasan... Tavırları ile: "Dükkânda durayım, müşteri gelirse haber vereyim, akşam kapatırken sileyim, süpüreyim: Bunlara evet! Ama terzi mi olacağım? Evde yeterince terzi yok mu? Benden büyük herkes az çok terzi değil mi zaten?" diyor, terzi olmayı istemediğini gösteriyordu.

Ne zaman sona ereceği bilinmez saatler boyunca dükkânda durmaktan hoşlanmamıştı. Hele ki akranları, okul arkadaşları dışarıda, deniz kıyısında atlayıp zıplarken! Hasan'ın dükkândaki esaret şartları yaz aylarında daha da ağırlaşıyordu. Dükkânın önünde dikilip deniz kıyısını seyrettiğinde, çoğu arkadaşının türlü eğlencelerle denizin tadını çıkardığını görüyor, üstünü başını çıkarıp, bir koşuda denize atlayamamak onu üzüyordu.

Denize olan düşkünlüğü, babası ile iletişim sorunları yaşamasına sebep oluyordu. Deniz kıyısında olmak, uzak ufuklarda gelip geçen gemileri seyretmek, yüzmek, sahilin farklı yerlerinden denize girmek... Dalıp, suyun dibini incelemek... Kendini bildi bileli bunları seviyordu, ancak, denizde geçirdiği vakit her zaman hoş hatıralarla bitmiyordu... Kimi zaman güneşin altında kumda bir ileri bir geri koşarak ceza talimleri yapmak zorunda kalıyor, (sahil setinin Rafet dayının gazinosunun altında yaptığı on beş, yirmi metrelik girinti, kumdaki ceza talimi için en uygun yerdi kumsalda, cezayı çeken bu girintide ileri geri koşarken kimsenin gözüne çarpmıyor, cezayı çektiren ise setin üzerinde oturup cezanın infazını izleyebiliyordu) cezalar sırasında arkadaşları tarafından görülmek onu mahcup düşürüyor, üzüyordu. Kimi zaman da kızılcık değnekleri çıplak bacaklara indiğinde, dükkândaki büyük makaralar kafaya, göze geldiğinde can ne kadar acır, bunları öğrenmek zorunda kalıyordu. Bir seferinde, yoldan geçen Selma Hoca görmüştü onu, böyle tatsız bir anında. Çok utanmıştı. Peşinden koşana yakalanmamak için evin etrafında can havliyle koşan "Paşa" Hasan!.. Hem de öğretmeninin gözü önünde... Suçu?.. Çayağzı tarafında denize girmişti arkadaşları ile...

Denize gideceğim, oturup bir şey okuyacağım diye tutturarak, hiçbir iş de yapmamış değildi aslında. Ortaokul yıllarında, terziliğin ucundan başlamak dışında, verilen her işte kendi usulüne göre çalıştı, para kazanıp, harçlığını çıkardı. Rol aldığı işler arasında, babasının, başta Gofur Kâzım, birkaç ahbabı ile yazları yaptığı karpuz kavun işi, kışları da hamsi işi ilk sırayı alıyordu.

Büyükler bir vasıtaya atlayıp, Samsun'a karpuz kavun almaya gittiklerinde, Hasan ve bulabildiği bir iki arkadaşı hemen Yenievler veya Nuhlar Mahallelerinin sırtlarına giderek eğrelti otu biçmeye, biçilen otları çuvallara doldurup, gelen malın indirileceği alana sermeye koyuluyorlardı. Bu işler tamamlanınca, kamyonla gelecek mal bekleniyordu. Neşeli bir işti kasabanın gerisindeki sırtlarda eğrelti otu biçmek... Herkesin elinde, varsa birer orak, yoksa keskince bir bıçak... Güle oynaya, okuldaki kızlardan falan konuşa konuşa... Kırların bayırların ortasında, yemyeşil, gürül gürül, kendi boylarından büyük eğreltilerin arasında... Neşe içinde yapıyorlardı bu işi... Hele, yere serilmiş taze eğreltilerden gelen güzel koku! Bu kokuyu içine çeke çeke Samsun'dan gelecek malı beklemek...

Samsun'daki sebze meyve halinden yüklenmiş on tona yakın karpuz ile bir iki ton kavunu sırtındaki açık kasaya tepeleme doldurup getiren kamyon, fren balatalarının kokusu ile gelip yanaştığında bir telaştır başlardı... Malı oyalanmadan indirmek, kamyoncunun hakkını ödeyip göndermek ve taze malın çarşıda yarattığı hareketlenmeden faydalanıp bir an önce satışına başlamak gayreti...

Suratına vurarak veya sapının koparıldığı kısmına bakarak ham ve vakti gelmiş karpuzların ayrılması... Bu, usta karpuzcuların işiydi. Ya Gofur ya da babası yapardı... Olgunlar ön tarafa, tezgâha yakın yere, beklemesi gereken kabaklar ise arkaya...

Kamyondan on ton karpuzu indirmenin kendine göre birtakım kuralları vardı. Bine yakın karpuz tek tek indirilirdi... Kamyonun üstündeki adam tek tek alacak, kasanın kapağına yaklaşıp aşağıda bekleyen ikinci adama atacak, o da varsa dükkân önünde dikilen üçüncüye, o da içeride ham ve olgunları ayıran son adama...

Karpuzlar birer birer, ahenk içinde elden ele aktarılarak sergi yerine girerken ortalığın aniden elektriklendiği, ekibin birbirine bağırmaya başladığı anlar da olurdu... Atılan karpuzlar elden kayıp yere düşerek etrafı kıpkırmızı karpuz kırıkları içinde bıraktığında... Bu durum bazen istemeden olurdu, bazen de isteyerek! Gelen malın indirilmesini "hayırlı olsun, bereketli olsun" dilekleri ile izleyen kimilerinin canı karpuz çekerdi ister istemez. İzleye izleye sıkıldıklarında kamyonda çalışanlara baskı yapmaya başlarlardı:

"Ee, haydi! Bir tane de şuraya doğru atıverin, ne olur? Yarım saattir dikiliyoruz yahu, göz hakkımız yok mu?.."

Boşaltmada görev alanların yevmiyelerinin nakit veya ellerine birkaç karpuz verilerek ödenmesi usuldendi. Ama, sakarlık ve gevşeklikten karpuz ziyan edilmesi mal sahiplerini üzer, bağırıp çağırmalarına sebep olurdu.

"Kardeşim, babanın malı mı bu, atıyorsun sağa sola! Dikkat etsene biraz... Dünyanın yolundan getirdik bir şey olmadı da sen mi kaldın canım malı ziyan edecek?.. Bak! Kaç kilo ederdi o? En az on beş kilo gelirdi. Gitti on beş lira durup dururken. Temizle bakalım şimdi orayı!"

Karpuz boşaltanların etrafına toplanıp seyredenler, karpuzun kırıldığı yeri temizlemeye (!) çoktan başlamış olurlardı...

Avni, ahbabı Gofur ile bu karpuz kavun işini iki yerde yapardı. Önceleri, evin çarşı tarafında bitişikteki boş arsada... Oraya Paşalı'dan birileri gelip ev yaptıktan sonra, çarşıda eski terzi dükkânının hemen yanındaki boş arsada... Bu arsada Fatma'nın babadan kalan küçük bir hissesi vardı. O hisseyi ileri sürüp, Belediye Reisi'nden sözlü izin alarak orayı kullanırlardı.

Karpuz kavun sergilerinde gece saatleri ilginç olurdu. Akşam yemek vakti geçip hava iyice karardıktan sonra kasaba halkı sahil boyunca, bir kışlaya bir Çayağzı tarafına yürüyüşe çıkar, bu kalabalık gündüz vakti kadar olmasa bile, müşteri getirirdi. Gece saatlerinde serginin önünden geçenlerin dikkatle süzülmesi, karpuz almaya kimin niyetli, kimin gönülsüz olduğunun anlaşılması Hasan için ilginç ve eğlenceli bir iş olurdu.

"Gökhan! Bu gelen bence alır!"

"I-ıh... Hiç karpuz alacak bakış yok onda."

"Var mısın iddiasına?"

"Bu haftaki Tarkan dergisine? Kaybeden dergiyi öder!"

"Tamam."

Hedef yaklaşırken, Hasan, tezgâhın üzerindeki karpuz yığınının üzerindeki yarım karpuzu eline alır: "Hey yavrum be!" derdi, bir gözü potansiyel müşteride: "Kan kırmızısı bu! Yeme de yanında yat! Adana, Ceyhan malı bu. Yeni geldi Samsun'dan!.." Hedefi ikna etmek için sonraki adım, açık karpuzun göbeğinden eli ile kopardığı irice bir lokmayı, suyunu akıta akıta yemesi olurdu... Karpuz almaya niyeti olanın bu gösteriye dayanması pek mümkün olmazdı. Şapırtılar ile yenen bu lokma, hedefi ikna edememişse, göbekten ikinci bir lokmayı koparıp, müşterinin yüzüne doğru tutmak kalırdı...

Karpuz sergilerinin başında, gece yarılarından sabah gün doğumlarına dek geçen altı, yedi saat... Bazen Gökhan olurdu yanında, bazen Ali, bazen de İbrahim amcasının yaz tatilleri için İstanbul'dan Çatalzeytin'e gelen oğlu Metin...

Sahil boyunca gezenlerin artık yavaş yavaş çekilerek arkalarında bıraktıkları o sessizlik... Işıkları birer birer sönen ve kapanan dükkânların getirdiği sükûnet... Deniz kıyısını tatlı tatlı yalayan dalgaların belli belirsiz duyulan sesi... Bine yakın karpuz ile kavunun ve altlarında serili eğrelti otlarının insanı bir hoş eden kokusu... Bu huzurlu dinginlik içinde zinhar uyumamak lazım gelirdi! Ne olur ne olmaz. Uykuyu açmak için de konuşmak gerekirdi, fısıltılarla. Kimi zaman kıkırdayıp kahkahalar patlatarak...

"Ortaokul bitince ne olacak, Gökhan?"

"Dur oğlum! Daha üçüncü sınıf var. Hem liseyi de açtılar ya!"

"Lise açıldı açılmasına da... Burada mı gideceğiz liseye? Bitirince ne olacak?"

"Mükerrem Hoca, babamla konuşmuş... Hasan'la Gökhan'ı muhakkak okutmalısınız, demiş babama... Liseye gideriz, sonra da üniversite..."

"Kazanabilecek miyiz? Kazanırsak ne okuyacağız, okuduktan sonra ne olacağız?"

"Bakalım artık."

"Beybabam devamlı askerliğini anlatıyor bana. 'Bahriye' diyor... Lisesi varmış, üniversite gibi okulu varmış... Kendi sınavlarını kendileri yapıyorlarmış. Onları deneyeceğiz vakti gelince, diyor..."

"Babam da anlatıyor gemileri filan. Hasan eniştem de babam da Bahriyeli yapmışlar askerliklerini, değil mi? Aynı yerlerde galiba. Aralarında on sene mi ne varmış..."

"Buralarda mı kalırız dersin? Manav mı oluruz? Bir yerlere mi gideriz? Ne iş yapıp da para kazanacağız? Acaba kiminle evleneceğiz?"

"Bunlar mı senin dertlerin? Sen karpuzlarını satıp bitirmeye bak... Bunlar sonranın işleri..."

"Öyle de... Düşünsene, ben karpuz kavuncu, sen de tuhafiyeci!.."

"Tamam, anladım. Senin uykun geldi... Koy şuradan Barış Manço'yu... '2023' var mıydı?"

(İkisinin de en sevdiği parçaydı 2023.)

"Öff!"

"Saat kaç oldu?"

"Daha üç! Havanın ağarmasına iki saat var..."

Gökhan ile yaptıkları bu gelecek sorgulamaları sürer giderdi saatlerce. Kimi zaman karpuz başında, kimi zaman Gökhan, belediyenin altındaki dükkânı beklerken kimi zaman da geceleri, çarşı içinde veya sahil boyunda elleri ceplerinde yürürlerken... Bir seferinde bu yürüyüşleri sabah tan yeri ağarana kadar devam etmiş, saatlerce ha babam yürümüşlerdi.

Hasan, Çatalzeytin'in neden gelişip büyümediğini çok düşünürdü. Gelişsin, güzelleşsin isterdi kasabasını.

"Hiç büyümüyor yahu, Gökhan! Kendimizi bildik bileli, kışla tarafında Fikrilerin evinden ileriye, Çayağzı'nda köprüden içeriye, hiçbir bina yapılmadı..."

"Nüfus da artmıyor... Tabelada iki bin üç yüz yazıyor kaç yıldır..."

"Büyümese bile daha güzel hâle getirilemez mi? Yollar asfalt olabilir ya da lokma lokma taş döşenebilir..."

"Deniz her kış azdığında ısırıp koparıyor... Hangi tarafını yapacaksın yolun?"

"Ben belediye reisi olsam mesela, bütün binaları bembeyaz boyatırdım... Boya nerede, diyenlere, Belediye verecek, siz yeter ki boyayın, derdim..."

"Sabah ezanı okunuyor! Haydi, yavaş yavaş gidelim artık evlere..."

Balık işi kışın yapılırdı. Yine Gofur Kâzım ile ortaklaşa. Genellikle de hamsi satılırdı. Hafta içinde satış olsa da hamsiden asıl para cuma günleri pazarda kazanılırdı. Köylerden ve çevre kasabalardan gelen kalabalık ile hafta pazarı bambaşka yaşanırdı Çatalzeytin'de...

Perşembe geceden veya cuma sabahı erkenden İnebolu'dan veya Sinop tarafından gelen balık kamyonlarından duruma göre yirmi, yirmi beş kasa indirilirdi. Kasaların her biri yaklaşık yirmi kilo kadar hamsi alırdı.

Çarşıda, belediyenin çay bahçesinin hemen yanındaki balıkhanede satılırdı hamsi. Açılmamış kasalar arka tarafta tutulur, üç dört kasanın üzerindeki beyaz kasap kâğıtları dikkatle sıyrılarak açılır ve tezgâhın üzerine konurdu. Gelen müşterinin gözünün önünde kâh çıplak elle kâh plastik kürek ile terazinin alüminyum kovalı kefesine konan balık, tartıldıktan sonra saman kâğıdından kese kâğıtlarına doldurulur ve müşterinin eline tutuşturulurdu.

Hamsi işinde Hasan'ın bir sevmediği bir de çok sevdiği iki şey vardı. Balığı bitmeye yüz tutmuş kasalarda avuçlar yukarı döndürülüp iki el dipten daldırılınca, kasanın uç gösteren kimi çivileri insanın ellerini yırtardı. Epey can yakardı bu durum. "Işşş!" derdi çiviler parmaklarını acıttıkça...

Akşamüzeri olup pazar yavaş yavaş dağılırken, o günkü malın tamamı da satılmışsa hele, balıkhaneyi bir neşe, bir muhabbet sarardı... Gofur Kâzım başlardı türlü tekerlemeler, türküler söylemeye... Hamsinin en irisinden akşama kendileri için ayrılmış beş, altı kilo hamsi, satışların bitmesine yakın, bir köşede güzelce ayıklanır, musluğun altına tutulup temizlenir, bir teneke kovanın içine doldurulur, üzerine bolca tuz, karabiber, dilimlenmiş soğan, limon ve kat kat defne yaprağı ilave edilip karıştırıldıktan sonra üstü kapatılarak bir iki saat terbiyeye bırakılırdı.

Satış sona erip, kasalar tezgâhtan kaldırıldıktan ve balıkhane güzelce yıkanıp temizlendikten sonra balıkçıların saatlerdir ertelediklerı öğle yemeğine gelirdi sıra. Yan kesilmiş bir büyük yağ tenekesinde veya varsa büyükçe bir mangalda hazırlanmış kömür ateşinde yapılan hamsi ızgaranın, somun ekmeği ve yumruklanarak kırılmış soğan eşliğinde, hep beraber, çoğu zaman davetsiz pek çok misafire de buyur, denerek güle oynaya yenmesi... Hasan'ın hamsi işinde sabırsızlıkla beklediği, en güzel andı bu...

***

Rahmetli Tahir Ağa'nın ağabeyi Abdi'nin oğlu Cemal Irak, Bursa taraflarındaki öğretmenlik görevinden emekli olup 70'li yılların ortalarına doğru Çatalzeytin'e geldi. Babasından kalan ahşap evin önündeki yerlerine -Terzi Hasan'ın dükkânının bitişiği- ev yapmayı planlamıştı.

İdealist bir öğretmendi Cemal Irak. Temel kazısından itibaren, inşaatta bizzat çalıştı. Temeli tek başına kazdı. Tek bir el arabası vardı, birkaç da kazması ve küreği... Kazdığı toprağı el arabasına yükleyip götürdü, az ilerideki boş arsaya yığdı. Temelin kazılmasından sonra, inşaatı yapacak usta, kolları sıvayınca, inşaata lazım olan demiri, çimentoyu, tuğlayı, kiremidi, hemen bitişikteki Terzi Hasan'dan satın aldı, Cemal Hoca. Beton için kum da lazımdı kaçınılmaz olarak. Bir gün Hasan'ı çağırdılar:

"Al şu el arabasını!" dediler. "Şu kürekleri de... Yolun altından deniz kıyısından sana göstereceğimiz yerden teneke hesabı ile kum taşı, temelin yanına boşalt!"

"Yasak değil mi?"

"Sen karıştırma orasını, biz hallettik o işi..."

"Bedava mı?"

"Parayla mı yapacaksın? Cemal Hoca senin de öğretmenin sayılmaz mı? Para istenir mi?"

"İstenmez mi?"

"Ee, az iş değil! Öyle olsun bakalım. Bir dolu tenekeye iki buçuk lira verelim!"

İşçilik ücretinde böylece anlaşınca, Hasan, kolları sıvayıp işe başladı. On güne yakın kum çekti inşaata. El arabası ile bir seferde bir teneke kum getirebiliyordu. Sefer başına iki buçuk liradan epeyce bir harçlık kazandı bu işten. Cemal Hoca'nın inşaatı 75'in son aylarında bitmişti. Evini, Terzi Hasan'ın evine yapıştırmış, bitişik nizam yapmıştı.

***

1975 yılında Çatalzeytin'e yeni bir hükûmet tabibi atandı: Doktor Erol Demirci. O yıllarda ilçede henüz bir hastane veya sağlık ocağı yoktu. Hükûmet tabibi, Cemal Irak'ın yaptığı evin doğu yanında, Azaklı oğullarından Zeki Akçay'ın yaptığı binanın zemin katında çalışıyordu. Binanın bir yarısı doktorun muayenehanesi, diğer yarısı ise, ilçede henüz eczane de olmadığından, hastalarına verdiği ilaçları koyduğu depo gibi bir yerdi.

Yeni hükûmet tabibi, göreve başlayınca önce kendisine kiralık ev aradı. Sağa sola bakındıktan sonra, Çayağzı'nda Terzi Hasan'ın yeni yaptığı binada Akçay tarafında kalan dairelerden birisini tuttu. Ev sahibi ve kiracı güzel bir dostluk kurdular böylece. Terzi ile Doktor Erol, bir gün Rafet Efendi'nin gazinosunda otururlarken, konu, doktora yardımcı olacak bir eleman bulunmasına geldi.

"Hasan ağabey, zor oluyor." demişti Erol Bey: "Tek başınayım. Gelen giden hastadan zaten başımı kaldıramıyorum. Bir de acil haber edilen hastalar için cipe atlayıp köylere gitme lüzumu var."

"Zordur, muhakkak zordur doktor! Az mı? İki bin beş yüze yakın nüfus var çarşıda... Köyler de cabası. Ee, bir adam yani alt tarafı... Hangi birine yetişebilecek?.."

"Ağabey, hasta geliyor, karşılıyorum, kaydediyorum, geçip paravanın arkasına muayene ediyorum. Sonra yan tarafa depoya geçip ilacını bulup getiriyorum. Kimi zaman, solüsyon vesaire hazırlamak gerekiyor. Haydi, bir de o işe bakıyorum. Ücretini alıyorum, hastayı kaldırıp yolcu ediyorum. Benim yorulmam bir yana, sıra bekleyenlere de yazık oluyor..."

"Ne yapalım? Nasıl bir eleman olması lazım?"

"Sağlıkçı olması gerekmez. Kasabada Ebe Şükriye Hanım var. Sağlık Memuru Gürcü Süleyman ağabey var. Onların benim yanımda durması olmaz. Ortalığı süpürüp, temizleyecek, ben sağa sola gittiğimde muayenehaneyi açık tutup, başında bekleyecek birine ihtiyacım var... Sağlıkçı, sıhhiyeci olmasına lüzum yok..."

"Bizim Hasan'ı bir deneyelim mi? Orta ikiye geçti, tatile girdiler daha yeni. Biz dükkânı filan emanet edip bırakıyoruz. Gelen olursa haber veriyor. Hesabı da fena değil..."

"Deneyelim ağabey. Altından kalkabilirse okulu açılana kadar devam eder..."

Hasan, 1975 yılının yazında, orta ikiye geçip karnesini aldıktan hemen sonra hükûmet tabibinin yanında, bu konuşmada şekillenen görev tanımına göre çalışmaya başladı. Babası hemen iki adım yakınındaki terzi dükkânında iken, o da Doktor Erol Bey'in muayenehanesinde çalışıyordu. Ne para konuşulmuştu ne pul! Denenecekti, becerebildiğine kanaat getirilirse, devam edecekti.

Durumu anlatıp, onu ertesi gün öğle üzeri Erol Bey'in yanına gönderdiler. Eve iki adım uzaklıktaki muayenehaneye vardığında:

"Size yardım edecekmişim!" dedi, "Beybabam gönderdi beni..."

"Beybaban mı? Beybaba kimmiş?"

"Terzi Hasan!"

"Hah!" deyip, anladı konuyu Erol Bey. Yüzü gülümsemeye döndü. "Sen de küçük Hasan'mışsın, öyle mi?"

"Evet."

Erol Bey, güleç yüzü, alçak gönüllü tavrı ve yumuşak konuşması ile etkiledi Hasan'ı. Doktorun, insanlar ile kolay iletişim kurabilen, sosyal yönü kuvvetli bir kişiliği vardı. Ne işler yapılacağını, nasıl yapılacağını konuştular. Sonra Hasan, bir tabure bulup oturdu ve mesaisine başladı.

Erol Bey: "Ben şöyle çarşıyı bir dolaşıp geleyim, sen burayı bekle, hazır hasta da yokken ortalığı biraz temizle." dedi bir ara, çıkıp gitti. Biraz oturup, sağa sola bakındıktan sonra Hasan, önce su serperek hafif ıslattı zemini; aldı eline süpürgeyi, muayenehanenin arkasından önüne doğru güzelce süpürmeye başladı.

Yandaki ilaç deposunu süpürürken bir köşeye yaslanıp bırakılmış bir çalgı aleti gördü. Değişik bir şeydi, ilkokul öğretmeni Sabri Hoca'nın sazına benzemiyordu örneğin. "Doktora sorarım." deyip, devam etti.

Doktorun oturup reçetelerini yazdığı masanın altını süpürürken yirmi liralık bir kâğıt para gördü yerde. Kasadan düşmüş olabileceğini düşündü, aldı, cebine koydu. Süpürme bitince, doktor masasının, önündeki sehpanın ve yan yana dizili sandalyelerin tozlarını aldı, ıslak bez ile becerebildiği kadar sildi.

Temizlik yaparken muayeneye gelen bir hastayı oturtup bekletti. Erol Bey'in kendisine yaptığı tembihe göre, bir defterde boş bir sayfa açtı, "Gelen Hastalar" diye bir başlık atıp, altına bekleyen hastanın adını yazdı:

"1. Bayıldım dayı: Dünden beri karnı ağrıyormuş..."

Bir süre sonra doktor, çarşıdan döndü. Hasan, önce bekleyen hastadan bahsetti. Hastanın muayenesi tamamlanıp ilacı verildi ve uğurlandı.

"Başka ne yaptın Hasan?"

"Oturdum. Ortalığı süpürdüm, masayı, sandalyeleri sildim..."

"Güzelce süpürdün mü?"

"Süpürdüm. Bu masanın altında da bir para buldum! İşte..."

Cebindeki yirmi lirayı çıkarıp Erol Bey'e teslim etti. Doktor sanki şaşırmış gibi yapmacık bir yüz ifadesi takınıp: "Allah Allah!" dedi, "Kim düşürmüş ki?.." Ardından gülerek başını okşadı. "Şimdi oldu işte!" dedi, "Aferin sana!"

Hasan, dedesi ile Erol Bey'in, kendisini bir sınavdan geçirdiklerini fark edememişti.

Muayenehanenin genel temizliğinden sorumlulukla başladığı işinde zamanla gelişme gösterdi. Hafta içinde gelen hastaları sıralayıp, bekletmek zor değildi, ama pazarın kurulduğu cuma günleri bu iş epeyce sıkıntılı oluyordu. Bir defa, çok kalabalık oluyordu cuma günleri. Muayenehane, getirilen hastalar ve onların refakatçileri ile doluyor taşıyordu. İlave sandalyeler tedarik edip ilaç deposuna koydular. Cuma günleri hepsini çıkarıp muayenehanede bir sıradan üç kenara diziyorlar, gelenleri oturtuyorlardı.

Cuma günlerinde Erol Bey, paravan arkasında hasta muayenesi ile meşgul olurken, Hasan da onun masasında oturuyor, gelen hastaları sıraya yazıyor, sırası geleni kaldırıp getiriyor, çıkanı uğurluyordu. Haftalar geçtikçe, Hasan, muayene ücretini de tahsil edip kasaya koymaya başladı. Zamanla, yazılan reçeteye göre yan tarafa geçerek ilaçları alıp getirmeye, Erol Bey'in onayını aldıktan sonra bir poşete koyup, hastaya teslim etmeye başladı.

Muayenehanede Erol Bey'in küçük bir radyo teybi vardı. Yanında da birkaç teyp kaseti. Yalnız kaldığı kimi zaman teybi çalıştırıp müzik dinleyerek oyalanıyordu. Barış Manço'nun hayranıydı, en çok onu dinlemeyi seviyordu. Dönemin popüler şarkıcılarından Manço;

"2023", "Kayaların Oğlu", "Yine Yol Göründü Gurbete" ve "Yol Verin Ağalar Beyler" gibi şarkılarıyla ülkeyi yepyeni ve özgün bir müzik formuna alıştırıyordu...

Hafta içinde bir akşamüzeri, Erol Bey dışarıda iken Ginolu'nun sırtındaki Konaklı köyünden acil bir hasta getirdiler Hüsamettin İncekara'nın cipi ile... Hasan, muayenehanede yalnızdı. Hasta; bir kadındı, otuzlu yaşlarında ve iri yapılıydı. Yanında gelen kocası ve birkaç kişi daha panik içinde indiler cipten... Hastanın çektiği can acısı nedeniyle kopardığı çığlıklar, inlemeleri, feryat figan bağırması sadece muayenehaneyi değil, bütün mahalleyi birbirine kattı birkaç dakika içinde. Ne oturabiliyor ne de uzanıp yatabiliyordu. Sağ kalçasından büyük ıstırap çektiği anlaşılıyordu. Kimseye el sürdürmüyor, birisi bir tarafına dokunuverse, kıyameti koparıyordu.

Muayenehanede herkes ne yapacağını şaşırmış hâlde dört dönüyordu. Erol Bey'e haber uçuruldu. Doktor nefes nefese koştu, birkaç dakika içinde muayenehaneye geldi... Hasan telaş ve korku içinde durum raporu verdi doktora:

"Sağ kalçam, diyor, devamlı ağlıyor, bağırıyor... Kimse dokunamıyor. Oturtamadık bile..."

"Sen kocası mısın?" diye sordu Erol Bey, hasta kadının yanındakine.

"Evet, Doktor Bey."

"Anlat hele çabucak, nasıl geldi bu hâle?"

Kadının feryatları devam ediyor, ortalık inliyordu. Hastanın kocası bağıra bağıra: "Bir iğne yaptırdık üç gün önce," dedi, "bel ağrısı vardı. Tarlada çalıştığımız vakitler ara sıra beli tutardı... Dayanamadığında ara sıra bir iğne vurdururduk köyde... Bu sefer ne oldu da bu hâle geldi anlayamadık..."

"O iğneden sonra mı başladı sıkıntısı?"

"Evet, o iğneden beş, altı saat sonra. Ağrısı geçeceğine büsbütün azdı. Sabahtan beri hiç duramaz oldu..."

"Üç dört kişi kollarından tutup, zapt edin. O bacağına dokunmayın. Yüzüstü yatırın şuraya hemen!"

Erol Bey, muayene için eldivenlerini takarken, iki katına ulaşmış çığlıkları arasında kocaman kadını üç dört kişi karga tulumba kaldırdılar, paravanın arkasındaki muayene sedyesine yatırdılar. Kollarını, ayaklarını sıkıca tutuyor, bağırıp haykırmasına rağmen, yerinden kımıldamasına izin vermiyorlardı.

"Biraz çevirelim!" diye bağırdı Erol Bey, "Sol tarafına, tam yüzüstü yapalım!"

Hastayı tam yüzüstü yapıp, sıkıca tuttular. Doktor, hastanın el dokundurmadığı kalçasını dikkatlice sıyırdı, sanki iğne yapılacakmış gibi... Hasan, söyleyeceği işleri yapmak üzere doktorun yanında hazır bekliyor, dehşete kapılmış bir yüz ifadesi ile bir taraftan hastayı izliyordu.

Hastanın kalçaları açıldı, Hasan, gördüğü manzara ile şaşkınlıktan kalakalmıştı. Sol kalça normal görünüyordu, ama kadının sağ kaba eti koca bir tencere gibi şişmiş, neredeyse patlayacak hâle gelmişti...

"Ne kadar bağırırsa bağırsın! Sakın ha! Bırakmak yok!" diye emrini verdi Erol Bey, hastayı tutanlara.

"Hasan! Çabuk, bir iğne, iki boy da neşter koy kaynatma kabına, hemen yak tüpü, kaynat, steril et... Neşter vuracağız!"

Hasan, söyleneni yaptı. Küçük, avuç içi kadar olan bir alüminyum kaynatma kabı içine önce temiz pamuk döşedi, sonra Erol Bey'in söylediği malzemeleri koydu, üzerine su ilave edip, yaktığı piknik tüpünün üzerine koydu. Kullanılacak aletler sterilize edilirken, Erol Bey, durumu hastanın kocasına açıkladı:

"O son yaptırdığınız iğne ile vücut mikrop kapmış, iltihap yapmış iğne yeri... Apse büyümüş, bütün kalçayı cerahat sarmış..."

"Ne yapacağız Doktor Bey? Kastamonu'ya filan mı götürsek?"

"Bu hâlde yola dayanamaz. Vakit de geçerse, bu cerahat kalçasını yırtar atar vallahi..."

"Ne etsek, doktor? Allah aşkına!.."

"Az sabırlı ol! Beş dakikaya kalmaz bütün ıstırabını bitireceğiz, feryadı dinecek..."

"Allah, eline ayağına dert vermesin, doktor! Canımız sana emanet..."

Bu arada Erol Bey, hastanın diğer kalçasına en kuvvetlisinden bir ağrı kesici iğne yapmıştı. Çektiği acıdan bu iğneyi hissetmemişti bile kadın.

"Hasan! Kaynamadı mı?"

"Az kaldı, geliyor!"

Hasan, kaynayıp sterilize olmuş kabı bir pens ile kenarından tutup getirdi, muayene yatağının başucundaki tepsinin üzerine bıraktı. Hastanın çırpınmaları, bağırtıları devam ediyordu. Kolları omuzlarından, ayakları bileklerinden sıkıca kıstırılıp bağlanmasına rağmen, yüzüstü yattığı yerden belini kaldırdıkça sedyeye vuruyordu... Erol Bey, çareyi, bütün cüssesi ile hastanın sırtına doğru enlemesine yatmakta buldu. Bu sayede, kadının kıpırdamadan durmasını sağlayabildiler. Peki, neşteri kim vuracaktı? Erol Bey, hastanın üzerinde idi... Kim o zaman? Nasıl?.. Bir tek Hasan boşta idi...

"Al büyük neşteri, gel yanıma çabuk!" diye bağırdı Erol Bey, hastanın üzerinden Hasan'a doğru.

"Ben sana tarif edeceğim, yerini göstereceğim. Sanki karpuzun üzerine fiyatını yazar gibi, ucunu hafifçe dokundurup çizeceksin. Sakın ha! Fazla bastırmak yok... Dokunması yetecek!"

Hasan, içinde bulunduğu dehşet ve muayenehaneyi bir saattir birbirine katmış kaos yüzünden şaşkın hâlde büyük neşteri aldı, güzelce tuttu, hastanın cerahatten şişip patlamak üzere olan kalçasına yaklaştırdı. Neşteri kalçanın üzerinde gezdirip doktora bakıyor, atacağı çiziğin yerini onaylamasını bekliyordu.

"Böyle mi?"

"Az aşağıya!"

"Buraya?"

"Hah! Tam oraya işte! Portakalın üzerindeki artı işaretini hatırla... Hani iğne yerini bulmak için yapıyorduk ya! Artının sağ üst dilimine değil, tam orta yerine. Çabuk! Ucunu, hafifçe!.."

Hasan, Erol Bey'in dediğini yaptı. Önce "Ploff!" diye bir ses duyuldu... Neşter kesiğini yiyen kalça âdeta patlamıştı. Olgun karpuzların, bıçağın ucu değer değmez patlayıp yarılması gibi olmuştu. Kalça, içi dolu bir balon gibi patlamış, ortalığa kanlı bir cerahat sıvısı saçılmıştı. Herkesin üzerine! Erol Bey'e, kocaya, Hasan'ın yüzüne, hastayı zapt edenlerin üstüne başına... Ve kötü bir de koku! Hem de nasıl bir koku!.. Dayanılmazdı... Hasan böyle bir kokuya daha önce hiç rastlamamıştı...

Balonun patlamasının üzerinden birkaç saniye geçince hasta kadının sesinin kesildiğini, ağlayıp, inlemeyi bıraktığını gördüler. Hastanın kalçasının altına boş bir çöp kovası getirip koydular, gelen cerahatin akması için.

"Güzeel!" dedi Erol Bey, "Ellerini ayaklarını serbest bırakın, çektiği acı geçti şimdilik... Bir müddet böyle kalsın, apsesi aksın... Kendisi de nefeslensin, dinlensin. Sonra, temizleyeceğim, dikiş atacağım."

Apseli kalçadan gelen akıntı yarım saat kadar sürdü. Erol Bey, artık sakinleşmiş ve lokal anestezi altında acısı da ortadan kalkmış olan hastanın kalçasını bir güzel temizledi, oksijenli su ve tentürdiyot ile mikroptan arındırdı. Hasan'ın getirdiği metal klipsler ile on, on beş dikiş atıp, sıkıca sardı ve operasyon yerini kapattı.

İlaçlarını verdiler, iki günde bir pansuman ve kontrol için getirmelerini tembihlediler. Bir daha, ehliyetsiz, olur olmaz kimselere iğne yaptırmamaları için hasta yakınlarının kulaklarını iyice büktüler. Hüsamettin İncekara'nın cipine bindirip, köyüne yolladılar.

Hasan'ın, tıp serüveninde, bıçak vurduğu ilk ve son hasta oldu bu kadın. Yaptığı operasyonu evdekilere, başta Gökhan olmak üzere, bütün arkadaşlarına uzun uzun anlattı günlerce.

Hastanın kocası iki gün sonra geldikleri ilk pansuman sırasında, Erol Bey'e getirdiği yarım elma gönül alma ikramlıkların yanında Hasan'a da ağzına kadar kiraz dolu bir sepet getirmiş, Terzi Hasan'ı arayıp bulmuş ve torununun yaptığı başarılı operasyon sebebiyle şükranlarını dile getirmişti.

***

Terzi Hasan, torununun, hükûmet tabibinin yanında gösterdiği gelişmeden pek memnun olmuştu. Başlangıçta, sıkılır da bırakıp gider mi acaba, diye tereddüt etmiş, dükkânda sıkıldığında yaptığı gibi yaparsa, diye bocalamıştı. Ama Hasan, bu sınavdan başarı ile çıkmıştı. Muhtemelen güleç yüzlü ve tatlı dilli Erol Bey'in, kendisi ile âdeta arkadaşıymış gibi konuşmasından, mütevazı ve iyimser tavrından etkilenmişti. Doktorun bu yapısı onun iş görme ve öğrenme hevesini kamçılamış olmalıydı.

1975 yazında, Hasan'ın hükûmet tabipliğinde çalışması devam ederken Çatalzeytin'e iki genç eczacı geldi. Önce Onur İşçen, sonra ise, annesi Çatalzeytinli olan Nilgün Hanım... Her ikisi de üniversitelerinden mezun olmuş, ehliyetlerini almışlardı. İlk kez eczane açacaklardı ve yer olarak Çatalzeytin'i seçmişlerdi.

Önce gelen Onur İşçen, hükûmet tabibi ile görüşerek resmî işlemlerini tamamladıktan sonra, ara kapıyı kapatarak muayenehane ile ecza deposunu birbirinden ayırdı. Yeni yaptırdığı ilaç dolaplarını ve rafları, eski depoya güzelce yerleştirdi. Böylece, "Onur'un Eczanesi" çalışmaya başladı.

Ecza deposunun içindeki ilaçlarla birlikte devri ve eczaneye dönüştürülmesi sırasında Onur ağabeyine epeyce yardım etmişti, Hasan. Aklının erdiği, boyunun yettiğince... Bu çalışmalar sırasında birlikte vakit geçirmiş ve ahbap olmuşlardı. Bu vesile ile bir gün "Eczacı Onur'un" oturduğu eve gittiğinde, halter sporunda kullanılan aletleri, ağırlıkları ve dambılları görmüştü ilk kez...

Bu sırada Nilgün Hanım da çarşı içinde, camiye yakın bir yerde bulduğu bir dükkânda kendi eczanesini açmış, ilçe dışından getirttiği ilaçlarını raflarına dizmiş, çalışmaya başlamıştı.

Günler 1975'in yaz sonuna doğru yaklaşırken, iki eczane arasında sert bir ticari rekabet başladı. Durum ortadaydı; Onur'un Eczanesi, hükûmet tabibinin, yani ilçedeki tek doktorun reçeteleri yazdığı yerin hemen bitişiğindeydi, diğer eczane ise iki üç yüz metre uzakta... Bu durum, reçetesini alıp doktordan çıkan hastaların hemen bitişikteki eczaneye girmelerine, alışverişini oradan yapmalarına sebep oluyor, Nilgün Hanım'ın eczanesi yeterince kazanamıyordu.

Terzi Hasan'a haber geldi bir gün, çarşıdaki eczanenin sahipleri durumdan çok rahatsızlarmış, diye.

"Hasan neden, Onur'un eczanesine yardım edip de kazancımıza mâni oluyor? Etmesin! Aramızda akrabalık varken, kimsenin tanımadığı o eczacıya destek çıkmak akrabalığa sığar mı? Hem oğlanın yaşı tutuyor mu eczanede çalışmaya, ehliyeti var mı? Kanunsuz iş yapılmasın!.."

Okulların açılmasına az bir vakit kalmıştı. Terzi o yüzden, bir iki cevap verip alttan almaya çalıştı, tehditlere kulak asmadı. Hasan'ı sık sık hükûmet tabipliğinde ve bitişikteki eczanede gören karşı eczane sahipleri, sonunda durumu savcılığa iletip, Hasan'ı şikâyet ettiler.

İlçe cumhuriyet savcısının yaptığı soruşturmada; Erol Bey'in, Eczacı Onur İşçen'in, Terzi Hasan'ın ve Erol Bey'in işaret etmesi üzerine tanıklığa çağrılan Konaklı köyündeki hasta kadının kocasının beyanları alındı. Okullar açılıp Hasan da çalışmasına son verince, savcı bir süre sonra konuyu kapattı. Terzi Hasan, şikâyet edilmiş olmalarına çok üzülmüştü. Şikâyetin sahibi olan, çarşıdaki eczacının annesine haber yollamıştı en sonunda:

"On iki yaşındaki oğlanı mı buldunuz şikâyet edecek? O, sizin hasmınız mı? Allah sizin müstahakkınızı versin!.."

***

1975 yılının Ağustos ayı sonlarına doğru bir cumaydı. Hasan, ilçe hükûmet tabibinin yanında son gününü geçiriyordu. Çarşıdaki eczane sahiplerinin, Hasan'ın durumunu şikâyet konusu yapıp üzüntü yaratması üzerine, Erol Bey ve Terzi Hasan, durumu konuşmuşlardı.

"Bu cuma günü de gelip yardım etsin. Ondan sonra bıraksın." diye rica etmişti Erol Bey: "Ben sonrası için bir çaresine bakarım..."

Hastaların işlemleri tamamlanıp ortalık rahatlayınca, muayenehaneyi son kez güzelce süpürdü. Masa ve sehpaların tozunu aldı, her tarafı sildi. Arkadaki küçük lavabo ve tuvaletin de temizliğini yapıp perdesini çekti.

Erol Bey bugüne kadarki ücretini hep haftalık olarak ödemişti. Her cuma akşamı doğrudan Hasan'ın eline saymıştı. Bu son günde de öyle oldu. Haftalık yirmi lira harçlığını son kez elden aldı. Yardımları için Hasan'a teşekkür ederek güzel sözler söyledi, Erol Bey. O da eğilip doktorun elini öptü.

Doktor, uğurlarken: "Çalışman bitiyor ama ara sıra gelip beni ziyaret et. Okuldan, derslerden konuşuruz. Hem belki sen de doktor olursun, büyüyünce. Doktor olmayı da konuşuruz." demişti. Ortaokulun ikinci sınıfının başlamasına günler kala, Hasan'ın tıp kariyeri, bu vedalaşma ile tamamlanmış oldu. Erol Bey'in davetine uyarak arada bir muayenehaneye gelecek, doktorun kendisini fark edip, yanına çağırması ile girip oturacak ve iki büyük adam gibi çay içeceklerdi. Hasan'ın duyduğu bu yakınlık, Erol Bey'in ihtisas eğitimi için İstanbul taraflarına gitmesinden sonra yapacağı ziyaretlerle daha uzun yıllar devam edecekti.

"Bitti mi oğlum? Ayrıldın mı?" diye sordu dedesi.

"Evet, bugünkü işler bitti. Güzelce temizlik yaptım. Haftalığımı verdikten sonra Erol Bey teşekkür etti, ben de elini öptüm, ayrıldım."

"Cebin kuvvetli yani?"

"Evet, otuz iki liram var."

"Doktorun verdiği haftalık yirmi lira değil miydi? Üstü nereden geldi?"

"Bisikletimi kiraya veriyorum arkadaşlarıma." diye cevaplamıştı Hasan bu soruyu, "Bisikletten de kazanıyorum!"

"Kiraya mı veriyorsun? Nerede?"

"Çarşıda, eski hamamın az ilerisinde pansiyon var ya! Köyden gelen sınıf arkadaşlarım orada kalıyordu geçen sene..."

"Ee?"

"Okul başlayacak yakında. Geldiler, pansiyona yerleştiler. Onlar gelince ben de birkaç gündür bisikletimle gidiyordum oraya. Bisikletime binmek istediler. 'Para ile olur, bedava olmaz, eskiyor' dedim. Öyle başladım kiralamaya..."

"Allah Allah! Olacak şey mi? İnsan, arkadaşlarını bisikletine para ile bindirir mi hiç?"

"Çok arkadaşım var, ne yapayım? Hep istiyorlar... Her isteyene nasıl vereyim? Bisiklet eskimiyor mu?"

"O da doğru ya! Neyse, haydi bakalım. Madem kazandın epeyce, bana bir şeyler ısmarla da karnımızı doyuralım akşam..."

"Ismarlarım tabii... Ama ben de şiş yiyeceğim!"

"Ne istersen! Nasıl olsa sen ödeyeceksin parasını..."

Torunu, Erol Bey'in yanında çalışmaya başladığından bu yana onun bu heyecanını desteklemek, teşvik edip ödüllendirmek için yeni bir âdet başlatmıştı, Terzi Hasan. Evdekilere, akşam yemeğini dışarıda yiyeceğini bildiriyor, Hasan da yanımda olacak, geç saate kalmadan gönderirim, diyordu. Birkaç sefer akşam vaktinde Hasan'ı da yanına alıp Rafet Efendi'nin gazinosuna gitmiş, dede ve torun baş başa oturup büyük adamlar gibi yemek yemişlerdi. Bu oturmalarda amacın karın doyurmak olmadığını, önemli olanın, dedenin, toruna zerk edeceği fikirler, düşünceler ve ufuklar olduğunu nice zaman sonra kavrayacaktı Hasan. Yemeğini ve konuşmalarını bitirince kalkıp eve dönüyor, dedesi ya tek başına ya da kendisine katılan arkadaşları ile bir süre daha oturuyordu.

Akşamüzeri gazinoya vardılar. "Fikret! Biz geldik yine." dedi Terzi.

"Ağabey buyurun şöyle. Ooo, küçük Hasan da mı teşrif etmiş? Gel bakalım dedesinin paşası!"

"Bize şöyle mezeliklerden azar azar... Piyaz da ver, varsa. Sıcak ne alalım?"

Hasan: "Ben şiş istiyorum!" diye atıldı hemen.

"Tamam, ona yine şiş. Bana varsa, ciğer yapıver biraz..."

"Tamam, ağabey. Rakı veriyor muyum?"

"Bir düdük! Yalnız, bir kadeh daha ver, oğlan da tadına bakacak!.."

"Vaaay! O yaşa geldik demek artık!" diyerek şaşkınlığını belli etmişti Rafet Efendi'nin oğlu.

Servislerini Fikret'in küçüğü Zekâ getirdi. Kadehleri kondu. Terzi, gelen bir düdük rakının üzerine suyunu kendisi ilave edip, iki bardağına birer parça buz attı.

"Böyle yapılır," dedi, "suyun üzerine rakı olmaz! Suyu, bardaktaki rakının üzerine ilave edeceksin..."

"Öyle yapılsa tadı mı değişir?"

"Evet. Hem tadı değişir hem de etraftan görenler, usul adap bilmiyor bunlar, derler!"

"İçmenin de mi usulü var, beybaba?"

"Tabii ki! Her şeyde olduğu gibi... Herkesin duracağı, içmeyi bırakacağı bir sınırı vardır. Kimisi bakarsın altıncı, yedinci bardağa kadar gider. Kimisi daha azında durmalıdır..."

"Sen nerede duruyorsun?"

"İki düdükte. Bu ve bunun kadar bir bardak daha."

"Benim durmam gereken yer neresi olacak peki?"

"Onu ileride göreceksin. Benden sana tavsiye: İki, en fazla üç düdük!"

"Şimdi tadına bakacak mıyım?"

"Evet, getir bakayım bardağını. Sen diğerine su koy şuradan."

Terzi, torununun bardağına kendininkinden bir iki tatlı kaşığı kadar tadımlık rakı aktardı. Sonra döndü, mutfak tarafındaki Fikret'e seslendi:

"Fikret! Behiye Aksoy'dan 'Sevmekten Kim Usanır' var mı sizde?"

Biraz sonra Behiye Aksoy başlamıştı.

Başlayan şarkı ile keyiflenen Terzi: "Şimdi tamam oldu işte," dedi, "haydi bakalım, bardaklarımızı dipten hafifçe tokuşturuyoruz ve 'sağlığına' diyoruz birbirimize."

"Sağlığına beybaba!"

"Değil mi ya! Yarasın, afiyet olsun..."

Dedenin, toruna verdiği rakı dersini meraklı gözlerle izleyen diğer müşteriler, karşılıklı kadeh kaldırıldığını görünce duramayıp, yorum yapmak zorunda hissettiler kendilerini:

"Hasan ağabey, yaşı tutuyor mu bu adamın?"

"Yahu! Şöyle bir dedeyi biz bulamadık namussuzum..."

"Hasan! Terzi'nin kıymetini bil! Biz onun nelerini gördük bugüne kadar da bu yaptığını görmediydik vallahi billahi..."

Terzi Hasan "Ses etmeyin bakayım!" diyerek laf atıp, takılanlara cevap vermeye çalışıyordu. "Şurada iki senesi kaldı... Çıkar giderse yanımızdan, kimden öğrenecek bu işleri?"

"İyi madem! Hesabı da kendisi ödesin o vakit!.."

"Öyle yapacağız zaten. Bu akşam o ısmarlıyor..."

İlk rakı deneyimini Rafet Efendi'nin gazinosunda, dedesinin öğretmenliğinde yaşamıştı. Dedesi anlattı o akşam, o dinledi. Rakı kadehe nasıl konur, buz hangisine atılır, hangisine atılmaz, sarhoş olup dağılmak iyi midir kötü müdür? Rakı denilen şey neden, nasıl yapılır, rakıdan başka neler vardır, böyle keyif yaparken hangi müzik dinlenir... Hepsini merakla dinledi, anlayıp öğrenmeye çalıştı. Ortaokulun kalan iki yaz tatilinde de dedesi Hasan'ı ara sıra baş başa yemeklere götürecekti. Bu gidişlerinde iki büyük adam gibi oturacaklar, hayat dersi yapacaklardı.

***

1975'in Eylül ayında ilçedeki okullar açıldı. Hasan, orta ikinci sınıfa başladı. Sınıfı geçenler karıştırılmadan, ikinci sınıfta da aynı kısımlara verilmişti.

Hasan ve Gökhan, ilk yıl gösterdikleri performanslarını ikinci sınıfta da sürdürdüler. Ali de iki arkadaşı ile güle oynaya ikinci sınıfa devam ediyordu. Dersler bittiğinde, Karabük'ten alıp getirdiği bisikleti ile pansiyon binasına gidip, yatılı kalan öğrenci arkadaşlarına kiralama işine devam etti Hasan. Epeyce kazanıyordu. Evlerine sadece hafta sonu gidebilen, hafta içi beş gününü okuldan sonra bu binada geçirmek zorunda kalan çocuklar, can sıkıntılarını dağıtıp, eğlence ihtiyaçlarını giderecek bir şey bulmanın zorluğu içinde, Hasan'ın bisikleti için harçlıklarından epeyce para ödediler. Pansiyonun önünde on dakika turlama elli kuruş idi. Yola çıkıp kışla tarafına, en son eve kadar iki tur gidip gelmek ise bir lira!

Çocuk aklıyla, evdekiler, kazandığı parayı cebinde görüp elinden almasınlar diye, hemen harcama yolunu seçmişti. Kimseye duyurmadan kardeşlerine üç beş kuruş harçlık veriyor, büyük kısmını Gökhan ve Ali ile çarşıda harcayıp tüketiyordu. Para nelere harcanıyordu? Sezgin Burak'ın çizdiği, çarşamba günleri çıkan "Tarkan" dergisi örneğin... Hasan ile Gökhan'ın bir sonraki sayıyı sabırsızlıkla bekledikleri, karelerine bakarak Asya'daki Türk dünyası hakkında hayaller kurdukları dergi... Tarkan'ın kardeşi Tan, kötü adam Kostok, büyücü Goşa... Düzenli olarak takip ederlerdi bu dergiyi. Çikolatalı kremler, kaymaklı bisküviler, cuma günleri öğle yemeklerinde Kastamonu usulü kıymalı pide fasılları... Para durumu müsaitse hafta içinde de pide...

1976'nın Haziran ayında ortaokulun ikinci sınıfı da bitti ve yaz tatiline girdiler. Çocukların sınavlara girip kendilerine yeni bir okul ve ilçe dışında istikbal arama kaygısı yaşamadan geçirdikleri son yaz tatili oldu bu. Doya doya tatili yaşadılar. Çoğunlukla denizde vakit geçirdiler, Ginolu'ya gittiler, koyda cam gibi berrak, sığ olduğu için sımsıcak suda enerjilerini harcadılar, yukarıya, eski Ceneviz Kalesi'ne tırmandılar, etrafa baktılar... Yapmayı istedikleri bir şey de Ginolu Burnu'nun batısında, denizin girdiği mağaraya girip içini incelemekti, ama bunu hiç yapamayacaklardı. Kimi zaman da çarşı altında, deniz kıyısında yatıp yuvarlanarak geçirdiler günlerini... Yüzerek en uzağa gitme yarışmaları yaptılar aralarında, bir kayık bulabilirlerse, atladılar sırtına, vurup kürekleri bir Çayağzı'na, bir kışla altına gezdiler, kıyılarda kim var kim yok baka baka... Balığa çıkan kayıklardan yakaladıklarına atladılar, güneşin altında çapari salladılar saatlerce...

1976 Eylül'ünde ortaokulun son yılına başladılar. Hocalardan pek değişen olmamıştı. Mükerrem Bey, müdür olarak devam ediyordu. Aynı sırada lise de üçüncü sınıfını açmış, ilk mezunlarını vermeye hazırlanıyordu.

***

1976 yılının sonuna doğru ilçe kaymakamı değişti. Nihat Öner isimli yeni bir kaymakam geldi. Nihat Bey, girişken yaradılışlı, işin önüne düşmeyi ve harekete geçirdiği insanları organize ederek çalıştırmayı seven biriydi. İdealistti, kaymakamlık kariyerinin ilk yıllarındaydı. Görevine başlamasının ardından yaptığı incelemelerde, Çatalzeytin'de geleneksel bir panayır yapıldığını fark etti. Her senenin ağustos ayında üç gün sürüyordu panayır. Konu hakkında bilgi topladı. İlçe kendini bildi bileli, aynı takvim ve içerik ile yapılagelen, Anadolu'nun her tarafında, Çatalzeytin'e benzer her kasabada görülebilecek klasik panayır etkinliğiydi. Bu geleneğin üzerinde biraz çalışıp, yeni bir içerikle yeni şeyler yapma, kasabaya heyecan ve hareket getirme fikrini attı ortaya. İlçenin mülki makamları, belediye, diğer ileri gelenler, Kaymakam Nihat Bey'in telkinleri sonucunda panayırın kapsamını büyütme fikrini benimsediler. "Panayırı, 'festival' gibi yapalım." dedi Nihat Bey. Uzun uzun tartıştılar, en sonunda panayır ile birleştirerek, "Çatalzeytin Ginolu Festivali" adı altında ilçede daha önce görülmemiş bir organizasyon düzenlemeye karar verdiler.

1977'nin Şubat ayında Kaymakam Nihat Bey'in başkanlığında yapılan toplantıda bir yürütme komitesi ve birkaç ihtisas komitesi kuruldu. Yürütme komitesinin başında Kaymakam vardı. Üyeleri ise; Belediye Reisi Seyfettin Karahan, Hükûmet Tabibi Erol Demirci -aynı zamanda Çatalzeytin Futbol Kulübü'nün Başkanı- Sami Dinçer, Ebe Şükriye Hanım'ın kocası Ali Naci İnce, Nurettin Ercan ve Bahri Tokmak idi.

Festivaldeki etkinliklerin; kültür, sanat, spor ve eğlence içerikli olması ve 15-17 Temmuz 1977 tarihleri arasında gerçekleştirilmesi planlandı. İhtisas komiteleri, yürütme komitesinin stratejik yönetimi altında, kış aylarında çalışmalarına başladı.

Çatalzeytin Ortaokulu, Hasan'ın da aralarında bulunduğu üçüncü sınıf öğrencilerini mezun etmeye hazırlanırken, festival hazırlıkları da olanca hızıyla devam ediyordu. Festival komitelerinde görev alanlar, sık sık otobüse atlayıp Kastamonu'ya, Karabük'e, Ankara'ya, İstanbul'a gidiyorlar, mülki ve siyasi makamlardan ellerindeki ihtiyaç listelerinde kayıtlı, sonu gelmez şeyler istiyorlar, istediklerini alabilmek için bin dereden su getiriyorlardı. İlçe dışında yaşayan, Çatalzeytin ile memleket ve hemşehrilik irtibatı olan herkese ulaşılmaya çalışılıyordu. Yazın herkes festivale davetli idi. Sadece hemşehriler değil, ulaşılanların, kim ve nereli olduklarına bakılmaksızın, etraflarındaki tüm eş ve dostlarını da getirmeleri isteniyordu.

Hazırlık komiteleri özellikle İstanbul'da ticarette ve iş dünyasında başarıya ulaşmış, işini büyütmüş hemşehrileri dolaşıp, maddi ve manevi desteklerini almaya çalıştılar.

Çatalzeytin Ortaokulu ve Lisesi'nin, eğitim ve öğretimi tamamlayarak tatile girdiği haziran ayında festival hazırlıkları da epeyce ilerlemişti. Okulun kapanışından bir ay kadar sonra festival yapılacaktı.

İlçede otel dendiği zaman gösterilebilecek birkaç yer olmasına rağmen, bunların sınıfları düşük, yatak kapasiteleri oldukça sınırlı idi. Dışarıdan gelecek misafirleri yatırmak için pratik bir çözüm bulundu. Başta Kızılay olmak üzere, devlet kurumlarından ödünç olarak deprem ve afet çadırları alındı, kamyonlara doldurulup getirildi, askerlik şubesinin arkasındaki eski top sahasına, Çayağzı'nda eski marangoz atölyesinin yanına ve uygun görülen birkaç yere çadır mahalleler kuruldu. Sahil Caddesi'nde, yolun alt tarafına sergi ve satış stantları açıldı. Çayağzı'ndaki futbol sahası elden geçirildi, çizgileri yeniden çizildi, kaleler yenilenip ağlar takıldı.

İlçe halkı, yürütme komitesinin verdiği işlerin peşinde, imece ruhu ile örnek bir iş birliği sergileyerek bütün hazırlıklara katkı verdi. Okulların kapanmasını takip eden birkaç gün içinde, futbol ve voleybol turnuvalarının ilk maçları ile festival de artık başlamak üzereydi.

***

Zade Tahir 1'inci Dünya Harbi'nde cephede, 1915

Sait Ağa, 1920'ler

Terzi Hasan, askere gitmeden önce, 1940

Terzi Hasan TCG Yavuz'da asker, oturanlar arasında sağdan ikinci,1945

Terzi Hasan ayakta, sağ başta. TCG Yavuz'da asker, 1945

Sümer, 1955

Recep, Kuğulu Habibe, Fatma ve Sümer, bahçede, 1958

Sümer, anneannesi Kuğulu'nun bahçesinde, 1958

Sümer İstanbul'da, 1958

Kırlangıç Motoru, komşu ilçeye gelin almaya gidiyor, Ağustos 1960

Fatma, Sümer ve Recep İstanbul'da, 1961

Sümer, 1961

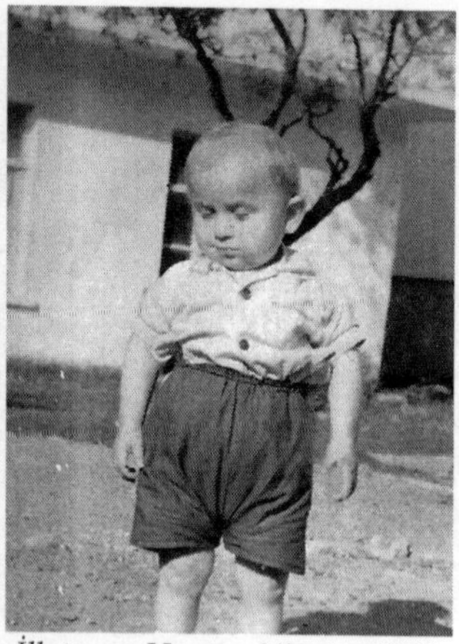

İlk torun Hasan, Ağustos 1964

Sümer, Kuğulu, Neziha ve Recep. Karabük'te düğün günü, 1962

Sümer ve oğlu Hasan, Ağustos 1964

Terzi Hasan ve ilk torunu Hasan, Temmuz 1964

Terzi Hasan ve ilk torunu Hasan, Temmuz 1964

Hasan (sağda) ve Gökhan, 1966

Hasan ve Gökhan, Hasan'ın sünnet gününde, 1967

Kırlangıç Motoru sahilde çekek yerinde.

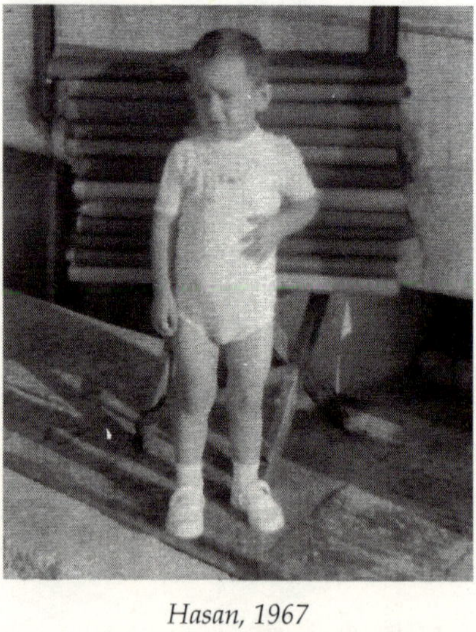

Hasan, 1967

Sümer, Karabük'te, 1969 *Sümer ve Avni İstanbul'da, 1970'ler*

Sümer, Avni ve kızlar; Nalan ve Canan, 1969

Sümer ve Canan, 1972

Hasan ilkokul son sınıfta, 23 Nisan Bayramı'nda şiir okuyor, 1974

Hasan ve kız kardeşleri, aynı bayramda, 1974

-11-

Çatalzeytin, Mayıs 1977

Ülkenin pek çok yerinde faaliyet gösteren, paralı veya parasız, yatılı veya yatısız özel okullar ile askerî lise sınavlarının tanıtım broşürleri, Çatalzeytin Ortaokulu'na da beşer onar tane gelirdi öteden beri. Fen liseleri, İstanbul Erkek Lisesi, Darüşşafaka Lisesi ve daha pek çok okul... İdare, bu broşürleri gözden geçirip, okulların giriş şartlarını ve kontenjanlarını inceledikten sonra bir ikisini alıkoyup, kalanları öğrencilerin görebileceği yerlere bırakırdı.

Terzi Hasan, torununun ortaokula başladığı günlerden itibaren Müdür Mükerrem Bey ile temas ederek Hasan'ın genel hâl ve gidişini, derslerdeki performansını, onun için seçenek olabilecek liselerin durumlarını sorar soruşturur, bu okulları yakından takip ederdi.

1977'nin Nisan ayında askerî okul sınavlarına ilişkin bilgiler gelmeye başladı. Önce belli başlı gazetelerde başvuru ilanları yayımlandı. Arkasından tanıtım broşürleri okula ulaştı. Deniz askerî okulları hakkındaki ilk ilanı Milliyet gazetesinin 22 Nisan 1977 tarihli sayısında gördüler. Bu ilanı getirip Terzi Hasan'a gösteren Kenan Acar'dı. İlanı görünce Terzi Hasan'ın evinde yıllardır beklenen heyecan başladı. Artık, o çetin sınavların zamanı gelmişti... Bahriye'ye verilecek evlat için mücadele yakında başlıyordu. Hasan'ın okulda derslerine çalışmaktan ve olabildiğince yüksek notlarla sınıflarını geçmesinden ibaret olan yıllık hedefi büyüyor, ders çalışmalar yeni bir zemine taşınıyordu. 8 Mayıs günü tekrarını görecekleri bu ilanı okur okumaz Terzi Hasan, Mükerrem Bey'e koştu ve verilen bilgileri birlikte incelediler.

'Tamam, Hasan ağabey!" dedi Mükerrem Bey, "Zamanı geldi, kolları sıvayalım artık!.."

Müdür, birkaç özel lise broşürü ile İstanbul'daki Kuleli Askerî Lisesi'nin ve Heybeliada'daki Deniz Lisesi'nin tanıtım belgelerini teslim etti. Terzi Hasan, Mükerrem Bey'den aldığı belgeleri toparlayıp heyecan içinde dükkâna getirdi, üzerine kumaş serip pantolon kesimi yaptıkları, kumaş raflarının önündeki büyük masanın üzerine yaydı. Milliyet gazetesini de önüne açtı.

"Hasan, gel bakalım!" dedi, "Çek sandalyeyi şöyle yanıma..."

Kuleli ile Deniz Lisesi'nin broşürlerini yan yana incelemeye başladılar. Okulun girişinde, Atatürk büstünün yanındaki masanın üzerinde gördüğü broşürleri hatırlayan Hasan: "Artık vakit geldi, değil mi beybaba?" diye sordu.

"Geldi, oğlum. İşte Deniz Lisesi ilanı... Broşürler de burada."

"Okulda görmüştüm onları, okumuştum. Alıp eve getirecektim, 'alamazsın, burada kalmalılar' demişlerdi..."

"Şu broşür ve bu ilan, Deniz Lisesi'nin sınav müracaatlarını güzelce açıklıyor. Sınavlara girmek isteyen öğrencilerden ne isteniyor, sözlüsü ne zaman, yazılısı ne zaman, mülakat komisyonu ne zaman? Başlıyoruz artık. Haydi bakalım, uğurlar ola hepimize..."

Başvuru ilanına göre; müracaatlar şahsen veya posta ile 30 Mayıs-24 Haziran arasında Heybeliada'daki Deniz Lisesi'ne yapılacak, başvurusu kabul edilenler 24 Haziran ile 4 Temmuz arasında ön muayenelere, bedenî yeterlilik testlerine ve komisyon önünde mülakatlara alınacak, tüm bunlardan geçmeyi başaran öğrenciler, 5 Temmuz günü belli başlı birkaç merkezde yapılacak yazılı sınava sokulacaktı.

Bedenî yeterlilikte; dört yüz metre koşu süresi, durarak uzun atlama mesafesi, mekik ve barfiks çekme sayıları ölçülüp puanlanıyordu. Yazılı sınavda ise, Türkçe, sosyal bilimler, matematik ve fen bilimlerinden sorular sorulacaktı.

Sınavlara girmek için gösterilen şartları sağlayan öğrencilerin müracaat formlarının, birkaç belgeyle beraber ya posta ile gönderilmesi ya da bizzat elden teslim edilmesi isteniyordu. Bir de altı vesikalık fotoğraf...

Terzi Hasan, ortaokulda geçen yılları boyunca torununa kâh Rafet'in gazinosundaki oturmalarında kâh beraber gördükleri işler sırasında uzun uzun Bahriye'yi anlatmış, Heybeliada'daki Deniz Lisesi'nden ve Deniz Harp Okulu'ndan bahsetmişti. Bembeyaz üniformaları içinde Hasan'ın yaşlarındaki öğrenciler... Hepsi zor sınavlardan geçmiş, bu okullarda okumaya hak kazanmışlar... Az zaman değildi, lisede dört yıl, arkasından Harp Okulu'nda bir dört yıl daha... Kıyafetini devlet verir, karnını devlet doyurur, cebine de karınca kararınca harçlığını koyardı... En parlak öğretmenlerin elinde, sekiz sene! Az şey mi? Göreceği adap, terbiye, gezeceği memleketler ve öğreneceği yabancı diller de cabası... Çatalzeytin'de hangi ana, baba, evladına böyle bir okuma imkânı verebilirdi?.. Hele, mezun olduktan sonraki iş garantisi... Mezun oldun mu işin hazırdı... Kurala, kitaba uy, yıllarca çalış!.. Az nimet değildi tüm bunlar.

"Ben hasbelkader Bahriye askeri oldum, gittim oralara, gördüm, tanıdım. Peygamber ocağıdır aslına bakarsan." demişti Terzi. "*Yavuz* gemisinde çok iyi insan evlatları, helal süt emmiş memleket çocukları gördüm. Allah bize nasip ederse, seni de bu sınavlara götüreceğiz. O iyi insanların arasına seni de katabilecek miyiz göreceğiz..."

Orta ikinci sınıftan itibaren, okula gelen broşürlerden birer adedi alınmış, evde bir köşede saklanmıştı. Başta Hasan ve kız kardeşleri, gelip giden misafirler de dâhil, merak eden kim varsa, açıp açıp bakmışlardı aylardır. Heybeliada'daki iki deniz okulunun göz alıcı fotoğrafları... Üniformaları içindeki öğrenciler... Spor yaparken, derslerde, laboratuvarlarda...

Dedesinin bütün bu çabaları sonucunda Hasan da henüz hiç görmediği Deniz Lisesi'ne karşı bir meraka kapılmış, kendisini resimlerde görülen öğrencilerin arasında hayal etmeye çalışmış, sınavlara giden öğrencilerin arasına girip başarılı olmak, o resimlerde gördüğü beyaz, siyah üniformalı öğrencilerin arasına karışmak fikrine ısınmıştı. "Yakalarındaki o beyaz sınıf işaretlerinden ben de taksam!.. Omuzlarındaki o apoletlerden, başlarındaki şapkalardan benim de olsa... Harp Okulu'na geçince o küçük kılıçtan ben de taksam belime..." diye düşünüyor, bunu istiyordu.

Şayet, olur da kazanırsa, dört yıllık kaliteli bir askerî lise eğitimi görecek, yabancı dil öğrenecek, sonra sınavsız şartsız, otomatik olarak üniversite ayarındaki Deniz Harp Okulu'na geçecek, bir dört yıl da orada okuyup, bitirecek, kendisini bekleyen Bahriye'ye gidip, çalışacaktı. Bu seneki sınavı kazanıp Deniz Lisesi'ne gidebilirse, 1985 senesinde teğmen çıkması gerekiyordu. Peki, sonra? Sonrası Allah kerimdi, yürüyecekti yürüyebildiği kadar.

Hazırlıklara başladılar. Evdekilerin de gündemi artık Hasan'ın gideceği sınavlar olmuştu. Dedesi ve kendisine birer yeni takım elbise dikildi. Koyu kahverengi kumaştan dikilmiş yeni elbisesini giyip, dedesinin kendi elleri ile bağladığı kravatını taktı, vesikalık çektirmeye Foto Yılmaz'a gitti. Dedesi de yanındaydı.

"Aman, Yılmaz," demişti fotoğrafçıya, dedesi, "artist gibi çıkart oğlanı. On beş yirmi tane basıver, bol bol lazım olacak bu sene bize..."

Özene bezene çekilen vesikalıklar alındı. Okulda öğrenci durum belgesi hazırlandı, Mükerrem Bey'e imzalatıldı ve iki üç kopya alındı. Nüfus kayıt örneği ve gerekli diğer tüm belgeler hazırlandı. Okulun kapanmasına yakın bir günde bütün belgeler ve fotoğraflar müracaat formuna eklenerek, bir zarfa kondu ve doğru ilçe postanesine gidildi.

"Hüsnü! Önemli postamız var, bak hele!.."

Terzi'nin kardeşi Hüseyin'in damadı idi, Hüsnü. PTT memurluğuna başladığı Çatalzeytin'de Hüseyin'in büyük kızı Gürsel ile evlenmiş, yuvasını kurmuştu. Aslen Tosyalı idi, ağdalı bir Tosya aksanı ile konuşurdu. Bütün hısım akrabanın, çarşı ahalisinin sevip saydığı, girişken, dilbaz ve becerikli bir damat olmuştu Hüsnü enişte, Çatalzeytin'e.

Müracaat belgelerini saman kâğıdından büyükçe bir zarfa koyup, üzerini de broşürlerdeki tariflere göre özene bezene yazdılar. Pulunu yapıştırıp teslim ettiler.

Terzi Hasan: "Aman oğlum!" diye tembihledi postacıyı, "Bu gidecek, sonra bize aday numaramızı, sınavlar için gideceğimiz adresleri bildiren bir belge gelecek. Ne olur, gözünü aç! Kaç senedir bu işi bekliyoruz, biliyorsun."

Hüsnü: "Merak etme, ağabey!" diyerek rahatlattı kayınpederinin ağabeyini. "Sen, oğlanı oturtup derslerini çalıştır, sınav zamanı gelinceye kadar. Bunlar gider, gelir, hiç merak etme..."

Mayıs ayının sonuna doğru sınavlar bitmiş, üçüncü sınıf mezuniyet rahatlığına girmiş olmasına rağmen, Hasan, kitapları ve defterleri ile boğuşmayı bırakmadı. Karabük'ten de birkaç yardımcı kitap getirtilmişti; kolej ve askerî lise sınavlarına hazırlık kitapları... Evin bir odasını onun çalışmasına ayırdılar. Okuldan geldikten sonra bir şeyler atıştırıp odasına kapanıyor, saatlerce çalışıyor, kimse ona dokunmuyordu. Ara sıra Hasan'dan gelen bağırtı çağırtı sesleri ile Sümer ve annesi Fatma telaşa kapılıyor, fakat biraz sonra, olanca sesi ile türküler, şarkılar söylediğini işitip, rahatlıyorlardı. Nasıl bir ders çalışmaysa!.. Dedesi sık sık eve çıkıp, odasının kapısına kulağını dayayıp içeriyi dinliyor, torununun durumunu takip etmeye çalışıyordu.

Mükerrem Bey'in ve Deniz Lisesi projesinden haberi olan öğretmenlerinin önerdiği günlük program dâhilinde, ortaokulun üç sınıfının kitapları toplanmış, Hasan'ın önüne yığılmıştı. İşi sağlama almak için, sadece son sınıfın derslerine değil, önceki iki yılda öğrendikleri konulara da bakıyordu.

Okulun kapanmasının üzerinden on gün kadar bir vakit geçmişti. Postacı Hüsnü enişte, iş yerinden manyetolu telefonu çevirip, Terzi Hasan'ın dükkânındaki yirmi beş numaralı telefonu aradı bir sabah:

"Ağabey, müjdemi isterim! Sizin belge geldi!"

Bir koşu gidip gelen mektubu aldılar. Hasan'ın sınavlar için adaylık kaydı yapılmış ve bir aday numarası verilmişti. Yazılı sınav öncesindeki testleri ve mülakat için 30 Haziran günü sabah saat dokuzda Heybeliada'da, Deniz Lisesi'nde hazır olması isteniyordu.

"Allah'ım sen bizi mahcup etme!" diyerek belgeyi emniyetli bir yere sakladı, Terzi Hasan.

Neredeyse otuz yıldır beklediği gün gelmişti, oğlu olmamıştı ama şimdi torununun elinden tutup götürecek, adanın yukarısındaki o güzelim okulun kapısını çalacaktı. Önce çocuğun sağına soluna, üstüne başına bakacaklar, beden yeterliliği testlerinde yarış atı gibi koşturacaklardı. Buraları geçerse, hemen aynı gün bir komisyonun karşısına çıkacaktı, Hasan. Yazılı sınav 5 Temmuz günü yapılacağına göre, birkaç gün de o sınav için beklemeleri gerekecekti.

Takvime baktılar, hesaplarını kitaplarını yaptılar. 26 Haziran Pazar günü İstanbul'a gitmeye karar verdiler. Küçükpazar tarafında bir iki gün dinlenecek ve randevunun bir gün öncesinden, 29 Haziran günü Heybeli'ye geçeceklerdi.

İstanbul'a gidişlerine bir hafta kadar vakit kalmıştı. Hasan, ders çalışmalarını tamamlamış, hızlı tekrarlar yapmaya başlamıştı. İlçe futbol takımının sağ bek oyuncusu Ergun ağabeyinin verdiği tavsiyeler doğrultusunda, son bir haftada beden yeterliliği testleri için antrenman yapmaya başladı. Kimi antrenmanlarında Ergun ağabeyi, Hasan'ı önüne katıp, festival için hazırlanmış olan, Çayağzı'ndaki futbol sahasına götürüyor, elinde düdükle egzersizlerine nezaret ediyordu. Dört yüz metre koşu, ayakta durduğu yerden uzun atlama, barfiks ve mekik çekme... Birkaç günlük ısınmadan sonra, Hasan'ın performansının, broşürlerde belirtilen süre ve tekrar kriterlerini rahatça karşıladığı anlaşıldı. Ergun ağabeyi yine de Hasan'ı rahat bırakmadı,

İstanbul'a yola çıkacakları günün arifesine kadar antrenmanlarına devam ettirdi. Bedenî yeterlilik hazırlıklarını tamamladıklarında sıkı sıkıya tembihledi onu:

"Bak, sakın haa! İstanbul'a gidince bırakma egzersizlerini. Her neredeyseniz günde hiç olmazsa yarım saat... Kondisyon egzersizleri de yap. Küçükpazar mı? İnin Haliç kıyısına! Nereyi bulursanız, parklarda, bahçelerde..."

Hasan, Haliç kıyısında, sebze meyve halinin yanındaki açık alanlarda bu talimatı yerine getirecek, rast geldiği her ağacın alçak dallarına uzanıp üçer beşer barfiks çekecekti...

***

Haziran ayının yirmi altısına denk gelen Pazar günü İstanbul'a gidecek Çatalzeytin Güven Turizm otobüsüne biletleri alındı. Dede ve torun gidecekler, Avni, evin ve dükkânın başında kalacaktı.

Yolculuk günü gelip çattığında, Hasan, üzerinde vesikalık fotoğrafını çektirirken giydiği kahverengi takım elbisesi, bu kez kravatsız, ayağında yeni bir çift ayakkabı, elinde valizi ile dedesinin yanına katıldı. Valizlerini yazıhaneci Yaşar Karahan'a emanet edip, çarşıya yöneldiler. İstanbul için güzel birer tıraş olacaklar, çarşı esnafı ile vedalaşacaklardı.

Çarşı meydanında Berber Hasan'a gittiler. Bir koltukta dede, diğer koltukta torun, oturup tıraşlarını oldular. Parayı ödeyip, otobüs yazıhanesine döndüler. Otobüsün, Türkeli tarafından yolcusunu alıp gelmesini beklerlerken bütün ev halkı onları uğurlamak için yazıhanenin önüne gelmiş, mahalleden hısım akraba da onlara katılmıştı.

"İstanbul'a inince doğru Küçükpazar'a geçeriz... Oğlanı dinlendiririm... Abdi'nin otelinde kalırız herhâlde. Adaya bir gün öncesinden geçeriz... Sabah dokuz diyorlar. Ne olur ne olmaz!.. Vapuru filan kaçırıp da daha başlamadan berbat etmeyelim işi ..." diyordu Terzi Hasan, yanındakilere.

Biraz sonra otobüs, Çayağzı tarafından göründü. Geldi ve yazıhanenin önünde durdu. Bekleşen yolcular, bagajlarını verip koltuklarına geçmenin telaşı içinde, uğurlayanlar ile vedalaştılar, otobüsü doldurdular. Yaşar Karahan, elindeki yolcu çizelgesini sallaya sallaya yazıhanesinden çıkıp otobüse girdi, önden arkaya doğru biletli yolcuları kontrol etmeye koyuldu.

"Ahmet ağabey! Sen de mi İstanbul tarafına?" dedi arkalarda oturan birisine.

Küçük Ahmet: "Yok be Yaşar Efendi," dedi, "köye çıkıyorum, yukarı..."

Konuşurken hep gülümsüyordu. Otobüsün yolu üzerindeki yakın köylerde oturanlar, kasabada işlerini bitirip eve dönüş vakti geldiğinde araç bulamazlarsa o gün Karabük, İstanbul taraflarına giden otobüslere biner ve yol kenarlarında inerlerdi.

Yolcu kontrolü tamamlandıktan sonra, şoför olan diğer Yaşar geldi ve direksiyona geçti. Kornasına bir iki kez basıp, etraftakilere, hareket etmek üzere olduğunu duyurdu. 302 model Mercedes otobüsün ön kapısını kapattı ve hareket etti.

Dede ve torunun yerleri en önde, sağ taraftaydı bu kez: Üç ve dört numaralar.

"Hasan ağabey! Hayırlı yolculuklar." dedi birkaç kilometre ilerledikten sonra şoför Yaşar: "Ne tarafa ağabey, böyle?"

"Sağ ol Yaşar. Cümlemize iyi yolculuklar. İstanbul'a gidiyoruz oğlanla..."

"Şu imtihan işi değil mi ağabey? Geldi mi artık vakit?"

"Geldi ya! Geldi, Allah nasip ederse..."

"Ne yapacağız şimdi, yeğenim?" deyip, Hasan'a çevirdi lafını şoför Yaşar, gözünü önünden ayırmadan. "Çalıştın mı bütün derslerine güzelce?"

"Çalıştım Yaşar ağabey."

"Nasılmış bu askeriye imtihanları?"

"Koşma var, atlama var, zıplama var, barfiks var... Sonra sözlü bir imtihan var... Soyacaklarmış sağımıza solumuza bakmak için. En sonunda da yazılı bir imtihan var."

"Of babam of! Bu neymiş ya böyle? Saraya şehzade mi seçiyorlarmış, bu kadar imtihandan geçirip de..."

"İlanlarda böyle söylüyorlar," diyerek açıklamaya çalıştı Terzi, "oğlan da aklının erdiği kadar çalıştı. Çayağzı'na gitti antrenman yaptı. Bakalım artık..."

Konuşa konuşa Yaralıgöz'ü, Kastamonu'yu geçtiler. Karabük'e gelip, otobüs terminaline girdiler. Karabük'te yarım saate yakın oyalanır, inen ve yeni binen yolcuların işlerinin bitmesini beklerdi Çatalzeytin otobüsleri. Dede ve torun, otobüsten inip havalanmaya çıktılar. Tuvalet ihtiyaçlarını gördüler, sonra yazıhanelerin önünde volta atmaya başladılar yan yana.

"38 Evler'e bak! Halanlar orada. Bizi görürler mi acaba?"

"Tam şu görünen cam işte, onların evleri. Bir koşu gidip kapısını çalayım mı beybaba? Ben, bisikleti almaya geldiğim zamandan biliyorum yolları..."

Dedesi aniden durdu olduğu yerde!.. Hasan'a bakıyordu, kalakalmıştı öylece...

"Ne oldu, beybaba?"

"Oğlum!"

"Hıı?"

"Senin ceketin nerede?"

"Ceketim mi?"

"Evet! Yola çıkarken ceket yok muydu üzerinde?"

"Vardı?.."

Hasan da olduğu yerde kalakalmış, dedesine bakıyordu ifadesiz bir yüzle... Ceketine ne olmuştu?..

"Otobüse binmeden önce berbere girmiştik! Orada çıkarmamış mıydın?"

"Evet, berber çıkarttırmıştı..."

"Ee, sonra?"

"Berberin kapısının arkasına asmıştım."

"Ee, sonra giymedin miydi berberden çıkarken?"

"..."

Bir panik sardı Terzi Hasan'ı. Otobüse koşup koltuklarına, yukarıdaki bagaj rafına baktılar... Ceket yoktu!..

"Berberden çıkarken giymemiş miydin oğlum?"

"Giymediydim herhâlde..."

"Giriş belgelerimiz nerede peki?"

Şimdi de Hasan kalakalmıştı olduğu yerde... Yüzü de bembeyaz olmuştu... Belgelerin nerede olduğunu hatırlamıştı.

"Ceketimin iç cebindeydi..."

"Eyvahlar olsun! Bıraktık mı her şeyimizi çarşıda? Ne yapacağız şimdi biz?"

Terzi Hasan, ne yapacağını bilemez hâlde, ellerini bacaklarının iki yanına vura vura bir otobüse yürüyor, bir geri dönüp Hasan'ın yanına geliyordu. Kendini kaybetmiş, aklı durmuş gibiydi... Sonra, terminal alanının orta yerinde bağırıp çağırmaya başladı.

"Bende kabahat!" diyordu, "Kabahat bende! Ah benim eşek kafam!.. Belgeleri niye sana emanet ederim ki? Kaç saat yolumuz, kaç günümüz var daha... Yazın sıcağında çocuğa ceket giydirmek de neymiş ki!.."

Hasan'a değil, kendisine kızıyordu.

"Geri gitsek, sabaha kadar araba bulunmaz. Devam etsek, belgelerimiz yok. Varınca sormayacaklar mı adaylık kâğıtlarınız nerede, diye?"

Sonra birden kaldı olduğu yerde Terzi Hasan... Aklına bir şey gelmiş gibiydi.

"Koş! Bırakma sakın peşimi!.."

Dede önde, torun arkasında, otobüsün önündeki yazıhaneye koştular. Aslen Çatalzeytinli olan yazıhaneci Kasım ile şoför Yaşar'ı çay içerlerken buldular.

"Yaşar!" dedi Terzi Hasan, "Oğlum, biz yanlış bir iş ettik!"

Yüzü gözü terden sırılsıklam ve telaş içinde durumu açıkladı kesik kesik cümlelerle. Yazıhaneci ve şoför Yaşar, ikiletmeden durumu anladılar.

"Ağabey, dur! Nefes al biraz. Anladım. Bir çare buluruz şimdi..."

Kasım, şoför Yaşar ve Terzi Hasan birkaç dakika tartışıp, bir çıkış yolu buldular. Kasım, hemen Çatalzeytin'e terzi dükkânına ya da kimi bulursa, telefon edecek, Avni'ye ulaşacak, berberden Hasan'ın ceketini aldıracak, belge ceketin cebinde görülecek, çarşıda bulunacak bir vasıta ile ceket otobüse yetiştirilecekti.

İyi de ceket gelecek diye otobüs Karabük'te durup bekler miydi? Yola devam etmesi, belli bir vakitte İstanbul'a inmesi gerekirdi. Pratik bir çözüm buldular buna: Karabük'ten bir iki saat kadar ileride, Çatalzeytin otobüslerinin yemek molası verdiği Söğütlü Çeşme mola yerinde dede ve torun inecekler, arkadan gelecek ceketi bekleyeceklerdi. Avni de ceketi getireni tembihleyip, Terzi Hasan'ı Söğütlü Çeşme'de bulmasını söyleyecekti.

Otobüs, bu krizin aşılması için her zamankinden biraz fazla oyalandı Karabük'te. Bu arada, yazıhaneci Kasım, masasındaki manyetolu telefondan Çatalzeytin'in yirmi beş numaralı abonesini yazdırmış, santral görevlisini bir hayat memat meselesi olduğuna inandırmıştı. Hep birlikte beklemeye başladılar... Fazla geçmeden Karabük santralı, Çatalzeytin'i bağladı.

Karşılarına çıkan Avni'ye durumu kısaca izah ettiler. Avni, kayınpederine: "Bizim Pehlivan var yanımda," dedi, "durun, hemen konuşayım onunla..."

Pehlivan, Terzi Hasan'ın eski kalfası Yaşar'ın ağabeyi, Tecir Dursun'un büyük oğlu idi. 1974 model bir Opel otomobili vardı. Ekmeğini taksicilik yaparak çıkarıyordu.

"Pehlivan!" dedi Avni, telefonu kulağında tutarken, "Hasan'ın ceketini bırakmışlar Berber Hasan'ın dükkânda, Karabük'ten arıyorlar. Giriş kâğıtları ceketin cebindeymiş. Ceketin dosdoğru Söğütlü Çeşme'ye götürülmesi lazım. Kayınpeder seni bekleyecek orada. Var mı bir işin?"

Pehlivan, gidebileceğini söyledi. Ne para ne fiyat ne de pazarlık! Onlar sonranın işiydi. Karabük'tekiler, Pehlivan'ın geleceğini öğrenince, Söğütlü Çeşme'de inip bekleyeceklerini söyleyerek telefonu kapattılar.

Kriz bu şekilde kontrol altına alınınca, ortalık sakinledi. Otobüs, terminalden hareket etti. Şoför mahallindekiler, biraz önce yaşanan heyecandan dolayı gergin, hiç ses soluk çıkarmadan oturuyorlardı. "Merak etme, ağabey!" diyerek Terzi Hasan'ı sakinleştirmeye çalışıyordu şoför Yaşar. Terzi ise, öfkelenip hararetlendiği her zaman yaptığı gibi, dişleri ile alt dudağını ısırıyor, ellerini bir o yanına, bir bu yanına koyuyordu. "Ya ceketi birisi giyip götürdüyse! Ya berber kapatıp gittiyse! Ya berber köyüne gider de bulunamazsa! Ya belgeler ceketten çıkmazsa! Bu oğlan, iç cebime koyduydum diyor ama..."

Biraz sonra Hasan'ın sesi duyuldu:

"Beybaba, poşet!"

Yaşananların verdiği moral bozukluğu ile midesi kalkmış, kusmak üzereydi. Koşturup bir poşet getirdiler, hemen eline tutuşturdular. Hasan, yüzünü döndüğü cam tarafına doğru kapanıp büyük bir gürültü ile kustu biraz sonra. Dedesi, gözlerini önündeki camdan dışarıya doğru sabitlemiş, dudaklarını ısırmaya devam ediyordu.

Otobüs, iki saat kadar sonra Söğütlü Çeşme Tesisleri'ne girdi ve yemek molası verdi. Şoför Yaşar ile Terzi, içeride bir telefon daha buldular ve Çatalzeytin'den yirmi beş numarayı yazdırdılar. Terzi, telefonun yanında oturup bekledi. Yaşar da otobüsçülüğün adabına göre özel hazırlanmış şoför masasına geçti, karnını doyurmaya oturdu. Morali bozuk olan Hasan'ı da yanına almıştı.

Telefon bağlandığında, Avni çıktı yine karşıdan. Ceketi bulduğunu, cebindeki belge ile Pehlivan'a verdiğini, Pehlivan'ın, Yaşar'ı yanına yoldaş alıp çıktığını, Kastamonu'yu bulmuş olması lazım geldiğini, söyledi. Terzi Hasan'ın saatlerdir gülmeyen yüzü, aldığı bu haberle biraz tebessüm eder gibi olmuştu şimdi...

Yarım saatlik bir molanın ardından otobüs, yolcularını alarak kalktı, Gerede tarafına dönüp, gözden kayboldu. Hava çoktan kararmış, yaz ayı olmasına rağmen, ortalığa Gerede sırtlarının serinliği hâkim olmuştu. İki Hasan, mola yerinde kâh oturup çay içerek kâh kalkıp otobüslerin arasında gezinerek beklemeye başladılar.

Gece yarısına doğru Söğütlü Çeşme'ye yetişti, Pehlivan. Terzi Hasan'ın gözü zaten saatlerdir, Karabük tarafından gelip, tesislere giren arabalardaydı. Pehlivan'ın Opel'ini tanır tanımaz sıçradı oturduğu yerden, atladı arabanın önüne.

Pehlivan: "Dosdoğru geldik, Hasan ağabey," dedi, "işemeye bile durmadık!"

"Allah ne muradınız varsa versin. Çatladık vallahi buralarda kaç saattir..."

Yaşar bir ara ustasının yanına yanaştı: "Usta," dedi, "biraz para aldım yanıma, cebinde dursun istersen. Ne olur ne olmaz!"

Terzi sarıldı, Yaşar'ı iki yanağından öptü. "Sağ ol, oğlum," dedi, "ver, dursun cebimde. Ne olur ne olmaz..."

Pehlivan ile Yaşar birer çorba içerlerken, Terzi Hasan, yolun devamı için planını yaptı:

"Siz, bizi Gerede tarafına kadar atıverin bir mola yerine, çocuklar... Biz, İstanbul tarafına giden otobüslerden birisine atlar, devam ederiz. Siz de selametle dönersiniz."

Kastamonu ve Karabük'ten gelen yol, Söğütlü Çeşme'den kırk kilometre kadar ilerideki Gerede'de Ankara-İstanbul yoluna bağlanıyordu.

Yeni gelenler, çorbalarını içip, ihtiyaçlarını gördükten sonra, hep beraber Opel'e bindiler, Gerede tarafına doğru yola çıktılar. Yarım saat kadar ileride, Gerede'ye yakın bir mola yerine girdiler. Pek çok otobüs vardı, Ankara'dan ve başka birçok şehirden gelerek İstanbul'a giden. Molasını bitirip yola çıkacak bir Gazanfer Bilge otobüsünde yer buldular. Dede ve torun, valizlerini bagaja verip otobüsün arka beşlisine geçtiler. Hareketlerine yakın, Terzi Hasan, açık olan arka kapıdan Pehlivan ve Yaşar'a seslendi:

"Haydi oğlum, siz de oyalanmayın buralarda! Karabük'e gidip yatın isterseniz. Yarın sabah devam edersiniz..."

Pehlivan: "Tamam ağabey," dedi, "biz yavaş yavaş ineriz aşağı."

"Çarşıya inince Küçükpazar'a haber edin bana, aman ha!"

Yaşar: "Tamam usta," dedi, "haydi, uğurlar olsun. Allah işlerinizi rast getirsin..."

Gazanfer Bilge'nin otobüsü Gerede'den kalkıp Bolu tarafına doğru vurdu yola, yürüdü. Gece saat üçü geçmişti. Hasan, on beş saattir yollarda olmanın üstüne bir de ceket krizinin yorgunluğu ile on dakikaya kalmadan dedesinin omzuna kafasını koymuş, uykuya dalmıştı.

***

"Oğlum! Haydi, uyan. Bak! Geldik İstanbul'a..."

Hasan gözlerini zorlukla açtı. Etrafına bakıp, nerede olduğunu kavramaya çalıştı. Otobüstelerdi... Gerede'den sonra bir yerde durmadan doğruca İstanbul'a gelmişler, Hasan da yol boyunca uyumuştu.

"Nereye geldik? Küçükpazar mı burası?"

"Yok, daha değil. Buraya Altunizade derler. Aşağısı, şu sol tarafa doğru Üsküdar. Birazdan meşhur Boğaziçi Köprüsü'nü göreceğiz... Aç hele gözlerini iyice!"

Üç dört yıl önce açılan, İstanbul Boğazı'nın iki yakasını birbirine bağlayan meşhur köprüyü söylüyordu.

"Köprüden geçeceğiz. Neredeyse, yüz metre yüksekte. Bütün Boğaz'ı göreceksin. Kaçırma bunu..."

"Şu mu?" diyerek, önlerine serilen yolda, ileride gördüğü devasa köprüyü gösterdi, Hasan.

"Orası ya! Köprüden geçerken iki tarafa güzelce bak. Boğaz sağ tarafa doğru kıvrıla kıvrıla gidiyor. Sol yanda, Sarayburnu'nu, Topkapı Sarayı'nı, meşhur camileri göreceksin, Mimar Sinan'ın yaptıkları var ya hani!"

Birkaç dakikada geçtiler köprüyü. Hasan, gözlerini açmış, uyku sersemliğini atmış, sağda solda gördüğü büyük binaları soruyordu yine.

"Bak, şu sağ yanımızda, Boğaz'ın kıyısındaki ince uzun, sarıdan binayı gördün mü? Kuleli Askerî Lisesi orası işte!"

"Bizim orada işimiz yok ama?"

"Evet, oraya gitmeyeceğiz."

"Şu sol yanda, denizde ileridekiler ne beybaba? Adaya benziyorlar, birkaç tane..."

"Hah!" deyip canlandı dedesi, "Adalar onlar işte! Heybeliada onlardan birisi. Şu taraftan üçüncüsü olmalı. Bizim sınavlarımız orada olacak. Vapurla gideceğiz Adalar'a..."

Otobüs, Ortaköy üstünden Avrupa Yakası'na geçerek Zincirlikuyu ve Mecidiyeköy istikametine doğru devam ederken Boğaz manzarası gerilerinde kaldı. Çağlayan'ı geçip, Halıcıoğlu rampasından indiler, Edirnekapı surlarını sol yanlarında bırakarak Topkapı'ya geldiler. Yolculukları nihayet bitmişti, Söğütlü Çeşme'de zorunlu olarak verdikleri beş altı saatlik olağan dışı molanın ardından.

Otobüsten indiler, muavinden valizlerini aldılar. Dedesi, Hasan'ın ceketini giymesini izledi. Aksaray'a giden bir dolmuşa bindiler. Vatan Caddesi'nin başında, Aksaray Meydanı'na yakın bir yerde indiler.

"Karşıya geçelim de yürüyelim. Bir dolmuşa daha binip, Unkapanı'nda ineceğiz."

Valide Sultan Camii'nin önünden Saraçhane Yokuşu'na yukarı devam ettiler. Dedesi, tarihî Pertevniyal Lisesi'ni gösterdi, okulun arkasındaki bir ara sokakta ahbabı Mustafa Karaosmanoğlu'nun oturduğunu söyledi.

"Küçükpazar'da üstümüzü başımızı toparlayalım. Dinlendikten sonra buradaki dostlarımla tanıştıracağım seni."

"Neredeyse bir gündür yoldayız, yine de bitmedi!" diyordu içinden, Hasan. "Bir otobüsten in, başkasına bin! Gel İstanbul'a, otobüsten in, iki adım sonra minibüse bin... Yürü biraz daha... Sonra bir başkasına daha... Karabük bile köy gibi, bu İstanbul'un yanında..."

Hem dedesinin gerisinde kalmamaya çalışıyor hem sağına soluna bakıyordu şaşkınlık içerisinde.

"Beybaba, ne kadar büyükmüş bu İstanbul böyle!"

"Memleketteki bütün şehirlerin en büyüğüdür! Ucunu bucağını bulamazsın... Milyonlarca da nüfus vardır... Dört milyondan fazla olması lazım..."

"Dört milyon mu? Bin, yüz bin, milyon, dört milyon... Üfff!"

Saraçhane'yi aşarak Bozdoğan Kemeri'nin altından Unkapanı'na inebilirlerdi ama elde iki valiz ile yürümeye pek dermanları yoktu. Pertevniyal'in önünden karşıya geçtiler. Vefa bozacısının önündeki duraktan Şişli, Taksim tarafına giden taksi dolmuşlara gittiler. Meşhur Amerikan Şevrolelerini ilk defa görüyordu, Hasan.

"Ustam! Bizden iki Unkapanı alıver, şu iki valizi de bagajına koyuverelim."

Unkapanı Köprüsü'ne en yakın İMÇ[64] blokunun önünde indiler.

"Beş dakikalık bir yolumuz kaldı, oğlum," dedi dedesi, "şu pasajın içinden doğru yürüyeceğiz... Ha gayret!"

"İMÇ" adı ile Unkapanı Köprüsü'nden Saraçhane'ye yukarı doğru çıkan yolun sol yanına, Bozdoğan Kemeri'ne kadar yan yana yapılmış bu bloklarda; perdeciler, halıcılar, kumaşçılar, bir evi döşemeye gerekli ne varsa, toptan ve perakende ticaretini yapan mağazalar ve dükkânlar bulunuyordu. Köprüye en yakın ilk blokta ise İstanbul'un popüler saz ve müzik evleri... Teypçiler, kasetçiler, sazcılar, cazcılar... Mağazaların camlarında boy boy türkücü ve şarkıcı posterleri asılı idi. Dışarıya uzatılmış hoparlör sistemleri ile her dükkânda ayrı bir hava çalınıyor, ortalık panayır yeri gibi, şamatadan, gürültüden geçilmiyordu. Kimisinin sapından yapışarak taşıdığı kimisinin sırtına vurduğu kılıfları içerisindeki çalgı aletleri ile Anadolu'nun dört bir yanından gelen ve bu piyasada kendine yer bulmaya çalışan, geleceğin sanatçıları dolaşıyordu bu blokta... Her yerde İbrahim Tatlıses isminde, tenor gırtlaklı, piyasaya yeni çıkmış bir türkücünün ortalığı kasıp kavuran türküsü çalınıyordu:

"Ayağında kundura, yâr gelir dura dura,
Genç ömrümü çürüttüm bağrıma vura vura..."

Hem yol yorgunluğunun yükü altında hem de yolculuklarının bu son birkaç yüz metresinde içine düştükleri bağırtı çağırtı arasında, sendeleyerek yürümeye devam ettiler. Küçükpazar'a ulaşıp, doğruca Abdi Usta'nın yerine vardılar. Abdi Usta'nın binasında zemin katta bir kahvehane, üstünde kahve kapısının yanından girilen merdi-

64 İMÇ: İstanbul Manifaturacılar Çarşısı. 1950'li yıllarda, İstanbul'un Eminönü, Sultanhamam bölgesinde yoğunlaşan manifaturacı esnafın kurduğu kooperatif marifetiyle 1950'lerin ortasında yapımına başlayıp, 1960'ların ikinci yarısında hizmete giren yeni yeri.

ven ile çıkılan birkaç katlı oteli vardı. Doğruca kahvehaneye girdiler. Ocakta Abdi Usta'nın akrabası olan Ahmet Efendi vardı. Hararetli bir hoşbeşten sonra oturup, ikram edilen çayları içtiler.

"Ahmet," dedi Terzi Hasan, "bize yukarıdan iki yataklı bir oda ver. On gün kadar buradayız. Valizleri atalım odaya, oğlanı da karnını doyurup, yatırayım..."

"Tamam, ağabey. İstersen hemen çık. 12 numaraya..."

Abanalı bir esnafın iki üç sokak ileride lokantası vardı. Dede ve torun, oraya geçip güzelce karınlarını doyurdular. Sonra otele döndüler. Terzi, Hasan'ı odaya çıkarıp, istirahate bıraktı.

"Sen uyu, uykunu al iyice. Ben aşağıda biraz oturayım, Abdi Usta'yı, diğer ahbapları göreyim."

Hasan odada soyunup dökündü, girdi yatağa, yattı. Terzi Hasan, aşağıda bulabildiği arkadaşları ile sohbete oturdu. Hemen bitişikteki yüncü Nizamettin, onun kardeşi Hulusi, Küçükpazar'ın neşe kaynağı Gıcı Dayı, Kasımpaşa'dan gelen asker arkadaşı Abdi Usta... Terzi ile hararetli bir sohbete koyulup, sınavların hikâyesini dinlediler. Ceket hikâyesini duyduklarında: "Vah vah," dediler, "şu başınıza gelene bak. Allah tarafından, arkadan yetiştirebilmişler..."

Hasan uyurken Abdi Usta'nın damadı İbrahim çıkıp geldi Unkapanı tarafından. Avni'nin köydeki en yakın arkadaşı, amcasının oğlu İbrahim... Yine bir kamyoneti vardı. İMÇ bloklarının dibinde bir yerde, durakta tutuyordu arabasını, oradan çıkan işlere gidiyordu. Akşamüzerine doğru Aksaray'dan Mustafa Karaosmanoğlu çıktı geldi. Emekli idi. Bir işle uğraşmıyordu. Her gün birkaç saat gelip Küçükpazar'da vakit geçirmek âdetiydi...

"Ooooo! Hısım ağa! Bu ne şeref böyle!" diyerek, hararetle kucaklaştı Terzi ile Karaosmanoğlu.

"Geldik Mustafa! Sınavların vakti geldi."

"Ee, hani oğlan?"

"Yukarıda yatıyor. Birazdan kaldıracağım..."

Bir fasıl da onunla sohbet ettiler. Karaosmanoğlu hem sınavların ayrıntısını öğreniyor hem yan masadaki Gıcı Dayı'ya laf yetiştirip, küçük küçük iğnelemelerle onu kızdırmaya çalışıyordu.

"Mülakat dediğin perşembe günü, öyle mi?"

"Öyle. Biz ne olur ne olmaz diye çarşambadan gideriz adaya..."

"İyi olur, hısım ağa... Sabah sabah vapur kaçar, akla gelmedik şeyler çıkar, işi sıkıştırmamak lazım."

"Temmuz'un beşinde de yazılı sınav. Hayırlısıyla oraya kadar ilerlerse..."

"İnşallah, hısım ağa... Benim hiç şüphem yok yeğenimden..."

Hasan'ı hiç görmüşlüğü bile yoktu aslında. Yine de başaracağından şüphesi olmadığını söylüyordu. Moral vermek, teşvik etmek için söylenen sözlerdi bunlar...

Terzi, biraz sonra yukarı çıkıp, Hasan'ı uyandırdı. Elini yüzünü yıkatıp, aşağı indirdi. Hasan, dedesinin yıllardır anlattığı, her birisinin âdeta ismini ezberlettiği Küçükpazar'daki ahbaplarını ilk defa görüyordu.

"O aslan, bu adam mı?" dediler, "Bunun boyu bosu tamam, yahu! Ölçüp biçmeye ne lüzum var... Şöyle baktı mı anlaşılıyor... Bahriye'ye bundan iyisini nereden bulacaklar!.."

Hasan'ın hoşuna gitti nezaketen söylenen bu sözler. Keyfi yerine geldi. Arkadaşı Metin'in babası, kamyoneti ile pek çok kere İnebolu'ya, köylere gidip gezdiği İbrahim amcasını görünce büsbütün neşelendi. Ona, Metin'i sordu, İstanbul'da iken arkadaşı ile görüşmeyi çok istediğini belirtti.

"Kasımpaşa'da be Hasan!" dedi amcası, "Evde şimdi Metin... Bilsem senin geldiğini, getirmez miydim!"

Hasan adadaki sınavlarına girip çıktıktan sonra, Çatalzeytin'e dönmeden Metin ile görüştürmeye söz verdi amcası.

Hava karardı, kahve yavaş yavaş boşaldı. Akşam evlerine dönmeden önce bir iki saat vakit geçirmeye toplanmış olan kahvehane kalabalığı dağıldı. Abdi Usta ve Karaosmanoğlu, iki Hasan'ı alıp götürmek, kendi evlerinde misafir etmek için çok ısrar ettiler.

"Dünyada olmaz!" diyorlardı, "Duyan bize ne der! Sen, otuz senedir gün sayıp da beklediğin işi görmeye geleceksin buralara, biz de sizi burada otel odalarında bırakacağız, öyle mi! Zinhar olmaz!.."

Terzi Hasan ise: "Rahatsızlık vermeyelim, çok zamanımız var, neredeyse on gün buralardayız, nasıl olsa geliriz!" diyerek direniyordu. En sonunda, birer ikişer akşam misafirliği yapmaları şartıyla, otelde kalmalarına razı oldular.

"Öyleyse, bu akşam bizdesiniz!" diyerek Karaosmanoğlu, Terzi ile torununu aldı, akşam yemeği için Aksaray'a götürdü. Unkapanı'ndan yukarı beraberce yürüdüler. Su kemerinin altından geçip Saraçhane'ye çıktılar. Karaosmanoğlu, küçük Hasan'a, sol taraftaki kocaman binayı göstererek: "Burası," dedi, "İstanbul Belediyesi'dir..."

Pertevniyal Lisesi'nin yan sokağından aralara girip eve vardılar. Karaosmanoğlu, 1950'lerde Çatalzeytin'de belediye reisliği yapan Şekerci Hüseyin'in ablası Hatice ile evliydi. Üç oğulları vardı. Büyük olan ikisi evlenip, evden ayrılmışlardı. Henüz bekâr olan küçük oğlu Tuncay, annesi ve babası ile oturuyordu.

"Yakın akraba değilsem de annen bana 'hala' der, oğlum," demişti Hatice, küçük misafirine, "sen de bana 'hala' de."

Neşeli sohbetler yaparak güzel bir yemek yediler. Karaosmanoğlu, ergenlik çağından beri sıkı arkadaşı olan Terzi Hasan'a bir iki kadeh de rakı ikram etti. "Oğlanın daha vakti var, sınavlarını versin, hak etsin, onun rakısı o zaman!" diye takıldığında, Hasan, beybabasının, Rafet Efendi'nin gazinosunda kendisine rakı içmeyi çoktan öğrettiğini anlattı. Hep beraber güldüler.

Karaosmanoğlu, o gece misafirlerini evinde yatırdı. Dede ve torun, ertesi günü yaptıkları güzel bir kahvaltıdan sonra ev sahiplerinden izin alıp, İstanbul gezmesi yapmaya çıktılar.

"Oğlum," dedi dedesi, "bugün gezeceğimiz kadar gezelim, yürüyelim biraz. Nasıl olsa yarınımız var, dinleniriz. Akşam da vakitli dönelim ki otele, sen biraz kitap defter karıştırırsın..."

"Tamam, beybaba. Nereleri göreceğiz bugün?"

"Şuradan Laleli Yokuşu'na doğru bir vuralım... Beyazıt'ı görürüz. Oradan Sultanahmet'e ineriz yokuş aşağı. Belki Topkapı Sarayı'na bile gireriz, ziyaretçi alıyorlarsa... Sonra da aşağı doğru, Gülhane Parkı, Sarayburnu... Nereye kadar götürürse dizlerimiz. Oradan da doğruca Küçükpazar..."

Pertevniyal'in önünden karşıya geçip, Laleli Yokuşu'na doğru yürüdüler. Sol yanlarında tarihî bir çeşmeyi geçtiler. Az ileride yine tarihî bir bina gördü Hasan.

"Burası ne beybaba?"

"Dur hele! Şu tavukçuya soralım." Belli başlı dört apartmandan oluşan "Tayyare Evleri" olduğunu öğrendiler orasının. İstanbul'da büyük bir yangın olmuş, evi köyü yananların barınıp oturması için 1920'lerin başında yapılmış...

İlerleyince İstanbul Üniversitesi'nin Edebiyat Fakültesi binasını gördüler. Yokuşu aşıp, düze varınca Beyazıt Meydanı'na geldiler.

Hasan, sol tarafında İstanbul Üniversitesi'nin tarihî giriş kapısını gördü.

"Bak, şu çınar ağaçlarını görüyor musun?"

"Evet, beybaba!"

"Orası çok eski bir yerdir. Derslerinde adını öğrendiğin pek çok yazar ve edebiyatçı vaktizamanında bu çınar ağaçlarının altındaki kahvelerde, bahçelerde toplanıp otururlarmış. Tartışırlarmış sanat ve edebiyat üzerine... Bir de Sahaflar Çarşısı vardır aynı kısımda."

Beyazıt Meydanı'nda sırtlarını üniversiteye verip karşıya bakınca, Gedikpaşa'nın sokak aralarından deniz manzarası gözlerine çarptı.

"Beybaba, deniz var aşağıda! Gemileri görüyor musun? Ne kadar aşağıda kalmış, deniz..."

"Marmara Denizi'nin kıyıları. Böyle bakarsan, şu sağ yanında Yenikapı, sol tarafta ise Sarayburnu var. Yürümeye devam edip Sultanahmet'e varınca, Ayasofya'nın, Saray'ın oralardan çok daha genişçe göreceğiz denizi... Haydi, yağlayalım tabanları bakalım!"

Meydanı gerilerinde bırakıp, devam ettiler. Sol yanlarında 1500'lerin başında yapılan Beyazıt Camii'ni gördüler. Yapan Mimar Sinan değilmiş, ama hangi mimarın yaptığı da kesin olarak bilinmiyormuş. Fakat, yapılışından altmış, yetmiş yıl sonra Mimar Sinan gelmiş, tamir etmiş...

Az ileride, sol yanlarına Kapalı Çarşı'nın girişi denk geldi.

"Duymuşluğun var mı hiç İstanbul'da Kapalı Çarşı'yı?"

"Duymadım."

"E, o zaman şuradan girelim de bir bakalım içine, değil mi?"

Gezdiler, epeyce bir dolaştılar. Hasan hiç böyle bir çarşı görmemişti. Kendince, Çatalzeytin'in çarşı meydanı ile kıyaslıyor, şaşkın şaşkın etrafına bakıyordu. Kuyumcular, sarraflar, manifaturacılar, kuru yemişçiler, aktarlar... Her dükkândan kendine has bir koku geliyordu... En çok, aktarlardan gelen kokudan hoşlanmıştı...

"Ohh, ne güzel kokuyor burası! Misler gibi..."

Kapalı Çarşı'da yarım saat kadar gezinip, girdikleri kapıdan çıktılar, Sultanahmet Meydanı'na doğru yavaş yavaş yürümeye devam ettiler. Nihayet, sağ yanlarında geniş bir açıklığa geldiler.

"İşte! Sultanahmet Meydanı... O kadar önemli bir yerdi ki burası Osmanlı Devleti zamanında... Pek çok tarihî eser var burada. En başta gelenleri şöyle bir göreceğiz."

"Biraz dinlensek beybaba! Ondan sonra devam etsek..."

"Tamam, oğlum. Oturalım şöyle."

Meydanın orta yerinde bir bahçeye oturdular. Mekânın Osmanlı kıyafetleri içindeki garsonları geldiler, sırtlarındaki kocaman şerbet testisinden öne doğru eğilerek şerbet ikram ettiler. Soğuk şerbetlerini içerlerken dedesi anlatmaya devam ediyordu:

"Bak! Şu rengi kırmızıya çalan büyük cami, Ayasofya Camii... Fatih, İstanbul'u 1453'te almadan önce Bizanslıların büyük bir kilisesi imiş bu... Fatih yıktırmamış, korumuş ve cami yapmış..."

"Ayasofya ne demek?"

"Aya Sofia! 'Aya' kutsal, aziz, mübarek manasına gelir. 'Sofia' ise kadın ismi, bilge anlamı taşır. Sadece bu değil, başka Aya Sofia kiliseleri de var başka yerlerde. Mesela Trabzon'da var. Aynı isimli, ama oradaki çok küçük bir kilise..."

"Ya şu, beybaba?"

"O da Sultanahmet Camii. Kim yapmış, bil bakalım!"

"Mimar Sinan mı?"

"Hayır! Mimar Mehmet Ağa... Peki, ne zaman yapılmış?"

"Ne zaman?"

"Deminden yukarıda Beyazıt'ta gördüğümüz camiden aşağı yukarı yüz yıl sonra. 1600'lerin başında..."

Hasan, bir taraftan şerbetini yudumluyor, bir taraftan da dedesinin gösterip anlattığı eserleri inceliyordu. Çok geçmeden, dedesinin bu açıklamaları, masanın üzerindeki broşürlere baka baka yaptığını fark etti.

"Ne kadar çok şey biliyormuşsun!.." dedi, dedesini yoklamak için.

"Oğlum, her tarafta yazıyor baksana! Levhalar var etrafta, her masanın üzerine kısa açıklamalar yazan broşürler koymuşlar. Okuyup okuyup söylüyorum sana. Buralarda oturup, yaşasaydık, bilirdim. Haydi, şerbetini bitir, Sultanahmet Camii'ne bir bakalım..."

Kalktılar, meydanda tarihî şadırvanı sol yanlarında bırakarak karşıya, Sultanahmet'in avlusuna geçtiler. Avlu kalabalıktı, ancak, namaz vakti olmadığı için rahatça dolaşıp, yapıyı incelediler. Caminin içine de girdiler. Girerken, ayakkabılarını çıkarmış ve bir rafa koymuşlardı. "Aynı, bayram namazlarında çarşıdaki camiye gittiğimizde yaptığımız gibi," diye düşündü Hasan. Ama bu cami muhteşemdi. Kırk metreden daha yüksek bir ana kubbesi ve yarım kubbeleri vardı yukarıda. Minberi, sarı, mavi, yeşil renkli İznik çinileri... Kubbelerin altında iki yüzden fazla camı vardı, caminin içine gün ışığı veren...

Sultanahmet Camii'ni incelemeleri bitince çıktılar. Ayasofya tarafına gittiler ama onun içine girmediler. Ayasofya'yı sol yanlarında bırakarak duvarının dibinden doğru yürüdüler, Topkapı Sarayı'nın bahçe kapısına geldiler.

"Yoruldun mu? Devam edelim mi?"

"Edelim."

"Burası da Topkapı Sarayı işte!"

"Padişahlar buradan mı yönetmişler, Osmanlı İmparatorluğu'nu?"

"Evet. Ama onlardan önce, yani Fatih Sultan Mehmed, İstanbul'u fethetmeden önce İstanbul, Bizans İmparatorluğu'nun başkenti idi. Yaklaşık bin yıldır... MS 400'lerden 1400'lere kadar. Fatih bu şehri alınca kendisi de başkent olarak tuttu şehri..."

"Peki, saray ne zaman yapıldı?"

"Fatih, İstanbul'u aldıktan on yıl kadar sonra yapımını başlatmış. Yaklaşık yirmi beş yıl sürmüş inşaatı. 1480'lerden itibaren dört yüz sene kadar padişahlar bu sarayda oturmuşlar. Sonra, 1800'lerin sonuna doğru Dolmabahçe Sarayı yapılınca, padişahlar o tarafa geçmişler..."

Sarayın bahçesine girmeden önce para ödeyip, iki bilet aldılar. Bir büyük, bir de öğrenci bileti. Bahçeye girip ilerlediler. Bilet alan ziyaretçiler bir köşede biriktiriliyor, sonra kırk, elli kişilik gruplar hâlinde, rehberler tarafından tura çıkarılıyorlardı. Onlar da bir grubun içine katıldılar. Rehber, onları bir plan dâhilinde yaklaşık iki saat gezdirdi sarayın içinde. Bab-ı Hümayun, Babüs Selam, Divan-ı Hümayun, Dış Hazine ve Silahlar Sergisi, Arz Odası, Fatih Köşkü, Has Oda, Kutsal Emanetler Dairesi'ni ve Harem Dairesi'ni gördüler.

Has Oda'daki kutsal emanetler arasında; altın sandık içinde Hırka-i Saadet'i, Hazreti Peygamber'in ayak izini, sakalını ve mührünü, son olarak Hazreti Musa'nın asasını gördüler. Hasan'ın onca gezip dolaştığı yerler arasında en çok ilgisini çeken şeyler; iki büyük altın şamdan, Topkapı hançeri, Sultan Hamamı ve Kaşıkçı Elması oldu.

Sarayın kapalı bölümünde geziyi bitirip bahçeye çıktıklarında dedesi, Hasan'ı, Sarayburnu'ndaki muhteşem manzarayı görebilecekleri bir noktaya götürüp, gördüklerini anlatmaya koyuldu:

"Bak şimdi! Buradan tam doğuya bakıyoruz... Şu tarafa doğru sol tarafımız İstanbul Boğazı'nın girişidir. Marmara'dan Boğaz'a giriş ağzıdır burası... Üsküdar önlerindeki Kız Kulesi'ni gördün mü?

Kız Kulesi'nin olduğu o burun, Üsküdar'dır. Tam karşımızda Harem var... Harem'den gel sağa doğru... Şu gördüğün kare şeklindeki beyaz yapı Selimiye Kışlası. Osmanlı zamanından bu yana koca bir ordunun ana karargâhıdır orası..."

"O binayı ne zaman yapmışlar beybaba?"

"Aşağı yukarı yüz elli yıl önce. 1800'lerin başı gibi. Padişah III. Selim zamanında yapıldığı için onun adını vermişler: Selimiye Kışlası."

"Peki, onun daha sağında kalan kara bina ne?"

"Şuradaki mi? O, Haydarpaşa Tren Garı. Az ilerisinde de Kadıköy sahillerini görüyoruz. Kadıköy'den sağa doğru az gelirsen, denizde ne görüyorsun?"

"Birkaç tane ada görünüyor?.."

"Evet! Bil bakalım, hangi adalar?"

"Otobüsle Boğaziçi Köprüsü'nü geçerken gördüklerimiz değil mi? Heybeli! Onların arasında, değil mi?"

"Tam üstüne bastın işte! Bak, şu sol tarafta, vapurların yanaşıp kalktığı rıhtımları görüyor musun?"

"Evet!"

"Eminönü vapur iskeleleri orada işte. Biz yarından sonra oradan vapura bineceğiz Adalar'a. Şu önümüzden geçenler de Kadıköy'e uğrayıp, Adalar'a giden vapurlar olmalı..."

"Peki, şu sol tarafta karşıdaki kalabalık binaların arasında kule gibi bir şey var. Orası nedir?"

"O da Galata Kulesi... Altmış metreden fazla boyu varmış... Bizans İmparatoru, 1200'lerin başında ticaret için buraya gelen Cenevizlilere o taraftan yer vermiş, otursunlar diye... Bu kuleyi de Cenevizliler yapmış..."

"Bizim Ginolu'daki kaleyi de Cenevizliler yapmamış mıydı?"

"Tamam, işte! Onlar... Karadeniz kıyısında Ginolu gibi pek çok Ceneviz kalesi var. Bu kuleyi de o kaleleri de Cenevizliler yapmış. Bugünkü İtalya'nın Cenova bölgesinde yaşayanlar yani... Gemicilikleri, denizcilikleri çok kuvvetliymiş onların..."

Dedesinin her anlattığını ilgi ile dinliyordu. Sorduğu soruların cevaplarını anladıkça başını sallıyor, "tamam, beybaba" diyordu.

Terzi Hasan: "Soracağın bir şey yoksa, yavaş yavaş çıkalım buradan." dedi. Sarayın dış bahçe kapısından çıktılar. Ayasofya'nın duvarlarını bu kez sağ yanlarında bırakarak, halı ve hatıralık eşyalar satan, kalabalık turist gruplarının bulunduğu dükkânların önünden geçerek Sultanahmet Meydanı'na geri döndüler.

"Nasıl vaziyet, acıktın mı?" diye sordu dedesi. "Karnın açsa, bir lokantaya girelim, karnımızı doyuralım... Sonra da bir vasıtaya atlar Sirkeci, Eminönü tarafına ineriz..."

"Tamam. Nerede yiyeceğiz?"

"Şu karşıda, yolun öbür kenarında. Oku bakalım, tabelasında ne yazıyor?"

"Tarihî Sultanahmet Köftecisi!"

"Gidelim, görelim bakalım, köfteyi nasıl yapıyorlarmış..."

Karşıya geçtiler, köfteciye girip bir masada baş başa oturdular.

"Burada, kendilerine ait bir usulle pişirirler köfteyi." dedi dedesi. "Âdet şöyledir, köfte söylersin, yanında da piyaz alırsın... İstersen mevsimine göre salata da verirler. Yemeğin sonunda irmik helvası!"

Birer porsiyon köfte ve piyaz söylediler. Gezerken gördükleri yerler hakkında konuşa konuşa yemeklerini yediler. Hasan, bir ara yanlarından geçen garsona sordu, Sultanahmet Köftecisi'nin ne kadar tarihî olduğunu. Garson, onlara dükkân hakkında kısaca bilgi verip, 1920 yılında açıldığını, İstanbul'un, hatta tüm ülkenin en eski işletmelerinden birisi olduğunu açıkladı.

"20'den 77'ye, elli yedi yaşında, öyle mi?" dedi Hasan. Garson onaylamıştı. Bir irmik helvasını bölüşüp yediler ve hesabı ödedikten sonra çıktılar.

"Nasıl! Beğendin mi köfteyi?"

"Çok!" dedi Hasan. "Okulu kazanıp da İstanbul'da kalacak olursam, hafta sonları gelirim ben buraya..."

"İnşallah, oğlum, inşallah!" diyerek katıldı dedesi bu dileğe.

Karşıya geçtiler ve Eminönü tarafına inen dolmuş taksilerden birisine bindiler. Dedesi, sağ tarafta büyükçe bir giriş kapısını gösterdi Hasan'a:

"Bu kapıdan içerisi Gülhane Parkı. Sarayın alt tarafına düşer. Bir ara gelip gezeriz istersen..."

Sirkeci'den sola dönerek Eminönü'ne doğru ilerlediler. Eminönü'ndeki Yeni Camii'nin önünde indiler.

"İki eser daha görüyoruz burada. Bu, Yeni Camii, şu yukarıda gördüğün ise Süleymaniye Camii..." İkindi ezanı okunuyordu. Dedesi, Yeni Camii'nin girip gezmeye müsait olmayacağını, namaz vakti olduğunu söyleyince vazgeçtiler.

"Oğlum, artık bitiriyoruz. Epeyce yoruldun sen de... Az daha dayan bakalım! Şu taraftan yürüyelim de Küçükpazar'a dönelim..."

Günün yorgunluğu iyice üstlerine sinmişti. Kantarcılar Caddesi boyunca ilerleyerek Küçükpazar'a girdiler. Hasan, otelde odasına çıkıp dinlenmeyi istedi. Yorgunluğu geçince biraz kitap defter karıştıracağını söyledi. Dedesi de onunla çıktı. Elini yüzünü yıkayıp terini kuruttuktan sonra Hasan'ı odada bırakıp, kahvehaneye ineceğini söyleyerek odadan ayrıldı.

Terzi Hasan, kahvehanede her zamanki dostlarını buldu ve oturup onlarla vakit geçirdi. Arkadaşı Abdi Usta ne kadar ısrar ettiyse de Terzi, torununun ders çalışmasını mazeret gösterip, Kasımpaşa'ya ev ziyaretini başka bir akşama bırakmaya ikna etti. Gecenin ilerleyen saatinde Hasan aşağıya indi. Dedesini kahvehanenin önünde Karaosmanoğlu ve birkaç kişi ile sohbet edip çay içerken buldu. Acıkmıştı.

"Burada da tarihî bir köfteci var, biliyorsun, değil mi?" dediler.

"Öyle mi? O da mı Sultanahmet?"

"Hayır!" dediler, "Bizimkisi, Tarihî Abana Köftecisi."

"Hakikaten mi? Kaç yıllıkmış?"

"En azından on yıllıktır!.." dediler.

Yaptıkları benzetme hoşlarına gitmişti. Hep birlikte güldüler. Hasan, dün yedikleri Abanalı köfteciye tekrar gitti, bir çeyrek arası yaptırıp getirdi. Kahvehaneden aldığı bir limonata ile afiyetle yedi. Hasan'ın karnı doyunca, dedesi ile müsaade isteyerek ayrıldılar ve odaya çıkıp yattılar.

Çarşamba günü sabahında çay ve simit ile hafif bir kahvaltı yapıp, gezmelerine devam ettiler. Bir gün sonra adaya gidecekleri için kendilerini yormaktan kaçındılar. Yürümek yerine, Eminönü'nden vapura binip, Boğaz gezisi yapmayı planladılar.

Sabah on civarında, bindikleri bir vapur ile boydan boya Boğaziçi'ni göreceklerdi. Haziran ayının son günlerinde hava güneşli, gezmek için gayet elverişli idi.

Dedesi önde, Hasan hemen ardında, vapura üşüşen kalabalığın arasında akıp gittiler içeriye doğru. Vapurun kıçüstünde buldular kendilerini. Açık bölümünde... Vapurun kıç bayrak gönderine yakın bir yerde oturdular ki bulundukları yerden iki tarafı da rahatça görebilsinler...

Vapur Eminönü'nden kalktıktan sonra sırasıyla; Beşiktaş'a, Arnavutköy'e, Bebek'e, Emirgan'a, İstinye'ye, Büyükdere'ye uğradı ve son durak olarak Sarıyer'e gitti. Bütün yol boyunca, iskele taraflarında, Boğaz'ın Avrupa Yakası'nı seyrettiler. Beşiktaş'tan kalkıp Arnavutköy'e doğru giderlerken, Boğaziçi Köprüsü'nün altından geçtiler. İki gün önce üstünden geçtikleri köprüyü bu kez altından gördüler.

Sarıyer'de indiler. Eminönü'ne dönüş vapurlarının saatini inceleyip, bir buçuk saat kadar sonra kalkacak olan vapura bilet aldılar, Sarıyer Meydanı'nı dolaşmaya çıktılar. Dönüş vapuruna bindiklerinde, gelirken oturdukları güvertenin bir üstüne çıktılar. Üstleri tamamen açıktı. Güzel bir manzara içinde, vapur yol verdikçe artan rüzgâr ile serinleyerek etrafı incelemeye devam ettiler. Dedesi, önünden geçerken Kuleli Askerî Lisesi'nin binasını bir kez daha gösterdi Hasan'a:

"Burada okuyan öğrenciler mezun olunca, çoğunluğu Ankara'daki Kara Harp Okulu'na gidiyormuş doğrudan... Ankara'yı bitirenler karacı ve jandarma subayı çıkıyorlar... Kuleli'den çıkan az bir mezun da Yeşilköy'deki Hava Harp Okulu'na geçip havacı teğmen oluyormuş... Okuduğumuz broşürler böyle söylüyor..."

Akşamüzerine doğru Sarıyer'den Eminönü tarafına giden bu vapur pek kalabalık değildi. Oturdukları bölümdeki yolcu seyrekti. İki sıra önlerinde, kendileri gibi baş başa oturan bir baba ve oğlunu inceledi Hasan, oturduğu yerden... Çocuğun yaşı kendisine yakın gibiydi. Belki bir yaş daha küçük. Babası ise, beybabasından daha genç görünüyordu... Baba, oğluna sürekli gökteki yıldızlardan, güneşten, aydan bahsediyor, hayal meyal seçilebilen birkaç yıldızı göstererek, onların adlarını sayıyordu...

"Bu İstanbullular neler de biliyorlar böyle..." diye içinden geçirdi Hasan, "Ben bir tek Kutup Yıldızı'nın adını duydum, bir de Büyükayı ile Küçükayı Takımyıldızlarını anlattılar sosyal bilgiler dersinde, o kadar... Bu çocuk 'Orion Takımyıldızı' diyor, 'Yedi Kandilli Süreyya' varmış, onu biliyor... Süreyya kimmiş acaba?.."

Eminönü'ne geldiklerinde vapurdan indiler. Dedesi, iki gündür yaptıkları bu geziyi anlamlı bir şeyle bitirmek için Eminönü rıhtımına bağlı kayıklarda balık ekmek yemeyi önerdi Hasan'a. Çatalzeytin'de kayıklarda balık ekmek satıldığını hiç görmediği için bu teklifi çok cazip buldu Hasan ve severek kabul etti. Vapur iskelesinin az ilerisinde, önlü arkalı şekilde rıhtıma bağlanmış, yanaşıp kalkan vapurların yarattığı dalgalar ile bir aşağı, bir yukarı oynayan, bir o yana, bir bu yana yatan kayıklardan birisine yanaşıp siparişlerini verdiler. Kenara çekilip, balıklarının pişmesini beklediler. Dedesi, "hazirandayız, mezgit vardır, ekmek arasında da iyi gider" demişti. Balıklarını alınca bir kenarda yemeye koyuldular. Akşam yemeği niyetine idi bu öğünleri. Dedesi su almıştı, kendisi de kola...

"Nasıl, beğendin mi?"

"Çook!" dedi Hasan.

Karınlarını doyurduktan sonra yine yayan vaziyette Unkapanı Köprüsü tarafına doğru yürüyüşe geçtiler. Bu kez, yolun deniz tarafında yürüyorlardı. Eminönü Sebze ve Meyve Hali'ne yaklaşınca karşıya geçtiler ve Küçükpazar'a girdiler.

"Haydi bakalım, sen yine yukarıya, odaya... Dinlen biraz. Hem kitap karıştırırsın yattığın yerde..."

Hasan odaya çıktı, dedesi yine otelin altındaki kahvehaneye girdi. Terzi, arkadaşlarına o gün neler yaptıklarını anlatıp, bir iki çay içtikten sonra odaya çıkıp, istirahate çekildi. Uykuya dalmadan, ertesi gün ne yapacaklarını konuştular kısaca.

"Yarın öğleden sonra gecikmeden Eminönü'ne geçip vapura binsek iyi olacak." demişti Terzi Hasan, "Hava kararmadan Heybeli'ye çıkmalı, otel, motel gibi bir yer bulmalıyız..."

"Öğleye kadar otelde miyiz beybaba?"

"Buralardayız. Sana güzel bir haberim var!.."

"Vallahi mi?"

"Tabii! İbrahim amcanı gördüm aşağıda. Yarın Metin'i getireceğini, öğleye kadar seninle bırakacağını söyledi. Metin ile vakit geçirirsiniz. Adaya geçmeden önce iyi olur, değil mi?"

Hasan bu habere çok sevindi. Metin kendisinden bir iki yaş kadar küçüktü. Çocukluk yaşlarında çokça birlikte oynamışlar, iyice kaynaşmışlardı. İbrahim amcası, Çatalzeytin'i bırakıp, evini İstanbul'a taşıdığında, Metin de Çatalzeytin'den ayrılmıştı. Bu yüzden Hasan, arkadaşını son beş altı yıldır sadece yazdan yaza, Çatalzeytin'e geldiklerinde görebiliyordu. Ertesi günü Metin ile buluşacak olmanın heyecanı sardı içini. Işıklarını söndürüp, yattılar ve uyudular.

Ertesi sabah kahvaltıyı kahvehanede yaptılar. Erken saatte toplananlar, sabah çaylarını içip kalkmış, işlerinin peşine gitmişlerdi. Kahvehanenin dibinde, çay ocağına yakın bir masaya oturdular. Bitişikteki yüncü Nizamettin -Gofur Kâzım'ın kardeşiydi- onlara kıymalı börek ikram etti. Çay ocağındaki Niğdeli İbrahim'in verdiği çayların eşliğinde böreklerini yediler. Kahvaltılarının sonuna yakın Metin de babasıyla, güle oynaya kahvehaneye girmişti. Böreğin son birkaç lokmasına Metin de katıldı. İki ergen çocuk hem böreklerini yiyor hem heyecan içinde, geçen yazdan beri neler yaptıklarını anlatıyorlardı.

Hasan'ın, Metin ile sohbeti öğle üzerine kadar sürdü. Onlar kendi dünyalarında konuşup eğlenirlerken, dedeleri yan masada oturuyorlardı.

"Abdi Usta," dedi Terzi, arkadaşına, "biz yavaş yavaş bohçamızı toplayıp yola düşelim..."

Abdi Usta: "Tamam, Hasan Efendi." dedi. "Haydi bakalım, Allah selamet versin, işlerinizi rast getirsin."

Çocuklar, adadaki işler bitince tekrar bir araya gelmeyi planlayarak vedalaştı. Metin, dedesinin yanında kaldı, Terzi Hasan ise, torununu alıp yukarıya çıktı.

Ada için hazırlıklarını yapıp, Hasan'ın beden testleri sırasında giyeceği siyah şortunu, beyaz fanilasını, Mekap marka spor ayakkabısını, bir iki parça havlu ve iç çamaşır ile yedek iki yazlık gömleği bir valize koydular. Dedesi kendisi için de hafif birkaç parça giysi ile pijamalık koydu ve valizi kapattı. Hasan, son anda belki bir göz gezdiririm diyerek birkaç defterini yanına almak istedi. Sınav giriş belgelerini dedesi kendi cüzdanının içine yerleştirdikten sonra, kalan tüm eşyalarını oteldeki odalarında bırakıp, çıktılar.

Metin ve beybabası, Hasan'ı ve onun beybabasını iyi dileklerle öpüp uğurlamışlardı. Dedesi, Küçükpazar'dan sahil yoluna inmiş ve: "Yürümeyelim! Valizle filan terlemeyelim, efendi gibi bir vasıtaya binelim şuradan!" demiş, geçen bir dolmuş taksiyi durdurmuştu.

***

Adalar'a giden vapurların Kadıköy İskelesi'nden kalktığını öğrenmişlerdi. Kadıköy vapurları, Haydarpaşa ve Kadıköy rıhtımlarına uğradıktan sonra yola devam edip, bir sıradan Adalar'a da uğruyor, Adalar'ın dördüncüsü olan Büyükada'dan dönüyordu.

Terzi Hasan, sol elinde valizi taşırken diğer eli ile katlayarak sağ omzundan geriye attığı ceketinin yakasını tutuyordu. Torunu da kendi ceketini katlayıp koluna almış, dedesinin sağında yürüyordu. Gişeden biletlerini aldılar, yolcu salonuna geçip, vapurlarını beklediler.

Vapurları saat dört civarında kalktı. Bu güzergâhı ilk kez görüyordu Hasan. Topkapı Sarayı'nın bahçesinden baktığı Haydarpaşa Tren Garı'nı, önüne kadar gidince bir de yakından gördü. Sonra Kadıköy İskelesi'ne geçtiler. İnenler indi, yeni yolcular bindi, ardından Kadıköy'den ayrıldılar. Kısa süre sonra Moda İskelesi'ne uğradı vapurları. Ondan sonra, döndüler sancak tarafa, Adalar'ın ilki Kınalıada'ya doğru yol verip gitmeye başladılar.

Bu sefer konuşmuyorlardı. Boğaz'da yaptıkları gezideki neşeden, cıvıltıdan pek eser yoktu Hasan'ın yüzünde. Heybeliada'ya yaklaştıkça, ertesi günü başlayacak muayeneyi, beden testlerini ve komisyon mülakatını düşünüyordu ister istemez. Dalgın dalgın, iskele taraflarında kalan sahil hattına ve yaklaştıkça sancak baş omuzluklarında büyüyen adalara baktılar.

Vapur, önce Kınalıada'ya, sonra Burgazada'ya, üçüncü olarak da Heybeliada'ya uğradı. Kaşık Adası'nı iskele tarafta bırakıp dönerlerken alt güverteye inmişler, vapurun vasatındaki[65] açıklıkta beklemeye başlamışlardı. Heybeliada İskelesi'ne yaklaşma manevrası yapılırken Hasan, iskelenin hemen bitişiğindeki Deniz Harp Okulu'na bakıyordu. Dedesi, onun, okulu incelediğini görünce açıkladı:

"Bizim gideceğimiz lise biraz yukarıda, tepelik yerde. Senin sınavlarına gireceğin okul bu değil... Burası Deniz Harp Okulu... Yukarıda liseyi bitirenler buraya inip, öğrenciliğe devam ediyor... Üniversite seviyesinde yani... Burayı bitirirsen denizci teğmen oluyorsun..."

İskeleden çıkınca sağa dönerek sahildeki çay bahçelerinden birisine girdiler ve oturdular.

Gelen garsona bir çay, bir de su söylediler. Garson, siparişlerini getirince, Terzi Hasan, durumlarını izah edip, bir otel aradıklarını söyledi ona. Adada nerede bulurlardı şöyle bir iki gün kalacak bir otel...

"Ağabey," dedi garson, "benim bildiğim, şu Değirmenburnu tarafına giderken, yolun sağındaki otel var bir tek! Oraya gidip sormanız lazım."

"Ondan başka yok mudur?"

"Vallahi, ben bir tek onu biliyorum. Az dur, bahçenin sahibine so-

---

65 Vasat: Gemilerin baş ve kıç tarafları arasında kalan, orta bölüm.

rayım. Adada oturuyor. O söyler bize, başka var mıymış..."

Garsonun ağabey diye hitap ettiği, köşede tek başına oturan adam yaşlıydı. Her gün gelip çay bahçesinde oyalanmak, etrafı kolaçan etmek âdetiymiş. Adamcağız üşenmedi, kalkıp Terzi Hasan'ın masasına geldi.

"Hemşehrim, sınavlar için gelmişsiniz, öyle mi?"

"Öyle, hemşehrim." dedi Terzi. "Kastamonu'dan geldik oğlanı sınavlara sokmaya. Randevumuz yarın ama ne olur ne olmaz deyip, bugünden istedik..."

"Garson çocuğun tarif ettiği otel var bir tek şu tarafta... Adı Panorama Otel..." Eli ile Değirmenburnu tarafını gösteriyordu. "Onun da öyle çok odası yoktur ya!"

Terzi'nin içi cız etti birden. Ceket krizinin üzerine bir de buralarda kalırlar mıydı sokağın ortasında? Olur mu olurdu... Ne demişlerdi: Kısmetsiz hacıyı deve üstünde yılan sokarmış! Yer bulamazlarsa ne yapacaklarını düşünmeye başladı.

"O vakit, biz oyalanmayıp bakalım oraya... Haydi, oğlum, al ceketini..."

Hesabı ödeyip çay bahçesinden çıkmaya yöneldiklerinde, yaşlı adalı, oturduğu masadan seslendi: "Hemşehrim! Olur da yatacak yer bulamazsanız, gel, burada bu garson çocuğu bul. Ben onu tembihlerim, sizi yatıracak bir yer uyduruvermesi için..."

"Hay, Allah razı olsun senden!" diye cevapladı Terzi. "Geliriz, çaresiz kalırsak..."

Çaresiz kaldılar! Panorama Otel'in bütün odaları dolmuştu. Zaten iki elin parmakları kadar odası vardı. Sınavlara katılmak için gelenler bütün odaları almıştı.

Hava kararmaya dönerken moralleri bozuldu. Süklüm püklüm geriye döndüler, çay bahçesine girdiler tekrar.

Adalı: "Yok muymuş hiç odası, merdiven altı filan bir yeri?" diye sordu.

"Yokmuş, hemşehrim. Kaldık mı şimdi orta yerde!"

Terzi Hasan ümitsizliğe kapılmıştı. Kendisi yatmasın, uyumasındı, ama bu oğlan! Ertesi gün sabah dokuzda okulun kapısından girecek, içeride kim bilir neler yaptıracaklardı. Dinlenmesi, uyuması lazımdı, kafasının karışmaması lazımdı...

"Dur bakalım, şimdi buluruz bir çaresini..." dedi adam. "Kendi evimde yatıracak yerim olsa, seni kendi evime götüreyim... Ne yaparsın ki yaz mevsimindeyiz. Bursa'daki oğlan, Ankara'daki kız, çoluk çocuk toplanıp geldiler, ev tıklım tıklım. Az dur hele! Bir düşünelim..."

Oturdular, düşündüler. En sonunda, şayet daha uygun bir hâl çaresi bulamazsa, Terzi'nin gece saat on bir gibi gelip, çay bahçesinin gerisindeki kafeteryanın üst katındaki salona çıkmasını, orada birer köşeye kıvrılmalarını düşündüler. Ne divan ne yatak ne yorgan vardı... Kendileri bir çaresine bakmalıydılar.

"En olmadı öyle yaparız artık." deyip boynunu büktü Terzi Hasan. "Dolaşıp arayalım biraz daha... Bulamazsak bir yer, geliriz buraya..."

Çay bahçesinin sahibine teşekkür ettiler tekrar. O da son durumu garsonlara açıkladı, bu müşteriler gece gelirse, üst kata çıkarmalarını tembihledi. Valizi çay bahçesine emanet edip, ceketlerini ellerine aldılar. Giriş belgeleri Terzi Hasan'ın cüzdanının içinde duruyordu.

Hava iyice kararmıştı artık. İki Hasan, döndüler dolaştılar Rıhtım Caddesi'nde, arka caddede... Ne bir otel ne uzanacak bir sediri, yer yatağı olan bir yer bulabildiler... Terzi'nin aklına, Harp Okulu'nun nöbetçilerine gitmek ve durumlarını anlatıp, ricacı olmak geldi bir ara. Öyle ya, yaz tatilinin ortasında okulda öğrenci mi kalırdı? Yüzlerce boş yatak olması lazımdı bugünlerde okulda...

"Kendim için değil tövbeler olsun! Ama şu oğlanı alın Allah aşkına da gece bir yastığa başını koysun, uyusun... Yarın, yukarıda lisede mülakatlara girecek bu çocuk!" deseydi ne derlerdi acaba?

Hayır! Delilik olurdu. Ters bir cevap alıp, morallerinin büsbütün bozulmasından korktu. Ya yukarıya Deniz Lisesi'ne çıksa, Hasan'ın kıvrılabileceği küçük bir köşeyi oraya sorsa! Acaba?.. Buna da cesaret edemedi. Sınava gireceği okulun kapısına dayanıp olur olmaz isteklerde bulunan adama mülakat kazandırırlar mıydı? Bu ne biçim âdet böyle, derler, kovarlardı adamı...

Gece saat on bire doğru yorgun, moralsiz ve dirençleri kırılmış bir şekilde çay bahçesine döndüler. Garsonlar onları pek oyalamadan doğruca üst kata götürdüler. Yukarısı bir kahvehane gibi düzenlenmişti. Pek çok masa, sandalye takımı vardı kocaman salonda. Bir köşede de ahşap lambri ile çevrilmiş bir çay ocağı... Kış aylarında havalar bozunca bahçeyi kapatıp, alt katı ve bu salonu işletiyor olmalıydılar.

Salonun bir köşesine geçip, bir masaya oturdular. Terzi Hasan önce birkaç sandalyeyi yan yana dizdi, bir sıra yaptı, torununu o sandalyelerin üzerine doğru uzatıp yatırdı. Başının altına katlayıp kendi ceketini vermişti. Kendisi de bir sandalyeye oturup, başını masaya koydu. Önce biraz uyukladılar. Sonra yerlerinde rahat edemeyip, kalktılar.

Hasan, iki büklüm olduğu sandalyede biraz sonra rahatsızca doğruldu. "Masaların üstüne yatsak, beybaba?" dedi. Masaların kimisi sünger ve yeşil çuha kaplı idi. Sandalye üzerine yatmaktan, oturmaktan daha rahat olabilirdi. Süngerli iki masayı yan yana getirdi ve Hasan'ı üzerine çıkardı, dedesi. Bu kez, valizden çıkardığı birkaç havluyu tomar yapıp, torununun başının altına verdi. Kendi ceketini de yorgan niyetine üzerine serdi. Kendisi başka bir ikili masada, yorgansız yattı. Valizi yastık yapmıştı...

Ses soluk çıkarmadan duruma kendilerini alıştırmaya çalıştılar. Hasan'ın bir an önce uykuya dalması gerekiyordu. Gece ikiye doğru Rıhtım Caddesi'nden, aşağıdaki bahçeden gelen gürültü patırtı kesildi. Yarı uyur, yarı uyanık vaziyette, böylece sabahı ettiler. "Hey Allah'ım!" diyordu Terzi Hasan kendi kendine: "Ne bu çektiklerimiz böyle? Bir gün önce gelelim deyip, bu işi de mi yanlış yaptık?"

Doğru dürüst uyuyamadıkları gecenin günü ağarıp, sonunda sabahı oldu. Saat yediyi geçerken kalktılar, üstlerini başlarını düzelttiler. Eşyalarını toparlayıp, alt kata indiler. Yüzlerini yıkayıp, ihtiyaçlarını gördüler. Garsonlardan bir ikisi gelmiş, bahçeyi açmışlardı. Meyve suyu ile ikişer poğaça yediler. Terzi Hasan, valizi eline aldı, sonra düştü öne, yokuş yukarı yürüyüp, Deniz Lisesi'ne çıktılar. Okulun lumbarağzına vardıklarında saat dokuza geliyordu.

Terzi, torununun giyeceği spor kıyafetleri ile bir havluyu naylon poşete koyup eline verdi.

"Aç gözünü oğlum," dedi ona, "geceyi zor geçirdik, dinlenemeden geldin buraya. Ama tasa etme! Azcık dayan da yapacağın işe bak! En fazla bugün akşama kadar daha çekeriz bu eziyeti... Ben otuz sene bekledim bu kapıya gelmek için... Dayan Allah aşkına! Bugün buradan selametle çıkalım, seni bir hafta kucağımda uyutmazsam, bana da Sait Ağa'nın Hasan demesinler!"

(Tahir Ağa'nın değil, Sait Ağa'nın Hasan... İç güveyi olduğu için, kasabalılar kayınpederi ile anıyorlardı adını.)

Lumbarağzında nöbetçi personel karşıladı onları.

"Aday öğrenciyi alacağız, beyefendi." dedi otuzlarında bir subay: "Öğrenci girecek, siz burada kapıya yakın bir yerde oturup, bekleyeceksiniz..."

"Öyle mi? Çocuk içeride yanlış bir tarafa gidip de sırasını filan şaşmasın!"

Subay: "Merak etmeyin." dedi. "Görevliler adayları alacak, gruplandıracak, sınav yerlerine götürecek..."

Hasan, naylon poşetini eline aldı. Kahverengi takım elbisesi üzerinde, yeni ayakkabısı ayağında idi. Adaylık belgelerini katlayıp ceketinin iç cebine koydu. Dedesinin elini öptü, sanki ayrılıyorlarmış gibi...

Terzi, torununun iki yanağından öperek: "Haydi, oğlum!" dedi. "Buradan sonrası senin artık... Ben burada bekliyorum. Allah zihin açıklığı versin!"

Terzi'nin gözleri yaşarmıştı. Yıllardır "sınav" diye diye kendilerini hazırlamaya çalıştıkları şeyin şimdi başlıyor olmasından mı? Belki, ama aslında Hasan'a kötü bir gece geçirtip, sonra tek başına meydana salmanın verdiği üzüntüdendi... Ağlamamak için kendini zor tuttuğu belli oluyordu.

Görevliler, Hasan'ı ve bir kenarda bekleyen başka birkaç aday öğrenciyi önlerine katıp, içeri götürdüler. Dedesi, biraz geriye çekilip Hasan'ı izledi, diğer çocukların arasında bir süre. Gözden kaybedince döndü, lumbarağzının önündeki ağaçlık alana gitti, bir ağaca sırtını verdi, oturdu.

***

İçeride bekleyen birkaç öğrenci daha katıldı onlara. Yaklaşık on kişiydiler. Görevliler, onları okulun Foto Film Merkezi yakınında kurulu bir masanın önüne götürdüler.

Masanın üzerinde prizma şekilli bir tahtada "Kayıt Kabul Komisyonu" yazıyordu. Burada gelen adayların kütüklere kaydı yapılıyor, belgeleri teslim alınıyor, her öğrenci için ayrı ayrı zarfa konuyordu. Grubun kayıt işleri bitince hepsini götürüp, biraz ilerideki bir salona soktular. Burada soyunacak, spor kıyafetlerini giyeceklerdi. Aday çocuklar, kıyafetlerini değişip hazırlandılar. Sonra grup tek sıraya sokuldu, bu sırayı bozmamaları tembihlenerek başka bir masaya götürüldü. Masanın yakınında bir barfiks aleti vardı. Yanında da yere serili bir spor minderi.

Rütbe apoletleri omuzlarında olan bir kadın subay, karşıladı grubu. Hasan ilk kez subay bir kadın görüyordu.[66]

"Çocuklar! Ben Binbaşı Yurdanur Atay. Önce tek tek gelerek barfiks çekeceksiniz, sonra minderde mekik... Gelen, bana uğrayacak, aday numarasını söyleyecek. Gel bakalım oğlum, sen!.."

Barfikste herkesin kolları artık çekmez oluncaya kadar, bir seferde yaptığı tekrar sayısı kaydedildi. Barfiksten çıkanlar, biraz dinlendikten sonra yandaki mindere uzanıyor, ayaklarını bir boruya takarak destek alıyor; "Başla!" dendiğinde, bir dakika boyunca mekik çekiyordu.

Herkesin barfiks ve mekik skorları kaydedildikten sonra, grubu toparlayıp spor sahasına götürdüler. Onlar ayrılırken, barfiks ve mekik istasyonuna başka bir grup yaklaşmıştı.

Hasan, daha kasabada iken Ergun ağabeyinin gözetiminde yaptığı antrenmanlardan barfikste ve mekik çekmedeki ortalama performansını biliyordu. Sırası gelip bu iki testi verdikten sonra, dün gecenin yorgunluğuna rağmen, tekrar sayılarında önemli bir düşme olmadığını fark etti. Bu durum onu canlandırmış, motivasyonunu yükseltmişti.

Dört yüz metrelik parkurun başına geldiklerinde yaklaşık yirmi kişilik bir grup oldular. Herkes başlama çizgisine birer ayaklarını koyarak hazır olduklarını gösterdi. İşaret ile koşmaya başlayacaklar ve bir tam tur atıp aynı çizgiye geleceklerdi. Bu sırada görevliler, onların yaptığı süreyi kaydedeceklerdi.

Grup, tiz bir düdük sesi ile koşuya başladı. Bitirdiklerinde Hasan, ilk beşte kendine yer bulmuştu. Hepsinin süresi kaydedilmişti. Ancak, barfikste ve mekikte de olduğu gibi, koşudan da kimin kaç puan aldığını tahmin edebilecek durumda değillerdi. Performansların ölçümü ve puan karşılıklarının hesaplanması görevlilere aitti.

Koşudan sonra grubu bir köşede toplayarak dinlenmelerine fır-

---

66 Cumhuriyet döneminde askerî uçak pilotluğu yapan ilk Türk kadını Sabiha Gökçen'di. Türk Ordusu'nda kadın subay istihdamı, Sabiha Gökçen'den sonra, 1955 yılından itibaren başlamıştı. 1955'te Kara, Deniz ve Hava Harp Okullarına alınan kız öğrencilerin 1957'den itibaren mezuniyetiyle, ordu birliklerinde görevleri başlamıştı. Türk Hava Kuvvetleri'ndeki ilk kadın jet pilotu, 1959 yılında subay olan Leman Bozkurt Altınçekiç idi. Deniz Kuvvetleri'nde kadın subayların öncüsü ise, 1958 yılında Deniz Kuvvetleri Komutanı'nın emir subaylığına atanan İlgi Yener Öztuncer idi. 1955'te başlayan kadın subay istihdamına 70 ve 80'li yıllarda ara verilmişti. Harp Okullarına kız öğrenci alımına 1990'larda tekrar başlanacaktı.

sat verdiler. On, on beş dakika sonra, iki görevli yanlarına geldi ve ellerindeki tabeladan ilk grupta ismi okunanların sağ tarafa, ikinci grupta okunanların ise sol tarafa geçmelerini istedi. Bunun, yapılan üç beden testinin ortalama sonuçlarına göre, başarılı olanlarla olamayanların ayrılması olduğunu tahmin ettiler. Hepsi gibi, Hasan da heyecanlanmıştı...

Adı ilk grupta okundu. Sağ tarafa geçti. İsimlerin okunması devam ederken Hasan, koşuda en önde gelen beş altı kişilik grubun ne tarafa geçeceğini görmeye çalışıyordu. Kendisinin de içlerinde olduğu ilk beş, altı kişinin, sağ tarafa alındıklarını fark etti sonra. Sağ tarafa geçen grubun testlerde başarılı olanlar olması gerektiğini düşündü. Biraz sonra, sağ taraftaki grubun mülakat ve ön sağlık kontrolü için komisyona gideceği, sol taraftaki grubun ise giyinme yerine döneceği duyuruldu. Doğru tahmin etmişti...

Mülakatı yapacak komisyonun üyeleri, ince ve uzunca bir masada yan yana oturmuşlardı. Beş kişiydiler. Hepsi de yaşlı başlı, rütbeleri omuzlarında, beyaz kısa kollu üniformalarının içindeydiler. Ortada oturan üyenin omuzlarındaki rütbenin en büyük olduğunu tahmin etti, Hasan. Onun, okul komutanı olabileceğini düşündü.

Grup olarak komisyonun önünde ama otuz adım kadar uzağında bekliyorlardı. Önce, komisyon masasından biraz uzakta ellerindeki birkaç tıbbi alet ile bekleyen beyaz önlüklü görevlilere gidecekleri, orada ön sağlık kontrollerinin yapılacağı, vücutlarının, tenlerinin inceleneceği, yara, bere, kesik ve doğum lekesi gibi arazların olup olmadığına bakılacağı söylendi, adaylara. Buradaki kontrol tamamlanınca, çağrıldıkça komisyonun önüne gidecekleri belirtildi.

Hasan, sırası gelip çağrıldığında, beyaz önlüklülerin önüne gitti. Onlara yaklaşırken, kendisini dikkatle incelediklerini, yürüyüşüne, ellerinin kollarının sallanmasına, ayaklarının adım atış şekline baktıklarını fark etti.

"Hasan! Fanilanı ve ayakkabılarını çıkar, sağ tarafına bırak, üç adım yaklaş!" dedi beyaz önlüklülerden biri.

Söyleneni yaptı.

"Hazır ol duruşunu göster bakalım!"

Gösterdi. Çekingen gözlerle, sağını solunu inceleyen beyaz önlüklülere bakıyordu.

"Sağa dön ve öyle kal!"

Döndü ve öyle kaldı.

"Şimdi de geriye dön!"

Geriye döndü.

"Bize sırtını dön, Hasan!"

Beyaz önlüklülerin birisi gelip vücudunun her tarafına baktı. Cildinde leke, kesik, yara veya yanık izi arıyor olmalıydı.

"Şu sağ dizindeki yara izi nedir?" dedi görevli.

"Bisikletten düştüğümde yere sürtmüştüm. Kanamıştı. Onun izi..."

Tedirgin olmuştu. Özellikle bakılırsa görülebilen bir izdi sadece. Bu iz sorun mu çıkartacaktı!..

"Ne zaman düşmüştün?"

"İki yıl kadar oldu..."

"Bacağında kırık filan olmuş muydu?"

"Hayır."

Görevli yere çömelip, Hasan'ın sağ dizine yaklaştı. Cebinden bir büyüteç çıkardı, bir süre onunla baktı yara izine... Sonunda:

"Tamam!" dedi. "Fanilanı ve ayakkabılarını giyip şu yanda bekle, çağrıldığında komisyon masasına gideceksin."

Komisyona gideceğine göre dizindeki iz, testi geçmiş olmalıydı. Derin bir nefes vererek rahatladı. Yerdeki eşyalarını giydi, yana geçti. Beklediği yerden, gelen giden diğer çocukları izliyordu. Biraz sonra adını seslendiler komisyon masasından:

"Hasan Doğan!"

Dosdoğru yürüyüp komisyon masasının önüne geldi. Yürürken, masada oturanların da kendisini incelediğini fark etti. Heyecan bastı içini.

"Gel bakalım, Hasan!"

Komisyonun ortasında oturan, en büyük rütbeli konuşmuştu. Zoraki bir tebessümle onun yüzüne baktı.

"Çatalzeytin Ortaokulu, öyle mi?"

"Evet!"

"Nerede bu Çatalzeytin? Nereye bağlı?"

"Karadeniz'de, deniz kıyısında. Kastamonu'nun bir ilçesidir. İnebolu'ya çok yakın..."

"Tamam," dedi en büyük rütbeli, "bana, neden Deniz Lisesi'ne gelmek istediğini açıklar mısın? Memlekette bu kadar lise varken!"

"Ben Bahriyeli olmak istiyorum. Subay olmak ve Donanma'nın

gemilerinde görev yapmak istiyorum!"

"Neden? Sen hiç Donanma gemisi gördün mü?"

"Görmedim." dedi Hasan. "Ama dedem bana çok anlattı. O, şanlı *Yavuz*'da askerlik yapmış. Çok sevmiş Bahriye'yi. Gedikli olmak, Bahriye'de çalışmak istemiş, ama olmamış... Ben de oğlumu göndereyim, demiş..."

"Eee, göndermiş mi peki, oğlunu?"

"Hayır! Gönderememiş."

"Neden?"

"Çünkü oğlu olmamış. Sadece annem olmuş!"

"Sonra?"

"Dedem de beni getirdi..."

"Sen, tek erkek torunu musun onun?"

"Evet."

"Ne zaman yapmış askerliğini senin bu deden?"

"1946'da dönmüş. Üç sene yapmış..."

Komisyondakilerden birisi, en büyük rütbeliye: "Otuz sene sonra, komutanım!" deyince, komisyon üyeleri birbirlerine baktılar.

"Getirdi, dedin az önce. Dedenle mi geldiniz?"

"Evet."

"Nerede şu anda deden?"

Dedesinin, okul girişinde kendisini beklediğini söyledi.

En büyük rütbeli: "Tamam, durum anlaşıldı!" dedi. "Sorusu olan var mı çocuklar?"

İki kişi el kaldırarak soru sormak istediğini belirtti. En büyük rütbeli: "Buyurun!" dedi.

"Hasan! İstiklal Marşı'nın ikinci kıtasını okur musun bize?"

Hasan, üç beş saniye düşündükten sonra başladı:

"Çatma, kurban olayım, çehreni ey nazlı hilal!
Kahraman ırkıma bir gül! Ne bu şiddet, bu celal?"

Devam ediyordu, ancak: "Tamam!" dedi komisyon üyesi. "Teşekkür ederim."

El kaldıran ikinci üye, yüzme bilip bilmediğini sordu. Hasan, biraz tebessüm ederek bildiğini söyledi.

"Peki, hiç gemilerle denizde dolaştın mı?"

"Dolaştım."

"Şu şehir hatları vapurlarını mı diyorsun?"

"Hayır. Bizim Kırlangıç ile dolaştım."

"Sizin Kırlangıç nedir?"

"Dedemlerin motorlu gemisiydi. Onunla çok gezdim. Şimdi emekli oldu..."

"Büyük müydü bu motorlu gemi?"

"Çatalzeytin'in en büyüklerindendi... Boyu on dört, on beş metre vardı..."

Komisyon üyeleri bu cevaba tebessüm ettiler.

"Epeyce büyükmüş sizin Kırlangıç... Peki, son sorum şu: 'Tornistan' ne demek?"

"Geminin geri geri gitmesi!"

Sözlü denizcilik yoklamasının bu aşamasında en büyük rütbeli dayanamayıp konuşmaya katıldı, bir soru daha sorarak Hasan'ın mülakatını bitireceğini söyledi. Kısa bir süre önündeki kâğıtlara baktıktan sonra:

"İki şey!" dedi. "İki şey soracağım... Bunları bilirsen, bugün girdiğin tüm testleri başarı ile geçmiş ve yazılı sınava katılmaya hak kazanmış olacaksın!.. Hazır mısın?"

"Hazırım, efendim..."

Hasan, masadakilerin efendisinin kim olduğunu, masaya gelince rütbelerini süzdüğünde anlamıştı.

"Başüstü ne demek?"

"Geminin ön tarafında, üst kısım... Sahildeki ırgattan çekilen tel halatın getirilip bağlandığı yer..."

"Anladım. Peki, yeke nedir?"

"Dümeni kullanmak için tuttuğumuz kol... Recep dayım hep ayakta duruyordu, yekeyi bacaklarının arasına kıstırıyordu..."

"Vay be!" dedi, en büyük rütbeli. "Dedenden sonra, Recep dayınla da tanıştık şimdi... Tamam, Hasan... Mülakatın bitmiştir. İlerideki kayıt kabul masasına gidebilirsin."

Hasan ayrılıp giderken arkasından seslendi en büyük rütbeli:

"Dedene ve Recep dayına bizden selam söyle, olur mu çıkınca!"

Hasan, aldığı emrin ciddiyeti ile: "Tamam!" dedi.

Peki, sonuç?

En büyük rütbeli, iki soruya cevap verirse başarılı olacağını söylemişti. Başarılı olmuş muydu? Biraz sonra gideceği kayıt kabul komisyonunda söylenecekti herhâlde...

"Hasan Doğan?" dediler kayıt kabul masasından.

"Efendim!"

"Hasan, bugün katıldığın ön sağlık muayenesinde, bedenî yeterlilik testlerinde ve mülakat komisyonunda seni başarılı bulduk!"

"Başardım mı?" diye sordu iyice anlayabilmek amacıyla.

"Evet, başardın. Ama yazılı sınav var daha önünde."

"Biliyorum!" dedi. Gülüyordu... Ne kadar da kolay olmuştu mülakat!

"Unutma! 5 Temmuz günü, sabah saat dokuzda okulun kapısında hazır olacaksın. Bu sabah geldiğin gibi!"

"Anladım." dedi. Kollarını kanat gibi çırpmak, uçarak gitmek istiyordu soyunma yerine. Oradan da dedesinin yanına uçmak istiyordu...

"Haydi bakalım! Şu pusulayı da al. Seni soyunduğun yere götürecekler. Üzerini değiştirip ayrılabilirsin. Aklından çıkarma: Sınav günü vaktinde gelemezsen, hakkını kaybedersin!"

"Tamam. Sağ olun." dedi. Pusulasını alıp, kendisine gösterilen yoldan hızlı adımlarla, ellerini kollarını sallaya sallaya yürüdü. Kendini müthiş hafiflemiş hissediyordu.

Dedesi, ağaçlık alandaki kalabalığın içinde oturduğu yerden saatlerdir okulun kapısını gözlüyordu.

"Kim bilir, neler oluyor içeride?" diye geçiriyordu içinden ne kadar zamandır... "Bir yanlışlık edip, ters bir şey söylemese kimseye... Uykusunu alamadı, asabidir muhakkak şimdi... Boruya yapışıp kendini yukarı çekerken ya eli kayıp da düşmüşse? Koşarken, birisine takılıp tökezlemişse?"

Aklına bin türlü şey gelmişti, Hasan'ı içeri gönderdiği andan beri. Birden, torununun içeriden lumbarağzına doğru yürüdüğünü gördü. Hasan, elindeki poşeti çevire çevire geliyordu. Yüzünde de tuhaf bir gülme... Fırladı yerinden Terzi Hasan, kapıya doğru koştu.

"Morali büsbütün bozuldu mu yoksa? Nasıl bir geliş bu böyle, sallana sallana?"

Yanına varınca: "Oğlum, ne oldu?" dedi.

"Geçtim!.."

"Vallahi mi?"

"Evet, geçtim... 5 Temmuz'da yazılı sınava geleceğiz. Sabah dokuzda bu kapıda olacağız yine. Bir de şu kâğıdı verdiler..."

"Neymiş o?" diyerek Hasan'ın elindeki pusulayı kaptı dedesi.

El yazısı ile: "Hasan Doğan, Aday No: 35209" yazılıydı. Altında da matbu şekilde not vardı:

"Yazılı sınava girmeye hak kazandınız. 5 Temmuz, 1977 günü, sabah saat dokuzda Deniz Lisesi'nde hazır bulununuz."

Kuvvetle sarıldı torununa, lumbarağzındaki kalabalığın önünde. Gözleri yaş içindeydi, yanaklarından şapır şupur öperken: "Tövbeler olsun, dokuz doğurdum saatlerdir burada..." diyordu. "Aferin benim aslan oğluma!"

"Beybaba, var ya, çok kolay sorular çıktı mülakatta!"

"Haydi gel! Yolda anlatırsın hepsini. Doğru inelim çay bahçesine... Nefeslenelim, karnımızı doyuralım. Atlayalım vapura da gidelim Küçükpazar'a..."

Yokuştan aşağı güle oynaya inerlerken Hasan, kuşlar gibi cıvıldıyordu. Mülakat komisyonundaki en büyük rütbelinin kendisine ve kayınbiraderine selam gönderdiğini duyunca şaşırdı Terzi Hasan.

"Bizi nereden tanıyormuş?"

"Soru cevap yapılırken ben anlattım sizi. Hep Kırlangıç'tan sordular soruları!"

"Kırlangıç'tan mı? Onu da mı biliyorlardı?"

"Ben anlattım!.."

Hasan, çay bahçesine girinceye kadar içeride ne işler becerdiğini bir sıradan anlattı dedesine. Ne eli kayıp düşmüştü ne koşarken tökezlemişti. Kimse de kendisine kızıp azarlamamıştı. Başüstünü sormuşlardı, yekeyi, tornistanı sormuşlardı... Bir de İstiklal Marşı'nı okutmuşlardı... Bir de kendi aralarında konuşurken, birbirlerine: "Otuz sene sonra, öyle mi?" diye sormuşlardı...

Çay bahçesinde oturup dinlendiler biraz. Bahçenin sahibi ile aldıkları neticeyi paylaştılar. Adamcağız bu Kastamonulu dede ve torunu tebrik etti, yazılı sınavda başarılar diledi, yazılı sınava geldiklerinde de bahçeye buyurmalarını söyledi.

Hasan, öğle yemeğinde döner yemek istiyordu. Dedesi: "İstanbul'un bütün dönerleri feda olsun sana!" dedi. Güzelce karınlarını doyurdular, ayranlarını içtiler.

Öğleden sonra bindikleri vapur, Kınalıada'yı da arkasında bırakıp Kadıköy'e doğru, baş bodoslamasındaki suyu yara yara giderken, kıçüstünün açık kısmı üzerinde martılar uçuşuyor, Hasan, açık güvertede dedesinin yanına uzanmış, uyuyordu. Terzi Hasan da ucunu dudakları ile ıslattığı bir Bafra sigarasını yakmış, Marmara'nın iskele taraftaki ufkuna baka baka, ilk raundu kazanmış olmanın keyfini çıkarıyordu...

***

Yazılı sınav haftaya salı günü idi. Beş gün vakitleri vardı. Önceden konuştuklarında, mülakatlardan geçerlerse, yazılı sınava kadar İstanbul'da kalmayı planlamışlardı.

Küçükpazar'daki otele vardıklarında Hasan, doğruca odaya çıkıp yatmayı tercih etti. Önceki gecenin eksik kalan uykusunu tamamlamaya ihtiyacı vardı. Dedesi de aynı yorgunluğu çekmesine rağmen, aşağıda kahvehanede kaldı. Gelene geçene, tanıdıklarına çaylar, kahveler ikram etti. Kahvenin Çatalzeytinli ekibi, adada aldıkları sonucu duyunca o gün bu başarıyı kutlamak üzere program yaptılar. Terzi Hasan'ı geç saatlere kadar bırakmadılar. Adadaki çay bahçesi macerası ile mülakat komisyonunun sorduğu soruları, verilen cevapları tekrar tekrar anlattırdılar.

Dede ve torunu, ertesi gün akşamüzeri Topkapı'ya giderek Çatalzeytin'e giden otobüsü buldular. Yolcular arasında bir tanıdık yakalayıp eve haber gönderdiler. Mülakatları geçtiklerini, üç dört gün sonra yazılı sınava gireceklerini bildirdiler. Otobüs kalktıktan sonra bir dolmuş ile Bayrampaşa'ya geçtiler. "Halil ile Aysel'in büyük oğlunu, Sahir'i görürüz." demişti Terzi.

Sahir, üniversitede son sınıfa geçmişti. Okulu bir yıl sonra bitecekti ama o, öğrenciliğinden itibaren çalışıp kazanmaya başlamıştı. Sinop'un Durağan ilçesinden bir arkadaşı, Yunus Kahraman ile ortak muhasebe bürosu işletiyorlardı Bayrampaşa'da.

Dolmuş güzergâhının hemen üzerinde, Bayrampaşa Parkı'na cephesi olan apartmanın ikinci katındaki büroya çıkıp, Sahir'i ve Yunus'u buldular. Hasan, Sahir ağabeyini tanıyordu, ancak, Yunus Kahraman ile ilk kez karşılaşmıştı. İkram edilen çayları içip müsaade istediler. Halil'e gideceklerini söylediklerinde Sahir de onlara katıldı. Birlikte yürüyüp Demirkapı Caddesi'nden indiler, Halil'in kapısını çaldılar.

Halil, çalışmak için 1969'da İstanbul'a gelmiş, evliliğe hazırlığını yaptıktan sonra 1971'in sonuna doğru ilçenin Hamidiye köyünden -eskiler Gürcü köyü derlerdi- Selahattin Yıldıran'ın kızı Aynur ile evlenmiş, eşini alıp İstanbul'a getirmişti. Bayrampaşa'nın Vatan Mahallesi'nde iki göz bir evde oturuyorlardı. 1973'te ilk çocuğu Gülnur doğmuştu. Demirciler Çarşısı'nda İnebolulu bir demirci ustası ile ortaklaşa demircilik yapıyordu.

Oturup güzel bir akşam yemeği yediler. Halil'in becerikli hanımı Aynur, misafirleri gelince ayaklanmış, kısa sürede güzel bir sofra hazırlamıştı. Halil, dayısının Küçükpazar'a dönmesine razı olmadı. Israr edip, onları evinde yatırdı. Sahir, bekâr evi gibi kullandıkları büroya dönmek için ayrıldı.

Sabah erken saatte yaptıkları kahvaltıdan sonra, Halil işe gitti, Terzi Hasan, torunu ile Küçükpazar'a döndü. Hafta sonunu otel odasında ders çalışmakla geçirdi, Hasan. Sadece bir şeyler yiyip içmek için aşağı indi. Pazar akşamüzerine doğru kitabı, defteri kapattı ve çalışmasını bitirdi. Öğretmenleri tavsiye etmişti Çatalzeytin'de; böyle sınavlardan iki, üç gün önce çalışma tamamlanmalı, zihin dinlenmeye bırakılmalıydı. Çünkü sınavdan önceki son birkaç günde yapılan yüklemelerin bir katkısı olmuyordu.

Terzi Hasan, pazar akşamı, arkadaşı Abdi Usta'nın evine misafir oldu. Torunu ile gittiler. Onların geleceğini duyan İbrahim de eşini ve çocuklarını alıp gelmişti. Neşeli bir yemek yediler, bol bol sohbet ettiler.

Pazartesi günü öğleden önce Haliç ve Kasımpaşa gezmesine çıktılar. Unkapanı Köprüsü'nden yürüyüp, Şişhane tarafında dolmuşa binerek Kasımpaşa'ya geçtiler. Bir iki saat yürüyüp meşhur Kasımpaşa Deniz Hastanesi'ni, Kuzey Deniz Saha Komutanlığı karargâhının bulunduğu, Osmanlı zamanından kalan tarihî Divanhane binasını, Haliç, Taşkızak ve Camialtı Tersanelerini (Fatih Sultan Mehmed zamanında "Tersane-i Amire" adı ile kurulmuşlardı), hastanenin hemen altında, deniz kıyısındaki dikimevini gördüler yakından.

"Benim 1943'teki acemi askerliğim burada geçti," dedi dedesi, "neredeyse otuz beş sene önce..."

Öğle üzeri Küçükpazar'a döndüler. Ertesi günü, Adalar'a giden ilk vapura bineceklerdi. Adada otele gitmek konusunda derslerini almışlardı. Sabah altı buçukta kalkan vapur, bir buçuk saatte Heybeli'ye varıyordu. Saat sekizde iskeleye varsalar, rahat rahat liseye çıkar, saat dokuza yetişirlerdi.

Akşam erkenden yattılar. Sabah beş buçuk gibi kalkarak hazırlandılar. Hasan yine kahverengi takım elbisesini giymiş, kravatını takmıştı. Yanlarına bir poşet çanta içinde dört beş tane kurşun kalem, iki tükenmez kalem, silgi, ortaokul üçüncü sınıftan birkaç defter ve birkaç paket kâğıt peçete aldılar.

Vapur kalabalıktı. Yolcular arasında Hasan'ın yaşına yakın pek çok çocuk vardı. Onların sınava girecek adaylar olduklarını tahmin ettiler. Hasan, bunlardan bazılarını beden testlerinden ve mülakatlardaki gruplardan hatırladı. Birkaçına seslenip konuştu, birbirlerine başarılar dilediler. Vapurda, ara sıra hızlı okumalar yaptı defterlerinden, bir limonatanın yanında iki de poğaça yedi. Burgazada'dan kalktıklarında defterlerini toparlayıp, dedesine verdi. Elindeki çantada sadece sınav malzemeleri, nüfus kâğıdı ve küçük çağrı kâğıdı kalmıştı.

Vapur, Heybeli İskelesi'ne yanaşmadan dedesi, onu tuvalete soktu son kez. Heybeli'de inen yolcu kalabalığının arasına kendilerini bırakıp, iskeleye çıktılar. Harp Okulu'nu sol yanlarında bırakıp, Deniz Lisesi'nin yokuşuna vurdular. Okula vardıklarında saat sekiz buçuğu geçmişti.

"Tuvaletin filan, bir ihtiyacın var mı oğlum? İçeride fırsat olmaz belki..."

"Bir tek limonata içtim. Sınav onda başlayacak, iki saat sürecek..."

"Çıkana kadar idare eder misin?"

"Ederim, beybaba."

Mülakatlara geldiklerinde yaptıkları gibi, tekrar sarılma, kucaklaşma... Dedesi yine iki yanağından öptü. "Ha bakalım, oğlum," dedi, "son bir gayret! Öğleye bitiyor!.."

"Hazırım beybaba." dedi Hasan. "Elimden geldiğince çalıştım. Bakalım ne olacak?"

"Allah'tan hayırlısı! Biz elden geleni yaptık. Bundan sonrası nasip artık. Haydi bakalım, Allah zihin açıklığı versin."

Hasan'ın sırtını okşayıp, uğurladı içeriye. Gözleri yaş içindeydi yine...

Saat dokuz gibi içeride toplanan aday öğrenciler sınıflara alındı, oturtuldu. Gözlemci öğretmen subaylar geldi, öğretmen masalarına oturdular. Sınav kâğıtları dağıtıldı. Masanın üzerinde kapalı duran sınav kâğıtlarına el sürmek yasaktı. Herkes saat ona kadar bekledi.

Sınav sınıflarındaki hazırlıkların son kontrolünü yapan büyük rütbeli bir subay, herkesin hazır olduğunu görünce, tüm adaylar aynı anda kâğıtları açacak şekilde sınav başlatıldı:

"Başla!"

"Son yarım saat!.."

"Son on dakika!.."

Saat on ikide: "Herkes kalem ve kâğıtları bıraksın arkadaşlar! Kimse yerinden kalkmasın, beklesin!" dendi.

Sınav bitmişti. Masaların üzerindeki soru ve cevap kâğıtları sessizce toplandı. Aday öğrenciler sınıflardan çıkarıldılar ve serbest bırakıldılar. Sınav süresi tamamlanmadan önce, kâğıtlarını erken teslim edip birer ikişer çıkan öğrenci olmuştu ama asıl kalabalık, saat on ikiyi biraz geçerken hücum etti okulun çıkış kapısına. Onları görünce lumbarağzı dışında bekleyen kalabalık da ayaklandı. Hasan, dışarı çıkınca dedesini bulmakta zorlanmadı.

"Oğlum! Ne yaptın, bitirdin mi? Nasıldı sorular?" Dedesi, öpüp kucakladıktan sonra, Hasan'ın durumunu yokluyordu.

"Türkçe sorularında hepsini cevapladım. Sosyal bilgiler soruları da kolay geldi... Fen ile matematikten sadece bildiğim soruları yaptım... Epeyce boş bıraktım mecburen..."

"Aferin, aslanıma!.. Geçmişler olsun! Acıktın mı? Tuvalet bulalım mı? İnelim mi iskeleye doğru yavaş yavaş?"

Hasan neşeliydi. Onu neşe içinde görünce dedesi de neşelendi.

"Ceketini çıkar ver bana... Ferahla biraz."

"Vereyim de... Vapurda filan unutmayalım, sakın ha!.."

Broşürlere ve aldıkları bilgilere göre, yazılı sınavın sonucu temmuz ayı sonuna doğru gazetelerde yayımlanacak, kazananlar okula çağrılacaktı.

Vapura binip, Küçükpazar'a döndüler. On gündür İstanbul'da idiler. Terzi Hasan, Küçükpazar'a varınca otel ile hesaplaşıp, borcunu ödedi. Görebildiği arkadaşları ile vedalaştı, göremediklerine haber ve selam bıraktı. Valizlerini kapatıp, otelden çıktılar, Topkapı yoluna düştüler.

***

Ertesi günü sabah saatlerinde Çatalzeytin'e indiler. Ellerinde birer valiz ile eve girdiler. Kucaklaştılar, eller öpüldü. Hemen güzel bir kahvaltı sofrası kuruldu. Ev halkı İstanbul'da yaşananları merak ediyordu. Gönderdikleri haber eve gelmişti, mülakatları geçip, yazılı sınava katılmaya hak kazandıklarını biliyorlardı, ama ya sonrası?

Bir dedesi anlatıyordu, bir Hasan. Mülakat komisyonu karşısında verdiği cevaplar, lafı döndürüp dolaştırıp Kırlangıç'a getirmesi, Kırlangıç'tan, dedesinden, dayısından bahsetmesi hepsinin ağzını açık bıraktı... Hele, komisyondaki en büyük rütbeliden getirdiği selam!.. Uzun uzun konuştular. Çok neşeliydi evin içi... Bir de şu yazılının neticesi hayırlı geliverse, diyorlardı. "Allah büyük," diyordu Fatma, "nasipte varsa, olur!.."

Hasan, Deniz Lisesi sınavlarının takvimi yüzünden yaz tatiline temmuz ayının ikinci haftasında, epeyce gecikmiş olarak başlayabildi. Doğru deniz kıyısına koştu. Saatlerini, günlerini denizde geçirdi. Öğle güneşlerinin altında kıyının kumlarında yattı, yuvarlandı. Gökhan ve Ali ile sandal gezmeleri yaptılar. Bu gezmelerin kiminde onlara Fikri de katıldı.

Festivalin başlamasına sayılı gün kalmıştı. Futbol turnuvası; çevre il ve ilçelerden katılan amatör takımların sayıca çokluğu ve elde sadece bir futbol sahası olması nedeniyle, daha mayısın ortalarında başlamış, sekiz takımın katıldığı eleme maçları devam ediyordu. Çatalzeytinspor ilk maçında Daday'ı yenmiş, ikinci maçında İnebolu ile eşleşmişti. Turnuvanın final maçı, festivalin son gününde oynanacaktı.

Arkadaşları ile birlikte Çayağzı'na gidip maçları seyretti, Hasan. Çatalzeytinspor için bağırdılar, çağırdılar, tezahürat yaptılar ve ilçe takımının İnebolu'yu da yenerek finale çıkmasını sağladılar.

İlçeye dönüşünün ardından ilk fırsatta Ergun ağabeyini bulmuştu, takımın antrenman yaptığı yerde. Ona, mülakatlarda neler yaptırdıklarını, nasıl performans sergilediğini anlattı. Aynı şeyleri, bir gün muayenehanesine gittiğinde, Erol Bey'e de anlatmıştı. Dedesi de Mükerrem Bey ile konuşmuş, İstanbul'da olup bitenleri paylaşmıştı.

1977'nin Temmuz ayının sıcağında, poyraz ve karayel rüzgârlarının altında gündüz biraz yaramazlaşan, geceleri uslanan Karadeniz'in kıyısında yazılı sınavın sonucunu bekledi Hasan. Dedesi de en az kendisi kadar heyecanlıydı. Göründüğü kadarıyla, daha da fazla... Söylediğine göre, otuz yıllık dileğinin gerçekleşip gerçekleşmeyeceğini yakında bir gazete sayfasında göreceklerdi.

Festival, 15-17 Temmuz günleri arasında yapıldı. Çevre il ve ilçelerden gelenler, mevsimin tatil ve izin dönemi olması nedeniyle zaten kalabalık günler yaşayan ilçede daha büyük kalabalıklara sebep olmuştu. Hısım ve akraba yanlarında, babaevlerinde kendilerine yer bulabilenler oralarda misafir oldular. Bulamayanlar da festival komitesinin aldığı tertibe göre, çadırlarda yatıp kalktı.

Festival programına göre düzenlenen Karakucak Güreş Turnuvası'nda Hadi Kaya ve Metin Yıldırım, güzel güreşler çıkardılar. Yağlı güreş turnuvası da yapılmıştı. Baş güreşlerde Kastamonulu Dursun Candemir, rakibi olan Kırkpınar başpehlivanlarından Sabri Acar'ı finalde yenerek festival başpehlivanı olmuştu.

Festivalin müzik bacağında da geçmişte hiç görülmemiş heyecanlar yaşandı ilçede. Ersen ve grubu Dadaşlar, Selda Bağcan ve Fuat Durular gibi dönemin popüler şarkıcıları, bu mütevazı ilçeye geldiler, büyük kalabalıklar önünde konserler verdiler.

Geleneksel Ginolu koşusunun festivaldeki ayağını Zonguldak bölgesinden Turgay Oğuz kazandı. Hasan'ın okul arkadaşları Şaban Çetin ikinci, Aslan Pehlivan üçüncü olarak derece yaptılar.

Tiyatro oyunları, şiir ve edebiyat oturumları, güreşler, voleybol ve futbol maçları, Ginolu kros yarışması, konserler derken, panayırla birleşen bu ilk festival, üç gün ortalığı kasıp kavurdu Çatalzeytin'de. Düzenlenen bir eşya piyangosu çekilişi ile farklı heyecanlar da yaşandı. Festival 17 Temmuz Pazar günü yapılan futbol final maçı ve akşamında düzenlenen büyük konser ile sona erdi. Futbol turnuvasının final maçında Çatalzeytinspor, rakibi Boyabatspor'u 3-0 gibi net bir skorla yenerek ilçeyi sevince boğdu. Takımın kaptanı, Erdal Şahin idi.

İlk kez düzenlenen ve altı ay gibi kısa bir zamanda hazırlığı yapılan bu festival için Çatalzeytin'in genci, ihtiyarı, kadını, erkeği çok terler dökmüşler, verilen emeğin karşılığında organizasyon da büyük bir başarı ile sonuçlanmıştı. Kaymakam Nihat Bey, hazırlıklarda sıra dışı bir rol üstlenen Çelebiler İmamı Sadi Kaya'yı -Muhtar Fikri'nin oğlu ve karakucakçı Hadi Kaya'nın kardeşi- ödüllendirmeye karar verdi ve onun özel idare memurluğuna atanmasını sağladı. Sadi Kaya, bu kadroda çok uzun yıllar kalacak, ilçeye faydalı görevler yapmaya devam edecekti.

Festival yapılıp geçtikten sonra, Hasan için sıkıntılı günler başladı. Takvim temmuz sonuna doğru geliyordu. Günlük gazetelerin ilçeye ulaştığı öğle saatlerinde doğruca gazete bayisi Sacit Er'in pazar yerindeki dükkânına gidiyor, gelen tüm gazeteleri elden geçiriyordu. Aradığı duyuruyu gazetelerde bulamayınca canı sıkkın vaziyette Gökhan'ın yanına geliyordu, dayısının tuhafiyeci dükkânına.

"Bugün de mi çıkmadı, Hasan?"

"Yok! Yarına artık..."

Evde de aynı sabırsız ve sıkıntılı bekleyiş yaşanıyordu. Sacit Er'i tembihlemişti, Terzi Hasan.

"Sacit! Bizim vakit yanaştı. Ha bugün ha yarın... Allah aşkına, boş bulunup da gözden kaçırmayalım. Gazeteler gelince ya sen bak belli başlısına ya da ben geleyim..."

Bir cumartesi günü, bekledikleri haber geldi. Sacit Er, telefon edip Terzi Hasan'a, beklediği haberi verdi:

"Ağabey, sınav sonuçları açıklandı! Gel, Milliyet'e bak..."

Terzi Hasan bir koşuda pazar yerine vardı, Milliyet gazetesini açtı ve duyuruyu gördü. Duyurunun ne dediğine, başlıklarına filan bakmadan yukarıdan aşağı, süratle isim listesini kontrol etmeye başladı. Hasan'ın adı listede var mıydı? Eli ile satır satır gezerek aradı, taradı, listenin bitmesine yakın bir yerde aradığını buldu: Listede bir "Hasan Doğan" vardı!

Birden başı döndü, sendeledi. Sacit, bir tabure verip, onu bir köşeye oturttu ve sakinleştirdi. Terzi, sakinleşince gazetecinin telefonundan Avni'yi aradı:

"Çabuk, oğlanın aday numarasını getirin!"

Numara geldi. Birlikte listeye tekrar baktılar. Listedeki Hasan Doğan'ın karşısında "35209" aday numarasını gördüler. Hasan'ın aday numarası! Kazanmış mıydı yani?

Biraz sonra, sınav sonuç duyurusunu başından sonuna tekrar okudular:

"Deniz Harp Okulu, Deniz Kuvvetleri Adına Kara Harp Okulu ve Deniz Lisesi Giriş Sınavlarını Kazanan Adaylar Listesi"

Duyurudaki üçüncü liste, Hasan'ın girdiği sınavın sonucunu veriyordu. Dikkatle inceleyince; yüz yirmi beş kişilik asil bir liste olduğunu, onun altında yüz yirmi iki kişilik bir yedek liste olduğunu gördüler. Hasan, yedek listede yüz dokuzuncu sırada idi.

Listenin sonunda iki de not vardı. Notlardan ikincisi, Deniz Lisesi sınavına ilişkindi:

"Deniz Lisesi giriş sınavını kazanan asil adaylar 25 Temmuz, 1977 Pazartesi günü Deniz Lisesi Komutanlığına (Heybeliada) müracaat edeceklerdir. Yedeklere ayrıca sırası geldikçe Okul Komutanlığınca tebligat yapılacaktır."

"Ne denmek isteniyor yani?" diyerek Terzi Hasan, bu açıklamayı anlamaya çalıştı. Notu tekrar tekrar okuyor, etrafında toplananlara bakıyordu.

"Bugün ayın otuzu zaten," dedi Avni, "bugünün gazetesinde, yirmi beşinde gelin, deniyor. Bu nasıl iş?"

Doğru söylüyordu. İyi bir noktayı yakalamıştı. Bu nasıl işti?

Terzi: "Evet, orada beş günlük bir gecikme olmuş, her nasıl olduysa... Ama bu gecikme yedek listedekilerle ilgili değil!" dedi.

"Yedeklere ayrıca sırası geldikçe biz tebligat yapacağız, demişler!"

"Ne zaman yapacaklar? Neyle yapacaklar?"

"Herhâlde posta yolu ile... Adaylık belgelerini de postayla göndermemişler miydi? Hasan'ı çağıracaklarsa, demek ki mektup yazıp çağıracaklar."

"Gidelim, Mükerrem Hoca'ya danışalım hele!"

Terzi Hasan yine de ikna olmamıştı. Bir Milliyet parası ödeyip, gazeteyi aldı, çıktı.

Gazetecideki bu heyecanlı tartışmayı duyanlar etrafa toplanmış, izliyorlardı. Terzi Hasan'ın ayrılmasından sonra Hasan'ı tebrik etmeye başladılar:

"Aferin be Hasan! Gazetelerde mi çıkmış adın?.."

"Çıksın memleketten, ağabey! Namımız yürüsün..."

"Bütün gece uyumamış da öyle girmiş sınavlara! Az şey mi?"

Hasan, ikinci bir Milliyet gazetesini eline almış, uzun uzun listeye bakıyor, laf atanlara laf yetiştiriyordu.

Terzi Hasan'ın durumu aktarması üzerine, Müdür Mükerrem Bey de konuya dâhil oldu. Listeyi açıp inceledikten sonra durumu şöyle açıkladı Terzi'ye: "Okul önce, 25 Temmuz günü çağırdığı asil listedeki yüz yirmi beş kişiyi sağlık heyeti muayenelerine gönderecektir... Muayenelerde kusuru çıkıp da eksilen oldukça, sırasına göre, yedekteki listeden adam çağıracaklardır..."

Terzi Hasan bu açıklamadan da tatmin olmamıştı.

"Diyelim ki yüz yirmi beş kişiden üç kişi muayenelerin ilk iki gününde problem yaşadı, elendi," diyordu, "olur ya! Ne yapacaklar o zaman? Oturup yedeklerden ilk üç kişiye mektup mu yazacaklar? O mektuplar yerine kaç günde gidecek? Çatalzeytin'e bir haftada gelir desek, Rize'ye kaç günde gider mesela? Okul, mektubun yerine ulaşmasını, mektubu alanın da atlayıp bir otobüse İstanbul'a varmasını mı bekleyecek? Tövbeler olsun, benim bu işe aklım yatmadı!.."

Mükerrem Hoca ile yaptığı konuşmadan sonra, bir hafta kadar beklemeye, sonra durumu tekrar ele almaya karar verdiler. Bu arada, PTT şubesinde postacı Hüsnü enişte tekrar tembihlenmiş, Deniz Lisesi'nden Hasan Doğan adına bir mektup, telgraf vb. gelirse, dakika kaybetmeden haber vermesini istemişlerdi.

Bir hafta boyunca bir haber gelmedi Çatalzeytin'e. Terzi Hasan, Mükerrem Bey ile konuştuktan sonra, torununu da yanına alıp, doğruca Heybeliada'ya gitmeye karar verdi. Ertesi gün için otobüs biletleri alındı. 7 Ağustos Pazar günü sınava ilişkin belgeleri de ceplerine koyup, bindiler İstanbul otobüsüne, gittiler.

Pazartesi sabahı Topkapı'ya inince, yol yorgunluklarına aldırış etmeden bir vasıtaya atlayıp Eminönü'ne indiler ve Adalar'a giden ilk vapura bindiler. Okulun kapısına vardıklarında öğle üzeri olmuştu. Lumbarağzındaki nöbetçi heyetine durumu izah edince, nöbetçi amiri olan subay kalkıp yanlarına geldi. Durumu ona da güzelce açıkladılar. Nöbetçi amiri, içeride bir yere telefon etti ve karşısındakine; sınavı kazanan yedek adaylardan birisinin Kastamonu'dan kalkıp geldiğini, lumbarağzında misafir edip oturttuklarını, söyledi.

Telefondaki subay geldiğinde, sınavlar sırasında kayıt kabul komisyonu başkanlığı yaptığını öğrendiler. Sınavı kazanan asil ve yedek listeden adayların hepsinin geliş ve gidiş işlemlerini kendilerinin yaptığını söyledi ve yanında getirdiği sınav sonuç listesine bakarak durumu izah etti:

"Dediğiniz gibi, yedeklere sırası geldikçe haber verileceği hususu biraz karışık. Postada vesaire gecikmeler yaşanmış olması muhtemeldir. Onu ben bilemem... Ama bu sene bu şekilde yapılmasına karar verildi."

Terzi Hasan: "Yani?" dedi, "Muayeneler daha devam ediyor mu? Biz burada kapının dibinde beklesek sıramız gelir mi?"

"Yok, amca, kontenjan çoktan doldu! Sınıf tamamlandı, hatta öğrenciler okula teslim oldu, intibak eğitimine başladılar."

"Nasıl olur? Duyurudan sonra on gün bile geçmeden?"

"Öyle oldu, amca! Siz zaten yedek listenin yüz dokuzuncu sırasında yer almışsınız. Epeyce geride kalmışsınız yani..."

"Peki, hiç yedek listeden öğrenci aldınız mı?"

"Aldık! Hem de kaç kişi..."

"Ne ara mektup gönderdiniz de geldiler?"

"Bu sene böyle oldu işte... Önümüzdeki sene değişiklik yapılır herhâlde."

"Yedek listenin neresine kadar geldi sıra, onu söyleyebilir misiniz?"

Komisyon başkanı, nöbetçi subaylığına girip içeride birisine telefon etti, aynı soruyu sordu. Ahize kulağında, bir iki dakika bekledi ve "tamam" dedi. Sonra Terzi Hasan'a döndü:

"Siz toplam sıralamada iki yüz otuz beşinci sıradasınız. Bu sene yüz doksanıncı sıraya kadar gelmiş, alınan öğrenciler."

Terzi Hasan düşündü dalgın dalgın. Kırk, kırk beş kişi kadar sıra kalmıştı önlerinde demek. Durumu şimdi anlamıştı...

"Ne yapalım?" dedi karşısındaki subaya: "Allah nasip etmedi demek ki. Anlaşılan, ucuna kadar gelmişiz, ama mukadder değilmiş... Hayırlısı olsun artık."

Aldıkları bu kesin bilgi üzerine, üzüntü içinde okuldan ayrılıp vapur iskelesine indiler. Terzi Hasan sövüp sayıyordu içinden. "Sınavdan sonra memlekete dönmeyip de adada, kapının dibinde mi yatacaktık! Bu nasıl bir iş?.." diyordu. Yedek listeden çağrılmış adayların bu kadar kısa bir sürede toparlanmış olmasına aklı bir türlü yatmamıştı...

Aynı gün akşam Çatalzeytin'e giden otobüse yetiştiler. Büyük bir moral çöküntüsü ve üst üste iki geceyi yolda geçirmenin yorgunluğu içinde Çatalzeytin'e döndüler. Yolculukları sırasında, birkaç kelime dışında hiç konuşmamışlardı.

***

-12-

Çatalzeytin, Ağustos 1977

Evde büyük bir düş kırıklığı vardı. Akıllarına gelmedik sıkıntılar yaşamışlar, Hasan'ı hem yazılı sınavlarına hem de beden sınavlarına götürmüşler, yedek listenin sonlarına doğru da olsa, sınavı kazananlar arasına sokmayı başarmışlardı. Ancak, sonuçların açıklanmasından sonraki yaklaşık on gün içinde, kazananlar bir sıradan sağlık muayenesine alınmış, heyet raporları ile sağlam olduğu anlaşılan yüz yirmi beş aday bulunup okula kabul edilmişti. Kendilerine sıra gelmiş olsaydı, posta ile gönderilecek çağrı mektubunun bu zaman zarfında kendilerine ulaşması bile şüpheli görünüyordu.

Terzi Hasan, birkaç gün sonra: "Ne yapalım daha başka? Nasip değilmiş!" dedi. Bu konuyu kapatıp, artık ileriye bakmayı önerdi evdekilere.

Takvimler ağustos ayının ortalarına geliyordu. Bir aya kalmadan okullar açılacak, yeni eğitim ve öğretim yılı başlayacaktı. Hasan'ı, Çatalzeytin'de ilk mezunlarını daha yeni vermiş liseye mi kaydettireceklerdi? O günlerde bir haber geldi kulaklarına, Karabük'te bir "Ticaret Lisesi" varmış diye... O da yeniymiş, daha bir iki yıl önce açılmış, ama hiç olmazsa meslek sahibi ediyormuş öğrencilerini...

Oturup konuştular. Ortaokul müdürü Mükerrem Bey'e de danıştılar. Mükerrem Bey, Hasan'ın Karabük'teki okula gönderilmesine kesinlikle karşı çıkıyor, liseye kaydedilmesini istiyordu ısrarla. Gökhan için de aynı tutum içindeydi. Kabataş Erkek Lisesi ve benzeri kurumsallaşmış okullara verilmelerini, olmazsa Çatalzeytin'de okumalarını tavsiye ediyordu. Karabük'teki okul, lise seviyesinde meslek eğitimi veriyordu. Ayrıca, Çatalzeytin gibi küçük bir yerde değil, Karabük gibi koca bir şehirde idi. Muhakkak ki daha oturaklı, daha sağlam eğitim veriyor olmalıydı. Üstüne üstlük, Terzi, kayınbiraderi Recep ile konuşmalarında, Gökhan'ı, bir de Nurettin Akçay'ın oğlu Ramazan'ı bu okulun sınavlarına götürmeye hazırlandıklarını duyunca, Hasan'ı da mı götürüp şu sınava bir soksak, diye düşündüler. Kazanırsa ne olacaktı? Kazansın da bir kere, gerisini düşüneceklerdi... Karabük'te pek çok akraba vardı. En başta, ağabeyi Enver, kız kardeşleri Halime ve Hayriye oradalardı. Aysel vardı ilaveten. Gönderecek olurlarsa, emanet edecek birini nasıl olsa bulurlardı.

Telefon açıp, Karabük'teki kardeşleri ile konuştuğunda, çocuğu getirip sınavlara sokmasını, kimin yanında kalacağı meselesini hiç tasa etmemesini söylediler. Karabük'tekilerin arasında Halime'nin kocası Salim enişte: "Sen merak etme ağabey!" demişti, "Kendi oğlumuz gibi bakarız..."

Böylece, Gökhan ve Ramazan ile Hasan da Ticaret Lisesi'nin sınavına götürüldü. Çocuklar sınava girdiler ve Çatalzeytin'e döndüler. Eylül ayının başında sonuçlar ortaya çıktı. Her üçü de okula girmeyi başarmışlardı.

Terzi Hasan, tekrar yollara düştü ve Hasan'ı bir iki valiz eşyası ile Karabük'e götürüp, kardeşi Halime'ye teslim etti.

Demir Çelik Fabrikası'nda işçi olarak süresini tamamlayan, Halime'nin eşi Salim, kısa zaman önce emekli olmuş, 38 Evler'deki lojmandan çıkmış, fabrika işçileri tarafından kurulan bir kooperatif aracılığıyla 70'li yılların ortalarından itibaren Safranbolu yolunun batı yanında paket paket inşa edilen 5000 Evler Sitesi'nden kendisine bir daire almış, taşınmıştı. Hayriye'nin fabrikada çalışan büyük oğlu Dursun da Salim eniştesine yakın bir yere gelmişti. İlaveten, Yeşil Mahalle'de oturan Musa ile Neşe, Enver'in damadı Kemal de... Hepsi, 5000 Evler'in ortasındaki yazlık sinemanın yanında, birbirlerine yakın oturuyorlardı. Yeni emekli olan Salim enişte, can sıkıntısını giderip, üç beş kuruş da para kazanmak için sinema binasındaki dükkânlardan birisini kiralamış ve bakkaliye işine girişmişti. Bitişiğindeki marketin sahibi Çorbacı ile rekabet ediyor, kendince oyalanıyordu. Hasan'ın Aysel halası, Yeni Mahalle'de oturmaya devam ediyordu. Aysel'in çocuklarından, iki büyük, Sahir ve Mahinur Karabük dışında, kalanlar Karabük'te idiler.

Halime halasının evinde Hasan'a müstakil bir oda verdiler. Böylece, barınma ve beslenme konusu kolaylıkla çözümlendi. Hasan için işin iyi tarafı, 5000 Evler'de okulu tanıyan epeyce kuzeni vardı. Halime halasının en küçüğü Necla, Hayriye halasının küçük oğlu Recep... Bir de Aysel halasının küçük oğlu Münir. Üçü de Ticaret Lisesi'nin ilk yılında girmişlerdi. Hasan birinci sınıfa başlarken, onlar da üçe başlıyorlardı. Seneye yaza mezun olacaklardı. Çokça sevip saydığı üç kuzeninin de burada olduğunu duyduğunda, okula karşı bir sempati hissetmişti içinde, Hasan.

Eylül ayının ikinci haftasında, okul yeni yılına başladı. İlk mezunlarını bu eğitim yılının sonunda verecekti, ama kendine ait bir binası bile yoktu henüz. Ticaret Lisesi'ni, Karabük'ün sırtlarında, yüksek bir düzlükte kurulu olan Yenişehir Mahallesi'nde toplaşmış okulların arasında, en oturaklı okul sayılan Demir Çelik Lisesi'nin yakınında, TED Koleji ile karşı karşıya olan bir ilkokulun bodrum ve zemin katlarına sıkıştırmışlardı. Üst katını ise, binanın asıl sahibi olan ilkokul kullanıyordu.

Okul başlayınca, derslerin büyük oranda mesleki konulara yönelik olduğunu gördü Çatalzeytinli çocuklar. Daktilografi, pazarlama, ekonomi, muhasebeye giriş, ticaret gibi... Sosyal ve fen bilimlerinden de dersler vardı, ama ders saati bakımından çok kısıtlıydılar. Yabancı dil olarak İngilizce görüyorlardı.

Okul başlayınca yeni bir yalnızlığın içine düştü Hasan. Yaz aylarında İstanbul'da önemli bir sınav için uğraşıp didinmişler, türlü maceralar yaşamış ve yorgun düşmüşler, sonuçları alınca, önce sevinmiş, sonra üzülmüşlerdi. Bir yanda o sınavın maratonu, diğer yanda Çatalzeytin'deki festival rüzgârı, yaz tatilinin ne olduğunu tam göremeden sezon bitmiş gibiydi. Son günlerde de Ticaret Lisesi'nin sınavına yetişme telaşı... Kasabasını özlüyor, doğup büyüdüğü mahalleyi, evini arıyor, ortaokuldaki arkadaşlarını görmek istiyordu. Günler, haftalar geçtikçe bu ayrılığa yavaş yavaş alışacaktı ama Karabük'teki yakınlarının ve her gün görüştüğü Gökhan ve Ramazan'ın sayelerinde...

Çoğu hafta sonlarında Gökhan ve Ramazan ile buluşuyor, birlikte gezip dolaşıyorlardı. Balıkpazarı'nın yakınındaki sinemaya gidiyor, çarşıda geziyor, Yenişehir'e çıkıyorlardı. İkinci Lig'in Kırmızı grubunda oynayan Kardemir Karabükspor'un antrenmanlarını ve maçlarını da izlemeye çalışıyorlardı.

Okul idaresine karşı, bir veli göstermek gerekmişti. Ailesi Çatalzeytin'de kaldığı için bir akrabayı Hasan'ın velisi yapmak durumunda kaldılar ve Hayriye halasının oğlu Dursun'u seçtiler. Okulun veliler ve aileler ile yaptığı görüşmelere Dursun gidiyor, Hasan'ın durumunu takip ediyordu. İlaveten, Halime halasının damadı Musa ile üçüncü sınıftaki Necla, Recep ve Münir de okulun kıdemli öğrencileri, hatta kıdemliler arasındaki en cingözleri olarak, Hasan'ın hâl ve gidişi hakkında bilgi alabiliyorlardı.

Okul Müdürü Ömer Arabacı Bey'di. Eşi Fatma Hanım ise daktilo hocası. Müdür yardımcısı, Coğrafya Hocası Nurettin Özgürel idi. Öğretmenler arasında yaşça en kıdemliler Mükerrem ve Avni Hocalar idi. Tarih dersine Nermin Hanım giriyordu. Yaşı genç olup, öğrencilerle daha yakın ilişkiler kurabilen; Ali Cengiz Topçuoğlu, pazarlamacı Yakup Hoca, matematikçi Veli Hoca, Nuri Hoca, İsmail Hoca vardı ayrıca.

Yeni başlayan sınıfı iki kısma ayırdılar. Hasan 404 numara ile 1-A kısmına, Gökhan ve Ramazan ise 1-B kısmına gittiler. Hasan, yeni arkadaşlar edindi okulda. Kendi kısmındaki Bekir Delikaya örneğin... Aslen Sivaslı olan ve Karabük'te uzun yıllardır halı ve mobilya ticareti yapan Delikayalar ailesinin oğluydu. Esmer, yakışıklı, medeni cesareti yüksek ve neşeli bir çocuktu. O kadar iyi arkadaş oldular ki Hasan'ı sigaraya alıştıracaktı Bekir, birkaç ay sonra... Ayrıca, okula Recep ve Münir'in sınıfında başlayan, sağlık sorunları yüzünden ara verip beklemek zorunda kalan, daha sonra tekrar başlayan Metin Çelik... Hasan'ın sınıfında şimdi yeniden başlıyordu. Babası, belediye binasının altında bir köşede ve hal içinde bebek eşyaları ve oyuncak mağazası sahibiydi. Eskipazar'dan Bayram Tutucu, Ankara Caddesi'nde bir kunduracının oğlu olan Basri Dirican, postaneye yakın Atay Mobilya'nın oğlu Ali Faik Atay... Bostanbükü'nden gelen birkaç arkadaşı daha...

Ticaret Lisesi'nin birinci sınıfında kızlar da vardı. Terzi Hasan'ın büyük amcası Abdi Irak'ın torunu Şükran örneğin. Kayabaşı'nda oturuyorlardı onlar. Bir Türkan vardı, bir Emine, bir Gülcan, bir Zehra, bir Ayten...

Dersler başladı, konular ilerledi ve ilk sınavlar geldi çattı. Arada yapılan sözlü yoklamalardan ve ilk sınavların sonuçlarından Hasan ile Gökhan'ın başa oynayacakları anlaşıldı. Ramazan'ın da dersleri gayet güzel gidiyordu.

Hasan gibi, Gökhan ve Ramazan da Karabük'te oturan akrabalarına emanet edilmişlerdi. Gökhan, Yeni Mahalle'de dayısında kalırken, Ramazan, Kayabaşı Mahallesi'nde bir akrabasının yanında idi.

Okul, sabahçı ve öğlenci olmak üzere ikili bir program uyguluyordu. Sabahçılar erken bir saatte derse başlayıp, öğlen bir civarında gününü tamamlıyor, sonra gelen öğlenciler ise akşam yedi buçuk civarında çıkabiliyorlardı.

Her üçü de öğlenci oldular ilk yıllarında. Hasan, 5000 Evler'den, öğleye doğru belediye otobüsüne binip, Yenişehir'e çıkıyor, akşam çıkışlarında yine otobüse biniyor ve halasının evine dönüyordu. Kış döneminde hava kararmış oluyordu okuldan çıktıklarında. Bazen 5000 Evler'e giden otobüse yetişemediği de oluyordu. Bu takdirde yürüyerek, postanenin yanındaki merdivenlerden aşağı, Karabük'ün merkezine iniyor, Balıkpazarı'na geçip 5000 Evler'e geçen bir vasıtaya biniyordu.

Sonbahar bitip, kış yaklaşırken Karabük'ün soğukları da kendini iyice göstermeye başladı. Deniz kıyısında doğup büyümüş olan Hasan, sahilin yumuşak iklimine alışkındı. Karasal iklimin hâkim olduğu Karabük'te ayazdan kendini korumayı başaramadı. Kasım ayının sonlarına doğru kuvvetli bir üşütme geçirdi. Midesini, bağırsaklarını ve ciğerlerini üşütmüştü. Uzunca bir süre yatıp dinlenmek zorunda kaldı.

Hasan'ın Karabük'te rahatsızlandığını öğrenince, Terzi Hasan yerinde duramayıp Karabük'e koştu. Halime ve eşi Salim ile konuştular. Onlara, etrafa bakıp bulabilirlerse şöyle münasip bir ev tutmak istediğini, Fatma'yı da Hasan'ın başına göndermeyi düşündüğünü söyledi, Terzi. "Biz oğlana bakarız, bize yük olduğu yok ama sen bilirsin, ağabey!" dediler.

Kardeşleri Karabük'te ufak bir kiralık ev arayışında iken, Terzi Hasan dönüp, konuştuğunda Fatma'nın böyle bir vazifeyi tereddütsüz kabul edeceğini gördü.

"Yeter ki torunlar okusun! Sümer'i okutamadık, bunları okutalım!.. Sözümüz yok muydu zaten?" demişti Fatma. Büyükler, yeni yetişenler için üstlerine düşen her fedakârlığı yapmalılardı.

Çok geçmeden, uygun bir yer bulunduğuna dair haber geldi Karabük'ten. Kayabaşı Mahallesi'nden ileride, fabrika tarafına doğru, Karabük'ün sonunda, yamaçlık bir yerde idi bulunan ev. Belediye otobüslerinin "Karabükköyü" diye gittikleri son durakta... Fabrika kurulmazdan önceki o küçük, on üç hanelik köy... Ev, Çatalzeytinli bir aileye aitti. Terzi Hasan Karabük'e geldi, evi inceledi, sahipleri ile görüştü, pazarlık yapıp, anlaştı. Evin sahibi Erdal Sesver, ailesi Çatalzeytinli olan, vakti zamanında gelip fabrikada işçi olarak çalışmış, emekli olunca bu mahallede küçük bir bakkal açmış, akraba canlısı bir adamcağızdı.

İki katlı binanın üst katında, karısı Sabiha ve çocukları ile ev sahibi oturuyordu. Zemin kat ise üç beş kuruş gelir getirsin diye kiraya verilmişti. Zeminin bitişiğinde ev sahiplerinin işlettiği küçük bir bakkal dükkânı vardı. Yine Çatalzeytinli olan eski kiracıları -Ramazan Yelkenci'nin oğlu Şefik- çıkınca, Halimeler, bu daireden haberdar olmuş ve Terzi Hasan'a bildirmişlerdi.

Ev derlendi, toparlandı, badanası yenilendi. Kasım ayının sonlarında bir gün, Çatalzeytin'den bir kamyona yüklenen ev eşyaları getirilip yerleştirildi. Aynı gün, otobüsle Terzi Hasan ve Fatma da geldiler. Ev hazırlanınca, Hasan, 5000 Evler'den kalkıp, buraya taşındı.

İki oda, bir kenarda yarım bir mutfak ve bir banyo, tuvaletten ibaret evde, anneanne ve torun yeni bir hayata başladılar. Hasan, beş dakikalık yürüyüşle Karabükköyü'ne gelen belediye otobüsünün son durağına iniyor, saatte bir kalkan otobüsle Yenişehir'e gidiyordu. Akşamları çıktığında eve gelebilmek için yine belediye otobüsünü kullanıyordu. Okul çıkışında otobüsü kaçırırsa, havanın durumuna göre eve kadar yürümeyi tercih ediyordu: Postanenin oradan in, Karabük merkezini boydan boya geç, Ankara Caddesi boyunca yürü, sola, Kayabaşı Köprüsü'ne dön, köprüden sonra devam, Kayabaşı'nı geç, Karabükköyü'nde yolun ta en sonundaki otobüs durağına kadar git... Bir saate yakın vakit alıyordu bu yürüyüşler.

Sınıfındaki akraba kızı Şükran da Kayabaşı'nda oturduğu için, otobüsü kaçırdıkları takdirde, bu uzun akşam yürüyüşlerine katılıyordu bazen.

Karabük'e gelen Fatma'nın, evinden ilk çıkışıydı, bu. Torununa kıyamamış, kocasının ricasını kıramamıştı. Hasan'ın arkasındaki Nalan ve Canan, henüz kasabadaki ortaokula devam ediyorlardı. Deniz Lisesi sınavlarına odaklanıp, müracaat formlarının, belgelerin peşinde koşturdukları günlerde, 20 Mayıs 1977'de üçüncü bir kız daha doğmuş, Cansu da gelip katılmıştı torunların aralarına.

Annesi Karabük'e gidince, Sümer, altı aylık Cansu ayağının dibinde yatıp yuvarlanırken, evdeki işlerini yürütmekte zorlandı. Abları okuldan geldikten sonra Cansu ile ilgilenip, biraz oyalasalar da bu, uzun süreli olamıyor, Sümer boşa çıkıp, çalışamıyordu. Ya terziliğe bir süre için ara verecek ya da Cansu ile ilgilenecek birisini bulacaklardı. Düşünüp taşındılar, evde yardımcı olacak birini aradılar, ancak, bulamadılar. Sümer bir ara çalışmayı bıraktı. Hiç olmazsa iki yaşını bulup, ayaklarının üzerinde durabilir hâle gelince Cansu'yu Karabük'e, anneannesine göndermeye karar verdiler. Anneannesi hem çocuğa bakar hem oyalanır, kendi can sıkıntısını da giderirdi.

Hasan, Karabük'te ikinci sınıfın ortalarında iken evde üç kişi oldular. Artık derdini anlatabilir hâle geldiğini görünce, 1979'un yılbaşına yakın bir vakitte Cansu'yu Karabük'e getirdiler ve Fatma ile Hasan'a emanet ettiler. Sümer artık rahatça çalışabilecekti.

Cansu, Karabük'te ağabeyine çok bağlandı. Evde gün boyu anneannesini gördüğünden olsa gerek, akşamları Hasan okuldan dönünce, yeni bir yüz görmenin neşesi ile yerinden fırlayıp, ağabeyinin kucağına koşuyor, kendini onun üzerine atıyordu. Ağabeyiyle uzun uzun konuşmalar yapıyordu kendi dilinde... Geceleri Cansu'yu uyutmak büyük mesele idi. Her nasılsa, yatakta sallanarak uyumaya alışmıştı. Yatırdıkları yatakta sırtüstü bıcır bıcır konuşurken onu uyutabilmek için bir Fatma alıyordu yaylı yatağı sallama nöbetini, bir Hasan...

Ülkede iç siyasi gerilimin gittikçe tırmandığı bir dönem yaşanıyordu 70'li yılların ikinci yarısında. Sağ ve sol, temel iki ideolojinin keskin sınırlarla birbirine karşı bilendiği bir anarşi ortamında, dışarıdan müdahil olan ellerin marifetiyle, taraflar başlangıçta sadece politik görüş ayrılığından ibaret olan anlaşmazlıklarını önce silahsız eylemlere, sonra silahlı saldırılara, bombalamalara, suikast ve sabotajlara taşımışlardı. Memleketin dört bir tarafından her gün gösteri, çatışma, yaralama ve öldürme haberleri geliyordu. Tam bir güvenlik bunalımı yaşanıyordu.

Karabük de ülkedeki bu genel gidişattan ayrı sayılmazdı. Okullar, öğretmenlerinin çoğunluk siyasi görüşüne göre iki kamptan birisine ait sayılıyor, karşıt kampların okulları arasında öğrenci kavgaları ve çatışmaları yaşanıyordu. Öğrenciler veya öğretmenler protesto amacıyla derslere girmiyor, şu okulun öğrencilerinin, bu okulun önünden geçirilmediği, bir okulun öğrencilerinin gidip başka bir okulu bastığı örnekler görülüyordu.

Zaman geçtikçe durum daha da kötüleşecekti. 1977'den itibaren

Karabük'te sadece okullar değil, mahalleler, sokaklar, caddeler bile siyaseten etiketlenmişlerdi.

Bu kaosun işaretleri, iki bin, iki bin beş yüz nüfuslu, mütevazı Çatalzeytin'de de başlayınca, çocuklarını Karabük'e göndermiş olan ana babalar endişe etmeye başladılar:

"Ya oğlanın başına bir şey gelirse oralarda? Birileri gelip, sen şucu musun, bucu musun diye çocuğa bir şey ederlerse? Akşam dönene kadar nerededir, kimin yanındadır, başına bir iş gelmiş midir? Kötü arkadaşlarına uyup, bu işlere karışmış mıdır? Kim kollayıp gözetecek çocuğu?.."

Bu tasa bir türlü akıllarından gitmiyordu. Memleketteki durum, iyileşmek bir yana, gün geçtikçe daha da kötüleşiyordu.

Bu sırada, Çatalzeytin ve Karabük'teki Çatalzeytinliler, 1977'nin Aralık ayında çok ağır bir trafik kazası haberi ile sarsıldılar... Karabük üzerinden İstanbul'a devam eden Çatalzeytin otobüsü, sabaha karşı Adapazarı yakınlarında ağır bir trafik kazası yapmış, yoldan şarampole, sağ tarafta, yolun altında kalan tarlaya uçmuş, yolcularından çok sayıda ölen ve yaralanan olmuştu. Bu otobüse Çatalzeytin'den binenler arasında Hasan'ın babası ve Recep dayısı da vardı. Avni, oğlunu ve kayınvalidesini ziyaret için yola çıktığından, Karabük'te inmişti. Dayısı ise, İstanbul'a mal almaya gidiyordu.

Gökhan'ın babası, kaza sırasında ön cama savrulmuş, parçalanan camdan dışarı fırlamış, tarlada düştüğü yerde kalmıştı. Çok ağır yaraları, kırıkları vardı ve beyin sarsıntısı geçirmişti. Recep, bu kazadan sonra haftalarca hastanede yattı İstanbul'da. Ameliyatlar oldu, yaraları kapandı, ama eski fiziki becerilerini tekrar kazanabilmesi için aylar geçmesi gerekecek, bacaklarındaki protezler nedeniyle, büyük sıkıntılar yaşayacaktı. Bu üzücü kazadan sonra Recep ile Nezihe, Gökhan'ı Karabük'ten geri çağırmaya mecbur kaldılar.

Karabük'te Gökhan'ın yaşadığı bir başka olay da geri dönme işinin tuzu biberi olmuştu. Yeni Mahalle'deki dayısından okula genellikle yürüyerek gidip dönen Gökhan, bir akşam vakti eve dönerken her gün önünden geçtiği bir sendika binasında, onun geçişinden on dakika kadar sonra patlayan bomba büyük bir hasara sebep olmuş, bu olay, Karabük'te uzun süre gündemde kalmıştı.

Hem yaşadığı kazadan kalan rahatsızlıkları hem Gökhan'dan duydukları bu bomba patlaması haberi, Karabük'teki asayiş durumu hakkındaki zaten var olan endişelerini daha da artırmıştı. Recep, eniştesi Terzi Hasan ile durumu konuştu bir gün. Çocukları, birbirlerine danışarak Karabük'e göndermişlerdi, ama hâlihazır şartlar, ilk yılı tamamlayınca Gökhan'ı geri almaya mecbur ediyordu. Recep: "Ben, ikiye geçince Gökhan'ı alacağım, enişte!" dedi.

Karabük'te ilk yılın kışı geçti, bahar geldi. Karne zamanı yaklaştı. Birinci sınıftaki Hasan, Gökhan ve Ramazan, ikinci sınıfa geçmenin, son sınıftaki Necla, Recep ve Münir ise mezun olmanın eşiğindeydiler.

Son sınavlar da yapıldıktan sonra, mayıs ayının sonuna doğru eğitim ve öğretim yılı tamamlandı. Karneler verildi, öğrenciler tatile gönderildi.

Babası, Gökhan'ın ayrılışını istedi okuldan. Aynı endişeleri Ramazan'ın ailesi de yaşamıştı yıl boyunca. Böylece, Ramazan da Gökhan ile ayrılış yaptı. İki arkadaş, karne ile Ticaret Lisesi'nden ayrılış belgelerini de aldılar ve kasabalarına döndüler. Çatalzeytin Lisesi'ne nakil olacaklar, ailelerinin gözü önünde, emniyet içinde okumalarına devam edeceklerdi.

Recep'in, Hasan eniştesi ile konuştuğu günlerde, evdekiler, Hasan'ın da geri dönmesi üzerinde durdular ama işin henüz çok acil olmadığını değerlendirerek durumu izlemeye karar verdiler sonunda. Bir ev kiralanmıştı, eşya toparlanmış, Karabük'e götürülüp eve kurulmuştu. Fatma da oğlanın yanındaydı üstelik. Başlangıçta zor gelmişse de zaman geçince Karabük'e alışmıştı. Etrafında o kadar komşusu, hısımı, akrabası vardı. Durum nazik olmakla birlikte, görünürde açık bir tehlike yoktu... Biraz devam edelim böyle, dediler:

"Onlar sadece oğlanları gönderdiler... Biz ise, ev tuttuk, döşedik, Fatma'yı gönderdik... İkiye bölündük yani... Bu sene de devam etsin... Sonrasına bakarız!"

Ticaret Lisesi'nden mezun olan Necla, Karabük Adliyesi'nde işe girecek, Recep, Sümerbank'ın İzmit mağazasında kendine bir iş bulup, İzmit tarafına göçecek, Münir ise, yıldızlar takımından beri devam ettiği Karabük'ün futbol kulübünde kendini geliştirip, önce genç, sonra A takımına kadar yükselecek ve defans oyuncusu olarak, para kazanmaya başlayacaktı.

İlk yılın yaz tatili bitip okula dönme vakti gelince, Hasan, Karabük'e arkadaşsız gitti. Anneannesi yanında idi ama en yakın kuzeni, bir yaşından beri birlikte büyüdüğü kardeşi Gökhan, Çatalzeytin'de kalmıştı. Ramazan da... Aklı kasabada, arkadaşlarındaydı genellikle. Arkadaşlarına yazdığı şiirleri derleyip toparlıyor, Gökhan'a gönderiyordu, herkese okutması için...

Sınıfının önde gelen öğrencilerinden biriydi. Öğretmenler ve okul idaresi ile çok iyi ilişkiler kurmuştu. İkinci sınıfa geçip, okulda kıdem de kazanınca, Hasan'a epeyce ek görevler verdiler. Okulun başlamasından itibaren birkaç hafta sonunda gelip idari işlerde yardımcı olmasını istediler. Sınava girip de kazanan öğrencilerin her birisi için dosya açıyor, kimlik bilgilerini kaydediyor, fotoğraflarını yapıştırıyor, aile ve nüfus bilgilerini yazıyordu örneğin... Buna benzer işlerde yardıma gelmesini Müdür Yardımcısı Nurettin Bey istiyordu. Teneffüslerde Hasan'ı çağırtıyor: "Bu hafta sonu biraz işimiz var, Hasan." diyordu. Dersine hâkim, yaratıcı fikirleri olan, idari meselelerin çözümlenmesinde pratik yollar bulabilen Nurettin Hoca ile güzel bir ilişki kurmuştu.

İkinci sınıfın başında yeni bir görev verdiler ona. Yine Nurettin Hoca teklif etmişti. İlk mezunlar ayrılınca, okul bandosunun başındaki öğrenci de gitmiş, bando "majörsüz" kalmıştı. Bandonun en önünde tek başına yürüyen, sağ elindeki asayı ritmik hareketlerle sallayıp arkasındaki öğrencilere tempo veren, pelerinli çocuk yoktu yani... Yeni birisi lazımdı.

"Hasan! Sana vereceğiz bu işi." demişti Nurettin Bey: "İdare, ikinci sınıftan bir görevlendirme yapmaya karar verdi. Meseleyi böylece, iki sene için çözmüş olacağız."

Bu görev için okulun bahçesinde sayısız yürüyüş ve provalar yapacak, resmî bayramlarda Karabük Şehir Stadyumu'nda, dolu tribünlerin önünde, sırtında atlas kumaştan bir pelerin ve sanki bir sünnet çocuğu gibi özel dikilmiş kıyafeti üzerinde, elindeki asayı sallayacak, okulun bandosuna çaldıracak ve yürütecekti.

Bir gün de: "Basketbol ve voleybol takımları kuruyoruz. Sen de oynayacaksın!" dediler. Hayatta eline basketbol topu değmemişti hâlbuki... Okullar arası maçlarda, öğrenci kalabalıklarının önünde oynarken, basketbolun kurallarını maç içinde öğrenmek!.. Bazen komik durumlara da düşüyordu. Ama "Görev bu!" diyorlardı. "Üç yaşını yeni doldurmuş bir okulu temsil ediyoruz. Boş verin, gülsünler! Daha oturacağız, o zaman görürler..."

En çok zorlandığı durumu, atletizm takımına katılıp bir kros yarışmasına çıktığında yaşadı. İkinci sınıfın bahar ayları yaklaşıyordu. Her yılın 3 Nisan'ında Karabük'ün ve ülkenin ilk Demir Çelik Fabrikası'nın kuruluş yıl dönümü kutlanır, şehir stadında törenler düzenlenir, bütün okullar bu törenlere katılırdı. Pek çok spor turnuvaları ve yarışmalar yapılırdı okullar arasında bu vesile ile.

Muhtemelen, okulun öğrenci kaynağının sayıca yetersiz olması yüzünden geliyordu böyle görevler. Hasan, atletizm takımına da girmek zorunda kalmış, her nasılsa kros dalını seçti. Hâlbuki hayatında kesintisiz bir on bin metre koşmuşluğu yoktu...

Atletizmin kurallarına olabildiğince uyarak antrenmanlar yapıldı, Ticaret Lisesi'nin krosçuları yarışmalara hazırlandı. O yılki kros koşuları, 3 Nisan'ın bir iki gün öncesine programlanmıştı. Hasan, üç bin metrede koşacaktı. Parkur, Yenişehir'de okullar bölgesinde başlıyor, SSK Hastanesi tarafında, Çamlık Mahallesi'nden dolanıyor, batıya dönüp, tekrar Yenişehir tarafına iniyor, Yenişehir Sineması'nın önünden geçerek Kübana Apartmanlarına yakın bir yerde bitiyordu.

Demir Çelik Lisesi'nin altı koşucusu vardı üç bin metrede. Diğer liselerden de üçer beşer koşucu gelmişti. Ticaret Lisesi ise, kros yarışmasına birisi Hasan, toplam üç yarışmacı çıkarabilmişti.

Start düdüğü ile koşu başladı. Hasan, ne yapıp edip, ilk on kişi arasına kendini sokabilmeyi hedeflemişti yarışmada. Spor müsabakalarının koordinasyonunda görev alan Ali Cengiz Hoca, böyle taktik vermişti:

"İlk on kişi arasında bitirebilirsen, şimdiye kadarki en iyi dereceyi yapmış olacağız! Unutma, geçen üç yılda ilk ona hiç adam sokamadık..."

İki bin metreye doğru gelirken, Hasan'ın ciğerleri, tutturduğu tempoya oksijen yetiştiremez olmuştu. Isınmıştı yarış öncesinde ısınmasına ama yarışta tutturdukları sürat, antrenman koşularındaki temponun çok üzerindeydi. Hem gücünün yettiğince koşuyor hem düşünüyordu:

"Taktik bir hata mı yaptık?.. Tavşana mı aldandık?.. Neredeyse kalbim duracak, hayatımda kesilmedim böyle!.. Bitiş çizgisine varamadan bayılıp da rezil mi olacağım yoksa?.. Belki de ölürüm bu parkurda... Bırakmazsam, öleceğim mutlak!.."

Son beş, altı yüz metreyi nasıl koştuğunu hiç bilemeyecekti. Ayılıp bayılmadan bitiş çizgisine ulaşmayı başardı ama. Katılanların beşi hariç, diğerlerinin tamamını geride bırakmış, altıncı olmuştu. Kendisinden önde bitiren yarışmacıların beşi de Demir Çelik Lisesi'nin namlı koşucuları idi. Demir Çelik'in sadece bir adamını geçebilmişti. Ölümlerden ölüm beğendiği bu kros yarışmasında yaptığı derece ile Ticaret Lisesi'nin dört yıllık tarihinde en iyi kros başarısını elde etmiş, Demir Çelik'ten bir adamı da geçebilmişti...

Hasan, ikinci sınıfta da güzel bir performans gösterdi. Sene başından beri alageldiği notlar gayet yüksekti. Fatma Hanım'ın verdiği daktilo dersinde kendini geliştirmiş, Türkçe diline uygun "F" klavye üzerinde, bakmadan on parmak yazma becerisi kazanmıştı.

Fatma Hanım, sol kolundaki saatini yüzüne kaldırmış beklerken, sınıfın otuzdan fazla öğrencisi, her biri, üzerinde tek bir daktilonun bulunduğu ayrı ayrı masalarda oturmuş, sol el parmakları a, e, i ve u harflerinde, sağ el parmakları da k, m, l ve y tuşlarının üzerinde, başparmaklar ara çubuğunda, gözleri Fatma Hanım'da, yazmaya başlamak için beklerlerdi. Fatma Hanım: "Başla!" derdi. Bu komutla birlikte daktilo laboratuvarındaki otuz, otuz beş daktilo aynı anda çalışmaya başlardı. Olanca hızıyla... Başlar sola dönmüş, gözler, yazılacak metinde olurdu. Bu laboratuvara her oturmasında Gökhan'ı hatırlardı, Hasan. Bu sınıfta edindiği on parmak becerisini korumak için her fırsat bulduğunda daktilo veya bilgisayar başına oturacak, parmaklarının sıcağını korumaya çalışacaktı. Karabük'te öğrendiği on parmağın çokça faydasını görecekti ileride.

***

1979'un 3 Nisan törenleri yapılmış, yarışmalar tamamlanmıştı. Okul, karne günlerine doğru yaklaşıyordu. Bir gün Müdür Yardımcısı Nurettin Bey, Hasan'ı yanına çağırdı ve velisinin bir, iki gün içinde gelip kendisini görmesini istedi.

"Hocam! Bir yanlış mı yaptım?"

"Yok be oğlum! Ne yanlışı yapacaksın... Yaramaz bir şey yok! Senin durumunu konuşacağım, ama kötü bir şey değil. Endişe etme..."

Aynı sıralarda okul Müdürü Ömer Bey de damat Musa ile görüşmüş, Hasan'ın durumu hakkında konuşmak için okula gelmesini istemişti. Dursun ve Musa, bu çağrıyı aralarında konuştuklarında, Dursun, ertesi günü vardiyası olduğunu, fakat bir sonraki gün müsait olabileceğini söyleyince, Musa, "ben gideyim gecikmeden" dedi.

Musa, hemen ertesi sabahı okula gitti. Sonra döndü dükkânına, Çatalzeytin'de Hasan dayısını aradı.

"Dayı, nasılsınız?"

"İyiyiz oğlum... Hayrola? Bir yaramazlık mı var?"

"Yok dayı! Yaramazlık yok. Bir haber vermek için aradım..."

"Hayırdır! Ne haberiymiş?"

"Hasan'ın okul müdürü, Dursun ile ikimizden birini çağırmıştı, bugün oraya gittim. Müdür Ömer Bey ile konuştum..."

"Eee? Bir haylazlığı filan mı olmuş, Musa?.."

"Yok dayı, haylazlık filan! İdare, Hasan hakkında bize bir tavsiyede bulundu. Onu haber vermek için aradım seni."

"Ne tavsiyesiymiş bu?"

"Hasan çok başarılı bir öğrenci, diyorlar. Buradaki iki senelik durumundan çok memnunlar. Ama Hasan'ı bu sene Ticaret Lisesi'nden almamızı, üçüncü sınıfı normal bir lisede okutmamızı tavsiye ediyorlar..."

"Allah Allah! Niyeymiş o? Ticaret Lisesi'ni bitirince bankalara filan işe girmesi kolay olmayacak mıydı? Hem iktisat fakültelerinde filan puan avantajı olacak diyorduk kendi kendimize?"

"Öyleymiş de... Hasan lise diplomasını buradan alırsa, üniversite tercihlerinde yazacağı okullar çok sınırlı olur, dediler. Normal liseden alırsa, çok daha geniş bir tercih yapma fırsatı bulurmuş..."

"Ee, biz iki senedir boşuna mı zaman kaybettirmiş olduk orada oğlana?"

"Dayı, müdür; aile büyüklerine haber et bizden, dedi. Bu çocuğu buradan mezun edip de elini kolunu bağlamasınlar, dedi... Hasan'da çok iş var, dedi..."

"Anladım... Sen Fatma ile oğlana ses etme, ben önümüzdeki cumayı atlayınca geleyim de konuşalım."

"Tamam." dedi Musa. Ardından, okul ile ve Terzi Hasan'la yaptığı görüşmeleri Dursun'a da aktardı.

Birkaç gün sonra Terzi atladı otobüse, Karabük'e gitti. Hanımını ve Hasan'ı alıp 5000 Evler'e Halime'ye misafirliğe gittiler. Bütün akrabaların katıldığı oturmanın hoşbeşi geçip, çaylar içilir, gözlemeler yenirken, Terzi bir ara "bir sigara içeyim ben" deyip, evin verandasına çıktı. Musa ile Dursun da "dayımı yalnız bırakmayalım" diyerek arkasından geldiler.

Musa, yaptığı görüşmeyi bir kere daha anlattı dayısına. Terzi Hasan'ın, okula gidip bizzat konuşmasının iyi olacağına karar verdiler.

Musa'ya söylenenlerin aynısını Nurettin Bey de tekrarladı Terzi Hasan'a. Onu aldı, Okul Müdürü Ömer Arabacı'ya çıkardı. Ömer Bey de aynı şeyleri söyledi. Çocuğu buradan almalılardı...

"Çatalzeytin'e dönünce orası bir şey sormadan çocuğu kabul edecekler mi peki?"

"Yok, Hasan Efendi! Normal liseden normal liseye olsa tamam da bizden oraya gitmenin, birkaç formalitesi var. Burada görmediği, ama orada verilen bazı dersler var muhakkak. O dersler için fark sınavları vermesi lazım gelecek. O iş de atla deve bir şey değildir... Oturup birkaç gün çalışsa, rahatça geçer oraları, sizin oğlan."

Terzi: "Anlaşıldı." dedi. "Ben bir iki gün daha Karabük'teyim. Telefon ile ulaşıp, Çatalzeytin'deki lisenin müdürü ile konuşayım, onun da fikirlerini alayım. Oğlanla da konuşalım güzelce. Çatalzeytin tarafı, versin sınavları, alırız çocuğu, derse gelirim tekrar..."

Hasan'ın dedesine çay kahve ikram edip, dereden tepeden konuştular, sonra yolcu ettiler. Çocuğu Deniz Lisesi'ne sokmak için iki yıl önce nasıl çırpındıklarını dinleyince: "Keşke her öğrencinin anası babası senin gibi olsa!" dediler, dedesinin yüzüne.

Çatalzeytin Lisesi'nde müdürlük görevi, 1979'un Mayıs ayında İstanbul'a atanarak ilçeden ayrılan Mükerrem Aşık Hoca'dan, Karabük'ten tayin olup gelen İbrahim Atalay Bey'e geçmişti. Terzi, ertesi günü telefonla ikisine de ulaştı. Durumu özetledi, tavsiye edildiği gibi yaparlarsa, işlemlerin ne şekilde yürüyeceğini sordu.

İstanbul'daki Mükerrem Bey: "Yaa, Hasan Efendi," demişti, "geldin mi şimdi benim iki sene önce söylediğime!" Mükerrem Hoca, hiç düşünmeden nakledip, çocuğu Çatalzeytin'e getirmesini tavsiye etmişti.

İbrahim Bey de fark derslerinden verilecek sınavlara işaret ediyordu. Karabük'te göstermedikleri birkaç ders vardı: Fizik ve bir iki ders daha. Bir de Çatalzeytin'de ikinci bir dil olarak verilmeye başlanan Almanca...

Terzi, bu konuşmadan sonra konuyu Fatma ve Hasan'a da açtı. Hocalarının kendisi hakkındaki kanaatlerini duyunca için için mutlu olmuştu. "Hasan'da çok iş var!" demişlerdi ha! Vay be!..

"Dedikleri doğru, beybaba!" dedi, "Ne tıpları yazabilirim ne başka sıkı fakülteleri. Hem Harp Okullarına da giriş olmuyor buradan!"

"Ben de onu düşünüyordum, oğlum!" dedi dedesi, gözlerini Hasan'ın gözlerine dikerek. "Geçiş yapıp, diplomayı aşağıdan alırsan, Harp Okullarında tekrar şansımızı deneyebileceğiz. Buradan alırsan, mümkün olmayacakmış!.."

"Hangi derslerden demişti İbrahim Hoca, sınava girmesi lazım, diye?"

"Fizik varmış, Almanca varmış... Felsefe filan, bir iki şey daha... Ama edebiyata değil, fen koluna gitmeliymişsin. Harp Okulları, fen kolundan alıyormuş."

"Almanca nereden çıktı şimdi! Ben hep İngilizce gördüm buraya kadar. Almancayı nasıl geçerim? Hiçbir şey bilmiyorum ki?"

"Almanca ama lisede ortaokulun kitaplarını göstermişler... 'Çalışırsa, halledebilir!' diyor İbrahim Bey."

"Kim çalıştıracak?"

"Artık iş başa düşecek, oğlum! Yaz mevsimi ama hocaları da arar buluruz neredelerse."

"Gökhan da var!" diye düşündü Hasan. Muhakkak yardım ederdi o da... Bir süre düşündü... Karabük'e gelirken kasabada bıraktığı arkadaşlarının yüzleri geldi gözünün önüne sıradan. Çatalzeytin'e dönerse, son yılı onlarla geçirecekti. Karabük'teki vaziyeti de geçirdi aklından. Her bir okulun adı çıkmıştı, yok sağcı, yok solcu diye. Akşamları okuldan dönerken yürümeye mecbur kaldığında kaç defa rastlamıştı Kayabaşı'nın alt taraflarında, çayın kıyılarında pankart asanlara, slogan yazanlara. Şükran ile yürüyüp geçerlerken, belindeki tabancayı gösterip, korkutmaya çalışanlar!.. Hele bir akşam Balıkpazarı'na doğru inerken, postanenin önündeki bir kalabalığın arasından çıkan iri yarı birisinden yediği o yumruk...

"Hangi okuldansınız ulan siz!"

"Ticaret Lisesi'nden, ağabey!"

Küüt!

Ağzına sert bir yumruk yemişti!

"Siz buradan nasıl geçersiniz ulan! Size yasak etmedik mi buraları!.."

Dişleri kanamış, dudağı patlamış, bir hafta gülememişti doğru dürüst... Anneannesine fark ettirmemek için ilk günlerde hiç konuşmamış, konuşamamıştı. Gülünce alt dudağının içindeki yara açılıyor, kanıyordu. Anneannesi, ders çalışıyor da onun için hiç sesi çıkmıyor sanmıştı hafta boyunca.

"Tamam, beybaba," dedi, "gidelim..."

Fatma da: "Sen nasıl münasip görürsen, öyle yapalım!" dedi kocasına.

İkinci sınıfın karnesi ile Hasan'ın ayrılış belgelerini de aldılar. Ayrılırken, Hasan, bütün hocalarını dolaşıp tek tek ellerini öptü. Dedesi öyle tembihlemişti.

Karabük'e geldiği ilk günden beri Fatma'ya büyük bir yakınlık gösteren, onu âdeta ablası gibi kabul edip seven, saygı gösteren, haftanın çoğu akşamları evine çaya davet edip, ilk yıl alt kattaki dairede olmayan televizyonu seyrettiren, cömert ikramlarda bulunan Sabiha Hanım'a ve kocası Erdal Sesver'e teşekkür edip, helalleştiler. Eşyalar bir kamyona yüklenip, Çatalzeytin'e götürüldü.

Hasan'ın ve anneannesinin yaklaşık bir buçuk yıl süren Karabük macerası böylece tamamlanmış oldu. Bu maceranın bir kısmında Cansu da onlar ile birlikte olmuş, Fatma ve Hasan'ın yalnızlığına merhem olmuştu.

***

-13-

Çatalzeytin, Haziran 1979

Hasan, Karabük'ten taşınmalarının ardından beş, on gün tatil yaparak dinlenmiş, bu arada Gökhan ile uzun uzun konuşmuşlardı. Onun, geldiğinde hangi derslerden fark sınavları verdiğini öğrenmiş, bu derslerin birinci ve ikinci sınıf kitapları ile tuttuğu defterleri toplamışlardı.

Çatalzeytin Lisesi'nin yönetimi ile görüşüldü. Müdür İbrahim Bey, müdür yardımcısı ise Çatalzeytin'in genç öğretmenlerinden Mustafa Karahan idi. Okul idaresi, temel olarak fizik, matematik ve Almanca ile müfredatı pek ağır olmayan bir iki ilave dersten sınav vermesi gerektiğini söyledi. Mustafa Hoca: "Acele etmeyin, ağustos sonuna kadar çalışsın. Takıldığı yer olursa, çekinmesin gelsin, bana danışsın. Biz de ona yardımcı oluruz." demişti.

Gökhan'ın yönlendirmelerine göre, haziran ortalarında çalışmaya başladı Hasan. İlk defa duyup, gördüğü şeyler vardı karşısında: "Psyc" dedikleri koca fizik kitabı; aynalar, prizmalar, dalga hesaplamaları... Matematik de yine öyle... Karabük'te hiç görmediği konular vardı önünde. Hele Almanca... Bu dilden altyapısı sıfırdı. Neyse ki çalışması gerekenler ortaokulun birinci ve ikinci sınıfının kitaplarıydı. İkinci kitap da sadece yarısına kadar...

Kısa sürelerle denize gitti, dolaşıp, havalanmaya çıktı. Yaz aylarının büyük kısmını evin en üst katında, deniz tarafındaki odada tek başına kapanıp, ders çalışmakla geçirdi. O yıl üçüncü kez yapılacak olan festivalin tarihleri 12-15 Temmuz günleri idi. Ayrıca, 24-26 Ağustos günleri arasında da Ramazan Bayramı vardı. Festival etkinliklerini de bayramı da ders çalışarak, Almanca ve fizik kitabı ile boğuşarak geçirdi. Bu sürede Gökhan, Hasan'ı hiç yalnız bırakmadı. Gelip gidip durumunu kontrol etti, sorularına cevap vermeye çalıştı.

Bayramdan sonra, ağustos ayının son günlerinde bir sabah, liseye gitti, Mustafa Hoca'nın önüne koyduğu sınav sorularını cevapladı, kâğıtlarını geri teslim etti. Ertesi günü neticeyi haber verdi Mustafa Hoca. Fark sınavlarına girdiği tüm dersleri geçmişti... Lisenin son sınıfında fen koluna kaydını yapacaklardı. Hasan, haberi ailesi ile paylaşıp, teşekkür etmek için liseye gitti. Müdür, yıllık izne ayrılmıştı, hocaların çoğu henüz yeni yıl mesaisine başlamamışlardı. Sadece Müdür Yardımcısı Mustafa Hoca'yı ve görevliler Atakan Uğuz ile Hanım Güzelaydın'ı gördü. Hepsine ayrı ayrı teşekkür etti.

Hanım Güzelaydın: "Yavrum," dedi, "ben ne yaptım ki? Bu vakte kadar yüzünü bile görmedim ben!"

"Olsun! Bütün okula kabul edin bu teşekkürümü..." diyerek cevaplamıştı onu, Hasan.

***

Hasan'ın fark derslerine çalıştığı aylarda, Nalan da ebe ve hemşirelik sınavlarına girmiş, Kastamonu'daki yatılı Sağlık Meslek Lisesi'ni kazanmıştı. Canan ise kasabada ortaokul son sınıfa başlayacaktı. Nalan'ı alıp, Kastamonu'ya götürdüler ve şehirdeki Devlet Hastanesi'nin yakınlarındaki okuluna teslim ettiler. Kastamonu'da çalışan Mustafa amcası, karısı Gülfidan ile onu, hafta sonları evlerinde misafir edecekler, çok zahmetini çekeceklerdi.

1979'un Eylül ayı başında Çatalzeytin Lisesi, eğitim ve öğretim yılını açıp derslere başladı. Son sınıfın iki kısmı vardı; edebiyat ve fen kolları. Edebiyatçıların sınıfı okul binasında alt katta bir odada otuza yakın öğrenciden oluşurken, fen kolu sadece dokuz öğrenciden ibaretti. Sayıca azlıklarından, koca bir sınıfı onlara verip ziyan etmemişler, dokuz öğrenciyi okul bahçesinin doğu köşesinde yeni inşa edilmiş olan laboratuvar binasına göndermişlerdi. Kocaman bir sınıfları vardı bu binada, içinde laboratuvar dolapları olan, dolap içlerinde birtakım aletler bulunan...

Fen sınıfının orta yerinde, uzunca bir boru ile cama varmaya çalışan kocaman bir soba vardı. Önlü arkalı sıralardan oluşan, alışılmış bir sınıf düzeni yoktu laboratuvarda. "L" şeklinde dizilmiş üç, dört masa... Bir uçtan diğerine, dokuz öğrenci yan yana oturuyorlardı. Soba ve öğretmen masası tam karşılarına geliyordu.

Hasan bu düzeni görünce, fencilerin sanki cezalandırmak istenirmiş gibi ana binadaki öğrenci kalabalığından bilerek uzak tutulduklarını: "Fenciler! Sadece ders çalışın! Sakın ola, başka bir şeyle ilgilenmeyin!" dendiğini düşünmüştü. Ancak, zaman ilerledikçe, bu yerleşimin aslında kendi yararlarına olduğunu gördü. Teneffüslerde bahçede diğer sınıflarla ve edebiyatçılarla bir araya gelebiliyorlardı. Ama ders saatlerinde dokuz kişi bir aradaydılar. Gürültüden uzak kalabiliyor, derse, konulara odaklanabiliyorlardı. Dönemin siyasi atmosferi içerisinde, atanmış öğretmen olmadığından veya varsa da protesto ve benzeri sebeplerle boş geçen derslerde, zamanlarını sadece dokuza bölerek paylaşabiliyorlardı.

Çok güzel bir okul arkadaşlığı geliştirdiler fen kolunda. Edebiyat kolunda olmasına rağmen, yakın oldukları başka arkadaşları da vardı. Mezuniyetlerinden sonra, karne gününün kimi yıl dönümlerinde, onuncu yılında örneğin, okulda toplanacak, okul arkadaşlıklarını yâd edeceklerdi.

Sadece dokuz fenci öğrenci... Erkeklerden, ikinci sınıfta sadece Seyfettin Uzun ve Gökhan varken, son sınıfa Şaban Baştürk ile Hasan da gelip sayıyı dörde çıkarmışlardı. Böylece, kızların sayısına karşı dengeyi sağlamışlardı. Beş kız vardı: Veda Kaplan, Cevahir Yılmaz, Sefine Duygulu, Berrak Tekinel ve Fatma Ercan... Bir ara ilçe dışından Mustafa isminde bir öğrenci daha gelmişti fen koluna, ancak, fazla kalmadan ayrılıp gitmişti.

Hocaların bir kısmı, Hasan'ın ortaokulda iken derslerine giren öğretmenlerdi. Matematikçi Şükriye Polat Hanım, fenci Memduh Meşepınar, biyoloji hocası Abanalı Ergin Bey... Son yıllarda atanıp gelmiş yeni hocalar da vardı. Edebiyat dersine Hasan'ın ilkokulda iken müdürü olan Mustafa Öztürk'ün oğlu Emin Türkay Öztürk geliyordu. Hüseyin dayısının Tunceli'de öğretmenliğe başlayıp, atama ile 1979'da Çatalzeytin'e gelen oğlu Kemal de bu derslerine katkı verecekti, hazırladığı özet ders notları ile. Almanca dersinin hocası Ali Kurt idi. İlaveten, edebiyatçı Gerzeli Ferhat Hançer, felsefe hocası Yavuz Tarlakazan...

Hasan, Seyfettin ile bu sınıfa geldiğinde tanıştı. Ortaokulda da birlikte idiler, ancak, ayrı kısımlarda kalıp nedense yakınlaşamamışlardı. Fen kolunun bu kompozisyonu içinde, Gökhan, Hasan ve Seyfettin güzel bir arkadaşlık kurdular. Derslerine çalışıp, önlerindeki üniversite sınavlarına hazırlık için tempolarını yükseltirken, birbirlerine dayandılar. Bir de Ali Karahan vardı, bu dönemde yakın oldukları. Ali, Karabük'e giderek birer ikişer geri dönen üçlünün serüvenine benzer bir şey yaşamış, ortaokuldan sonra Kastamonu'ya, endüstri meslek lisesine gitmiş, ancak benzeri güvenlik kaygıları nedeniyle geri dönmüştü Çatalzeytin'e.

Karabük'te geçen iki yılında gördüğü siyasi kutuplaşmanın, Çatalzeytin'i de yavaş yavaş sarmakta olduğunu fark etti Hasan. İşin aslını astarını bilerek veya bilmeyerek birbirinden uzaklaşıyordu, birlikte büyümüş ve yıllarca arkadaşlık yapmış çocuklar... Kasabanın, ülkenin tamamına hâkim olmuş bu gidişattan kendini kurtarmasına herhâlde imkân ve ihtimal yoktu... Bir gün teneffüste yanına gelen edebiyat kolundan bir arkadaşı: "Hasan!" demişti, "Sen, bizden uzak dur biraz!" Şaşırıp, nedenini sorduğunda: "Senin ailenin okuduğu gazete yüzünden!" cevabını almıştı...

Öğrenciler arasındaki bu kamplaşmaya dâhil olmamaya, akranları başta olmak üzere, herkes ile ne çok yakınlaşarak ne de uzaklaşıp arkadaşlığı keserek, dengeli bir dostluk sürdürmeye çalışıyordu. Yılın ilerleyen aylarında, kasabadan kimilerinin, Hasan'ı da siyasi tartışmalara ve sohbetlere sokup, kamplarına almaya çalıştıkları görülecekti. Evdeki büyüklerinin, durumunu yakından izleyerek gerektiğinde müdahale etmesi sayesinde, bu tartışmalardan uzak kalabilmeyi başardı. Evdekilerin ve Hasan'ın gündeminde en önemli konu, gelecek yaz aylarında yapılacak üniversite ve Harp Okulları sınavları idi.

Karabük'teki bando majörlüğü işi ona, Çatalzeytin'de de aynı görevin verilmesine yol açtı. Ancak, Karabük gibi koca bir kent ile mütevazı Çatalzeytin arasındaki farkı hatırlatır şekilde, Ticaret Lisesi'ndeki majör ile Çatalzeytin'deki majör arasında da fark vardı. Karabük'te üzerine sünnet çocuğuna benzer kıyafetler giyip, atlastan pelerinler takan Hasan'ın, bu yıl, bir asası bir de kafasında çeneden kemerli beyaz kaskı vardı... Kıyafeti? Takım elbisesinin pantolonu ve beyaz, uzun kollu bir gömlekten ibaretti sadece...

Lisedeki son yılın derslerinden, sınavlarından artırabildikleri boş zamanlarda Gökhan, Seyfettin ve Hasan, bir de Ali, birlikte olmayı tercih ediyorlardı. Katılan başka öğrenciler de oluyordu. Genellikle, son sınıfın edebiyat kolundan... "Ehtiyar" lakabını taktıkları Tosyalı bir arkadaşları vardı örneğin. Karakoldaki jandarma başçavuşunun oğlu Sefer, Ramazan Akçay, Rıza Kaptan'ın ikizleri Âdem ve Muharrem Çelikkol, Basri Karadeniz...

Okul çıkışlarında bir iki saatlik kaçamak için, Çayağzı tarafına gidiyor, köprüden ileride, Türkeli tarafında kalan kahvehanelere koşuyorlardı. Annesi ve babası Almanya'da olan Seyfettin'in tek başına oturduğu bekâr evinin Çayağzı'nda olmasının yanında, o taraf, ilçedeki hocaların ve ebeveynlerinin gözünden de uzak kaldığı için özellikle tercih ediliyordu. Kaçamak olup da ne yapıyorlardı? Aslında hiç! Çayağzı kahvehanelerinde birkaç el kâğıt oyunu... Bağırtılı şakalaşmalar... Bol bol çay ve başlamış olanlar için, rahat rahat sigara içmekten ibaretti kaçamakları. Memleketin her okulunda, hayatının en önemli sınavını vermeye hazırlanan öğrencilerin genellikle meylettiği şeylerdi sadece...

Seyfettin, anatomik olarak güçlü ve oldukça kuvvetli idi. Bireysel sporlara yatkın ve mücadeleci bir yaradılışı vardı. Bekâr evinde misafir ettiği arkadaşlarını, çay kahve ikram edip doyurduktan sonra, evin ortasında güreşe zorluyor, onları halıların, kilimlerin üzerinde süründürüyordu. Hasan, az vurmamıştı ellerini Seyfettin'in evindeki kilimlere, "pes, tamam, bırak" diyerek...

***

Çatalzeytin Lisesi'nde üçüncü sınıfın yarıyıl tatili sırasında üzücü bir gelişme yaşandı. Terzi Hasan'ın kayınvalidesi Kuğulu Habibe, 3 Şubat 1980 tarihinde vefat etti. Kuğulu, öldüğünde 83 yaşındaydı ve ömrünün son 35 yılını dul yaşamış, iki çocuğun, koca bir evin ve etrafında kocasından miras kalmış koca bir bahçenin bakım tutumu ile uğraşmaktan yorgun düşmüştü. Onu, Karamandağı Mezarlığı'na defnettiler.

***

Ülkede artık tahammül edilmez seviyelere gelmiş, her gün on beş, yirmi ölüm olayının, yüzlerce yaralanma ve silahlı saldırının yaşandığı politik atmosfer içinde, lisenin son sınıfındaki fenci öğrenciler, yarıyıl tatilini geride bırakıp, bahar aylarına geldiler. Mart ayının sonuna doğru üniversite sınavı için müracaat formları dolduruldu, belgeler hazırlandı. Bunları zarflara doldurup postaya verdiler. Hasan için bu sürece paralel takip edilen ikinci bir sınav maratonu daha vardı: Harp Okulu sınavları!

Üniversite sınavı o seneye kadar tek aşamalı olarak yapılmış, sınavın 1980 yılında son kez tek oturumla yapılması, 1981 yılından itibaren iki aşamalı sınav sistemine geçilmesi kararlaştırılmıştı. Çatalzeytin Lisesi'nden 1980'de mezun olan öğrencilerin girecekleri sınav, 13 Haziran Cuma günü tek oturumda yapılacaktı.

Harp Okullarının sınav duyuruları mayıs ayının başında gazetelerde yayımlandı. Duyurunun çıktığını haber alınca gazeteci Sacit Er'e koştular yine, üç yıl evvel olduğu gibi. 8 Mayıs 1980 tarihli Milliyet gazetesinin dokuzuncu sayfasındaydı duyuru:

"1980-1981 öğretim ve eğitim yılında Deniz Kuvvetleri'ne subay ve astsubay yetiştirmek amacı ile Deniz Okullarına öğrenci alınacaktır."

Deniz Harp Okulu'na liselerin fen kolundan alım yapılacağı, başvuru ve kayıtların 5 Haziran ve 10 Temmuz arasında alınacağı belirtiliyordu.

Mayıs ayı içinde herkesin üniversite sınav belgeleri geldi. Hasan, sınava İstanbul'da, Bahçelievler semtindeki bir lisede girecekti. Ayın sonuna doğru Harp Okulları sınav duyurusunu bir kez daha gördüler gazetelerde. Duyuruların ardından, gelen broşürler toparlandı. Başkâtip İbrahim Akçay'ın, İstanbul'da öğretmenlik yapan oğlu Vicdan Akçay'a, okul yönetimine ve uzaktan yakından bütün asker tanıdıklara soruldu, danışıldı. Hasan için Kara ve Deniz Harp Okullarının sınavlarına müracaat belgeleri de hazırlanıp, haziran başında gerekli adreslere gönderildi. Müracaat belgelerinin hazırlığı sırasında fark ettikleri bir nokta, uzun süre zihinlerini meşgul etti. Kara ve Deniz Harp Okullarının mülakat tarihleri çakışıyordu. Bunu, sırası gelince bilenlere danışırız, dediler ve iki tarafa da müracaat ettiler.

Bu arada, Çatalzeytin Lisesi'nin fen kolu mezunları sürpriz bir ayrılık yaşadılar. Aralarından Seyfettin'i, Almanya'daki ebeveynlerinin aldığı ani bir karar doğrultusunda, Haziran ayının dördünde Çatalzeytin'den otobüse bindirip, İstanbul'a gönderdiler. Seyfettin'in ailesi, her aileninkine benzer kaygılarla, ülkedeki güvenlik durumundan dolayı oğullarını Almanya'ya, yanlarına almayı planlamışlardı. Almanya'dakilerin kararının sebebini öğrenince ne Seyfettin ne de arkadaşları buna itiraz edebildiler. Uçak yolculuğu için alınmış biletleri de görünce anlaşıldı ki Seyfettin, birkaç gün içinde Almanya'ya gidecektir... Üniversite sınavlarına girmek için odaklanmış, hazırlık yaparken, üç gün gibi kısa bir süre içinde rotasını değiştirmiş, Almanya'ya yönelmişti...

Sınav belgelerini postaya verdikten sonra, Hasan'ın bedenî yeterlilik testlerine ilişkin hazırlıkları da başladı. Yıl içinde epeyce bir zamandır okul arkadaşı, Recep Hoca'nın oğlu Ali Rıza ile zaten düzenli, Ginolu koşuları yapıyor, kondisyonlarını yükseltiyorlardı. Haziran ayı içinde koşulara; barfiks, şınav, mekik ve sıçrayarak atlama egzersizleri de ilave edildi. Yaptıkları süre ve tekrar ölçümleri Hasan'ın durumunun yeterli olduğunu gösteriyordu.

"Üniversite sınavına gireceğiz: Biir! Harp Okulları için de uğraşacağız: İkii!" diyordu dedesi. "Deniz Lisesi'ni ucundan kaçırdık, inşallah bu sefer başaracağız! Ha gayret oğlum! Yüklen!.."

Üniversite sınavından dört beş gün önce dedesi ve Hasan, otobüsle İstanbul'a geçtiler. Ertesi sabah Topkapı'da inince doğru Bayrampaşa'ya, Halil'in çalıştığı Demirciler Çarşısı'na gittiler. O dönemde Sahir, hastalıklarının takibi ve tedavisi için babasını yanına almış, Bahçelievler Haznedar'da bir apartmanın on üçüncü katında bir ev kiralamıştı. Terzi Hasan, sınava yakın bir günde Sahir'e misafir gitmeyi, oradan sınavın yapılacağı yere geçmeyi düşünüyordu. Böylece, böbreklerinde yaşadığı rahatsızlık nedeniyle aylardır hastanelerde boğuşan Mahir Hoca'yı görüp, bir hatırını sorma fırsatı bulabileceklerdi.

Sınavdan iki gün önce Sahir'e misafir oldular. Ertesi günü, sınav yerine giden vasıtaların kontrolünü yapıp, sınava girecekleri binayı buldular.

Cuma günü sabah Hasan, dedesi ile geldi sınav yerine. Saat dokuz civarında tüm öğrenciler sınav salonlarına alındılar. Terzi Hasan, torununun sınavı bitirmesini bekleyecekti yine.

1980 yılının üniversite sınavı yaklaşık iki buçuk saat sürdü. Sınavda; genel yetenek, fen bilimleri, sosyal bilimler ve yabancı dil olmak üzere, dört test yapıldı. Sonuçlarının ağustos ayında açıklanması bekleniyordu.

Üniversite sınavı telaşı atlatıldıktan sonra İstanbul'da fazla oyalanmayıp, Ankara'ya geçtiler. Amaçları, Ankara'daki Kara Harp Okulu ile Heybeliada'daki Deniz Harp Okulu'nun mülakat tarihlerindeki çakışmayı nasıl aşabileceklerini, işi bilen, meslekten birilerine danışmaktı. Kara Harp Okulu'nda öğrenci alay komutan muavini olarak görev yapan, Terzi Hasan'ın Zonguldak'ta yaşayan bir ahbabının kardeşi olan Albay Recep Albayrak'ı bulacak ve tavsiyelerini alacaklardı.

Albay Recep'i, okulun lojmanlarındaki evinde buldular. Eşi hanımefendi, misafirlerine çay ve yemek ikram edip, ağırladı. Mülakat tarihleri konusunu görüşünce Recep Albay: "Ağabey," dedi, "mülakat tarihleri net olarak üst üste gelmiş! İkisinden birini seçmeniz lazım geliyor. Burası bir sınavda lise çıkışlılardan iki yüze kadar öğrenci alır, yani daha büyük kontenjanı vardır. Deniz Okulu ise, ilanında altmış dört kişi alacağını söylüyor. Orası daha zorlu yani! Kontenjanı neredeyse dörtte bir. Karar size ait!.."

"Sınavları mukayese edersek, hangisi zor, hangisi kolaydır?"

"Karacıların eşiği, denizcilerin eşiğinden daha düşük oluyor genellikle. Deniz Okulu'nun barajını aşmak daha zorlu olur."

"Sen, kendi oğlunu koysan, hangisini seçerdin, Recep?"

"Çakışmasaydı, iki sınava da sokardım. Ama çakışıyorsa, oğlana sorardım, hangisini istersin, diye. O ne tarafı isterse, o tarafa giderdim. Girmesi kolay diye, çocuğun içine sinmeyecek bir yere de vermemek lazım, değil mi ağabey!.."

Dedesi, Recep Albay'ın önünde, döndü, Hasan'a sordu:

"Ne yapalım, oğlum?"

"Hep deniz için uğraşmadık mı beybaba?"

"Öyle olmasına, öyle! Ama görünen o ki bir kolay görünen var, bir de zor olan! Hangisini seçmemiz lazım?"

"Heybeliada'ya gidelim!"

"Emin misin? Başarısız olursak, dönüp beni kabahatli çıkarma sonradan!"

"Tamam. Ben Heybeliada'ya gitmek istiyorum."

"İyi bakalım! Hayırlısı olsun artık. Adaya gidelim!.."

***

Recep Albay ile bu görüşmeden sonra Çatalzeytin'e döndüler. Recep Albay onlara, Deniz Harp Okulu'ndaki sınavlar sırasında, şayet akıl danışmaya birisi lazım olursa okulda görevli subaylardan Yarbay Özcan Özsu'yu bulmalarını, Özcan Yarbay'ın, iyi bir arkadaşı olduğunu söylemişti.

Deniz Harp Okulu'nda ön muayeneler, beden testleri ve mülakat için 12 Temmuz Cumartesi gününe randevuları vardı. Adayın, sabah onda hazır olması isteniyordu. Çatalzeytin'de, durumu baştan sona bir kez daha gözden geçirip, birkaç gün önceden İstanbul'a gitmeyi planladılar. Hasan, yine dedesi ile gidecek, Avni, kasabada işlerin başında kalacaktı. 9 Temmuz gününe otobüs biletlerini aldılar. Otobüs öğleden sonra dört civarında hareket edecekti.

Çatalzeytin Güven firmasının çarşamba günü kalkan otobüsünde şoför, kasabanın en eskilerinden şoför Mehmet'in oğlu Mustafa Türkoğlu idi. Şoförün kardeşi, Hasan'ın yaşlarındaki Ümit de muavinlik yapıyordu bu seferde.

İkindiye doğru hareket ettiler. Aynı otobüse Hasan'ın Ahmet dedesi de binmiş, Kemalköyü'ne çıkıyordu. Büyükbabası, evinin sapağına gelince Hasan'ı öpüp başarılar diledi, dünürüne hayırlı yolculuklar temenni etti ve indi.

Şoför Mustafa, yol üzerindeki yakın köylerde inip binenleri bitirdikten sonra Isırganlık'a doğru ilerlerken, yakınında oturan iki Hasan ile sohbete başladı.

"Ağabey! Hayırlı yolculuklar olsun. Yine yollardasınız?"

"Ne yapalım, Mustafa. Sana da Allah selamet versin."

"Üniversite sınavları bitmedi miydi geçen ay?"

"O bitti, bitmesine... Şimdi ikinci sınav için gidiyoruz."

"Bu sefer nereye?"

"Bahriye'nin okuluna."

"Nerede ağabey, bu okul?"

"Vallahi, gide gele, konuşa konuşa bütün şoförlere öğrettik Bahriye okullarını. Sana da anlatalım. Heybeliada'da bu okul, hani Pendik, Kartal, E-5'te giderken denizde, açıkta görüyorsun ya Adaları... Onların birinde."

"Lise sonrası, değil mi?"

"Evet. Üniversite ayarında, liselerden sonra. Dört sene okutuyor öğrenciyi. Bitirdiğinde, teğmen rütbesi ile subay çıkarıyor. Karacılar için Ankara'da, havacılar için de Yeşilköy tarafında ayrı okulları var..."

"Anladım, ağabey. Allah zihin açıklığı versin."

"Sağ ol, oğlum."

"Dönüşe yerlerinizi yazdıralım mı ağabey?"

"İşlerimiz rast giderse, ayın on yedi, on sekizine kadar oralarda olacağız. Dursun şimdilik. Bakarsın erkenden biter işimiz. Duruma göre, bakarız..."

Terzi Hasan, doğrudan söylemeden, mülakatlarda bir noktada başarısız olup da yazılı sınava girememekten, elenip de dönmekten bahsediyordu. Öyle ya! Garantisi mi vardı?..

Yolun devamında pek çok kez bu bahsi açıp, konuşmayı sürdürdüler. Bahriyelilerin elbiseleri, kafa karıştıran rütbe işaretleri, devletin öğrencilere neler verdiği, bahriyede askerliğin kolay olduğu, Hasan gemilerde çalışırsa, gemisini alıp Çatalzeytin'e getirmesinin gerektiği...

Gemi getirmek konusunda Hasan: "Dur daha, Mustafa ağabey," demişti, "hele bir kazanalım da... Gemi getirmesi kolay..."

Ertesi sabaha karşı, günün henüz aydınlanmadığı bir saatte otobüsten indiler. Çatalzeytin Güven, ancak birkaç otobüs işleten, küçük bir kasabanın küçük bir seyahat işletmesiydi. Kıt kanaat şartlar içinde, müşterisini elde tutabilmek, yolcusunu aynı güzergâhta çalışan diğer firmalara kaptırmamak için İstanbul içinde daha Topkapı'ya gelmeden, Gebze taraflarından itibaren yolcu dağıtmaya başlıyor, benzer şekilde, İstanbul'dan hareketinde de Topkapı'dan sonra pek çok yere uğrayıp, yolcu alıyordu. 500 Evler tarafından, Küçükpazar'dan, Kadıköy'den, Çayırova'dan... Yolcu nereden bineceğini söylemişse... Böyle bir servis, doğal olarak müşterinin de işine geliyordu. Özellikle, İstanbul'a inilen sabaha karşı vakitlerde.

Küçükpazar için Saraçhane'de indirdi onları şoför Mustafa. Vedalaşıp, bagajlarını aldılar. Saat sabah dört buçuk sularındaydı. Yürüyerek Bozdoğan Kemeri'nin altından Unkapanı'na doğru inecek, ilk İMÇ blokundan sağa girip, Küçükpazar'a geçeceklerdi.

Birer valiz ellerinde, yokuş aşağı yürürlerken, birden silah sesleri duydular! Yakınlarda bir yerde karşılıklı kurşun sıkılıyordu... Belli ki karşıt gruplar arasında veya bir tarafın mensupları ile polis arasında silahlı bir çatışma başlamıştı. Can havliyle kendilerini bir duvarın dibine attılar. Çömelip, valizlerini önlerine kalkan yaptılar. Silah sesleri kesilene kadar yerlerinden kımıldayamadılar...

Ülkenin içinde bulunduğu durum, İstanbul'a ayak bastıkları ilk dakikada kendini göstermişti... Yıllardır böyleydi. Sıkıyönetim uygulamaları, olağan dışı tedbirler, siyasi ve mülki makamların başvurduğu hiçbir tedbir, günde yirmi can almaya başlayan bu gidişatı durduramıyordu. Çorum'da iki aydır devam eden olaylarda can kaybı sayısı yirmi dörde yükselmişti. Bu rakam daha sonra elli yediye ulaşacaktı. İstanbul'daki sınav takvimi boyunca konaklayacakları Küçükpazar'da, kısa süre önce bir banka soygunu yaşanmıştı. Güngören'deki bir fabrikanın üç yöneticisi, silahlı bir saldırı ile öldürülmüştü. Silopi'de petrol boru hattına sabotaj düzenlenmiş, büyük bir zarar meydana gelmişti. Ülke bu olaylarla her gün hop oturup hop kalkarken, Büyük Millet Meclisi de aylardır cumhurbaşkanı seçmeye çalışıyor, bunu bir türlü başaramıyordu.

Küçükpazar'da, caddenin Eminönü tarafındaki çıkışına yakın bir yerde, Türkelili Pehlivanlar ailesinin küçük bir oteli vardı. Terzi Hasan'ın, ailenin büyükleri ile ahbaplığı vardı. Aile, aynı zamanda otobüs işletmeciliği de yapıyordu. Pehlivanlar, Çatalzeytin'in otobüsleri ile aynı güzergâhı kullanıyor, iki ilçenin otobüsçüleri rekabet ediyorlardı. Terzi, arkadaşı Abdi Usta'nın, kahvehanesinin üstünde işlettiği oteli bakım onarıma aldığını öğrendiği için bu gelişlerinde Pehlivanlar'ın otelinde kalmaya karar vermişti.

Silah sesleri kesildikten bir süre sonra, yerlerinden kalktılar, saçakların altına sığına sığına, duvar diplerinden yürüyerek, ama kaygı içerisinde Pehlivanlar'ın oteline vardılar. Bir oda alıp, istirahate çekildiler.

Mülakatlar için adaya cumartesi sabahtan gideceklerinden, epeyce vakitleri vardı. Terzi Hasan, Küçükpazar'daki ahbapları ve yakın semtlerdeki akrabaları ile görüşürken, Hasan, otel odasında kalıp, ders çalışmayı tercih etti. Ara sıra dışarı çıkıyor, Haliç kıyılarında kültürfizik idmanları yapıyor, o sırada da etrafı seyrederek zihnini boşaltmaya çalışıyordu.

Cuma gününü de böyle geçirdiler, akşam erkenden odalarına çekildiler. Hasan güzel bir banyo yaptı, sonra yattılar. Sabahki ada seferi için küçük bir valiz ve spor çantası hazırlamışlardı. Valizde, Hasan'ın üzerindeki takım elbisesine ilaveten yedek bir takım elbisesi daha vardı. Spor çantasına ise beden testleri sırasında giyeceği kıyafetleri koymuşlardı.

Şehir yeni yeni uyanırken otelden çıktılar, sabah yedide kalkan vapura yetişmek için geçen bir taksiye binip, Adalar İskelesi'ne gittiler. Sabahın bu erken saatinde seyyar satıcılar, el arabaları şimdiden yol kenarlarını doldurmuşlar, gelene geçene bağırmaya başlamışlardı:

"Anahtarlıklar iki buçuk liraya... Haydi! Muhtar çakmakları iki liraya..."

Vapurda sakin bir köşe bulup oturdular. Bu vapur da üç yıl önce bindikleri vapur gibi, o güne randevu alıp, adaya mülakata giden öğrenciler ve yanlarındaki yakınları ile doluydu.

"Nasıl oğlum, karnın doydu mu?"

"Bir poğaça bir de simit yedim, beybaba! Doydum. Akşama kadar giderim bunlarla."

"Belgelerimiz nerede?"

"Bende, merak etme. Otelde filan unutmadım bu sefer..."

Üç sene önce berberde unutulan ceket hikâyesini hatırlatıyordu dedesine. Nasıl strese girmişler, üzülmüşlerdi.

"Komisyondaki sözlü görüşmeye de hazırsın?"

"Hazırım."

"İstiklal Marşı filan?"

"On kıtasının tamamı ezberimde."

"Devlet büyükleri?"

"Tamam."

"Millî Savunma Bakanı?"

"Ahmet İhsan Birincioğlu..."

"Peki, Genelkurmay Başkanı?"

"Kenan Evren..."

"Pekâlâ... Ya Deniz Kuvvetleri Komutanı?"

"O da Nejat Tümer..."

"Tamam... Yine gemilerden, denizcilik deyimlerinden sorarlar mı acaba?"

"Göreceğiz. Artık, bahtımıza ne çıkarsa..."

"Öyle ya. Hayırlısı artık..."

Vapur, Adalar'a yaklaşırken sessiz ve sakin bir ruh hâli içindeydiler. Hasan, kapıdan girişten itibaren içeride neler yapacağını düşünerek, olabilecekleri yaşamaya çalışıyor, Deniz Harp Okulu'na hayatında ilk kez geliyormuş değil de sanki buraların çok eskisiymiş gibi bir havaya sokmaya çalışıyordu kendini.

"Heyecanlanmaya ne gerek var?" diyordu içinden: "Üç sene önce de gelip, aynı testleri, aynı mülakatları kolayca geçmedim mi? Mekik aynı mekik, sıçrama öyle, barfiks de... Dört yüz metre koşu? Ali

Rıza ile burada istenen en iyi dereceden daha iyi koşular çıkardım. Leblebi, çekirdek gibi âdeta. Sakin olmalıyım..."

Vapur Heybeli'ye bağlamak için manevra yaparken yolcuların neredeyse tamamı ayaklandı, alt güverteye inen merdivenlere yığıldı. Cümbür cemaat, kalabalığın arasında iskeleye çıktılar ve Deniz Lisesi'nin yoluna değil, bu kez iskeleden çıkınca hemen solda kalan Deniz Harp Okulu'nun lumbarağzına yöneldiler.

Okul, birkaç gün önce başlayan mülakat trafiği için yine tertibini almış, lumbarağzına, öğrenci adaylarını karşılayıp düzenleyecek görevlilerini yerleştirmişti.

"Aday öğrenciler!.. Sizler bu tarafa arkadaşlar!" diye sesleniyordu lumbarağzındaki bir görevli. "Öğrenci velileri! Sizleri misafir etmeyeceğiz, efendim. Sizler çay bahçelerinde, şu karşıdaki dondurmacıda falan oturup bekleyeceksiniz..."

Dedesi, Hasan'ı burada da öperek uğurladı. "Haydi, benim aslanım!" dedi. "Bu son koşmamız. Haydi, Allah güç kuvvet versin. Ben buradayım. Gözüm kapıda olacak..."

Lumbarağzından biraz ileride, ön bahçede büyükçe bir masa kurulmuştu. "Kayıt Kabul Komisyonu" masasının ardında üç, dört rütbeli asker oturuyordu. Lumbarağzında yirmili gruplara bölünen aday öğrenciler, sıra ile bu masaya geldiler ve belgelerini teslim edip kayıtlarını yaptırdılar.

Hasan'ın bulunduğu grup, kayıt işlemlerini tamamladıktan sonra bir üsteğmen, başlarına geçti ve kendisini takip etmelerini istedi. Ön binaların arkasına dolandılar. Yürürken, sağ yanlarında yüksekçe bir verandadan güzel yemek kokuları geldi burunlarına. Okulun yemekhanesine yakın olduklarını tahmin ettiler. Daha sonra, kantin ve berber tabelalı birkaç kapının önünden geçip, arkada bir bahçeye çıktılar. Üsteğmen, onlara yol göstererek bir fırının önünden geçirdi. Fırından da taze ekmek kokuları aldılar. Biraz ilerleyip, sol taraftaki kapalı spor salonuna girdiler. Üsteğmen, tribünlerin bir köşesini işaret ederek, grubun soyunmasını ve spor kıyafetlerini giymesini istedi.

Deniz Lisesi için mülakatlara girdiği spor salonundaki düzene benziyordu içerideki durum. Birkaç barfiks aleti yan yana konmuştu. Onların yan tarafında ince bir yer minderi seriliydi. Ve salonun tam ortasında büyükçe bir masa ve oturan üniformalı subaylar...

Yine önce cilt ve vücut anatomisine ilişkin kontroller yapıldı. Boyunu ve kilosunu ölçüp kaydettiler. Hasan, önünü, sırtını, sağ ve sol yanlarını dönüp gösterdi. Bir ara ağzını açtırıp dişlerini kontrol ettiler. Ayaklarını kaldırıp tabanlarını incelediler.

"Şu beyaz çizgide yürü, çizginin sonundan dön, geri gel!"

Dediklerini yaptı.

"Hiç ameliyat geçirdin mi?"

"Hayır."

"Hiç kaza geçirip, yara bere aldın mı? Bir tarafın kırıldı mı mesela?"

"Hayır. Ama birkaç kez bisikletten düştüm."

"Büyük yara oldu mu?"

"Sağ diz kapağımda büyükçe bir yer kanamıştı."

"Neresi? Göster bakalım!"

Eğilip sağ diz kapağının etrafını incelediler, yaradan kalan önemli bir iz bulamadılar.

"Tamam!"

Ön sağlık kontrolü böylece bitti. Sorun çıkmamıştı. Hasan'ı, önündeki adayın arkasından barfikse gönderdiler. Burada elinde kronometre ile başka bir görevli bekliyordu.

"Sen gel bakalım! İsim nedir?"

"Hasan Doğan, efendim."

"Efendim" diyerek konuşmasını dedesi tembihlemişti.

"Çek bakalım, Hasan! Ben söyleyince duracaksın."

Hasan başladı. Bir dakikalık sürenin dolduğunu kronometresinden görünce, görevli ona, durmasını söyledi. Hasan içinden saymıştı. Daha sonra mindere uzanıp şınav çektirdiler.

"Dur!"

Otuz beş şınav çekmişti. Mülakattan önce bir de dört yüz metre koşusu yapılacak, süre ölçülecekti. Hasan'ın grubu, salondaki işleri bitirince dışarı çıkartılıp, futbol sahasının etrafındaki olimpik parkurda koşunun başlangıç yerine götürüldü. Bir süre dinlenmelerine izin verdiler. Onlar dinlenirken, kendilerinden önce gelen bir grup, koşusunu yapmıştı.

Koşan grubun durumunu kaydedip gönderdikten sonra Hasan'ın aralarında bulunduğu grubu başlama çizgisine aldılar. Yirmi öğrenci yan yana dizilmiş, başlama pozisyonu almıştı.

"Başla!" Düdük ile verilmişti bu komut.

Olanca güçleri ile koşmaya başladılar. Hasan'ın dört yüz metredeki hedefi bir dakika on beş saniyenin altına inebilmek idi. Elinde zamanı ölçebileceği bir alet yoktu, ama temponun hızından antrenmanlarına göre yaptığı süreyi tahmin edebilirdi.

Grup, koşuyu onun Ali Rıza ile yaptığı dört yüz metre antrenmanlarında tuttuğu süreye yakın bir zamanda bitirdi. Yirmi kişilik grubun ilk beşine sokmayı başarmıştı kendini. Arkadan gelen son yedi sekiz kişinin, görevliler tarafından çevrilerek, önde gelen on, on iki kişilik gruptan ayrıldığını gördüler.

"Tamam, arkadaşlar!" dedi görevlilerin en kıdemlisi: "Siz on ikili grup, salona gidecek, mülakat komisyonuna çıkacaksınız. Sekiz kişilik grup! Sizler giyinebilirsiniz arkadaşlar!"

Hasan, on iki kişilik gruptaydı. Sekizli grubun dört yüz metredeki eşik sürenin altında kaldığı anlaşılıyordu. Hasan, koşuyu da geçmişti.

Koşu parkurunun bir kenarında beş, on dakika dinlenip sakinleştiler, nabız ve tansiyonlarını düşürdüler. Daha sonra kapalı spor salonuna götürüldüler.

Komisyonun karşısına çıktığında, Hasan'a ilk önce, neden Deniz Harp Okulu'na geldiği soruldu.

"Ben Bahriyeli olmak istiyorum!" dedi cevap olarak. "Aslında adaya üç yıl önce gelip, Deniz Lisesi'ne girmeye çalıştım. Ancak, yedek listede kaldım, alımlarda bana sıra gelmedi." dedi.

Yedek listenin kaçıncısı olduğunu sordular, söyledi.

"O yıl girmeyi başaranlar şimdi lise sona geçti, biliyor musun?" dedi komisyondan bir üye.

"Evet. Ben şimdi başarırsam, o sınıfın bir yıl önünde olacağım..."

"Bu iyi bir şey mi senin için?"

"Onların Deniz Lisesi'nde öğrendiği yabancı dili ben dışarıda öğrenemedim." dedi. "Belki, burada o açığımı kapatabileceğim."

"Donanma'da hangi tiplerde muharip gemi var? Bildiklerini sayabilir misin?" diyerek konuyu başka bir alana taşıdılar.

"Muhripler, hücumbotlar, denizaltılar ve yardımcı gemiler."

"Okula girip de mezun olursan, sen hangi gemilerde çalışmak istersin?"

"Henüz düşünmedim. Gemileri dolaşıp inceledikten sonra karar vermem lazım." dedi.

"Deniz Kuvvetleri'nde tanıdığın subay veya astsubay var mı?"

"Deniz Kuvvetleri'nde kimseyi tanımıyoruz. Ama dedem, *Yavuz* gemisinde üç yıl askerlik yapmıştı. Bir de dayım! O da burada, Heybeliada'da askerlik yapmıştı." diye cevapladı bu soruyu. Sonra: "Bir subayın ismini biliyorum, ama!" diye ilave etti.

"Kimdir?"

"Yarbay Özcan Özsu!" dedi.

"Sen, Özcan'ın adını nerede duydun?" dediler.

"Ankara'da Kara Harp Okulu'nda görevli bir albay tanıdığımız söylemişti." dedi. "Adada akıl danışmaya ihtiyaç duyduğunuzda Özcan Özsu'ya gidin, o benim arkadaşımdır, demişti..."

"Ona neyi danıştınız ki?"

"Kara Harp ile Deniz Harp Okulu'nun mülakat tarihleri çakışmıştı. Biz oraya da müracaat etmiştik. Çakışma olunca, birisini seçmek zorunda kaldık. Onu danışmıştık."

"Burayı seçtiniz, öbür taraftan vazgeçtiniz, öyle mi?"

"Evet."

"Neden?"

"Çünkü ben 'Bahriyeli' olmak istiyorum."

"Tamam, Hasan!" dediler. "Sanat, edebiyat, spor... Yakın olduğun bir alan var mı?"

"Koşuyorum. Lise yıllarımda kros koşularına katıldım. Edebiyatta roman ve şiir okuyorum. Kendim de bazı şiirler yazmaya çalışıyorum." dedi.

"Şairlerden kimleri okuyorsun?"

"Pir Sultan, Karacaoğlan... Halk edebiyatını seviyorum..."

"Yazıyor musun?"

"Evet."

"Kendi yazdığın bir dörtlük söyleyebilir misin bize?"

Bir süre düşündü. Sonra, Karabük yıllarında yazdığı bir dörtlük geldi hatırına. Onu okudu:

"*Ne deniz var buralarda ne orman,*
Ne de sakin! Her yanım kalabalık...
Güneşler doğmuyor, geçmiyor zaman,
Zerre tadım da yok, renklerim soluk..."

"Sen mi yazdın bunu?"

"Evet, efendim. Ben yazdım." diye cevapladı.

"Teması nedir?"

"Karabük'te yazmıştım. Memleketimdeki arkadaşlarıma Karabük'ü anlatıyordum..."

Ticaret Lisesi bahsine girmekten bilerek kaçınmıştı bu esnada...

"Peki, son soru şöyle olsun: Ben, bir dörtlük okuyayım, sen, bu dörtlüğün hangi şaire ait olduğunu söyle... Doğru cevap verirsen, mülakattan başarı ile geçmiş olacaksın... Hazır mısın?" diyerek mülakatın sonuna geldiklerini belirtti, komisyonun en kıdemli üyesi.

"Hazırım." dedi.

Dörtlük geldi:

"Yalnız senin gezdiğin bahçede açmaz çiçek!
Bizim diyarımız da binbir baharı saklar!
Kolumuzdan tutarak sen istersen bizi çek,
İncinir düz caddede, dağda gezen ayaklar..."

Bu şiiri okumuştu bir yerlerde! Nerede, nerede?.. Halk şairlerinin şiirlerinden değildi... Nerede okumuştu? Kimindi? Yakın bir zamandan olması lazımdı... Hah! Karabük'te Ticaret Lisesi'nin ikinci sınıfında, edebiyat kitabının bir yerinde yazılı idi... Ne şans!.. Hatta bu dörtlüğün arkasına doğru devam edebilecek bir iki dörtlük yazmayı denemişti kendi kendine... Yazarı kimdi peki?.. Hah!..

"Bu şiiri biliyorum," dedi, "Faruk Nafiz Çamlıbel"in..."

"Tamam, Hasan!" dediler.

Komisyonun ortasındaki en kıdemli subay: "Bedenî yeterlilik testlerinde başarılı olmuştun. O yüzden, bizim önümüze gelmiştin. Burada da başarılı oldun!" diyerek sonucu bildirdi.

"Ohhhhh!.." (İçinden tabii!)

Bugün önemli bir aşamayı geçmiş, 17 Temmuz Perşembe günü yapılacak yazılı sınava girmeye hak kazanmıştı.

"Sağ olun, efendim." dedi. Gösterilen tarafa yürüyüp gitti. Grubun tamamının işinin bitmesini beklemeden, kıyafetlerini çıkardığı yere gönderdiler onu. Üstünü değiştirip çıkabileceğini söylediler. Bugünlük işlerini bitirmişti. Yazılı sınavın sabahında saat dokuzda okulda bulunmalıydı.

İçinden şarkılar, türküler söyleyerek giyindi. Dışarıya belli etmemeye çalışıyordu, ama içi coşuyordu. Kendi kendine gülüyor, seviniyordu. "Bu sefer de şiirlerden yana çıktı manitular!" diyordu.

Gösterilen yollardan yürüyerek ön bahçeye çıktı. Tek başına lumbarağzına gidiyordu. Sevincinden garip bir şey yaptı. Arkasına döndü, sırtını lumbarağzına verip, okulun binalarına baka baka geri geri yürümeye başladı... Dedesinin bahsettiği direği gördü, bahçenin taa öbür tarafında. *Yavuz*'un direği... Biraz sonra geriye döndü ve kapıya doğru yürümeye devam etti. Çıkar çıkmaz dedesini buldu karşısında. Gelişini görmüş olmalıydı. Dedesine bir şaka yapmak geldi içinden. Hiç konuşmadan, gülerek dosdoğru dedesinin gözlerine bakıyordu...

"Ne oldu oğlum? Ne yaptın?.."

"..."

Cevap vermiyordu, gülüyordu sadece...

"Oğlum! Beri bak! Ne oldu?"

"Geçemesem böyle güler miyim?"

"Vallahi mi?"

"Vallahi!"

"Aslanım benim!" diye sarıldı, kucakladı dedesi. "Aferin benim aslanıma! Allah tuttuğunu altın etsin..."

"Perşembe sabah dokuzda yazılı sınav için geleceğiz... O vakte kadar serbestmişiz..."

"Tamam, oğlum, gelmez miyiz? İlk vapurla geliriz! Haydi bakalım, çıkalım, Küçükpazar'ı bulalım da telefon edip bizimkilere haber verelim bir an önce..."

Dosdoğru vapura gittiler. Bacanın dibine kadar çıkıp, püfür püfür esen bir yerde oturdular. Hasan, beden testlerinde ve mülakat masasında becerdiği işleri anlatırken, vapurun çay ocağından aldıkları meyve suyu ile simitleri yediler. Terzi Hasan'ın gözleri sevinçten yine yaş içindeydi.

"Aslan oğlum benim!" diyordu.

"Şu yazılı sınavı da Allah'ın izni ile bir halledersek, sen gör bizim keyfimizi o zaman..." diyordu.

***

Hasan o gün erkenden yatıp dinlendi. Ertesi gün bir İstanbul gezmesi yapmaya karar verdiler. Dedesi, gezmek istediği bir yer olup olmadığını sordu. Hasan, Sultanahmet Köftecisi'ni hatırlattı. Yine gidebilirler miydi?

"Gideriz, tabii ki! Sen yeter ki ye, aslan oğlum. Akşama da belki Karaosmanoğlu'na gideriz..."

Ertesi gün Küçükpazar'da hızlı bir kahvaltı yapıp, Eminönü'ne yürüdüler. Mısır Çarşısı'nı, Mercan Yokuşu'nu, Mahmutpaşa'yı ve Süleymaniye Camii'ni gezdiler. Dedesi Hasan'ı, Gürün Han'a götürdü, yıllardır kumaş ve terzi malzemesi alışverişi yaptığı mağazaları gösterdi, birkaç dostu ile tanıştırdı. Daha sonra, bir vasıtaya atlayıp Sultanahmet Meydanı'na gittiler. Hasan, bir kez daha Ayasofya ve Topkapı Sarayı'nı gezip görmek istedi. Topkapı Sarayı'na girdiler.

İkinci bahçede bir kalabalık dikkatlerini çekti. Büyükçe bir mehter takımı, Osmanlı devrine has geleneksel kıyafetleri ve çalgı aletleri ile bir tarafta dizilmiş bekliyordu. Etrafta ellerinde koca koca kameraları ile birkaç kameraman gördüler. Film çekimi mi yapılıyordu?..

"Evet," dedi kalabalıktan yaşlı başlı birisi, "TRT'nin '4'üncü Murat' dizisi çekiliyor. Şu atın üzerindeki Cihan Ünal. Padişah 4'üncü Murat'ı oynuyor. Şunlar da Ayten Gökçer ile Cüneyt Gökçer..."

Bir müddet ortalıktaki telaşı izlediler. Yönetmen, mehter takımının iki güzel marşı çalıp söylemesini kaydetmeye çalışıyordu. İzleyip, daha sonra saraydaki turlarına devam ettiler. Beşir Ağa Camii, Divan, Adalet Kulesi, Harem, Üçüncü Bahçe, İç Hazine, Kutsal Emanetler...

Topkapı Sarayı'ndaki gezmeleri bitince çıktılar, meydanın güney kanadına gidip Theodosius Dikilitaşı'nı incelediler. Yaklaşık 3500 yaşındaki taşın ilginç bir hikâyesi vardı. Taşı, Mısır firavunlarından birisi MÖ on beşinci yüzyılda yaptırmıştı. Roma İmparatoru Konstantin, MS 350'lerde İskenderiye'ye getirmiş, MS 390'da da diğer bir imparator, Theodosius, bir gemiye koydurup, İstanbul'a getirtmişti.

Öğle yemeği için Sultanahmet Köftecisi'ne girdiler. Hasan'ın üç yıl önce ilk defa denediği yerdi burası. Birer buçuk köfte ve piyaz aldılar, afiyetle yediler.

"Akşam Mustafa Karaosmanoğlu'na gideceğiz, öyle mi beybaba?"

"Haber bırakmıştım. Gideceğiz..."

"Öyleyse, dönelim de ben biraz defter karıştırayım otelde."

Küçükpazar'a dönüp birkaç saat vakit geçirdiler. Hasan, genel yetenek ve sosyal bilimler üzerinde göz gezdirmesi yaptı. Sonra, Unkapanı'ndan yukarı çıkıp, Aksaray'a indiler. Hatice Hanım, onlar için güzel bir akşam sofrası hazırlamış, Karaosmanoğlu da sofraya lazım olan öteberiyi tedarik etmişti. Keyifli bir yemekten sonra çaylar, kahveler içildi.

"Yeğenim," diyordu Karaosmanoğlu, Hasan'a, "hayat denen şeyi görüyor musun? Tamamı mücadeleden ibarettir. Hiç bitmez! Hiç kimse, işlerimi bitirdim, bundan sonra oturayım, demez, diyemez... Hayat, bitmez tükenmez kavgadır. Birini bitirirsin, arkasından diğeri başlar... Sizin bu kavganız mesela! Öyle değil mi?"

"Öyle Mustafa amca." diye cevaplıyordu Hasan. Dedesi, bu ilginç sohbeti dinliyor, torununun verdiği karşılıkları süzüyordu, içinden...

"Şimdi kavganızın neyi kaldı önünüzde?"

"Bir tek yazılı sınav var. O da önümüzdeki perşembe günü."

"Allah selamet versin sana. Ben eminim, üç sene evvel yaptığın gibi, bu sınavı da kazanacaksın. Ama çok dikkatli olmak, listede bu sefer daha yukarıya çıkmak lazım, değil mi?"

"Evet. Ben hazırlığımı yaptım. Fen sorularından kesin emin olmadığım sorulara cevap vermeyeceğim..."

"Aferin, benim yeğenime!.."

Karaosmanoğlu gece onları dışarı bırakmadı. Yatıya alıkoydu. "Yarın beraber ineriz Küçükpazar'a!" dedi.

Hasan, takip eden iki günü otel odasında konu tekrarları yaparak geçirdi. Salı günü akşam, kitabı, defteri kapatıp, zihnini dinlenmeye bıraktı. Bu iki günde akşam gezmesine, ev ziyaretine falan da çıkmadılar. Sadece, İMÇ blokları tarafında eski bir binada elektrik atölyesi çalıştıran Çatalzeytinli Kemal Bozkurt'a gittiler. Dedesinin ahbabıydı Kemal Bozkurt. Atölye büyükçe bir yerdi, bildikleri dükkânlardan çok daha geniş.

Sınavdan önceki son gün, Küçükpazar civarında kaldılar. Akşam erkenden yatıp, istirahate çekildiler.

Ertesi sabah Adalar İskelesi'nden kalkan vapur yine çok kalabalıktı. Yolcuların büyük kısmı, Heybeli'ye sınava giden lise mezunu adaylar ve yanındakilerden oluşuyordu. Kimileri çok kalabalık, kimileri Çatalzeytinliler gibi, aday ve yanında sadece bir yakını... Mülakatlar sırasında aynı gruba düşüp, ara sıra konuştukları İstanbullu Cemal'i de gördü vapurda, Hasan. Emekli karacı albay olduğunu söylediği babası vardı yanında, bir de küçük kardeşi... Erkan demişti galiba adını... Cemal'le biraz konuştular, vapur Kınalıada'ya doğru yol alırken:

"Nasılsın, Cemal? Hazır mısın?"

"Valla, elimden geleni yaptım. Bakalım neler çıkacak! Siz ne yaptınız?"

"Mülakattan dönünce Sultanahmet gezmesi yaptık. Bir iki akraba ziyareti... Sonra iki gün kapanıp, biraz karıştırdım... Dün tamamen dinlendim. Hiçbir şeye elimi sürmedim."

"Haydi bakalım! Sınavdan çıkışta görüşürüz."

"Tamam! Başarılar..."

Okulun ön bahçesine girdiklerinde, oturacakları sınıflara göre otuzlu gruplara ayırdılar adayları. Bir grup ise, neredeyse yüz elli kişi idi. Bu büyük grubun amfide sınava gireceği bildirildi. Hasan da bu grubun içindeydi. Cemal ise, küçük gruplardan birindeydi.

Amfi, okulun lumbarağzından ön bahçeye girince, sinema binasından sonra, sağ yanda kalan ve *Yavuz* direğinin yanındaki komutanlık katına kadar uzanan ince, uzun dershaneler binasının tam ortasında kalıyordu. Dershanelerin girişleri binanın arka cephesindeydi. Sinemanın önünden dolaşıp arka tarafa geçtiler ve dizildiler. Görevli subaylar, ellerinde listeler ve oturma planları ile son kontrollerini ve aday sayımını yaptıktan sonra adayları sınıflarına aldılar.

Sınav saat onda başladı. Üç ayrı soru kitapçığı ile tek bir cevap kâğıdı vermişlerdi. İstediği testten başlayabilecekti. Önce genel yetenek ve sosyal bilimler testlerini aldı eline. En sonunda fen bilimleri. Sona bıraktığı bu test, Ticaret Lisesi'nin müfredatında âdeta dostlar alışverişte görsün cinsinden haftada sadece bir iki saat verilen derslere yönelikti: Fizik, kimya, matematik, biyoloji... Son yıl Çatalzeytin'e döndüğünde bu dersleri almıştı ama geride kalan iki yılın eksiğini telafi etmeye yetecek miydi? Sınavın sonucu ile göreceklerdi yetip yetmediğini... Son testin sorularına dikkatle yaklaştı. Bir çözüm yapıp da bulduğu sonuçtan emin olabildiyse, cevabı tek bir seçeneğe düşürebildiyse, cevap kâğıdını işaretledi. Fen sorularını bitirince, ilk iki testin soruları ve cevapları üzerinde hızlı bir göz gezdirme yaptı, cevap kaydırması yapıp yapmadığını kontrol etti. Verilen sürenin son on, on beş dakikasına geldiğinde, fen bilimlerinden işaretlediği soruları kontrol etti. Amfide gür bir ses duyuldu:

"Tamam!.. Kâğıtları, kalemleri bırakalım, arkadaşlar! Sınav süresi bitmiştir!"

Son on beş dakikada kimsenin kalkıp ayrılmasına izin verilmemişti zaten. Süre tamamlanınca herkes yerinde oturmaya devam etti. Görevliler gelip amfinin sıralarından bütün sınav materyalini topladılar. Soru demetlerini, cevap kâğıtlarını...

"Arkadaşlar! Şahsi eşyalarınızı alıp ayrılabilirsiniz."

Kalemlerini, silgisini, önündeki nüfus kağıdını ve aday belgesini alıp ceketinin cebine koydu. Kalktı, amfiden çıkıp, beş on basamak ile binanın arkasına inen merdivene yöneldi. Her nasıl olduysa, bu merdivenden inerken birden sendeledi. Dengesini kaybedip düşmemek için etrafındaki bir iki kişiye tutunmak zorunda kalmış, düşmekten zorlukla kurtulmuştu. Bir yana çekilip, ayağını incelediğinde, sağ ayakkabısındaki topuğun sökülüp kopmuş olduğunu gördü. Topuğu alıp, ceketinin sağ cebine koydu ve sağ yanına aksaya aksaya yürümeye devam etti.

Ön bahçeden çıkışa doğru yürüyordu. Mülakatları bitirip ayrılırken dedesine bir haylazlık yapmış, bir süre geri geri yürümüştü. Dedesi, o tuhaf yürüyüşünü gördüğünde şaşırmış, bir anlam verememişti. "Şimdi de topallıyorum!" diye düşündü. "Gördüğünde, yine şaşırıp kalacak adamcağız!.."

Haklı çıktı. Hasan'ın lumbarağzına doğru geldiğini gören dedesi, dikildiği duvar dibinden hareketlenirken, onun topallayarak yürüdüğünü fark etmiş, yine kafası karışmıştı. Gene ne yapıyor bu oğlan, diye soruyordu kendi kendine, sınavda bunaldı da büsbütün şaşırdı mı yoksa!

"Oğlum! Bacağına ne oldu?"

"Topuğum gitti! Bak!.."

Cebinden çıkardığı topuğu gösteriyor, kendi kendine gülüyordu…

"Çıktım, geliyordum. Tam merdivenden inerken topuk gitti!"

"Düşmedin ya?"

"Düşmedim."

"Eee, niye gülüyorsun?"

"Bu topukta bir iş var!"

"Topukta iş mi var?" Dedesi, bu tuhaf konuşmasına, ikide bir gülmesine bakıp, kaygılanmaya başlamıştı. "Oğlan, aklını mı sıyırdı yoksa? Çok mu yüklendik acaba, ders diye, sınav diye?.."

"Sınavım iyi geçti gibi geliyor, beybaba." dedi. "Bu topuğun kırılmasında bir mana var, bana kalırsa… Manitular bizden yana gibi görünüyor!"

"Manitular mı? O da ne?"

"Kaptan Swing'in manituları!"

"Kimin, kimin?"

"Boş ver, beybaba... Şaka dedim."

Hasan, topuğu tekrar ceketinin cebine koydu. Birlikte vapur iskelesine yürürlerken, gözlerini açа aça, çıkan sorulardan bahsediyor, hangi testin kolay, hangisinin zor olduğunu anlatıyordu dedesine.

"Bitirdik artık, değil mi?"

"Bitti oğlum, şükürler olsun. Ne yorgunluklar çektik şu güne erebilmek için yahu!"

"Ağustos başında gazetelerden alacakmışız sonuçları."

"Hayırlısı artık! Dosdoğru gidelim evimize. Sefil olduk buralarda kaç gündür..."

Neredeyse on gündür İstanbul'dalardı. Bundan önce de üniversite sınavı için gelmiş, bir ara da Ankara'ya gitmişlerdi. Evden, işten epeydir uzak kalmışlar, otel odalarında yatıp kalkmışlardı. Küçükpazar'da kaldıkları otelin önünden akşam saat sekiz sularında kalkan Pehlivanlar otobüsüne binip, Çatalzeytin'e döndüler. Sonucu bekleyeceklerdi. Ağustosa yaklaşık iki hafta bir zaman vardı.

***

Hasan, dönünce hemen arkadaşlarına koştu. Seyfettin Almanya'daydı. Gökhan ile Ali'yi buldu. Üniversite sınavında kimlerin neler yaptığını konuştular. Pek çok çocuk Kastamonu'da, Karabük'te, Ankara'da, İstanbul'da sınava girmiş, günden güne artan bir merakla sonuçları bekliyorlardı. Üniversite sınavının sonucu da ağustos ayı başında açıklanacaktı.

Yaz aylarını ders çalışmakla, orada burada sınavlara girmekle geçirip âdeta ziyan ettiği için, bunu telafi etmek üzere kasabadaki ilk haftasını denizde atlayıp zıplamakla, kıyılarda yatıp yuvarlanmakla geçirdi, Gökhan ve Ali ile... Kimi gün Fikri de katıldı onlara. Ali, lise başında gittiği Kastamonu'da yaşadığı talihsizliklerden dolayı dönüp gelmişti ama o arada bir senesini kaybetmişti. Gökhan ve Hasan'ın, "sınav sonucu" diye diye kıvrandığı bugünlerde, Ali -Fikri de- henüz o eziyeti yaşamaya başlamamıştı. Gelecek yaz aynı yollarda koşacak, aynı kaygıları yaşayacaktı.

Nihayet ağustos ayı geldi. Ayın birinden itibaren Sacit Er'in gazeteci dükkânının kapısını aşındırmaya başladı, Hasan. Ayın ilk günü olan cumanın gazeteleri? Herhangi bir açıklama yoktu. İkinci günü cumartesi? Yine bir şey çıkmamıştı. Ne üniversite sınavlarının ne Deniz Harp Okulu'nun sonuçları, hiçbir şey yoktu.

Günlerden 3 Ağustos Pazar idi... O gün, Terzi Hasan'a Bartın'dan bir kamyon çimento gelmişti. Günlerden pazar olduğundan, malı indirecek adam bulmakta zorluk çekmişler, deniz kıyısında sefa süren Hasan'a seslenip, çimentoyu boşaltmaya omuz vermesini istemişlerdi. Kamyon, evin yanındaki boş arsanın önünde kapaklarını açmış, iki yaşlı adam -Göde ile Gıbış dayılar- söylene söylene elli kiloluk çimento çuvallarını indiriyorlardı. Hasan, üzerine bir şeyler uydurmuş, yardım ediyordu.

Öğle sıralarında, lisede Hasan'ın iki, üç sınıf gerisinden gelen Ufuk İnce'nin, koşarak geldiğini gördüler:

"Hasan ağabey! Hasan ağabey!"

İşine ara vererek: "Ufuk, hayırdır?" dedi Hasan, "Ne oldu?.."

"Ağabey, gördün mü?"

"Neyi gördüm mü Ufuk?"

"Müjdemi isterim ağabey! Kazanmışsın! Bak!"

Elindeki Milliyet gazetesini Hasan'ın gözüne tutuyordu:

"Aha! Bak!.."

Üstü başı çimento tozu içinde, yüzü gözü terden sırılsıklam, ağustos sıcağının altında bunalmış vaziyette, Ufuk'un, yüzüne doğru kaldırıp tuttuğu duyuru tablosuna baktı... Tabloda birkaç bölümlü isim listeleri vardı.

"Adım mı var, Ufuk? Neredeyim?.."

"İşte, ağabey! 'Hasan Doğan' yazıyor!.."

"1. Yedek Dizelge" başlıklı listede "30029 aday numaralı Hasan Doğan" vardı. Kendi aday numarası!..

"Allaaahhh!" diye bir nara attı. Yoğun bir coşku ve sevinç dalgası geçti Hasan'ın üzerinden. Fakat birden duraladı... Sıralamanın neresindeydi? Üstlerde mi sonlarda mı? Deniz Lisesi sınavlarına gittiklerinde yaşadıkları hatırına geldi birden.

"Ver bakalım şunu!" deyip, gazeteyi Ufuk'un elinden kaptı. Bir kenara çekilip incelemeye başladı. Ufuk da yanında, yardımcı olmaya çalışıyordu.

Deniz Harp Okulu'nun sınav sonuç tablosunda; en başta bir "Asil Dizelge" vardı. Burada altmış dört isim vardı. Bunun altında "1'inci Yedek Dizelge" vardı. Burada da elli isim... Hasan, bu listenin onuncu sırasındaydı. Bu listenin altında da "2'nci Yedek Dizelge..." Burada da yirmi beş isim vardı.

Hasan, gördüklerini aklına yazıp bellemeye, büyük resmi kavramaya çalışıyordu: Altmış dört kişi alınacak, ilk altmış dört belli... Arkasına iki tane yedek liste koymuşlar... Kendisi, ilk yedeğin onuncu sırasında... Sıra gelir mi?..

İşte her şeyin gelip düğümlendiği yer burasıydı. Yine kazanmış, ismini listelere sokmuştu, ama... Kaydı yapılacak kontenjan için kendisine sıra gelir miydi?..

Deniz Lisesi'nde yüz yirmi beş kişilik kontenjanın arkasından, yüz dokuzuncu sırada kalmış, kendisine sıra gelmeden kota dolmuştu. Şimdi ise, altmış dört kişilik kontenjanın arkasından onuncu sıradaydı. Şansı bu sefer daha yüksekti sanki...

"Ufuk!"

"Ne var ağabey?"

"Şu aşağıdakiler ne?"

"Neresi ağabey?"

"Şu alt taraf işte!"

Gazetenin üzerine eğildiler birlikte. Sonuç tablosunun altında ikinci bir sınav sonucu daha vardı: "Deniz Piyade/İstihkam Subayı Yetiştirilmek Üzere Kara Harp Okulu" diyordu başlıkta. Bu bölümü incelediler. On iki kişilik Asil Dizelge'de dokuzuncu sırada yine "30029 Hasan Doğan!" Bu listenin de on ikişerli, iki yedek listesi vardı.

"Ufuk!.." diye haykırdı Hasan, "Ankara tarafını da kazanmışım yahu! Hem de asıl listedeyim!.."

Ankara tarafı, Deniz Kuvvetleri'nin kendi piyade ve istihkâm subayı ihtiyacı için Kara Harp Okulu'nda okutup, mezun edince kendi bünyesine aldığı subay kontenjanıydı. Müracaat aşamasında tercih işaretlemelerini yaparken hem Heybeli'de Deniz Harp Okulu'nu hem Ankara'da Kara Harp Okulu'nu istediklerini belirtmişlerdi. Dolayısıyla, bir sınavla iki tarafı birden kazanmış durumdaydı. Adadaki okulu yedek listeden, Ankara'dakini asil listeden!..

Asil listeye girerek kazandığı Ankara'yı da görünce, demin yarım bıraktığı narasını bütün gücü ile tekrarladı:

"Alllllaaaahhhh!.."

Göde ile Gıbış dayılar, çimento boşaltmaya devam ediyorlar, bir taraftan da Hasan'ın, başladığı işi yarım bırakıp ikide bir nara atmasına söyleniyorlardı. Evin kapısının önünde ikide bir nara atıp bağırmasını en sonunda evdekiler de duydu. Annesi Sümer, dış kapının üstündeki camdan başını çıkarıp, seslendi:

"Oğlum! Ne oluyor ikide bir?"

Çimento boşaltmada işi gır gıra vurup, yanındakilerle şakalaştığını sanmıştı muhtemelen.

"Anne! Kazanmışım!" dedi kısaca.

Sümer'in durumu kavraması birkaç saniyesini aldı. Bir anda camdan kayboldu. Daracık merdivenlerden paldır küldür inmiş, evden çıkıp koşmuştu.

"Ver hele şunu! Göster, neredesin!"

"Şurada... Bir de şurada..."

"İki tarafta da?"

"Evet..."

"Koş!" dedi annesi, "Beybabana, Fatoş'a, babana haber verelim!.."

Hepsine haber verdiler. Kız kardeşlerine de... Hepsi eve doluştular. Ellerinde Ufuk'un getirdiği gazete... Büyük bir sevinç yaşanıyordu... Üç yaşındaki Cansu, evdekileri herhâlde hiç böyle görmemişti... Şaşkınlık içinde hoplayıp zıplayan ağabeyine ve ablalarına bakıyordu...

İlk fırtına geçtikten sonra, Hasan, mağrur bir eda ile ayağa kalktı ve: "Ben gideyim de şu kamyonu bitirelim bir an önce!" dedi. İndi ve kaldığı yerden çimento torbalarını sırtlamaya devam etti. Haber birkaç dakikada bütün mahalleye, uzak, yakın akrabalara yayılmıştı.

Evde toplanıp, Hasan'ın listelerdeki yerlerine tekrar tekrar baktılar. Sevinçlerini doya doya yaşadıktan sonra, listenin diğer kısımlarına geçtiler. Sonuç tablosunun altındaki "Açıklamalar" bölümünde: "Asil ve 1'inci Yedek listelerde bulunan adayların en geç 4 Ağustos 1980 Pazartesi günü saat 16.30'a kadar Deniz Harp Okulu'na başvurmaları zorunludur." deniyordu.

Bu notu okuyup, ne denmek istendiğini kavrayınca: "Kızım!" dedi Terzi Hasan, Sümer'e: "Dördü yarın değil mi?"

"Evet, baba!"

"Ee, bugünden otobüse atlayıp gitmemiz lazım değil mi?"

"Aaaaa!.."

Saate baktılar, öğle üzeri bire geliyordu. Otobüsler saat dört sularında kalkıyordu. Bütün işi gücü bırakıp yol hazırlığı yapmaları, tez davranmaları gerekiyordu. Avni koştu dışarı, biraz ilerideki otobüs yazıhanesinden iki kişilik yer ayırtıp, biletlerini aldı. Yazıhaneyi işleten Yaşar Karahan: "Ne o Avni?" demişti, "Kazanmış ya oğlan işte! Niye koşturup duruyorsunuz hâlâ?"

"Ağabey, yarın ikindi vaktine Heybeli'de okulun kapısına varmaları lazımmış!" diyerek açıkladı durumu Avni. "Şöyle, sefa sürmelik yerden ver biletleri..."

Dede ve toruna, bu yolculuklarında sefa sürsünler diye, üç ve dört numarayı verdi Yaşar Karahan. Evde âdeta seferberlik vardı. İstanbul seferlerinin vazgeçilmez ikilisi için süratle yol hazırlıklarını yaptılar. Hasan'ı çimento işinden paydos ettirip, berbere gönderdiler. Bu kez, Berber Yüksel'in dükkânına gitti Hasan. Güzel bir asker tıraşı istedi. "Bir, iki saat sonra gidiyoruz, Yüksel ağabey!" dedi. Tıraştan dönünce güzel bir banyo yaptı.

Götürülecek belgeleri kontrol ettiler. Terzi Hasan'ın giyeceği gömlekler, üç pantolon ve bir ceket ütülenip katlandı. Hasan'ın kıyafetleri de düzüldü. Bu sefer spor kıyafetlerine ihtiyaçları yoktu. Kitap, defter taşımaları da gerekmiyordu.

Ev halkı, Terzi Hasan ile torununu, yazıhanenin önüne kadar gelip, otobüs kalkana kadar bekleyerek uğurladılar.

O akşam, bu başarılarını tebrik edip, sevinçlerini paylaşmak için Sümer ve Fatma'nın pek çok komşusu ziyarete geldiler. Kenan Acar'ın karısı Şengül Hanım, Hasan'ın doğumunu yaptıran Ebe Şükriye Hanım, lisedeki Atakan Uğuz'un eşi Makbule Hanım, Neziha yengesi... "Aferin, Hasan'a!" diyorlardı. "Kasabamızdan denizci çıksın böyle... Hepimiz iftihar ediyoruz..."

"Hasan ağabey az mı uğraştı anam, kaç senedir! Git gel, git gel, kaç kere? Az eziyet mi az meşakkat mi bu çekilen... Helal olsun adama vallahi..."

"Sen azmet, otuz beş sene yüreğinde taşı bu dileği. Sonunda er muradına... Film gibi, vallahi..."

"Bak, gördün mü kız Sümer! Allah nasıl yardım ediyor sebat edip de çalışana... Hayırlı uğurlu olsun..."

"Bahriyeli oğlun mu var kız, senin? Kız anaları duymasın!.."

Dede ve torun, kim bilir daha neler yaşamak için İstanbul'a doğru el ele yol alırken, geride kalanlar, tebrik etmeye gelenlerle güle oynaya anın tadını çıkarıyorlardı.

Hasan'ın aldığı bu sonuç, kasabanın okullarında görevli öğretmenlerine de ulaştı. İlkokuldaki Sabri ve Selma Öğretmenleri, Müdür Mustafa Hoca, Müdür Yardımcısı Yusuf Hoca... Lisedekiler... İstanbul'daki Mükerrem Hoca, lisedeki müdür ve müdür yardımcısı, hocalar... Muhakkak ki bu neticede hepsinin payı vardı.

***

Kastamonu'da yolcu almaya terminale giriş, Araç'tan sonra İğdir'de kısa süreli bir mola. Akşam karanlığında Karabük'te otobüs terminali. Söğütlü Çeşme'de yemek molası. Gerede'de Ankara-İstanbul yoluna çıkış. Bolu, Düzce. Düzce'de son mola. Sabah beşe doğru Unkapanı'nda indiler... Hasan, gide gele artık ezberlemişti yolu. Saat kaçta nerede olacaklar, nereye ne kadar yol var, öncesinden dakikası dakikasına söyleyebilecek hâle gelmişti.

Dosdoğru Pehlivanlar Otel'e gittiler. Resepsiyondaki gece nöbetçisini uyuduğu koltuğundan kaldırıp, iki yataklı bir oda aldılar. Odaya çıkıp, yaka paça soyundular, vurup başlarını yastığa, birkaç saatliğine yattılar.

Öğleye doğru uyandılar. Süratli birer duştan sonra takım elbiselerini giydiler. Karınları acıkmıştı, vapurda yeriz, diyerek ertelediler. Doğru Adalar Vapur İskelesi'ne gidip biletlerini aldılar ve saat ikide kalkan vapura bindiler. Vapurun kantininden servise çıkarılıp, bütün yolcu kamaralarında, açık güverte oturma yerlerinde dolaştırılan sandviçlerden ikişer tane aldılar, meşrubat eşliğinde yediler. Karınlarını doyururken, okulun kendilerine neler söyleyeceğini, Hasan'ı alıp almayacaklarını konuştular. "Heyet muayenelerine gidilecek beybaba!" diyordu Hasan. "Artık, bir tek o iş kaldı..."

Acaba "gidin şu hastaneye, bütün servislerden sağlam raporlarınızı alıp da gelin" mi diyeceklerdi? Yoksa Hasan'ı alıp diğer çocuklara katacak ve kendileri mi yaptıracaktı muayeneleri?.. Bilmiyorlardı.

Peki, hangi hastaneye gidilecekti? Onu da bilmiyorlardı. Dedesi: "Muhtemelen Kasımpaşa'da yapılır. Çünkü orası Bahriye'nin kendi hastanesi." diyordu.

Öğleden sonra dört gibi, lumbarağzından içeri girip nöbetçi heyetin önüne dikildiler. Nöbetçi subayı, onları ön bahçenin bir köşesinde, duvar dibinde kurulmuş müracaat masasına yönlendirdi. Gittiler ve kendilerini tanıttılar.

"Hoş geldiniz!" diyerek güler yüzle karşıladılar iki Hasan'ı. Listelerden isim ve aday numarası kontrolü yaptıktan sonra:

"Dünkü sonuçları okuyup düştünüz yola, taa Kastamonu'dan geldiniz, öyle mi?"

"Öyle, yüzbaşım."

"Tamam. Geliş kaydınızı yapalım. Üç suret bir belge vereceğiz size. Bu belgenin ilgili bölümleri, muayenelerden geçtikçe 'sağlam' kaydı ile doldurulacak..."

"Muayeneler hangi hastanede?"

"Kasımpaşa Deniz Hastanesi'nde. Ola ki doktoru olmayan bir muayene çıkar, o zaman Taksim, Gümüşsuyu'ndaki Askerî Hastane'ye sevk yapılacak..."

"Biz mi yaptıracağız, yoksa çocuğu burada alacak mısınız?"

"Öğrenciyi şimdi almayacağız. Yarın sabah dokuzda, Kasımpaşa'nın orta bahçesinde bizim görevliler ile buluşacaksınız. Kan, idrar, vb. numunelerini vererek başlayacaklar."

"Akşam?"

"Hastane mesaisini bitirdiğinde, çocuklar oradan serbest kalacak. Ertesi sabah, tekrar aynı yerde buluşup, devam edecekler."

"Tamam, yüzbaşım. Anlaşıldı."

"Amca, bir konu var, sizin müracaatınıza ilişkin!" dedi yüzbaşı. Terzi'nin yüreği birden hopladı. Bir terslik mi çıkmıştı?

"Buyur!" diyebildi. Gerildiği, yüzünden belli oluyordu.

"Siz ilk müracaatınızda hem bizim okulu hem Kara Harp Okulu'nda deniz istihkam veya deniz piyade kadrosunu istemişsiniz. Sonuç listelerinde burası için ilk yedek listedesiniz, Ankara için asil listede..."

"Evet, tercih işaretlemelerini öyle yapmıştık?"

"Sonuç duyurusunun dibindeki açıklamada da yazdık ya..." dedi yüzbaşı, bir yandan masasından bir önceki güne ait gazeteyi açarak: "İki tarafı da kazanıp, muayenelere girme hakkı edindiğiniz için birini seçmek ve bildirmek zorundasınız... Hani, iki tarafa birden kaydedemeyiz ya!"

"Anladım," dedi Terzi, "bu kararı bildirmek için vaktimiz var mı?"

"Muayeneleri bitirmeden beyan etmeniz lazım gelecek, bey amca."

"Hasan..." dedi torununa dönerek, Terzi: "Sen de aklının bir köşesinde tut..."

Kayıt bittikten sonra heyet muayene formlarını aldılar. Ön sayfaların sağ üst köşelerine Hasan'ın Foto Yılmaz'da çekilmiş vesikalığından birer tane yapıştırılmıştı.

"Unutmayın amca, yarın sabah dokuzda, Kasımpaşa'nın orta bahçesinde Umut Cömert Binbaşı'mızı göreceksiniz. Öğrenci aç karnına gelsin. Kan ve idrar verecek..."

Teşekkür edip ayrıldılar. Adada oyalanmanın gereği yoktu. İki adım uzaktaki vapur iskelesine geçip, Büyükada'dan gelen vapuru beklemeye başladılar.

Ertesi sabah dokuzda Kasımpaşa Deniz Hastanesi'ne vardıklarında orta bahçeyi ana baba günü gibi buldular. Çoğu Hasan'ın yaşlarında, kimileri ortaokul çağlarında büyük bir öğrenci kalabalığı orta bahçede bir o tarafa, bir bu tarafa dalgalanıyordu. Kalabalığın gürültüsünü bastırmaya, sesini duyurmaya çalışan birilerinin bağırdığını duyuyorlardı:

"Astsubay okulu adayları bu tarafa gelsin!.."

"Deniz Lisesi'ne girecek adaylar bu köşeye!.."

Durumu anladılar. Deniz Kuvvetleri'nin hem Harp Okulu sonuçları hem lise sonuçları aynı günlerde açıklanmış, iki tarafın asil ve yedek öğrencilerinin muayenelerinin bir arada yaptırılması gerekmişti. İlaveten astsubay okulu ve hazırlık okulu adaylarının muayeneleri de vardı. Deniz Kuvvetleri bütün okullarının adaylarını Kasımpaşa'ya toplamış görünüyordu o gün... Terzi Hasan gibi, öğrenci ile gelmiş aile bireyleri de kalabalığı büsbütün artırıyordu.

"Haydi, bismillah!" deyip, orta bahçedeki kalabalığa daldılar. Adadan gelen Umut Binbaşı'nın, hastanenin bir köşesinde, Harp Okulu adaylarını topladığını öğrenip, o tarafa seğirttiler. Yaklaştıklarında muayenelere ilişkin takip edilecek yol ve yöntem açıklanıyordu. Biraz sonra veliler, aday gençleri bırakıp birer tarafa çekildiler. Dedesi, bahçenin bir köşesinde bulduğu bir banka gitti, bir kenarına ilişti. Oturduğu yerden, Hasan'ın bulunduğu kalabalığı izlemeye başladı.

Aday öğrenciler iki üç gruba bölündüler. Her grubun başına birer görevli geçti. Önce kan ve idrar örneklerini verecekler, röntgen filmleri çektirecekler, tahlil sonuçlarını ve filmlerini ertesi sabah alacaklardı. Bu ilk günde ayrıca, kan ve idrar tahlillerini görmeye ihtiyaç duymayan bir iki poliklinikte muayene yaptırabileceklerdi. Ruh sağlığı, göz ve kulak, burun ve boğaz gibi... Kulak burun boğazcı doktor yıllık izinde olduğu için o muayeneyi Gümüşsuyu Askerî Hastanesi'nde yaptırabileceklerdi. Sevklere haftanın sonuna doğru gidilecekti.

Yüz kişiden daha kalabalık görünen aday öğrenciler, ellerinde birer numune tüpü, tuvaletlere girip girip çıktılar, örneklerini hazırladılar. Daha sonra, biyokimya bölümüne geçip, kan örneklerini verdiler.

Örneklerini verenlerin beşi, onu bir araya gelerek, ruh sağlığı ve göz polikliniklerine koşturdular. Girişteki hemşireye ellerindeki formları verip, sıra ile içerideki doktorlara girdiler. Ruh sağlığı doktorundan "sağlam" raporu almak kolay olmuştu. Birkaç tuhaf soruya cevap verip, doktor ile göz göze uzun bir süre bakışıyorlardı. Doktor, bu bakışma sırasında karşısındakinin ruhen sağlam olup olmadığını anlayabiliyordu.

Göz muayenesi biraz daha zordu. Göz doktoru, onlara önce, masasında açtığı bir katalogda alacalı bulacalı renkler arasından bazı harfler okuttu. Renk körlüğü teşhisi için yapıyordu bunu. Sarı ve kırmızı desenin hâkim olduğu dalgalı bir sayfanın ortasındaki yeşil renkli harf ve rakamları okumak gerekiyordu. Hasan, burayı rahatça geçmişti. Daha sonra, bir koltuğa oturtup iki gözünü ayrı ayrı kontrol etti doktor, elindeki ışıklı alet ile. En son aşamada ise, birer gözünü kapatıp, açık gözü ile karşı duvara yansıtılan çeşitli büyüklükteki harfleri okuttu.

"Şu alt sırayı soldan sağa doğru oku bakalım!"

"T... C... O..."

"Tamam. Şimdi bunun orta sırasını!"

"E... F... H..."

"Şimdi öbür gözünle yapalım aynı işi."

Gözlerinde herhangi bir kusur bulunamadı. Çıkışta bir süre bekledi. Hemşire, ismini seslendiğinde, yanına gidip rapor formlarını aldı. Her üç nüshaya da "sağlam" kaşesi basılmış, göz doktoru tarafından imzalanmıştı.

Hastanedeki ilk günde kan ve idrar örneklerini verip, röntgen filmlerini çektiren adaylar, iki poliklinikteki muayenelerini tamamladığında o gün için işlerini tamamlamış sayılıyordu. Bunlar, gruplarının rehberi olan subaydan izin isteyip, ayrılmaya başladılar. Ertesi günü sabah dokuzda tekrar geleceklerdi.

Terzi, gün boyunca bahçenin değişik köşelerinde oturarak vakit geçirmeye çalıştı. Kimi zaman yanına oturanlarla konuştu, sohbet etti. Onlar ile hikâyesini paylaştı karşılıklı. Kimi zaman da memleketin dört bir yanından gelmiş bu insanlarla işten güçten, geçinmeden, ticaretten konuştular.

Hasan, elinde formları ile gelip, "gidebiliriz" dediğinde etraftakilere veda ederek ayrıldılar. Hastanenin önündeki dik yokuştan aşağı inip, subay orduevinin önünden geçtiler ve Kasımpaşa Meydanı'na çıktılar.

"Ne yapalım, oğlum?"

"Kolay yerdeyse şu Taksim'i, Beyoğlu'nu gezsek biraz... Fazla gecikmeden döneriz Küçükpazar'a."

Taksim tarafına giden dolmuş taksilerin durağını öğrendiler. Birine atlayıp, Şişhane ve Tepebaşı güzergâhından Taksim Meydanı'na çıktılar. Bir süre yürüyerek dolaştılar meydanın etrafında. Atatürk Kültür Merkezi'ni gördüler. Harbiye tarafına doğru ilerleyip, TRT'nin İstanbul radyo binasını gördüler. Gezilerinin son bölümünde İstiklal Caddesi tarafına doğru ilerlediler.

"Meşhur 'İstiklal Caddesi' burası işte. Epeyce gider bu tarafa doğru böyle... Hani, 'Yeşilçam' dedikleri, sinemacıların, artistlerin sokağı var ya! Bu ara sokaklardan birisi ama kim bilir nerede?"

"Bir de Çiçek Pasajı var, değil mi beybaba?"

"Sen Çiçek Pasajı'nı nereden biliyorsun?"

"Aday çocuklar arasındaki İstanbullular anlatıyordu."

"Evet, var. Şu muayeneleri hayırlısıyla bitirelim, sonra gelelim, bulalım şu pasajı..."

"Söz mü?"

"Bulalım vallahi!"

"Ne yapacağız, çiçek mi koklayacağız pasajda?.."

Dedesini yokluyordu.

"Bakarız, gidince!" dedi dedesi: "Millet ne kokluyorsa, biz de onu koklarız..."

Akşama doğru, Divan Otel'in karşısındaki bir sokaktan kalkan Aksaray taksilerini bulup bindiler. Unkapanı Köprüsü'nü geçince indiler. İlk İMÇ blokuna girip, Küçükpazar'a yürüdüler.

Ertesi sabah yine erkenden Kasımpaşa'ya gittiler. Dedesi, bir önceki gün yaptığı gibi oturmaya bir köşe buldu kendine. Hasan, adayların arasına karışıp o günün muayenelerine başladı. Önce, kan ve idrar tahlilleri ile röntgen çekimlerinin sonuçlarını aldılar. Ellerinde koca koca zarflar içinde röntgen filmleri ile başladılar gruplar hâlinde dolaşmaya. Dâhiliye... Hariciye... Diş... Ortopedi... Bevliye... Pek çok poliklinik... Kimilerinden sağlam raporunu aldılar, kimilerinde doktor ya ameliyattaydı ya da servise viziteye çıkmıştı.

Perşembe gününe kadar polikliniklerde dolaşmaya devam ettiler. Hasan, perşembe günü öğle üzeri, kulak burun boğaz hariç, tüm poliklinik muayenelerini tamamladı. O hafta için perşembe son muayene günü idi. Cuma günleri doktorlar ameliyatlara giriyor, heyet toplantılarına katılıyorlardı.

Umut Binbaşı'yı bulup durumlarını anlattılar. Binbaşı, hiç vakit kaybetmeden Gümüşsuyu'na giderlerse, belki kulak burun boğaz doktorunu yakalayıp, muayenelerini yaptırabileceklerini söyledi onlara. Nasıl olsa, basit bir kontrol gerekiyordu... Tam ayrılırken bir de tembihte bulunmuştu; gelecek haftanın çarşambasına, ayın on üçüne kadar bütün poliklinik muayenelerini bitirip, belgelerini kendisine teslim etmeleri lazımdı. Belgeler ayın on beşi, cuma günü, topluca Kasımpaşa'nın sağlık heyetine çıkarılacak, adaylar da o gün hastanede hazır bulunacaklardı. Heyet, karar alırken belki aday öğrenciyi bir kez daha görmek isteyebilirdi...

Koşturarak hastane yokuşundan indiler ve subay orduevinin kapısının önünden ilk taksiyi çevirip: "Gümüşsuyu Askerî Hastanesi!" dediler.

Gümüşsuyu'nda kulak burun boğaz doktorunu bulduklarında, mesainin bitmesine aşağı yukarı yarım saat kalmıştı. Kapının önü kalabalıktı. Bekleyenlerin çoğunun, kendileri gibi Kasımpaşa'dan gelen Harp Okulu adayları olduğu anlaşılıyordu. Doktorun, muayeneye devam ettiğini, fakat biraz sonra ayrılacağını öğrendiler. Telaş içinde formlarını, sekretarya işlerini yapan görevliye verdiler ve sıralarını beklemeye başladılar.

Muayeneden çıkanlardan bazılarının üzgün bir yüzle, hatta kimilerinin ağlayarak ayrıldıklarını fark etmeleri birkaç dakikalarını aldı. Bu durum, olağan dışı değildi ama... Kasımpaşa'daki ilk günde, yazılı sınavı ilk üç sıra içinde kazanan, yanında subay olduklarını duydukları iki kişi ile gelen İzmirli bir gencin, ilk girdiği poliklinik olan göz muayenesinde gözlerinin bozuk olduğu anlaşılıp, sağlam raporu alamadığını, yazılı sınavda çok güzel bir sonuç almış olmasına rağmen, muayenelerden geçemediği için Harp Okulu'na girme hakkını kaybettiğini, çocuğun hüngür hüngür ağlayarak hastaneden çıkıp gittiğini görmüşlerdi. Muayene maratonunda kimileri koşmaya devam ediyor, takılıp tökezleyenler, yarıştan çekilmek zorunda kalıyor, yarışı bırakmanın getirdiği büyük hayal kırıklığı ile kaçınılmaz olarak ağlıyorlardı...

"Hasan Doğan!.."

Adının söylendiğini işitince, sırtını verip dayandığı duvardan doğruldu ve doktorun kapısına gitti.

"Bekleyin burada! İçerideki çıkınca, siz gireceksiniz. Formlarınızı alayım!"

İçerideki biraz sonra çıktı. Hasan kapıyı vurup, doktorun yanına girdi. Masasının üzerinde isim tabelası vardı: "Tabip Binbaşı Ahmet Kaymaz"

"Gel bakalım! İsim nedir?"

"Hasan Doğan."

Doktor, Hasan'ın adını önündeki deftere kaydederken: "Şu koltuğa otur, kulaklarına, burnuna ve boğazına bir bakalım." dedi.

Işıklı kulak muayene aletini sıra ile Hasan'ın kulaklarına sokup, iç yapılarını inceledi. "Hımm... Kulaklar gayet güzel... Hiç iltihaplanma, ağrı yaşadın mı?"

"Hayır, böyle bir şey hiç olmadı." dedi Hasan. Aslında, denize dalıp dibe inmeler, kum alıp çıkarmalar, denize atılan taşları arayıp bulmalar gibi oyunlar yüzünden, pek çok kez kulaklarına deniz suyu kaçırmış, birkaç gün süren kulak akıntıları yaşamıştı.

"Belli! Kulaklar tertemiz... Boğaza bakalım şimdi... Aç ağzını! Aaaa, de!.."

Söyleneni yaptı.

"Boğaz ve bademcikler de normal..."

Doktor, "orası da normal, burası da güzel" dedikçe Hasan içinden bir oh çekiyordu. Ha bakalım! Kaldı son bir yer...

Doktor, kontrollerinin sonunda başka bir muayene aleti aldı ve Hasan'ın iki burun deliğinden içeri sokup, burun yapısını inceledi.

"Hımm... Burunda sorun var gibi görünüyor!"

Hasan'ın yüreği cız etti. Sorun mu vardı?.. Ne sorunu?.. Başından aşağı kaynar sular dökülmüş, yüzü kıpkırmızı olmuştu...

"Senin burun kemiğinde 'Deviasyon' var!.."

"O ne, efendim?"

"Yukarıdan aşağı gelen kemikte eğrilik var! Sen bu burunla düzgün nefes alamıyorsundur. Sık sık tıkandığı oluyor mu burnunun?"

"Hiç öyle bir sıkıntı çekmedim." dedi. "Ben spor yapıyor, hep koşuyorum... Kros koşuyorum. Hiç problem yaşamadım şimdiye kadar."

Doktor: "Olabilir," dedi, "ama yine de burun kemiğinde eğrilik var. Ben bu burna sağlam raporu veremem!.."

Hasan, şaşkın vaziyette doktora bakarken, defterine, Hasan'ın adının hizasına "menfi" yazdı eli ile...

Hasan, odanın, hatta bütün hastanenin üstüne gelip yıkıldığını, yıkıntının altında kaldığını zannetti bir an için... "Sağlam veremem" diyordu. Bu ne demekti? Muayenelerin hepsini bitirmişlerdi. En son kutuda, son doktorda takılıp kalmaları ne demek! Buradan sağlam alamazlarsa ne olacaktı? Bütün sınavlarını kazandığı Harp Okulu'na, burunda eğrilik varmış diye giremeyecek miydi?..

Hasan'ın olduğu yerde donakaldığını, ne yapacağını bilemez hâlde dikildiğini gören doktor: "Yanında büyüklerinden kimse var mı? Yalnız mısın?" diye sordu.

"Dedem var! Dışarıda bekliyor." dedi.

"Fazla vaktim yok benim! Daha bekleyenler var. Haydi, dedeni çağır madem, ona da durumu izah edeyim. Arkadakileri almam lazım!.."

Hasan, şok içinde dışarı çıktı, boş gözlerle sağına soluna bakındı. Sol tarafta kalabalığın içinde dedesini gördü. Ruh gibi bir yürüyüşle yanına gitti, doktorun onu çağırdığını söyledi.

Dedesi, Hasan'ın sarsılmış olduğunu yüzüne bakar bakmaz anlamıştı.

"Ne oldu, oğlum?"

"Burunda eğrilik varmış. 'Sağlam' veremezmiş!.."

Şimdi kaynar suların altında kalma sırası dedesine gelmişti. Onun da beti benzi atmış, aklı durmuş, elleri titremeye başlamıştı.

"Beni mi çağırdı?"

"Evet."

Terzi Hasan, ne yapacağını bilemez bir hâlde, doktorun kapısına gelip, görevliye: "Doktor Bey beni çağırtmış!" dedi.

"Tamam, bey amca. Girebilirsin... Çocuk beklesin burada!"

İçeriye girdiğinde doktor, masasının üzerini topluyordu.

"Gelin, beyefendi!" dedi doktor. "Oturun şöyle..."

"Doktor Bey, biz hepsini tamamladık. Hafta başından beri uğraşıyoruz. Hiçbir yerde problem çıkmadı. Oğlanın da kulağında, burnunda hiçbir derdi olmadı şimdiye kadar..."

Nefes nefese, aklına geleni söylüyor, buradan sağlam raporunu alamazlarsa, bütün işin berbat olacağını, hâlbuki çok emek verdiklerini anlatmaya çalışıyordu.

"Öyledir, öyledir muhakkak!" diyerek Terzi Hasan'ı susturdu doktor. "Hepsini almışsınızdır. Ama ben ne yapayım? Göz göre göre de arızalı burna sağlam diyemem ki? Birisi şikâyet ederse ne yaparım? İşin içinde hem doktorluk var hem askerlik var... Yanlış raporla iş görülür mü?.."

Terzi Hasan ne diyeceğini bilemiyordu... Bir süre düşündü: "Ne yapmamız lazım peki?" dedi.

"Sağlam raporu için mi?"

"Evet!"

"Bu burnu ameliyat ettirmeniz lazım! Ameliyattan sonra tekrar görmem lazım! Güzelce düzeltilmişse, o vakit sağlam derim!.."

"İyi de biz onu ne zaman yaptırırız? Bizim elimiz ayağımız serbest değil ki... Okul dolaştırıyor çocuğu hastanelerde... Vaktimiz mi var? Hem kimi buluruz da kime yaptırırız?"

"Vallahi, ben o tarafını bilmem!" dedi doktor. "Bir doktor bulup yaptırmanız lazım. Ben de sizi ilanihaye bekleyemem ya!"

"Tamam! Yapın o hâlde! Bekleyelim biz kapının önünde..."

Doktor, bir kahkaha ile cevap verdi buna:

"Şu hâlime baksanıza! Benim bugün ameliyat yapacak vaktim mi var?"

"Ne yapacağız o hâlde, Doktor Bey?" Terzi Hasan, çaresizlik içinde soruyordu.

"Boş günüm olsa, seve seve yapayım. Ama görüyorsunuz... Hiç, tanıdığınız kulak burun boğazcı yok mu İstanbul'da?"

"Nereden olsun, Doktor Bey? Biz Kastamonuluyuz. Aylardır geliyoruz, gidiyoruz. Muhitimiz de yok İstanbul'da..."

"Öyle mi?" diye elindeki kalemi kâğıdı masaya bıraktı doktor. "Haydi, ben üzerime düşeni yapayım da gerisi size kalsın!"

Masasından aldığı kâğıda bir adres ve telefon numarası yazdı.

"Burası benim kendi muayenehanem. Beşiktaş'tadır. Şu da telefonum. Cumartesi günleri orada oluyorum. Kimseyi bulamazsanız, bana gelin..."

"Tamam, Doktor Bey!" deyip teşekkür ettikten sonra doktorun odasından çıktı Terzi.

Kapıdaki kayıt görevlisi: "Ne dedi, bey amca?" diye sordu.

Terzi, boş boş bakan gözlerle ona döndü: "Burun ameliyatı yaptırılması lazımmış!" dedi.

"Öyle mi? Geçmiş olsun. Ne yapacaksınız?"

"Bir yer bulup yaptıracağız artık."

"Aman, doktoru iyi seçin," dedi görevli, "bulduğunuz doktor güzel yapamazsa, kalırsınız ortalıkta!.."

"Anladım."

"Alın kâğıtlarınızı... Sıradaki!.."

Belgelerini alıp oradan ayrıldılar. Gümüşsuyu Hastanesi'nin girişinde dikilip duruyorlar, çaresizce ne yapmaları gerektiğine karar vermeye çalışıyorlardı.

Saat beşi geçmiş, mesai bitmek üzereydi. Terzi Hasan kıvranıyor, akıl danışacak birisini bulmaya çalışıyordu.

"Yatarak mı yapılıyor burun ameliyatları, beybaba?"

"Dur oğlum! Biraz düşüneyim! Ne yapacağız biz şimdi? Kime gideceğiz? Ameliyat, dedi. Yapsana madem, ameliyat lazımsa!"

"Ağır bir ameliyat mı acaba?"

"Yok be canım! Ağır filan değilmiş... Azı dişi çeker gibi bir şeymiş alt tarafı. Ama vaktimiz mi var? Ameliyatı olduktan sonra yine görmesi lazımmış!.."

"Erol Bey İstanbul'da değil mi?"

"Kim?"

"Bizim Erol ağabey! Erol Demirci!"

"İstanbul'da. Cerrahpaşa'da... Ama o gözcü olmadı mıydı uzmanlığını yaptıktan sonra? Cerrahpaşa'nın göz tarafında değil miydi?"

"O gözcü olsun! Arkadaşı yok mudur bizi göndereceği?"

"Hay yaşa be oğlum!" dedi Terzi Hasan, olduğu yerde hoplayarak... Hemen yolun kenarına inip bir taksi çevirmeye girişti.

Biraz sonra iki kişi bir taksiye atlayıp, doğruca Cerrahpaşa Hastanesi'ne gittiler. Amaçları, ayrılmadan Erol Demirci'yi yakalamaktı. Ona danışacaklardı.

Erol Demirci'yi bulduklarında saat akşamüzeri yediye geliyordu. Telaş içinde durumlarını anlattılar, ne yapacağız, dediler.

Erol Bey onları dikkatle dinledikten sonra:

"Hasan ağabey," dedi, "benim, Fatih'te muayenehanesi olan bir kulak burunca arkadaşım var. Adı Yavuz Baç. Dur, ona bir telefon edeyim!"

Erol Bey önce arkadaşının muayenehanesinin telefonunu çevirdi. Cevap alamayınca evine telefon etti. Nihayet ulaştığında birkaç dakika konuştu ve ahbaplarının başına geleni anlattı.

"Evet... Deviasyon var, sağlam raporu veremem, demiş... Ameliyat edilmesi lazımmış..."

"Yok! Niyetleri bu ameliyatı yaptırıp, tekrar gitmek ve sağlam raporunu almak... Pek vakitleri yok... Az bekle Yavuz, bir sorayım?.."

Telefonun ahizesini omzuna bastırıp, Terzi Hasan'a döndü, Erol Bey:

"Yarın sabah, vereceğim adrese gider misiniz Hasan ağabey? Yavuz'un Fatih'teki muayenehanesine?"

"Gideriz! Ne yapacağız başka?"

"Tamam, Yavuz! Sabahtan senin oraya gelecekler. Unutma, çok kıymetlidir Hasan ağabey... Çatalzeytin'de iken ev sahibimdi. Çok iyiliğini gördüm orada. Torunu da benim eski yardımcımdır ha! Say ki kendi oğlun gibidir..."

Erol Bey, vedalaşıp telefonu kapattı, Terzi Hasan'a döndü. Her zamanki gibi gülümsüyordu.

"Tamam, ağabey. Yavuz sabahtan sizi bekliyor." dedi. "Saraçhane'den ileriye, Fatih, Karagümrük'e doğru giden ana cadde var ya! O cadde üzerinde, Fatih Camii tarafında değil, caddenin karşı yakasında. Tabelalara baka baka yürürseniz, kapısında adını göreceksiniz: Yavuz Baç."

Teşekkür edip ayrıldılar. İşin neticesini haber vermeyi vadettiler.

Moraller bozuk, yaşadıkları stresten dolayı allak bullak olmuş vaziyette Cerrahpaşa'dan çıkıp Küçükpazar'a döndüler. Olacak iş miydi bu? Sen nice sınavlardan geç, buraya kadar gel, muayenelerin neredeyse hepsini bitir, gelip bu sonuncuda takıl!.. Bu nasıl bir talihsizlikti? Ameliyatsa ameliyat, doktorsa doktor, muhakkak en iyi doktoru bulup, en güzel tedaviyi de yaptırırlardı. Ama vakit mi vardı? Gelecek çarşamba belgeleri teslim etmeleri lazımdı Kasımpaşa'ya. Sadece dört günleri vardı...

***

Küçükpazar'a döndüklerinde vakit epeyce ilerlemişti. Bir köfteciye girip bir şeyler yediler. Yorgun düşmüşlerdi, kafaları karmakarışıktı. Eşeklerini kaybetmiş, sonra Erol Bey'in gösterdiği yerde bulmuşlardı sanki... Allah'tan ki Erol Bey'in arkadaşını bulmuşlardı. "Yaparım, gelsinler!" demişti...

Yatıp uyudular. İkisi de kötü rüyalar gördüler, yataklarında kıvranıp durdular. Terzi Hasan, inleye inleye anlaşılmaz şeyler söylendi durdu sabaha kadar.

Sabah doğruca Fatih'e gittiler. Doktor Yavuz Baç'ın muayenehanesini kolayca buldular. İçeride Yavuz Bey ve bir sekreter hanım vardı. Doktor, dedesine bir çay ikram ederken Hasan'ı muayeneye aldı ve burnunu inceledi. Birkaç dakika inceledikten sonra elindeki aletleri metal tepsiye bırakıp Terzi'nin yanına geldi.

"Öyle büyük bir deviasyon yok, Hasan amca!" dedi. "Burun kemerli biraz, evet, ama ben müdahale gerektirecek kadar deviasyon görmedim doğrusu... Ben olsam, hiç takılmaz, 'sağlam' der, geçerdim!"

"Ameliyat şart, dedi, Gümüşsuyu'ndaki. Üstelik, ameliyattan sonra tekrar görmesi gerekiyormuş... Güzel yapılmışsa, o zaman yazarmış sağlam diye..."

"Subay mıydı bu doktor?"

"Evet! Koca binbaşı hem de..."

"Adı ne demiştin, amca?"

"Ahmet Kaymaz!"

Yavuz Bey, bu ismi hiç duymadığını söyledi.

"Beşiktaş tarafında kendi muayenehanesinin adresini, telefonunu verdi. Cumartesileri kendi yerimdeyim, dedi!"

"Öyle mi? Çapa'dakileri bilirim, Cerrahpaşa'dakileri de... Ama bu doktoru hiç duymadım."

Sonra, ertesi günü sabahtan gelip, Hasan'ın burnundaki problemin halledilmesine karar verdiler. İki üç güne kalmadan tamponların alınabileceğini, ameliyat yerinin iyileşip, burnun normale dönebileceğini söylemişti, Yavuz Bey. Cumartesi ameliyat yapılsa, pazartesi veya salı günü tamponlar alınsa, doğruca Gümüşsuyu'na koşup, binbaşıya durumu gösterir, raporu imzalamasını sağlayabilirlerdi... Belgelerini okul görevlilerine teslim etmek için bir iki gün vakitleri bile kalıyordu...

Cuma gününü Küçükpazar'da geçirdiler. Terzi, başlarına geleni kahvehanede Abdi Usta'ya ve Karaosmanoğlu'na anlattı. Erkenden odalarına çıkıp yattılar. Gergin bir ruh hâli içindeydiler. Ertesi sabah Hasan'ın burun ameliyatı yapılacaktı.

Cumartesi günü sabah dokuzu geçerken Yavuz Baç'ın muayenehanesindeydiler. Kısa bir konuşmadan sonra Yavuz Bey, Hasan'ı dişçi koltuğuna benzeyen bir koltuğa oturttu, sonra koltuğu geriye doğru yatırdı. Biraz sonra lokal anestezi için Hasan'ın iki burun deliğinden, ağız içinde damağının birkaç yerinden iğneler yapıldı ve operasyon yapılacak bölgenin uyuşmasını beklemeye başladılar. Beklerken, Terzi Hasan ile lafladı doktor. Hasan ise koltukta kurbanlık koyun gibi uzanmış yatıyor, ara sıra eli ile yüzünü sıvazlayıp, uyuşturucunun etki edip etmediğini anlamaya çalışıyordu.

On beş, yirmi dakika sonra yüzü büsbütün uyuşmuştu. Sorulanlara cevap vermeye çalışıyor, ama söylediği hiçbir şey anlaşılmıyordu.

Doktor Yavuz: "Güzel!" dedi. "Artık, hazır sayılır... Haydi başlayalım!"

Terzi Hasan, tam bu sırada, bir süredir içini kemiren soruyu sordu Yavuz Bey'e:

"Yavuz Bey!" dedi. "Biz bu ameliyatı burada yapalım da... Gümüşsuyu'ndaki doktora gidip gösterince, 'I-ıh! Olmamış bu, düzelmemiş!' der mi?.. Ne yaparız o zaman?"

"Öyle şey olur mu Hasan amca?"

"Ee, adam adresini verdi, telefonunu verdi, ben cumartesi günleri kendi yerimdeyim, dedi. Ne demeye getirdi lafı, bu? Yarın gelin, ben yapayım, demek değil mi?"

"Ne yapalım peki, Hasan amca?"

"Bugün senin burası kaça kadar açık kalacak Yavuz Bey? Ne kadar buradasın?"

Akşam altıya, yediye kadar muayenehanesinde olacağını söyledi, Yavuz Bey.

"Bak, doktor! Sen benim oğlum sayılırsın... Bizim bir o yana, bir bu yana dönmemizin kusuruna bakma sen... Erol bizi iyi bilir. Bize birkaç saat vakit ver... Dosdoğru şu adamın yerine gidelim de dilinin altındaki baklayı anlayalım..."

"Benim için fark etmez, ağabey," dedi Yavuz Bey, "gidin, konuşun, döner gelirseniz, oturur yaparım. İki saat vaktimizi alır, unutma!"

Terzi: "Sözümüz olsun, oğlum!" dedi. "Telefonun var nasılsa bizde... Ya geliyoruz diyeceğim sana ya da ne yapmışsak, haber vereceğim... Gidelim de vakit varken şu adamı görelim..."

Hasan'ın ağzı burnu uyuşmuş, konuşamaz vaziyette, Doktor Yavuz'un muayenehanesinden çıktılar. Hemen önlerinden geçen bir taksiyi durdurup, Beşiktaş'a, diyerek, ellerindeki kâğıdı şoföre verdiler.

Beşiktaş'ta Barbaros Bulvarı'nın alt başındaki tarihî Sinanpaşa Camii'nin arkalarında bir sokaktaydı Ahmet Kaymaz'ın muayenehanesi. Bir binanın zemin katında. Vardıklarında neredeyse öğle olmuştu. Muayenehane çok kalabalıktı. Oturduğu masada, gelen giden hastaların kaydını tutan, ücretlerini alan ve doktorun odası boşaldıkça, sırası geleni doktorun yanına sokan bir görevli vardı. Kalabalığın içinden yürüyüp yanına yanaştılar, durumlarını anlattılar. Doktorla görüşmek istediklerini söylediler.

Beklerken, etrafı incelediler. Hasan, sıra bekleyen hastaların bir kısmının kendi yaşlarında gençler olduğuna dikkat etti. Hatta beden testlerinden ve Kasımpaşa'daki muayene turlarından tanıdığı, kendisi gibi Deniz Harp Okulu'nu kazanıp, Trakya'dan, Kırklareli taraflarından gelmiş bir arkadaşı vardı bekleyenlerin arasında. Onların da mı burunlarında sorun çıkmıştı? Anlayamadı... Kimse, kimseye bir şey sormuyor, sessizlik içinde sırasının gelmesini bekliyordu.

Biraz sonra, doktorun odasından gelen bir feryat ile irkildi herkes. Bir kadın bağırıyordu. Diş çektirenlerin, doktor dişe asılıp yerinden sökmeye çalıştığında veya azı dişlere kanal tedavisi yapılırken sinir uçlarına dokunulduğunda duyulan bağırtılara benziyordu işitilen. Yürekleri her ne kadar hopluyorsa da sanki hiçbir şey duymamış gibi yapmaya çalışıyordu bekleyenler... Bir süre sonra, kadının bağırtıları dayanılmaz bir hâl aldı. Oturanlar gerilip, hislerini saklayamaz oldular. O kadar ki kadının her feryadında sanki kendi canları acıyormuş gibi dalgalanıyor, elleri ile üstlerini başlarını ovalıyorlardı...

Feryat figan içinde bir süre daha geçti, sonra kadının sesi kesildi, duyulmaz oldu... Hasan, İnebolu'da ve Ayancık'ta gördüğü dişçi koltuklarından başka hastane ve ameliyat deneyimi yaşamadığından, Çatalzeytin'de Erol Bey'in yanında çalıştığı sırada yakından gördüğü, kalçasından enfeksiyon kapan kadından başka böylesine ıstırap çeken birini görmediğinden, işittiği bu feryatlarla sarsılmış, korkmuştu... Dedesinin yüzüne bakıyor, gözleri ile kadın öldü mü acaba, diyordu dedesine...

Biraz sonra kadını içeriden çıkardılar. Kırk yaşlarında, iri yarı, kilolu biriydi. Yakası paçası darmadağın vaziyetteydi. Burnunun üzerine kocaman bir tampon konmuş, bantlarla yüzüne yapıştırılmıştı. Hasta kadın çıkınca, yanındakiler, görevliye gelip, yapılan tedavinin -Hasan'a göre çatır çatır burun kırmaydı bu- ücretini nakit olarak ödediler ve ayrıldılar.

"Amca!" diye seslendi görevli: "Doktor Bey eldivenlerini değiştirirken, hemen giriverin de konuşun siz!.."

Terzi Hasan, kapısını vurup, doktorun yanına girdi. Hasan, Fatih'te vurulan lokal anestezi iğnelerinin tesiri altında, oturduğu yerde kaldı. Biraz sonra, dedesi çıktı geldi.

"Ne konuştunuz?" Hasan'ın konuşmaları hâlâ anlaşılmıyordu.

"Hoş geldiniz, dedi. Müsaitmiş... Sıranızı bekleyin, güzelce yaparım, raporunu da burada yazarım, dedi..."

"Kendisi mi yapacakmış?"

"Evet."

"Hiç para filan almadan?"

"Olur mu? Burası özel yeri ya, burada ücretliymiş..."

"Anladım. Ya Fatih'teki iğnelerin tesiri geçerse birazdan! Deminki kadın gibi canım yanmaz mı?"

"Söyledim onu. Ne kadar oldu anestezi yaptıralı, dedi. Bir saati geçti, dedim. Fatih'te yapılanlar yeter, dedi."

Hasan, canının yanıp yanmayacağına ilişkin binbir soru içinde, mahzun mahzun etrafına bakarak beklemeye devam etti. İkide bir eli ile yanaklarına vuruyor, anestezinin tesirinin geçip geçmediğini hissetmeye çalışıyordu. Biraz sonra, Gümüşsuyu'nun yardımsever doktoru, odasından çıkıp geldi, Hasan'ın yanaklarını ve burnunu yoklayarak durumunu kontrol etti. Bir önceki gün Gümüşsuyu'nda kendilerine kısa ve hoyrat cevaplar veren soğuk doktor gitmiş, yerine tatlı dilli, güler yüzlü, âdeta melek gibi bir adam gelmişti...

Hasan arada bir Kırklarelili arkadaşı ile göz göze geliyor, endişeli gözlerle bakışıyorlardı. Bir ara, onun da burun için gelip gelmediğini, sordu. Arkadaşı, "evet" dercesine başını sallamıştı.

"İğne yaptılar mı?"

"Yaptılar, bekliyoruz." demişti arkadaşı.

Görevli: "Doktor hazır bey amca," dedi, "buyurun, siz geçin!"

Dede ve torun birlikte içeri girdiler.

Dişçi koltuğuna benzer bir koltuk vardı odanın orta yerinde. Bir köşede bir muayene yatağı ve tekerlekli paravanlar... Odanın dibinde doktorun küçük bir masası... Dedesi, müsaade isteyerek küçük masanın önündeki sandalyelerden birine oturdu. Hasan, koltuğa alındı. Koltuğun arkalığı geriye doğru indirilerek Hasan yarı yatar pozisyona getirildi.

"Düşün ki azı dişini çekeceğiz! Ondan daha büyük bir iş değil bu..."

Hasan azı diş çektirmemişti ki henüz! Dolayısıyla mukayese edemiyordu. Doktor biraz sonra, kancalı tığ ve neşter gibi korkunç birkaç alet ile yaklaştı ve çalışmaya başladı. Yaptığı tetkik sonrasında, sağ tarafın daha iyice olduğunu, sol tarafa operasyon uygulayacağını, burundan birkaç parça kıkırdak alarak eğriliği düzelteceğini söyledi. İkisi de hiç seslerini çıkarmadan dinliyorlar, Terzi arada bir başını sallayarak, söyleneni anladığını gösteriyordu.

Doktor, işini nasıl yapacağını açıkladıktan sonra, sanki burun deliğini yırtmak istermiş gibi, elindeki aletler ile sağa sola çekiştirerek kemik üzerinde çalışmaya başladı. Hasan, dehşet ve çaresizlik içinde, ucu kancaya benzeyen sivri bir aletin burnuna girip çıkmasını, kancanın orada bir yerlere takılıp kanırtmasını izliyor, burnunu çekiştirip, lime lime parçalayan doktorun elinden tutup, mâni olmak istermiş gibi tepkiler veriyordu.

"Hayır! Sakın ha!" diyordu ara sıra doktor. "Ellerini kolçaklardan ayırma... Elime sakın ola dokunma! Yanlışlıkla kaçırmayayım neşteri bir tarafına..."

Kancalı alet, burun deliğini tutup açmaya çalışırken, burun kemiğini oymaya çalışan neştere boyun kasları ile karşı koymaya çalışıyordu Hasan. Yüzü, göğsü, üstü başı kan içinde kalmıştı. Doktor, koparıp aldığı her kıkırdak parçasını gülerek kaldırıp Hasan'a gösteriyor: "Bak," diyordu, "gördün mü ne kadar eğrilik varmış? Birkaç parça daha alacağım, sonra tamam!.."

Daha evvel hiç yaşamadığı bir çaresizliğin içine düşmüş vaziyette, yüzünün her tarafı uyuşmuş, başını sadece boyun kasları ile sabit tutabildiği için boynu felç olmuş gibi, üstü başı kan revan içinde kalmış olan Hasan, yattığı yerden dedesine dönüp bakabilecek durumda değildi. Doktorun her neşter vuruşunda, kanca ile her çekiştirmesinde sanki kendi burnu parçalanıyormuş gibi acı ve ıstırap çektiğini, yerinde kıvranıp durduğunu göremiyordu, dedesinin...

Nihayet operasyon bitti. Daha sonra bu işlemin bir saate yakın sürdüğünü öğrenecekti dedesinden. Neşter ile yapılan çalışma bittikten sonra doktor, Hasan'ın yüzünü oksijenli su ile bir güzel temizledi. Gazlı bez topunu açıp, bir metreden daha uzunca iki parça kesti ve bu parçaları Hasan'ın burun deliklerine ittire ittire tıkayıp tampon yaptı. Hasan, bu bezlerin beynine kadar gitmiş olabileceğini düşündü. Neşter değdiği için burnu zaten şişmişti. Burnundaki tamponlar yüzünden burnu büsbütün şişti, dolmalık biber gibi oldu. Tamponların üzerine kapatılmış pamuğun üzerine konan gazlı bez, plaster ile yanaklara yapıştırılınca, işlem tamamlanmış oldu.

Hasan'ın üzerindeki mavi ameliyat örtüsünü alırken: "Beyefendi," dedi doktor, "iş tamamdır. Öyle de güzel yaptım ki!.. Ömrü boyunca hiç sıkıntı çekmeyecek artık..."

Kasılıp kıvranmaktan gücü kalmamış Terzi Hasan, yerinden kalkarken: "Bitti mi şimdi, Doktor Bey?" diye sordu. "Burun halloldu mu?"

"Hem de nasıl! Ben yüzlercesini yaptım bu ameliyatın... Hiç merak etmeyin..."

"Bizim sağlam raporu?"

"Rapor işi kolay! Dışarıdaki arkadaşıma uğrayın hemen... Belgelerinizi o getirir bana... Haydi geçmiş olsun bakalım, delikanlı!.."

Terzi Hasan, koluna girerek torununu aldı, dışarı çıkardı.

"Amca, geçmiş olsun!" dedi dışarıdaki görevli.

Kalabalık grup hâlâ bekliyordu. Hasan, Kırklarelili ile göz göze geldi. Ne tebessüm edebilecek ne de bir şeyler söyleyebilecek hâldeydi. Arkadaşı, sıranın kendine gelmiş olduğunun bilincinde, çaresiz gözlerle bakıyordu...

"Borcumuz nedir?.."

"Yedi bin beş yüz lira, amca!.."

Epeyce bir paraydı bu... Terzi, bekleme odasındaki onca kalabalığın bakışları altında, ceketinin iç ceplerinden şişkince iki zarf çıkardı, açıp, iki tomar parayı görevlinin masasına koydu. Yavaş yavaş sayıp, yetecek kadarını ayırdı ve parayı ödedi.

"Tamam, amca! Bereket versin." dedi görevli. "Kâğıtlarınızı verin, ben Doktor Bey'e götüreyim, hemen imzalatayım..."

Hasan'ın, sadece kulak burun boğaz bölümü boş kalmış olan formları içeri gitti. Bir iki dakika sonra görevli geri geldi ve formları geri verdi. Terzi, gelen üç nüsha belgeyi açtı ve tek tek kontrol etti. Kulak burun boğaz bölümüne "sağlam" kaşesi basılmış, yanına doktorun isim ve unvanı yine kaşe ile basılmış ve imzalanmıştı.

Artık buradan ayrılabilirlerdi. Hasan yorgundu ve ayakta kalmıştı. Bir an önce istirahate çekilmesi gerekirdi.

"Sağlam raporumuzu aldık. Ücretimizi ödedik... Herhangi bir alacak verecek kaldı mı kardeşim?"

"Yok, bey amca! Geçmiş olsun. Gidebilirsiniz." dedi görevli.

Doktor, bir kere daha yüzlerini görmeye lüzum duymamıştı. Muhtemelen, daha yapması gereken pek çok ameliyat olduğundandı... Vakit kaybetmemesi, bekleyen diğer çaresizlere de yardımcı olması gerekiyordu...

***

Bahçesinde, Osmanlı'nın büyük Kaptan-ı Deryası Barbaros Hayrettin Paşa'nın türbesini de saklayan Deniz Müzesi'nin karşısındaki duraktan belediye otobüsüne bindiler. Dolmabahçe Sarayı'nı sol yanlarında bırakarak Eminönü'ne doğru ilerlediler. Otobüs kalabalıktı ama Hasan'ın durumunu gören iki nazik yolcu, kalkıp onlara yer verdi. Hasan, cam tarafına geçti, dedesi yanına oturdu.

Dışarıdan cama vuran güneşin ışığı ve otobüsün içinde uçuşan tozlar yüzünden, Hasan birkaç kez hapşırmıştı. Hapşırmaların ardından, burnunun sol yanı kanamaya başladı. Tampon, insanı korkutacak kadar kana bulanmış, gelen kan, göğsüne damlamaya başlamıştı. Terzi Hasan, durumu fark edince oturduğu yerde kıvranmaya başladı yine... Kalkıp, otobüsü durdursa mıydı? İnip de müdahale edecek bir doktor, bir şey mi arasaydı? Nerede? Yol üstünde hastane var mıydı? Bölge hastane, doktor, sağlıkçı muhiti değildi ki!.. Kabataş, Karaköy, Köprü, Eminönü...

"Az daha sabret oğlum! Geldik sayılır..."

Hasan bir şeyler söylüyordu ama hâlâ anlaşılmıyordu ne dediği. Eminönü'nde inip, Unkapanı tarafına geçen bir taksiye bindiler acele ile. Doğru otele gittiler, odaya çıktılar.

"Sen, yat, istirahat et!" dedi dedesi. "Kapıyı da kilitle... Ben etrafa bakınayım, tamponu kontrol edecek, pansuman yapıp temizleyecek bir adam bulabilir miyim?"

Bir süre sonra geri geldi.

"Yok etrafta kimse!.. Nasıl durum?"

Hasan, kâh elleri ile işaret ederek kâh homurtular hâlinde konuşarak kanama olmadığını, uzandığında kesildiğini, iyi olduğunu anlattı. Birkaç saat bir şey yemeyecek, içmeyecekti... Ağzını, dilini kullanamıyordu ki zaten...

"Sen yat, oğlum! Dinlen istediğin kadar!"

Dedesi, onu odada bıraktı. Beşiktaş'ta son kaşeyi de bastırdıkları belgeleri bir zarfın içine koyup, valizine yerleştirdi. "Ben ineyim aşağı. Bir iki saat sonra gelir, seni yoklarım... Kilitle kapını yine!" dedi. Sonra çıkıp odanın kapısını kapattı.

Terzi Hasan, aşağı inince otelin resepsiyonundaki telefonla Doktor Yavuz Baç'a ulaşmış ve Beşiktaş'ta olanları anlatmıştı. Kanama tekrar başlarsa yine konuşmak kaydıyla, ameliyat yerinin pansumanı için iki gün sonra görüşmek üzere vedalaştılar.

Hava karardıktan sonra Terzi Hasan, torununu kontrol etmek için odaya çıktı. Kapıyı vurduğunda içeriden ses çıkmamış, Hasan kalkıp, kapıyı açmamıştı. Defalarca kapıya vurup seslenmesine rağmen cevap alamayınca, paniğe kapıldı. Onun bağırıp seslenmelerinden, resepsiyonda oturanlar kaygılandılar ve telaşla yukarı çıktılar.

"Oğlanın başına bir şey mi geldi yoksa?" diye çırpınıyordu Terzi Hasan. "Bayıldı, kaldı mı yoksa? Aşırı kan mı kaybetti?" Kapının dibinde kıvranıyordu. En sonunda, kapıyı kırmaya karar verdiler.

"Yüklen!" dedi Terzi, resepsiyondaki çocuğa: "Kır şunu! Masrafından yana endişe etme. Kır kapıyı! Yeter ki şu oğlanı sağ salim görelim..."

Kapıyı tekmeler atarak gürültüyle kırdılar ve içeri girdiler. Hasan yatağında uyuyor, inip kalkan göğsünden düzenli soluk alıp verdiği anlaşılıyordu. Kapının kırılmasına, o kadar bağırmalarına rağmen, uyanmamıştı. Burnundaki tamponda kan lekesi Terzi'nin en son gördüğü kadardı. Demek ki yeni kanama olmamıştı...

Resepsiyondan çıkıp gelenler, Terzi Hasan'ı bir tarafa oturttular. Rahatlayıp sakinleştiğini görünce onu torununun başında bırakıp, kırık kapıdan, geldikleri yere döndüler. Resepsiyoncu telefona sarılmış, kırdıkları kapıyı tamir ettirmek için marangoz bulmaya çalışıyordu...

***

Hasan, o geceyi ve pazar gününü dinlenmekle geçirdi. Pazartesi sabah Doktor Yavuz Baç'a gittiler. Yavuz Bey, sargıyı kaldırıp tamponları çıkarırken Hasan'ın canı biraz yandı ama dayanılmayacak gibi değildi.

"İyi!" dedi Yavuz Bey. "Yarası kabuk bağlamaya başlamış... Üç dört güne kalmaz, tamponları alırız..."

Terzi, hapşırma ile başlayan kanamayı ve oteldeki odada yaşadıklarını anlatınca, Yavuz Bey, öyle kanamaların olabileceğini, yaranın durumunun gayet iyi olduğunu söyleyerek rahatlattı onları.

Dedesi, Hasan'ı otele bıraktı ve tek başına Kasımpaşa'ya, Umut Binbaşı'yı görmeye gitti. Hastaneye vardığında, aynı kalabalık, aynı hengâme devam ediyordu. Umut Binbaşı'yı orta bahçenin bir köşesinde buldu.

"Binbaşım, merhabalar! Kolay gelsin. Nasılsınız?"

"Teşekkür ederim. Siz ne yaptınız?"

"Bütün muayenelerimizi tamamladık. Gümüşsuyu'na sevkleri de hallettik. Belgeleri size teslim edecektik, değil mi?"

"Evet, ben alacağım. Yanınızda mı?"

Umut Binbaşı'nın, Hasan'ı da görmek isteyebileceğinden çekinmiş, onunla karşılaşmasını olabildiğince ötelemek istemişti. Ne olur ne olmaz, diye düşünmüştü. İşkillenirler, şüphe ederler, taze bıçak değmiş buna diye almaktan vazgeçerlerdi belki.

"Hay Allah! Bugün yanıma almadım. Çarşamba'ya kadar demiştiniz ya... Unkapanı'nda otelde bıraktık raporları. Yarın getirsem?"

"Olur, amca. Çarşamba günü öğleye kadar buradayım."

"Öğrenciyi ne yapacağız? Onu da size mi vereceğiz?"

"Raporları bu cuma onay alacak öğrencilerin, sınav sonuç sırasına göre ilk altmış dördünü önümüzdeki pazartesi günü, ayın on sekizinde okulda istiyoruz..."

"O zaman, ben çarşamba getirip vereyim belgelerimizi..."

"Olur." dedi Umut Binbaşı. "Raporlarınızı alırım, bütün poliklinikler tamamsa, diğerleri ile sıhhi kurul kalemine veririm. Cuma günü öğle üzeri de neticeyi alacağız. Cuma günü son kez buraya gelmeniz gerekecek..."

"Öğrenci de gelecek mi?"

"Tabii! Asıl o lazım. Heyet belki çağırıp görmek isteyecektir, herhangi bir tereddüt hasıl olursa..."

"Tamam, binbaşım." dedi Terzi Hasan. "Belgelerimizi çarşamba sabah teslim edeceğim size."

Rahatlamıştı. Hasan'ı çarşambaya kadar gözden uzak tutabilecekti. Tamponları çıkarana kadar...

Hastaneden çıkıp Eminönü'ne geçti. Yapılacak bir şey daha vardı. Heybeliada'ya gidip Yarbay Özcan Özsu'yu bulmak ve Deniz Harp Okulu'nu mu yoksa Kara Harp Okulu'ndaki piyade/istihkam sınıfını mı tercih edecekleri konusunu görüşmek gerekiyordu. Onun tavsiyesini almalı, kararı ondan sonra vermelilerdi. Adaya ertesi gün gitmeye karar verip, Küçükpazar'a döndü.

Salı günü sabah saatlerinde kalkan Adalar vapuruna binerek doğruca Heybeliada'ya gittiler. Dedesi, Hasan'ı bir çay bahçesine bırakıp saklamayı tercih etti. Burnu sargılı vaziyette kimseye görünmesini istemiyordu.

Harp Okulu'nun lumbarağzında nöbetçi subaylığına gitti. Kendini kısaca tanıtıp, aday bir öğrencinin velisi olduğunu belirtti, Yarbay Özcan Özsu ile görüşmek için geldiğini söyledi. Bir köşede beklettiler ve içeriye telefon edip Özcan Yarbay'a haber verdiler. On dakika kadar sonra, beklediği subay gelmişti. Tanıştılar. Terzi, ona, Ankara'daki Albay Recep Albayrak'tan bahsetti, onun tavsiyesi ile akıl danışmaya geldiğini söyledi.

"Buyurun beyefendi, ne yapabilirim sizin için?"

"Yarbayım," dedi, "bu senenin sınav sonuçları işte bu gazete duyurusundaki gibi... Bizim adayımızın adı Hasan Doğan... Bakın, Deniz Harp Okulu sıralamasında ilk yedek listenin onuncu satırında... Aşağıdaki, deniz piyade/istihkam listesinde ise on iki kişilik asil listede dokuzuncu sırada..."

"Bakayım hele!"

Alıp inceledi, asil ve yedek listelerdeki toplam öğrenci sayılarına baktı. "Tebrik ederim neticenizi... Neyi soracaktınız?"

"Biz muayenelerimizi tamamladık, takılmadan hepsini geçtik, sağlam raporlarımızı aldık. Cuma günü heyetin onaylaması kaldı..."

"Tamam?"

"Diyeceğim şu ki biz buraya, bu okula girmek istiyoruz. Tercihimizi, yarın belgelerimizi teslim ederken idareye bildirmemiz gerekiyor. Acaba, burasını tercih edip Ankara'dan vazgeçersek, buranın kontenjanında açıkta kalır da şansımızı kaybeder miyiz? Yani bu listede bizim kontenjana girmemiz kesin midir değil midir? Şansımız ne kadardır? Onu merak ediyoruz..."

"Amca," dedi Özcan Yarbay, "vallahi, ben şimdi sana ne söylesem kendi fikrimden ibaret olur.... Bence, ilk yedeğin onuncu sırasından yüzde 99 girersiniz. Ama kesin girersiniz, diyebilir miyim?.. Diyemem... Bana kalırsa, yüzde bir dahi olsa, bir ihtimal vardır..."

"Yani işi sağlama almak için Ankara'yı, Kara Harp Okulu'nu mu isteyelim?"

"O sizin bileceğiniz iş, amca. Kararı siz kendiniz vermelisiniz. Ben üstüme vebal almak istemem..."

Terzi Hasan bakakalmıştı yarbayın yüzüne. Duymayı istediği şeyi söylemiyordu adam...

"Burayı istersek ki bizim otuz beş kırk senedir muradımız burasıdır, size sıra kalmadı, derler mi bize? Üç sene önce Deniz Lisesi'nin sınavlarında yedek listede idik, ama sıra gelmemişti..."

"Ben kesin bir şey söyleyemem, amca!"

"Pekâlâ... Hiç olmazsa şunu söyleseniz bize; geçmiş yıllarda ilk yedeğin onuncu sırasına kadar sıra geldi mi?"

"O-hooo! Kaç onuncu, kaç yirminci... Yedek listelerin sonlarına kadar gidildiğini gördüğümüz oldu."

"Öyleyse, biz burayı seçeceğiz!"

"Siz bilirsiniz." deyip, ötesini söylemekten kaçındı yine Özcan Yarbay.

"Sağ ol yarbayım. Kusuruma bakma, üç senedir gelip gidiyoruz sınavlara, danışıp konuşmadan yanlış bir iş yapmayalım diye titizleniyorum sadece..."

"Görüyorum, bey amca." Sonra vedalaştılar.

Terzi Hasan, bu konuyu torunu ile bir kez daha konuşup, tercihi ondan sonra yapmaya karar verdi. Öğleden sonra bindikleri vapurun kıçüstünde, iskele taraflarındaki Marmara manzarasını seyrederek İstanbul'a doğru giderlerken konuştular. Dedesi, elinde iki tarafa da girme şansı olsa, okullardan hangisini tercih edeceğini sordu:

"Burayı! Deniz Harp Okulu'nu." dedi Hasan.

"Ama buranın listesinde yedekteyiz, Ankara listesinde ise asildeyiz!"

"Evet. Ama altmış dört kişilik kontenjanda yetmiş dördüncü sıradaki adama sıranın geleceğini söylemiş ya Özcan Yarbay!"

"Doğru. Ama üç sene önce ağzımız nasıl yandı, biliyorsun..."
"Burayı isteyelim!" dedi Hasan.
"Son kararın mı? İyi düşündün mü? İstikbal senin çünkü!"
"Burayı isteyelim. Senin de gönlündeki yer burası değil mi beybaba?"
"Tamam, oğlum," dedi dedesi, "tamam... Burayı isteyelim..."
Küçükpazar'a gittiklerinde Hasan, birkaç saat odada kalıp dinlendi. Yüzündeki ağrılar geçmiş, yara yerleri iyiden iyiye iyileşmişti. Akşamüzerine doğru Doktor Yavuz Baç'a bir kez daha kontrol ettirdiler durumu. Doktor, artık tamponların alınabileceğini söyledi. Bandajı açıp temizledikten sonra, burnu açık bıraktı. Burun bölgesi zaten morarmamıştı. Operasyonun sebep olduğu şişlik de neredeyse kaybolmuştu.
Çarşamba sabah belgelerini toparlayıp, birlikte hastaneye gittiler. Hasan'ı geride bir yerde bekletti dedesi, sonra Umut Binbaşı'yı buldu.
"Günaydın, binbaşım!"
"Amca! Getirdin mi raporları?"
"Buyur! Üç nüsha. Her servisten sağlam raporları tamam. Ekinde de bütün kan, idrar tahlillerinin sonuçları ve filmlerimiz..."
Umut Binbaşı, poliklinik muayenelerinin tamamlanmış olduğunu satır satır kontrol ettikten sonra tebessüm ederek Terzi'ye baktı:
"Güzel! Gümüşsuyu'nu da halletmişsiniz..."
"Ettik, bütün raporlarımızı aldık..."
"Tamam! Şimdi, şu okul tercihinizi söyleyin de kaydedeyim. Heybeliada mı Ankara mı?.."
"Birinde yedek listedeyiz, diğerinde asil listede... Binbaşım, kendi oğluna tercih yaptıracak olsaydın, sen hangisini seçerdin?"
"Ben Bahriyeliyim amca," dedi Umut Binbaşı, "oğlum da Bahriyeli olsun isterim tabii ki..."
"Hani, yedekte bulunduğumuz yere sıra gelir mi gelmez mi? Onu diyorum!"
"Haa! Birinci yedeğin onuncu sırası... Bence, haydi haydi gelir. Niye bu kadar endişe ediyorsun?"
"Üç sene önce lise sınavında da yedekte kalmıştık. Ama epey aşağıdaydık. O zaman gelmemişti de sıra..."
"Öyle mi? Deniz Lisesi'ne de mi gelmiştiniz?"
"Geldiydik ya!"

"Gelir amca, gelir! Sıranız epeyce önde. Meraklanma, gelir..."

"O hâlde, biz Heybeli'yi, Deniz Harp Okulu'nu istiyoruz binbaşım!"

"Tamam! Yazayım şuraya..."

Umut Binbaşı, Hasan'ın Deniz Harp Okulu'na kaydedilmek istediğini not etti, elindeki dosyadan açtığı bir tabloya.

"Belgelerinizi teslim aldım. Cuma sabahı dokuz gibi burada olun öğrenciyle birlikte. Heyet saat onda toplanacak. Bu raporların hepsini heyete vereceğiz. Öğleye kadar devam ediyor genellikle... Siz de raporunuz içeriden çıkana kadar bekleyeceksiniz."

"Heyet, raporumuzu onaylamış olursa?"

"Önünüzdeki yetmiş üç kişiden en az dokuz kişi elenmişse, siz okula girdiniz demektir... Öğrenciyi önümüzdeki pazartesi, ayın on sekizinde okula getirip teslim edeceksiniz... Onay alamamışsanız, öğrenci okula girme şansını zaten kaybetti demektir..."

"Tamam." dedi Terzi Hasan. "O hâlde, cuma sabahı görüşmek üzere..."

"Cuma günü heyetin toplanma odasının önüne gelin. Şu binada, kapısında tabelası var. İstersen bir uğrayıp yerini gör de sonradan uğraşma..."

"Tamam" diyen Terzi, bıraktığı yerden Hasan'ı yanına aldı, birlikte Umut Binbaşı'nın gösterdiği binaya girdiler ve heyet toplantı odasını gördüler. Sonra ayrılıp Küçükpazar'a döndüler.

Akşamüzerine doğru, yemek için hazırlanıp çıktılar.

"Ne yapıyoruz bu akşam?" diye sordu dedesi.

"Yarın boş günümüz. Ne yapalım?"

"Şu Çiçek Pasajı borcumu ödesem mi sana? Sonradan fırsat bulur muyuz kim bilir?"

"Beyoğlu'na mı?"

"Evet..."

"Olan parayı Beşiktaş'ta bitirmedik mi? Kaldı mı hiç?"

"Oğlum!" dedi Terzi Hasan, neşe içinde: "Bizde para biter mi? Karaosmanoğlu ile Abdi Usta sağ olsun..."

"Eh, gidelim bari!" dedi Hasan. "Son pansumanı Çiçek Pasajı'nda yaptıralım!.."

Dede ve torun birlikte Çiçek Pasajı'na gittiler. Köşede bir masaya oturdular. Etrafta neşeli şarkılar, türküler söyleniyor, çiçek satan kadınlar dolaşıp, baş başa oturan sevgililere çiçek satmak için bin türlü dil döküyor, tabaklarda cızır cızır ederek servis yapılan balıklar dayanılmaz kokular içerisinde garsonların ellerinde gelip gidiyordu... Terzi Hasan, Rafet Efendi'nin gazinosundan âdeti olduğu üzere, iki düdük rakısını içti. Hasan'ın da bir tek içmesine izin verdi. Çiçek Pasajı eğitimini bitirdikten sonra, hesabı ödeyip çıktılar, Küçükpazar'a döndüler.

Perşembe günü Fatih tarafında gezdiler. Aslan'ın Mehmet'in öğretmen olan oğlu Süleyman, Çarşamba taraflarında bir ilkokulda çalışıyor, okula yakın bir sokakta oturuyordu. Önce onu ziyaret ettiler. Süleyman Hoca'nın, kendisi de öğretmen olan eşi Sevim Hanım, onlara çay kahve ikramında bulundu, yemeğe kalmaları için ısrar etti, ancak, "daha gezecek çok kapımız var" deyip, müsaade istediler, ayrıldılar.

"Oğlum!" demişti Terzi: "Seni okula bırakınca, bir daha böyle birlikte dolaşmaya vakit bulamayız... Ben, yakın hısım akrabayı tanıtayım, yerlerini göstereyim, sen de vakit buldukça hatırlarını sorar, dara düşersen gelir akıl danışırsın..."

İstanbul'da geçireceği yıllar boyunca Hasan, Süleyman amcasına ziyaretlere gelecek, onu evinde veya Fatih Camii ile karşı karşıya olan öğretmenler kahvesinde bulacak ve nasihatlerini dinleyecek, okuldaki hâl ve gidişini ona anlatacaktı.

Daha sonra, yakında oturan, Terzi'nin hala kızlarından Selver Hanım'ı ziyaret etmeye gittiler. Hasan, Tahir Ağa'nın kız kardeşlerinden birinin kızı olan bu akrabayı ilk kez görüyordu. Tatlı dilli, güler yüzlü, içten ve akraba canlısı biriydi Selver Hanım. Duldu. Büyük iki kızını evlendirmiş, bekâr olan tek oğlu, sigorta sektöründe çalışıyor, en küçük çocuğu ise, Darüşşafaka Lisesi'nde okuyordu.

Selver Hanım'dan çıkışta, Bayrampaşa'ya gittiler. Önce Halil'e, sonra Sahir'e uğradılar. Sahir ve ortağı Yunus, onları bırakmadı. Günlük mesaileri bitince birlikte Aksaray'a indiler ve bir tavukçuda akşam yemeği yediler.

"Sen Hasan'ı hiç merak etme dayı," dedi Sahir ile Yunus, "okula verdiğinde, farz et ki bize teslim ettin onu... Başını boş bırakmayız. Durumunu takip ederiz..."

Tavukçudan sonra Terzi ve torunu Küçükpazar'a, Bayrampaşalılar da evlerine döndüler.

Cuma sabahı dede ve torun kısa bir kahvaltıdan sonra Kasımpaşa yoluna düştüler. Saat dokuz gibi hastanenin orta bahçesindelerdi. Bahçede Umut Binbaşı'yı gördüler. Umut Binbaşı, elindeki listelere baka baka etrafındaki kalabalığa laf anlatıyor, kimilerini heyetin toplanacağı binaya gönderiyordu. Yanaşıp, konuştular.

"Tamam, amca." dedi binbaşı. "Siz de heyetin kapısına yanaşın. Bekleyeceksiniz... Raporunuz onaylanırsa, girdiniz demektir!.."

Terzi içinden mırıldanarak, gösterilen binaya yöneldi. Bir köşeye ilişip, beklemeye başladılar. Saat ona doğru polikliniklerinden çıkan doktorların birer ikişer gelerek toplantı salonuna girdiğini gördüler. Çoğunu muayene turları sırasında görmüş, muayene olmuşlardı.

Saat onda heyetin toplantısı başladı. Memurlardan biri, arada bir salona girip, elinde bir demet sağlık raporu ile çıkıyor, bu raporların kayıt işlemlerini tamamladıktan sonra tek tek isim okuyarak raporları sahiplerine teslim ediyordu. İlk dağıtımdan itibaren, içlerini bir heyecan bastı:

"Adımız ne zaman okunacak?.."

"Okunup da raporumuz verilince iş bitmiş oluyor mu?.."

"Nihai onayın verildiğini görmemiz lazım!"

"Nihai onay neresinde peki?.."

Sordular etraflarına: Raporun arka yüzünün en altında göreceklerdi...

"Özkan Uğur!.."

"Eren Sahiroğlu!.."

"Yılmaz Sinan!.."

İsmi okunanlar, kalabalığın içinden zıplayarak bir koşuda memurun yanına varıyor, raporunu alıyor ve elindeki kâğıtların önünü, arkasını kontrol etmeye koyuluyordu. Nihai onay mührünü ve üzerinde imzasını görenler sevinç içinde, hoplaya zıplaya Umut Binbaşı'nın yanına gidiyorlardı...

"Mürsel Sağdıç!.."

"Ahmet Ali Şam!.."

"Rafet Şahbaz!.."

Hasan'ın adı okunmuyordu bir türlü! Gerilmeye başladılar.

"Ender Yılmaztürk!.."

"Bülent Yurt!.."

"Tahir Günal!.."

Allah'ım, ya Rabbim! Yoksa?..

"Gökhan Deste!.."

"Kağan Temiz!"

"Cemal Tuna!"

Hasan'ın beden testlerindeki arkadaşı Cemal de aldı raporunu. Açıp baktıktan sonra, sevine sevine çıktı gitti. Cemal, okula kapağı atmayı başarmıştı...

"Hasan Doğan!"

Hah!.. Aman Allah, nihayet...

Hasan, bir çırpıda koştu, uzatılan belgeyi aldı, arkasını çevirdi. Eğilip baktı... İki elini havaya kaldırıp, elindeki raporu sallamaya başladı... Hiçbir şey söylemeden, ellerini sallaya sallaya dedesinin yanına geldi. Yüzü gülüyordu...

"Oğlum!"

"Heh heh heee!"

"Kırmızı mühür var mı oğlum?"

"Kapı gibi hem de!"

"İmzası?"

"O da var!.."

Kalabalığın içinde, sarılıp birbirlerini kutlamaktan çekindiler. Etraftakilere ayıp olabilirdi. Yüreklerinden taşan sevinçlerini güçlükle bastırarak, binadan ayrılıp, bahçeye çıktılar. Hasan, dedesinin ellerinden birini kapıp öptü... Uzun uzun kucaklaştılar. Terzi Hasan, iki gözü iki çeşme olmuş, ağlıyordu...

***

Heyetin onayladığı sağlık raporlarını getirip Umut Binbaşı'ya verdiler. O da raporların bir suretini alıp bir suretini kendilerine iade etti. "Sizin işiniz tamam," dedi, "pazartesi günü öğrenci okula gelip, katılacak!.."

Küçükpazar'a dönünce bir güzel mektup yazdı Terzi Hasan. Bir tane de Hasan yazdı. Bunları birer zarfa koyup, akşam kalkan Pehlivanlar otobüsüne elden verdiler, Çatalzeytin'e gönderdiler. Bütün muayeneleri tamamladıklarını, biraz sıkıntılar çektiklerini, ama Hasan'ı Heybeliada'daki okula verecek duruma geldiklerini anlattılar. İki gün sonra Hasan, okula katılacaktı...

O hafta sonu, Karaosmanoğlu ve Abdi Usta, dede ile torununu bırakmadılar. Bir akşam Karaosmanoğlu ile birlikte oldular, diğer akşam Kasımpaşa'ya, Abdi Usta'ya misafirliğe gittiler.

Pazartesi günü sabah güzel bir kahvaltı yaptıktan sonra Hasan, valizini toparladı. Kitaplarını, defterlerini dedesine bıraktı, giyeceklerini valizine koydu. İki Hasan, takım elbiselerini giyip Adalar vapuruna gittiler.

Vapur, Kadıköy ve Moda'ya uğradıktan sonra başını çevirmiş, Adalar'a doğru ilerlerken ikisi de yorgun, düşünceli ama mutluydular. Terzi Hasan yorgundu, çünkü bugünü görebilmek için 34 yıl bir dileğin peşinden koşmuştu. Mutluydu, çünkü sonunda becermiş, Bahriye'nin okuluna evlat vermeyi başarmıştı. Aynı zamanda düşünceli idi, çünkü birkaç saat sonra, on sekiz yıldır gözünün önünden ayırmadığı, her gününü, her anını kollayıp, gözettiği torununu Bahriye'ye emanet edecek ve ondan ayrılacaktı.

Hasan da yorgundu. Çünkü iki haftadır İstanbul'da koşturuyorlardı. Testlerde, muayenelerde türlü endişeler, bilinmezlikler, üzüntüler yaşamışlardı. Hele Beşiktaş'taki burun ameliyatı!.. Romanı yazılırdı kulak burun ve boğazdan alınan sağlam raporunun... Ve endişeliydi!.. Harp Okulu... Köklü, kurumsallaşmış, gelenekleri, görenekleri olan... Ne de olsa, asker ocağı idi... Dersleri muhakkak ki zordu... Acaba, başarılı olabilecek miydi? Üstelik, lise çağının iki senesini Ticaret Lisesi'nde geçirdikten sonra... Ama yıllardır hayalini kurduğu, o broşürlerdeki öğrencilerin arasına katılacağı için mutluydu... Ve duygusaldı... Çünkü biraz sonra dedesi ile vedalaşacaklardı. Kim bilir kaç yıllık bir ayrılık başlayacaktı birazdan...

Düşünceler içinde, pek konuşmadan vapurdan indiler. Harp Okulu'nun lumbarağzına geldiler. İçeri girmeden önce, ağızlarından zoraki çıkan birkaç söz etmeye çalıştılar. İkisi için de duygusal bir andı... Yaşlar göz kapaklarının kenarında, birbiri ardına kopmaya çalışan hıçkırıklar gırtlaklarında birikip kalmış, öylece birbirlerine bakıyorlardı. Konuşmaya kalkanın, hüngür hüngür ağlayacağı kesin idi.

"Oğlum..." dedi dedesi: "Seni bırakma zamanı geldi! Al şu cebimde kalan parayı. Muhakkak lazım olur..."

Hasan, dedesinin uzattığı bir tomar parayı alıp cebine koydu. Çatalzeytin'den getirdikleri paranın çoktan harcanıp bittiğini, bunun İstanbul'daki arkadaş ve akrabalardan alınmış borçtan artakalan kısım olduğunu biliyordu.

"Var mı bir eksiğin?"

"Beybaba!" dedi Hasan: "Ayıplama beni, ne olur... Kusuruma bakma... İçeride, o kantin gibi yerde satıyorlar mı bilmiyorum..."

"Neyi satıyorlar mı oğlum?"

"Dünden beri bir fırsatını bulamadım..."

"Neyin fırsatını bulamadın?"

"Sigara!.."

Hasan, Karabük'teki Ticaret Lisesi zamanından beri sigara içiyordu. Arkadaşı Bekir ile başlamışlardı. Çatalzeytin'e döndüğünde de evdekilere yakalanma korkusu içinde, ara sıra içmeye devam etmişti.

"Biliyorum, içiyorsun!" dedi dedesi... "Sigaran mı yok?"

"Yok!"

"Tamam. Sen şu kenarda az dur hele..."

Hasan, lumbarağzı önünde bir kenara çekildi. Nöbetçiler, "niye bekliyorsun, girsene" der gibi işaret ettiklerinde, beş dakika bir işleri olduğunu söyledi. Biraz sonra dedesi çıktı, geldi. Elinde iki kiloluk, saman kâğıdından bir kese kâğıdı vardı. İçinde de tepeleme yığılmış sigara paketleri! Samsun, Bafra, Maltepe... Etraftaki bakkallarda ne bulmuşsa almış, üçer beşer doldurmuştu kese kâğıdına...

Hasan, paketi aldı. "İşaret edip, çağırıyorlar," dedi, "artık gireyim ben!"

"Haydi, bakalım oğlum, uğurlar olsun..."

Dedesinin ellerini öptü. Uzun uzun sarılıp kucaklaştılar. İkisinin de gözleri yaş içindeydi.

"İçeride kantinin yanında birkaç telefon vardı, jetonlu... Ben sık sık ararım sizi!" dedi, dedesine. "Haydi, Allah'a ısmarladık!"

"Haydi, oğlum!" dedi Terzi Hasan. "Allah güç kuvvet versin..."

Hasan, bir elinde valizi, bir elinde sigara dolu kese kâğıdı ile nöbetçi heyetine doğru yürüdü. Dedesi, durduğu yerden bir müddet onu izledi. Hasan'ın kısa bir süre nöbetçilerle konuştuğunu, bir tabelaya bakıp, yukarıdan aşağı taradıklarını, aradıklarını bulunca -Hasan'ın ismini aramış olmalıydılar- içeriye doğru yol tarif edip, Hasan'ı gönderdiklerini gördü.

İçeride, epeyce uzak bir yerde durup geriye döndü ve lumbarağzına baktı, dedesine doğru... Onun, kendisini izlediğini gördü. Valizini yere bırakıp, ona el salladı. Dedesi de ona karşılık verdi. Hasan, sonra aldı valizini eline, döndü, bahçenin içlerine doğru yürüdü.

Sinema binasının önündeki Atatürk heykelini geçince sağdaki araya giren torununu bir süre sonra gözden kaybetti Terzi... Birkaç dakika sonra vapur iskelesine doğru yürürken ağlıyordu... Bu kez, otuz beş yıla yakındır yüreğinde taşıdığı bir murada nail olmanın verdiği mutluluktan... Artık vazifesini yerine getirmiş sayılırdı. Atlayıp bir otobüse, Çatalzeytin'e dönebilirdi. Bahriye'nin kuralına, kaidesine göre elinden geleni ortaya koymak, okuyup, mezun olmak ve Donanma'ya gitmek, Hasan'ın göreviydi artık...

***

-14-

Heybeliada, İstanbul, Ağustos 1980

"Bahriye'nin Subay Mektebi" yani Deniz Harp Okulu, yaklaşık yüz elli yıldır Heybeli'de, vapur iskelesinden hemen sol yanındaki kampüste idi. İskeleden çıkınca, elli metre kadar ileride, sol tarafta okulun lumbarağzı vardı. Sol tarafta uzanan duvarların üzerinden içeri doğru bakıldığında, denize kıyı yapan geniş bir ön bahçe görünür, ön bahçenin güneyinde ise, en yakında sinema binası, onun yanında amfi dershane binası ve en uzak köşede de komutanlık karargâhının bulunduğu, simetrik merdiven ve çatı yapısı ile göz alıcı bir görüntü sunan tarihî bölüm yer alırdı. Komutanlık binasının önünde şanlı *Yavuz* gemisinin ana direği vardı. Bu direk, *Yavuz*'un hizmet dışına çıkarılmasının ardından gemiden sökülmüş ve 70'li yılların başında okula getirilmişti. Direğin öte yanında, Büyükada'yı bütünüyle görecek şekilde, kuzey rüzgârlarından bir mendirek ile korunan okul limanı bulunurdu.

Sinema binasının ön bahçeye bakan ana cephesindeki Preveze Deniz Savaşı'nı resmeden mozaik eser ile bunun hemen önünde yer alan yeşil alandaki gösterişli Atatürk heykeli bir yana bırakılacak olursa, Deniz Harp Okulu'ndaki bütün bina ve tesisler, Bahriye'nin geleneğine uygun şekilde, beyaza boyalıydı. Okul bu hâliyle, havadan, denizden, karşıdaki İstanbul sahillerinden ve komşu adalardan, âdeta bir inci gibi, kolaylıkla görülebiliyordu.

Bu okul, köklü ve bilimsel bir geleneğe sahip Bahriye camiasının sembolü, âdeta merkezi durumundaydı. Okul kampüsünün Deniz Kuvvetleri'nin eğitim faaliyetlerine katılması 1838 yılında başlamıştı. Osmanlı'nın o dönemdeki Kaptan-ı Deryası Cezayirli Gazi Hasan Paşa'nın girişimleri sonucu 1773 yılında Kasımpaşa'da açılan ilk mühendis kursları ile başlayan, Bahriye zabitlerinin yetiştirilmelerine yönelik programlar zamanla yerleşmiş, 1828 yılında Kasımpaşa'da

"Mekteb-i Bahriye" kurulmuş, Mekteb-i Bahriye, 1838 yılında Tanzimat programları uyarınca Heybeliada'daki bu kampüse taşınmıştı. 1838'den bu yana geçen süre içerisinde Bahriye'ye subay yetiştirme görevini başarı ile yerine getiren okul, yaklaşık yüz elli yıllık faaliyeti sırasında sadece bir kez kapanmış, -o da İkinci Dünya Savaşı sırasında- 1941'de geçici olarak Mersin'e taşınarak savaşın sona ermesini takiben, 1946 yılında Heybeliada'ya geri dönmüştü.

Beş dakika kadar önce dedesinden ayrılan Hasan'ı, kapısında "Harp-I Teneffüshanesi" yazılı büyükçe bir salona yönlendirdiler önce. Salona girdiğinde, kendisi gibi sivil kıyafetli, kalabalık bir grup gördü. Bir de hâkî renkli işbaşı kıyafeti giyinmiş ikinci bir kalabalık grup vardı salonda. Nedense, iki grup birbirinden ayrı oturmayı tercih etmişlerdi.

İçgüdüsel olarak sivil kıyafetlilere doğru yöneldi. On beş, yirmi kişi kadardılar. Tanıştılar. Sivil kaynaktan alınan öğrencilerin akşama kadar peyderpey gelmesi bekleniyordu.

Bir süre sonra teneffüshaneye gelen bir rütbeli, sivil kıyafetli öğrencileri kaldırıp peşine taktı ve onları melbusat[67] ambarına götürdü. Herkese beden ölçülerine göre iki takım hâkî renkli, keten kumaştan işbaşı elbise ve şapka, iki çift siyah ayakkabı, birkaç çift çorap ve yeşil renkli bir gocuk verdiler. Bir de spor çantası.

Herkes istihkak giysilerini aldı ve yatakhane binasına gittiler. Önce, birinci sınıfın yatakhanesi olan katta oda ve yatak seçmeleri istendi. Odaların ve yatakların çoğunluğunun, kendilerinden önce okula geldiği anlaşılan Deniz Lisesi mezunlarınca paylaşıldığını gördüler. Herkes, boş bulduğu bir odaya girdi, bir yatak ve yakınında bir dolap seçti. Daha sonra, üzerlerindeki sivil giysileri çıkardılar, yeni aldıkları hâkî renkli işbaşı takımlardan birini giydiler. Gruptakilerin yerleşme işlemi ve kıyafet değişimi tamamlanınca, teneffüshaneye döndüler. Bir sıra oluşturup, saç tıraşı için berber sıralarının gelmesini beklediler. Saç tıraşı da bitince: "Şimdi," dediler, "tekrar yatakhane binasına, birinci sınıfın bölük komutanı odasına..."

Bölük komutanlarının odası, yerleştikleri yatakhane koridorunun girişinde idi. Hasan, orada iki yıl süre ile kendilerine âdeta ağabeylik, babalık yapacak, Bahriye'nin ve askerliğin temel nosyonunu ve-

67 Melbusat: Giyilecek şeyler. Arapçada "elbise" ile aynı kökenlidir.

recek olan Necati ve Caner Yüzbaşılarla karşılaştı. Şahsi bilgilerine ilişkin formları doldurduktan sonra, yüzbaşıların ilk emirlerini ve iyi dileklerini aldılar, müsaade isteyip, ayrıldılar.

***

Yaklaşık bir buçuk ay sürecek olan intibak eğitimi programına tabi olacaklardı. Bu süre zarfında, acil hâller hariç, okuldan dışarı çıkamayacaklardı. Ağustosun bugünlerinde diğer sınıfların öğrencileri çoktan okula dönmüşler, ay sonunda yapılacak olan mezuniyet törenі için hazırlık yapıyorlardı. İntibak eğitiminin amacı, öğrencilere Harp Okulu seviyesinde temel askerlik eğitimi verilmesi, Deniz Lisesi'nden mezun olanlar ile sivil kaynaktan gelen öğrencilerin kaynaşması idi. İntibak eğitiminde başarılı olanlar eylül sonuna doğru bir törenle askerlik yemini edeceklerdi. Başarılı olamayanlar veya ayrılmak isteyenler okuldan gönderilecek, yerlerine yedek listelerden ilave öğrenciler çağrılacaktı.

Boş vakitlerini öğrenci teneffüshanesinde geçiriyorlar, gündelik eğitim programına göre, futbol sahasına gidip, toprak zeminde silahlı ve silahsız yürüyüşler, eğitimler yapıyorlardı. Fiilî eğitimlerin yanında, amfide topluca teorik dersler de alıyorlardı.

Hasan, intibak eğitiminin ilk günlerinden itibaren birkaç öğrenci ile yakınlaştı. En başta, Cemal ve Ender Yılmaztürk vardı. Liseden gelenler arasından; Mesut Tüzel ve Eren Başbuğ ile arası iyiydi. Deniz Lisesi'nden gelenlerin, sivil kaynaklılara karşı genelde mesafeli duran tavırlarına rağmen, Mesut ve Eren, Hasan'a açık kalpli davranmış, onunla ilgilenmiş, durumunu, sınav derecesini, mezun olduğu liseyi, üniversiteye girip girmediğini sormuşlar, Hasan'ın anlattıklarını ilgi ile dinlemişlerdi. Günler ilerledikçe tüm öğrenciler arasındaki sınıf arkadaşlığı bağları pekişecek, kuvvetlenecekti.

İlk birkaç hafta geçilince, girdikleri üniversite sınavından aldığı sonucu öğrenen bir kısım sivil kaynaklı öğrenci, ayrılmayı seçtiler. Bu durumda, eksilen sayıyı tamamlamak için yedek listelerden öğrenci çağrılıyordu.

Karabük'ten gelen Selahattin'i ve Beykoz'dan gelen Başer'i bu şekilde tanıdı Hasan. Selahattin'in babasının Abana'ya yakın İlişi beldesinden olduğunu, Karabük'te pek çok ortak noktaları bulunduğunu öğrenince, onunla yakın arkadaş oldu. Başer de günlerin akışı içinde, Cemal, Hasan ve Selahattin'in oluşturduğu gruba katıldı.

Jetonlu telefon ile ilk kez intibak eğitimi sırasında tanıştı. Karabük'te ve Çatalzeytin'de böyle bir telefon görmemiş, hiç kullanmamıştı. Görüşme yapmak için telefonun ahizesini ilk kez eline aldığında jetonu ne yapacağını, ahizeyi ne zaman kaldıracağını, çevir sinyalinin nasıl bir şey olduğunu bilememişti. Onun, bir elindeki ahizeye bir telefon makinesine bakıp durduğunu gören Cemal'in tarif edip göstermesi sayesinde, Bayrampaşa'da Sahir ve Yunus ağabeylerini arayıp konuşmayı becerebilmişti.

Dedesinden ayrılıp okula katıldığı 18 Ağustos gününden beri her birini yeni tanıdığı öğrencilerin arasında, tanımadığı bir yerde, ilk defa uymak zorunda olduğu gündelik bir programın sınırlamaları içindeydi. Daha önemlisi, askerî bir birliğin mensubu olmuştu. Çatalzeytin, yıllardır birlikte olduğu arkadaşları; Gökhan, Seyfettin, Ali ve diğerleri çok uzaklardaydı artık... Büyük bir özlem çöktü üzerine. Duygusallaştı... Göründüğü kadarıyla, böyle bir dalgalanma yaşayan sadece kendisi değildi, sivil kaynaklıların büyük kısmı aynı ruh hâli içinde görünüyordu. Ama Deniz Lisesi'nden gelenler, askerî okulda yaşamanın ustasıydılar âdeta. Onlar, son derece neşeli, eğlence dolu ve mutlu bir resim çizerken, dışarıdan gelenler! Dut yemiş bülbül gibiydi büyük kısmı...

Özlemle yüreğinin ezildiği bir sırada Bayrampaşa'daki muhasebe bürosunda Yunus ağabeyine ulaşabilmişti. Sahir, bir iş takibi için dışarıdaymış o sıra. Pek yakından tanımadığı hâlde, Yunus ağabeyinin sesini duyunca gözlerinden yaş boşanmıştı. Hasan'ın bu ruh hâlini sesinden anlayan Yunus ağabeyi, birkaç gün sonra hâlini hatırını sormaya gelmiş, onun ilk ziyaretçisi olmuştu.

Yunus ağabeyi, gelmeden önce Sahir ve Çatalzeytin ile de görüşmüş, Hasan'a götüreceği haberleri toparlamıştı.

"Hasan," demişti, lumbarağzından içeride, hemen sağ tarafındaki öğrenci ziyaret salonunda baş başa otururlarken, "sana haberlerim var!"

"Hayırdır, ağabey!"

"Çatalzeytin'i arayıp dedenle konuştum... Üniversite sınav sonucun gelmiş..."

Hasan, sınavlar, sağlık muayeneleri, burun ameliyatı, okula katılış derken, unuttuğu üniversite sınavını hatırlamıştı. Sadece iki buçuk ay kadar bir zaman geçmişti sınavın üzerinden. Ama sanki yıllar geçmiş gibiydi...

"Evet, ya! Bir de o vardı, değil mi? Sonuç belgesi gitmiş mi Çatalzeytin'e?"

"Gitmiş."

"Ee?"

"İlk tercihini kazanmışsın!"

"Valla mı ağabey!.. Neydi ilk tercihim?.. İstanbul Üniversitesi Siyasal Bilgiler Fakültesi..."

"Evet. Orayı kazanmışsın..."

"Puanlarımı söylediler mi?"

"Yok, o ayrıntıya girmedik. Ama yüksek puanlar aldığını söylediler. Özellikle, dil puanın çok iyiymiş..."

Yunus ağabeyini tembihleyip, belgeyi posta ile kendisine göndermelerini, bir de lisedeki sınıf arkadaşlarının, sınavlarda aldığı sonuçları bildirmelerini isteyecekti.

İntibak eğitiminin sonuna doğru posta ile gönderilen üniversite sınav sonuç belgesini incelediğinde, oldukça yüksek puanlar aldığını görecek, belgeyi yatakhanedeki şahsi dolabının kapağının dış yüzüne yapıştıracak, sık sık puanlarına bakıp neşelenecek, arkadaşlarına gösterecekti.

Annesinden gelen mektupta, Gökhan'dan haberler aldı. Çatalzeytin'den ayrıldığından beri yaklaşık üç ay geçmiş, kendi telaşı içinde uğraşmaktan, onların ne yaptığını sormak aklına bile gelmemişti yaz boyunca. Gökhan'ın Almanya'ya gidip, orada eğitim görme yollarını araştıracağını öğrendi.

Okulda dört haftayı tamamlamak üzereydiler. İki haftalık kısmı kalmıştı intibak eğitiminin. 11 Eylül Perşembe akşamı amfi binasında yaptıkları gece dersinden sonra, saat onda yatmak üzere serbest bırakılmışlardı. İntibak öğrencileri yatakhaneye çıkıp, odalarına doluşmuşlar, bir saate kalmadan yatmış, uykuya çekilmişlerdi.

Gecenin kör bir vaktinde, sabaha karşı üç ile dört arasında, alışık olmadıkları bir gürültü ile uyandı intibak eğitimi öğrencileri. Nöbetçi subay, yatakhane odalarını dolaşmış, elindeki metal boruyu ranza demirlerine vura vura, bütün öğrencileri uyandırmıştı. Herkesin derhâl giyinmesi, öğrenci teneffüshanesinde tabura geçip beklemeleri emrini aldılar. Eğitimin başından beri ilk kez böyle bir şey ile karşılaşıyorlardı. Liselilerin kimisi, bunun intibak eğitiminin bir parçası olabileceğini ileri sürüyordu. Fakat teneffüshaneye giderken okulda sıra dışı bir hareketliliğin yaşanmakta olduğunu fark ettiler.

Tabura geçip beklemeye başladılar. Hasan'ın o günlerdeki en büyük derdi, sağ ayağında ayakkabının topukta vurmasından dolayı açılan yara idi. Bir türlü geçmemiş, yarayı kanatmasına rağmen, mecburen ayakkabıyı giymeye devam etmiş, acemiliğinden pansuman ve bandaj gibi bir tedbir alamamış, yara iyileşeceğine, günden güne büyümüştü.

Öğrenci taburu içinde dikildiği yerde, yine kanamaya başlayan ayak yarası ile cebelleşmekte iken, teneffüshaneye önce, yanında iki bölük komutanı ile Tabur Komutanı Yarbay Şamil Gürol girdi. Öğrencilerin hazır olduğunu görüp, beklemeye başladılar. Birkaç dakika sonra ise, okul komutanı Tuğamiral Mustafa Pirinçoğlu teneffüshaneye geldi. Amiralin yanında Öğrenci Alay Komutanı Albay Altay Kozak da vardı. Elinde asa ile çevik adımlarla taburun önünde ortaya kadar gelen Amiral Pirinçoğlu, yüksek sesle konuşmaya başladı:

"Dikkatle beni dinleyin, arkadaşlar! Bu gece saat üçten itibaren Türk Silahlı Kuvvetleri, ülke yönetimine el koymuştur!.."

Amiral, taburdaki öğrencilere; intibak eğitimi programının aynen uygulanmaya devam edileceğini, eğitimlerine ilişkin plan ve programda bir değişiklik olmadığını açıkladı. Daha sonra, öğrencileri serbest bırakıp yatakhanelerine gönderdiler.

12 Eylül 1980 günü yapılan askerî ihtilal, ülkede çok önemli değişikliklere yol açmış, ancak, Hasan'ın devam ettiği intibak eğitiminde bir şey değiştirmemişti. Başladıkları zamanki program ne ise, eğitime ona göre devam edildi ve eylül ayının sonuna doğru, bir cuma günü, ön bahçede, Yavuz'un direğinin dibinde yapılan mütevazı bir yemin töreni ile sona erdi. Askerlik yeminini ederken, sıra sıra masaların üzerine serpilmiş silahlara el basmışlar, yemin metnini hep bir ağızdan söylemişlerdi:

"Barışta ve savaşta,
Karada, denizde ve havada,
Her zaman ve her yerde,

Milletime ve Cumhuriyet'ime
Doğruluk ve muhabbetle hizmet... Edeceğime...
... İcabında vatan, Cumhuriyet ve vazife uğrunda,
Seve seve hayatımı feda eyleyeceğime,
Namusum üzerine ant içerim..."

Bu törene Çatalzeytinliler de gelmişler, askerlik yeminini ederken oğullarını, tam da Yavuz'un direğinin dibinde dizilmiş misafir sandalyelerinden yaşlı gözlerle izlemişlerdi. Altı haftalık kesintisiz maratonu başarı ile tamamlayan öğrencilere, eğitim öğretim yılının başlangıcına kadar dört beş günlük bir izin verildi.

Eminönü'nde Adalar vapurundan inip belediye otobüslerine yürüdükleri sırada, etraftan geçen bekçi ve zabıta gibi pek çok üniformalı ile vatani görevini yapan askerlerin, kendisine selam verdiğini fark etmişti Hasan. Önce tuhaf karşılamıştı bu durumu. Çünkü aldığı bilgilere göre, bekçilerin, zabıtaların ve mükellef eratın Harp Okulu öğrencilerine selam vermesi gerekmiyordu. Durumun, yaşanan askerî ihtilalin yarattığı atmosferin sonucu olduğunu anladıktan sonra kendisi de uydu buna ve askerlik için yeni yemin etmiş bir Deniz Harp Okulu öğrencisi olarak, kendisini selamlayan herkese ciddi bir yüz ifadesi ile karşılık vermeye başladı.

Hasan, Eylül 1980'in sonlarındaki bu kısa iznini ailesi ile Bayrampaşa'da, Halil amcasında ve Sahir ağabeyinin yanında geçirdi.

***

Hasan'ın Deniz Harp Okulu'nun birinci sınıfındaki performansı evlere şenlikti. Ekimde başlayan eğitim öğretim yılının daha ilk günlerinde, ağırlığı yüksek olan fizik, kimya ve matematik gibi temel derslerde karşılaştığı konularla âdeta bir duvara çarptı. Her ne kadar yazılı bir sınavda başarılı olmuş, fena sayılmayacak bir sırada kendine yer bulmuş ve okula gelmişse de sanki sivil kaynaklı öğrencilerin tamamı -en azından Hasan- bu konuları lise yıllarında iyice öğrenmişler gibi anlatılan pek çok şeyi hayatında ilk kez duyuyor ve görüyordu.

İlk yılın özellikle ilk dönemini oturup tek başına çalışarak, bilmediği konular hakkında hafta sonları İstanbul'da açıklayıcı kitaplar arayarak, bulursa üzerinde çalışarak, bu konulara ilişkin altyapısı yeterli arkadaşlarına yaklaşarak, çaresiz kaldığı anlarda sınıf arkadaşlarının başına dikilip yardım isteyerek geçirdi. Matematikteki gül eğrilerinde Eren Başbuğ'un kendisine uzun uzun açıklamalar yapması aklından hiç çıkmayacaktı. Aynı tavrı, Cengiz Taşoğlu ve Levent Sertoğlu'ndan da görecekti...

Matematikten aldığı ilk notlar facia gibiydi: Yüz üzerinden on üç, yirmi dokuz ve elli altı... O yıla kadar devam ettiği okullarda hep başa oynamışken, aldığı bu notlar büyük bir kedere ve ümitsizliğe kapılmasına yol açtı. Birinci sınıfın ilk döneminde matematik ve kimyadan kırık sayılmayan en düşük notlarla kıl payı geçebildi. Bu temel derslerin kötü gitmesinde, konulara yabancı olmasının yanında, sene başında spor dalı seçimleri yapılırken, Karabük'ten beridir gelen alışkanlıkla olsa gerek, okulun atletizm takımında spor yapmayı istemesinin de mutlaka rolü olmuştu. Krosçuların yaptığı antrenmanlarda nerede ise canının çıkacağını önceden tahmin edememişti. Her sabah, daha gün bile doğmadan küçük ve büyük ada turları, tepe tırmanma egzersizleri... Çok yorucu bir spor dalını seçmekle hata yaptığını kısa zamanda anladı. Antrenmanların yorgunluğundan sabah ve akşam etütlerinde âdeta uyuyordu. Matematikten aldığı notların yarattığı üzüntü ile ikinci ayın sonuna doğru derdini anlatıp kros takımından ayrılmak istedi. Fakat bu isteği kolay kolay kabul edilmedi... Takımdan çıkana kadar akla karayı seçmiş, nihayet ilk dönemin sonunda serbest kalabilmişti.

Takvimler 1980 yılının son günlerini sayarken, bölük komutanları Necati ve Caner Yüzbaşılar, sınıfın sivil kaynaklı öğrencileri arasında bir araştırma yaptılar. Okula o yıl dışarıdan giren öğrenciler tek tek bölük odasına çağrıldı ve giriş muayeneleri sırasında Gümüşsuyu Askerî Hastanesi'nden herhangi bir rapor alıp almadıkları soruldu. Birkaç öğrenci -aralarında Hasan da vardı- kulak burun boğaz muayenesini orada yaptırdıklarını söyleyince, bu öğrencilerle özel görüşmeler yapıldı. Sonuçta, Deniz Harp Okulu'na o yıl dışarıdan giren öğrencilerden bir kısmına Gümüşsuyu'ndaki kulak burun boğazcı doktor tarafından, muhtelif gerekçeler gösterilerek kendi özel muayenehanesinde burun ameliyatları yapıldığı, ameliyat parası peşinen alındıktan sonra sağlam raporu verildiği ortaya çıktı. Takip eden aylarda, burun ameliyatına alınan öğrenciler, Binbaşı Ahmet Kaymaz'ın yargılandığı Askerî Mahkeme'de tanıklık yaptılar ve Gümüşsuyu'nda başlarına gelenleri anlattılar. Mahkeme sürecinde, adı geçen binbaşının sadece Deniz Harp Okulu'na girenler arasından yakaladıklarına değil, o yıl Deniz Lisesi'ne ve Deniz Astsubay Sınıf Okulu'na giren öğrencilerden yakaladıklarına da aynı işi yaptığı, her ameliyatta peşin para aldığı ortaya çıktı. Yargılamayı yapan Askerî Mahkeme, bu yardımsever binbaşıya hapis cezası vermiş, mensubu olduğu Kuvvet Komutanlığı da onu Silahlı Kuvvetlerden ihraç etmişti.

Gerek okulun öğretim temposuna alışması gerekse fen derslerindeki temel konuları artık kavrayıp öğrenmiş olması sayesinde, ilk yılın ikinci döneminde göreceli olarak daha iyi bir performans ortaya koydu Hasan. İkinci dönemde sadece tek bir dersten "D" almıştı. O da meteoroloji dersiydi ve haftada sadece bir saatti. Birinci sınıfı 4,00 üzerinden 2,54 puanlık iyi derece ile geçmiş, yaz dönemi ikmallerine kalmadan ilk seneyi atlatmıştı.

1981 yılının Şubat ayında, ilk yılının ikinci döneminde iken üzücü bir haber aldı. Aysel halasının eşi Mahir Hoca, uzun zamandır yaşadığı böbrek yetmezliğinden vefat etmişti. Babalarının vefatı sırasında Sahir, İstanbul'da geçinme telaşı ile uğraşırken, geride kalan tüm aile Karabük'te, 5000 Evler'de oturuyordu.

Deniz Harp Okulu'nda birinci sınıfı geçen öğrenciler, bir buçuk aylık yaz tatili sonrasında okul gemileri ile yurt içi limanlar arasında seyir eğitimlerine çıkarılıyordu. Bunun için, yaz tatilini tamamlayarak temmuz ortasına doğru okula döndüler. Kendilerine birçok yurt içi liman gösterecek olan *TCG Cezayirli Gazi Hasan Paşa* ve *TCG Savarona* gemilerine doluştular.

Okuldaki tabur ve bölük komutanları ile bir kısım öğretmen subayların idaresi altında, on beş güne yakın Marmara'daki limanları dolaştılar. Denizde oldukları sürelerde topluca eğitimler yaptılar, geminin muhtelif bölüm ve branşlarında personelin tuttuğu nöbetlere iştirak edip, Bahriye örf ve âdetlerini, denizciliği öğrendiler. Hasan, bu gezide; Tekirdağ'ı, Mudanya'yı ve Erdek'i ilk kez gördü. Limanlarda, sınıf arkadaşları ile plajlara gitti, ilk kez Marmara'nın suyunda yüzdü. Erdek'teki plajlarda sudan ilk çıktığında her tarafına yapışmış deniz tuzuna hayret etmişti. Karadeniz'de böyle bir şey hiç olmazdı. Karadeniz'de boş bulunup, deniz suyu yutulsa bile düşük tuz oranı insanı rahatsız etmezdi.

Marmara programı bitince, iki gemi birlikte Çanakkale Boğazı'ndan geçip, Ege Denizi'ne çıktılar. Sırada İzmir, Antalya ve Mersin gibi limanlar vardı. Ege'de, Anadolu sahilleri ile Yunan adalarının arasından güneye doğru inerlerken, Midilli Adası yakınlarında *Savarona*'nın kazan boruları patladı ve bir makine arızası ortaya çıktı. Gemi personeli ne kadar uğraştıysa da arızayı onarmaları mümkün olamadı. *Savarona,* bir pervanesini kullanamıyor, tek pervane ve ancak çok düşük süratle seyir yapabiliyordu. Geminin bu hâlde devam edemeyeceğine, İstanbul'a geri dönmesine karar verildi. *Cezayirli*'nin, *Savarona*'daki öğrencileri de üzerine alıp barındırmasına imkân olmadığı görülünce, öğrencilerden istekli olanların, eğitimi yarıda bırakıp, *Savarona* ile okula dönmesine karar verildi. *Savarona*'da bulunan öğrenciler arasındaki Hasan: "Bu kadar görüp, öğrendiğim yeter!" diyerek, Savarona ile geri dönmeyi tercih edenler arasındaydı.

***

Harp Okullarındaki dört yılın ilkinde öğrencilere ağırlıklı olarak temel bilimler eğitimi veriliyor, buna azar azar denizcilik, genel kültür ve harp tarihi konuları ilave ediliyordu. Takip eden üç yılda ise, muhtelif mühendislik alanlarına yoğunlaşmış branş müfredatı uygulanıyordu.

Hasan, birinci sınıfın ağır derslerinden kayıpsız geçtikten sonra, sonraki yıllarda eğitimin kolaylaşacağını umuyordu. "Memleketin hiçbir üniversitesinin hiçbir sınıfı şu birinci sınıfta gördüğümden daha ağır olamaz!.. Ne tıp fakülteleri ne ODTÜ ne de başka bir yer..." diyordu, durumu ailesine ve arkadaşlarına anlatırken.

Yurt içi geziden dönmelerinin hemen ardından, önlerindeki üç yıllık sürede eğitimini alacakları branşlara ilişkin tercihlerini bildirdiler. İsabetli bir branş tercihi yapabilirse, daha rahat edeceğini, belki bu sayede ilk yıl yarım bıraktığı atletizm takımına geri dönebileceğini, okulun sosyal ve kültür çalışmalarında kendisini geliştirecek bir şeyler yapabileceğini düşünüyordu.

Birinci sınıfta ağzı çok yandığından, mevcut branşlardan göreceli olarak en rahat olanlarını istemişti; uluslararası ilişkiler, harekât yöneylem araştırması, hiç olmazsa oşinografi... Okulun en ağır iki dalı elektrik-elektronik ve kontrol sistemi branşları idi. Üçüncü sırada da makine geliyordu. Bu ağır branşlardan kaçmaya çalışıyordu.

Branş yerleştirmeleri açıklandığında, okulun en zorlu branşına verildiğini gördü. Elektrik-elektronik!.. Âdeta yıkılmıştı... "Yok, arkadaş!" dedi arkadaşlarına, "Şu okulda bana bir gün bile rahat yüzü yok!.." Önündeki üç yıl da muhtemelen kitap ve defterlerle boğuşmayla geçecekti.

Çaresizlik içinde ikinci sınıfa başladı. Devre analizi, mühendislik matematiği, enerji dönüşümü, elektronik ve bilgisayar programlama gibi ağır branş dersleri vardı. Branşının nam salmış hocalarına ve derslerine rağmen, bu seneyi de hasarsız geçmeyi başardı ama... Yıllık performansını ilk senenin biraz daha üzerine çıkarmış, 4,00 üzerinden 2,60'lık, kendine göre muazzam (!) bir ortalama elde etmişti.

İkinci sınıfın ortasına doğru hoş bir haber aldı Hasan. Çatalzeytin'den arkadaşı Ali, ailesi ile taşınıp, İstanbul'a geliyordu. İlçedeki tek banka şubesinde memur olarak görev yapan babası Yüksel Karahan, İstanbul'a atama talep etmiş, talebi kabul edilmişti. Ali'nin babasının tayini Eminönü'nde, Mısır Çarşısı'nın arkasında kalan bir Ziraat Bankası şubesine çıkmıştı. Evlerini Bakırköy'e taşımışlardı. Böylece, Harp Okulu'nda ikinci sınıf yarıyıl tatilinden itibaren Ali de Hasan'ın hafta sonlarında birlikte olduğu arkadaşları arasına katılmıştı.

***

1982 yılı sonbaharında üçüncü sınıfa başladığında dersleri nispeten rahatlamıştı. Bu nedenle, okulun sunduğu fırsatlar arasında, sosyalleşmesine, kültür ve sanat alanında bir beceri geliştirmesine yardımcı olacak etkinliklere katılmaya karar verdi. Resim yapmak, öğrenci korosuna girerek müzik ile ilgilenmek, edebiyat ile ilgili çalışmalar yapmak... Seçenekleri arasında bunlar vardı.

Çok yakın olduğu Cemal ile düşünüp taşındılar, sonunda öğrenci korosuna girmeye karar verdiler. İstanbul'da bir konservatuvardan sözleşmeli olarak gelen Şef Serdar Öztürk'ün, bir cuma akşamı yaptığı seçmelerden geçerek koroya alındılar. Onların koroya gittiğini görünce, Başer de koroya katılmıştı.

Hafta içinde, akşam vakitlerinde yaptıkları toplu çalışmalar, şefin, koroyu birtakım konserlere götürmesi, İstanbul Üniversitesi'nde benzer şekilde kurulmuş kızlar korosu ile müşterek sahne çalışmaları ve benzeri uğraşlarla aylar ilerledi. Sık sık Taksim'deki Atatürk Kültür Merkezi'ne gidiyorlar, dönemin şöhretli müzisyenleri ile sahne alıyorlar, kızlar korosu ile müşterek programlara katılıyorlardı. Programlarının dinleyicileri genellikle Deniz Kuvvetleri ve Deniz Harp Okulu camiası oluyordu.

Üçüncü sınıfın derslerine devam ederlerken, 1982'nin sonuna doğru önemli bir proje çıktı ortaya. Her yıl 18 Mart'ta kutlanan Çanakkale Deniz Zaferi için 1983 Mart'ında Atatürk Kültür Merkezi'nde iddialı bir program hazırlanacaktı. Sanat hayatlarının zirvesinde olan Emel Sayın ve Ajda Pekkan gibi isimlerin de katılacağı bu programda Deniz Harp Okulu ile İstanbul Üniversitesi'nin karma korosu birçok Bahriye marşı ve zafer türküleri söyleyerek rol alacaktı. Gecenin icrası sırasında kalabalık öğrenci korosunun sahneye gelişi ve ayrılışı için ünlü tiyatrocu Haldun Dormen, özel bir koreografi hazırlamış, öğrencileri bu konuda bizzat çalıştırıyordu.

Hasan, Taksim'deki provalar sırasında, Atatürk Kültür Merkezi'nin fuayesinde Gölcük'ten, Denizaltı Filosu'ndan geldiğini söyleyen bir astsubay ile tanıştı: Elektrikçi Astsubay Başçavuş Zafer Dirlik... Zafer Başçavuş, Hasan'ın meslek hayatına yön verecek bir kararın alınmasında ileride önemli bir rol oynayacaktı.

1983'ün 18 Mart akşamında, Harp Okulu ve üniversite karma korosu başarılı bir program icra ettiler. Ayrıca, Emel Sayın ve Ajda Pekkan sahnede solo şarkılar söylerken onlar da Haldun Dormen'in düzenlemesine uygun olarak, arka planda bir kız bir erkek, bir kız bir erkek hâlinde sıralanıp, saatlerce put gibi durarak, müthiş bir katkı yaptılar.

Üçüncü sınıfın derslerinde Hasan daha rahat bir yıl geçirdi. Yine ağırlıklı olarak elektrik ve elektronik mühendisliğine ilişkin dersler görüyor, bu derslerde genel olarak zorlanıyordu ama ilk iki yıl ile kıyaslandığında daha rahattı. Üçüncü sınıfta sadece iki dersten "D" almıştı: Yüksek frekans tekniği ve bilgisayar... Üçüncü sınıf akademik puanı 4,00 üzerinden yine 2,60 idi. Birinci sınıfta zorlu engeli aştıktan sonra, istikrarlı bir şekilde sınıfları geçiyordu.

Deniz Harp Okulu'nun üçüncü sınıfını bitiren öğrenciler, bir aya yakın bir yaz tatilinden sonra, yine okul gemilerine doluşarak yurt dışı eğitim seyrine çıkarılıyorlardı. Hasan'ın sınıfının sırası geldiğinde, yurt dışı seyrin *TCG Sokullu Mehmet Paşa* okul gemisi ile Ege ve Orta Akdeniz'de yapılması planlandı. Ege'de geçen günlerde bu denizin kendine özgü coğrafyası tanıtılacak, Yunan adalarının belli başlıları gösterilecek, Türkiye ve Yunanistan arasındaki anlaşmazlıkların içyüzü anlatılacaktı. Bu programın içinde iki de yabancı limana girilecek, dörder gün kalınacaktı. Yugoslavya'nın Split Limanı ve İtalya'nın Taranto Limanı...

Bol bol gündüz ve gece eğitimleri yaparak, *Sokullu*'nun bütün bölüm ve branşlarında tutulan seyir vardiyalarına dâhil olup, zamanlı zamansız pek çok sözlü ve yazılı sınavlar vererek gezinin Ege kısmını tamamladılar. Bunun ardından, İyon Denizi üzerinden Adriyatik Denizi'ne geçtiler. Yugoslavya'nın sayfiye kenti Split'e sancaktan aborda oldular.[68] Split, Hasan'ın hayatında gördüğü ilk yabancı şehir idi. Cemal, Selahattin ve Başer ile şehir gezmeleri yaptılar, neşeli günler yaşadılar. Hırvat ve Sırp kızlarla tanıştılar, bol bol anı biriktirdiler. Yazlık beyaz üniformaları ile oturup dinlenmek için bir pastaneye yaklaşırlarken, Orhan Gencebay ve İbrahim Tatlıses'in birden başlayan şarkıları ile şaşırıp kaldılar bir keresinde... Konuştuklarında, Split bölgesinde yoğun olarak Hırvatların yaşadığını, seyrek de olsa bölgede Boşnak nüfusun bulunduğunu, pastane sahibinin Boşnak olduğunu, Boşnakların, Türkiye'yi ve Türkleri çok sevip, yakından takip ettiklerini öğrenmişlerdi. Split'te efkâr dağıtmak istediklerinde, bu pastaneye birkaç kez daha gidecekler, "Orhan ağabeyimizden 'Dertler Benim Olsun' lütfen" diyeceklerdi...

Split'ten sonra birkaç gün daha deniz eğitimi yapıp, ardından İtalya'nın Taranto Körfezi'ndeki liman kenti Taranto'ya girdiler. İtalyan Deniz Kuvvetleri'nin bir üssünün bulunduğu bu kentte Hasan, ilk kez İtalyanca dilini duydu, dinledi. Ezberlediği birkaç İtalyanca cümle ile hatıralık ve hediyelik alışverişleri yaptı. O yıllarda Türkiye'de televizyon cihazlarını şehir cereyanındaki dalgalanmalardan korumak için kullanılan kritik bir elektrik aleti vardı: "Regülatör!" Evlerde bulunan her televizyonun altında veya yanında tek başına duran, televizyon düşkünleri için hayati önem taşıyan bu cihaz, öğrencilerin Taranto Limanı'nda yaptıkları alışverişte en çok arananlar arasında geliyordu. Öğrencilerin önemli bir kısmı kaliteli

68 Sancaktan aborda olmak: Gemiyi sağ tarafından iskeleye yanaştırmak.

bir regülatör alıp, evlerine veya hatırı yüksek dostlarına hediye etmenin peşindeydi... Düzinelerce regülatör aldılar geminin bağladığı rıhtıma yakın yerlerdeki satıcılardan. Taranto'daki program sona erip, geri dönüşe geçtiklerinde, regülatörlerin çoğunun içinde voltajı regüle edecek transformatör yerine, kocaman bir katran yumrusu bulunduğunu görmüşlerdi...

Sokullu Mehmet Paşa, yurt dışı seyrini tamamlayıp, Heybeli'de okulun açıklarında demirlediğinde, öğrencileri karşılayanlar arasında Hasan'ın dedesi, annesi ve kız kardeşleri de vardı. Hasan, aldığı hediyelerin paketleri ellerinde ve omzunda okuldan çıktığında sevinçle birbirlerine sarıldılar, hasret giderdiler. Hasan, Aksaray'daki ev için -aslında kendisi için- Panasonic marka stereo bir radyo teyp, annesi ve kız kardeşleri için hanımlara özgü hediyeler, Sony marka kulaklıklı bir walkman, yakın bazı aile dostları için kahve fincanı takımları getirmişti. Eminönü'ne giderlerken, Cansu, ilk kez gördüğü walkman cihazı ile oyalanmıştı vapurda.

1983 yılının Ağustos ayında, Karabük'te oturan Aysel, yeni evlenen Mahinur'u Karabük'te bırakarak iki küçüğünü yanına aldı ve İstanbul'a taşındı. Sahir'e yakın olmayı ve aile bütünlüğünü sağlamayı amaçlamışlardı. Esenler'de, Mimar Sinan Camii yakınında bir sokakta, kardeşi Halil'in iş ortağı İnebolulu Muhittin Usta'nın binasındaki zemin katta kiraya girdiler.

Taşınmalarına denk gelen günlerde Münir de Karabükspor'dan, Bayrampaşa Futbol Kulübü'ne transfer olacak, İstanbul'daki ailesinin yanına gelecekti.

***

Dördüncü sınıf, Hasan'ın okuldaki en rahat yılı oldu. Seneyi bitirdiğinde tek bir dersten "D" almıştı: Mikrodalga aygıtları! Branş derslerinden birisi idi bu. Derslerinin bir kısmı "A", büyük çoğunluğu "B" ve "C" idi.

Okulun son sınıfında eğitim öğretimin sonuna yaklaşırlarken iki konu önlerine geldi: Subay çıkış muayeneleri ve Donanma'da staj eğitimi.

Subay çıkış muayeneleri, dört yıl önceki gibi, Kasımpaşa Deniz Hastanesi'nde topluca yapıldı. Hasan bu kez ağzına veya burnuna, herhangi bir yerine neşter vurdurmaya ihtiyaç kalmadan, bu muayenelerden rahatlıkla geçti ve "subay olur" raporunu aldı.

1984'ün Haziran ayı başlarında dördüncü sınıfın öğretimi tamamlandı ve okul kapandı. Şimdi sırada Donanma'da staj eğitimi vardı. Bu eğitimi Gölcük'teki gemilerden birisinde yapmak, İzmir veya Mersin gibi, Deniz Kuvvetleri'nin gemi ve birlik bulundurduğu diğer bölgelere gitmemek için çalıştı, çabaladı, sonunda Gölcük'teki su üstü gemilerinden birisi olan *TCG Umurbey*'e gitmeyi başardı. *Umurbey*, bir su üstü gemisi idi ama Denizaltı Filosu bünyesinde görev yapıyordu.

Donanma gemilerindeki staj tamamlandıktan sonra son sınıf öğrencileri okula dönecek ve ağustosun sonunda yapılacak mezuniyet törenine hazırlanacaklardı.

***

Terzi Hasan, torununu 1980 Ağustos'unda Deniz Harp Okulu'na teslim edişinden sonraki dört yıl boyunca pek çok kez İstanbul'a gelip giderek onun hâl ve gidişini yakından izledi. Bu gelişlerinin kimisinde İstanbul'da birlikte vakit geçirdiler, birbirlerine dertlerini tasalarını anlattılar, kimisinde ise Terzi, adaya, okula kadar gelerek hem torununu gördü hem adanın ve okulun havasını koklayarak kendi askerlik günlerini yâd etti.

Bu seferlerin birkaçında Hasan -öğrenci maaşı ile- dedesini ağırlama işini üzerine almış ve onu Çiçek Pasajı'na, Haliç köprülerindeki balık restoranlarına, Sultanahmet'teki tarihî köfteciye götürmüştü. Gerek Rafet Efendi'nin gazinosunda yaptıklarına benzeyen bu baş başa oturmalarda ve gerekse mektup, telefon vb. ile torununa her ulaştığında, Terzi Hasan, hep aynı nasihatte bulunuyordu: "Oğlum! Mukaddes bir camianın mensubu olarak yetiştiriliyorsun... Bu eğitim bitecek, rütbe alıp Donanma'ya gideceksin... Tek bir nasihatim var; amirlerine itaat, disipline riayet, kanun ve kurallara göre çalışmak!.."

***

-15-

Heybeliada, İstanbul, Ağustos 1984

1984 Ağustos'unun otuzuncu günü olan Perşembe'yi Cuma'ya bağlayan gece, saat biri geçmişti. Büyükada'dan biri çeyrek geçe kalkan Şehit Âdem Yavuz isimli son vapur, Heybeliada İskelesi'ne uğramış, otuz, kırk yolcuyu alarak tornistan vurmuş ve geri geri iskeleden açılıyordu. Heybeli'den sonra Burgaz ve Kınalıada'ya uğrayacak, sonra son durağı olan Eminönü'ne devam edecekti...

Yazın bu mehtaplı gecesinde kalabalık ışıkları ile İstanbul'un Anadolu Yakası, Adalar'ın kuzeybatısındaki Kadıköy ve Fenerbahçe'den güneydoğuya doğru bir oya gibi işleyerek ilerliyor, Kartal, Pendik ve Tuzla'yı da danteline dâhil ettikten sonra İzmit Körfezi ağzında Yelkenkaya'ya ulaşıyordu. Prens Adaları'nda yerleşim, kuzey taraftaki şehir manzarasını görecek şekilde gelişmişti. Evlerin cephesi genel olarak kuzeydeki sahil hattına bakıyordu, rıhtım ve iskeleler, sahil caddeleri hep kuzey kıyılarda kuruluydu.

Günübirlik gezme ve eğlence için sabahın ilk vapurlarından itibaren şehirden Adalar'a koşturan yerli ve yabancı turistler, genç ve yaşlı İstanbullular, akşam saatlerindeki dönüş vapurlarına doluşmuş ve gitmişlerdi. Rıhtım boylarındaki çay bahçeleri ve kafelerde şen şakrak kahkahalarla dolu sohbetlerini devam ettiren birkaç müşteri grubu ya ada sakinleriydiler ya da geceyi Adalar'da geçirmeyi planlamışlardı. Adalar'da motorlu araçlar sadece kamu kurumları tarafından kullanılabiliyordu. Yürümek dışında ulaşımın atlı arabalarla veya bisikletlerle yapılabildiği bu adalarda perşembe gününü hareketli geçirmiş olanlar, günün yorgunluğunu artık iyice hissetmeye başlamışlardı. Henüz kapanmamış çay bahçelerinde ve kafelerde oturmaya devam edenlerin sesleri dakikalar ilerledikçe azalıyor, konuşmalar tükeniyor, gecenin sessizliği etrafa çöküyordu.

Deniz büyüleyici derecede sakin, suyun yüzeyi cam gibi, hafif hafif dalgalanıyor, mehtap, bir manzaranın aynaya düşmesi gibi denizin yüzeyinde aksetmiş, nazlı nazlı oynaşıyordu... Ada tam karşıya alındığında; vapur iskelesinin hemen sağ yanına doğru uzanan Rıhtım Caddesi'nde birbirine bitişik üç, beş kafe ve çay bahçesinde birbirlerine sokularak sohbetlerini sürdüren gençlerin yüksek sesle şakalaşmalarından ve aniden patlayan kahkahalarından çıkan gençlik enerjisi, ağustosun son gününün ilk saatlerindeki bu ilham dolu manzara ile birleşince, iskelenin hemen bitişiğinde, sol yanındaki Deniz Harp Okulu'nda akşamını çoktan bitirmiş, yatakhane ışıklarını söndürerek uykuya dalması gerekirken, henüz uyumayı becerememiş birkaç genç öğrenci için ortamı büsbütün romantikleştiriyordu...

Kasımpaşa'da, Mersin'de veya Heybeliada'da, 1773'ten itibaren 210 yıl boyunca Bahriye subayı yetiştiren bu ilim ve bilim yuvası, 1984 yılında Donanma'ya göndereceği subayların eğitim ve öğretimini Haziran ayında tamamlamıştı. Teğmen rütbeleri ile mezun olacak son sınıf öğrencileri, temmuz ve ağustos ayları içinde yaklaşık bir aylık bir program dâhilinde Donanma stajı için çeşitli tipteki savaş gemilerine gönderilmişlerdi. Staj eğitimlerini tamamlayan öğrenciler, 13 Ağustos Pazartesi günü dönerek okulda toplanmışlardı. 31 Ağustos Cuma günü yapılacak mezuniyet töreni için on beş gündür hazırlık yapan öğrenciler, bugün kim bilir kaçıncı kez tam bir tören provası yapmışlar ve yapılan prova, okul yönetimi tarafından başarılı bulunmuştu. Son sınıfı bitiren öğrenciler, ertesi gün yapılacak törende, kılıçlarını kuşanmaya ve diplomalarını teslim almaya artık hazırlardı.

Öğrencilerin yatakhaneleri, sinema binası ile yanındaki amfi, dershane binasının hemen arkasında kalan, zemin katında geniş bir veranda ile öğrenci yemekhanesinin bulunduğu binanın üst katlarında idi. Son sınıf öğrencilerinin yatakhanesi, sinemanın tam arkasında, en üst katta ve lumbarağzı tarafında idi. Bu yatakhanenin tamamen karanlıktaki odalarından bir, ikisinde, birkaç öğrencinin camlarda ayakta olduğu, el kol hareketlerinden ve başlarının oynayıp durmasından fark ediliyordu. Açık camlara dirseklerini verip yaslanarak Heybeliada'dan İstanbul'a doğru önlerinde serilmiş romantik gece manzarasını seyreden bu öğrencilerin kimisi ateşini avuçlarında sakladıkları sigaralarını içiyorlar, kimisi uyuyan diğerlerini uyandırmamaya ve nöbetçi heyetine seslerini duyurmamaya özen göstererek fısıltılarla konuşuyorlardı...

Cuma günü öğleden sonra yapılacak mezuniyet töreninde teğmen rütbeleri ile "Bahriye zabitliğine" ilk adımlarını atacak olan öğrenciler arasında şu anda camdan dışarıyı izleyen; Hasan, Cemal, Selahattin ve Başer de vardı. Sayım ve kontrollerin yapılıp, vukuat raporlarının alındığı, öğrencilerin yatmak için serbest bırakıldığı yat taburu her zamanki vaktinde yapılmıştı. Fakat gecenin romantizminin yanında, ertesi gün yapılacak törenin verdiği heyecanın da sebebiyle uyuyamamışlar, dönüp durdukları yataklarından kalkarak, cam kenarlarına gelmişlerdi. Törenin programını izlemek üzere adaya gelecek misafirleri ve tayin oldukları ilk görev yerleri hakkında konuşuyorlardı.

Bu dörtlü içinde sigara içen tek kişi olan Hasan, sol elindeki Silahlı Kuvvetler sigarasından derin bir nefes çekti, uzun bir soluk vererek ciğerlerindeki dumanı camdan dışarıya doğru üfledi. Sonra, yanında cama doğru eğilmiş durumdaki Cemal'e döndü, dalgın dalgın baktı. "Mesela, şöyle bir kıta ile başlayabilir..." dedi:

"Biz de geldik, gidiyoruz,
Sağ olasın sen Heybeli!
Yarın son gün, sonra yokuz,
Artık liman Kocaeli..."

Cemal ve Selahattin, dört yıldır pek çok örneğini dinledikleri bu şiirlere yeni bir tanesinin daha ilave edilmekte olduğunu anladılar.

"Tam da bugüne uygun! Güzel bir giriş... Kaç heceli, sekiz mi?" diye sordu Cemal.

"Evet. Bir saate kalmaz, altı yedi kıta çıkarırım sanırım..."

Selahattin: "Bu gece sözlerini bitir, yarın öğleden önce de bestesini yaptırırız Cihat ile Erman'a... Törenin sonunda da hep birlikte okuruz artık!.." dedi. Hepsi gülüştüler...

Camdan dışarı uzanan dört başın en sağındaki Başer, yalvaran gözlerle: "Beyler!" dedi, "Bu gece Mahir Sarı Binbaşı'nın nöbetçi amiri olduğunu hatırlatırım!.. Bu gece bizim son gecemiz diye nöbet almış... Birazdan devriye dolaşmaya çıkacaktır. Muhakkak bizim yatakhaneye de gelecektir. Haydi, yatalım artık!"

Mahir Sarı, 1982 yılında yüzbaşı rütbesi ile atanıp Deniz Harp

Okulu'na geldiğinde, 84'te bitirecek olan sınıfın iki bölük komutanından birisi olarak göreve başlamıştı. İki yıldır Hasan'ın sınıfında görevine devam ediyordu. Öğrencilerinin mezun olacağı gün o da binbaşı rütbesine terfi edecek, alttan gelen başka bir sınıfın başında tabur komutanı olarak okuldaki görevine devam edecekti.

Harp Okullarındaki öğrenci sınıflarında bölük ve tabur komutanlığı görevleri, öğrencilerin her türlü dert ve problemleri ile yakından ilgilenmeyi, öğrencilerin kişilik özelliklerini tanımayı, onları mesleğe hazırlayan bilgili ve tecrübeli bir rehber olmanın yanında, hayata da hazırlayan bir ağabey, hatta baba olmayı gerektiren bir sorumluluk gerektiriyordu. 1984 mezunları denen sınıfın bölük komutanlığı görevlerini üstlenmiş subaylar arasında ilk iki yılda Necati Tekneci ve Caner Altan vardı. Son iki yılda ise, Mahir Sarı ve Haluk Ülgenalp gelmişlerdi.

Sorumluluğuna verilen 84'lüler sınıfı ile karşı karşıya geldiği ilk günden itibaren, Bahriye jargonunu kendine özgü kullanma biçimi, vücut dili, ateşli ama dikkatli, sert ama şefkatli tavırları ile kendine büyük bir sevgi ve saygı uyandıran Mahir Sarı, öğrencileri kendine hayran bırakmış, sadece bölüğün idaresinde değil, eğitim ve öğretim işlerinde de onları, öğretmenlere ve okul yönetimine karşı koruyup kollayan duruşu ile mest etmişti. Sorularına aldığı cevaplardan tatmin olmadığında: "Öğrenci!" diye kükrerdi, "Kafanı emme basma tulumba gibi neden sallayıp duruyorsun?.." Artık bıçağın kemiğe dayandığını, tahammülünün kalmadığını ifade etmek için: "Hırça mapaya dayandı!.." derdi... Mapanın ne olduğunu bilen öğrenciler "hırça" lafını ilk kez duyduklarında gemicilik terimleri kitaplarını karıştırmaya koşmuş ve öğrenmişlerdi:

"Hırça: Gemi demirine bağlı zincirin, geminin baş tarafında bulunan zincirlikte, gemi bedenine bağlantı noktası.

Hırçanın mapaya dayanması: Gemi demir atarken zinciri *salya* ede ede, yani denize doğru vere vere zincirin tümünü sermesi ve artık denize verilecek payın kalmaması."

Başer'in dediği gibi, Mahir Binbaşı, 30 Ağustos 1984 günü İstanbul'da yapılan Zafer Bayramı törenlerinde üzerine düşen görevleri yapıp, mesai sonuna doğru adaya dönmüş, evine gidip istirahat etmek yerine, o günkü nöbetçi amirliği görevini devralmış, çok emek verip yetiştirdiği bu gençlerin mezuniyet töreninin de herhangi bir aksaklık yaşanmadan yapılabilmesi için bu son gecelerinde onların yakınında bir yerde bulunmayı tercih etmişti.

Hasan: "Tamam, Mahir Binbaşı bizi böyle ortalıkta görürse ayıp olur. Beş on dakikaya kadar yatalım." dedi.

O sırada, bulundukları odanın kapısının sessizce açıldığını ve Mesut Tüzel'in içeri girdiğini gördüler. Mesut, sınıfın en parlak üç, beş öğrencisinden birisiydi. Eğitim ve öğretimde sergilediği üst düzey performans bir yana, gündelik hayatı düzenleyen kurallara harfiyen uymayı ilke edinmiş, tavizsiz disiplin anlayışı ile de arkadaşları arasında öne çıkmıştı.

"Teğmenim!" diyerek bir hışımla fısıldadı Mesut, camdakilere. Tören provalarının belli bir bölümünde bugün kim bilir kaçıncı kez dinledikleri, yırtılırcasına bir haykırış ile ciğerden kopan, mezun olan subayın okul alay sancağını son sınıfa geçen Harbiye öğrencisine teslim ederken kullandığı hitabı hatırlatmaya çalışıyordu:

"Teğmenim!.. Bu saatte, bu ne disiplinsizlik! Siz, siz, sayın teğmenim, niçin yatmadınız?.."

Hasan, Mesut'un elinde yeni boyandığı belli olan beyaz üniforma ayakkabısını fark edince, konuyu değiştirmenin daha doğru olacağını düşündü. Ayakkabılara işaret edip: "Sen bizim disiplinsizliğimizi bırak da yarınki törende giyeceğin ayakkabıyı neden bu kadar geç vakitte hazırladığını izah et bize!" dedi, "Gecenin bu saatine kalır mı bu iş?.. Hele ki sen!.."

"Kabak arkadaşım, güzel kardeşim... Yarın teğmen olacaksınız, ama yeterli nosyonu hâlâ alamadığınızı görüyorum!.."

Mesut, Harp Okulu'na, askerî liseleri bitirerek doğrudan geçişle gelen "liseli" öğrenciler ile Hasan gibi, sivil kaynaktan gelen öğrenciler arasındaki geleneksel çekişmeyi hatırlatıyordu...

"Bu, törende giyeceğim ayakkabı değil, törenden sonra giyeceğim çift! Tören sırasında giyeceklerimizin o pistin tozunda ne hâle geleceğini düşündünüz mü? Seyircinin ve protokolün önünden geçerken yapacağımız kaz adımı yürüyüşte ayakkabılar toza toprağa bulanmayacak mı? Yarın akşamki baloda giyecek ayakkabıyı hazırlamaya vaktiniz olacak mı sanıyorsunuz?.."

Deniz Lisesi'nden gelmiş öğrenciler, sınıflarındaki sivil kaynaklıları "kabak" yakıştırması ile Bahriye'deki bir geleneğe uyarak kategorize ederdi. Donanma saflarında yıllar geçtikçe, bu ayrım zayıflardı, ancak, makam, mevki ve rütbe ne olursa olsun, sınıf arkadaşlığı içindeki muzip çekişmelerde kabaklık konusu mutlaka dile getirilirdi. Okulun ilk iki yılında okul komutanı olan Amiral Mustafa Pirinçoğlu, öğrencilere yaptığı bir konuşma sırasında kendi durumundan yakınmış: "Amiral rütbesine kadar geldim, ama arkadaşlarım hâlâ benim kabak olduğumu ileri sürerler!" demişti...

Mesut'un akla zor gelecek bu ihtimal için hazırlık yapmış olmasını şaşkınlıkla karışık bir saygı ile karşıladılar.

"Ne yapalım, sayın teğmenim!" dedi Selahattin, "Deniz Lisesi'ne aldılar da biz mi okumadık?.."

Hasan: "Ben geldim, arkadaş!.." dedi. "1977'de, alsınlar diye geldim, Deniz Lisesi'nin kapısına dayandım, ama sokmadılar..." Hep birlikte gülüştüler.

Cemal: "Yatmıştık, ama uyku tutmadı. Kalkıp dışarıya bakmaya koyulduk. Yarın ailelerimizden kimlerin geleceğini konuşuyorduk." diyerek kabaklık bahsini kapatıp, konuyu başka bir tarafa çekmeye teşebbüs etti. "Benim annem, babam, ağabeyim Tanju ile kardeşim Erkan gelecek... Dedemler Antalya'dalar, gelemediler."

"Benim annem, babamlar, dedem, anneannem, iki kız kardeşim, ilaveten akraba takımından, dedemin yaşıtı olan iki üç çift gelecek." dedi Hasan. "Bizimkiler üç gün önce Kastamonu'dan geldiler, Aksaray'dalar. Eminönü'nden binecekler vapura."

Başer de anne ve babasının, dedesi ile kız kardeşinin geleceğini belirtti.

"Göründüğü kadarıyla hepimizde durum aynı. Benim de annem, ablamlar, bir de üniversite öğrencisi bir misafirim gelecek." diye karşılık verdi Mesut. Grubu cam kenarında bırakıp, odasına doğru yürürken ilave etti: "Saat ikiyi buldu, yatsanız iyi olur. Unutmayın, yarın gece de Harbiye Orduevi'nde mezuniyet balomuz var. Hepimize enerji lazım..."

Dört gece kuşu, yavaş yavaş havlularını, terliklerini toplarken, aşağıda lumbarağzındaki nöbetçi amirliğinin kapısının açıldığını, kısa boylu ama fiziğini koruduğu belli olan, belinde nöbetçi kemeri kuşanmış bir subayın dışarı çıktığını gördüler.

"Mahir Binbaşı!" diye telaşlandı Başer: "Haydi, doğru yataklara. Önce bizim yatakhane katına çıkacaktır muhakkak!.."

Binbaşı Mahir, gece devriyesine çıkıyordu. Ortalık karanlıktı ama öğrencilerin dört yıldır yattıkları bu odalar, içindeki ranzaların ve dolapların yerleşimi gözlerine, zihinlerine, bedenlerine âdeta işlemişti. Süratle toparlanarak arkalarında iz bırakmadan kayboldular. Cemal ve Başer zaten bu odada yatıyorlardı; hemen yataklarına girdiler. Hasan ve Selahattin ise, karşıdaki odada kalıyorlardı; sessiz adımlarla, oda kapısını yavaşça kapatarak odalarına seğirttiler.

Hasan, odasına girerken şiirinin ikinci kıtasını toparlıyordu:

"Jeton neymiş, bilmiyordum,
Telefonu sende gördüm.
Çok dinledim, çok öğrendim,
Gönlüm sana şükran dolu..."

***

Hasan'ın ailesinin törene katılmak için gelip de konakladığı ev Aksaray'da, Saraçhane yokuşuna çıkarken solda kalan tarihî Pertevniyal Lisesi'nin hemen arkasındaki Nalıncı Sokak'ta, Seda Apartmanı'nın ikinci katında idi.

Daire 1981 yılında, Hasan, Harp Okulu'nda; kardeşi Canan da yatılı girdiği Kadıköy'deki Validebağ Sağlık Meslek Lisesi'nde ikinci sınıfa geçtiklerinde satın alınmıştı. Aslında, yatılı okullarda okuyan öğrencilerin uygun bir akraba yanına evci çıkması, hafta sonlarını akrabaya emanet geçirmesi veya hafta sonlarında günübirlik çıkışlarla durumu idare etmek gibi seçenekleri vardı. Hasan da evci çıkma yoluna gitmiş, birinci sınıfta iken Bayrampaşa'da oturan amcası Halil'e gitmişti. Böylece, cumartesi gecelerinde, fırsat yakaladığında cuma gecelerinde de amcasının evinde kalarak dinlenip toparlanması, yengesi Aynur'un, Hasan'ı kendi çocuklarından ayrı tutmayan tutumu sayesinde çamaşır ve benzeri ihtiyaçlarını kolayca görebilmesi mümkün olmuştu.

Ağabeyi gelip kendisini aldığı hafta sonlarında Canan da amcasına ziyarete gidebiliyor, kimi hafta sonları yatıya da kalabiliyordu. Buna rağmen, evden on üç yaşında ayrılmış olması Canan'ı derin bir özlem ile zayıf düşürmüştü. Kardeşinin bu durumu Hasan'ı da etkilemişti. Kendisi de yatılı bir programa tabi olduğundan, hafta içlerinde Canan'ın yanına gidemiyor, ona destek veremiyordu.

Hasan, ailesine yazdığı birkaç mektupta durumun nazik olduğunu izah etmeye çalışmıştı. Evden gönderilmiş üç çocuk, Kastamonu'da ve İstanbul'da akraba yanlarında, okullarda emanete bırakılmışken, ilçede mal mülk sahibi olmanın ne faydası olduğunu sorgulayan mesajlar göndermişti. Çocukları okutmak için ellerinden geleni yapmaya odaklanmış aile büyükleri, sonunda kararlarını vererek Çatalzeytin'deki bir kısım mülklerini satmışlar, bir araya getirdikleri para ile Aksaray'da, Pertevniyal Lisesi'nin arkasında, Mustafa Karaosmanoğlu'nun oturduğu evin yakınında, Nalıncı Sokak'ta bir daire satın almışlardı.

Kiracının rica minnet çıkarılmasından sonra, Fatma, Karabük'te de yaptığı gibi, okuyan torunların yanında nöbet tutma vazifesini tekrar üstlenmişti. Evini barkını bırakıp İstanbul'a gelmiş, hafta sonu evci gelecek iki torunu için hafta içinde tek başına beklemeye başlamıştı. Hasan ve Canan, cuma akşamından gelip iki gece yatıyorlar, anneanneleri onların her ihtiyacını görüyor, pazar akşamları çocukları okullarına uğurluyor ve gelecek hafta sonunu beklemeye başlıyordu. Karısının, Karaosmanoğlu ve eşi Hatice Hanım gibi, yakınında tanıdığı ve güvendiği iki ahbabı, pek uzak olmayan semtlerde başkaca akrabalar bulunmasına rağmen, beş gün boyunca evde tek başına, hafta sonunda gelecek çocukları beklediği bu üç yıllık sürede Terzi, İstanbul'dakileri hiç boş bırakmamıştı. İmkân bulabildiği her fırsatta Çatalzeytin'den İstanbul'a gelmiş ve olabildiği kadar uzun sürelerle onların yanında kalmaya çalışmıştı.

Hasan'dan sonraki üç kızın en büyüğü Nalan da girip kazandığı sınav sonucunda, diğer ikisinden bir yıl önce, 1979'da Kastamonu'daki Sağlık Meslek Lisesi'ni kazanmıştı. Okul yatılı idi ve o da Canan gibi hafta içi okulda kalıyordu. Halil amcaları ve Aynur yengelerinin İstanbul'dakilere yaptığı iyiliği, Kastamonu'da çalışan küçük amca Mustafa ve eşi Gülfidan, Nalan'a yapıyordu. Nalan, bazı hafta sonları evci olarak Mustafa amcasının ve Gülfidan yengesinin yanında idi. Anlaşılan o ki Nalan'ın, Çatalzeytin'e bir buçuk iki saatlik uzaklıkta olması, aile büyüklerinin ona sıkça gelip gidebilmelerine imkân vermiş, Mustafa ile Gülfidan'ın candan yaklaşımları, Kastamonu'daki adaptasyonunu kolaylaştırmış, Canan gibi problemler yaşamasına mâni olmuştu.

Nalan, 1983 yılında mezun olduğu Kastamonu Sağlık Meslek Lisesi sonrasında hemşire olarak çalışmaya başlamış, Gümüşhane'nin Şiran ilçesindeki kısa süreli ilk atamasından sonra Çatalzeytin'e gelmiş, ilçe sağlık ocağında görev yapmaktaydı.

Kızların sonuncusu Cansu, ağabeyi ve ablalarına epeyce geç bir zamanda katılmıştı. 1984'te henüz altı yedi yaşlarında olduğundan, onun yatılı okullarda okumak gibi büyük problemleri henüz yoktu.

Terzi Hasan'ın liderliğinde, Sümer ve Avni, Fatma, Nalan ve Cansu, 28 Ağustos Salı günü sabahında İstanbul'a inip, eve gelmişlerdi. Bu töreni izleyebilmek uğruna, Çatalzeytin'de ne kadar iş güç, dükkân vesaire varsa, her şey bir haftalığına paydos edilmiş, Nalan, çalıştığı kurumdan izin almıştı.

Canan, kendi mezuniyet törenini ağabeyinden iki ay kadar önce, haziran ayında yapmış, Validebağ Öğretmenler Hastanesi'nde yenidoğan hemşiresi olarak çalışmaya başlamıştı. O da törene katılmak için 3 Eylül Pazartesi gününe kadar izinli idi. Böylece, tüm aile bir arada, uzun zamandır beklenen bu mezuniyet töreninde Hasan'ın yanında olabilmekten dolayı çok heyecanlı idiler...

***

Ertesi sabah saatlerinde Eminönü'nden vapura binileceği için, Seda Apartmanı'nın ikinci katındakiler perşembe gecesi erkenden yattılar. Hasan on beş güne yakındır, günübirlik gelip giderek tören hazırlıklarına katılmış, evde yatmıştı. Salı akşamı adadan döndüğünde tüm aileyi bir arada görmüş, aile bireyleri de onu neşe ve motivasyon içinde görmekten dolayı mutlu olmuşlardı. Çarşamba akşamını da birlikte geçirmişler, Hasan, tören vaktinde okulda görüşmek üzere perşembe sabahı ailesinden ayrılmış ve adaya gitmişti.

Cuma sabahı en önce Terzi Hasan uyandı. Saat beş civarındaydı daha. "Fatma! Hanım, kalk!.." diyerek eşini kolundan çekti, uyandırdı. Onlarca yıldır beklediği mezuniyet töreninin sabahına erdiklerinden çok heyecanlı olduğu, içinin içine sığmadığı kolayca anlaşılıyordu.

"Haydi, acele edelim, birkaç lokma yiyelim de vakitlice Eminönü'ne inelim. Allah muhafaza, vapuru filan kaçırırız..."

Fatma kalktı, Sümer ile Avni'nin yattığı odanın kapısına hafifçe vurdu:

"Sümer! Sümer... Haydi, kızları da kaldır gecikmeden, herkes hazırlığına baksın..."

Kısa sürede tüm ev sakinleri ayaklandılar, ortalığa bir telaş egemen oldu. Önce hafif bir kahvaltı yaptılar. Sonra, kahvaltı masasını öylece bırakıp, özene bezene dikilmiş veya satın alınmış olan bayramlıkları, astıkları yerlerden çıkarıp giyindiler. Kendisinin, annesi Fatma'nın ve Cansu'nun elbiselerini Sümer dikmişti. Kızların elbiseleri ise konfeksiyon mağazalarından alınmıştı. Terzi Hasan ile Avni'nin takım elbiseleri bizzat kendileri tarafından dikilmiş, İstanbul'a gelince bir kez daha ütülenmişti.

En heyecanlı ve telaşlı görünen Terzi Hasan'dı. Bunu, katılacakları törenin önemine verdiler. Öyle ya, Hasan'dan duydukları doğru ise, Cumhurbaşkanı Kenan Evren, Meclis Başkanı Necmettin Karaduman, Başbakan Turgut Özal başta olmak üzere, pek çok siyasi ve askerî lider, törene katılacaktı. Onları yakından görme, töreni aynı tribünlerden izleme şansına sahip olacaklardı. Ömrünü Çatalzeytin gibi küçük, ücrada bir Anadolu kasabasında geçiren kaç kişiye böyle bir fırsat doğardı ki...

Saat altıyı bulmadan evden ayrıldılar. Hava ağarmıştı. Sözleşmelerine göre, iki sokak ötelerindeki Mustafa Karaosmanoğlu ve eşi Hatice ile buluştular. O esnada, Fatih'te oturan bir diğer akraba, Terzi'nin hala kızı Selver Hanım da oğlu ile geldi ve kafileye dâhil oldu. Selver Hanım'ı gruba teslim edince oğlu ayrıldı, işine gitti. Hasan'ın mezuniyet törenine katılacak olan kafile böylece tamam oldu ve yola revan oldular. Pertevniyal Lisesi önünden yürüyüp Laleli Yokuşu'na döndüler, oradan çevirdikleri iki taksi ile Beyazıt ve Sultanahmet üzerinden Eminönü'ne indiler.

Adalar İskelesi'nden yedide kalkacak Adalar vapuruna biletler alındıktan sonra açık bekleyen kapılardan geçip vapura bindiler ve yolculuğun sefasını sürmek üzere kıçüstünün açık kısmına gittiler. Gidiş sırasında manzara seyretmek için oturma yerlerinin en gerisine gidip, yüzlerini boylu boyunca vapuru görecek şekilde ön tarafa dönmüşler ve topluca oturmuşlardı.

Kahvaltısını zayıf yapmış olanlar ve henüz hiçbir şey yememiş olanlar, vapurdaki çay ve simit servisinden bir şeyler yiyip, çay içmeye koyuldular.

Terzi Hasan bir ara: "Mustafa! Vapurda âdet değil mi sen söyle?" dedi, "Simitlerden birkaç lokma koparalım da martılara atalım, herkes simidinden biraz versin bakalım!.."

Sonra, topladığı simit parçalarını torunları ile bayrak direği dibinden vapurun etrafında toplaşan, onlarla Adalar'a giden martılara attılar... Ellerini kaldırıp tuttukları simidi gösterdikçe kuşların dönüp yanlarına gelmesini, gözlerini dosdoğruca ellerindeki simide odaklamalarını eğlence ile izlediler. Bu iş, yedi yaşındaki Cansu'nun çok hoşuna gitmişti. Daha fazla simit alıp, onları da karnı acıkan diğer kuşlara atmak için çok ısrar etti. Dediğini akşamüzeri dönüş vapurunda yapmak üzere söz vererek ikna edebildiler onu.

Deniz sakin ve rüzgârsız, Haliç ağzı ve Sarayburnu önleri gelip geçen, iskelelere yaklaşan ve ayrılan irili ufaklı gemilerin kâh makine kâh düdük sesleri arasında hummalı bir telaş içinde idi. Gemilerin su üstünde bıraktıkları pervane izleri birbirine karışıyordu. Sabah güneşi yükseldikçe hava ısınıyordu. Karaosmanoğlu, Sarayburnu'ndan gitgide uzaklaşırlarken yukarıdaki Topkapı Sarayı'nı göstererek etraftaki tarihî yapıları anlatmaya koyuldu:

"Şurası sol tarafta Gülhane sırtından Ayasofya'ya kadar tamamıyla Topkapı Sarayı... Ayasofya, diğerlerinin arasında kırmızıya çalar renkte, gördünüz mü? Onun da sağ tarafında altı minareli Sultan Ahmet... Nasıl da haşmetli duruyor! Ya onun sağındaki Süleymaniye! Mimar Sinan'ın ne muhteşem bir usta olduğunu görüyor musunuz?.."

Canan, Karaosmanoğlu'nun anlattıklarını dinliyor, bir taraftan Nalan ile konuşuyordu: "Kız abla! Kastamonu'da hiç böyle camileriniz var mı sizin?"

"Çatalzeytin'e gelip geçerken otobüsten inip, birkaç saat dolaş da gör, var mı yok mu? Bu kadar büyük değil ama orada da tarihî pek çok cami ve yapı var. Mesela, Nasrullah Camii, Vilayet Konağı... Ayrıca, Kastamonu Kalesi!.."

Vapur, önce Kınalıada'ya, sonra Burgaz'a uğradı, inecek yolcularını bıraktı, sonraki adalara giden bir miktar yolcusunu aldı, Burgaz'dan kalktıktan sonra, Kaşık Adası'nı iskele tarafında bırakarak Heybeliada'ya geçti ve saat dokuza yaklaşırken iskeleye yanaşıp yolcusunu indirdi. Sabah yedi vapurunun Heybeli'de inen yolcuları çok kalabalıktı. Töreni izlemeye gelenlerin, Çatalzeytinliler gibi erkenci davrandıkları anlaşılıyordu.

Vapurdan sahile atılan halatlar, kaptan köşkünün sancak taraftaki lumbuzundan başını uzatan kaptanın bakışları altında, birbirleri ile hiç konuşmadan anlaşan çımacılar tarafından babalara volta edildi, geçiş iskelesi vapura uzatıldı. Heybeliada yolcusu bir dalga gibi sahile hücum etti. Hasan'ın misafirleri de kalabalık arasına kendilerini bıraktılar, birbirlerinin ellerinden, ceket kenarlarından, artık gruptan kimin neresine yapıştılarsa, sıkıca tutunarak, iskeleden geçip adaya çıktılar.

Terzi Hasan, ilk önce kendi askerliğindeki acemi kursları sırasında, daha sonra kayınbiraderi Recep'in askerliğinde, arkasından 1977'de Deniz Lisesi sınavlarına geldiklerinde, sonra 1980 senesinde Deniz Harp Okulu sınavları sırasında, 1980'den itibaren de Hasan'ı görmek için gelip gittiği birkaç seferde bu adayı artık avucunun içi gibi öğrendiğinden olsa gerek, İstanbul'da yaşayan Karaosmanoğlu'nun önüne geçip, kafilenin kumandasını ele aldı ve etrafı anlatmaya koyuldu.

"Selver, seninkiler buralara getirdi mi hiç seni? Bizim oğlanın okulu işte burası..."

"Fatma, dört sene önce askerlik yeminine gelmiştik, hatırladın mı?.."

"Sümer, siz geçen sene yurt dışı seyrinden döndüklerinde karşılamaya gelmiştiniz, değil mi Avni ile?.."

Ömürlük dostu Mustafa'ya dönerek: "Ah Mustafa!" dedi, "Sen benim bu yolları nasıl aşındırdığımı Küçükpazar'dan bilirsin. Şu adanın dili olsa da bu oğlanı buraya koyabilmek için ne eziyetler çektiğimizi bir anlatıverse!.."

"Bilmez miyim hısım ağa!.. Biz, senin bu işini 46'dan beri takip ediyoruz..."

Tören öğleden sonra üçte başlayacaktı. Hasan, saat bir gibi içeri girmelerini, bir buçuk civarında futbol sahasındaki tören alanına geçmelerini, en geç ikide tribünlerde kendileri için ayrılmış bölüme oturmalarını ve töreni beklemelerini tembihlemişti. Okula ana lumbarağzından değil, hemen üst tarafındaki "Burak" lumbarağzından gireceklerdi, çünkü ana giriş, riyaset ve protokol mensuplarının gelişi için kullanılacaktı...

Sümer, Heybeli'nin Rıhtım Caddesi'ne doğru göz atarak çay bahçelerini süzerken: "Baba," dedi, "daha çok vaktimiz var. İki üç saat oyalanmamız lazım. Şöyle münasip bir yere oturalım da ada havası alalım biraz..."

Öyle yaptılar. Terzi'nin gösterdiği, Rıhtım Caddesi'nde elli metre kadar ileride, ön bahçesinde masaların kurulu olduğu bir çay bahçesine girdiler, topluca oturdular.

"Fatma," dedi eşine, Terzi Hasan, "hatırlar mısın? 1977'de lise mülakatlarına geldiğimizde sokakta kaldıydık da masaların üzerinde yattıydık!.."

Hatırlamazlar mıydı? Ne kadar konuşmuşlardı o geceyi evde...

"İşte, bu çay bahçesi o!.. Şu gerideki binanın üst katında yattıydık..."

Servis yapan garsonlara, bahçenin mal sahibini sordular. Birkaç gün önce Bursa'daki oğluna gitmişti.

Kendileri gibi oturup vakit geçirmeye yer arayan diğer grupları göz ucuyla incelemeye başladılar. Ortalık ne kadar kalabalıktı... Vapurdan inen yolcuların çoğu, kendileri gibi çay bahçelerine girmişler ve masaları doldurmaya başlamışlardı. Kimileri de iskele ile sol taraflarında kalan Değirmenburnu arasında, sahil boyunca yürümeye koyulmuşlardı.

Çatalzeytinliler, aralarında konuşarak, çoğunlukla karşıdaki İstanbul sahillerine ve yanaşıp kalkan şehir hatları vapurlarına bakarak oyalanmaya başladılar. Sağ taraflarında Harp Okulu'nun ön bahçesindeki beyaz elbiselilerin telaş içinde sağa sola koşuşturduklarını görebiliyorlardı.

Saat dokuzdan itibaren, değişik boy ve cinslerde harp gemilerinin, sağ tarafta, Büyükada'nın kuzeyinden dolaşarak Deniz Harp Okulu önlerine doğru yaklaşmalarını izlediler. Bunlar, Heybeli'ye yaklaşınca okulun önünden geçerken bekçi düdüğü gibi bir düdüğü kısa, uzun fasılalarla çalıyorlar, okul içinden bir yerden de sanki cevap verilir gibi, düdük sesi duyuluyordu. Terzi Hasan, izah etti gruba:

"Gelen gemi, okuldaki amiral makamına selam veriyor düdüğü ile... Okulun limanından bir görevli de kendi düdüğünü çalarak, verilen selamı alıyor ve 'hoş geldiniz' diyor. O uzun ve kısa ötmelerin bir anlamı var, Mors alfabesi denen bir usul kullanılıyor..."

Selamlaşmasını bitiren gemiler, sağ tarafta Heybeli ile Büyükada arasına doğru sokuluyor ve gözden kayboluyorlardı.

Karaosmanoğlu: "Hısım ağa, bunlar da merasime iştirak etmeye gelmiş olmasınlar?" dedi.

Terzi Hasan, askerliğini hem Bahriyeli olarak hem de gruptaki herkesten önce yapmış olmanın verdiği öz güvenle:

"Tabii!" diye cevapladı. "Tören yerinden görünecek şekilde dizileceklerdir kanaatimce. Haydi bitirin şu merasimi de gönderin teğmenlerimizi, limanlarımıza gidelim, derlermiş gibi..."

Saat on ikiye kadar çay, kahve içerek vakit geçirdiler. İkramlar ve bütün hesaplar Terzi Hasan'a aitti. Karaosmanoğlu'nun veya Avni'nin bir şey ödemesine hiç fırsat vermedi. Sanki bu törenin sahibi benim, demek istiyordu, hepinizden önce buraları ben gördüm, Hasan'a burayı ben gösterdim, ben getirdim, ben teslim ettim, tören de benim!..

Kafilede herkes onun bu tavrını anlamış ve saygı ile karşılamışlardı. Yedi yaşındaki Cansu, hesapları kimin ödemesi gerektiğine yönelik günün en güzel esprisini yapmıştı:

"Ağabeyim ilk maaşını bugün alacak, değil mi? Beybabam ödesin şimdi ama ağabeyimden isteyelim akşam! Olmaz mı kız anne?"

Hepsi gülmüşlerdi.

Öğle yemeği niyetine kimileri sandviç, kimileri tost yediler. Büyükler, yediğinin yanına birer çay daha aldı, kızlara kola ısmarlandı, Cansu'ya ise ılıtılmış süt alındı. Çay bahçesindeki hesabı da Terzi Hasan ödedi ve kalktılar. Etraflarındaki kalabalık da yavaş yavaş hareketlenmeye başlamıştı.

Saat bire doğru, okulun ana lumbarağzı önünden yukarıya devam ederek Burak lumbarağzına geldiler. Burada görevli üniformalı ve rütbeli askerlerce kimlik kontrolleri yapıldı. 7578 numaralı Hasan Doğan'ın ailesi olduklarını, töreni izlemeye geldiklerini belirttiler. Görevliler nazik bir dille onlara, "hoş geldiniz" dedi. Törende misafir olduklarını göstermek üzere, yakalarına toplu iğne ile Deniz Harp Okulu amblemli, mavi ve beyaz kurdeleli birer rozet takıldı. Tören alanına giden güzergâh tarif edilerek, okulun önündeki bahçeye inmemeleri kaydı ile arka alanlarda dolaşarak etrafı inceleyebilecekleri, görevli öğrencilere merak ettikleri her şeyi sorabilecekleri bildirildi.

Sümer: "Oğlumun yattığı yerleri görmek isterdik, mümkün mü?" diye sordu rütbeli bir görevliye. "Yatakhane binasını üst katlara çıkmadan dışarıdan görebileceksiniz. Görevli öğrencilere sorun, size binayı gösterip tanıtsınlar, hanımefendi." cevabını aldı.

Girdikleri lumbarağzından tören alanına giden yolda yürüyerek yavaş yavaş ilerlediler. Hemen sollarında dört katlı ve uzunca yatakhane binası, sağ yanlarında dershane ve laboratuvar binaları vardı. Yol boyunca misafirlere bilgi vermek üzere hazır bekleyen öğrencilerden, yatakhaneler hakkında bilgi aldılar. Soldaki binanın zemin katı, öğrenci yemekhanesi idi. Üst katlarda ise öğrencilerin yatakhaneleri vardı.

İlerlediler, tören alanına yüz elli, iki yüz metre kala, sol taraftaki arka bahçeyi ve iç limanı gördüler. Arka bahçede büyük bir öğrenci kalabalığı vardı. Sorduklarında, beyaz üniformalıların mezun olan teğmenler olduğu, silahlı ve teçhizatlı olan diğerlerinin ise, törende görevi olan alt sınıf öğrencileri olduklarını öğrendiler.

Sümer. "Hasan da o beyazlıların arasında, öyle mi? Ah, bir görebilsek!" diyerek babası Terzi Hasan'a baktı, ancak, tören yolundan ayrılıp ön bahçeye inmelerine izin yoktu. Bahçedekiler son hazırlıklarını yapıyorlardı, onları yalnız bırakmak, dikkatlerini dağıtmamak daha doğru olacaktı... Sümer, sağ elini sağ yanağına yapıştırarak bir müddet arka bahçedeki teğmenleri taradı gözleri ile. Hasan'ı seçebilirse, hiç olmazsa bir el sallayıp geldiklerini göstermek istiyordu. Fatma, kızının geride kaldığını fark edince geriye dönüp telaşla seslendi:

"Sümer, yetiş bize!.. Şimdi birisi acaplayacak!"

Limanda bir telaştır gidiyordu. Arka bahçede bir içeri, bir dışarı, teknelerinin başında koşturan yakışıklı, genç çocuklar vardı. Öğrenci olmalıydılar. Çok kürekli filikalar, boy boy yelkenli tekneler, yedi sekiz kadar sörf, hepsi öğrencilerce donatılmış, limandan çıkıyorlar, sağa tören alanı tarafına veya sola, okulun önüne yöneliyorlar, dolaşıp turlayarak, biraz sonra yapılacak şenliğin haberini veriyorlardı. Kürekli filikalarda kürek çekenlerin hep bir ağızdan tuhaf bir tempo tutmalarını izlediler. Kıç taraftaki dümenci hariç, bütün kürekçiler ahenkli bir şekilde, bir öne eğiliyor, küreklerini aynı anda suya daldırdıktan sonra, çekerek hep beraber geriye doğru yatıyorlardı. Bir öne, bir geriye... Bir öne, bir geriye:

"Al beraber! Hoooy hop!.. Hoooy hop!.. Hoooy hop!.."

Arka bahçeyi gerilerinde bırakıp ilerlediklerinde, sağ tarafta okulun fırınını gördüler. Bir fırının önünden geçen herkesin mutlaka yaşadığı gibi, taze pişmiş ekmeğin o iştah açan, insanı acıktıran kokusunu aldılar. Öğrenciye akşam yemeğinde verilecek ekmekler pişiriliyor olmalıydı.

Sol tarafta az ileride kapalı havuz binasını gördüler. Havuz önünde, binbaşı rütbeli, iri yapılı, yaptığı spor antrenmanlarından olsa gerek, kuvvetli ve gösterişli bir vücuda sahip bir subay gördüler. Beyaz üniforması ile çok alımlıydı. Yanına gelen erin onunla konuşmasını işittiler az uzaktan. Er: "Şerafettin Binbaşım," diye hitap etmişti amirine, "havuzun suyuna klor kattık, dört kilo koyduk. Emrettiğiniz kadar..."

"Sağ ol, evladım! Şimdi gidip Önder Üsteğmen'ini bul bakalım bana..."

Yolun sonunda, kocaman, yarım can simidi gibi şekil verilmiş, üzerinde "Hoş Geldiniz" yazılı, iki yanındaki direklerde bayrak dalgalanan giriş takını gördüler. Burası, tören alanının giriş kapısıydı... Yaklaştılar ve sol tarafını denize yaslayacak şekilde, kocaman bir futbol sahasının uzandığını gördüler önlerinde. Burası da tören alanı olmalıydı. Görevlilerin yönlendirmelerine uyarak spor sahasının güney tarafına düşen tribünlere çıktılar ve orta bölümdeki protokol kısmının sağ tarafına geçerek hep beraber oturdular. Tribün, giriş takından geçen izleyicilerin dalgalar hâlinde gelişi ile dolmaya başlamıştı...

Saat ikiyi geçerken yerlerini almışlar, yürüyüşleri boyunca tesisleri, Hasan'ın dört senedir yaşadığı, çalışıp çabaladığı yerleri görüp inceleme imkânı bulmuşlardı.

Şimdi de oturdukları yerden tören alanını inceliyor, birbirlerine gösteriyorlardı. Önlerinde toprak zeminli koca bir futbol sahası vardı, etrafında olimpik bir yarış parkuru ile. Tribünlerde sağa sola koşuşturup, gelen misafirlere yer gösteren öğrenci gençlerden birisine sordular ve tam karşılarındaki büyük beyaz boyalı binanın, okulun kapalı spor salonu olduğunu öğrendiler. Kapalı havuzun hemen yanında bulunan bu binada sanki bir geminin bacası gibi şekil verilmiş kırmızı boyalı bir kule vardı. Kulenin bedenine büyükçe bir dümen dolabı sabitlenmişti. Üzerinde "211" yazıyordu. Spor salonunun sahaya bakan cephesinde birbirine eşit ölçülerde iki büyük bayrak ve bunların ortasına Mareşal Atatürk posteri asılmıştı. Bayrakların renkleri canlı, Atatürk posteri göz alıcı idi. Sağlarına sollarına baka baka, etraflarını hayranlıkla incelediler.

Heybeliada önünden dolaşıp, okul komutanı amirali selamladıktan sonra gözden kaybettikleri Donanma gemilerinin nerede olduğunu gördüler... Hepsi, Heybeli'nin güneydoğusuna sokulmuş, Büyükada ile Heybeli arasındaki geçitte, tören alanından rahatça görünecek bir düzen dâhilinde demirlemişlerdi. Baş tarafına yakın bordasında D 353 yazan muhrip tipi gri renkli su üstü harp gemisi, balığın sırt yüzgecine yakın yelkeninde S 333 yazan kapkara bir denizaltı gemisi, onun yanında beyaz boyalı bir hücumbot, M 507 ve M 508 numaralı gri renkli mayın tarama gemileri...

Kendilerine yakın oturan bir grubun, aralarında yaptığı konuşmalardan, içlerinde Gölcük'ten denizaltıcı bir subayın bulunduğunu anladılar. Bu subay, denizaltı gemilerinin birinde görevli idi, yeğeninin mezuniyet törenine katılmaya gelmişti. Gördükleri denizaltının adı "*İkinci İnönü*" idi... Cansu, onların konuşmalarını dinledikçe dönüp, denizaltı gemisine bakıyordu. Diğer gemilerin hiçbirine benzemeyen bu kapkara gemi, bir balık gibi görünmüştü ona, öyle söylüyordu... Ama geminin suya dalıp kaybolduğunu, günlerce suyun içinden çıkmadığını duyduğunda konuyu artık takip edemez oldu... Suyun altında kaybolan gemi mi olurdu? Hem bu kara gemilere binenler neresine oturacaklardı, boğulmazlar mıydı?..

Demirli gemilerin arasından, en arkada, Büyükada tarafında meşhur *Savarona*'yı gördüler... Büyük Önder Atatürk'ün son yıllarında onu misafir eden, şimdi deniz öğrencilerinin eğitimi için görev yapan *Savarona*... Birbirine benzeyen önlü arkalı, sarı boyalı iki bacası, bacaların önünde, baş ve kıç tarafta birer tane olmak üzere iki büyük direği ile büyük beyaz bir kuğu gibi geziniyordu demirinin üzerinde...

Bütün harp gemileri ve *Savarona* başüstünden direğinin yüksekçe bir yerine, oradan da kıçüstüne doğru, önce yükselip, sonra alçalan iki hat hâlinde allı beyazlı, sarılı kırmızılı denizci sancakları dizmişlerdi...

Saat iki buçukta tören alanının girişinde bir hareketlilik göze çarptı. Okulun öğrencilerinden kurulu boru trampet takımı, kendilerine has yürüyüşleri ile tempo vererek taktan içeri girdiler, koşu parkurunda spor salonu tarafından yürüyerek ilerlediler, sağlarına doğru hoş bir dönüş yapıp, tören alanına girdiler. Arkalarında yine öğrencilerden kurulmuş bir silahendaz bölüğü vardı.

Selver Hanım: "Mezun olan subaylar bunlar mı acaba, ağabey?" diye sordu. "Hasan da bunların içinde midir?"

"Soralım şu görevlilere." dedi Terzi Hasan. Dönüp sorduğunda, bunların öğrenci bandosu ile Cumhurbaşkanı'na resmî karşılama merasimi yapacak öğrenci bölüğü olduğunu, karşılama görevini yapacakları yere geldiklerini öğrendiler. Mezun olan subaylar henüz tören alanına girmemişlerdi.

Bando ve karşılama bölüğü, sol yanlarını tribünlere vererek giriş takına yüzlerini döndüler ve beklemeye başladılar.

Saat üçe çeyrek kala tören alanında yeni bir hareketlenme oldu. Aşağıda, tribün önünde görevli olan subaylardan; birkaç dakika içinde üst düzeyli devlet görevlilerinin geleceklerini, onlar yerini aldıktan sonra Cumhurbaşkanı'nın tören alanına teşrif edeceğini, resmî karşılama birliğini denetleyeceğini, Cumhurbaşkanı yerine gelip oturduktan sonra yeni teğmenlerin ve törende görev alan diğer öğrencilerin alana gireceklerini, Cumhurbaşkanı'ndan izin alınınca törenin başlayacağını öğrendiler.

Çok geçmeden tören alanına kalabalık bir grubun girerek, tribün tarafına yöneldiği görüldü. Terzi Hasan, oturduğu yerden; Başbakan Turgut Özal'ı, Meclis Başkanı Necmettin Karaduman'ı ve hemen arkalarındaki karacı, denizci ve havacı general ve amiralleri gördü. Bu grup, etraflarındaki danışmanları, güvenlik görevlileri ve okul yöneticilerinin yol göstermesi ile protokol kısmında kendilerine ayrılan yerlere geçtiler, izleyici kalabalığının ve tribünlerin önünde yürürlerken ellerini kaldırarak gülümsediler ve halkı selamladılar, selamlarına karşılık alkışlar aldılar ve koltuklarına oturdular. Tören alanı biraz sonra sessizliğe büründü. Saat üçe beş kala bir anons duyuldu:

"Sayın Cumhurbaşkanı, tören alanını teşrif etmektedirler!.."

Bu anonsla, tribünlerin protokol bölümündeki devlet erkânının tamamı ayağa kalktı, üniformalı askerler selama durdu.

Cumhurbaşkanı Kenan Evren, taktan girip, yanında okul komutanı tuğamiral ile parkurun spor salonu tarafına yürüyordu. Siyah takım elbisesi içinde, dinç ve neşeli görünüyordu. Spor salonu yanında onu karşılamak üzere yarım saate yakındır bekleyen bando ve karşılama bölüğünün önüne geldi ve *A tipi* denen resmî karşılama töreni yapıldı. Cumhurbaşkanı'nın, tüfekleri ile selam veren askerlerin önünde durup, onlara dönerek: "Merhaba asker!.. Nasılsınız?" diye seslenmelerine kuvvetli birer: "Sağ ol!" karşılığı almasından kısa süre sonra, kılıcını sağ yanına yere doğru tutarak selam veren karşılama subayının: "Tören bitmiştir Sayın Cumhurbaşkanım!" diye haykıran sesini tribünlerdeki herkes duydu. Bu rapor, Cumhurbaşkanı'nı karşılama töreninin bittiğini bildiriyordu. Sadece iki dakika kadar sürmüştü. Cumhurbaşkanı, daha sonra protokoldeki yerine geldi ve oturdu. Tören alanını karşıdan karşıya geçerken yaptığı bu yürüyüş esnasında, tribünlerdekiler, Cumhurbaşkanı'na sıcak bir tezahürat yaptılar, o da bazen sağ, bazen sol kolunu kaldırıp el sallayarak halkı selamladı. O yerine yürürken, kendisini karşılayan merasim birliği, geldikleri yoldan geri dönüp taktan dışarı çıktı ve gözden kayboldu.

Şimdi, tören alanının girişindeki takın dışından, ritmik, gittikçe yükselen bir boru, trampet ve davul sesi gelmeye başlamıştı. Törende görevi olan tüm öğrenci ve teğmen birliklerinin, alana girişleri için yürüyüşe geçişlerini belirtiyordu bu sesler... Boru ve davul sesleri, sanki birbirleri ile konuşur gibi, önce borular çalınarak, onlar susunca davullar ve trampetler vurularak gittikçe şiddetlendi. Ortalık inlemeye başladı. Bandodan çıkan ses, spor salonu binasının alana bakan cephesine ve tribünlerin arkasındaki toprak yamaçlara vuruyor, oralardan da aksederek ayrı ayrı, ikinci ve üçüncü yankılar hâlinde alanda dolaşıyordu. Bu ses cümbüşü, tribünleri ve kuzey yandaki boş alanı doldurmuş olan izleyicilerin heyecanlarını doruğuna çıkardı. Seyirciler, bulundukları yerden âdeta tören alanına atlayacak ve törene bizzat katılacaklarmış gibi coşmuşlardı...

Bandonun sesi yüksele yüksele en son seviyesine ulaştı, sonra düzenli işleyen bir saat gibi, verdiği ritmik tempo ile yürüyüşlerine başlayan grupların ayak seslerine karıştı. Teğmenler, önlerine ve arkalarına pek çok tören birliğini takmış, geliyorlardı...

Harp Okulu öğrencilerinden kurulu büyük bando en önde idi. Bandonun ön kısmında borucular, sonra trampetçiler, onların arkasında da davulcular ve zilciler vardı. Davul ve trampet takımlarının temposu ile uygun adım yürüyen tören birlikleri, taktan içeri girdiler, spor sahası etrafındaki parkurda, spor salonu tarafından yürüyerek ilerlediler. Bandonun arkasına doğru sırasıyla; öğrenci alay komutanı, alay sancağı, flamalar, mezun olan teğmenler taburu, onların arkasında, alt sınıflardan seçilerek kurulmuş silahlı ve teçhizatlı birlikler dizilmişti.

Göz alıcı bir düzen ve ahenk içinde yürüyen teğmenler taburu, spor salonunu hizaladığında topluca sağlarına döndüler, taburlarının sağ yanını şimdi ön cepheleri yaparak tribünlere doğru yaklaştılar, sahanın ortasında durup esas duruşa geçtiler. Yürüyüşleri boyunca hep birlikte bir marş söylemişlerdi:

"Karadeniz, Karadeniz, gelen düşman değil biziz...
Yarım asır beklediğin, Barbaros'un hafidiyiz..."

Gösterişli bir yürüyüş olmuştu. Tribünlerdeki izleyicilerin heyecanlarını daha da artırmış, gururlanmalarına, duygulanmalarına yol açmışlardı. Karadeniz Marşı'nı söyleyerek saha içine doğru ilerledikleri sırada tribünlerden yoğun bir alkış aldılar.

Teğmenler taburu yerini alıp, marşı bitirince, Öğrenci Alay Komutanı Deniz Kurmay Albay İlyas Karaoğlu, protokol tribününe koşarak Cumhurbaşkanı'nın tam önüne geldi ve alayının törene başlamaya hazır olduğunu bildirdi. Verilen bu rapora karşılık Cumhurbaşkanı da öğrenci alayını selamladı, sonra törene başlanması için izin verdi.

Tören takdim subayı, önce tören programını açıkladı:

- *Şehitler için saygı duruşu ve İstiklal Marşı,*
- *Okul komutanının konuşması,*
- *Mezun teğmenler adına okulu birincilikle bitiren subayın konuşması,*
- *Arzu ettiği takdirde, Cumhurbaşkanı'nın konuşması,*
- *Okulu derece ile bitiren teğmenlerin diplomalarının ve hediyelerinin verilmesi,*
- *Teğmenlerin kılıçlarının kuşandırılması ve diplomalarının verilmesi,*
- *Sancak devir tesliminin yapılması,*
- *211'inci yıl baklasının denize indirilmesi,*
- *Okul marşının söylenmesi,*
- *Öğrenci alayının tören geçişi, törenin sona ermesi.*

Tören, bu programa göre saat tam üçte başladı. Saygı duruşuna ve İstiklal Marşı'na sivil, asker, misafir veya görevli, alanda bulunan herkes coşku ile katıldı.

Daha sonra kürsüye gelen Okul Komutanı Tuğamiral Yaşar Şenkal, kısa bir konuşma yaptı. Mezun olan teğmenlerin Donanma'da görev yapmaya hazır olduklarını, diğer sınıflardaki öğrencilerin de aynı hedef için, Atatürk'ün İlke ve İnkılapları ile bilimsel esaslar doğrultusunda, eğitim ve öğretimlerine devam edildiğini vurguladı.

Mezun teğmenler adına konuşmayı yapan Teğmen Atilla Vural idi. Dört yıllık ortalamaya göre okulu birincilikle bitirmişti.

Okulu derece ile bitiren teğmenlerin ilk onuna, sınıfın diğer mensuplarından ayrı bir program uygulandı. Onların adları sıra ile anons edildi, anons edilen, teğmen taburundan çıkıp koşarak tribünlere, protokol kısmının önüne geldi. Hediyesini verecek devlet görevlisi aşağıya, onun yanına inerek diplomasını ve hediyesini verdi. Teğmen, onu selamladıktan sonra döndü, koşarak taburuna gitti ve yerine geçti. Birinci olan Teğmen Atilla'nın diplomasını Cumhurbaşkanı, aşağıya inmeden, oturduğu yerde verdi. İkinci olan Teğmen Cengiz Taşoğlu'nun diplomasını Meclis Başkanı verdi. Üçüncü olan Teğmen Atilla Yakan'dan sonra, dördüncü olan Teğmen Mesut Tüzel'in sırası geldi. O da diplomasını ve hediyesini alkışlar arasında aldı.

Dereceli on teğmen, diplomalarını alıp, sınıf arkadaşları arasındaki yerlerine geçince, tüm taburun kılıcını kuşanma ve diplomasını verme faslına geçildi. Bu kısım da büyük bir düzen ve titizlik içinde yapıldı, bitti.

Sonra, alay seviyesindeki askerî birliklerin gelenekselleşmiş alay sancağı devir teslimine geçildi. Sancak platforma getirildi, teslim eden subaylar ile teslim alan yeni son sınıf öğrencileri yerlerini aldılar ve devir teslime başladılar:

"Silah arkadaşım!.. Deniz Harp Okulu öğrenci alay sancağının nöbet sırası sende...
Onu öpüyor ve teslim ediyorum..."

Teğmen, elindeki sancağı öpüp, alnına koyduktan sonra yeni son sınıf öğrencisine teslim etti. Bu öğrenci, sancağı aldıktan sonra, onu nasıl koruyacağını haykırarak anlattı:

"Teğmenim! Namusum üzerine ant içerim ki...
Gözümü bir saniye olsun ondan ayırmayacağım...
Sancağımı öpüyor ve teslim alıyorum..."

Devir teslimi yapılan alay sancağının yerine geçmesi ile artık törende sıra Deniz Harp Okulu'nun geleneksel seremonisine gelmişti. 84 mezunu olan bu teğmenler, 1773'ten bu yana mezun edilen 211'inci sınıfı oluşturuyorlardı. Bunun nişanesi olarak tören alanında, spor salonu binasına yakın bir mevkide, sahil kısmında tesis edilmiş, temsilî bir harp gemisinin başüstündeki demirden, yine temsilî olarak 211'inci bakla denize verilecekti. Bu seremoni de Bahriye'nin kendine özgü deyimlerinin kullanıldığı emir ve rapor cümleleri ile tamamlandı.

Bunun arkasından tüm öğrenci alayı, alanda bulunan okul personelinin katılımı ile yer yer izleyicileri de beraberlerine katarak Deniz Harp Okulu Marşını söylediler:

"Şahlan artık ey deniz, şanlı dostlar geliyor,
Ummanlara hükmeden Barbaroslar geliyor.
Baş koymuşuz uğruna, biz bu coşkun suların,
Ruhumuza dalgasız ölçüler dar geliyor..."

Marşın tamamlanmasının ardından, mezun teğmenlerin ve öğrenci alayının protokol önünden tören geçişi için düzen alındı. Sahanın etrafındaki koşu parkurundan tören alanına girmiş tüm birlikler ve bando spor sahasından ayrılıp, tribünlerin aksi tarafındaki parkura çıktılar, spor salonunun yanından itibaren sıraya dizildiler ve geçiş düzenini aldılar. İçlerinden sadece okulun kadrolu bando birliği, geçiş yapacak birliklere ritim vermek üzere alan içinde kalmış ve protokol tribünü önüne doğru yaklaşmıştı. Okul bandosunun yerini almasının ardından; en önde Alay Komutanı Albay Karaoğlu, arkasında alay sancağı takımı, bu takımın arkasında, önüne ve arkasına silahendaz bölüklerini almış olarak mezun teğmenler taburu, tören alanı etrafındaki koşu parkurunun güneyinden dolanarak uygun adım ile yürüdüler, sağ taraftan izleyici ve protokol tribünü önüne geldiklerinde kaz adımı yürüyüşe geçtiler, protokol erkânının ve izleyicilerin gözyaşlarına karışmış, coşkun alkış ve tezahüratları arasında, başları sol taraflarına dönmüş vaziyette ilerlediler. Teğmenler taburunda, sınıfın en uzun boylularının oluşturduğu ilk sırada bulunan Teğmen Sermet Kural hem büyük bir özenle yürüyor hem arka sıralardaki arkadaşlarını motive etmeye çalışıyordu:

"Haydi, arkadaşlar! Az kaldı! İleride beş on kişi daha var, haydi onlar için... Kaldırın dizleri!"

"Tamam Sermet, biliyoruz!" diye itiraz ediyordu arkadaşları ona. "Dört senedir helak ettin bizi be kardeşim!.."

Teğmenler, kendi içlerinde yaptıkları motivasyonu artırıcı bu konuşmalar ile yürüyüşlerini tamamladılar. Resmigeçit törenine katılan tüm birlikler, tribünlerin önünden geçişlerinden sonraki beş dakika içinde birer birer taktan çıkmış ve gözden kaybolmuşlardı...

1984 yılında Deniz Harp Okulu'ndan mezun olarak Bahriye'ye gidecek teğmenlerin mezuniyet töreni böylece bitmişti. Sırada, Cumhurbaşkanı'nın resmî törenle uğurlanması ve tören alanının uygun bir yerinde misafirlere ikram ve ağırlama yapılması vardı.

Cumhurbaşkanı'nın uğurlaması tamamlanınca, protokolde oturan diğer devlet görevlileri de kendi resmî protokol önceliklerine uyarak sırayla alandan ayrıldılar. Ayrılışları sırasında, Cumhurbaşkanı'na da onlara da tribünlerden sevgi ve saygı gösterileri yapılmıştı.

Protokol mensupları ayrılınca tören alanının resmî havası yumuşadı, görevliler ferahladılar, kalabalığın üzerinde birkaç saattir egemen olan tören ciddiyeti ortadan kalktı, etraf kahkahalara, kucaklaşmalara ve kutlamalara boğuldu. Mezun teğmenler, taburlarını dağıttılar ve tribünlerden alana inen izleyiciler arasındaki ailelerini, misafirlerini bulmak için telaşla sağa sola koşuştular. Öğrenci alayının törene katılan diğer birlikleri, yani alt sınıflar ise, sessizlik içinde alandan çıkıp gitmişlerdi...

Teğmen Hasan, beline kuşanmış kılıcı ve elinde diploması ile Çatalzeytinlileri bulup yanlarına geldiğinde, ilk önce dedesi Terzi Hasan'ın ellerine sarıldı. Onun elini iki elinin arasına alıp saygı ile öptü, diploması ve rütbesi için dedesine şükranlarını ifade etti. Dede ve torun, uzun uzun sarılıp kucaklaştılar. Yoğun bir an yaşanıyordu... Sonra, annesi Sümer'in, anneannesinin ve babasının ellerini sırayla öpüp, kucaklaştı. Daha sonra gruptaki diğer büyüklerinin ellerini öpüp, onların dualarını aldı. En son sırada üç kız kardeşi vardı, onlarla da sıkı sıkı kucaklaştılar...

Cansu, ağabeyinin belindeki kılıcı merak ediyor, kınından çıkarıp göstermesi için onu sıkıştırıyordu. Çok düşkün olduğu ağabeyini iki gündür görememiş, özlemişti. Sabahtan beri aklını kurcalayan şeyleri soruyordu ağabeyine:

"Kılıcını çıkarsana ağabey!.."

"Diplomadaki resmini gösterir misin ağabey?.."

"Maaşını verdiler mi ağabey?.."

Hasan, bir yandan misafirleri ile tören hakkında konuşuyor bir yandan da Cansu'nun sorularına cevap vermeye çalışıyordu. Teğmen olarak alacağı ilk maaş için:

"Hayır, henüz almadık," dedi, "pazartesi gelip, beylik tabancalarımızla birlikte alacakmışız... 52 bin lira kadarmış sanırım. Pazartesi son kez geleceğiz, ondan sonra adada işimiz kalmıyor..."

Güle oynaya, şakalar yaparak, Çatalzeytinlilerin kimisinin gözleri hâlâ yaşlı, ağırlama alanında kuru pastalarını yediler, limonata ve gazozlarını içtiler. Dışarıdan bakıldığında, her kalabalık grubun arasında beyaz elbisesi içinde bir teğmen, etrafında aile efradı görünüyordu. Gruplar kendi içlerinde hararetli konuşmalar yapıyorlar, Cansu gibi küçük yaştaki çocuklar, ağabeyleri veya akrabası olan teğmenlerin sağını solunu çekiştiriyorlardı...

Hasan bir ara Mesut Tüzel'i yakaladı gözleri ile. Ona gülerek seslendi:

"Ayakkabıları değiştirebildin mi Mesut?"

Mesut, yedek ayakkabılarını annesine verdiğini, ayağındakileri vapurda değiştireceğini söylemişti.

Ağırlama saat beşe doğru tamamlandı. Misafirler, teğmenlerini birer birer yanlarına alıp alandan ayrıldılar ve giriş takından geçip, okul çıkışına doğru yöneldiler. Protokol zevatı, törenin tamamlanmasının ardından okuldan ayrıldığı için, ön bahçe, misafirlerin gezip görmesine serbest bırakılmıştı. Çatalzeytinliler, Teğmen Hasan'ın rehberliğinde arka bahçeye indiler, komutanlık binasının önünden dolanarak ön bahçeye geçtiler. Hasan onları doğruca *Yavuz*'un direğinin altına götürdü. Rengârenk alay sancakları ile bezenmiş direğin altında Hasan, dedesine döndü ve: "Bu direğe bir bak hele!" dedi. "Tanıyabilecek misin?"

"Tanımam mı? Bizimki bu... *Yavuz*'un baş direği!" diyen dedesi, nemli gözlerle direği kucaklamış, çocuk sever gibi dil dökmeye başlamıştı.

"Nerede ise kırk sene oldu görüp sarılmayalı... Bunun değil, ama kıçtaki direğin altında az mı gün saydık, İzmit'e, Gölcük'e baktık? Ne raspalar yaptık, boyalar vurduk bunlara otuz ay boyunca..."

"Bu direk bizim buradaki öğrencilik hayatımızda da önemli bir yere sahip." diye ilave etti Hasan, dedesinin söylediklerine: "Az arkadaşımız tırmanmadı buna, sınavların yükünden bunaldıkça..."

Ön bahçede okulun tarihini dinlediler genç teğmenden. Komutanlık karargâhının tarihî yapısını incelediler, önünde bir süre dikilerek. Hasan'ın Harp Okulu sınavına girdiğinde oturduğu amfiyi gördüler.

"Şu amfi binasının üst katında vapur iskelesine bakan köşede bir 'E' sınıfı vardır... İlk sene ben derslerimi, etütlerimi o sınıfta görmüştüm... O sınıfta çektiğim sıkıntı ve üzüntüleri size tarif edemem. Anlamadığım, lisede iken adlarını bile duymadığım konularla cebelleşip sınavlara çalışırken, aşağı bakıp ön bahçedeki martıları izliyor, kitabı, defteri bırakıp, her şeyden vazgeçmeyi, onların arasında bir martı olmayı, onlar kadar dertsiz, tasasız, sorumsuz olmayı ne kadar istiyordum, tahmin edemezsiniz..."

Ön bahçede Hasan'ın dört yıl süren öğrencilik anılarını dinleye dinleye okulun lumbarağzına kadar geldiler. Nöbetçi heyetin nazik hitaplarına teşekkür ederek okuldan çıktılar ve vapur iskelesine yürüdüler.

"Bitirdim mi gerçekten?" diyordu Hasan, yanındakilere. "Çok zaman oldu, galiba ben beceremeyeceğim, burada bittim, dediğim... Özellikle ilk senemde..."

Saat akşamüzeri altıya gelmişti. Eminönü'ne gidecek ilk vapura daha bir saat vardı. Ama altıyı çeyrek geçe Bostancı'ya gidecek bir vapur gelecekti. Evleri Fatih ve Aksaray tarafında olduğundan, uygun olan Eminönü vapuru idi, ama törenin mutluluğu ve ön bahçede yaşanan duygu dolu dakikalardan sonra: "Ne fark eder?" dediler. "O vapur da İstanbul'a gidiyor, bu vapur da... Biz de önce Bostancı'ya gideriz. Orada başkasına atlar, Eminönü'ne geçeriz!.."

Öyle yaptılar. Sabah Aksaray'dan çıkan Çatalzeytinliler grubu, şimdi yanlarına bir de Bahriye teğmeni almış olarak Bostancı vapuruna biletlerini aldılar, adadan ayrılan kalabalık yüzünden alt güvertelerde oturacak yer bulamayıp, en üstteki açık güverteye çıktılar. Vapurun bacasının dibine kadar gelmişler, onun uğuldaması altında kalmışlardı. Vapurun iskeleden ayrılmasıyla birlikte, en üst güverteden, dört yanlarında nazlı nazlı dalgalanan masmavi denizi ve vapur ile uçuşan martıları seyrederek, anın tadını çıkarmaya koyuldular...

Cansu, ağabeyinin belindeki kılıcı ve göz kamaştıran sapsarı kemerini incelemekten, simit ile besleyeceği martıları unutmuştu. Bir ara ağabeyi, kılıç kemerini belinden fora edip, küçük kardeşinin göğsüne bağladı. Cansu, üzerinde kılıcı olmayan kemer ile oturdukları bölümde, banklar arasında gururla gezinerek etraftaki insanlara gösteriş yaptı.

Vapurun üç kısa düdük çalarak tornistan yol verdiğini söylediği sırada Terzi Hasan, dalgın gözler ile arkalarında kalan Deniz Harp Okulu'nu seyrediyordu. Vapur uzaklaştıkça küçülen bu beyaz bina topluluğundan gözlerini uzun süre ayıramadı. Kim bilir aklından neler geçiyordu? Bahriye'de üç yıl yaptığı askerliği, Deniz Lisesi için 1977'deki uğraşmaları, dört yıl önce Deniz Harp Okulu'na girebilmek için koşuşturmaları... Düşünceli düşünceli uzaklara bakan gözleri doldu önce, sonra yaşlar boşandı, yanaklarına doğru ip gibi inmeye başladı, sonra dudakları büzüldü. Kendisini tutabilmek için cebinden çıkardığı sigarayı titreyen ellerle yakmaya, altında kaldığı duygu yükünden sıyrılmaya çalışıyordu. Ama beceremeyecek gibi görünüyordu.

Vapurda yerlerine oturduklarından beri bir, torunu Teğmen Hasan'a bir kocası Terzi Hasan'a bakan, arada bir arkadaşları Hatice ve Selver'e göz atan Fatma, kocasının ağlamaklı ruh hâlini fark etmiş, onu takip ediyordu:

"Hayrola Hasan Efendi, çok mu içlendin?.."

Dudaklarını ısırarak kendini tutmaya çalışan Terzi Hasan, hanımının bu sorusu ile artık kendini bırakıverdi ve kalabalığın içinde katıla katıla ağlamaya başladı... Gruptaki herkes etkilenmişti onun bu hâlinden. Etraftaki banklarda oturan diğer aileler de birdenbire ağlamaya başlayan bu yaşlı adama bakıyorlardı...

Terzi Hasan: "Beni kendi hâlime bırakın biraz!" dedi. "Selver, Mustafa, Hatice! Siz benim kusuruma bakmayın. Az mı koşturduk şuralarda bugünü göreceğiz diye... Allah şahittir, kaç kere tükenip kaldık da tekrar kalktık, çabalamaya devam ettik..."

Karaosmanoğlu: "Nasıl istersen, hısım ağa," dedi, "nasıl rahat edersen... İstersen şu tarafa geç, otur biraz... Biz buradayız, ben de gelirim yanına..."

Terzi kalktı, bacanın kıç tarafında tenha bir yere gitti, sırtını verdi uğuldayan bacaya, çömeldi ve oturdu. Gözleri vapurun kıç tarafında, artık inci dizisi gibi ışıklarını yakmış olan Deniz Harp Okulu'ndaydı. Biraz sonra Karaosmanoğlu da yanına gelip çömeldi, sırtını bacaya verdi, oturdu.

"Toparladın mı Hasan?"

"İyiyim Mustafa! 46'dan 84'e... Tam otuz sekiz sene! Hep içimdeydi... Bu yük, bugün yüreğimden kalktı..."

"Hepinizin gözleri aydın olsun, hısım ağa? Hayırlı, uğurlu olsun... Allah bahtını açık etsin oğlanın..."

"Sağ ol, hısım ağa."

Artık sakinleşmişti. Mustafa ile yaptığı konuşmanın da faydası olmuştu ferahlamasına.

"Sen onu bırak da çoluk çocuğu eve yollayınca biz ne yapıyoruz bu akşam, onu söyle hısım ağa?" dedi Karaosmanoğlu.

"Ne yapmak lazım? Sen ne dersen, onu yapalım. Oğlanın mezuniyet balosu varmış Taksim tarafında. O, o tarafa gidecek, Eminönü'nde iner inmez... Biz de seninle Küçükpazar'a mı kaçsak?"

"Ben, Ayancıklıların lokantasında bir hazırlık yaptırdım. Gıcı dayı, Abdi Usta, damadı İbrahim, Nizamettin filan... Bizi bekliyorlar... Bir merasim de Küçükpazar'da yapalım kendi aramızda, dediydik..."

"Tamam." dedi Terzi Hasan: "Avni hepsini alsın, Aksaray'a dönsün... Hatice ile Selver de bizimkilerin misafiri olsun madem bu akşam. Baksınlar başlarının çaresine..."

Öyle yaptılar. Terzi ile Karaosmanoğlu, Eminönü'nde gruptan ayrılıp Küçükpazar'a geçti, geri kalanlar belediye otobüsüne binip, Aksaray'a gittiler ve başlarının çaresine baktılar. Hasan'ın teğmen oluşu, Ayancıklıların lokantasında yapılan özel bir merasimle, bir kez de Küçükpazar'da kutlandı o akşam...

***

-16-

Aksaray, İstanbul, Eylül 1984

31 Ağustos Cuma günü Heybeliada'da yapılan mezuniyet törenine katılan Çatalzeytinliler, akşam saat yedi buçuk civarında Eminönü'ne indiklerinde, genç teğmen ve kardeşi Canan, kafileden ayrıldı, gece yapılacak mezuniyet balosuna katılmak üzere bir taksi çevirip, Galata Köprüsü ve Karaköy üzerinden Harbiye tarafına gittiler.

O gün Deniz Harp Okulu'nda eğitim, öğretim faslını temelli olarak kapatıp, artık birer teğmen olan onlarca subay, şehrin farklı noktalarından kimisi belediye otobüsleri ile kimisi Eminönü'nden bir taksiye atlayarak Harbiye'de İstanbul Radyosu binasının hemen yanındaki Harbiye Orduevi'ne toplandılar. Bir kısmının kız arkadaşları ile kutladığı bu gecede, kız arkadaşı olmayanlar, varsa kız kardeşlerini veya ablalarını, kimileri de akraba arasından yaşı uygun kimi bulabildilerse getirip, anlamlı eğlenceye katılabildiler.

Hasan, Canan ile birlikteydi. Başer ve Selahattin de kardeşlerini getirmişlerdi. Cemal'in yanında kız arkadaşı vardı.

Balonun başlangıcında, mezun olan subayların Tabur Komutanı Binbaşı Caner Altan, güzel bir konuşma yaptı. Yaptığı konuşmada, mütevazı sözlerle, bu sınıfın yetiştirilip Donanma'ya gönderilmesindeki payını anlattı. Caner Binbaşı, adadaki ilk iki yılında, 84 mezunlarının başında öğrenci bölük komutanı olarak yüzbaşı rütbesi ile görev yapmış, 84'lüler ikinci sınıftan üçe geçerlerken kendisi de terfi etmiş ve binbaşı olmuş, rütbesinin gereği olarak aynı sınıfın tabur komutanlığı görevine gelmişti.

Caner Binbaşı'nın tabur komutanı olduğu son iki yılda, 84'lülerin bölük komutanları, Yüzbaşı Mahir Sarı ile Yüzbaşı Haluk Ülgenalp idi. Dolayısıyla onlar da balodaydılar. Balo boyunca Caner Binbaşı ve iki bölük komutanına büyük sevgi ve saygı gösterdi teğmenler. Yanlarındaki misafirleri ile bu subayların oturduğu masalara gittiler, kendilerine ve eşlerine şükranlarını ifade edip, iyi dileklerde bulundular.

Bol bol dans, orkestranın salonu doldurup, sokaklara taşan sesi yüzünden bağıra çağıra konuşmalar, memleketin dört bir yanından oyun havaları ve topluca çekilen halaylar ile kutlamalar sürdü gitti. Gece yarısına doğru balo bitti, teğmenler gruplar hâlinde ayrılmaya başladı. Hasan ve Cemal, yanlarındaki hanımlarla birlikte başka bir gruba katılarak Gezi Parkı'na yakın bir diskoya gittiler.

Gece saat üçe yaklaştığında diskotekte devam eden eğlencenin de sonuna gelindi. Hasan ve Canan, bir taksiye binerek Aksaray'a döndüler. Eve vardıklarında sokağın tam karşısındaki evde oturan, anneannelerinin yakın arkadaşı Hacı teyzenin bu saatte yine uyanık olduğunu, başını cama dayamış, perdeyi de sırtına çekmiş vaziyette, sokaktaki asayiş durumunu kontrol ettiğini fark ettiler. Dört yıl boyunca yapmıştı bunu Hacı teyze. İstanbul'un bu mütevazı sokağında Fatma'yı hiç yalnız bırakmadığı gibi, Hasan'ı takip ve kontrol etmekte de Fatma'ya, karşılığı ödenemez yardımlarda bulunmuştu...

Apartmana girip evin kapısını çaldıklarında Cansu hariç, herkesin ayakta olduğunu, kendilerini beklediğini gördüler. Endişeli bir bekleyiş değildi bu... Bir iki ay ara ile gerçekleşen iki mezuniyet merasimi ile Nalan'dan sonra Hasan'ın ve Canan'ın da güvenilir birer kurumda işe başlamakta olduklarını bildiklerinden, neşe içindeydiler...

"Aaaa, Hasan!" dedi annesi Sümer: "Bembeyaz elbisenin paçaları leke içinde kalmış, bu kırmızı toz da nereden bulaşmış? Ayakkabın da âdeta siyaha dönmüş... Ne oldu böyle?"

"Çok yorulduk anne, dans etmekten." dedi Hasan. "Senin bu kızına hiç dans filan öğretmemişler okulunda! Kırmızı toz, tören alanındaki zeminden bulaştı, ama canım pantolonumu, ayakkabılarımı da senin bu kızın mahvetti bütün gece!.. Herhâlde yarın yıkayıverecektir..."

Hep beraber gülerlerken: "Mesut haklıymış ikinci ayakkabıyı hazırlamakta!.." diye düşünüyordu Hasan.

***

Eğlenceli bir hafta sonu geçirdiler hep beraber. Üç kez vapur yolculuğu yapmış olmalarına rağmen, Boğaz'ı da görmemiz lazım, diye tutturdu Terzi Hasan. Cumartesi günü öğle üzeri ailece Eminönü'ne indiler ve Üsküdar'a giden vapura bindiler. Üsküdar'dan, Anadolu Kavağı'na giden vapura bindiler. Bu yolculuk sırasında Boğaz'ın Anadolu Yakası'nı, semtleri, iskeleleri seyrettiler. Yolcular indi, yenileri bindi. Boğaz içinde gelip giden vapurların ve motorların düdük sesleri birbirine karıştı.

Anadolu Kavağı'ndan motor ile Sarıyer'e geçtiler. Sarıyer Meydanı'nda bir süre dolaşıp, bir balık restoranında karınlarını doyurduktan sonra, Eminönü'ne dönen bir vapur yakaladılar. Dönüş yolunda seyretme sırası Rumeli Yakası'ndaki semtlerde ve iskelelerde idi: Sarıyer, Yeniköy, Emirgan... İstinye, Baltalimanı, Rumeli Hisarı... Aşiyan, Arnavutköy, Ortaköy, Çırağan Sarayı, Beşiktaş, Dolmabahçe Sarayı ve ver elini Eminönü... Eve döndüklerinde gezmekten yorgun düşmüşler, ayakta duracak hâlleri kalmamıştı.

Pazar gününü dinlenerek ve yakında oturan Karaosmanoğlu ile Selver Hanım'a kısa bir teşekkür ziyareti yaparak geçirdiler. Yaşlı başlı olmalarına bakmamışlar, davetlerine icabet göstererek Hasan'ın törenine gelmişler, güneşin altında saatlerce beklemişlerdi.

Çatalzeytinlilerin artık geri dönme zamanı gelmişti. Akşam sekizde Küçükpazar'da, Pehlivanlar Otel'in önünden kalkacaktı otobüsleri. Saat yedi gibi Topkapı'dan kalkan otobüs, dosdoğru Küçükpazar'a iniyor, orada bekleyen Kastamonu, Çatalzeytin ve Türkeli yolcularını alıp devam ediyordu.

Hasan ve Canan, iki taksi çevirerek yolcuları Küçükpazar'a götürdüler. Oteli işleten Türkelili aile mensupları ve kalabalığın içinde karşılaştıkları tanıdıklarla konuşarak vakit geçirdiler. Otobüs gelince yolcular bindi ve iki kısa korna ile otobüs, yola çıkmak üzere olduğunu bildirdi. Hasan ve Canan, Sümer'in, Avni'nin, anneannelerinin ve beybabalarının ellerini defalarca öptüler, Nalan ve Cansu'yu da öpücüklere boğup otobüsteki koltuklarına oturttular. Otobüs kalktı, Haliç kıyısı boyunca ilerleyerek, Eyüp üzerinden Boğaz Köprüsü yoluna devam etti.

Otobüsün hareketinden sonra, Hasan: "Şuradan Unkapanı Yokuşu'nu çıkalım, Saraçhane'den aşıp mahalleye ineriz." dedi kardeşine. İkisi de sevdiklerini uzaklara göndermiş olmanın ruh hâli içinde mahzunlaşmışlardı.

"Ben yarın sabahtan Kadıköy'e geçeceğim vapurla, ağabey." dedi Canan. "İznim bitti. Yarın akşam nöbetim var. Senin programın nasıl bu hafta?"

"Ben de adaya gideceğim sabahtan. Bütün sınıf gidecek, ilk maaşımızı ve beylik tabancalarımızı alacağız. Bir de ilişik kesme belgesi verecekler..."

"O zaman, sabah beraber çıkalım, Eminönü'nden aynı vapura bineriz. Ben Kadıköy'de inerim, sen devam edersin."

"Tamam. Ben işim bitince döneceğim eve. 5 Eylül Çarşamba günü de Gölcük'te görev yerime katılmam gerekiyor. Eşyalarımı hazırlarım, bavullarımı toplarım. Belki salıdan giderim otobüsle."

"Telefonumu biliyorsun, ararsın. Ya ben çıkarım ya da telefona çıkan arkadaşa adımı verip, not bırakırsın." dedi Canan ve devam etti:

"Ağabey, bir şey soracağım!"

"Hayırdır kız!"

"Gölcük'te gideceğin yeni birliğini bizimkilere anlatmadın daha, değil mi?"

"Maalesef, henüz söylemedim."

"Beybabama da mı?"

"Evet, ona da... Başlayayım, bir iki ay geçsin, işlerin yolunda gittiğini göreyim, ondan sonra söylerim, demiştim ya sana..."

"Fazla geciktirme bence..."

Binaya girdiklerinde alt katta oturan komşuları Fatma Hanım, dairesinin kapısında karşıladı onları.

"Hoş geldiniz çocuklar, gönderdiniz mi misafirleri? Allah kavuştursun, güle güle gitsinler."

Fatma Hanım da Kastamonu tarafındandı. Duldu ve Cağaloğlu'nda Hürriyet gazetesinde çalışan bir kızı vardı. Eve girdiler, sabah yanlarına alacakları çantalarını, eşyalarını hazırladılar, erkenden yattılar.

Sabah saat yedi buçuk gibi çıkıp, Laleli Yokuşu'ndan belediye otobüsüne bindiler. Canan günlük kıyafeti içinde, Hasan ise üniformalı idi. İki kardeş, Kadıköy üzerinden giden Adalar vapuruna bindiler. Canan, Kadıköy'de indi. Hasan, Adalar'a devam etti. Vapurda pek çok teğmen vardı Hasan gibi, üniformalı. Bu kez kılıçlarını almamışlardı. Kılıçlar önemli günlerde yapılan resmî törenlerde, millî bayramlarda ve karşılama, uğurlama gibi merasimlerde kuşanılıyordu.

Okula vardıklarında üç birime uğradılar. Okulun ikmal subaylığına gittiler ve ilk maaşlarını teslim aldılar. 52 bin liranın üzerinde bir paraydı. 1984 senesinin ekonomik şartlarında hiç de az değildi. Maaşını teslim alıp, isminin bulunduğu listeye imza atarken: "Allah devlete, millete zeval vermesin!" dedi Hasan.

"Güle güle harcayın, teğmenim!"

Maaşını elindeki çantaya koyduktan sonra, ordonat birliğine gitti. Dört yıllık öğrencilikleri boyunca silahlı talim ve törenler için kendisinden kim bilir kaç kez G-3 piyade tüfeği teslim alıp, iş bittikten sonra iade ettikleri esmer astsubay hâlâ aynı görevi yapıyordu: Demirbaş silah ve teçhizatın mal sorumluluğu... Tabancalarını ondan alacaklardı. Kırıkkale subay tabancası! Bilinen subay beylik tabancası buydu. Kahverengi deri kılıfı içinde tabancasını, kullanma kılavuzunu, bakım tutum için tel fırça ve maden yağı dolu küçük bir plastik şişeyi, beraberinde elli mermi ile teslim aldı.

"Hoşça kal başçavuşum!" dedi ayrılırken: "Çok tüfeğimize bakım tutum yaptın, idame ettin, çok nazımızı çektin dört senedir!"

Esmer başçavuş: "Güle güle git, teğmenim, uğurlar olsun." dedi.

Hasan, son olarak Bölük Komutanı Mahir Binbaşı'nın odasına gitti, ilişik kesme belgesini almak için. Belgelerini alıp, işlerini bitirdikleri hâlde pek çok sınıf arkadaşının, Mahir Binbaşı'dan ayrılamayıp etrafını sardıklarını, odada koyu bir sohbetin sürüp gittiğini gördü. Hasan da onlara katıldı. Belgesini aldı. Bölük odasının camından izledikleri dört buçuk Eminönü vapurunun Büyükada İskelesi'nden hareketlendiğini görünce teğmenler hep beraber ayaklandılar. "Komutanım! Vapur kalktı geliyor. Bize müsaade!" dediler. Her birisi sıra ile Mahir Binbaşı'nın elini öptüler. O da onları sevgi ile kucakladı:

"Donanma o kadar büyük değil, beyler!" dedi, dört senedir dilinden düşürmediği hitap sözleri ile: "Bir iki sene daha ya kalırım ben de buralarda ya kalmam... Gölcük taraflarında görüşeceğiz muhakkak."

Hasan, akşam eve geldiğinde telefonla ulaştı Canan'a ve neler yaptıklarını konuştular. Kardeşine, fikir değiştirdiğini, salı günü kalıp çarşamba sabahtan gideceğini söyledi.

Salı gününü evde, Aksaray ve Fatih civarında geçirdi. Ziyaret edip, Süleyman Hoca'yı görmeyi düşünüyordu. Horhor Caddesi'ne doğru yürürken bir sokak arasında, omzuna yüklediği fotoğraf albümlerini satan genç bir seyyar satıcı ile karşılaştı. Düşündü, törende çekilmiş resimleri koymaya birkaç albüm lazım olacaktı. Bundan sonra da pek çok resim çektirecekti. Genç satıcıya, albümlerin fiyatlarını sordu.

"Büyük boy olanlar yirmi, küçükler on lira, ağabey."

"Tamam. Ver bakalım büyüklerden dört tane... Şu da seksen liran..."

Satıcı bir kalemde dört büyük albüm satmanın verdiği mutlulukla gülerek:

"Tamam, ağabey, bereket versin." dedi, aldığı parayı cebine koydu.

Hasan, albümleri eve bırakmak için geri dönmüş yürürken: "Ağabey!" diye seslendi arkasından satıcı. "Bir dakika bakar mısın?"

"Hayrola kardeş?"

"Bir şey söyleyecektim, en son kaça olur, deseydin dördü için altmışa düşecektim. Ama sormadın! Benden sana kardeş tavsiyesi olsun, ağabey, ne alırsan al, muhakkak pazarlık et!.."

Hasan, elindeki poşetin içinde dört tane albüm, satıcı çocuğun arkasından bakakalmıştı...

***

Çarşamba günü erkenden evden ayrıldı. Elinde büyükçe bir bavul vardı. Beyaz uzun ve kısa kollu üniforma takımlarını, beyaz ve siyah ayakkabılarını, çamaşırlarını, birkaç kat da yazlık sivil elbisesini içine doldurmuştu. Bavulunu sağ eline almış, sol tarafına bükülmüş hâlde Aksaray Meydanı'nı geçti, Yusufpaşa otobüs durağına gitti. Oradan bindiği bir dolmuş ile Topkapı Otogarı'na geldi.

Saat onda Bursa tarafına giden bir otobüse bilet aldı. Yazıhaneciye, mümkünse önlerden bir yer vermesi için rica etmişti. Bavulunu otobüsün muavinine teslim etti ve hareket saatine kadar vakit geçirmek için yazıhane civarında dolanmaya başladı.

Gelen otobüsler, giden otobüsler... İstanbul'un Avrupa Yakası'nda dört bir taraftan çıkıp kendilerini otobüslere atan yolcular... Sağa sola bakınarak memleketine giden firmanın yazıhanesini bulmaya çalışanlar... Çeşitli diller dökerek onlara bilet satmaya çalışanlar...

"Haydi, Ankara, Ankara! Hemen kalkıyor..."

"Ankara mı güzel ağabeyim?"

"Yok kardeşim, İzmir tarafına..."

Hareket etmek üzere olan otobüslerin son çağrısını yapan muavinler... Bir ayakları şoförün yanındaki ön kapının basamağında, sol elleri otomatik kapının menteşe demirine tutunmuş: "İzmit, Adapazarı, Düzce.... Kalkıyor!.."

Hareket eden otobüslerin geri geri çıkarak yaptığı manevralar ve korna sesleri... Tam bir curcuna içerisinde idi ortalık... Topkapı Otogarı, şehrin bu yakasına artık yetmemeye başlamıştı. İçeride otobüsler tıkış tıkış, giren ve çıkan yollarda uzun uzun otobüs kuyrukları...

Herkes kendi telaşında, diye düşündü Hasan, yaktığı sigaradan derin bir nefes çekerken... Bin çeşit insan varsa, bin çeşit dert, bir o kadar da koşuşturma vardı. Geçinme, hayata tutunma telaşı her şeyin önünde geliyordu...

Otogarın önünden geçip giden Bayrampaşa-Aksaray dolmuşlarını izledi bir süre. Halil amcasına, Sahir ağabeyine beş dakikalık yolda olduğunu düşündü.

Yirmi iki yaşına gelmişti, kasabadan çıkmıştı... Bahriye'ye subay olmuş, maaşını da almaya başlamıştı... Hiçbir derdi, tasası yoktu. İşi vardı, gücü kuvveti yerindeydi... Olsa olsa tek tasası, işine gücüne sıkıca sarılıp, kimseye mahcup olmadan çalışmaktı... Bakalım hayat onu alıp nerelere götürecek, neler gösterecekti...

Otobüsün saati geldi. Gitti, sağ tarafta, cam kenarındaki sekiz numaralı koltuğa oturdu. Etrafı inceleyebilecekti yolda. Önünü, sağ yanını rahatça görebiliyordu.

"Kaç saatte Gölcük'e gireriz kardeş?"

"Harem'e de gireceğiz ağabey." dedi muavin çocuk. "Üç saati bulur!.."

Otobüs, Edirnekapı, Haliç Köprüsü ve Çağlayan üzerinden Boğaziçi Köprüsü'ne doğru ilerledi. Köprüden ve Altunizade'den geçip yokuş aşağı indikten sonra sağ tarafa, Haydarpaşa ve Harem'e döndü. Harem'de biraz oyalanıp birkaç yolcu daha aldılar ve ardından Ankara yoluna koyuldular.

İzmit'te şehir içinden Körfez'i dönerlerken çok ağır bir koku sardı ortalığı. Körfez'in aşırı kirlenmiş suyundan ve Sapanca tarafından gelip Körfez'e dökülen çay yatağındaki, tortulaşıp kalmış atıktan geliyordu koku... Kirliliğin yaz aylarında havanın ve deniz suyunun ısınmasıyla neredeyse dayanılmaz bir koku yaptığını işitmişti.

Şehirden geçerken İzmit'te Sümerbank mağazasında çalışan, Hayriye halasının oğlu Recep'i düşündü. Kendisinden dört beş yaş büyüktü Recep. Çocukluk yılları mahallede beraber geçmişti. Bir kaza ile evin üst katındaki camdan düşüp ölmüştü Recep'in babası, Ali enişte. En büyük çocuk Atik sırtlanmıştı evin geçimini. Dayısı Terzi Hasan'ın yanında terzi kalfalığı, 70'li yıllarda otobüslerde muavinlik, türlü türlü işler... Para neredeyse, o tarafa yani... Atik evlenince, annesi Hayriye, küçük olan diğer iki çocuğunu alıp Karabük'e gitmişti. Ablası Halime ile ağabeyi Enver'in yaşadığı şehre... Hasan, Gölcük'te bulunduğu sürece sık sık Recep'i görebilecek olmasına seviniyordu.

Körfez'i dolaşıp, Başiskele Mahallesi'ni döndüler. İzmit'e kadar doğu istikametinde gelen otobüs, şimdi batıya doğru gidiyordu.

Gölcük Otogarı'nda indi. Bavulu yine sağ elinde, soluna doğru yıkıla yıkıla Gölcük çarşısındaki ana caddeden aşağı yürümeye başladı. Solunda Aslar Pide ve Kebap Salonu'nu fark etti ve yerini aklına yazdı, arada bir gelirim, diye düşünerek... Aşağıda, caddenin sonuna vardığında, kaymakamlık binasının önünden sola döndü, dükkân ve mağazaların önünden yürüdü: Kalyon Bahriye Giyim, Oskar Fotoğrafçılık, Yedi Kardeşler...

Çok değil, daha iki ay kadar önce, Harp Okulu dördüncü sınıfının sonunda programlanan Donanma stajı için geldiğinde Gölcük'ün sağını solunu, Donanma kışlasının içini, hangi birliğin ne tarafta yerleştiğini geze dolaşa öğrenmişti.

Stajını hangi birlikte yapmak istediği sorulduğunda, bir ay süreli bu eğitimi denizaltı gemilerinde yapmak istediğini söylemişti.

"Olmaz, Hasan!" demişti Mahir Yüzbaşı. "Donanma'nın her türlü gemisinde staj mümkün, ama denizaltı gemilerinde olmaz!.. Çünkü denizaltıcılık muayenelerinden geçmeden denizaltı gemilerinde seyre götürmüyorlar, daldırmıyorlar adamı..."

"Ama ben mezuniyetten sonraki tayinim için de Denizaltı Filosu'nu istemiş, gönüllü olarak denizaltıcı olmak istediğimi dilekçe ile bildirmiştim... Biliyorsunuz, denizaltıcı olmak için arkadaşlar arasında ne kadar tartışmalar yaşadığımızı..."

"Bilmez miyim? On yıllardır ilk defa bu sene sizin sınıftan, kotadan daha fazla istekli, gönüllü adam çıktı... Biz de şaşırdık... Sen de gönüllü oldun, biliyorum. Ama yine de olmaz!"

"Ne yapacağız, komutanım?"

"Aslanım, benim adım Mahir! Bir işi çözmek için mahir olmak lazım değil mi? Mahir'im ya işte!.. Buluruz bir yolunu..." Gülümsüyordu, bir yol bulduğu belliydi.

"Nasıl yapacağız, komutanım?"

"Şöyle; o filonun bünyesinde bir, iki tane su üstü gemisi var.

Denizaltı tamir gemisi, denizaltı yatak gemisi filan... Seni denizaltılara gönderemeyiz ama hemen yanlarındaki tamir veya yatak gemisine gönderebiliriz. Onlar için bir mâni yok."

"*Başaran* ve *Umurbey*?"

"Evet, o ikisi. Bu gemiler Denizaltı Filosu'nun iskelelerinde bağlayıp yatıyor. Denizaltılarla birlikte deniz eğitimlerine filan beraber gidiyorlar. Seç bakalım bunların birini!"

"*Umurbey* olsun mu komutanım?"

"Yazdım... Oldu işte!.." demişti Mahir Yüzbaşı.

Haziran başında son sınıfın takvimi tamamlanınca, tüm sınıf, subay çıkış muayenelerine gitmişler, Kasımpaşa Deniz Hastanesi'ndeki muayenelerden sonra, haziran ortasında Donanma stajına çıkmışlardı. Mesut Tüzel, Mersin'e gitmişti örneğin. Hasan ise Gölcük'e, *TCG Umurbey*'e gitmişti.

***

Hasan'ın denizaltıcılığa ilgi duyup, araştırmaya başlaması, okulun üçüncü sınıfına devam ettiği 1982 yılı sonlarına denk gelmişti. Okul öğrenci korosunun, 1983 yılının 18 Mart akşamı Taksim'deki Atatürk Kültür Merkezi'nde katılacağı programın provaları sırasında ilk kez rütbeli bir denizaltıcı ile tanışmıştı.

Zafer Dirlik isimli bu astsubay, Muratreis denizaltısının prototipi bir maketi emanetine alıp, Gölcük'ten getirmiş ve zarar görmesini önlemek için âdeta başında bekliyordu. Maketin seyir fenerlerini, çadır tipi aydınlatmasını, her tarafını koruyup, kollamak, çalışır hâlde bulundurmakla görevliydi. Adamcağız, oradan oraya koşturan kalabalık arasında ayak altında kalacak da bir zarar görecek korkusuyla, maketin etrafında pervane oluyordu. Ortalık sakinleştiğinde ise, etraftakilerle selamlaşıp tanışıyor, denizaltıların ve denizaltıcıların tanıtımını yapıyordu.

Hasan'a denizaltıcılık hakkında ilk bilgileri veren, zihninde denizaltıcılığa karşı merak uyandıran Zafer Başçavuş olmuştu. Denizaltılar denizde göreve tek başlarına gidiyorlar, vazifelerini tek başlarına yapıyorlar, görevleri bitince yine tek başlarına dönüyorlardı. Aşağı yukarı seksen kişilik gemi mürettebatı, dalışta birbirlerine emanettiler. O nedenle, denizaltıcılar arasında takım ruhu çok kuvvetli, rütbe farkı ya da subay, astsubay ayrımı gözetilmeksizin birbirlerine bağlılıkları çok yüksek oluyordu. Zafer Başçavuş'u dinledikten sonra, denizaltıcılık konusunda bir şeyler bulup okuması gerektiğini düşünmüştü.

Zafer Başçavuş ile konuşmalarında Alman Amiral Karl Donitz'in adını işitti. Bir de İkinci Dünya Savaşı'nda çok nam salmış olan Alman Denizaltı Komutanı vardı, Günter Prien! Bunları araştırmasını tavsiye etmişti ona Zafer Başçavuş. Taksim'deki programın uygulandığı gece vedalaşırken, Hasan'a, Gölcük'te Denizaltı Filosu'na gitmesini önermişti:

"Gezip dolaşmak istersen bizim gemileri, bir hafta sonu atla gel Gölcük'e! Kimseyi tanımıyorum diye sıkılma, beni bul... Ya da doğrudan Denizaltı Filosu'na git. Hiç yadırgamazlar, sen de hiç çekinme. Yakında mezun olacağını, belki de denizaltıcı olacağını söylersen, görürsün nasıl ilgi göstereceklerini... Şaşırırsın..."

"Tamam, fırsatını kollayacağım."

Ailesi Gölcük'te oturan bir sınıf arkadaşı vardı, Doğan Kaçkın... İkna edebilirse, bir hafta sonu onunla gider, denizaltı gemilerini görürdü.

1983 yılının 18 Mart Çanakkale Zaferi kutlamaları ve kültür merkezinde sunulan müzikli program başarı ile tamamlanmıştı. Bu telaş atlatılınca, rastladığı kitapçılarda, Kasımpaşa'daki Deniz Basımevi'nde ve Beyazıt'taki Sahaflar Çarşısı'nda Donitz ve Prien hakkında kitaplar aramış, bulduklarını satın almış ve okumuştu. Sonuçta, denizaltıcılığa karşı ilgi ve sempati duymaya başlamıştı.

Düşündüğü gibi, Gölcüklü arkadaşı ile bir hafta sonu Gölcük'e de gitti. Durumlarını açıklayıp Donanma kışlasına girdiler. Hasan, arkadaşından ayrılınca, aradı, sordu, Denizaltı Filosu'nu buldu. İzin verdiler, iskelelerde hafta sonunu geçiren gemilerden hangisine isterse girebileceğini söylediler.

"Burası da Denizaltı Filosu'nun karargâhıdır. Gemilerde dolaşman bitince gel, nöbetçi subay ve astsubay var. Onlarla da konuşabilirsin." dediler.

Daha o yıl ABD'den alınıp yurda getirilmiş, zımba gibi *Hızırreis*'i, ondan birkaç yıl önce gelmiş olan *Pirireis*'i gördü. *Çanakkale*'yi, *Burakreis*'i, *Muratreis*'i gördü. Hepsine girdi, nöbetçi subaylar ve içeri vardiya nöbeti tutan astsubaylarla konuştu. Hiç üşenmediler, onu gemilerde saatlerce gezdirerek anlattılar.

Sorup öğrendikleri bir tarafa, en çok iki konu ilgisini çekmiş, denizaltıcı olma fikrinin kafasında şekillenmesine sebep olmuştu: Denizaltı gemilerinin "denizin altında" ve "tek başına" görev yapıyor olmaları... Günlerce, haftalarca... Oysaki okulda gösterilip anlatılan derslere göre, diğer harp gemilerinin, özellikle muhrip, hücumbot gibi su üstü harp gemilerinin harekât usullerinde böyle tek başına çalışma prensibi yoktu. İstisnalar dışında, su üstü gemilerinin birkaçı bir araya geliyorlar, grup ya da filotillalar hâlinde taktik ve teknikler kullanıyorlardı. Başlarında da grubun komutasını elinde tutan grup komutanları, komodorlar vardı. Denizaltılar ise tek başlarına idiler. Her neredelerse, doğruca karargâhtaki filo komutanına bağlıydılar. Emir ve talimatları, araya kimse girmeksizin, ondan alıyorlardı.

Gölcük'teki bu inceleme gezmesi sırasında, denizaltıcı olmanın kolay olmadığını, sağlık muayenelerinde çok sıkı kontrol yaptıklarını, denizaltıcı olunca da her yıl sağlık muayenesinden geçildiğini anlatmışlardı.

Dört beş ay boyunca yaptığı araştırmaların sonucunda, mezuniyette atama tercihleri sorulduğunda, denizaltıcı olmayı istemeye karar vermişti. Şansını deneyecekti...

Gölcük'teki gezisinden sonra, üçüncü sınıfın yaz döneminde yaptıkları yurt dışı eğitim ve kültür gezisinde, onun ardından da dördüncü sınıf boyunca Hasan, Donanma'da hangi gemileri istediklerini konuştuklarında hep denizaltıcı olmayı isteyeceğini belirtmişti arkadaşlarına.

Dördüncü sınıfta iken birkaç kez gruplar hâlinde Donanma gemileri gelmişti okula. Donanma'yı öğrencilere tanıtmayı amaçlayan bu ziyaretlerde gelen her gemiyi dolaşmışlar, tercihlerini netleştirmeye çalışmışlardı. Hasan, gelen denizaltıların hepsine gitmiş, kararını hep gözden geçirmişti. Fikri değişmemişti.

Bir seferinde Alman menşeli Ay sınıfı[69] denizaltılardan Doğanay gelmiş, okul önlerinde demirlemişti. Denizaltıcılığa gönüllü olan son sınıf öğrencileri, bir akşamüzeri allem edip kallem edip, nöbetçi heyetini ikna etmişler, bir işkampavya ile Doğanay'ı ziyarete gitmişlerdi. Gece geç saatlere kadar kaldıkları Doğanay'da tanıdıkları Karadeniz-

69 Dizaynı Almanya'ya ait denizaltı modeli. 1970'li yıllardan itibaren inşa edilmişlerdir.

li bir kurmay yüzbaşı -seyir harekât subayı Sadullah Cem Keremoğlu- Hasan'ın denizaltıcılığa büsbütün bağlanmasına sebep olmuştu.

1984 yılının Mart ayı sıralarında son sınıf öğrencilerinin mezuniyet atamalarına ilişkin istekleri alındığında, Hasan, denizaltıcı olmak istediğini belirtmiş, Denizaltı Filosu'na tayin edilmeyi talep etmişti. Kimi arkadaşları muhripleri istemişti kimileri ikmal subaylığını... Kimileri helikopter pilotu olmayı kimileri de deniz komandosu olmayı...

Mayıs ve haziran aylarındaki subay çıkış muayeneleri sırasında, denizaltıcı olmak isteyenlere, ilaveten denizaltıcılık muayeneleri de yaptırılmıştı. Bu muayeneler sırasında Kasımpaşa Hastanesi'nin göz servisinde Kastamonulu olduğunu öğrendiği bir memur çıkmıştı karşısına. Elindeki sağlık raporu belgesinin kişisel bilgiler bölümünden Hasan'ın Kastamonulu olduğunu gören memur, hemşehrilik gösterisinde bulunarak kulağına fısıldamıştı:

"Denizaltıcı mı yapacaklar seni? Bak, hemşehriyiz! İstersen yarım numara filan bozuk yazdırayım gözünü, kurtul!"

"Ne kurtulması? Sakın ha! Öyle bir şey yapma!.. Ben gönüllü denizaltıcıyım! Yapabiliyorsan, gözlerimi ölçtürmeden sağlam yazdır, öyle iyilik et..."

Memur hiç beklemediği bu tepkiye şaşırmış: "Haydi canım sen de!" demişti. "Ne hâlin varsa gör!"

Muayeneler sırasında herhangi bir aksaklık yaşamamıştı. "Denizaltıcı olur" raporunu alıp, ilk engeli problemsiz geçmişti.

1984'ün Ağustos ayında Donanma stajını bitirip mezuniyet töreni için döndüklerinde tayin yerlerini de öğrenmişlerdi. Gönüllü olanlardan yeteri kadarı denizaltıcılık kursu görmek üzere Gölcük'teki Denizaltı Eğitim Merkezi emrine atanıyordu. Hasan da bunların içindeydi. Kontenjandan daha fazla gönüllü vardı. Kalabalık bir grup istekli olduğu hâlde Denizaltı Eğitim Merkezi'ne gelememiş, başka birliklere tayin olmuştu.

Canan'ın, "bizimkilere tayin olduğun birliği açıklamayı geciktirme" diye hatırlattığı şey, Hasan'ın denizaltıcı olmayı isteyerek Denizaltı Eğitim Merkezi'nde denizaltıcılık kursuna seçilmiş olması konusuydu... Evdekilerin, geçmiş yıllarda duydukları denizaltı kazaları ve şehit haberleri nedeniyle denizaltıcılığa karşı korku dolu bir ön yargı içinde olmalarından çekiniyordu Hasan...

***

Yolun sonunda Donanma kışlasının doğu kapısını gördü. Kışlaya giriş çıkış yapan yayaları kontrol eden kabinin önüne geldi, daha birkaç gün önce teslim aldığı kimliğini çıkardı ve gösterdi.

"Astsubayım, yeni mezun teğmenim, tayin olduğum birliğe katılış yapmaya geldim!"

"Hoş geldiniz, teğmenim. Hayırlı uğurlu olsun. Hangi birlik?.."

"Denizaltı Eğitim Merkezi."

"Birliğinizin yolunu biliyor musunuz?"

"Biliyorum."

"Tamam. Sabahtan beri epeyce teğmen geldi sizin gibi. Deftere kaydedeyim, vereyim kimliğinizi. İçeride ring servis yapan otobüslerin durağını göreceksiniz. Orada bekleyip batıya geçen otobüse binin. Otostopla alanlar da olabilir..."

Teşekkür edip kışlaya girdi, servis durağına yürüdü, beklemeye başladı. Mesai günüydü, saat öğleyi geçmişti, birazdan öğleden sonra mesaisi başlayacaktı. Gelip geçen araba kalabalığının, öğle arasında evine gidip, mesaisine dönen subay ve astsubaylar olduğunu biliyordu.

Biraz sonra gelen servis otobüsüne binip oturdu. İki kilometre kadar gittiler. Yerinden kalkıp kapıya yöneldiğinde otobüs bir durağa gelmiş ve kapılarını açmıştı.

Yolun karşısına geçti, büyükçe bir binanın önünden ilerledi. Sivil kıyafetli olduğundan, yanından gelip geçen subaylara selam vermesi gerekmiyordu. Tanıdık birisi çıkar mı diye de pek bir merak içinde değildi, çünkü *Umurbey* gemisindekiler ile Denizaltı Filosu'ndaki birkaç denizaltıcı teğmen dışında, yüzünü 83'te Gölcük'e geldiği zaman gördüğü, şimdi yüzbaşı rütbesinde olan tek bir subayı tanıyordu, Deniz Kurmay Yüzbaşı Lütfi Yavuz... Adını dedesinden öğrenmiş, aklında tutmuştu. Denizaltı gemilerini tanımaya geldiğinde de cesaret edip çalıştığı gemiye kadar gitmiş, onu ziyaret etmişti. İlk fırsatta yanına gidip tekrar ziyaret etmesi ve mezun olup buraya geldiğini bildirmesi gerektiğini düşündü.

Aradığı binayı az ileride yüksek çınar ve akçaağaçlarla donanmış ön bahçesinin biraz gerisinde buldu. "İşte geldik! Acaba benimkilerin yüreği bir hop etmiş midir şu anda Çatalzeytin'de?" diye düşündü.

Bahçenin yanındaki yola saptı. Ön bahçesinde dikili bir gemi direği, altında birkaç denizaltı gemisi maketi, binanın ön cephesinde tam ortada ana giriş kapısı ve kapının iki yanında pek çok camı olan, iki katlı küçükçe bir bina... Kapının üzerinde, Bahriye'nin binalarında görülen, mavi zemin üzerine kimi yerde beyaz boya ile kimi yerde krom çelik harflerle birliğin isminin yazılı olduğu tabela vardı: "Denizaltı Eğitim Merkezi Komutanlığı" Katılacağı birlik burasıydı...

Binanın sol tarafındaki ikinci kapıya yöneldi. Bir astsubay nöbet tutuyordu. Kendini tanıttı, mezun olduğunu, atamasının Denizaltı Eğitim Merkezi'ne olduğunu, birliğe katılış yapmaya geldiğini belirtti. Kaydedip, Hasan'ı nöbetçi subayına götürdüler.

"Biz, gelip katıldığını kaydedeceğiz." dedi nöbetçi subay. "Sen, üst katta eğitim başkanlığına uğrayacaksın. İstersen bavulun burada kalsın. Kursiyerlerin yatma yerleri hemen yandaki Yıldızlar Su Üstü Eğitim Merkezi binasında. Boşuna üst kata taşıma..."

"Sağ olun, anlaşıldı." dedi: "Bir beş dakikalık zamana ihtiyacım var. Üzerimi değişip üniforma giyebileceğim bir yer, acaba... Etrafta?.."

Nöbetçi subay, Eğitim Merkezi'nin öğretmenlerinden birisi idi. Durumu anlayışla karşılayıp alt katta kendi ofis odasını gösterdi. Hasan, odaya girip bir çırpıda kıyafetini değiştirdi.

Üniforması ile eğitim başkanlığına gidip kendini tanıtması, birliğe resmen katılmak için yeterli idi. Harp Okulu'ndan aldığı resmî ayrılış belgesini verdi. Eğitim Başkanı olan Binbaşı Orhan Baykurt, ofisinde değildi. Kendisine bildireceklerini söylediler ve Hasan'ı Yıldızlar Su Üstü Eğitim Merkezi'ndeki yatakhaneye yerleşmek üzere serbest bıraktılar.

***

-17-

Gölcük, Kocaeli, Eylül 1984

Perşembe sabahı erken bir vakitte Yıldızlar Su Üstü Eğitim Merkezi'nin doğuya bakan yakasında, dördüncü kattaki dört kişilik yatakhane odasında uyandı, Hasan. Ranzasının üstünde yatan Selahattin'e seslendi hafifçe:

"Hey, Karabüklü! Uyandın mı?"

O da erkenden uyanmış, gözlerini tavana dikmiş, düşünüp duruyordu.

Bir gün önce resmî katılış işlemleri tamamlanıp, yan taraftaki Yıldızlar'ın yatakhanelerine yollanan gönüllü denizaltıcı adaylarının, ertesi sabah saat sekiz buçukta uzun kollu üniformaları ile kursiyer subay istirahat salonunda hazır bulunmaları istenmişti.

Hasan kalktı, havlusunu alıp, birkaç oda ilerideki ortak banyo tuvalet bölümüne gitti. Yüzünü yıkayıp, tıraşını oldu. Diğer kursiyer arkadaşları da yavaş yavaş ayaklanıyordu; Hüseyin, Selahattin, Başer, Serhan, Mesut, Soner, Abdil, Abdullah... Diğerleri... Mesut, Tüzel değil, sınıftaki diğer bir Mesut'tu, Mesut Kesateş...

Toparlanıp giyindikten sonra, Yıldızlar'ın kantininde ayaküstü birer ikişer poğaça ve çay ile kahvaltı işlerini hallettiler. Hasan, *Umurbey* gemisindeki stajı sırasında, Donanma kışlasının bu taraflarını iyice öğrenmişti. Batı tarafında üç dört yüz metre ötede Donanma'nın subay orduevi vardı ama daha ilk günün sabahından o taraflara uzaklaşmanın gereği yoktu. Gruptan ayrılmadı.

Sabah sekiz buçukta Denizaltı Eğitim Merkezi'nin kursiyer subay salonundaydılar. Salonları binanın üst katında idi. Girerken, kalabalık bir astsubay çavuş grubunun bir koridorda beklediklerini gördüler. Onların da kendileri gibi, denizaltıcılık kursu için tayin edilmiş yeni mezun astsubaylar olduğunu tahmin ettiler. Kursiyer subay salonunda otururlarken, kısa bir süre sonra birkaç teğmenin gelip kendilerine katıldığını gördüler. Yeni gelenler, kendilerini kısaca tanıttılar. Heybeliada'dan gelenlere göre daha yaşlı, otuzlarının ortalarında, kilolu, kiminin saçları dökülmüş, kiminin ağarmış idi. Kısa zamanda anlaşıldı ki bu yaşlı teğmenler, on beş yıldan fazladır astsubay olarak denizaltıcılık yapmaktaydılar. Subaylığa geçiş sınavlarını kazanarak teğmen rütbesi ile subay olmuşlardı. Genç teğmenlerle birlikte, denizaltıcılığın subaylara verilen kursunu görecekler ve görevlerine subay olarak devam edeceklerdi.

Saat dokuza doğru binbaşı rütbeli bir subay geldi salona. "Ben, Binbaşı Orhan Baykurt. Eğitim Başkanı'yım." diyerek kendini tanıttı. Toparlanmışlar, onun salona girmesi ile hep birlikte ayağa kalkmışlardı.

"Arkadaşlar!" dedi, Orhan Binbaşı: "Denizaltı Filosu'na ve Eğitim Merkezi'mize hoş geldiniz. Hepinize bu atamanızın hayırlı uğurlu olmasını diliyorum... Birazdan Eğitim Merkezi komutanımız gelecek ve sizlere hoş geldin diyecek. Kendisi ile tanışacaksınız. Yandaki dershaneye geçelim, oturup bekleyelim..."

Saat dokuzda koridordan kalabalık bir ayak sesi geldi önce, bu seslerin sahipleri dershaneye girmeden, Orhan Binbaşı, sert bir sesle "Dikkat!" çekti, oturdukları sandalyelerden kalkıp, esas duruşa geçtiler.

Uzun boylu, iri yapılı, esmer, yaşlı, etrafındakilere göre en kalabalık rütbeye sahip, Albay Önder Gürman girdi içeriye. Sert bir sesle: "Günaydın, arkadaşlar!" dedi. "Sağ ol!" diyerek hep bir ağızdan karşılık verdiler.

Eğitim Merkezi Komutanı, kendini tanıttıktan sonra, atamalarının hayırlı uğurlu olmasını diledi. Sonra kısaca birliğini tanıttı.

"Kıymetli kursiyer arkadaşlar! Aranızda gördüğüm şu ihtiyar teğmenler için bilinen şeylerin tekrarı olacak ama kısaca bilgilendireyim sizi... Denizaltı Eğitim Merkezi'ndesiniz. Kursiyer subay olarak katıldınız. Birkaç güne, altı aylık kurs programınız başlayacak... Eğitim Merkezi'miz, Denizaltı Filosu'na bağlı bir birliktir. Biz, filonun ayrılmaz parçasıyız. Denizaltıcı olmak isteyen subay ve astsubaylar ilk önce bize gelirler... Her denizaltıcı, subay olsun, astsubay olsun, hatta vatani hizmetini denizaltı gemilerinde yapacak olan erat dahi başlangıç eğitimini burada, bizden alır. Başarılı olan, üniformasına denizaltıcı brövesini takar. Fiziki, ilmî ve moral yeterliliğini koruduğu sürece, denizaltı gemilerinde ve filonun diğer kadrolarında çalışmaya devam eder...

Bu yıl da geçmiş yıllardakine yakın subay ve astsubay kotamız vardı. İlginç bir şekilde, subay kontenjanımızın tamamını gönüllü gelen sizler ile rahatça doldurduk. Bu, geçmiş yıllarda nadir rastladığımız bir durumdur. Hepinizi, gönüllü gelmeniz dolayısıyla tebrik ve teşekkür ediyorum... Gönüllü geldiğinize göre, bence kursun yarısını şimdiden geçmiş sayılırsınız!.."

Kendi yaptığı espriye yüksek bir kahkaha ile gülmüştü. Onun gülüşü, sınıfa girişinden beri ciddi bir yüz ifadesi sergileyen genç kursiyerlerin de tebessüm edip gülmelerine, birbirlerine bakmalarına yol açtı.

"Arkadaşlar! Birkaç cümle ile alacağınız eğitimden bahsedip, bu tanışmayı bitireyim... Yarın gireceğiniz ilk ders ile başlayacak denizaltıcılık subay kursu altı ay sürelidir. Önümüzdeki yılın şubat ortasında bitirme sınavları ile kurs kapanacak, kısa bir dinlenmeden sonra, ikinci bir altı ay, fiilî staj eğitimi yapmak üzere filodaki denizaltı gemilerine dağılacaksınız. Ders çalışıp öğrenme ve araştırma gemilerde de devam edecek... Staj eğitiminin sonunda onun da bitirme sınavları var! Bütün bu aşamalardan başarı ile geçenler, 85 yılının yaz sonuna doğru yapılacak bir törenle kurs ve staj diplomalarını alacak ve brövelerini resmen takacaklar... Sonra?.."

Soran gözlerle kocaman yüzünü teğmenlere dikti bir süre ve bekledi...

"Sonra, doğru gemilere!.." dedi.

Bu esprisine de kahkaha ile güldü. Hepsi güldüler... Heybeliada'dan, denizaltı gemilerine gitmek için gelmişlerdi zaten.

"Ondan sonra, artık, on beş sene mi çalışırsınız, yirmi sene mi kalırsınız gemilerde... Hep beraber görürüz!.."

Ara sıra derslere gelip izleyeceğini, tekrar görüşeceklerini, denizaltılardaki kurs dalışlarında zaten birlikte olacaklarını ifade ederek konuşmasını bitirdi, Eğitim Merkezi Komutanı. Sonra, aynı tanışmayı astsubay kursiyerlere yapmak üzere alt kata indi.

***

Denizaltı Eğitim Merkezi binasının gerisinde bir arka bahçe, ders laboratuvarları ve kolaylık tesisleri bulunmakta idi. Bütün bu binalar arasında özellikle bir tanesi dikkati çekiyordu; Serbest Çıkış Kulesi. Yaklaşık yirmi beş metre yükseklikteki bu uzun ve ince binanın içinde, silindir şeklinde, çap olarak küçük, ama yirmi metre derinliğinde bir havuz vardı.

Serbest çıkış; denizde dalmış durumda kalıp çıkamayan -denizaltıcılar "batmış" demeyi uğursuzluk sayar ve bu sözü hiç kullanmamayı tercih ederlerdi- denizaltılardan personelin kendi imkânları ile bireysel olarak ayrılıp, deniz sathına gelmelerini ve kurtulmalarını ifade ediyordu. Her denizaltıcının, teorisini çok iyi bilmesi, pratiğini de düzenli aralıklarla tekrarlaması gereken bir işlemdi, serbest çıkış. Eğitim Merkezi'ndeki bu kule, serbest çıkış eğitimi vermek üzere inşa edilmişti. Denizaltıcılık kursuna başlayan her subay ve astsubayın, kursta aldıkları ilk eğitim buydu. Psikolojik nedenlerle veya kulakta ve burunda kanama gibi gerekçelerle başarılı olamayanlar, kurstan çıkarılıp başka birliklere gönderilirdi. Denizaltıcı adaylarının, havuzun dibindeki tanktan suya geçip, yirmi metre derinliği yukarıya doğru aşarak satha gelmesi gerekiyordu.

O gün akşamüzeri, ortasında küçük bir süs havuzu bulunan arka bahçede kurs açılış kokteyli yapıldı. Kokteylin amacı, yeni kursiyerlerin filo ve Eğitim Merkezi personeline kendini tanıtması, kendilerinin de yılların denizaltıcıları olan bu subay ve astsubayları görüp tanımaları idi. Kokteyl sayesinde; teğmenler, kursiyer astsubaylarla birlikte olma fırsatı da buldular. Sonraki yıllarda birlikte çalışacakları bu gençleri ilk kez orada gördüler, tanıştılar.

Kokteyl kalabalığı içerisinde herkesin dikkati Denizaltı Filosu Komutanı Tuğamiral Çetin Kayatay'ın üzerinde idi. Filonun ve Eğitim Merkezi'nin kadrolu personeli, bulundukları yerlerden göz ucuyla devamlı Amiral Kayatay'ı kolluyor, onu takip etmeye çalışıyorlardı.

Filo Komutanı da Albay Gürman gibi irice yapılı, hafif kilolu, öz güveni yüksek, hitabeti kuvvetli, vücut dili ve mimikleri ile karizmatik bir görüntüye sahipti. Filonun Kurmay Başkanı ve denizaltıların komodorları olan albaylar, kokteyl boyunca genellikle amiralin yanında kaldılar. Filonun komuta kademesini oluşturuyorlardı ve varlıkları teğmen ve astsubay gençlerin ürkmelerine yol açan bir atmosfer yaratıyordu. Kurs ve stajdan sonraki denizaltıcılık final sınavlarını "mahşerin bu dört atlısı" mı yapacaktı? Uzaktan bu amirali ve albaylar ekibini izleyen kursiyer gençler: "Allah kolaylık versin bize." diyorlardı, içlerinden...

Kursiyer subay ve astsubayların ertesi günü kulede girdikleri üç saatlik konferansla denizaltıcılık kursu fiilen başladı. Bu konferansta serbest çıkışın deniz suyuna ve derinleştikçe artan su basıncına ilişkin fizyolojik teorisinden bahsettiler. Kimi denizaltıların baş tarafında, kimisinin de santral bölümünde bulunan serbest çıkış üstüvanesini izah ettiler. Havuzun dibindeki basınç tankı ve irtibatlı olduğu üstüvanenin yapısını anlattılar.

Cuma günü verilen konferanstan sonra, gelecek hafta serbest çıkış eğitiminin teorik derslerine devam edilecek, kulede havuza yukarıdan girilerek bazı dersler yapılacak, haftanın son günü, gelecek cuma, fiilî serbest çıkışı yapılarak bu bahis kapanacaktı. Serbest çıkışların ardından dersler başlayacaktı.

O dönemde kulenin amiri, Binbaşı Şükrü Şanal idi. Şükrü Binbaşı denizaltıcı değildi, ancak, dalgıçlık ihtisasına sahipti. Uzun yıllar Deniz Kuvvetleri'nin denizaltı kurtarma gemilerinde çalışmış, dipte kalmış denizaltılardan personel kurtarılması konusunda geniş tecrübeler biriktirmişti.

Kursiyer subaylara teorik ve pratik serbest çıkış eğitimlerini gözü pek bir dalgıç olan Başçavuş Melih Soylu verdi.

Bir hafta süreli serbest çıkış dersleri sona erdi ve cuma günü geldi çattı. Dersler sırasında, deneme amaçları ile basınç tankına girmiş ve basınca maruz kalmışlar, mayolarını giyip, yukarıdan havuza girmişler, aydınlatıldığı için yirmi metre aşağıdaki çıkış üstüvanesini yukarıdan rahatça görmüşlerdi. Ancak, kuledeki bu son günlerinde bir şeyi ilk kez yapacaklardı: Havuz görevlilerinin nezaretinde gruplar hâlinde basınç tankına giriş, tank içine yirmi metre derinlikteki suyun yarattığı basınca eş değer basınç verilmesi, bir müddet bu basınç altında bekleyiş, daha sonra Melih Astsubay'ın talimatlarına göre tanktan çıkış üstüvanesine, yani havuzdaki suyun en dibine geçiş, sırtlarındaki şişirilmiş serbest çıkış yeleğinin yarattığı kaldırma kuvveti ile otomatik olarak suyun yüzeyine çıkış...

Şükrü Binbaşı, kule binasının en üst katında, havuzun başında kendisi için hazırlanmış, plaj cankurtaranlarının gözlem kulesine benzer yerine oturmuştu. Melih Astsubay, havuzun en alt katında, basınç tankının giriş kaportası başında yerini almıştı. Bu sırada, serbest çıkış kurslarında görevli olan astsubay dalgıçlar havuzda dalıyor, çıkıyor, suda bekleme, dinlenme için kullandıkları, fanus bölümünde hava boşluğu bulunan çanın içine giriyor, aşağıdan çıkış yapan kursiyerlerin emniyetle satha gelişini gözlemek, gerektiğinde onlara fiilen müdahale ederek yukarı getirmek üzere hazır bekliyorlardı.

Sonunda başladılar. Hasan'ın bulunduğu grup, basınç tankına alındı. Beş kişiydiler... Başlarındaki Melih Astsubay, tank içinden üstüvaneye geçiş hazırlıklarını yaparken, bir taraftan da bir telefon devresi üzerinden havuz başındaki Şükrü Binbaşı ile konuşuyordu.

Yukarısı ile koordinasyon tamamlandı, tank içine hava verilerek basınç yavaş yavaş yükseltildi. Bu sırada Melih Astsubay, gözlerini etrafındaki teğmenlerin yüzünde dolaştırıyor, kulağında, burnunda herhangi bir sıkıntı yaşayan, zorlanma belirtileri gösteren, kanaması olan olursa, gecikmeden tespit etmeye çalışıyordu. Rahatsızlık yaşayan birinin çıkması hâlinde, basınç artışı durdurulacak, problem yaşayan kursiyerin durumu incelenecek, gerekirse, basınç normal atmosfer seviyesine geri getirilip, problemli adam tanktan dışarı çıkarılacak ve rahatsızlığına bakılacak, geri kalanlarla serbest çıkışa devam edilecekti.

Basınç, havuz dibindeki su basıncına eşitlenince, Melih Astsubay, açtığı hava valfini kapattı. Bir müddet beklemeye geçtiler. Bu bekleyiş sırasında sırtlarındaki can yeleklerini şişirdiler ve birbirlerinin bağlarını kontrol ettiler. Kursiyerler, bu tehlikeli işi hayatlarında ilk kez yapacak olmaları nedeniyle ister istemez stres içindeydiler. Stresin, farklı karakter özelliklerine sahip insanlarda farklı şekillerde dışa vurduğu, bilinen bir gerçekti. Aslında kendi içinde kopan fırtınaları ve heyecanı bastırmayı amaçlayan biri, yanındakilere aslında ne kadar soğukkanlı ve kendine hâkim (!) olduğunu göstermek isteyip, konuşmaya, espri yapmaya girişebilirdi. Hasan'ın grubu tankta yirmi metrelik basınç altında, üstüvaneye geçmeyi beklerken de aynı şey oldu. Gruptan birisi, o an için gereksiz bir şeyden bahsetmeye başladı. O gün çok kalabalık bir kursiyer grubuna tek tek serbest çıkış yaptıracak olan Melih Astsubay, bu konuşmayı duyunca dayanamamıştı:

"Hey!.. Ne konuşuyorsunuz? Burası lüzumsuz konuşmanın yeri mi?.."

Konuşan adam susmuş, hepsi başlarını önlerine eğmişlerdi.

Biraz sonra, havuz içindeki eğitmenlerin ve havuz başındaki görevlilerin hazır olduğu bildirilip, gruptaki ilk çıkıcının yukarıya gönderilmesi talimatı verildi, aşağıya. İlk çıkıcı Abdullah, onun arkasından gidecek ikinci çıkıcı ise, Hasan olacaktı.

"Hazır mısınız teğmenlerim?"

"Hazırım, Melih Astsubay'ım!" dedi Abdullah ve Hasan, ayrı ayrı. Gergindiler...

"Tamam! Bir haftadır anlattığımız, dershanede yaptığımız gibi... Kaporta açık, işte görüyorsunuz. Kaportadan geçeceğiz ve üstüvane içinde üçümüz yan yana yerimizi alacağız. Ben üstüvane içine havuzdan su alacağım, göğüs hizamıza kadar. Sonra, havuzun dip basıncına eşitlemek üzere üstüvane içine hava verip, tazyik tutacağım. O zaman, üstüvaneden havuz dibine geçişi veren, suya gömülmüş vaziyetteki kaporta dışarı doğru kolayca açılacak... Yukarısı 'Gönder!' deyince, önce hanginiz gidecekseniz, sağ ayak kaportadan çıkarılacak, havuzun tabanına basılacak, çömelerek vücut dışarı alınacak, yelek sizi hemen yukarıya götürmeye çalıştığı için eller tutamaklardan sıkıca tutacak... Ellerinizi bıraktığınızda dosdoğru yukarıya! Sakın ha! 'Havlamayı' unutmayın! Anlaşılmayan bir husus var mı?"

"Yok!" dediler.

Üstüvaneye geçtiler üç kişi birlikte. Çok dar bir yerde, âdeta göğüs göğüse yapışmış vaziyette idiler. Pek çok hava borusu, kaporta kilit tertibatı, pek çok demir, çelik aksam vardı. Havuz başındakilerle konuşmak için bir de telefon cihazı...

Melih Başçavuş, bir valfi açıp, bulundukları üstüvaneye havuzdan su doldurmaya başladı. Su göğüslerine kadar yükseldiğinde valfi kapattı. Abdullah ve Hasan'ın sırtındaki can yelekleri, alt taraftan yediği su ile yukarı kaldırmaya çalışıyordu onları.

Melih Başçavuş: "İşte, yeleklerin bu kuvvetine karşı, çömelip zorla kendinizi suya sokacak ve kaportadan geçeceksiniz." dedi. Anladılar ve başları ile anladıklarını gösterdiler. Abdullah, ilk çıkan olmayı istedi.

Melih Başçavuş, Şükrü Binbaşı ile bir kez daha konuştu ve: "Birinci çıkıcı satha gelmeye hazır!" raporunu verdi. Yukarıdan "Gönder!" talimatının verildiğini duydular. Melih Başçavuş, Abdullah'a: "Buyurun teğmenim, çıkın!" dedi. Abdullah, başı ile anladığını gösterdi, döndü, bir de Hasan'a baktı. Sonra, elleri ile tutunduğu yerlerden destek alarak olduğu yerde çömelip, kendini suya gömdü. Hasan, onun sağ bacağını kaportadan dışarı çıkarıp başını eğerek kaportadan çıkışını izledi. Gitmişti... Melih Başçavuş, telefondan: "Birinci çıkıcı üstüvaneyi terk etti!" diyerek raporunu verdi. Kısa bir süre sonra: "Birinci çıkıcı satıhta!" diyen sesini duydular Şükrü Binbaşı'nın. Abdullah satha çıkmıştı...

Benzeri komutlarla Hasan'ın çıkışı için hazırlık yapıldı. Biraz sonra Melih Başçavuş: "Çıkın!" dedi. Hasan, olduğu yerde yeleğine karşı suya çömeldi, başını suya gömdükten sonra, sağ bacağını kaportadan dışarı attı. Kendini sağ bacağının üzerine doğru aktararak üstüvaneden ayrıldı ve havuzun dibine geçti. Su, lambalar ile tamamen aydınlatılmıştı. Hemen bir iki metre üzerinde, eğitmen dalgıçlardan birisinin yukarıdan aşağı inip kendisini izlemeye geldiğini, dosdoğru gözlerine baktığını gördü. Havuz derinliğinin ortalarında bir yerde ikinci bir dalgıç gördü. En üstte, havuz sathında da bir iki kişi daha... Suda geziniyorlar, kendisinin yukarı gelişini bekliyorlardı.

İki elini tutunduğu yerlerden bırakır bırakmaz can yeleğinin kendisini kaldırıp, yukarı çıkarmaya başladığını anladı. Yelek, tank içinde yirmi metrelik su basıncının bulunduğu ortamda şişirildiği için derin yerde durmak istemiyor, basıncın daha az olduğu yukarıya, satha gitmek istiyordu. Hasan'ın çıkışı başlamıştı.

Eğitim sırasında anlatılanlara göre, çıkış süresince başını daima yukarıya bakar vaziyette kaldıracak, ağzını açık tutarak "hav, hav, hav" diye bağıracaktı... Melih Astsubay'ın: "Havlamayı sakın unutmayın!" dediği iş yani... Böylece, suda satha yaklaştıkça ciğerlerinde genişleyecek olan, üstüvanede alınmış son nefesin havası soluk borusundan rahatça çıkacak, ciğerlerin herhangi bir zarar görmesi önlenecekti. Aksi takdirde, yani ağız burun kapalı tutulursa, içinde genişleyen havanın etkisi ile ciğerlerin yırtılması tehlikesi vardı. İntihar gibi bir şey olurdu bu...

Hasan, çıkış boyunca çok güzel havladı ve emniyetle satha çıktı. "İyi misin?" diye soran Şükrü Binbaşı'ya eli ve başı ile işaret ederek iyi olduğunu gösterdi. Şükrü Binbaşı, elindeki telefonundan: "İkinci çıkıcı satıhta!" diyerek Melih Başçavuş'a bilgi verdi. Hasan, serbest çıkış eğitimini başarı ile bitirmişti.

Bu işleyiş içerisinde, cuma günü öğleden önce subayların, öğleden sonra da astsubayların serbest çıkış eğitimleri yapıldı. Kursiyerler hafta sonu izinlerini geçirmek üzere serbest bırakıldılar. Yıldızlar'daki yatakhanelerine giden genç teğmenler, süratle kıyafetlerini değiştirdiler, kirli çamaşırlarını bir çantaya doldurdular. Çoğu İstanbul'a, evlerine gitmek üzere, Değirmendere'nin Yüzbaşılar Mahallesi'ne çıkan lumbarağzına koştular. Geçen ilk otobüse atlayıp yola çıkmak için sabırsızlanıyorlardı.

***

Akşam saatlerinde Aksaray'daki eve vardığında, Canan'ı da gelmiş buldu.

"Ağabey, hoş geldin," dedi Canan, "hem teğmenliğinin hem de Gölcük'ün ilk haftasını tamamlamış oldun... Var mı bir yaramazlık?"

"Hiçbir yaramazlık yok. Senden ne haber?"

"İyilik, sağlık. Yeni doğmuş bebeklerin bağırıp çağırmaları arasında hem nöbet tutuyorum hem İngilizce çalışıyorum."

"Bu haftanın ödevleri yapıldı mı?"

"Yaptım. Geçen hafta liste yapıp verdiğin elli yeni kelimeyi ezberledim. Cümle içine koydum, kullandım hepsini. Kompozisyonumu da yazdım..."

İngilizce üzerinde çalışma konusu yeni bir şey değildi. Yaklaşık bir yıldır devam eden, iki kardeşin kendi aralarında yürüttükleri uzun vadeli bir çalışmaydı. Canan, hemşire okulunda son sınıfa başladığında, 1983 Eylül'ünde bir gün ağabeyine gelmiş ve son sınıfları süresince kendisini İngilizce çalıştırmasını istemişti. Hasan, kardeşinin neden böyle bir istekte bulunduğunu anlayamamıştı ama hoşuna gitmişti istediği şey...

İngilizce, bir yabancı dil olarak Hasan'ın da öteden beri kendi kendine uğraşıp didindiği, geliştirmeye çalıştığı bir alandı. Aslında ne lise yıllarında ne de Deniz Harp Okulu'nda geçirdiği dört yıllık sürede yabancı dil konusunda dikkate değer bir atılım yapamamıştı. Okulda iken, bir iki istisnai öğrenci hariç, sivil liselerden gelen öğrencilerin neredeyse tamamı "normal" dedikleri bir seviyede dil eğitimi almışlardı. Deniz Lisesi'nden gelen öğrencilerin ise hem durumları iyi hem Harp Okulu'nda verilen eğitimin seviyesi yüksekti. Öğrencilerin kendi aralarında yaptıkları tarifle belirtmek gerekirse, sivil kaynaklı öğrenciler "geri" İngilizce programına, askerî liseden gelenler "ileri" İngilizce programına alınmışlardı.

Canan'ın bu isteği üzerine, bire bir çalışarak nasıl bir şey yapabileceklerini konuşmuşlardı. Hasan, kitapçıları dolaşıp raflarda bulabildiği kadar ortaokul ve lise müfredatından İngilizce kitapları toplamış, kapsamlı bir de sözlük almış ve başlamışlardı. Çalıştıkları ilk kitap, ortaokul birinci sınıfın kitabı olmuştu. Hasan, hafta sonları eve geldiğinde, Canan'ın çalışması için hazırladığı ders notlarını, kelimeler listesini ve ilgili kitabı Canan'a bırakıyor, sonraki hafta boyunca Canan, son sınıfını takip ederken, bir yandan da İngilizce çalışıyordu. Bir sonraki hafta tekrar bir araya geldiklerinde, ağabeyi, çalıştığı kısımdan sınavlar yapıyordu...

Böyle bir çalışma programı ile 1984'ün üniversite sınavlarının yapıldığı bahar aylarına gelmişlerdi. Canan, martta yapılan ilk sınavı aşmış, ikinciye girmeye hak kazanmıştı. Mayıs 1984'teki ikinci aşama, sosyal ve fen konuları yanında, Canan'ın yıl boyunca çalıştığı İngilizceden vereceği asıl sınavdı.

Hasan'ın mezuniyet töreni için provalar yaptığı günlerde açıklanan sonuçlarda, Canan'ın tatminkâr bir dil puanı aldığını görmüşler ve çok sevinmişlerdi. Aldığı dil puanı ile Marmara Üniversitesi'nin İngilizce Öğretmenliği Bölümü'nü kazanmıştı, Canan. Tercih listesindeki ilk sıradaki okulu... Yakında kayıtlar yapılacak, eylül ayı sonuna doğru Canan'ın üniversite eğitimi başlayacaktı. Bir süredir de çalışıyordu.

Canan: "Bir süre hem nöbetlerimi tutayım hem okula gideyim... Bir görelim durumu, ikisini bir arada yürütebilecek miyim? Okulda zorlanırsam, istifa eder, okula devam ederim..."

Böylece Canan, üniversiteyi garanti altına almıştı ama ağabeyi ile İngilizce üzerinde çalışmaya devam ediyor, ulaştığı seviyeyi pekiştirmeye, olabildiğince ileri götürmeye çabalıyordu.

Hafta sonunda genellikle birlikte vakit geçirdiler. Tanıdık ahbapları ve akrabaları dolaştılar. Bayrampaşa'daki Halil amcalarına ve Aynur yengelerine misafir olup, bir gece yatıya kaldılar. Bir ziyaret de Aysel halalarına yaptılar. Cumartesi günü, Eskişehir'den gelmiş olan Gökhan ile buluşup Bozdoğan su kemerlerinin yanında yeni açılmış Fatih Parkı'nda oturdular.

Gökhan'ın büyükleri, 1980 yılının yazına gelindiğinde Türkiye'deki güvenlik durumunun pek emniyetli olmadığını düşünerek onu, Almanya veya Avusturya'da okuma imkânlarını araştırması için yurt dışına göndermişlerdi. Frankfurt'taki Goethe Üniversitesi başta olmak üzere, üniversite eğitimini Türkiye dışında almanın imkânlarını zorlayıp, bir süre Almanya'da kalmış, ancak, eğitim ücretinin bütçelerinin çok üzerinde olduğunu görünce, 1981'in Nisan ayı sonuna doğru Türkiye'ye dönmüştü. 1982'de kazandığı Eskişehir Anadolu Üniversitesi'nin ilk iki yılında yüksek bir performans gösterip derece yapmıştı. Ders yükünün fırsat verdiği hafta sonlarında Eskişehir'den İstanbul'a geliyor, Çağlayan tarafında oturan kız kardeşi Seyhan'ı, Çapa'da oturan teyzesini ve buluştuklarında, Hasan'ı görüyordu.

Gökhan: "Üçüncü sınıfta da aynı performansı korursam, son yıl için istediğim üniversiteye yatay geçiş talep etme hakkım doğacak," diyordu, "bu seneyi tamamlayınca, bakacağım. Seyhan burada, teyzem de var. Son sınıf için İstanbul Üniversitesi'ne gelmek istiyorum..."

Onun bu planını sevinerek dinlemişler ve desteklemişlerdi.

Pazar akşamında ikisi de yollara düştü, iş yerlerine gitmek için... Canan, Eminönü'nden vapura atlayıp Kadıköy'e, Validebağ Öğretmenler Hastanesi'ne; Hasan ise, Topkapı'dan bir otobüse binip Gölcük'e gitti.

***

Denizaltı subay kursunun dersleri pazartesi günü başladı. Temel olarak; denizaltıcılık, elektrik, elektronik, makine, harekât, taktik ve silah dersleri göreceklerdi. Denizaltıcılık öğretmeni Binbaşı Mehmet Yastıkçı idi. Elektrik dersine Yüzbaşı Ertürk Özdoğan, elektronik dersine Binbaşı Tolunay Kaya, makine dersine Binbaşı Ali Günhan Yeşilay, harekât ve taktik dersine *Muratreis*'in Komutanı olan Binbaşı İbrahim Ermeydan, silah dersine ise *Hızırreis* Komutanı Kurmay Binbaşı Süleyman Kartekin girecekti.

Müfredat yoğun, dersler sıkı, okuyup öğrenilecek konular çok hacimli ve çeşitli idi. Hasan, Harp Okulu'nda birinci sınıftan sonra elektrik ve elektronik branşına seçilmiş, mezun olduğunda elektronik mühendisi payesi almış olsa da Harp Okulu'nda gördükleri kursta verilen konuları pek kolaylaştırmıyordu. Eğitim Merkezi'nin müfredatı tamamen filoda görev yapan denizaltı gemilerinin sistemlerine, dizayn özelliklerine ve denizaltıcılık konularına odaklanıyordu.

Sabahları sekiz buçukta kursiyer subay salonunda toplanıyorlar, dokuzdaki ilk ders ile başlayan gün, kısa bir öğle yemeği molasının ardından devam ediyor, öğleden sonra dört buçuk gibi son dersin tamamlanması ile bitiyordu. Derslerin bitmiş olması o günkü eğitim öğretim fırtınasının geçtiği anlamına gelmiyordu. Derslerden sonra spor veya sosyal amaçlar için bir iki saat geçirmeye bile fırsatları yoktu. Ya o gün görülen konuların pekiştirilmesi için okumaya ve çalışmaya devam etmek gerekiyordu ya da ertesi gün verilecek derslerin konularına hazırlanmak için...

Denizaltı Eğitim Merkezi'ndeki günlük ders programı, Harp Okulu'nda tabi oldukları programa benziyordu. Haftalarca devam eden yoğun dersler, ders salonlarında saatlerce oturmalar, uykuya karşı direnme çabaları, anlatana ve anlatılana odaklanmaya uğraşmalar... Ama Gölcük'te akşamları yaşadıkları serbest saatleri adada hiç görmemişlerdi. Artık birer subaydılar ve gündelik telaş bitmişse, yarına büyük de bir iş yoksa akşam belki bir iki saat çıkabilir, sağa sola bakabilirlerdi. Kurs akşamlarının çoğunda Yıldızlar'daki yatakhanede çalışmaya devam ederken, arada sırada orduevine gittiler, kendilerini göstererek, "biz de varız, yeni mezun olduk da geldik" dediler...

Kursun ders ve ödev durumunun biraz nefes almaya fırsat verdiği durumlarda, -bu nadiren olurdu- kısa bir spor seansının ardından üstlerini başlarını toparlayıp, aklanıp paklanarak akşam yemeği için yakındaki subay orduevine gidiyorlar, Barbaros salonunda koca koca rütbeli subayların, eşleri ve çocukları ile oturduğu masaların arasında onlar da üçer beşer oturuyorlar, yemeklerini yiyorlardı. Salon ve sofra adabının pekiştirildiği, cemiyet insanı olmanın özümsendiği seanslardı bunlar...

Yemek faslı geçildikten sonra bitişikteki binaya geçiyorlar, ya girişte hemen soldaki salonda bir köşeye ilişerek çay kahve içiyorlar ya da yukarıya, çatı katındaki bara çıkıp kendilerince demleniyorlardı. Orduevinde geçirdikleri bu saatlerle sosyalleşiyorlar, kursun ağır yüküne dayanmalarını sağlayacak enerji biriktiriyorlardı. Orduevine gittikleri akşamlarda katıldıkları bir etkinlik de tombala benzeri "Bingo" oyunu idi.

Eğitim Merkezi'nde görevli denizaltıcı subay ve astsubaylar ilginç insanlardı. Her şeyden önce pragmatik ve pratiklerdi... Âdeta gülüp eğlenerek, neşeli bir hava içinde çalışıyorlardı. Fakat yapılacak iş her ne ise, onun liyakatle, başarı ile en güzel şekilde yerine getirilmesi konusunda hepsinin ruhuna işlemiş ortak bir iradeleri vardı. Uydur kaydır şekilde yapılan işlere ve böyle yapan adamlara tahammülleri yoktu...

Eğitim Merkezi'nin idari görevlileri küçük bir büfe işletiyorlardı. Günlük mesai sırasında personele çay kahve yetiştirmekle görevli olan bu büfe, sorumlu astsubayların şartları zorlaması ile akşamları bir köfteci lokantasına dönüşüyordu. Kömür ateşinin yakıldığı mangalın başına, askere gelmeden önce köftecilik yapmış olan, yaşı biraz ileri -teğmenlerden dört beş yaş büyük- bir er olan Ercan'ı geçirmişlerdi. Kursiyer subay ve astsubaylar bu askere "Köfteci Ercan" unvanını layık gördüler. Büfe de "Ercan'ın Köfteci Dükkânı" olmuştu! Ercan, genç kursiyerlerden gördüğü samimiyetten hoşnut, Topkapı Otobüs Terminali'nin köftecileri gibi çalışıyor, ızgaradaki köfteleri çevirirken ortalığa neşe saçıyordu:

"Haydee! Ercan'ın köfteleri bunlar... Var mı köfte isteyen!.. Çek teğmenime bir ekmek arası..."

Eğitim Merkezi'nde dersler ağırdı ama Ercan gibi insan profilleri, çalışırken gülmeyi ve eğlenerek çalışmayı bir konsepte dönüştürmüş denizaltıcılar, kursiyerlerin bu yükle baş etmelerini kolaylaştırıyordu. Hasan, bir köşeye çekilip ortamı süzdüğü pek çok kere, denizaltıcı olmayı seçmekle isabetli davrandığını, doğru bir ihtisas seçimi yaptığını düşünmüştü. Ancak, evdekilere bu seçimini henüz bildirmemiş olmaktan dolayı da kaygılıydı. Mezuniyet törenini takip eden günlerde, Çatalzeytin'dekiler İstanbul'da iken konu birkaç kez açılmıştı.

"Birkaç gün içinde yeni görevine başlayacağını söylüyorsun. Gölcük'e tayinim çıktı, dedin... Nereye oğlum? Gemilerde mi çalışacaksın? Hangi gemide?.."

"Bir Eğitim Merkezi imiş... Ben de hiç görmedim, adını son zamanlarda duydum. Bir gideyim, bakayım da... Haber veririm size..."

Denizaltıcı olmak üzere bir yıl süren bir eğitim alacağını açık açık söyleyememişti. Evdekilerin, denizaltıcılığın tehlikeli olduğu yolundaki ön yargılarının, kendi seçimini yapmasına mâni olacağından korkuyordu.

Konuları heyecanla anlatarak dört bir yandan üstlerine çullanan öğretmenlerin yarattığı ders yoğunluğu nedeniyle, genel olarak hafta içini gece gündüz oturup çalışmakla geçiriyorlar, kafalarını kaldıracak vakit bulamıyorlardı. Ortak paydanın, herkesin omuzlarına binmiş ders yükü olması nedeniyle, kursiyer subaylar, -belki alt kattaki astsubay çocuklar da- zaman içinde kuvvetli bir takım havası yarattılar aralarında. Birbirlerini ateşleyip, motive edebiliyorlardı. Hâlbuki Harp Okulu'ndaki sınıf havası içinde böyle bir şey pek olmamıştı. Harp Okulu'nda, kendi aralarında daha bireysel davranırlarken, sadece diğer sınıflara karşı ortak tavır geliştirebiliyorlardı. Denizaltıcılık ortamında kendiliğinden gelişen bu takım havası hoşuna gitti Hasan'ın, denizaltıcılığa ve denizaltıcılara daha bir bağlandı...

Ders öğretmenleri arasında kendilerine en yakın gördükleri hocalar; Binbaşı İbrahim Ermeydan ve Binbaşı Mehmet Yastıkçı idi. İbrahim Binbaşı'nın tez canlılığı ve seri hareketleri sırasında yaptığı küçük kazalar, örneğin elini çantasının kapağına sıkıştırması, öğretmen masasına, konferans kürsüsüne, sağa sola takılması, çarpması, kursiyerlerin biraz olsun tebessüm etmelerine yol açıyordu. Bu sakarlıklara rağmen en çok İbrahim Binbaşı'yı sevdiler. Bir gün bir şey işitmişlerdi, İbrahim Binbaşı bir seferinde, çalıştığı geminin başüstünde volta atarken, güverteyi kaplayan ahşap ızgaranın arasına ayağı girmiş, sendelemiş, üstüvane yan kaportasının önündeki boşluğu düşmüş diye...

Mehmet Binbaşı ise başka bir denizaltıcı profili idi. Ay sınıfı denizaltılarda uzun yıllar çarkçıbaşılık yaptıktan sonra Eğitim Merkezi'ne öğretmen olarak atanan bu subay, her zaman çok neşeli bir ruh hâli içindeydi. Derslerde sık sık güler, şen kahkahalar atardı.

En çok Eğitim Başkanı Binbaşı Orhan Baykurt'tan çekiniyorlardı. Etraftaki denizaltıcı subay ve astsubayların genellikle neşeli ve pozitif profillerine pek uymayan Orhan Binbaşı, kursiyerlerle arasına resmî ve görünür bir mesafe koyuyor, güldüğünü pek göstermiyordu.

Köfteci Ercan'ın ızgarasının başında ekmek arası köfte ile öğün savdıkları bir akşam Hasan'a bir haber gelmişti, torpido laboratuvarında görevli Hakkı Başçavuş, Hasan'ı arıyor, diye. Meraklanmıştı. Silah dersinin müfredatında torpidolar vardı, ama o güne kadar Süleyman Binbaşı, dersleri hep sınıfta yapmış, laboratuvara hiç gitmemişlerdi. Bir ara Hasan, torpido laboratuvarına gitti, Hakkı Başçavuş'u buldu.

"Hakkı Astsubay'ım?"

"Buyurun teğmenim!"

"Ben Hasan Doğan. Beni aradığınızı haber verdiler..."

"Hah! Nihayet... Sizi ortalıkta görmek ne mümkün be Hasan Teğmen'im! Çok mu sıkı başladılar bu sene? Herhâlde, hepinizin gönüllü geldiğini duydu idare, yükledikçe yüklüyor, nasıl olsa bunlar istekli diye..."

"Galiba öyle bir durum var."

"İdari şubeden söylediler bana, siz Çatalzeytinli imişsiniz."

Hasan'ın gözleri parladı.

"Evet... Siz de mi?.."

"Tabii ki kıymetli teğmenim! Vaktiniz müsaitse, oturalım da size torpido kovanlarımın başında güzel bir çay ikram edeyim... Meşhurdur benim burada yaptığım çay!.."

Oturdular. Başladılar Çatalzeytin'in taşından, toprağından, havasından, suyundan... Yer edinmeye çabaladığı bu cemiyette kasabasından çıkıp gelmiş kocaman bir başçavuş bulmak, Hasan'ı sevindirmişti.

Hakkı Astsubay ilçede, Yenievler Mahallesi'nde oturan Vezir oğulları sülalesindendi. Tanıştılar, birbirlerini sevdiler. Soy sop izahatı yapılırken çaylar da içildi. Hakkı Astsubay, ilçedeki akrabalarının çoğunun Karabük'e göçtüğünü, çocukluk yıllarında ilçede yaşadığını, gençlik yıllarında da epeyce gittiğini, ama artık pek bir bağının kalmadığını anlattı. Hakkı Astsubay, evlenip de Gölcük taraflarında yerleşene kadar ilçenin esnaflarından Turhan Tekinel ile çok yakın ahbap olduklarını söylemişti.

Hakkı Astsubay da Hasan ile sohbetten hoşlanmış olmalı ki birer de okkalı kahve getirmelerini söyledi, yanındaki erlere. Kahveleri de içtiler.

Sohbeti bitirip ayrılırken, Hakkı Astsubay: "Şubat, marta kadar buralardasınız." dedi. "Sınıfça benim bu fakirhanede laboratuvar dersi de yapacaksınız. Ben size kovanları anlatıp sağını solunu, önünü arkasını göstereceğim. Bunların dışında da ne zaman ki bir sıkıntın olur, çamaşır mı artık, harçlık mı dersin, hocalardan birisi sıkıştırıp zorlar filan... Sakın ha! Say ki ben senin ağabeyinim, gel söyle..."

"Hey ya Rabbim!" diye içinden geçirdi Hasan: "Hem bizim o tarafın adamı hem denizaltıcı... Hem de adamın hası... Beybabam, Hakkı Astsubay'dan niye bahsetmedi hiç bana!.."

Kursta geçirdiği sonraki haftalarda Hasan, vakit buldukça torpido laboratuvarına gitti, sohbetler etti. Hakkı Astsubay, onu birkaç kez de Gölcük'te Donanma Caddesi'ndeki evine yemeğe misafir etti. Ailesi ile 82 mezunu astsubay olan oğlu Engin ile tanıştırdı.

Yıldızlar'ın en üst katındaki yatakhanede geçirdikleri geceleri saatlerce ders çalışmalar... Sabah yapılacak yazılı sınavların, zaman yaklaştıkça artan heyecanı... Çalışmaktan bitkin düşerek pes edip, yatmaya giden arkadaşlarını uyandırmaları, zorla kaldırmaları... Yıldızlar'ın duvarlarının dili olsa da bir anlatıverselerdi!.. "Aman çocuklar!" diyorlardı birbirlerine: "Şunun şurasında dört ay kaldı... Asılın!.. Ara sınavlar da bitti... Ha gayret, iki ay kaldı... Dayanın... Bir ay kaldı..."

Sınav arifelerinde, evli olup evine giden beş ihtiyar teğmen hariç, birlikte çalışmayı alışkanlık hâline getirmişlerdi. Böylece, kurs performansı nispeten düşük olanlar da kalabalığın arasında kalarak konuların nazik yönlerini, soruların çıkabileceği yerleri, püf noktalarını kavrıyor, durumlarını idare edebiliyorlardı.

Kimi arkadaşları, kendi çalışma programlarını ilginç bir şekilde, diğerlerinin durumuna bakarak belirliyordu. "Yarın sabah sınav mı var?.. Millet hangi konuları çalışıyor?.. Ben de vakit kaybetmeden o konulara bakmalıyım!.. Hangi konular üzerinde duruyor diğerleri?.. Kim ne zaman çalışmaya başlamış?.. Yan odadaki dörtlü, kitabın hangi sayfasına kadar gelmişler?.. Eyvah! Ben çok geride mi kalmışım?.."

Bu kaygılardan bir türlü kurtulamayan bir arkadaşları vardı. Onun huyunu biliyorlardı, gecenin on birine doğru bir tura çıkar, ders çalışan bütün odalara girer: "Ne âlemdesiniz? Çalışmaktan öldüm vallahi!" gibi yoklamalarla, sözüm ona hatırlarını sorarak, arkadaşlarının kitapta nerelere kadar ilerlemiş olduğunu görmeye çalışırdı. Herkesin kendisinden yüz, yüz elli sayfa ileri gittiğini görünce paniğe kapılır ve telaş içinde odasına koşardı... Aradaki farkı kapatmak için bir an önce kitabına gömülmeye... Hiç anlayamamıştı kurs boyunca, girdiği odalardaki arkadaşlarının, onun geldiğini hissedince, hep birlikte kitabın çok ilerisinden bir bölüm açtıklarını ve oradaki konu her ne ise, sözüm ona o konuyu tartıştıklarını.

"Sayfa iki yüz elli arkadaşlar, çabuk açın! Geliyor, bizi kontrol etmeye!.."

"Başer, sen de dizelin makinenin zamanlama dişlisinin ne işe yaradığını söyle bakalım!.."

Hâlbuki daha yüzüncü sayfayı dahi geçmemişlerdi...

Hasan, farklı bir yol bulmuştu, derslerde anlatılan konuları gözle görmek, elle tutmak, bizzat kullanıcısından dinlemek amacıyla... Dersler bitince, akşamüzerine yakın vakitte filodaki denizaltı gemilerine gidiyor, içeri vardiyada nöbetçi subay olan, daha bir yıllık, iki yıllık genç denizaltıcı subayları ziyaret ediyordu. Bunlar, okuldan tanıdıkları, kendisinden bir iki sınıf üstte olan Harbiyeliler oluyordu genellikle. Tanıdıkları değilse de tanışıyordu. Kendisi de seneye bu zamanlarda bröveyi takmış, sorumlu görevlere başlamış bir denizaltıcı olmayacak mıydı?..

Akşamları denizaltı gemilerine gitme âdeti Hasan'a çok yarar sağladı. Yavaş yavaş, gemilerde çalışan subayları ve astsubayları tanıdı. Aklına takılmış bir şey varsa, akşam gittiği denizaltı gemisinde rahat rahat soruyordu. Karşısındakiler seve seve anlatıyorlar, gösteriyorlar, kitaplarını, şemalarını açıp, izah ediyorlardı.

Hasan, sık sık yaptığı bu akşam ziyaretlerinde özellikle üç dört denizaltıcı subayı çok sevdi. Bunlar; *Çanakkale* denizaltısının muhabere subayı Can Hazinsoy Teğmen, *Pirireis* denizaltısının torpido subayı Tankut Kilerci Teğmen, *Burakreis* denizaltısının torpido subayı Hakan Özgür Teğmen'di... Okulda bir, iki sınıf üstünde olan bu genç denizaltıcılar, Hasan'a çok akşam yemeği ikram ettiler, çok çay kahve söylediler, adım adım, gemilerinin her tarafını dolaştırdılar, gösterdiler, öğrettiler. Can Teğmen telsiz kamarasını, Tankut Teğmen, kendisi güverteci olduğu hâlde, kapağını açıp girdikleri batarya kuyusunu, Hakan Teğmen torpido kovanlarının arka kapaklarını açıp kovanın içini, dışını, her bir tarafını ve torpidoları anlatmıştı.

Denizaltı gemilerinde geçirdiği akşamların Hasan'a bir faydası daha olmuştu. Gece vakitlerinde kendisini böyle emniyetli bir yerde, derslerine de katkı sağlayacak şeylerle meşgul ederek geçiriyor, sağda solda dolaşmaya, hercailik yapmaya pek zaman bırakmıyordu.

***

Haftalar geçti. Hafta içinde gündüzlerini derslerde, akşamlarını denizaltı gemilerinde ders çalışmakla, sorup öğrenmekle geçiren Hasan, hafta sonları için cuma günleri akşamüzerinden çıkarak, İstanbul'a, eve gitti. Canan ile vakit geçirdi, onun Marmara Üniversitesi'ne kayıt işleri ile ilgilendi, derslerinin başlamasını takip etti. Ali ile buluştu. Gökhan İstanbul'a geldiği vakitlerde onu da aralarına alarak Çatalzeytin'deki üçlü çeteyi tekrar kurdular.

Ders çalışma yükünün nispeten hafiflediği bir gün mesai saati sonuna doğru atlayıp, Poyraz rıhtımına gitti Hasan. Hemşehrisi Yüzbaşı Lütfi Yavuz'u ziyaret edecekti. *Alçıtepe* muhribinde savaş harekât subayı olduğunu öğrenmişti. Rıhtıma yan yana kıçtan kara olmuş muhripler arasında *Alçıtepe'yi* buldu ve kıçüstündeki nöbet personeline geliş amacını açıkladı. Yanına kıdemsiz bir personel vererek onu savaş harekât subayının kamarasına götürdüler ve Lütfi Yüzbaşı'nın önüne çıkardılar.

Lütfi Yüzbaşı, Çatalzeytin'in Piri köyündendi. Kasaba çarşısındaki esnaflardan Molla'nın Hüseyin'in karısı Lütfiye Hanım'ın yeğeni oluyordu. Hasan, kendini tanıttı, Denizaltı Eğitim Merkezi'nde denizaltıcılık kursuna başladığını anlattı. Lütfi Yüzbaşı, kasabasından bir gencin subay olup, Donanma'ya geldiğini Çatalzeytin'dekilerden duymuştu. Bu durum ve Hasan'ın yaptığı ziyaret, onu çok memnun etti. O da muhriplerde görev yapmanın iyi ve kötü yanlarını, Gölcük'te yaşayıp çocuk büyütmenin sıkıntılarını anlattı. Denizaltıcılık başlangıcının hayırlı uğurlu olmasını dileyerek, her fırsatta ziyarete beklediğini, bir sıkıntısı, ihtiyacı olursa, kendisini "ağabey" sayıp, tereddüt etmeden haber vermesini rica etti. Söylediğine göre, eşi Fatma Hanım, 1974 mezunu, kendi sınıfından denizaltıcı subaylardan birinin, Yüzbaşı Burhan Uğurlu'nun kardeşiydi.

Ekim ayının sonuna doğru, kursiyer subay ve astsubayların ilk dalışlarının yapılacağı haftaya geldiler. 1984 Ekim'inin sonuna doğru, birkaç günlük bir program dâhilinde filoya ve denizaltı gemilerine gidecekler, İzmit Körfezi'nin bir köşesinde, günübirlik dalışlar ve eğitimler yapacaklar, bu arada filo iskelelerinden ayrılıp dönerken de denizaltı gemilerine avara etme ve aborda olma manevraları yaptıracaklardı. Geminin dalış ve çıkışını yaptıran, dalmış durumdaki seyrini yöneten ehliyetli ufki seyir subayları, gemisini iskeleden kaldıran, yanaştıran, denizaltıyı satıhta seyrettiren ehliyetli güverte vardiya subayları gibi...

O günlerde filoda *Pirireis, Hızırreis, Muratreis, Çanakkale, I. İnönü* ve *II. İnönü* denizaltıları vardı. Hepsi Amerikan dizaynlı gemilerdi. Birkaç da Ay sınıfı denizaltı vardı. Fakat dalış eğitimlerinin Amerikan kaynaklı Guppy[70] sınıfı denizaltıların birinde yapılması öngörülmüştü. Filo bu göreve *Muratreis*'i seçti. Gemi; pazartesi, salı, çarşamba ve perşembe günü, her gün sabah kursiyer subay ve astsubayları alıp kalkacak, eğitim alanına gidecek, akşama kadar kursiyerlere dalış ve çıkış yaptırılacaktı.

Bu eğitim, kursiyerlerin hayatlarındaki ilk dalışı yapacak oldukları için önem taşıyordu. Esasen, manevi bir anlamı vardı; "ben de dalış yaptım, artık denizaltıcı sayılırım, her ne kadar bröveyi aylar sonra takacak olsam da" diyebileceklerdi. İkinci olarak, kursiyerler ilk dalış tarihlerinden itibaren resmî kayıtlarda denizaltıcı vasfını kazanmış sayılacaklar ve maaşlarına denizaltıcı tazminatı ilave edilmeye başlanacaktı.

Kursiyerler, pazartesi günü sabah topluca Denizaltı Filosu'na gittiler. *Muratreis*, Guppy sınıfı denizaltıların bağladığı iskelede idi. Gemi, hareket hazırlığını yapmış, dizellerini çalıştırıp ısıtmış, personelini manevra yerlerine almış, hazır bekliyordu. Kursiyer subay ve astsubaylar ile Eğitim Merkezi'ndeki tüm öğretmen subaylar gemiye gelip, alt güverteye inmiş, dairelere dağılmışlardı.

En son olarak, Albay Önder Gürman da geldi ve aşağıya indi. Harekât ve taktik hocası, aynı zamanda Muratreis'in Komutanı olan İbrahim Binbaşı, köprü üstünden aşağıya, üst güvertedeki personeline baktı. Gözleri ile birisini arıyordu. Kısa zamanda, kursiyer subaylardan Abdullah Gündoğan Teğmen'i aradığı anlaşıldı. Genel anons devresinden Abdullah Teğmen'in adı anons edilip köprü üstüne gelmesi istendi:

"Kursiyer Teğmen Gündoğan, köprü üstüne!"

Abdullah telaş içinde yelken içinden köprü üstüne tırmandı ve kalabalığın içerisine sokulup, ayağa kalktı.

"Abdullah, neredesin?" dedi İbrahim Binbaşı gülümseyerek: "Ayvara sende Abdullah! Al bakalım kumandayı eline!"

Gemiyi iskeleden, çok sevdiği, dersler sırasında sık sık takılıp şakalaştığı Abdullah'ın kaldırmasını istiyordu, İbrahim Binbaşı... Abdullah, manevra için kullanacağı muhabere devrelerinin mikrofonlarını eline aldı, başüstünü ve kıçüstünü, yelkenin sancak ve iskele taraflarına doğru eğilip bakarak kontrol etti ve komutlarını usulüne

70 Amerikan klasik denizaltı modeli. 1940'lı yıllarda inşa edilmişlerdir. GUPPY: Great Underwater Propulsion Power.

göre vermeye başladı:

"Üç fora![71]"

"Bir, dört fora!.."

"Her iki makine ağır yol tornistan!"

"İki fora!.."

"Sancak alabanda[72]... Sancak stop!.."

Abdullah manevrasını yaparken İbrahim Binbaşı dikkatli gözlerle geminin durumunu, komutlara verdiği cevapları, geminin üzerindeki yol durumunu, çapariz vermesi muhtemel unsurları kontrol ediyordu.

Muratreis, tornistan yol ile kendini yarım boy geriye çektiğinde, filonun iskelelerindeki diğer denizaltı gemilerinden düdük ile selamlamalar başladı. Köprü üstündeki genç bir astsubay, tüm gemilerin selamlarını, elindeki düdük ile ayrı ayrı alıyor, karşılık veriyordu. Bu seyirde *Muratreis*'te Albay Önder Gürman'ın bulunduğu biliniyordu ve limandaki tüm gemiler, Albay'dan kıdemsizdiler. Dolayısıyla, tüm gemiler Muratreis'e selam vererek Önder Albay'ı uğurlamış oldular.

Muratreis, Gölcük Feneri'ni iskele tarafta bordaladığında Abdullah'ın avara etme manevrası da tamamlanmış oldu ve kumanda yetkisini geminin subaylarından birisine devretti:

"Komutanım, müsaadenizle kumandayı muhabere subayına veriyorum."

"Aferin Abdullah! Manevranı çok beğendim..."

"Sağ olun, komutanım."

"Kumanda, muhabere subayında!.. 270 viya!"

Bir süre sonra eğitim yapacakları bölgeye girdiler. O günkü program, kursiyer subay ve astsubayların donatacakları istasyonlar bir kez daha gözden geçirildi, dalış ve satıh işlemleri sırasında kimin ufki seyre, yani dalış subaylığı görevine, kimin köprü üstü/kule vardiya subaylığı, yani güverte subaylığı görevine geçeceği kontrol edildi. Her şeyin hazır olduğunu gördüler. Genel bir anons yapılarak kursiyer subay ve astsubaylar, dalış esnasında bulunacakları dairelere gönderildiler.

---

71 Amerikan tipi denizaltıların, baştan kıça doğru dört halatı vardır. Sıra ile numaralandırılarak; 1, 2, 3 ve 4 No.lu halatlar.

72 Dümenin alabanda basılması: Sancakta veya iskelede, dümenin en büyük açı ile basılması.

Gemi Komutanı İbrahim Binbaşı, subay salonunda sabah kahvesini içmekte olan Eğitim Merkezi Komutanı'na gidip raporunu verdi ve ilk dalış ile günlük programın icrasına başlamaya hazır olduklarını bildirdi:

"Müsaadenizle başlıyoruz, komutanım..."

"Tamam, İbrahim," dedi Önder Albay, "ben buradayım. Ara sıra kalkar dairelerde dolaşır, çocuklara bakarım. Siz programı uygulayın."

İbrahim Binbaşı, seri adımlarla santral dairesine geldi. Köprü üstü ile konuşmayı sağlayan dâhili muhabere devresinden: "Köprü üstü, etrafta hedef var mı? Etraf neta mı?" diye sordu. Saniyeler sonra aynı devreden köprü üstü vardiya subayının verdiği cevap duyuldu:

"Etraf neta komutanım. Yedi bin yarda[73] içinde hedef yok."

İbrahim Binbaşı: "Güzel!" dedi içinden. Sonra köprü üstüne: "Dalış müsaadesi, komutan!" diyerek Muratreis'in daldırılması talimatını verdi.

Kursiyer subayların büyük kısmı, bulundukları dairelerden bu iletişimi dinlediler, Eğitim Merkezi Komutanı gemide olmasına rağmen, gemiyi daldırma izninin gemi komutanı tarafından verildiğini gördüler. Derslerde anlatılan hususlar ile uyumluydu bu durum. Denizaltı gemisinin seyirdeki emniyet ve selametinden tek başına sorumlu olduğu için, seyirlerde gemisinin hareketlerine ilişkin denizaltının komutanının vereceği kararlara, isterse filo komutanı olsun, kimsenin karışma hak ve yetkisi yoktu...

İbrahim Binbaşı'nın verdiği dalış müsaadesinden kısa süre sonra geminin her tarafını inleten bir alarm çaldı iki kez. Ardından bir anons duyuldu:

"Dalış! Dalış!"

Bunu duyduğunu ve anladığını belirtmek için santral dairesindeki ufki seyir subayı: "Dalış!" diyerek, emri tekrar etti. Arkasından uzun bir emir ve cevap silsilesi işitildi:

"Kule üst kaportası kapatıldı!"

"Santral, evet!"

"Hava ver!"

Santral dairesinde bir astsubay "Hava Sandığı" denen bir bölüme gidip bir valfi açtı ve gemi içine hava şişelerinde depolanmış ba-

73 Yarda: İngiliz ve Amerikan Bahriyelerinde uzunluk ölçüsü birimi. 91,44 cm'ye eşittir.

sınçlı havadan üflemeye başladı... Çıkan havanın sesinden kimse bir şey duyamaz hâlde idi. Kulak zarlarının artan basınç altında içeriye doğru çöktüğünü hissettiler.

"Havayı kes!"

Hava üflemesi ve gürültü birden kesildi. Ufki seyir subayı hemen önünde, iki ufki dümencinin arasındaki altimetre cihazını[74] gözledi bir süre. Sağ elinin parmakları ile altimetrenin camına tıkladı, ibrenin oynayıp oynamadığını görmeye çalıştı. Oynamıyordu... Gemi içinde oluşturulan ilave basıncın herhangi bir yerden kaçarak düşüp düşmediğini anlamaya çalışıyordu. Bu işlemle, denizaltı gemisinin iç kısmının sızdırmazlık durumu kontrol ediliyordu. Basıncın sabit kaldığını gördükten sonra, ufki seyir subayı, yakınındaki cayro[75] masasının bir köşesinde, her zamanki yerinde oturmakta olan gemi çarkçıbaşısına dönerek: "Müsaadenizle çarkçıbaşım!" dedi ve dalışa geçmek için iznini istedi.

"Buyur!" dedi çarkçıbaşı.

"Bismillah, imla et[76]!"

"Kule, hava kaçıranlar açtı!"

"60 kademe!"[77] komutu verdi kuledeki vardiya subayı.

Geminin yaklaşık yirmi metre derinliğe daldırılmasını istiyordu. Bir kadem, İngiliz ölçü sistemindeki bir fit uzunluğa denkti. Bir fit veya kadem, tam olarak otuz buçuk santim ediyordu.

"60 kademe! 5 derece başlı[78] tut!"

"Sızmaz kasarayı[79] kapa! Seri dalmayı[80] tahliye et!"

"3 derece başlı tut!.. 1 derece başlı tut..."

"Kule, bot 60 kademde!"

---

74 Altimetre: Uçaklarda ve denizaltılarda kullanılan altimetre cihazı, deniz seviyesine nazaran, atmosferdeki veya kapalı bir ortamdaki basıncı ölçer, basınç değişimlerini gösterir.

75 Cayro: Dünya'nın dönüş hareketleri ve cayro prensibinden yararlanarak gerçek kuzey yönünü bulmaya yarayan alettir.

76 Denizaltılarda dalma sarnıçlarını imla etmek: Sarnıçların hava kaçıran valflerini açarak deniz suyu ile dolmasını sağlamak.

77 Kadem: Türk denizaltıcılığında kullanılan derinlik ölçüm birimi. Bir kadem, Amerikan ve İngiliz denizaltıcılığında kullanılan, bir "feet" mesafeye (30,5 cm) eşittir.

78 Başlı tutmak: Denizaltıyı baş tarafı öne (derine) doğru eğik tutmak.

79 Sızmaz kasara sarnıcı: Amerikan tipi denizaltı gemilerinde, baş tarafa en yakın dalma sarnıcı.

80 Seri dalma sarnıcı: Amerikan tipi denizaltı gemilerinde, özel bir dalma sarnıcı.

"Botu 60 kademde, pek ağır yola göre seyre ayar et!"

Bütün bu komutlar ve gerekli işlemlerin ahenk içinde yerine getirilmesi ile Muratreis, periskop derinliği olan 60 kademde, yani omurga hattı yaklaşık yirmi metre derinlikte, dalmış vaziyette seyir yapar hâle getirildi.

Kursiyerler, hayatlarının ilk dalışını yapmışlar ve artık birer denizaltıcı olmuşlardı. O gün boyunca ondan fazla dalış ve satha çıkış yapıldı. Her talim öncesinde kursiyerlerin bulundukları yerler voleybol oyuncuları gibi değiştirildi. Böylece, Muratreis'in dalışı ve satha çıkışı sırasında, geminin her dairesinde kimlerin ne işler yaptıklarını gördüler. Gemi ilk dalışı ile Marmara'nın suyuna kendine ayarladıktan sonra, dalmak ve satha çıkmak çok kolaydı artık. O nedenle, ilkinden sonra yapılan tüm dalış ve çıkışlarda ufki seyir ve köprü üstü/kule vardiya subaylığı görevlerine kursiyer subaylar geçirildi. Kursiyer astsubaylar da geminin astsubay personelinin yaptığı işleri yapmaya koyuldular.

Günlük program tamamlanıp filoya döndüklerinde hava kararmak üzereydi. Kursiyerler günün büyük kısmını ayakta geçirmişler, yorulmuşlardı. Yorgundular, ama neşeliydiler. Gemiden ayrılıp, Yıldızlar'daki yatakhanelerine döndüklerinde birbirlerine takılıp alay ediyorlar, yaptıkları manevralar, dalışlar ve satha çıkışlar sırasında sergiledikleri acemiliklerin taklidini yapıp gülüyorlardı.

Ercan'ın köfteci dükkânından alelacele bir şeyler atıştırdılar, akşam yemeği vazifesini erkenden savdılar ve istirahate çekildiler.

Haftanın diğer günlerindeki eğitimler de planlandığı şekilde yapıldı. Sabahları gittiler, akşama döndüler. Her akşam, koca Muratreis'i limandan avara ettirmiş, akşamlara kadar daldırmış ve çıkarmış bu en genç denizaltıcılar, kendilerince artık "millî" olmuşlardı.

Cuma gününü de tamamlayıp serbest kaldıklarında, üstlerini süratle değiştirerek Yıldızlar binasından dışarı koşturdular. Gölcük'ten geçen bir otobüse kendilerini atıp, evlerine gittiler.

Eylül ve ekim aylarında 52 bin lira kadar maaş alan Hasan, ilk dalışın resmî kayıtlara yansımasıyla kasım ayında denizaltıcılık tazminatını da almaya hak kazandı. Kasım maaşı, tazminatın da ilave edilmesi ile 70 bin liranın üzerine çıktı. Araştırınca, denizaltıcıların tazminat hesabının 1982 tarihli ve 2629 sayılı Kanun'a göre yapıldığını öğrendi. Silahlı Kuvvetler'de görev yapan pilotlar, paraşütçüler, denizaltıcılar, dalgıçlar ve kurbağa adamlar, bu Kanun'da gösterilen esaslara ve oranlara göre, hizmet yılları ile doğru orantılı bir tazminat bedeli alıyorlardı.

Hasan'ın denizaltıcılığa gönüllü olmasının, tazminat ücreti ile bir ilgisi yoktu aslında. Denizaltıcıların emsallerine göre daha fazla maaş aldıklarını duymamıştı bile...

Hasan, İzmir'den kalkıp İstanbul'a giden bir otobüsün arkasında iliştiği koltukta yorgun gözlerle sol yanından akıp geçen Körfez'e bakarken, denizaltı kursunda artık tutunabildiğini, denizaltıcılık seçimini evdekilere duyurma vaktinin geldiğini düşünüyordu...

***

Mezuniyet törenindeki beraberliklerinin üzerinden iki ay kadar zaman geçmişti. Eğitim Merkezi'nden ve hafta sonları İstanbul'a geldiğinde evden arayarak telefonla pek çok kez Çatalzeytin ile görüşmüş, ailesine her şeyin yolunda gittiğini, yoğun dersler gördüğünü bildirmişti. Merak ediyorlardı. Özellikle dedesi!.. Okul bitmemiş miydi?.. Ne dersi ne kursuydu bu gördüğü?..

Dedesi bir defasında: "Benim üç senemi geçirdiğim yer orası," demişti Gölcük için, "İstanbul'a geldiğim bir sefer senin o tarafa da uzanayım, bir göreyim diyorum. Hazır sen de oralarda iken..."

Hasan, dedesinin dilinin altındaki baklayı anlamıştı. Aslında, kendisini kontrol edecek, bu Eğitim Merkezi denen yerin neyin eğitimini verdiğini öğrenmeye çalışacaktı. Artık saklamanın gereği yoktu...

Dedesi kasım ortalarında İstanbul'a geldi. Hasan'a telefon edip, geldiğini bildirdi. "Sen gelme, orada kal." dedi torununa: "Cumartesi günü gelebilirse, Canan'ı da alırım, ben gelirim. Akşama kalmadan da döneriz..."

Terzi Hasan ve Canan, takip eden cumartesi günü Gölcük otobüs garajında indiler, kendilerini bekleyen Hasan ile buluştular. Genç teğmen, misafirlerine nasıl bir program düşündüğünü açıkladı:

"Kahvaltı yapmadıysanız, orduevinde kahvaltı ikram edeceğim. Sonra, filoyu ve Eğitim Merkezi'ni gezeceğiz. Ben nöbetçi ekip ile hafta içinde konuştum, misafir getirmeye izin aldım... Sonra kışlada nereye istersek oraya gideceğiz. Bir de size, *Yavuz*'un vaktizamanında demir üzerinde yattığı yeri göstereceğim kıyıdan... Lütfi Yüzbaşı'yı da belki ziyaret ederiz, diye düşünmüştüm ama aradığımda, gemisinin seyirde olduğunu öğrendim..."

Çıkmadan birkaç lokma yediklerini söylediler. Kahvaltıya gerek yoktu. Gemileri gezmek istiyorlardı. Yürüye yürüye B-Kapı'ya geldiler. Hasan kimliğini gösterip yanındakileri tanıttı, onların nüfus kâğıtlarını bırakıp birer ziyaretçi kartı aldı. Sonra az ilerideki servis durağına gidip batıya geçecek servisi beklediler. Hasan, devamlı sağı solu gösteriyor, gördüklerini açıklıyordu. Geçen bir otobüse binip, birkaç dakika sonra indiler.

"Beybaba, şu karşıdaki yüksek bina Donanma'nın karargâhı... Senin *Yavuz*'daki Donanma kumandanları artık bu binada çalışıyorlar. Tatbikat ve eğitim seyirlerinde gemilerin başına geçip, denize çıkıyorlar..."

Deniz kıyısına inen yolun bir noktasında sahili, rıhtımları, iskelelerde ve alargada demir üzerinde yatan gemileri gördüler. Hepsi, gri boyalı, çeşitli tip ve büyüklükte, hareketsizdiler. Etrafta gelip geçen rütbeli, rütbesiz, üniformalı askerler gördüler.

"Şu taraf, tersanenin rıhtım ve dokları. Onarıma alınmış gemileri görüyorsunuz. Bakın, bir muhribi havuzlamışlar, kızakların üzerine kaldırmışlar, su kesiminin altına bakım tutum yapmak için..."

"Şu ilerisi hangi birlik?" diye sordu dedesi.

"Önümüzdeki birlik mi?.."

"Evet?"

"Eee, orası da Denizaltı Filosu..."

"Oraya mı gidiyoruz şimdi?"

"Evet, oraya gidiyoruz..."

"Senin 'filo' dediğin yer, Denizaltı Filosu muydu?"

"Evet, beybaba!"

"Eğitim Merkezi dediğin yerde neyin eğitimini alıyorsunuz?"

"Denizaltıcı olmanın!.."

Dedesi durdu, döndü, hareketsizce Hasan'ın yüzüne bakıyordu, şaşkındı... Diğerleri de durdular. Hasan, fırtına şimdi patlayacak, diye geçirdi içinden.

"Lafı çevirip yuvarlamandan anlamalıydım! Bizden sakladın, denizaltılara gideceğini söylemedin... Birbirimizle konuşup, enine boyuna düşünmeden bir işe girdik mi şimdiye kadar?"

"Çok kez anlatmıştın bana, beybaba." dedi: "Askere gideceğin sırada *Refah* ve *Atılay* kazalarını, Recep dayımın askere gittiği sırada da *Dumlupınar* denizaltı kazasını... O kazaların sizi çok üzdüğünü, evden askere gidenin de başına böyle kazalar gelir, diye korkular yaşadığınızı biliyordum. O yüzden, haber vermeyi geciktirdim biraz. Canan ile de çok konuştuk aramızda..."

"Ah, oğlum," dedi Terzi, "senin gönül verip de istediğin bir şeye niye karşı çıkalım biz?.. Oturur, her yönünü konuşurduk, birimiz birimizi ikna ederdik..."

"Epeyce düşündüm önce. Okudum, öğrendim. Bir hafta sonu buraya geldim, bu gemileri dolaştım. Sonunda, denizaltı gemilerinde çalışmayı istediğimi anladım. Okulda da dilekçe verip denizaltıcı olmaya gönüllü oldum..."

"Oğlum," dedi Terzi Hasan, "buna itiraz etmezdik ki... Evet, o dediğin kazalarda sadece biz değil, bütün memleket üzüldük, yas tuttuk, korktuk. Ama, 1957'de bizim oraya gelen *Cerbe* denizaltısında gördüğümüz bahriyelilerin bizi nasıl kendilerine hayran ettiğini de anlatmıştım ben, sana..."

Hasan: "Hah, tam da öyle işte!" dedi. "Tam da o gördükleriniz gibi olmak istedim!.."

"Hay, Allah iyiliğini versin!" diyerek güldü dedesi. Bir an için gerginleşen konuşma yumuşamıştı şimdi.

"Hem sen gitme, ben gitmeyeyim bu gemilere, peki, gidenlere ne diyeceğiz? Onlar da birer ana baba evladı değil mi? Onlarınki can değil mi?.."

"Ben de böyle düşündüm tamı tamına, beybaba! Sen, ben gidip çalışmazsak, Bahriye'nin bu gemilerinde kimlerin çocukları çalışacak?"

Terzi Hasan: "Tamam, mesele açıklığa kavuştu şimdi." dedi. "Haydi, gidelim şu filoya da efendi gibi dolaşalım, denizaltıları görelim..."

Yürümeye devam ettiler. Filonun dış lumbarağzındaki nöbetçi astsubayı karşıladı onları. Hasan, durumu açıkladı. Haber verilmişti önceden. Onlar içeriye, hemen önlerindeki Guppy sınıfı denizaltıların bağladığı iskeleye doğru yürürken, nöbetçi astsubayı da telefona yapışmış, filo binasındaki nöbetçi amirine, gelenleri haber veriyordu.

"Beybaba, hepsine girmeye lüzum yok. Farklı tipten bir ikisine girelim. Misafir görünce deli olup, seviniyorlar. Oturup ikramlar yapıyor, gemilerinin her yerini dolaştırıyorlar. Hepsini rahatsız etmeyelim."

"Tamam, şu iri olana izin isteyelim, sonra şu yelkeni alçak olana... Bir de öte yandaki en küçüklere."

Çanakkale'yi, *Hızırreis*'i ve Ay sınıfı iskelelerindeki *Doğanay*'ı gösteriyordu.

"Hayhay! Siz beni takip edin şimdi. Gemiler arasındaki iskelelerden yürürken dikkatli olun, puntel tellerinden tutunun..."

Sırayla bu denizaltılara girdiler. Yaklaşık birer saat vakit geçirdiler. *Hızırreis*'teki nöbetçi subayı, öğle yemeği ikram etmeden bırakmadı ziyaretçileri. Bir güzel öğle yemeği yediler. Girdikleri her gemide, nöbetçi subay, hafta sonu nöbeti tutan astsubaylar, hatta vatani görevini yapmaya gelmiş erler dahi beklemedikleri kadar yakınlık göstermişler, gemiyi dolaştırıp, anlatmışlar, neşeli sohbetler etmişlerdi.

Hasan, bu atmosfere Gölcük'te geçirdiği şu birkaç aylık sürede alışmış, adapte olmuştu. Ancak diğerleri, hele Canan, ilk kez karşılaşıyordu.

Hasan, dedesine sordu bir ara, kulağına doğru eğilerek: "Nasıllar? 57'de gelen Cerbelilere benziyorlar mı?"

"Aradan otuz seneye yakın zaman geçti, ama aynılar... Aynı güler yüz, içtenlik, mütevazılık, insan canlısı tavırlar... Çok memnun oldum."

Çanakkale ve *Hızırreis*'i gezdikten sonra çıktılar, filo binasının önünden yürüdüler. *Doğanay*'a gidiyorlardı. Hasan, kapkara denizaltılar arasında gri renkleri ile dikkat çeken iki büyük su üstü gemisini gösterdi:

"Bunlar da *Başaran* ile *Umurbey* gemileri. Şu, denizaltılar için fabrika gemisi, bu *Umurbey* ise, denizaltıcıların yatak gemisi... Biliyorsun, ben birkaç ay önceki Donanma stajımı *Umurbey*'de yaptım. Stajım sırasında her fırsatta denizaltılara gittim, nöbetçi subaylar ile gece geç saatlere kadar oturdum. İyice tanıdım bu insanları..."

Doğanay'a indiler, onu da gezdiler. İlk gezdikleri iki gemi Amerikan kaynaklı idi, *Doğanay* ise Alman dizaynına sahipti. Amerikan gemilerinde çok bölmeli bir iç yapı varken, *Doğanay* tek bir bölmeden ibaretti. Ayrıca, Amerikan gemileri en, boy ve tonaj bakımından Alman tiplere göre epeyce büyüktü. Amerikan tipler daha yaşlı, Alman tiplerin yaşı çok gençti. Amerikan denizaltıların sürat kabiliyetlerinin ve inebildikleri derinliğin daha düşük olduğunu, buna karşılık, âdeta asker postalına benzeyen Alman dizaynlı denizaltıların hem daha derine gidebildiklerini hem de dalışta daha yüksek sürat yapabildiklerini öğrendiler.

Denizaltıları gezmeleri bitince uzun uzun teşekkürler ederek filodan ayrılmaya yöneldiler. Filo binasının önünden geçerlerken nöbetçi amiri bir yüzbaşı çıktı karşılarına. Kurmay Yüzbaşı İbrahim Özışık imiş. Kısa bir hoşbeşten sonra İbrahim Yüzbaşı, Hasan'a döndü ve gülerek: "Tamam mı şimdi?" dedi. "Denizaltıcı olmaya müsaade çıktı mı aileden?.." Hasan'ın misafirlerinin kim olduğunu, niçin filoya geldiklerini bildiği anlaşılıyordu.

Dedesine dönerek: "Bak, beybaba!" dedi, "Filonun nöbetçi amiri soruyor, onay çıktı mı denizaltıcı olmama?"

Terzi Hasan: "Çıktı, çıktı!" dedi gülerek. "Üç gemi gezdik, mest olduk... Çıkmaz mı? Allah hepinize selamet versin yüzbaşım..."

Vedalaşarak filodan ayrıldılar. Hasan, sabahki gerginliği üzerinden atmış, neşelenmişti. Birkaç aydır zihninde çevirip durduğu bir açmazı hâl yoluna koymuştu. Canan da konunun anlaşma ile sonuçlanmasından dolayı sevinçliydi.

Filodan çıkınca yürümeye devam ettiler. Kışla içindeki ana yola kadar çıkıp, sağa döndüler. Birkaç yüz metre ileride subay orduevinin binalarını gördüler. Hasan, misafirlerini orduevine götürdü. Girişte soldaki büyük salonda oturup çay, kahve içtiler. Kendisi askerken bu tesisin olmadığını, sonradan yapılmış olması lazım geldiğini söyledi, Terzi Hasan.

Misafirler, Denizaltı Eğitim Merkezi'ni de görmek istediler. Binalara girmeyecekler, ancak, izin alabilirlerse, bahçelerinde dolaşabileceklerdi.

Denizaltı Eğitim Merkezi'ne gelmeden hemen önce Yıldızlar Su Üstü Eğitim Merkezi'ni gösterdi Hasan.

"Şu tarafta, dördüncü katta yatakhanelerimiz var. Camdan bakınca Denizaltı Eğitim Merkezi hemen önümüzde... Yatakhaneden çıkıp üç dakikada dershaneye ulaşabiliyoruz."

Eğitim Merkezi'nin nöbetçi subayına durumu açıklayıp, arka bahçede birkaç dakika dolaşmaya izin aldılar. Hasan, arka bahçede Serbest Çıkış Kulesi'ni anlatırken, nöbetçiler onlara üç çay gönderdi. Hasan, dedesine, Hakkı Astsubay'dan bahsetti, onun görevli olduğu torpido laboratuvarını gösterdi. Eğitim Merkezi'nde gördükleri kursun şubat ayında biteceğini, kurstan sonra altı aylığına denizaltı gemilerine staj yapmaya dağılacaklarını, sınavlarda başarılı olursa, denizaltı ihtisasına sahip olacağını açıkladı. Dedesi: "Allah'tan hayırlısı artık." dedi.

Eğitim Merkezi'nden ayrılınca ilerideki servis durağına kadar yürüdüler. Gelen bir servis otobüsüne binip, B-Kapı'ya gittiler. Nüfus kâğıtlarını geri alarak ziyaretçi kartlarını iade ettiler ve kışladan dışarı çıktılar.

Hasan: "İşte, manzara böyle!" dedi. "Donanma'nın üssü burası, Bahriyeliler ve denizaltıcılar da böyle insanlar. Ben Denizaltı Filosu'nda, denizaltı gemilerinde şevkle çalışacağıma, mutlu olacağıma kanaat getirdim. Şimdi tek meselem, bir tarafa takılıp tökezlemeden şu kurstan geçmek, sonra da staja başlamak..."

"Tamam, oğlum." dedi dedesi, ona. "Ben durumu evdekilere anlatırım. Sen, aklını fikrini derslerinden ayırma, kafanı başka şeylerle meşgul etme..."

Gölcük merkezinde gezdiler biraz da. Atatürk anıtının bulunduğu parkı enlemesine geçip çarşı aralarına girdiler. Sonra, İzmit-Bursa yolu kenarındaki otobüs garajına geldiler.

Hasan, misafirlerine ve kendisine birer bilet aldı. Yarım saat sonra otobüsleri gelince bindiler ve beraberce İstanbul'a gittiler.

Ertesi gün Canan'ın nöbeti vardı. Onu Eminönü'nden vapura bindirip, uğurladılar. Sonra, iki Hasan doğruca Küçükpazar'a, hısım akrabayı, ahbapları görmeye gittiler. Küçükpazar'da geçirdikleri neşeli saatlerden sonra, akşam saat sekiz gibi dedesi ile Pehlivanlar Otel'in önünden Çatalzeytin'e giden otobüse bindiler. Hasan, İzmit'te inip, Gölcük'e geçti, dedesi Çatalzeytin'e devam etti.

***

Ekim ayında yaptıkları ilk dalışların ardından, bir iki kez daha deniz eğitimlerine çıktılar. Bu eğitimlerde subay ve astsubay kursiyerler ayrı ayrı gitmişlerdi. Kursiyerlerin sayısı azalınca, denizaltıların her üç tipini de görme fırsatı doğdu subaylara. Sayıları azalınca, adam başına düşen eğitim tekrar sayısı artmış, gemi içini incelemek için alan açılmıştı.

Aralık ayı sonunda yapılan ikinci ara sınavlarla epey zorlu bir haftayı geride bıraktılar ve yılbaşı geldi. Yılbaşı o yıl pazartesi akşamına denk geliyordu. Denizaltı Eğitim Merkezi, hafta sonu ile pazartesi ve salı günlerini birleştirdi ve kursiyerleri dört günlük tatile çıkardı.

Hasan, bu tatili İstanbul'a gidip Aksaray'da geçirdi. Yeni yıla girerken Canan ile birlikteydiler. Gündüz yaptıkları birkaç hediyelik alışverişinden sonra Bayrampaşa'ya, amcalarına gittiler. Geceyi onlarla geçirdiler. Gülnur on iki yaşında, ikinci kız Gülden ise daha bir yaşında idi. Aynur yengeleri, misafirlerine kurduğu yılbaşı sofrasının yanında, Hasan'ın isteğini önceden tahmin edip yufka açmış ve elektrikli sac üstünde gözleme yapmıştı. Yeni yılın ilk gününde Canan Kadıköy'e, Hasan Gölcük'e döndüler.

Canan'ın yeni kayıt olduğu üniversitedeki dersleri, eylül ayının sonuna doğru başlamıştı. Müfredatının çok yoğun olduğu ortaya çıkmıştı. Okulun verdiği ödevlerin, kompozisyonların, yazılı ve sözlü sunumların yarattığı yük bir yana, Canan da ağabeyinin Harp Okulu'ndaki ilk yılda yaşadığı sıkıntıyı yaşıyordu: Okulun günlük dersleri ile baş etmeye çalışırken bir yandan da geçmiş yıllardan gelen eksiği telafi etme ihtiyacı... Üstelik, hemşirelik ve öğrencilik aynı anda!.. Temponun Canan'ı çok zorladığı açıktı. Biraz daha bekleyelim, demişti. Çatalzeytin'dekilere de durumunu böyle açıklıyordu. "Birkaç ay daha götürmeye çalışayım, baktım olmuyor, hemşirelikten vazgeçeceğim." diyordu...

Hafta içinde Eğitim Merkezi'nde âdeta başını kaldırmadan ders çalışarak, hafta sonlarında ise İstanbul'da bir iki günlük dinlenmeler ile nihayet denizaltı kursunun sonu göründü. 1985'in Şubat'ı biterken dersler tamamlandı ve kurs bitirme sınavları geldi çattı. Bitirme sınavları her dersten iki aşamalı yapılıyordu; önce yazılı, sonra sözlü. Bu sınavların notlarına, ara sınavlardaki notlar ile fiilî eğitimlerde alınan kanaat notları da ilave edilecekti.

Bitirme haftasının ilk üç gününde tüm derslerin yazılı sınavları tamamlandı. Bu sınavlarda kursiyerlerin verdiği cevap kâğıtları değerlendirilirken bir yandan da sözlü sınavlar için düzen kuruldu. Sözlü sınavlar, kursiyerlerin istirahat salonlarında yapıldı. Sınav heyeti üç öğretmen subaydan oluşuyordu. Eğitim başkanı her sınava katılıyordu, yanında dersi veren öğretmen ve ilave bir öğretmen ile.

Kursiyerler, tek tek salona giriyor, birkaç nezaket cümlesinden sonra, bir torbadan birden iki yüz elliye kadar olan kâğıtlardan bir numara çekiyor, örneğin; yüz elli çekilmişse, sözlünün yapıldığı dersin yüz elli numaralı sorusuna cevap vermesi isteniyordu.

Zorluğu ile nam salmış bu final sınavının heyecanına yenik düşen birkaç kursiyer, cevapları vermeye çabalarken kilitlenip kaldılar. Sınav heyeti, yılların verdiği tecrübe ve olgunlukla, birkaç dakika çıkıp havalanmaları için onları dışarı gönderdi, toparlanmalarına fırsat verdi. Takılanlar, toparlanıp tekrar salona dönerek, verdikleri cevaplarla sözlülerini geçtiler. Sonuçta, kursun ortalarında iken akademik yetersizlik gösterip ayrılmış olan bir arkadaşları hariç, subayların tamamı bitirme sınavlarını geçtiler.

Notlar verildi, ortalamalar alındı, ortaya çıkan tablo götürülüp, Eğitim Merkezi Komutanı Albay Gürman'a arz edildi. Subaylar da astsubaylar da kursu başarı ile tamamlamışlardı. Bu sonuçlar ışığında, hangi bölgede ve hangi tip denizaltılarda staj yapmak istediklerini sordular ve dilekçelerini aldılar kursiyerlerin.

Denizaltılar, 70'li yılların başından beri iki bölgede bulunuyordu. Çoğunluk denizaltı Gölcük'te iken, dört denizaltı gemisi Karadeniz'e gönderilmişti. Karadeniz'e çıkan dört denizaltı, Zonguldak'ın Ereğli ilçesinde barınıyordu. 1985'te, Ereğli'de; *Uluçalireis, Oruçreis, Preveze* ve *Cerbe* denizaltıları vardı.

Hasan, kurs sırasında Gölcük'ü, İzmit Körfezi'ni, Körfez'in suyundaki kirlenmeyi, Gölcük'ün İstanbul'a yakınlığını, ama Ereğli'nin de Kastamonu, Karabük taraflarına yakınlığını düşünmüş, taşınmış, sonuçta Ereğli'deki denizaltılara gitmeyi tasarlamıştı.

"Ne fark edecek ki..." demişti: "İstanbul buradan iki, üç saat ise, Ereğli'den de en fazla altı saat çekiyormuş... İzmit'in, Marmara'nın deniz suyu problemli, kirlilik ve koku meselesi var, günden güne de artıyor... Karadeniz ise benim bildiğim deniz... Ereğli'de pek çok plaj da varmış hem! Hafta sonlarında Ereğli'den İstanbul'a da gidilir, Karabük'e de Çatalzeytin'e de..."

Staj için Ereğli'nin gemilerini isteyecek, ortamı beğenirse, orada görev yapmaya devam edecekti. Memnun olmazsa, Gölcük bölgesine atama isteyip, Ereğli'den ayrılabileceğini hesaplıyordu.

Kurs bitirme fırtınası geçtikten bir iki gün sonra, kursiyerlerin staj için hangi gemilere gideceklerini açıkladılar. Ereğli'deki dört denizaltı gemisine toplamda beş kursiyer planlamışlardı: Hasan, *Uluçalireis*'e gidiyordu... Ereğli'nin diğer gemilerine gelen arkadaşları; Selahattin, Başer, Serhan ve Abdil'di.

Şubat ayının sonuna doğru bir perşembe akşamüzeri Eğitim Merkezi'nin arka bahçesinde yapılan kurs kapanış kokteyli ile kursiyerleri, staj yapacakları gemilere uğurladılar. Kokteyle yine filo komutanı, Gölcük'teki komodor albaylar, Eğitim Merkezi Komutanı, gemilerden, filo ve komodorluk karargâhlarından pek çok subay ve astsubay gelmiş, bu kokteyl de neşe ve muhabbet içinde geçmişti.

***

Eğitim Merkezi'nde kurs bitirme sınavlarının heyecanı yaşanırken, Hasan'ın Ahmet dedesi İstanbul'da önemli sağlık sorunları ile boğuşuyordu. Kunduracı, 1984 yılından beri bacak damarlarında dolaşım bozukluğu çekiyor, İstanbul'daki oğlu Halil ve kızı Aysel'in oğlu Sahir ile İstanbul Üniversitesi Çapa Tıp Fakültesi Hastanesi'nde, Bayrampaşa'nın aktarlarında ve bitkisel tedavi uzmanlarının peşinde koşturarak şifa arıyordu.

1985'in Şubat ayı geldiğinde rahatsızlık geçmemiş, bir bacağında kangren başlamıştı. Durumun hayati tehlike arz etmeye başlaması üzerine, ailece, sorunlu bacağın feda edilmesine karar verdiler. Ameliyat Çapa'dan Doktor Aydın Kargı'ya yaptırıldı ve ampütasyondan sonra Kunduracı'nın sağlığında göreceli bir iyileşme oldu. Kunduracı sık sık, "sanki hâlâ o bacağım da varmış gibi hissediyorum" diyordu.

Hasan'ın Ahmet dedesi, ampute bacağı ile iki sene daha yaşadı. Damar ve dolaşım bozukluğu rahatsızlığı hayati tehlike yaratmaktan çıkmışsa da 1986 yılında akciğerlerinde başlayan kanser hastalığına çare bulunamadı. 1987'nin Mart ayında rahmetli oldu. Cenazesini, Kemalköyü'ndeki aile mezarlığında, eşi Hatice'nin yanına defnettiler.

***

-18-

Gölcük, Kocaeli, Mart 1985

Denizaltı Filosu'nun Karadeniz Ereğli'de konuşlandırdığı dört denizaltı gemisinden biri olan *Uluçalireis,* 1985 yılının Şubat ayı ortalarında Gölcük'e gelmişti. *Uluçalireis,* denizaltı gemilerine belirli aralıklarla yapılan bakım ve onarım için mart ayında Gölcük Tersanesi'nde havuza alınacaktı. Gemi, havuz için yaptığı hazırlıklar nedeniyle hafiflemiş ve suda yükselmiş, su çekimi[81] on altı kademden, on dört kademe düşmüştü.

Uluçalireis, ay başında havuz bakımına hazır olduğunu rapor etmesini takiben, tersaneden gelen iki çekici vasıta ile filo önünde bağlı olduğu iskeleden alınıp, tersaneye götürülmüştü.

Kurs kapanış kokteylinin tamamlanmasının ardından Denizaltı Eğitim Merkezi'ndeki ve Yıldızlar Su Üstü Eğitim Merkezi'ndeki eşyalarını toplayan Hasan için iki seçenek vardı. *Uluçalireis*'e cuma günü doğruca gitmek veya hafta sonunu geçirdikten sonra, pazartesi günü gitmek... O, birinciyi tercih etti.

Ereğli'de bulunan *Cerbe*'ye, *Oruçreis*'e ve *Preveze*'ye atanan kursiyer arkadaşları ile vedalaştı, onları İstanbul'a uğurladı. Bu üç stajyer subay, pazar gecesinden Ereğli'ye gidecek, pazartesi sabah, gemilerine katılacaklardı.

Eğitim Merkezi'nin verdiği küçük bir kamyonete bir bavul eşyası ile elbise torbalarındaki üniforma takımlarını koydu ve *Uluçalireis* için yola çıktı.

Gölcük Tersanesi ile Denizaltı Filosu'nun birbirlerine göre konumlanması, küçük bir koyun daracık ağzının iki yakasında birbirine âdeta taş atımı mesafedeki iki nokta gibiydi. Bir yakasından seslenilse öbür yaka rahatça duyar ve konuşulabilirdi. Fakat geliş gidiş

81 Su çekimi: Geminin en alt kısmı olan omurgasından deniz yüzeyine kadar olan dikey mesafe.

için deniz vasıtası lazımdı. Denizden geçiş, belirli aralıklarla sefer yapan vasıtalarla sağlanır, ama bunlar, her istendiğinde bulunamazdı. Deniz vasıtası yoksa kışla içinde üç dört kilometreye varan bir güzergâhtan büyükçe bir tur atmak gerekirdi. Hasan, Eğitim Merkezi'nin tersaneye görevli giden bir kamyoneti ile bu güzergâhı katederek, tersane lumbarağzına ulaştı.

Lumbarağzında kendini tanıttı, içerideki *Uluçalireis* denizaltısına tayininin çıktığını belirtti. Girişini kayıt altına aldılar ve aracı içeriye yönlendirdiler. *Uluçalireis*, tersanenin rıhtımlarından birinde iskeleden aborda ve başı güneye bakar vaziyette bağlı idi.

Gemi iskelesinin hemen önünde durdular. Aracın kasasından bavulunu aldı, yere koydu, üniforma askılarını omzuna astı ve kendisini getiren şoför ere teşekkür ettikten sonra onu geriye gönderdi.

Uluçalireis'in iskelesinden gemiye geçerken başüstündeki nöbetçi astsubay ve er, onu selamladılar.

"Hoş geldiniz, Hasan Teğmen'im!" dedi nöbetçi astsubay: "Aşağıdakiler, bu akşamdan beklemiyorlardı sizi..."

Stajyer subayların, atamalarından haberi vardı anlaşılan.

"Sağ ol astsubayım! İyi nöbetler... Bu akşamdan katılmaya geldim..."

"Buyurun. Ben eşyalarınızı aşağı aldırırım. Siz inin isterseniz..."

Yükünü nöbetçi astsubaya emanet ederek üstünü başını toparladı, şapkasını çıkarıp, yüzünü ve terli saçlarını eli ile sildi.

"Saat akşamın yedisi. Kimler var aşağıda, subaylardan?"

"Hafta sonu için nöbetçi amiri ile nöbetçi subayı var. İkinci çarkçı ile torpido subayı..."

Onların kim olduklarını biliyordu. *Uluçalireis*'e ilk gelişiydi, Ereğli'ye gitmediği için gemiyi hiç görmemişti, ancak, staj için gemilere atamaları çıktığından itibaren, kim hangi gemide, hangi görevdedir, okuldan tanıdıkları genç subaylar, yani kendilerinden bir iki sınıf önce mezun olup denizaltılara gelenler nerelerdedir, aralarında epeyce konuşmuş, tartışmışlardı.

"Teşekkür ederim. Ben ineyim alt güverteye..."

"Hoş geldiniz, tekrar. Eşyalarınızı baş torpido dairesinde yatakların üzerine konmuş bulacaksınız üç beş dakikaya kadar..."

Üstüvane üst kaportasına doğru yürürken bir şey dikkatini çekti: *Uluçalireis*'in üst güvertesindeki form kaplama, yani baş ve kıçüstü zemini sac metalden ve delikliydi. Aynı sınıftan diğer tüm gemilerin üst güverte formları ızgara yapılı ahşap ağaçtı hâlbuki.

Dokuz, on basamaklı üstüvane[82] iskelesinden aşağı, baş torpido dairesine indi. Yatma yeri bu dairede olan birkaç asker, muhtemelen akşam yemeği sırasını bekledikleri ranza yataklardan doğrulup, ilk kez gördükleri bu siyah üniformalı teğmene saygı göstererek ayağa kalktılar. Gelen teğmeni inceliyorlardı sevecen ve meraklı bakışlarla...

"Hoş geldiniz stajyer subayım!.."

Demek ki onlar da duymuştu geleceğini... Gülerek selam verdi, hatırlarını sordu. Üstünü başını bir kez daha kontrol edip pantolonunu yukarı çekiştirdi ve kemerini sıktı. Ara kaportadan eğilip, baş batarya dairesine geçti.

Aynı tip gemilerin iç yerleşimleri, küçük değişiklikler olsa da temelde birbirine benzer olurdu. Umurbey'deki stajı esnasında neredeyse her akşam yaptığı ziyaretlerden, kurstaki teorik derslerden ve şimdiye dek yaptıkları eğitim dalışlarından, hangi dairede ne vardır, dairenin neresindedir, iyice bellemiş durumdaydı.

Baş bataryaya girer girmez, sağdaki ilk kısım subay salonunun çay ocağı ve büfesi idi. Büfe dense de iki kişinin yan yana duramayacağı, sağa sola dönemeyeceği kadar dar, iki adımlık bir aralıktı alt tarafı... Yan yana iki tabure konsa, kimsenin giremeyeceği kadar!.. Hemen bitişiğinde de subay salonu. Salonun karşısında, subay kamaraları vardı.

Nöbetçi amiri ile nöbetçi subay, akşam yemeği için önlerine tek kişilik servisler açılmış, salonda oturuyorlardı. Daire kaportasının açılıp, birinin girdiğini, ayak seslerinden, gelenin, gemiye pek de alışık biri olmadığını anlamışlardı. Oturdukları yerden uzanarak baktılar ve geleni gördüler.

"İşte bu!.. Stajyer subayımız nihayet teşrif ettiler... Staj! Neredesin yahu!.."

"Efendim, ben Hasan Teğmen... Stajyer subay. Katılış yapmaya geldim."

"Hoş geldin, sefalar getirdin... Pazartesi gelirsin sanıyorduk."

Geminin ikinci çarkçısı Ersin Melik Üsteğmen, o hafta sonu nöbetçi amiri idi. 1981 yılında Heybeli'den mezun olan Ersin Üsteğmen'in

82 Üstüvane: Denizaltılarda, personelin serbest çıkış yöntemi ile kurtulması için kullanılan özel tank. Limanda iken, gemi içine giriş ve çıkış için de kullanılır.

yüzünü görür görmez, okuldaki ilk yılından hatırladı Hasan. Kendisi birinci sınıfta iken, 81'liler son sınıfta idiler...

"Pazartesi, geminin havuza alınacağını öğrendim. O hengâmede ayak altında kalırım, dedim, bu akşamdan geleyim istedim."

O ana kadarki konuşmayı Ersin Üsteğmen'e bırakıp, lafa karışmayan nöbetçi subayı Nuri Bohçalı Teğmen ilk kez konuştu:

"Vallahi iyi ettin. Pazartesi sen bizi bulana kadar muhtemelen bizi havuzun üstüne götürmüş olurlardı. O zaman da geminin havuza alınmasını göremezdin... Gelsene şöyle..."

Ersin Üsteğmen: "Dur, Bohçalı, dur az!" dedi. "İki dakika müsaade et, çocuk ceketini filan çıkarsın, elini yüzünü yıkasın. Sonra otururuz, yemeğimizi yerken de devam ederiz konuşmaya..."

Bohçalı kalktı, Hasan'ı peşine takıp, beşli kamaraya götürdü. Adından da anlaşılacağı üzere, beşli kamara; çok dar bir alanda, bir tarafta üçlü, bir tarafta ikili ranza yatak düzeni ile toplamda beş kişinin kullandığı, gemi subaylarından en kıdemsiz beş kişinin yattığı yerdi! Kamara bile denemezdi aslında. Beş yatak, her birinin arası en fazla elli santim aralıklı, her yatak için kuş yuvası kadar birer dolap... Bir de krom sacdan ayna ile avuç içi kadar açılıp kapanan bir lavabo...

Ersin Üsteğmen'in yanından uzaklaşınca, Bohçalı'nın da Hasan'ın da vücut dili değişti, birbirlerini iyi tanıyan iki arkadaşa dönüştüler. Bohçalı Teğmen, okuldan 83 yılında mezun olan sınıftandı. Hasan'ın bir üst sınıfıydı yani... Üç seneleri beraber geçmişti okulda. Onu iyi tanıyordu Hasan. Meşhur "Adanalı Bohçalı" idi o!.. Okuldaki ilk yılında sınıfta kaldıktan sonra müthiş bir motivasyon göstermiş, sonraki her yılında derece yapmış, okulu derece ile bitirmişti...

"Hasan, ne haber ya? Nasıl geçti kurs? Altı ay inlediniz değil mi? İhi ihi ihi!"

Yaptığı espriye gülüyordu. Kendine özgü bir gülme şekli vardı. Onun güldüğünü gören de kendini tutamaz, onun gülme biçimine gülerdi...

"Ne halt ettik de geldik buralara, demediniz mi?.. İhi ihi ihi..."

"Yok, Bohçalı Teğmen'im, der miyiz hiç?.. Okulun üstüne biraz ağır geldi başta, ama hepimiz gönüllü geldiğimiz için dayandık..."

"Herhangi bir bezginlik, bıkkınlık var mı üstünde?"

"Katiyen! Ama Eğitim Merkezi'nden çıkıp şuraya gelebilmek için gün saydım doğrusu."

"Tamam, aslanım! Bir eksiğimiz vardı, bir kişi vereceklerdi, biliyorduk. Sen geldin, çok iyi oldu. Stajdan sonra da kalırsın, güle oynaya çalışırız..."

"İnşallah, torpido subayım..."

"Şu yatak senin! Çıkar ceketini, yemeğimizi yiyelim..."

Hasan, ceketini çıkardı, Bohçalı'nın gösterdiği üçlü taraftaki en üst yatağa koydu. Sonra salona döndüler ve oturdular. Büfedeki kamarot askere seslendi ikinci çarkçı:

"Mehmet! Haydi, alalım yemekleri..."

Ersin Üsteğmen, Eğitim Merkezi'nde yapılan kurs kapanış kokteyline gelmeyi istediklerini ancak, geminin filodan tersaneye çekilmesi işinin mâni olduğunu, gemiden ayrılamadıklarını açıkladı.

Hasan, Umurbey'deki stajından, kurstan bahsetti. Gölcük'teki gemileri epeyce tanıdıklarını, ama Ereğli gemilerinin kursiyerlere nedense, uzak ve gizemli göründüğünü söyledi.

"Haklısın," dediler, "öyle bir durum vardır. Ereğli'deki gemiler, büyük iş olmadıkça pek aşağıya inmezler..."

Denizaltıcıların jargonunda "aşağısı" Gölcük, "yukarısı" ise Ereğli idi...

Yemeklerini bitirdiler. Er Mehmet, yemek servisini toparlarken, yanındaki kıdemsiz kamarot er de hemen birer çay verdi salondaki subaylara. Çayını alınca Bohçalı, müsaade isteyip sigarasını yaktı. Ersin Üsteğmen sigara kullanmıyor, pipo içiyordu. Kamarasından tütün torbasını, pipo takımını ve çakmağını aldı, getirdi. On dakikaya yakın bir ritüel ile torbasından küçük öbekler hâlinde aldığı tütünü piposuna yerleştirdi. Üzerine bastırıp, sıkıştırdı. Sonra, Zippo marka çakmağı ile piposunu yaktı. Ortalığı aromalı, elma kokulu, tatlı bir tütün kokusu sardı...

"Katılış işlemin tamamdır. Jurnale kaydedeceğiz. İkinci komutan, pazartesi gelince seni nöbet vardiyalarımızdan birisine monte edecektir. Nöbetini bizimle tutmanı isteseydi, bu hafta sonu bizimle kalıyorsun, derdik sana... İstersen hafta sonu için çıkıp bir tarafa gidebilirsin..."

"Şöyle yapayım, ikinci çarkçım..." diye fikrini belirtti Hasan: "Yarın bir günlüğüne İstanbul'a gideyim. Kardeşim var orada. Hafta sonları gidip yokluyorum, birbirimizi görüyoruz. Onu görüp, pazar günü döneyim..."

"Nasıl istersen..."

Yemek sonrasını salondaki 37 ekran televizyonu izleyerek, Ereğli hakkında konuşarak, denizaltıcılık yapmanın güzelliklerinden ve zorluklarından bahsederek geçirdiler.

Hasan bir ara kalkıp, baş torpidoya indirilen eşyalarını ve elbiselerini almış, beşli kamaraya taşımıştı. İkinci çarkçı, gece yarısına doğru iyi geceler dileyip, istirahate çekildi. O da beşli kamarada yatıyordu ve orada yatan dört subayın en kıdemlisi idi. Bohçalı ile Hasan, seslerini kısarak biraz daha oturup, sohbet ettiler.

"Vallahi çok iyi oldu, Hasan!.."

"Ben de sizi bulduğuma çok sevindim. *Uluç*'a geleceğimi öğrenince, kim var kim yok diye soruşturdum hemen... Herkes bir tarafa, meşhur Bohçalı bir tarafa..."

"Sağ olasın. Neşeli bir ekibimiz var. Gayet uyumluyuz. Staj takvimi hakkında bilgin var, değil mi?"

"Altı ay sürecek. Ağustos ortası gibi bitecek... Bütün stajyerler filoda toplanacağız, staj bitirme sınavına tabi tutacaklar... Kazanırsak, tören yapıp bröverlerimizi takacağız... Bir atama daha göreceğiz, verilen görev ile fiilî denizaltıcılık kariyerimize başlayacağız..."

"Aynen böyle..."

Bohçalı, daha geçen yıl kendisinin yürüdüğü stajyer subaylık yollarının ayrıntılarını, sırlarını, püf noktalarını anlattı Hasan'a.

"Stajyer subayın hangisi makbul, onu sana kısaca söyleyeyim," dedi, "gemi içinde devamlı dolaşanı, devamlı soru soranı, devamlı ders çalışanı... Herkese soru sorabilirsin, herkes sorduğun soruyu cevaplamak için gayret gösterir... Sakın ola ki yakınlık hissetmediğin birisi için, şu adama bir daha sormayayım, yanına yanaşmayayım, deme, inadına üzerine git, inadına sor... Unutma, staj boyunca herkese sorabilirsin, erlere bile.... Ama stajın bittiği gün, artık kimseye bir şey soramazsın, utanır, mahcup olursun... Beni ağabeyin gibi gör, senden kıdemli bir subay gibi değil... Çevir beni, her şeyi danış, elimden ne gelirse, cevap vermeye çalışırım..."

Çoğunun evi, ailesi Ereğli'de olduğu için, *Uluçalireis*'te görevli subay ve astsubayların büyük kısmı gemide idi, Gölcük'te geçen gecelerinde. Gece saat ikiye doğru geldiğinde, evinden uzaktaki bir geceyi daha geride bırakan Ereğlililer de birer birer kalkıp yatağına gitmiş, yatmışlardı. Subay büfesinin kamarot erleri Bohçalı'dan izin istemiş, çay ocaklarının elektriğini kesip kapatmış, yatmaya gitmişlerdi. Alt güverteyi kontrol dolaşmasına çıkan alt güverte nöbetçi astsubayı geçiyordu ara sıra baş batarya dairesinden. Bohçalı, "bir devriye dolaşayım, sonra yatalım" dedi.

"Ben de katılabilir miyim torpido subayım?"

"Memnun olurum..."

Baş torpido dairesinden başlayıp, birer birer daireleri geçerek kıça kadar gittiler. Bohçalı önde, Hasan arkasında idi. Santral dairesinde alt güverte nöbetçi astsubayı ile birkaç dakika konuşarak onun uykusunu açtılar. Hasan, onunla tanıştı, adını öğrendi; kıdemli Üstçavuş Vecdi Sapak... Kıç torpidodan geriye döndüler. Santrale geldiklerinde kuleye çıktılar. Periskoplar, bir kısım seyir cihazları ve atış kontrol sistemi vardı burada... Burası da avuç içi kadar bir yerdi... Kulenin üst kaportasından yelken içine geçtiler. Bohçalı, yelken içinde el feneri ile birkaç kuytuyu kontrol etti, sonra yelken yan kaportasından başüstüne çıktılar.

Birkaç dakika sohbet için üst güverte nöbetçi astsubayının yanında kaldılar. Tuhaf bir alışkanlık olsa gerek, denizaltıcılar üst güverteye, baş veya kıçüstüne çıktıklarında otomatik bir alışkanlıkla ileri geri volta atıyorlardı. Bohçalı ve Hasan da yanlarında nöbetçi astsubayı, volta atarak havadan sudan konuştular.

Üst güvertenin kontrolleri de tamamlandıktan sonra alt güverteye inip, beşli kamaraya gittiler. Bohçalı, üçlü ranzanın en altında yatıyordu. Üzerinde, Hasan'ın henüz görmediği elektrik subayının yatağı vardı. Hasan'ın yatağına çıkması için yol verdikten sonra, Bohçalı da kendi yatağına yattı.

Üçlü ranzanın en üst yatağındaki bu gece, Hasan'ın kim bilir kaç yıl sürecek denizaltıcılık hayatındaki binlerce gecenin ilki olacaktı. Yatağına çıktı, ayaklarını yukarı çekip uzandı. Yastığının üstünde, başını koyup kaldırmak için ancak elli santim kadar bir boşluk vardı. Göğsünün tam üstüne kocaman bir elektrik motoru denk geliyordu. Baş batarya dairesinin havalandırma borularındaki fan motoru... Sıçrayarak uyanırsa, muhakkak kafasını çarpacağından korktu...

Uzun bir süre uyuyamadı. Ertesi sabah erken kalkmak derdi olmadığından uyumak için de kendini zorlamadı. Sırtüstü yattığı yatağında sağa sola dönemeden, -kolay değildi çünkü- derin derin düşünüyordu:

"Neredeyim?.. Nihayet geldim artık gemiye... Bu ilk gecem...

Kim bilir kaç sene sürecek! On beş mi yirmi mi?.. Başıma bir iş gelir de yarım bırakır mıyım? İyi subayların arasına düştüm... Bu daracık yerlerde yaşayıp, çalışmaktan sıkılır mıyım? Gelmek istediğim yer burası mı?.."

En sonunda uykuya daldı.

***

Birisi kolunu çekiştiriyor, omzunu dürtüyordu:

"Stajyer subayım, stajyer subayım!"

Gözünü açıp baktı, baş büfeci askerdi... Mehmet'in yanındaki çocuk... Kısa boylu, esmer, yeni tertip Harun... Fısıltıyla konuşuyordu.

"Hıı? Ne var?"

"Kahvaltı servisi hazır, efendim."

"Kahvaltı mı?.. Saat kaç?"

"Sekiz buçuğa geliyor..."

"Tamam, kalkıyorum şimdi."

Kalktı. İkinci çarkçı henüz kalkmamıştı, ama Bohçalı, yatağında yoktu. Gürültü yapmamaya özen göstererek sivil kıyafet çıkardı kendine ve onları giydi. Sessizce yüzünü yıkadı, salona gitti.

İkinci çarkçı da kalktıktan sonra salonda kuvvetli bir kahvaltı yaptılar. Bol bol da çay içtiler. "Ne güzel," diye düşündü, "kalkıyorum, kahvaltı hazırlanmış, beni bekliyor..."

Kahvaltıdan sonra, pazar günü akşamüzerine doğru dönmek üzere gemiden ayrıldı. Bavuluna eve bırakacağı giysilerini doldurmuştu. Onu alıp İstanbul'a gitti. O gün Canan'ın da nöbetinin olmadığını, eve geleceğini biliyordu. Cumartesi gününü Canan ile geçirdiler. Dereden tepeden konuştular. Hasan, bitirme sınavlarından, staj atamalarından bahsetti; *Uluçalireis*'in Gölcük'te bulunduğunu ama Ereğli gemisi olduğunu, gidip katıldığını; dün gece Uluç'ta yattığını, gemide okuldan da tanıştığı subayların olduğunu, kendisini çok iyi karşıladıklarını; gemideki havayı sevdiğini söyledi.

"Sende nasıl gidiyor işler?" diye sordu Hasan.

Canan, canını sıkan bir konunun açılmasından huzursuz olmuş bir yüz ifadesi ile: "Sen kursun bitirme sınavları ile uğraşırken, ben de ikinci dönemin aylık sınavlarındaydım." dedi. "Bende durumlar iyi değil! Hemşireliğin nöbet sistemi ile okulun yükü bir arada çok zorlamaya başladı artık."

"Dayanamadığın yerde işi bırakacağını söylüyordun?"

"Evet, artık ikisi bir arada yürümez hâle geldi. Hemşirelik mesaim, ders çalışmama açıkça engel olmaya başladı. Benim, neredeyse tüm zamanımı ders çalışmakla geçirmeye ihtiyacım var. Aynı senin durumun gibi, ortaokul ve liseden altyapı iyi kurulmadıysa, baş etmesi çok zor oluyor..."

"Ne yapacaksın?"

"Annemlerle de konuştum. İstifa hakkım var, hemşireliği bırakacağım. Hastane yönetimi ile de konuştum. Durumumu anlıyorlar. Gitmeni istemeyiz, ama sen bilirsin, dediler..."

"Ne zaman istifa?"

"Bu ayın sonunda, Mart 1985 yani... İstifadan sonra, istediğim zaman Sağlık Bakanlığı'na başvurup hemşirelik görevi talep edebiliyormuşum. Ama okulu bitirirsem, İngilizce öğretmenliği yapmak istiyorum..."

"Tamam, Canan. Hayırlısı olsun. Hallederiz, merak etme."

"Annem, istifa edip hastaneden ayrıldığımda ortalıkta kalacağımdan endişeleniyor. Senin de ayda ancak bir iki kez gelebildiğini düşünüp, benim yanıma evden birisini göndermeyi konuşmuşlar aralarında..."

"Öyle mi?.."

"Anneannem, ben yine giderim, demiş. Canan'ı orada yalnız bırakmam, demiş. Sadece kış mevsiminde gelse yeter, dedim ben de anneme..."

"Fukara Fatoş'un torun okutma çilesi ne zaman bitecek acaba?" diyerek gülümsedi Hasan...

Evdekiler söylediklerini yapıp, birkaç hafta sonra Fatma'yı elinde bir bavul ile yine İstanbul'a göndereceklerdi. Fatma, Canan'ın üniversite yıllarında da Aksaray'daki evde nöbet tutmaya devam edecekti.

Hasan, yeni atandığı gemisinin yirmi gün kadar Gölcük'te onarıma alınacağını, o işler bitince nisan başı gibi toparlanıp Ereğli'ye döneceğini açıkladı. Nöbetçi kalacağı günleri öğrendikçe Canan'a bildirecekti.

"Hayırlı, uğurlu olsun, ağabey." dedi Canan: "Ben de fırsat bulur da Ereğli taraflarına gelirsem, geminde gezdirirsin beni..."

Cumartesi akşam yemeğinde kendilerini şımartmayı tercih ettiler. Aksaray Meydanı'ndaki tavukçulardan birisine gittiler ve yarımşar piliç yediler. Eve dönünce, Çatalzeytin'e telefon ettiler. Sıra ile herkesle konuştular, son bir hafta, on gündür yaşadıklarını paylaştılar. Canan, istifaya ilişkin içinde bulunduğu durumu ve kararını bir kez daha anlattı evdekilere, onların da olurunu aldı. Hasan da kendi cephesinden haberleri verdi. Ereğli'ye gelecek olmasına sevinmişti evdekiler...

Pazar günü öğle üzeri iki kardeş Aksaray'dan çıktılar, Canan Eminönü'ne gitti, Hasan ise Yusufpaşa durağından bir dolmuşa atlayıp Topkapı Otobüs Terminali'ne yöneldi.

***

Pazar akşamüzeri *Uluçalireis*'e vardığında geminin subaylarından bir kısmının gelmiş olduğunu gördü. Onlara kendini tanıttı, onlar da stajının hayırlı uğurlu olmasını dilediler.

Üsteğmen Ramiz Kabay, 79 yılı Harp Okulu mezunu olup, geminin silah bölüm amiri idi. Evli idi ve Ereğli'de lojmanlarda oturuyordu. 82 mezunu olan Teğmen Tufan Hacıoğlu, iki yıldır geminin muhabere subaylığını yapıyordu. Tufan Teğmen ile sınıf arkadaşı olan Teğmen Tanju Ergüler ise, geminin elektrik subayıydı ve bekârdı.

Hasan, Ramiz Üsteğmen hariç, diğerlerini okuldan hatırladı. Onların, staj eğitimine ilişkin tavsiyelerini, acı, tatlı deneyimlerini dinledi. Akşam yemeğinden sonra bir müddet daha sohbet ettiler, sonra bir kısmı briç oynayarak vakit geçirdi.

Yatma zamanı geldiğinde, beşli kamaradaki yatakların hepsi sahiplerince dolduruldu. Zaten iki adımlık bir yer olan ranzalar arasında ayakkabılar ve terlikler birbirine karıştı. Hasan, üçlü taraftaki alt yatakları merdiven gibi kullanarak yatağına çıkmış, altındakiler gelmeden önce fan motorunu kucaklayıp yatmıştı.

Ertesi gün büyük işler vardı. Hasan, geminin komutanını, ikinci komutanını ve çarkçıbaşısını görecek, kendisini tanıtacak, onların vereceği emirleri öğrenecekti. Saat dokuz gibi *Uluçalireis*'in havuzlanma işi başlayacaktı. Önce, *Uluçalireis*'i âdeta kucağına alarak kaldıracak olan havuz alargaya çekilecek, daldırılarak suya gömülecek, sonra *Uluçalireis* bulunduğu yerden çekilip, dalmış durumdaki havuzun üzerine götürülecek, ardından havuz, sarnıçlarındaki suyu boşaltarak suda yükselecek ve denizaltı gemisini sudan çıkaracaktı.

***

"Daireler dikkat!.. Komutan gemiye geliyor!"

Üst güverte nöbetçi astsubayının genel anons devresinden yaptığı duyuruydu bu. Pazartesi günü tersanede mesai başlamış, saat sekiz buçuktan itibaren fabrikalarda toplanan işçiler yollara düşerek iskele ve doklarda onarım, bakım ve tamir bekleyen gemilere doğru akmaya başlamışlardı.

Anonsu duyan ikinci komutan ve nöbetçi subayı, gemi komutanını karşılamak için yukarıya, başüstüne koşuşturdular. Hasan'a beşli kamarada hazır beklemesini, çağrıldığında salona gelmesini tembihlemişlerdi.

Biraz sonra baş batarya dairesi hareketlendi. Gemi komutanı geldi ve doğruca kamarasına girdi. *Uluçalireis*'in Komutanı Binbaşı Engin Yaprak'tı. 68 mezunu sınıftandı. Kısa süre sonra üst güverte nöbetçi astsubayının tamamlayıcı anonsu duyuldu:

"Daireler dikkat, komutan gemide!.."

Hasan heyecanlanmış ve gerilmişti. Biraz sonra salondan çağıracaklar, o da sanki yeni bir sınav heyetinin karşısına çıkacaktı...

Biraz sonra baş büfeci Mehmet araladı beşli kamaranın kapı perdesini: "Stajyer subayım! Komutan sizi emretti efendim!.." dedi.

Lavabonun üstündeki aynaya baktı, saç ve sakal tıraşını kontrol etti, üstünü başını düzeltti, bir yudum su içerek ağzını ıslattıktan sonra salona yöneldi. Subay salonunun, komutanın oturduğu taraftaki girişinde esas duruşa geçti:

"Teğmen Hasan Doğan! Emredin komutanım!.."

"Hasan! Gel evladım, şöyle geç otur..."

Bu bir, iki kelime Hasan'ın yükselen nabzını sakinleştirmesine yetti. Rahatlamıştı. İkinci komutanın oturduğu tarafa geçti, sırtını koridor tarafına verip elleri kucağında, oturdu.

Salon kalabalıktı. Gemi komutanı, kendisine ait sandalyede, salondaki masanın kıç tarafında oturuyordu. Onun tam karşısında İkinci Komutan Kurmay Binbaşı Mehmet Kaşıkoğlu oturuyordu. Çarkçıbaşı Üsteğmen İrfan Sayan da salondaki oturma yeri belirli olan, yokluğunda yerine kimsenin oturmadığı üçüncü subaydı gemide. Çarkçıbaşı, gemi komutanının hemen sağında, sırtını koridora vermiş oturuyordu. Masanın alabanda tarafında da silah subayı Ramiz Üsteğmen oturmuştu. Hafta sonu görüştüğü, beşli kamarada yatan subayların dışındaki tüm subay kadrosu salonda idi. "Sadece benim için toplanmış değillerdir mutlak... Belki, her gün mesai başında böyle bir araya gelip, işleri güçleri konuşuyorlardır." diye düşündü.

"Hasan!" dedi Gemi Komutanı: "*Uluçalireis*'e hoş geldin... Bize bir stajyer göndereceklerini biliyorduk, ama hanginizin geleceğini bilmiyorduk... Bir subayımız daha oldu, çok sevindik."

"Sağ olun komutanım."

"Cuma akşamından gelmişsin?"

"Evet, komutanım."

"Seni adadan tanıyıp hatırlayan arkadaşlarımız var gemide. Bizim Bohçalı mesela... Kursa gönüllü gelmişsin, öyle mi?"

"Evet, komutanım."

"Peki, Ereğli?"

"Ereğli'yi de gönüllü istedim, komutanım."

"Zonguldaklı mısın?"

"Hayır, komutanım. Kastamonuluyum. İnebolu'nun az ötesinde, Çatalzeytin ilçesinden."

"Denizaltıcıların büyük kısmı aşağıda kalmayı yeğler. Sen yukarı çıkmaya niçin gönüllü oldun?"

"Karadeniz, benim, kıyısında büyüyüp yetiştiğim deniz, komutanım. Gölcük, İstanbul'a iki saat uzakta, ama düşündüm taşındım, Karadeniz'de çalışmayı tercih ettim. Belki böylece, çalıştığım denizaltıları bizim o taraflara doğru götürüp bizim o tarafın insanlarına gösterme fırsatı geçer elime..."

"Haydi ya!.. Bakın, böyle bir temenniyi ilk defa duydum bu yaşımda... Neresi demiştin ilçeni?"

"Çatalzeytin, komutanım. İnebolu'nun yirmi, yirmi beş mil kadar doğusuna düşer. Kıyı kasabasıdır..."

Salondaki diğer subaylara döndü gemi komutanı:

"Hiç o tarafa doğru giden var mı çocuklar, içinizde? Tatbikat limanı filan yapan?"

"Yok, komutanım, İnebolu tamam da Çatalzeytin'i ilk kez duyuyoruz." dediler.

"Hasan, stajın hayırlı uğurlu olsun." diyerek asıl konuya getirdi lafı Engin Binbaşı.

"Daha çokça konuşup görüşeceğiz. Sana birkaç tavsiyede bulunayım, sonra seni serbest bırakalım, zira beş dakika bile boş oturmaya hakkın yok, stajda iken... İkinci komutan ve çarkçıbaşı da seninle ayrı ayrı konuşacaklardır mutlak, ben tavsiyelerimi vereyim, aradan çıkayım... Birinci olarak; stajyer olarak geçireceğin altı ayın her saati, her dakikası sorup soruşturarak, oturup okuyarak kendini geliştirmen için sana verilmiş büyük bir fırsattır. Bir dakikasını bile boşa geçirirsen, ziyan etmiş say!.. İkincisi; subay, astsubay ayırmadan herkesin kolundan tutup, sor... Lisanımünasiple tabii... Danıştığın herkesin seni aydınlatması, onların vazifeleridir. Altı aylık zaman, kendini geliştirip gemiyi kavramana, kumanda edecek hâle gelmene yeterli bir zamandır... Stajda bir anormallik ortaya çıkmadığı takdirde, sınavları verip, sorumlu görev alacaksın. Varsay ki bizde muhabere subayı olmuşsun ya da Bohçalı'dan torpido subaylığını devralmışsın...

Sen iyi yetiştirilmişsen, köprü üstünde, kulede veya santralde ufki seyirde vardiya nöbeti tutup gemiye kumanda ettiğin zaman, aşağıdaki herkesin içi rahat eder. Zayıf kaldıysan?.. Sen vardiyada iken kimsenin gözüne uyku girmez... Bunu hisseder ve anlarsın... Hiç hoş bir durum değildir... Ne demek istediğimi anladın mı?"

"Anladım, komutanım."

"Pekâlâ. Şimdi üniformanı değiştir, işbaşı kıyafetlerini giy. Birazdan ortalık karışacak çünkü..."

"Sağ olun, komutanım." dedi Hasan, müsaade isteyip salondan çıktı.

Gemi Komutanı Engin Binbaşı'nın yaptığına benzer konuşmaları ikinci komutan ve çarkçıbaşı da yaptılar.

Gemi çarkçıbaşısı İrfan Üsteğmen, ilginç bir subay profiline sahipti. Ben teğmenim, o da daha üsteğmen, diye düşünmüştü Hasan içinden, onu ilk gördüğünde... Ufak tefekti, zayıfça idi, ama mavi gözleri alev alev yanıyordu. Herhâlde kolayına çarkçıbaşılık vermemişlerdi İrfan Üsteğmen'e... Konuştuğu zaman heyecanlanıp nabzı yükseliyor, nabzı yükseldikçe sesi de yükseliyordu...

Saat on gibi, dört tane çekici vasıtanın, *Uluçalireis*'in çıkacağı havuzu tersane rıhtımında bağlı olduğu yerden alıp, açığa doğru götürmesini izlediler. Havuz, Denizaltı Filosu ile Gölcük Tersanesi'nin önlerinde bulunan şamandıralara dört taraftan demir zincirler ile bağlandı. Sonra, dalmaya başladı. Olduğu yerde yavaş yavaş suya gömüldü. Dalışını bitirdiğinde "U" şeklindeki yapısının sadece iki kanat ucunda bir, iki metrelik kısımları su üzerinde kaldı. Artık *Uluçalireis* yerinden alınabilir ve havuzun üzerine götürülebilirdi.

"Daireler dikkat! Tüm personel kıçüstünde tabura..."

Santral dairesinden, alt güverte nöbetçi astsubayının yaptığı genel anonstu bu. Herkes kıçüstüne çıktı, sağ başta, gemi komutanı hariç, subaylar vardı. Sol yanlarında bölümler hâlinde astsubaylar, en son kısımda da erler... Stajyer teğmen subayların arasında idi. Gemide seyir harekât subayı yoktu. Hasan'ın gelişi ile subay sayısı dokuza çıkmıştı. Gemide elliye yakın astsubay, yirmi beş kadar da mükellef Bahriye askeri bulunuyordu.

Yoklama yapıldı, gemi ikinci komutanı kısa bir konuşma yaparak stajyer subayı ve staj eğitimi yapmak için gemiye atanmış dört stajyer astsubay çavuşu, gemi personeline tanıttı. Tanışmanın ardından, biraz sonra başlayacak havuzlanma işlemine ilişkin konular görüşüldü. Konuşmalar bitince, ikinci komutan, personele emrini verdi:

"Harekete hazır ol!.."

Bu emir ile tüm personel sağ ayaklarını bastıkları zemine vurarak emri tekrar ettiler ve harekete hazırlık için görev yerlerine dağılmaya koyuldular. Gemi, on beş, yirmi dakika içinde hazırlığını yaptı ve beklemeye geçti. Biraz sonra son anons duyuldu:

"Manevra yerlerine, sancaktan, iskeleden havuzlanmaya hazır ol!.."

Tersaneden iki çekici vasıta geldi, yakındaki bir ofisten bir kaptan çıktı ve gemiye geldi. Vasıtalar, bu kaptanın verdiği emirlere uyarak makinelerini çalıştırmadan bekleyen *Uluçalireis*'i aldılar, dalmış durumda açıkta bekleyen havuza götürdüler. Denizaltı, havuzun tam üzerinde, iki yandan eşit mesafede tutuldu, ince ayarlamalarla ileri ve geri kaydırılarak, kendisi için havuz tabanında hazırlanmış kızaklara dengeli bir şekilde oturacak pozisyonda sabitlendi ve halatlarla havuza bağlandı.

Şimdi iş; havuzun yavaş yavaş sarnıçlarını tahliye ederek yükselmesine, denizaltının aşağıdan doğru kendine yaklaşan kızakların üzerine oturmasına, oturma gerçekleştikten sonra, havuzun denizaltıyı da kucaklayıp kaldırmasına kalmıştı. Bu işlem yaklaşık bir buçuk saat sürdü...

Uluçalireis'in omurgasının kızaklara bastığını ve oturmaya başladığını dikey ve yatay meylindeki değişmeyi izleyerek anladılar. Bu andan itibaren denizaltının su çekiminin yavaş yavaş azaldığını gözlediler. Havuz tabanının su yüzeyine çıkmasına yaklaşık bir, bir buçuk metre kala *Uluçalireis* yükselerek bütün bedeni ile deniz seviyesinden kurtulmuştu. Havuzun satha çıkışı bittikten sonra dört çekici vasıta tekrar geldiler, havuzu dört bir yanından tuttular, üzerindeki *Uluçalireis* ile alıp, rıhtıma bağlamaya götürdüler. Havuz sahildeki yerine bağlandıktan sonra, *Uluçalireis*'e girip çıkmakta kullanılacak sekiz, dokuz metre yükseklikteki ahşap iskele bir kreyn[83] tarafından getirildi ve yerine koyuldu. Böylece, yaklaşık beş saattir manevra yerlerinde beklemekte olan denizaltı personeli, gemiden çıkıp, havuza inme imkânına kavuştu.

Yerleşik kurallara göre, gemi komutanı, çarkçıbaşı, silah subayı ve ikinci çarkçıdan oluşan bir ekibin havuza inmesi ve *Uluçalireis*'in, su kesimi altında kalan bölümlerinin göz ve fiziki kontrolünü yapması gerekiyordu. Kızaklara oturma durumunun da normal olduğu görülmeliydi.

Bohçalı Teğmen'in: "Koş peşlerine, sen de in... Ne yaptıklarını izle!" demesi ile Hasan da bu ekibin peşine takıldı ve havuza indi. Onun, kendilerine katıldığını gören çarkçıbaşı: "Staj!.." diye kükredi, mavi gözlerini aça aça, "Hiç havuzlanmış denizaltı görmüş müydün?"

"Yok, çarkçıbaşım. İlk kez..."

"Hah! Diğer stajyer arkadaşlarına göre şanslı say kendini. Staj yükünün bana göre yarısını, şayet iyi çalışırsan, bu havuz sırasında halledebilirsin... Kıymetini bil bu havuzun... Günde en az beş tur atmalısın geminin altında..."

"Anlaşıldı çarkçıbaşım..."

Geminin altında, baştan kıça doğru adım adım, her tarafına baka baka ilerlediler, bir sancak tarafa geçiyorlar, o taraftaki açıklık, hol, valf yuvası gibi yerleri inceliyorlar, bir iskeleye geçiyor ve o tarafı kontrol ediyorlardı... Hasan, ekibin geminin karinasında[84] neyin, nerede olduğunu avuçlarının içi gibi bildiklerini fark etmişti. Kendisi de Yastıkçı Binbaşı'nın genel denizaltıcılık dersinde gösterdiği ko-

---

83 Gemilerde kullanılan kreyn: Yükleme/tahliye veya diğer güverte operasyonları için kullanılan, gemiye sabit, büyük ve taşıma gücü yüksek vinçlerdir. Hidrolik veya elektrik motorları ile çalışır.

84 Karina: Tekne gövdesinin su kesimi altında kalan kısmı.

nuları aklından geçirdi, geminin su kesimi altında kalan kısımlarını hatırladı birer birer; en başta "sızmaz kasara" sarnıcının portu, yani deniz suyunun sarnıç içine girip çıktığı ağız, baş ufki dümen[85], baştan kıça doğru sırasıyla ana dalma sarnıçlarının portları, "seri dalma" sarnıcının portu, parakete kılıcı, deniz suyundaki sıcaklığı ölçen "Batitermograf-BT" cihazının alt transdüseri, motorin sarnıçları, sonra geminin kıçına doğru, karinasından çıkan iki pervane şaftı, pervane şaftının yatakları ve bronz metalden iki koca pervane... Son olarak, kıç ufki dümen[86] ve amudi dümen[87] yelpazeleri...

Turlarını bitirince silah bölüm amiri: "Yüzde 70 oranında böcekli, komutanım." dedi. Geminin su altında midye kaplanmış yüzey alanını kastediyordu.

Çarkçıbaşı: "Karina kontrolü tamam, olağan dışı bir husus yok, komutanım." dedi.

"Tamam, çocuklar... Siz havuzlandığımıza dair mesajı hazırlayın, getirin, ben burada imzalayayım... Ondan sonra tersane komutanına ziyarete gideceğim." dedi ve keyif sigarası yakıp, bir tarafa çekildi.

"Hişşt! Staj! Gel bakalım..." Çarkçıbaşı çağırıyordu.

"Buyurun, çarkçıbaşım!"

"Tam şu gösterdiğim yere bak bakalım. Sacdaki kalınlık farkını görüyor musun? Bak vur elinle, seslerinin farkını da duy."

"Bu tarafı etli, epece kalın, bu taraf biraz ince çarkçıbaşım..."

"Bildin! Ama soru o değil ki! Neden farklı kalınlıkları?.."

Mavi gözlerini Hasan'ın yüzüne sabitlemiş, cevap bekliyordu sabırsızca...

"Haydi, söyle!.."

"Araştırayım çarkçıbaşım!"

"Haydi, oyalanma, koş çabuk... Bunun cevabını getir, bir sürü soru var daha sırada..."

Hasan ne tarafa koşacağını bilemedi ilk önce. Sağına soluna baktı. Sonra gemiye çıkıp birilerine sormak aklına geldi. Döndü ahşap

85 Baş ufki dümen: Denizaltının dalmış durumda aşağı yukarı hareketini sağlayan iki dümenden baş tarafta olan. Balıkların başına yakın yüzgeçlerine benzer. İki tarafta birer yelpazesi vardır.

86 Kıç ufki dümen: Denizaltının dalmış durumda aşağı yukarı hareketini sağlayan iki dümenden kıç tarafta olan dümen. İki tarafta birer yelpazesi vardır.

87 Amudi dümen: Denizaltının su üstünde veya dalmış durumda iken sancak veya iskeleye dönüşünü sağlayan, yelpazesi dikey olan dümen.

iskeleye, koşarak çıkmaya başladı. Arkasından kıs kıs gülüyordu geminin subayları: "Ah bu stajyerlik!.." diyerek...

Hasan, çarkçıbaşının sorduğu sorunun cevabını bulmak için araştırmasını tamamladığında, kalın olan sacın, geminin "emniyet sarnıcı"-na ait olduğunu, hemen bitişikteki ince sacın ise dalma sarnıçlarından birine ait olduğunu öğrendi. Kursta aldıkları derslerde, emniyet sarnıcının üç bin librelik hava basıncına, dalma sarnıçlarının ise sadece altı yüz librelik hava basıncına dayanabilmesi gerektiğini, bu nedenle sac kalınlıklarının farklı olduğunu zaten öğrenmişti. Çarkçıbaşıyı ilk gördüğünde sorunun cevabını verince: "Aferin!" demişti İrfan Üsteğmen ona: "Bir: Hiç ertelemeyecek, hemen araştıracaksın!.. İki: Kursta anlatılan her ne varsa burada muhakkak elinle tutacak, gözünle göreceksin!.."

***

Havuzda ilk önce, tüm personel seferber edildi, geminin su kesimi altında kalan yüzeylerinin (karina) temizliği için raspa nöbeti kuruldu. Geleneksel olarak, havuza çıkan Bahriye gemilerinde ilk önce bu işlem yapılır, çalışmaya en büyüğünden en küçüğüne, tüm personel katılırdı. Uzun saplı raspa spatulaları ve fırçaları ile karinada böcek ve midye bağlamış tüm yüzeyler kazınır, yeni boya için hazır hâle getirilirdi. İmece usulü ile iki, üç gün süren bu iş bittikten sonra, gemideki bölüm ve branşlar kendi işlerine koyulurlardı.

Hasan da geminin bir ferdi olarak raspa imecesine katıldı. Kendisine ayrılan yerlerin böcek ve midyelerini kazıyarak temizledi. *Uluçalireis*'in tekne dış yüzeyinin temizlik, bakım ve boyası, su kesiminin altında ve üstünde kalan tüm alanlar, üst güverte kapaklarının altı da dâhil, silah bölümü bünyesindeki porsun branşının sorumluluğu altında idi. Dolayısıyla, bu işleri öğrenmek için silah subayını ve torpido subayını izledi. Gemi personelinin karina raspasından sonra sıra boyamaya gelince, tersanenin boyacı işçileri devreye girdi ve karinayı kat kat boyadılar. Sülyen boya katı, sonra zehirli boya katı, sonra kırmızıya çalar renkteki karina boyası katları...

Tersanenin ilgili fabrikalarınca motorin ve dalma sarnıçlarına da girildi. Bunun için önce motorin sarnıçlarının kapakları açıldı, motorin buharından arındırma işlemi yapıldı. Dalma sarnıçları açılıp içeride tazyikli su ile yıkama yapıldı. Hasan, dört stajyer astsubay arkadaşı ile açılan her delikten girdi, geminin içini, dışını, altını, üstünü, kısaca her tarafını gözü ile gördü, eli ile inceledi. Kendi çalışmasından artakalan her fırsatta, gemi ve fabrika personelinin yaptığı işlere yardımcı olmaya çalıştı.

Tersanelerde bakım ve onarıma alınan gemiler için önem taşıyan bir konu da sökülüp fabrika ve atölyelere götürülmüş sistem ve cihazların durumlarının takibiydi. Geminin bölüm ve branş subaylarının bu amaçla atölye ve fabrikalarda yaptığı dolaşmalara Hasan da zaman buldukça katıldı, geminin sahibi sıfatıyla, işçilerle nasıl dostluk kurulur, ustabaşılar ile nasıl konuşulur, hangi fabrika hangi işi yapar, önceden bildirilmemiş, sürpriz çıkmış bir iş nasıl yaptırılır, bunları gözlemeye, anlamaya, öğrenmeye çalıştı.

Nisan ayının sonuna doğru *Uluçalireis*'in havuzda planlı bakım işlemleri tamamlandı ve geminin havuzdan inme vakti geldi.

Uluçalireis'in bakım ve onarım için açılmış tüm kapakları, sökülmüş valfleri yerlerine takılıp sabitlenmiş, gemi havuzdan inmeye hazırlanmıştı. Havuzdan inileceği günün sabahında, çıkarken olduğu gibi, tersanenin dört çekici vasıtası ve bu vasıtaların kaptanı havuza geldiler. Dört köşesinden aldıkları lif halatlarla havuzu yerinden kaldırdılar ve dalış yapılacak yere getirdiler. Havuz halatlarla şamandıralara bağlandı ve dalmaya başladı. Kızakları üzerinde bekleyen denizaltı personeli, havuza çıkarken olduğu gibi yine manevra yerlerine geçmiş, gemiyi emniyete almış hâlde bekliyordu.

Havuz dalarak suya indikçe, deniz suyu önce havuz tabanına doğru yürüdü ve taban suyun içine gömülerek gözden kayboldu. Sonra deniz suyu *Uluçalireis*'e doğru yaklaşmaya başladı. Su, geminin omurgasına değdikten sonra yükselmeye devam etti. *Uluçalireis*'in su çekimi sıfırdan yüksele yüksele on üç, on dört kademe geldiğinde, kızaklardan kalkma zamanı gelmiş demekti. Bu aşamada geminin dikey ve yatay meyil durumunu izlemeye başladılar. Çok geçmeden, *Uluçalireis* oturduğu kızaklardan kurtularak deniz yüzeyinde doğal duruşuna geçti. Havuzun dalışı, *Uluçalireis*'in kızaklardan kurtulmasından sonra bir müddet daha devam etti ve öğleye doğru tamamlandı.

Çekici iki vasıta gelerek *Uluçalireis*'i havuzun üzerinden aldılar ve Denizaltı Filosu'na götürdüler. Böylece, *Uluçalireis*'in tersanedeki havuz bakımı tamamlanmıştı.

Takip eden on gün içinde, *Uluçalireis* önce sahile verdiği emanetlerini geri aldı, bütünlemelerini yaptı. Gemi, havuza çıkışı öncesindeki durumuna döndükten sonra, onarım için açılan, kapanan, tamir ve bakım gören yerlerinde herhangi bir eksiklik, açıklık, sızdırmazlığını bozacak herhangi bir terslik olup olmadığını görmek için test dalışına gitti. Bu kontrollerin sonucunda herhangi bir eksiklik ve aksaklık tespit edilmedi. Böylece *Uluçalireis,* Karadeniz Ereğli'ye dönmeye hazır hâle geldi.

***

Uluçalireis, Gölcük'teki işlemlerini tamamlayınca, mayıs ayının ortasında bir perşembe günü, Denizaltı Filosu'nda bulunduğu iskeleden avara ederek Karadeniz yoluna çıktı. Dilburnu'ndan geçip, Yelkenkaya'yı sancağında bırakarak dosdoğru İstanbul Boğazı'na intikal etti. Boğaz'ı iki saatte geçerek, hava kararmadan Karadeniz'e çıktı, Anadolu Feneri'ni bordalayıp, yedi, sekiz mil kuzeye yükseldikten sonra doğuya döndü ve Ereğli rotasını aldı.

Sancak taraflarında kalan Anadolu kıyıları, maviye çalan pus içinde önce bulanıklaşıp, griye döndü, ardından tam pupalarındaki güneş battı, yarım saat geçmeden akşam karanlığının çökmesi ile kıyılar, uzaktan yakına doğru karanlığın içine girdiler ve saklandılar. Şimdi sadece sancak taraflarında, yerlerini, çakış aralıklarını ve tekrar sayılarını ezbere bildikleri deniz fenerleri konuşuyor, gelip geçen diğer gemilerin seyir fenerleri görünüyordu.

Köprü üstünde vardiya subaylığı nöbetini Bohçalı Teğmen almıştı. Kıdemsiz bir astsubay sancak tarafta, mükellef bir er ise iskele tarafta gözcülük nöbeti tutuyordu. Seyirde Hasan'ı, Bohçalı'nın vardiyasına dâhil etmişti ikinci komutan.

Köprü üstünde, açık havadaki kış soğuğunu iliklerine kadar hissederek vardiya nöbetlerini tutuyorlardı. Birkaç dakikadır hiç konuşmadan geminin dizellerinden gelen makine ve egzoz sesini dinliyorlardı. Aniden bir çınlama sesi duyuldu.

"Komutanın bazeri!" dedi Bohçalı…

"Bil bakalım ne emir verecek?" diye sordu Hasan'a. Cevabını beklemeden: "Üçüncü dizeli seyre verdirecek, bahse girerim," dedi, döndü, köprü üstünün iskele alabandasındaki telefon ahizesini çekip aldı:

"Vardiya subayı, Teğmen Bohçalı, emredin komutanım!.."

Kısa bir müddet dinledi karşı tarafı. Sonra: "Emredersiniz!" dedi ve telefon ahizesini yerine bıraktı. Başka bir muhabere mikrofonuna uzanarak:

"Manevra dairesi, üç dizelle seyre hazır ol!.." kumandasını verdi. Alt güvertenin kıç tarafta sondan ikinci dairesi olan manevra dairesi, geminin dizellerinin, jeneratörlerinin ve bataryalarının arasında çeşitli bağlantı kombinasyonları uygulayarak pervanelerin ileri veya geri, düşük veya yüksek süratlerde çevrilmesini temin eden istasyondu. Manevracı vardiya personeli aldıkları kumandayı aynı devreden tekrar ederek, anladıklarını bildirdiler:

"Üç dizelle seyre hazır ol."

"Hasan!" dedi Bohçalı: "Gördün mü?.. Bu gemilerde her şey, mutlaka belirli zamanlarda, belirli sıra ile belirli şekillerde olur. Unutma bunu, ihi ihi ihi..."

Gemi komutanı, geminin üçüncü dizel makinesinin de çalıştırılıp yola verilmesini, süratin artırılmasını emretmişti. Sadece gemi komutanı değil, aslında gemideki tüm personel, bir aya yakın bir ayrılığın ardından bir an önce Ereğli'ye, evlerine varmak istiyordu.

Gölcük'ten beri çalışan iki dizelin egzozundan gelen ritmik sese beş dakika kadar sonra üçüncü bir dizelin daha katıldığını işittiler. Üçüncü dizel bir süre boşta çalıştırılarak ısıtılacak, hazır olunca yola vermek üzere köprü üstüne rapor edilecekti...

"Torpido subayım, bir denizaltı gemisinde, seyirde geçireceğim ilk gece olacak bu." dedi Hasan. "Okulda iken *Savarona* ve *Sokullu Mehmet Paşa* ile yurt içi, yurt dışı seyir eğitimlerine gittik, biliyorsunuz. Kursta iken de eğitim dalışları yaptık Gölcük'te, ama o dalışlar hep günübirlikti, sabah çıkıp, akşamüzeri dönmüştük..."

Bohçalı: "Yaaa! Senin için çok romantik ve anlamlı bir gece, öyle mi?" diyerek takıldı. "Ne yapalım, bu romantik gecenin hatırına öyleyse? İhi, ihi, ihi..."

Hasan: "Ne yapalım?" dedi.

"Sen, baş büfede hesap açtırdın mı kendi adına?"

"Açtırdım."

"O zaman, baş büfeye telefon et şuradan, okkalı birer neskafe ısmarla bize, içimiz ısınsın biraz..."

"Ne demek! Şerefle..." dedi Hasan. Telefondan subay büfesindeki Mehmet'e dört tane neskafe sipariş etti, stajyer subayın hesabına yazılmasını istedi.

"Köprü üstü, üç dizelle seyre hazır!.."

"Manevra dairesi, üç dizelle seyredilecek!"

"Üç dizelle seyredilecek."

Biraz sonra üçüncü dizel jeneratörün de katkısı ile pervane tornaları[88] yükseldi. Gemi şimdi saatte yaklaşık on üç mil sürat yapıyordu.

"Ereğli'yi hiç görmüş müydün?.."

"Yok, efendim. Yarın ilk kez göreceğim. Kastamonu, İstanbul arası gelip geçerken, Karabük'ten Gerede'ye çıkarız, oradan Düzce'ye inip devam ederiz. Yolumuzun üstünde olmadığı için..."

"Çok güzel bir şehirdir. Hatırı sayılır nüfusu vardır. Düşünsene, bağlı olduğu Zonguldak kadar nüfusu var. Sadece Zonguldak'ta değil, bütün Karadeniz kıyılarımızda güzelliği ile namı vardır..."

"Demir Çelik Fabrikası'nın sayesinde, değil mi?"

"Hem tabiat güzelliği hem fabrika hem insanları..."

"Sabırsızlanıyorum bir an önce gezip öğrenmek için..."

Biraz sonra stajyer subayın ısmarladığı neskafeler geldi, köprü üstünde herkes birer tane aldı, içmeye koyuldu. Gecenin ayazında, sıcak sıcak, ne olursa içilirdi... Hasan, keyifle kahvesini yudumlayan iskele taraftaki gözcü askeri izliyordu yan gözle... "Oooh!" diyordu içinden: "Ne âlâ. Paşamın keyfi yerinde... Teğmeninin ısmarladığı kahveyi nasıl da höpürdetiyor..."

Bohçalı Teğmen ile Hasan, akşam 8-12 vardiyasını tutmuşlardı. Gece yarısı gelen muhabere subayı Tufan Teğmen'e vardiyayı teslim ettikten sonra istirahate gittiler. Yaptıkları devir teslimi de bir kural olarak, önce vardiyayı veren, sonra alan, ayrı ayrı gemi komutanına rapor etti.

"Komutanım, torpido subayı..."

"Söyle topçu!.."

Dillerine yerleşmiş bir âdetleri vardı. Denizaltı gemilerinde torpido subaylarına kısaca "topçu", silah bölüm amirlerine de "amir" diyorlardı.

88 Torna: Pervanenin bir dakikadaki dönüş (devir) sayısı.

"Köprü üstü vardiya subaylığı nöbetimi muhabere subayına teslim ettim, komutanım."

"Sağ ol! Var mı etrafta hedef?"

"İskele bordadan geçerken rapor ettiğim ticaret gemisi mesafe açarak pupada[89] uzaklaştı, göz temasım yok komutanım. On bin yardanın içinde hedef yok."

"Gözünü sevdiğimin Karadeniz'i... Tamam, teşekkür ederim..."

"Benimle stajyer subay da nöbetini bıraktı komutanım."

"Tamam. Haydi, iyi istirahatler."

Bohçalı'nın verdiği rapordan beş dakika sonra, bu kez muhabere subayı, komutan ile konuşmuştu.

"Komutanım, muhabere subayı!"

"Buyur muhabere!"

"Köprü üstü vardiya subaylığını torpido subayından teslim aldım."

"İyi vardiyalar, Allah selamet versin. Kefken'i ne vakit bordalıyoruz?"

"Kefken'i saat üç gibi bordalayacağız..."

"Teşekkür ederim. Haydi, hayırlı seyirler..."

Sabah gün ağarmadan Kefken'i sancaktan bordaladılar. Altı, yedi bin yarda kadar açığından geçtiler. Karanlık sürdüğü için sadece fenerini görebilmişlerdi. Sabah altı civarında tan yeri ağardı, altı buçuğa doğru güneş doğdu.

Saat yediyi geçerken Hasan paldır küldür köprü üstüne geldi. Büfeci askeri tembihlemiş, kendisini sabah yedide uyandırmalarını istemişti. Yaklaşırken Ereğli'yi seyretmeyi ve yaklaşma manevrasını da güzelce izlemeyi istemişti.

"Köprü üstüne müsaade!"

"Staj, sen misin? Gel bakalım..." dedi vardiyadaki Ramiz Üsteğmen.

Hava serin, görüş açıktı. Rüzgâr poyrazdan geliyordu. Önce sancak baş omuzluklarında Akçakoca'nın beyaz binalarını seçtiler. Akçakoca'yı daha bordalamadan tam pruvalarında Ereğli'nin eteklerine serpildiği tepelerin zirve çizgileri göründü gözlerine. Hava kış soğuğu yaşattığından sis, pus yoktu, cam gibi net bir görüş vardı ufukta. Akçakoca'dan az ileride Alaplı ve işte!.. Ereğli!.. Pruvalarında koca bir şehir gibi, birkaç tepenin yamacında uzandığı yerde kendilerini

89 Pupa: Geminin kıç tarafı, arka taraf.

bekliyordu... Şehrin binaları bembeyaz, inci gibiydi. Yüksekçe bir de direk gördüler, Ereğli'nin ortasında, kırmızıya çalar renkte. Demir Çelik Fabrikası'nın bacasıydı... Limana emniyetle girebilmek için bu bacayı tam pruvada tutmak ve dosdoğru üzerine gitmek yeterli idi...

Akçakoca'yı geçip Alaplı'ya doğru yaklaştıklarında Ereğli'nin binaları da mozaik desenli bir örtü gibi açılıp serildi önlerinde. İlçe, arazinin hâkim rengi olan yeşilin içinde büyüyordu. Hasan, Ereğli'nin bu manzarasından çok hoşlandı. Çocukluğunda Kırlangıç ile denize çıktıklarında dönüp de izledikleri Çatalzeytin manzarası gibiydi önündeki resim...

Alaplı'yı bordaladıklarında Ereğli'ye giriş ve iskeleye bağlama manevrası için hazırlık kumandası verildi köprü üstünden:

"Daireler dikkat! Dalış hazırlığı geri..."

"Manevra yerlerine çıkacak personel hazır olsun..."

Köprü üstü vardiya subayı komutan ile konuştuktan sonra limana giriş yolundaki son genel kumandayı verdi:

"Manevra yerlerine! Sancaktan abordaya hazır ol!"

Bir dakika geçmeden baş ve kıçüstünde torpido dairelerinin üstüvane kaportaları açıldı, halat manevrası yapacak personel üst güverteye çıktı. Aynı dakikalarda, önce çarkçıbaşı İrfan Üsteğmen, daha sonra ikinci komutan, en son da gemi komutanı Engin Yaprak Binbaşı köprü üstüne geldi. Köprü üstündekiler tüm bu gelenleri, başları köprü üstü platformu hizasında göründüğünde selam vererek karşıladılar.

Manevra yeri kumandası ile dizel jeneratörler durdurulmuş, batarya ile seyre geçilmişti. Dizeller stop edince gemiye hoş bir sessizlik hâkim oldu. Sadece geminin baş bodoslamasında suyun yırtılırken çıkardığı sesi duyuyorlardı. Sahile verilecek halatları hazırlayan personel, seri bir şekilde ama sessizce çalışıyordu.

"Kumanda muhabere subayında!"

Tufan Teğmen köprü üstüne gelmiş ve kumandayı silah bölüm amirinden alarak onu serbest bırakmıştı. Ramiz Üsteğmen de böylece kendi manevra yeri olan başüstüne inmişti.

"Muhabere, iskelenin güney tarafında *Oruç* var -*Oruçreis*'i kastediyordu gemi komutanı- onun üzerine aborda olacaksın..."

"Anlaşıldı, komutanım..."

Sürati pek ağır yola düşürdüler, iskele baş omuzluk tarafında uzanan ana mendireğin ucuna yakın bir yerden diklemesine geçerek liman içine girdiler ve pruvalarındaki balıkçı kayıklarına doğru yaklaşmaya başladılar.

Tufan Teğmen, bir sancağına bir iskelesine, önce pruva hattına, sonra geriye doğru uzanarak pupa hattına bakıyor, yapacağı sürat ve dümen manevrasının zamanlarını kestirmeye, geminin etrafında çapariz veren herhangi bir şey bulunmadığından emin olmaya çalışıyordu.

"İskele alabanda!.."

Uluçalireis önce bir süre nazlandı, sonra yavaş yavaş sol yanına doğru dönmeye başladı.

"Ortala!.." Aşağıda, kuledeki serdümen er, iskeleye bastığı dümeni bu kez ortaya getirdi:

"Dümen ortada..."

"Her iki makine stop!.."

Her iki pervane durdu. Ancak, *Uluçalireis*'in üzerinde onu yavaş yavaş ileri taşıyan bir yol vardı. Muhabere subayı, geminin üzerinde kalmış olan bu yolla bağlayacağı iskeleye kadar gidebileceğini kestirmişti.

Uluçalireis şimdi liman içinde kuzeye doğru yükselerek son dönüşünü yapacağı noktaya yaklaşıyordu.

"İskele alabanda!"

Ereğli Limanı'nda düzgün bir aborda manevrası için son dümen manevrası... Gemi başını iskelesine doğru yavaş yavaş çevirirken, yumuşak bir yol ile *Oruçreis*'e doğru yaklaşıyordu. *Uluçalireis*'in başı *Oruçreis*'in kıçından başlayıp sıyıra sıyıra başına doğru gelirken muhabere subayı dümeni ortalattı.

"Her iki makine ağır yol tornistan!"

Bu kumanda gemiye fren yaptıracak, *Uluçalireis*'i, Oruçreis'in yanında durduracaktı. Geminin üzerindeki yol tornistan çalışan pervanelerin etkisi ile tamamen ölünce makineleri stop ettiler. *Uluçalireis* iskelede bağlı olan "kız kardeşinin" yanına gelmiş ve durmuştu. Bundan sonra, halatların verilmesi ve geminin kardeşine güzelce bağlanması kalmıştı. O iş başüstündeki Ramiz Üsteğmen'in vazifesi idi. Gemi komutanı, halat kumandasının başüstüne verilmesini emretti.

"Halat kumandası başüstünde!" diye bağırdı aşağıya doğru muhabere subayı, başüstündeki Ramiz Üsteğmen ile göz göze gelerek...

Halatlar verilip güzelce volta edilince iki kumanda daha verildi ve limana aborda olma manevrası bitirildi:

"Manevra dairesi, makineler tamam!"

"Alt güverte, manevra yerleri paydos..."

***

-19-

Karadeniz Ereğli, Ağustos 1985

Ereğli'nin tarihinin; ilçe içindeki buluntulara göre MÖ 550'li yıllara kadar, ilçeyi çevreleyen coğrafyadaki arkeolojik kalıntılara göre ise MÖ 2500'lere kadar gittiği söylenirdi. İlçenin ismi, Antik Yunan dönemindeki adı olan *Herakleia Pontike*'den gelmekteydi. Yunan mitolojisinin kahramanlarından *Herakles*'e (Hercules) dayanan bu isim, zamanla *Ereğli* biçimine dönüşmüştü.

İlçe, milattan önceki dönemde Yunan egemenliğinde iken, milattan sonraki yıllarda Roma İmparatorluğu'nun hâkimiyetine girmiş, Roma'nın MS 395'te ikiye ayrılmasının ardından Bizans tarafında kalmıştı. 1200'lü yıllarda bir süre Cenevizlilerin kolonisi olan Ereğli, on dördüncü yüzyılda Osmanlı İmparatorluğu tarafından alınmıştı.

1985 yılında ilçe elli beş bine yakın nüfusa sahipti. Osmanlı Devleti'nin son zamanlarında bulunan taş kömürü yatakları; ülkede Karabük'ten sonra ikinci olarak, 1965 yılında faaliyete geçen Demir Çelik Fabrikası; gemi inşa ve onarım kapasitesi sunan yerel tersaneleri ve Baba Burnu'nun kuzeyli havalara karşı koruduğu limanı ile Karadeniz kıyılarında önemli bir ekonomik, sosyal ve ticari merkez durumunda idi.

İstanbul'un yedi tepeleri gibi, Ereğli'nin de kendine göre birkaç tepesi vardı: Kuzeybatıda Çeştepe ve Maltepe, kuzeyde Kaletepe; kuzeydoğuda Örencik ve Hacı Hasan tepeleri... Ereğli'nin yerleştiği araziyi bir kalkan gibi kuzeyinden saran bu tepeler, ilçeye denizden yaklaşırken, yeşil orman örtüsünün üzerine beyaz motiflerle oya oya işlenmiş kanaviçe gibi mükemmel bir manzara sunmaktaydı.

Ereğli'yi ilk kez, *Uluçalireis*'in mayıs ayında Gölcük'ten geri dönüşü sırasında denizden yaklaşırken gören Hasan, bu manzaraya hayran kalmıştı. Tahmin ettiğinden daha büyük görünüyordu Ereğli. Bu olumlu izlenim, çarşıya çıktığı o ilk günün akşamında yaptığı gezmeden sonra iyice pekişmişti. Sahil bulvarının deniz tarafındaki çay bahçeleri, sosyal tesisler, lokantalar... Tarihî Bozhane Hamamı'nın karşısına düşen Çınaraltı bahçeleri... Küçük mendireklerle çevrili balıkçı barınağı... 1960'lardan önceki Ereğli'nin doğal plajı olan Uzunkum tarafında kurulan fabrika, fabrikanın iki ayrı muhitteki personel lojmanları, sosyal ve spor tesisleri... İlçe çarşısı... 1970'lerin yarısında gördüğü Karabük kadar, hatta daha da büyüktü. Ereğli'nin, Karabük'ten daha güzel olduğuna emindi. Sonradan gezip göreceği Zonguldak'tan da güzeldi... "Muhtemelen, Karadeniz kıyılarındaki en güzel kent!" diyordu, Çatalzeytin'dekilere ve Canan'a Ereğli'yi anlatırken... "Ne iyi etmişim de seçmişim Ereğli'yi!.."

Kuzeyde Baba Burnu'ndan güneye doğru uzanarak ilçenin limanını ağır havalardan saklayan ana mendirek üzerine yapılmış tek bir iskelenin iki tarafında yatan dört denizaltı gemisi ve onların doğusunda ana mendireğe kıçtan kara bağlanmış olan yatak gemisi *TCG Yzb. N. Öngören*... Denizaltı Filosu'nun Karadeniz Ereğli'deki denizaltıcıları bundan ibaretti.

Ereğli'de onlardan başka denizci birlikler de vardı. Bahriye, Kurtuluş Savaşı'ndan itibaren Ereğli Limanı'na büyük önem vermiş, karargâhlar kurup işletmişti. Bağlısı birkaç birlik ile ilçede kurulu olan Karadeniz Bölge, elindeki lojistik imkânların elverdiğince, genel olarak kendi içlerine kapalı bir hayat süren denizaltıcıları da destekliyor, ana yuvaya uzak olmaktan kaynaklanan çaresizlikler, sıkıntılar içindeki görevlerini kolaylaştırmaya çalışıyordu. Onarım desteği, ikmal desteği, sağlık kolaylığı, subay ve astsubaylar için ayrı ayrı gazinolarla sosyal ve moral destek... İlçe halkının da yararlanma imkânı bulduğu, ana mendireğin dibinde, dış taraftaki plaj...

İlçe halkının denizcilere, özellikle denizaltıcılara karşı sergilediği kucaklayıcı tavır, Hasan'ı şaşırtmıştı. Gölcük Bölgesi'nin, muhtemelen İzmit Körfezi'nin sanayi merkezi olması nedeniyle, daha kozmopolit görünen sosyal dokusuna nazaran, samimi, içten, paylaşımcı ve daha sahiplenici bu yerel yaklaşım: "Olabildiğince kalayım burada!" demesine yol açacaktı ileride. "Evlenirsem, yerleşirim de... Daha iyi yer mi bulacağım, çalışacak ve yaşayacak! Aradığım ne yok ki Ereğli'de?.." diyordu, arkadaşları ile oturup konuştuğunda. Gelişinin ilk haftalarında dedesinin ahbabı Oduncu Hüsnü ağabeyini de bulacak, tanışacak, ahbaplık kuracaktı.

Karabük'ün Savaş Turizm isimli otobüs firması iki ilçe arasında her gün gidiş ve dönüşlü bir sefer yapıyordu. Bu otobüsler, hafta sonlarında izinli olduğu cuma günleri Hasan'ı defalarca Ereğli'den alıp Karabük'e götürecek, pazar günleri geri getirecekti. Hafta sonlarının bir kısmında İstanbul'a giderek, Canan, Ali ve kimi zaman Gökhan ile vakit geçirirken, kimi hafta sonlarını Karabük'te, Musa ağabeyi ve Neşe ablasında geçirecek, zaman zaman Karabük'ten sahile uzanarak Çatalzeytin'e kadar gidecekti.

***

Gördüğü ilk günden itibaren sevdiği Ereğli'de denizaltıcılık staj eğitimine devam etti Hasan. Yanı başlarında çok daha geniş kamaralara, rahat yataklara ve dinlenme salonlarına sahip bir yatak gemisi olmasına rağmen, o ve stajyer arkadaşları, sanki ayıpmış gibi, yatak gemisine gitmeyerek denizaltılarında kalmaya devam ettiler. Günlük mesai bittiğinde: "Stajyerliğin şanındandır!" deyip, gemiden çıkmadılar. Küçük, basık, havalandırma imkânları sınırlı denizaltılarının içinde günlerini, haftalarını, hafta sonlarını geçirmekten zevk aldılar...

Stajın verimliliği esas itibarıyla, stajyerin kendi motivasyonuna bağlıydı. Stajyer kendisi ne kadar çalışırsa, o kadar çok görür ve öğrenirdi. Ama denizaltı gemilerinde stajyerlerin çalışmaları sadece kendi gayretlerinden de ibaret değildi. Gemide en büyük rütbelisinden, en küçüğüne, stajyer teğmenden kıdemsiz olan astsubaylar bile, stajyeri devamlı itiyor, zorluyor, sordukları sorular, verdikleri ödevlerle yol gösteriyor, onları olabilecek en donanımlı hâle getirmek için çırpınıyorlardı. Neticede, bu da bir yarıştı... Bir noktadan sonra birbirlerinin rakibiydiler. Nerede? Altı aylık staj tamamlandığında yapılacak olan staj bitirme sınavlarında... 1985'in Ağustos ayı ortalarında... En güzel staj dosyasını hangi geminin stajyeri hazırlamıştı? Kimin stajyeri daha güzel manevra yaptırıyordu gemisine? Talim torpidosu atışı[90] yapan stajyer var mıydı? Kaç tane atmıştı?.. Bu, gemiler arası rekabet olduğu kadar, filonun komodorlukları arasında da

90 Talim torpidosu atışı: Eğitim amaçlı torpido atışı. Atılan torpido bir süre sonra satha çıkar, atan denizaltı veya yardımcı bir gemi, bu torpidoyu denizden alır.

rekabet, filo komutanı nezdinde prestij konusuydu.

"Bravo, Oruçreis'e! Bu seneki stajyerini çok iyi yetiştirmişler... Staj birincisi oldu çocuk!.." denecekti sınavlardan sonra...

Hasan'ın stajının tamamlanmasına bir ay kala, temmuz ayı içinde *Uluçalireis*'in Komutanı Binbaşı Engin Yaprak, çıkan tayinlerle gemideki görevini tamamladı ve Kıbrıs'ta bir göreve atandı. Temmuz ayı ortalarında yeni görevine gitmek için Ereğli'den ayrıldı. Geminin komutanlığını Ankara'dan gelen Deniz Kurmay Binbaşı Saffet Pakbulut teslim almıştı. Aynı atamalarla, çarkçıbaşı İrfan Sayan Üsteğmen de Gölcük'e gitmişti.

85 yılı yaz dönemi atamalarının heyecanı geçti, ayrılanlar gitti, atananlar geldi, arkasından stajyer subay ve astsubayların staj takvimlerinin sonu geldi. Staj sonu sınavları Gölcük'te yapılacaktı. Ağustos ayının ortalarına doğru, Ereğli'deki stajyerler, sıralı amirleri tarafından değerlendirilip not verilmiş staj dosyalarını aldılar, Gölcük'e gittiler. Heyecan ve stres içindelerdi. 1980 ve 84 yılları arasındaki dört yıllık Harp Okulu eğitiminin ardından, ara vermeden Denizaltı Eğitim Merkezi'ne gitmişler, altı ay süren ağır bir kurs eğitimi alıp, pek dinlenme fırsatı bulamadan gemilere dağılmışlar ve bir altı ay daha süren staj eğitimi yapmışlardı... Harp Okulu'nun beşinci sınıfı gibi bir şeydi âdeta...

Ağustos ayının ortalarında, filodan bir Guppy, bir Tang[91] ve bir Ay sınıfı geminin sınavlarda görevlendirilmesi ile üç dört gün süren yoğun bir sınav maratonundan geçtiler.

Stajyerlerin 1984'ün Ekim'inde yaptıkları ilk dalış seyirlerine benzer bir programı vardı staj sonu sınav seyirlerinin. Her stajyer, köprü üstünde iskeleye aborda olma ve avara etme manevraları ile denizden adam kurtarma manevrası yapmış; dalış subaylığı yeteneklerinin ölçülmesine sıra geldiğinde, santral dairesinde ufki seyre geçmiş; denizaltıyı daldırıp, satha çıkartmış, ilaveten, yaşanabilecek pek çok acil durum senaryosuna karşı gereken tedbirleri almadaki yeterlilikleri ölçülmüştü. Bunların yanında hem staj dosyalarının içeriğinden hem de uçsuz bucaksız soru havuzundan rastgele seçilen sorularla yapılan sözlü sınav da vardı... Sadece sözlü mü? Heyet, gemide kedi fare arar gibi, nerede stajyer yakalarsa, ardı ardına sorularla

91 Tang sınıfı: Amerikan modeli denizaltı. 1940'lı yılların sonu ve 50'li yılların başlarında inşa edilmişlerdir.

sıkıştırarak daire sınavları da yapıyordu:

"Çalıştır bakalım şu dizeli!.."

"Geç bakalım, baş ufki dümene!.."

Kaçıp bir kuytuya saklanmanın imkânı da yoktu...

Sınav seyirleri, son gün yapılan dalışlarla tamamlandı. Limana dönüşe geçtiler. Daha dönüş yolunda iken, sınavları yapmakla görevlendirilen heyetin başkanı olan denizaltı komodorunun başkanlığındaki heyet, stajyerleri tek tek huzuruna çağırarak sonuçları tebliğ etti:

"Teğmen Hasan Doğan!"

"Emredin komodorum!"

"Gel bakalım, Hasan!.."

Heyet başkanı olan albay, birkaç saniye içinde, Hasan'ın denizaltıcılık ehliyetine hak kazanıp kazanmadığını resmî olarak tebliğ edecekti...

Kalabalık heyetin dirsek dirseğe oturarak tamamını işgal ettiği subay salonundaki küçük masanın bir kenarında kendisine gösterilen avuç içi kadar yere gitti, kendini kalabalığın arasına sıkıştırıp oturdu.

"Hasan, biz salı gününden bu yana yaptığımız sözlü ve uygulamalı sınavlar neticesinde..."

"Evet?.." (İçinden tabii ki...)

"... Hazırladığın staj dosyasını da inceledik!.."

"Evet!.."

"*Uluçalireis*'teki sıralı amirlerin ile Ereğli'deki filotilla çarkçıbaşısının ve komodorun kanaatlerini de gördük!.."

"Evet?.."

"Seni başarılı bulduk!.."

"Ohhhh!.." Bu son cümleyi saklamayı pek başaramamıştı.

"... Denizaltıcı olabileceğine, denizaltı gemilerinde güverte vardiya subaylığı ve ufki seyir subaylığı görevlerini yapabileceğine karar verdik!.."

"Ohhh!.. -yine içinden tabii- Sağ olun, komodorum..."

"Teşekkür ederiz, Hasan. Hayırlı uğurlu olsun. Gidebilirsin. Bir zahmet, Teğmen Alp Cerenoğlu'na haber ver, o gelsin..."

Denizaltı Eğitim Merkezi'ndeki kurs sırasında ayrılan arkadaşlarına ilaveten, staj sonunda birkaç arkadaşları daha Deniz Kuvvetleri'nin başka birliklerine gitmeyi istemiş ve ayrılmışlardı. Böylece, Deniz Harp Okulu'ndan 1984'te mezun olan sınıfın denizaltıcılığa gönül veren mensuplarının büyük kısmı denizaltıcılık kurs ve stajını başarı ile geçip, denizaltıcı oldular.

Staj sonu sınavlarından sonra Ereğlili genç denizaltıcılar neşe içinde gemilerine döndüler. Sınav seyirleri tamamlanıp, filo rıhtımına çıktıklarında zaten buldukları ilk telefonla Ereğli'ye ulaşmışlar ve sonucu gemilerine ve ailelerine bildirmişlerdi. Âdet olduğu üzere, gemi komutanları, yeni ehliyet alan ve denizaltıcı brövesi takmaya hak kazanan teğmenlerini yanlarına alıp, ofisi yatak gemisinde olan filotilla komodoruna durumu bildirmeye götürdüler. Yılların denizaltıcısı deniz kıdemli Albay Erkal Asıltan, stajyerleri tebrik edip, güzel sözler söyledi. Yeni başlayacakları görevlerinde onlara başarılar diledi.

Staj sonuçlarının belli olmasının ardından, stajyer subayların atamaları da yayımlandı. Buna göre, Ereğli'nin beş stajyer subayı, bulundukları gemilere birer branş subayı olarak atanmışlar, yani gemilerinde kalmışlardı. Hasan, *Uluçalireis*'e muhabere subayı olmuştu.

***

Kurs ve stajı başarı ile geçip, denizaltıcılık ihtisasını kazanan genç subay ve astsubayların denizaltıcı bröveleri, gelenek hâline gelmiş, mütevazı ve hoş bir tören ile Denizaltı Eğitim Merkezi'nde takılırdı. Bröve takacak yeni denizaltıcılar, atandıkları gemilerden Denizaltı Eğitim Merkezi'ne gelirler, bir iki gün süren hazırlıktan sonra, tören gününde Eğitim Merkezi'nin işaret sancakları, bayraklar ve flamalar ile donatılmış ön bahçesinde sıralanırlardı.

Töreni izlemek üzere davet edilen, Gölcük garnizonundaki birliklerden gelen komutanlar ile Denizaltı Filosu'ndan ve bölgedeki harp gemilerinden gelen subay ve astsubaylar yerlerini aldıktan sonra, Eğitim Merkezi komutanı, törene hazır olduklarını Denizaltı Filosu komutanına rapor ederdi. Şayet, Donanma komutanı gelerek töreni şereflendirecek ise, onun gelişi ile katılmayacaksa en kıdemli rütbeli olarak filo komutanı amiralin gelişi ile tören yapılırdı.

Ereğli'dekiler, 1985 yılının bröve takma töreninin, Eylül ayının ikinci haftası, bir pazartesi günü yapılacağını haber aldılar. Aksi gibi, aynı haftanın salısından cumaya kadar, Ereğli'deki dört denizaltının katılacağı eğitim ve atış seyirleri vardı. Bu eğitim 85-86 eğitim yılının ilk seyir faaliyeti olması nedeniyle, önemliydi. Bu eğitime, yıllık izinlerin, atama ayrılış ve katılışlarının yapıldığı yaz döneminde personelde ortaya çıkan eğitim eksiğini ve rehaveti gidermek için azami miktarda personelin katılması gerekiyordu. Gemi komutanları bu nedenle, stajı yeni biten subay ve astsubayların da seyre katılmalarını istiyorlardı.

Bröve törenine ilişkin bilgiler ulaşınca, gemi komutanları yatak gemisinde, komodorlarının huzurunda toplandılar ve durumu tartıştılar. Stajı yeni biten subay ve astsubaylar törene gidip, seyre katılmasalar mıydı? Törene katıldıktan sonra Ereğli'ye yetişip, seyre gelebilirler miydi?.. Seyre yetişememe ihtimalleri daha yakın görünüyordu. Çünkü gemiler tören gününün ertesi sabahında, erken saatte limandan ayrılacaklardı.

Komodor, sonunda: "Gönderin çocukları, arkadaşlar!" dedi. "Bu törende yer almak onların hakkı!.." Gemi komutanları: "Ama efendim!" dediler, "Seyre yetişemeyecekler..."

Komodor: "Hiç eksik personelle seyir yapmadınız mı? 'Eli çantalı denizaltıcılar' dönemini unuttunuz mu yoksa? Gelemezlerse, başınızın çaresine bakarsınız! Siz yine de söyleyin çocuklara, ne yapıp etsinler, seyre de yetişsinler!.." diyerek konuyu kapattı.

"Eli çantalı denizaltıcılar" dönemi ile komodor, filo genelinde subay sayısı kadro miktarının altına düştüğünde, mevcut olanların, geçici seyir görevlendirmeleri ile gemiler arasında devamlı dolaştığı, seyre çıkan gemilerin personel eksiklerinin olabildiğince tamamlanıp, limandan kalan gemilerin ciddi oranda eksildiği günlerden bahsediyordu. *Uluçalireis* Komutanı Saffet Binbaşı, gemiye dönünce durumu Hasan'a iletti:

"Haftaya pazartesi günü Eğitim Merkezi'ndeki bröve törenine katılıyorsunuz... Törenden sonra bir vasıta bulup, dosdoğru Ereğli'ye geliyor ve seyre yetişiyorsunuz... Nasıl yaparsanız yapın, seyre yetişin. Salı sabahı yedide kalkıyoruz!.."

"Anlaşıldı, komutanım!"

Gölcük hazırlıklarını yaparken, gemideki ilgili subaylarla da görüştü. İkinci Komutan Mehmet Binbaşı görevine devam ediyordu.

"Muhabere!" dedi İkinci Komutan: "Kurstu, stajdı; bunların hepsi artık geride kaldı, ataman da geldi. Sen artık geminin muhabere subayısın. Yine harekât subayı vermediler bize, biliyorsun... Eski muhabere gibi sen de tek çalışacaksın. Bu bröve törenine git, ama harekât bölümünün seyir hazırlığını da takip et... Aksak eksik bir husus çıkmasın!.."

Hasan, seyir ve harekât bölümünde subay olarak tek başınaydı. Eksik subayın görevleri de doğal olarak onun üzerine yüklenecekti. Tufan Teğmen de iki yıldır bölüm amiri olmaksızın, bölümünde tek başına görev yapmış, dört branşı çekip çevirmişti.

"O yaptı, altından güzelce kalktı, ben de yaparım!.." dedi bu nedenle.

Bir yandan bölümünün seyir hazırlıkları ile ilgilenip, emrindeki branş şefleri ile görüşürken, diğer yandan Gölcük'e yönelik hazırlıklarını yaptı. Jilet gibi ütülenmiş, uzun kollu yazlık elbise, sıfır kilometre ayakkabılar, yeni satın alınmış teğmen apoletleri, ambalajından yeni çıkarılmış subay şapkası, saç tıraşı...

Komşu gemilerdeki diğer arkadaşları da gemilerinin seyir hazırlıkları ile uğraştığı için törenden önceki hafta sonu Ereğli'de kalıp, çalışmaya devam ettiler. Cumartesi akşamı Ereğli'den As Turizm'in otobüsüne binip, hep birlikte Gölcük'e gittiler. Vardıklarında, subay orduevinde yer bulup yattılar.

Pazar günü sabah Eğitim Merkezi'ne gittiklerinde, stajyer subay ve astsubayların toplanmış olduklarını gördüler. Pazar gününü tören provası yapmakla geçirdiler. Tören ertesi gün, öğleden sonra yapılacaktı.

Stajlarını başarı ile bitiren subay ve astsubaylar pazartesi günü öğle üzeri saat ikiden itibaren Eğitim Merkezi'nin, güzelce süpürülüp yıkanmış, zemini bordo renkli boya ile boyanmış, alay sancakları, bayraklar, komodorluk ve gemi flamaları ile süslenmiş bahçesinde tabura geçtiler. Eğitim Merkezi'nin idari ve eğitim görevlileri onların saç ve sakal tıraşlarını, rütbe apoletlerinden düğmelerine varıncaya kadar, elbiselerini, ayakkabılarının boyasını kontrol ettiler. Bu kontroller saat iki buçukta tamamlanmıştı. Töreni izlemeye davet edilenler, Eğitim Merkezi'nin lumbarağzı önünde kendileri için hazırlanmış oturma yerlerinde yavaş yavaş toplandılar ve yerlerine oturdular.

Saat üçte tören başladı. Önce saygı duruşu yapıldı ve topluca İstiklal Marşı söylendi. Ardından, Eğitim Merkezi Komutanı, yıl boyunca yapılan eğitim faaliyetleri hakkında bilgi veren bir konuşma yaptı. Ondan sonra kürsüye filo komutanı geldi ve kısa bir konuşma yaparak, Eğitim Merkezi'ne ve staj programlarını başarı ile uygulayan denizaltı gemilerine teşekkür etti. Bu törenden itibaren fiilî denizaltıcılık kariyerlerine başlayacak olan subay ve astsubaylara başarılar diledi.

Konuşmalar bittikten sonra, yeni denizaltıcıların diplomalarının verilmesi ve brövelerinin takılması seremonisine geçildi. Kurs ve stajı derece yaparak tamamlayanların brövelerini; filo komutanı, Eğitim Merkezi komutanı, Gölcük'teki iki denizaltı komodoru ve davetli birlik komutanları taktı. Diğer stajyerlerin bröveleri ise, izleyenler arasında ise, aile mensupları tarafından, yoksa Eğitim Merkezi'ndeki öğretmen subay ve astsubaylar ile denizaltı komutanları tarafından takıldı.

Ön bahçedeki tören tamamlanınca, bütün katılımcılar kokteyle geçtiler. Denizaltı kursunun açılış ve kapanışında olduğu gibi, gemilerdeki staj eğitimini bitiren bu kokteyl de arka bahçede yapılıyordu. Süs havuzunun içindeki suya bırakılmış bir denizaltı maketi, fıskiyeden dökülen suyun yarattığı küçük dalgaların arasında kendi kendine dalıyor, çıkıyor, manevralar yapıyordu...

Denizaltı filosu ile bağlısı komodorluk ve gemilerin neredeyse tüm personeli, genç denizaltıcıların gümüşten dökülmüş brövelerinin, üniformalarında sol yaka cebinin altındaki yerine takılmasına şahitlik etmek üzere hazır bulunmuşlardı. Kokteyl, samimi ve neşeli sohbetler arasında, askerliğin esası olan karşılıklı saygı ve sevgiyi de ihmal etmeden geçti. Bu neşeli toplantıya, stajyerleri dışında, Ereğli'deki denizaltıcılardan kimse katılamamıştı.

Kokteylin akşam saat sekiz civarında dağılmasının ardından, Ereğli'nin dört denizaltıcı teğmeni -Abdil gruptan ayrılmış ve tek başına yola çıkmıştı- orduevine koştular, ücretlerini ödediler ve çıkış yaptılar. Kıyafet değiştirmekle vakit kaybetmek istememişlerdi. Ereğli'ye uzun kollu beyaz üniformaları ile gideceklerdi. Böyle döneceklerini kokteyl sırasında Ereğli'nin yeni denizaltıcı astsubaylarına da iletmişlerdi.

Dördü birlikte Değirmendere güneyinde kalan Bursa-İzmit yoluna çıktılar. Ereğli, Zonguldak tarafına giden bir otobüs yakalamaya çalışıyorlardı. Bir saate yakın beklemelerine rağmen, Ereğli'ye gidecek, hiç olmazsa yakınından geçecek bir otobüs geçmedi. Bunun üzerine, gecenin karanlığında bir dolmuşa atlayıp, İzmit'e gittiler. İstanbul ve Ankara arasındaki ana ulaştırma yolu olan E-5'e vardıklarında saat onu geçiyordu ve hava da serinlemişti. Ereğli ve Zonguldak ayrımı gözetmeksizin, kendilerini hiç olmazsa Düzce'ye kadar götürecek bir otobüs yakalamaya çalıştılar. Fazla vakit geçmeden bir tanesi denk geldi ve paldır küldür bindiler.

Otobüste, şoför mahalline yakın koltuklara oturmuş birkaç yolcu vardı sadece. Törende ve kokteylde birkaç saat ayakta kalmış olmanın yorgunluğu ve kokteyldeki yüksek sesli müziğin yol açtığı baş dönmesi hâlâ üzerlerinde olan beyaz üniformalı dört teğmen, nihayet bir vasıta bulabilmiş olmanın sevinci içinde, arka tarafa gittiler ve yan yana dört koltuğa oturdular. Üniformalılar yerlerine oturunca, şoför de harekete geçti ve otobüsün içindeki aydınlatmayı kararttı. Teğmenler, muavine "Düzce'ye kadar!" diyerek ücretlerini ödediler.

"Aman ha! Uyuyup kalırsak, sakın bizi Geredelere doğru götürme! Zonguldak yol ayrımında ineceğiz... Önemli bir göreve gidiyoruz!.."

Muavin: "Merak etmeyin, komutanım!" demişti. Kendilerini muavin gence emanet etmenin rahatlığı içinde, biraz sonra dördü birden uyudular...

Hasan, bir ara uyanıp da etrafına bakındığında saatin gece yarısına geldiğini gördü... Otobüs, yine zifirî karanlık içindeydi. Dışarıda yoğun bir trafik gürültüsü vardı ama kendi otobüslerinde ne bir motor ne bir teker sesi, hiçbir ses duyulmuyordu... Üstelik, içeride kimse yoktu! Direksiyonda da!..

Panik içinde arkadaşlarını uyandırdı. Ayaklanıp etrafı kolaçan ettiklerinde, otobüsün, yolun sağına çekip park etmiş olduğunu, otobüsün içinde hiçbir yolcunun olmadığını, şoför ile muavinin de ortada görünmediğini fark ettiler.

Ellerini gözlerine siper edip, yüzlerini camlara dayadılar ve dışarıya bakındılar. Biraz sonra, otobüsün arkasındaki motor bölümünde bir iki kişinin bağıra çağıra tartıştıklarını işittiler. Arkadaki beşli koltuğa koşup, üzerine tırmandılar ve arka cama vurarak, tartışanlara kendilerini duyurmaya çalıştılar. Nihayet kendilerini fark etmişlerdi. Biraz sonra ön sağ kapı açıldı ve muavin içeri girdi:

"Komutanım, uyandınız mı?"

"Yahu!.. Ne oldu, neredeyiz, Düzce'yi geçtik mi?"

"Yok!" dedi muavin. "Geçmedik..."

"Ne oldu, neredeyiz?"

"Bir arızamız var! Onunla uğraşıyoruz iki saattir... Hendek'te kaldık."

"Yolcular ne oldu? Kimse yok arabada!.."

"Onlar, inip başka otobüslerle yola devam ettiler..."

Kalktılar, toparlandılar. Üniformaları kırış kırış olmuş, beyaz ayakkabıları toz toprak içinde kirlenmiş, kendileri de uyku sersemliği içindeydiler. Yavaş yavaş bir paniğin içine doğru sürükleniyorlardı. Gemilere yetişebileceklerinden endişe etmeye başlamışlardı. Düşünüp taşındılar, ne zaman tamir edileceği belirsiz arıza ile bu otobüste vakit kaybetmek yerine, geçen başka bir otobüse atlamaya karar verdiler.

Arızalı otobüsten yüz, yüz elli metre geriye yürüyüp, gecenin yarısında, geçen arabaların far ışıkları altında bembeyaz kıyafetler içinde hayaletler gibi görünen taze denizaltıcılar, ellerini kollarını sallayarak kendilerini alacak bir otobüs durdurmaya çalışıyorlardı. Bir süre sonra, arıza yapana benzer başka bir otobüs durdurmayı becerdiler.

"Düzce'ye kadar," dediler, "Zonguldak yol ayrımında ineceğiz."

Zonguldak sapağı, Düzce'nin içinden doğu-batı ekseninde geçen E-5 yolunun üzerindeki Hamidiye Camii'ne yakın bir yerde idi. Yol bu sapaktan itibaren, kırk beş kilometre kadar kuzeye yükseliyor ve Akçakoca yakınlarında sahile çıkıyordu. Sonra doğuya doğru sahil boyunca kırk beş kilometre ilerliyor, Alaplı'dan geçtikten sonra Ereğli'nin girişinden teğet geçerek Zonguldak'a devam ediyordu.

Sapağa gelip indiklerinde saat gece yarısını geçmiş, bire geliyordu. Önce kısa bir süre bekleyerek Ereğli'ye giden bir vasıta kolladılar. Ne bir otobüs geçti ne bir dolmuş... Geçen özel arabalar da gecenin bu saatinde tuhaf kıyafetli bu dört kişiye durup bakmadılar bile...

Saat ikiye gelmişti. Beş saat sonra, Ereğli'deki denizaltılar halatlarını alıp hep beraber kalkacaklar, birkaç gün denizde kalacaklardı.

"Camiye yakın dinlenme tesislerini dolaşıp, mola veren otobüsleri yoklayalım!" dedi içlerinden birisi... "Burada beklemektense, tesislere gidelim, Zonguldak tarafına gidenleri biz bulalım..."

Hızla azalan zamana karşı panikleri büyüyordu. "Ne yapıp edin, gemilerinize yetişin!" emrini almışlardı. Yakındaki dinlenme tesislerine dağıldılar ve koşar adımlarla, başını tesislere vermiş otobüsleri yoklamaya giriştiler. Saatlerdir yolda olmanın ve uykunun tatlı yerinde zorla uyandırılmanın şaşkınlığı içinde sağda solda dolaşan yolcular, boş gözlerle gecenin bu saatinde koşuşturan beyaz elbiseli, asker kılıklı gençlere bakıyorlardı.

Gece saat üç gibi, ne yapacaklarını bilemez hâlde Zonguldak sapağındaki bekleme yerine döndüler yine.

"Sabah yediye kadar Zonguldak tarafına otobüs motobüs geçmezmiş!.. Öyle söylediler..." dedi Hasan, arkadaşlarına.

İçlerinden birisi: "Ne yapacağız? Kesin kaçırdık seyri!" diyerek iyice artan ümitsizliğini dile getirdi.

"Saat dört, dört buçuk gibi Zonguldak tarafının günlük gazetelerini götüren kamyon geçermiş bir tek!.."

"Gazete kamyonu mu?"

"Evet, kamyon! Balya balya dağıta dağıta, Düzce, Akçakoca yolundan devam eder, Ereğli'den Zonguldak'a kadar gidermiş..."

"Yahu arkadaşlar!" diye çıkıştı bir diğeri. "Kamyon mamyon! Yeter ki durduralım da bizi alsın Ereğli'ye kadar... Ben binerim vallahi!"

Diğerleri: "Ne yapacağız başka?" dediler. "Ne yapıp edelim, yakalayıp durduralım onu... Ereğli'de yol ayrımında indiriversin bizi..."

Şimdi, geçen kamyonları kontrol edip durdurmaya başlamışlardı. Gelecek kamyonun kasası branda ile kapalı vaziyette olmalıydı. Seyrek de olsa, kasası kapalı kamyonları durduruyorlar, Ereğli'ye gidip gitmediklerini, gazete kamyonu olup olmadıklarını soruyorlardı:

"Yok, kardeşim! Ben Akçakoca'ya döneceğim..."

"Maalesef! Ben Konuralp'ta son durak yapıyorum..."

"Değilim, kardeşim! Ben gazete filan taşımıyorum. Az ilerideki fabrikaya mal yüklemeye gidiyorum..."

Saat dört buçuk sularında, aradıkları gazete kamyonunu nihayet görüp önüne atladılar ve durdurmayı başardılar... İstanbul baskısı günlük gazeteleri kasasına tepeleme doldurmuş, İzmit, Adapazarı, Düzce, dağıta dağıta geliyordu. Evet, Zonguldak'a kadar gidiyordu...

"Bizi de al Allah aşkına! Ereğli'de ineceğiz," dediler, "mühim bir göreve yetişmemiz lazım!.."

Kamyonun şoförü: "Burada içeride üç kişiyiz, hepinize yerimiz yok ki!" dedi.

"Biz kasada da gideriz! Dert değil." dediler.

"Kasada hava üfürür, üşümez misiniz?"

"Merak etme! Subayız, gördüğün gibi!.."

Sonunda kasaya çıkıp, gazete balyalarının üzerine oturdular. Kamyon hareket ettikten kısa süre sonra havanın üfürmesinin ne demek olduğunu öğrendiler. Kapalı kasanın açıklıklarından girip çıkan hava, yüksek bir sirkülasyon yaratıyordu. Üstelik, kamyon sağa, sola dönüşler yaptıkça, virajlara girdikçe gazete balyaları kasanın içinde bir o yana, bir bu yana top gibi yuvarlanıyor, gidip gelip, bir yerlere tutunmuş, ayakta durmaya çalışan denizaltıcılara çarpıyordu. Gecenin karanlığında, siyah mürekkep yüklü balyaların, elbiselerine neler yaptığı ise daha sonra yüzleşecekleri bir başka şeydi. Durumla baş edebilmek için akıllarına bir fikir geldi. Konuralp'ı geçerken içlerinden biri: "Ne oturmanın ne de ayakta durmanın imkânı var, arkadaşlar, yatalım balyaların üstüne doğru bari..." dedi.

Ayakta durmaya çalışmaktan vazgeçip, ellerini ve ayaklarını bir yerlere takarak, yatar vaziyette kendilerini sabitlemeye çalıştılar... Bu duruş biraz daha emniyetli göründü. Hiç olmazsa, balyaların darbelerinden, sağa sola yıkılmaktan kurtulmuşlardı.

Saat beş buçuk gibi Ereğli girişindeki Zonguldak yol ayrımında inene kadar yattılar. Yolculuğun fiziki şartları nedeniyle uyumaları da mümkün olmamıştı. Oyalanıp, yolu bir an önce tüketebilmek için kahramanlık türküleri, marşlar söylüyorlardı balyaların üzerinde yattıkları yerlerden:

"Sivastopol önünde yatar gemiler,
Atar da nizam topunu, yer gök iniler.
Yardımcıdır bize kırklar yediler,
Sılasına kavuşmaz aslan yiğitler...
Aman da kaptan paşa emir ver bize,
Sılada nişanlımız duacı size..."

Kamyoncuya binbir teşekkürler ederek Ereğli girişinde indiler. Kelimenin tam anlamı ile berbat vaziyetteydiler. Üniformaları, üniforma olmaktan çıkmıştı.

Hava henüz ağarmamıştı. İlçede herhangi bir hareket, yollarda araba yoktu ve gemilere yetişmek için bir buçuk saatleri vardı. Gemiler, hareketten önceki yarım saati hareket hazırlığı yapmakla geçireceklerdi. Kendilerinin de bu hazırlıkta rol alması gerekiyordu. Demek ki gemilerine yetişmek için son bir saatleri kalmıştı.

"Haydi! Tabana kuvvet..."

Ellerinde çantaları, alacalı bulacalı beyaz elbiseler içinde, olabildiğince hızlı adımlarla Ereğli çarşısına doğru yürümeye başladılar. Çarşıya varıp, Yalı Caddesi'nin başındaki duraktan -Sahil Taksi- bir taksi kaldırdıklarında saat altıyı bulmuş, tan yeri ağarmaya başlamıştı.

"Denizaltı iskelesine, acele!" dediler. "Arabayı sokabilirsek, iskeleye kadar gideceğiz..."

Taksici, "hayhay" dedi. Sahil bulvarından uçarak, beş dakikada SSK Hastanesi'nin altında kalan lumbarağzına geldiler. Tek başına bir asker nöbet tutuyordu... Er, taksiden inen üniformalıları görünce derlenip toparlandı ve selam verdi ama bir yandan da şaşkın gözlerle taksinin içindeki yolcuların üstüne başına bakıyordu... Denizaltıcı subay olduklarını, gemilerinin birazdan kalkacağını, uzun yoldan geldiklerini söyleyip, kimliklerini gösterdiler. Taksinin denizaltı iskelesine kadar gitmesine izin istediler. Nöbetçi asker, "bir dakika komutanım" diyerek bir yerlere telefon etti. Belli ki taksiyi içeri alıp almamak konusunda amirinden talimat istiyordu.

"Buyurun komutanım!" dedi bir iki dakika sonra: "Taksi kalıp oyalanmasın içeride. Başçavuşum, yolcusunu bırakınca hemen çıksın, dedi..."

İki dakikada denizaltı iskelesine vardılar. İskelenin başında taksiciye ücretini ödediler ve indiler. Koşa koşa gemilerine gittiler. Onların yakaları paçaları dağılmış, beyaz üniformaları âdeta siyah üniformaya dönmüş hâllerini gören üst güverte nöbetçi astsubayları bir yandan selam veriyorlar, bir yandan da gülüyorlardı:

"Stajyer subayım! Bu ne hâl böyle? Kışlık üniformaları giymedik daha... Niye siyah giyindiniz?"

Onlarsa, durumlarına gülünmesinden değil, kendilerine "stajyer subay" denmesinden rahatsız olmuşlardı:

"Sus kardeşim! Ne stajyeri... Brövesini takmış muhabere subayı var karşında... Görmüyor musun at nalı gibi bröveyi?"

Aldıkları emri yerine getirmişler, bröve takma törenine katılmışlar, törenden hemen sonra ne yapıp etmişler, gemilere yetişmişlerdi...

***

Bröve töreninin hemen ardından katıldığı eğitim seyri ile *Uluçali-*

reis'te aktif denizaltıcılık hayatı başladı Hasan'ın. Geminin subayları, astsubayları ve vatani görevlerini yapmaya gelen mükellef erleri ile güzel ilişkiler kurdu. Yıllardır süregelen eğitim ve öğrenim şimdilik bitmiş, dedesinin neredeyse kırk yıllık hülyası gerçekleşmiş, devletin saygın bir kurumunda, yıllardır gıpta ederek izlediği denizcilerin arasında kendine bir yer edinmiş, toplum gözünde itibarı yüksek bir meslek sahibi olmuş, yabana atılmayacak bir gelire kavuşmuştu. En önemlisi, sevdiği, gönülden arzu ettiği bir işi yapıyordu.

Üzerine yüklenen görevlerin layığı ile yerine getirilmesine adadı kendini bütün gücüyle. Mesai sonralarında, izinli olduğu hâlde gemide kalmayı tercih etti çoğu zaman. Bir süre sonra, izinli olmalarına rağmen vakti gemide geçirmek, 84'lü denizaltıcı subaylar arasında neşeli bir rekabet konusu hâline geldi: Kim, iskelenin betonuna ayak basmadan gemisinde en uzun süre kalabilecekti? Girdikleri böyle bir iddiada Hasan, ay başlarında aldığı maaşlarının üçünü cüzdanında üst üste koymadan, gemisinden iskeleye çıkmayacağını, altmış güne yakın süreyi gemide geçireceğini ileri sürecekti. Bunu başaracaktı da... Sadece o değil, diğer arkadaşları da Ereğli'de denizaltıcı olmayı, bu güzel ilçenin nezih halkının arasına karışmayı sevmişlerdi.

***

26 Nisan 1986 Cumartesi günü Avrupa Kıtası ciddi bir nükleer felaket yaşadı. O dönemin Sovyetler Birliği'nin Ukrayna Cumhuriyeti'nde, Çernobil'de bulunan bir nükleer santralda yaşanan arıza sonucunda, nükleer radyasyon kaçağı meydana geldi.

Türkiye, Karadeniz'in üst tarafındaki Ukrayna'nın âdeta bitişik komşusu gibiydi. Çernobil'in yakın bir yerde olması, dönemin yöneticilerini çok endişelendirmiş, konu aylarca kamuoyunu meşgul etmişti. Türkiye, Çernobil'deki sızıntıdan etkilenmiş miydi? Vatandaşlar radyasyona maruz kalmışlar mıydı?

Pek çok devlet kurumu ölçümler yapıp bulgularını açıklıyor, kimi devlet büyükleri, radyasyonun ülkemize ulaşmadığını ispat etmek için yeni hasat edilmiş üründen demlenmiş çayları televizyonlarda göstere göstere içiyor: "Bakın!" diyorlardı, "Afiyetle içiyoruz... Radyasyon filan yok!.." Bu hengâme içinde Ereğli'deki denizaltı gemileri de ellerindeki radyasyon ölçüm cihazları ile pek çok ölçüm yaptı denizaltı iskelesinde. Mendireğin hemen dışından pek çok deniz suyu örnekleri aldılar ve analiz için Ankara'ya gönderdiler.

1986 yılında Ereğli'deki denizaltıcılara hareketli günler yaşatan bir diğer olay, iskeledeki dört denizaltıdan ikisinin hizmet dışına çıkarılması oldu. 86'nın yaz sonuna doğru *Oruçreis* ve *Preveze*, Türk bayrağı altında on beş yılı aşan görevlerini bitirerek hizmet dışına çıkarıldılar. Onların yerine Ereğli'ye, Gölcük'ten *Muratreis* ve *I. İnönü* denizaltıları gönderildi.

1986 yılının ardından, kâh haftalık eğitim seyirleri kâh daha büyük çaplı tatbikatlar ile Ereğli'deki denizaltıların çalışmaları plan ve program içerisinde sürdü gitti. Hasan da mendirek üzerinde, denizaltı iskelesinde merkezlenmiş mesaisine kimi zaman acı kimi zaman tatlı anılarla devam etti. Karadeniz'de katıldıkları eğitim ve tatbikatlar sırasında, İstanbul Boğazı'ndan Rize'ye, Hopa'ya kadar sahilleri karış karış dolaştı, öğrendi. Yaptıkları seyirlerin planına göre, gemisinin Kerempe'den sancağa kıvrılıp, dalışta veya satıhta doğuya doğru ilerlediği her seferde, kıyılara mesafe ne olursa olsun, sahiller görünse de görünmese de İnebolu ve Ayancık açıklarına denk gelen saatlerde ya köprü üstüne çıktı ya da periskop başına geçti, Çatalzeytin'in tepelerini, çarşısını, ışıklarını yakalayıp görmeye çalıştı. Kimi zaman başardı bunu, kimi zaman başaramadı…

***

-20-

Karadeniz Ereğli, 7 Temmuz 1987

Uluçalireis'te stajını tamamlayıp muhabere subayı olarak atanmasının ardından yaklaşık iki yıl geçmişti. Sınıf arkadaşı Cemal, Heybeli'den mezuniyetinin ardından su üstü gemilerinde bir yıl görev yapmış, daha sonra gönüllü olarak denizaltı kursuna katılmıştı. Kursun ardından staj yapmak üzere 1986 yılı başında Ereğli'ye, *Uluçalireis*'e gelmişti. Bu sırada Hasan, Selahattin ve Başer, Ereğli denizaltılarında branş subaylığı görevlerine devam ediyorlardı. Cemal Ereğli'ye gelince, Heybeli'nin sıkı arkadaş olan dört sivil kaynaklı öğrencisi Ereğli'de de takımı tamamlamış oldular. Cemal, stajını bitirdikten sonra *Uluçalireis*'e elektrik subayı olarak atandı. 1987 yılı yaz dönemi atamalarında Hasan'a da bir tayin gelmişti, ancak, *Uluçalireis*'te çalışmayı sürdürüyordu. Hasan, *Uluçalireis'te* ikinci çarkçılık görevine atanmıştı. Bu atama, Hasan ile Cemal'i ayrı gemilere koymadı, tam tersine, aynı bölümde -*Uluçalireis*'in makine bölümü- buluşturmuş oldu. 1987'nin Temmuz ayı başından itibaren birlikte çalışmaya başlamışlardı.

Yaz atamaları ayrıca, Üsteğmen İrfan Sayan'dan çarkçıbaşılığı teslim almış olan Üsteğmen Ramiz Kabay'ı -kısa süre sonra yüzbaşı olmuştu- Gölcük'e götürüyor, *Uluçalireis*'in çarkçıbaşılığına Gölcük'ten Yüzbaşı Mehmet Keser'i getiriyordu. Temmuz ayının günleri, yıllık iznine çıkanlar ve dönenlerin, atamalar nedeniyle ayrılanların ve katılanların yarattığı rüzgârların altında birer birer geçip gidiyordu.

7 Temmuz Salı günü öğle üzeri, gemide bir anons duyuldu:

"İkinci çarkçı, haricî telefon!.."

Hasan'a telefon gelmişti... Bu sırada baş bataryadaki subay salonunda Cemal ile baş başa bir çalışma yapıyorlardı. Ya santral dairesine giderek ya da subay salonundaki paralel hattı açarak konuşması gerekiyordu. Oturduğu yerden haricî telefon hattının paralel butonuna uzandı, telefonu açtı:

"Alo? Hasan Teğmen, buyurun!.."

"Aloo!.." Karşıdaki ses, uzaktan ve boğuk geliyordu.

"Buyurun, Hasan Teğmen?.."

"Hasan? Yeğenim, sen misin?" dedi karşıdaki ses: "Ben Hüsnü enişten, Çatalzeytin'den..." Postacı Hüsnü'yü Tosya şivesinden tanıdı Hasan.

"Hüsnü enişte? Hayırdır? Bu ne güzel sürpriz böyle!.."

"Yeğenim, bir haber vermek için aradım!"

"Hayrola enişte? Bir yaramazlık mı var?"

"Hemen atlayıp gel, Hasan!.."

"Enişte, ne oldu?" derken yüreğine bir ateşin değdiğini hissetti ve kıvranmaya başladı. Bir hastalık veya kaza haberi geliyor, diye düşündü.

"Dedeni, Hasan ağabeyi kaybettik, Hasan!.. Yarın öğleye yetişip gel... Biz burada ne lazımsa yapıyoruz!"

Saniyeler önce değen ateş, yüreğini baştan başa yakıyordu şimdi... Olduğu yerde kaldı... Aklı durmuş, ruhu bedeninden çıkıp gitmiş gibi, bomboştu... Zaman durmuş gibiydi... Etrafındakilerin kendisine baktıklarını, koluna, omuzlarına ellerini koyup bir şeyler söylediklerini görüyor, ama hiçbirini duymuyor, anlamıyordu...

"Tamam..." diyebildi sadece.

Öylece kaldı... Bir süre sonra ağlamaya başladı. Cemal ve diğerleri kollarına girip, onu beşli kamaraya götürdüler.

Beşli kamarada iki taraflı yatakların arasında öylece ayakta duruyordu... Sağ kolunu ikili yatak tarafında, dolaplara yaslamış, başını da koluna dayayıp, yüzünü gömmüştü. Ne bir şey söyleyebiliyor ne bir şey yapabiliyordu. Sadece ağlıyordu... Bir süre sonra, telefon görüşmesinden beridir duran zaman tekrar işlemeye başladı, etrafındakilerin sesleri kulağına gelmeye başladı... Ruhu, bedenine geri gelmişti. Çekirdek ailede ilk kez karşılaştığı bir ölümdü bu... Hem de ailenin temel direğinin ölümü... En çok borçlu olduğu adam! Aklına sorular geliyor, düşüncelerinin önüne yığılıyordu:

"Ne oldu, nasıl oldu?.."

"Hiçbir rahatsızlık belirtisi yoktu. Böyle birdenbire nasıl oldu?.."

"Kaza mı geçirdi? Kalp krizi mi? Beyin kanaması?.."

"Birisi mi kastetti?.."

"Kendisinden, evdekilerden sakladığı, söylemediği bir rahatsızlığı mı vardı? O mu sebep olmuştu?..

Hâlbuki yaz başında Ereğli'ye gelmiş, birlikte bir, iki gün geçirmişlerdi. Bir rahatsızlığı olduğuna ilişkin hiçbir belirti fark etmemişti... Daha birkaç gün önce evi aradığında hepsiyle yaptığı gibi, dedesi ile de konuşmuş, sesi iyi ve neşeli gelmişti...

"Ben gidiyorum!" dedi Cemal'e. Nasıl gideceğini sordular. Bilmediğini söyledi. Biraz sonra: "Düzce'ye çıkarım... Kastamonu tarafına doğru bir şey bulup binerim!.." dedi.

Onu yolculuğuna Cemal hazırladı. Bir çanta verdi eline. İçine Hasan'ın yatağının altından havlu, çorap, çamaşır gibi birkaç parça giysi koymuştu. İskeleye çıktılar. Arabası olan birisi onları aldı, Hükûmet binasının hemen arkasındaki otobüs terminaline götürdü. Hasan, İstanbul'a giden Üstün Erçelik otobüsüne bindi. Gidiş ücretini Cemal ödedi, muavine, Hasan'ı Düzce'de sapakta indirmesini tembihleyerek...

Kastamonu tarafına giden bir otobüs buldu, Düzce'deki mola yerlerinin birinde. Cenazeye gittiğini söyleyerek bindi. Kastamonu'da indiğinde hava kararmış, saat akşam sekizi geçmişti. Yakınlarda bir yerde telefon bulup, eve telefon etti. Babası açmıştı. "Ben yoldayım," dedi, "Kastamonu'dayım şimdi... İstanbul'dan kalkıp, sabaha karşı geçen otobüslerden birine bineceğim..."

Sabah saat yedi civarında Çatalzeytin'e vardı, otobüs. Çarşıda indi. Doğruca eve gitti. Konu komşudan, hısım akrabadan gelenlerle evin dolu olduğunu gördü. Saat daha sekiz bile değildi. Evdekilerin derin bir yas içinde, birer tarafta kıvranıp durduklarını gördü. Fatma ve Sümer şoka girmiş, neredeyse baygın vaziyette, koltuklara yığılmış, inliyorlardı. İnlemeleri düzensiz aralıklarla şiddetleniyor, feryada dönüyor, bu sırada elleri ile nereye yapıştılarsa, söküp koparmaya çalışıyorlardı. Babası ortalığı toparlamaya, kendini kaybedenleri sakinleştirmeye çalışıyordu. Nalan, hemşirelik görevinden dolayı ağır yaralara, kaza geçirip kırıklar içinde önlerine serilenlere, gözlerinin önünde son nefesini verenlere az çok alışıktı, ancak birdenbire kaybedilen kendi dedesi olunca, kendi üzüntüsünü içine hapsetmiş, çaresizce bir annesine, bir anneannesine dönüyordu. Cansu, daha on yaşında olduğundan, büyükler kadar ağır üzüntü içinde değildi, ama evde şimdiye kadar hiç rastlamadığı bu sahne onu da şaşkına çevirmişti...

Hasan, her birine yaklaşıp ellerinden, kollarından tutup, başsağlığı dileyen bir şeyler söylemeye çalıştı. Sonra, babası ile bir köşeye yanaşıp konuştular.

"Nerede şimdi beybabam?.."

"Caminin önünde. Cenazesini senin için beklettik..."

"Canan?"

"O da gelmek istedi, final sınavları varmış bugün, yarın. Gelme, deyip, zor ikna ettik. Gelemeyecek..."

"Nasıl oldu, baba?.."

"Dün öğle üzeri çarşıdaydı. Hiçbir şeyi yoktu. Hatta Mehmet amcam, Mümtaz ağabey ve Kalaycı Kâzım ile oturup domino oynamışlar; çay kahve içmişler. Oyun hakkında şakalar yapmış onlarla beraberken. Sonra onlardan ayrılmış... Geçen günkü kuvvetli yağıştan sonra çay biraz kabarmıştı. Çayın yukarıdan söküp getirdiği kütükler, ağaçlar filan denize yayılmıştı. Dün saat iki gibi, kıyıya ineyim, biraz kelek toplarım belki, demiş anneannene... Evin altında, deniz kıyısında biraz dolanmış... Balkondan bir iki kez bakıp görmüş annen ve anneannen, onu, kıyı boyunca sağa sola gezinirken... Sonra dönmüş setin merdiveninden yola çıkıyormuş... Yandaki komşu Nuri dayı görmüş... Merdivenin üst başına geldiğinde duralamış birden, yüzünü denize dönmüş, birkaç saniye dikilmiş olduğu yerde... Sonra yüzüstü düşmüş merdivenden aşağı... Düştüğü yerde kalmış..."

"Koşup hastaneye götürmediniz mi?"

"Götürdük!.. Düştüğünden üç dakika sonra hastaneye yetiştirdik... Vardığımızda doktorlar baktılar hemen durumuna. Nabız olmadığını, nefes almadığını söylediler. Başınız sağ olsun, kaybetmişiz, dediler..."

"Tamam, baba!.." dedi Hasan. Yüzü buz gibi soğuk, duygusuz, olanı kabul etmek zorunda olduklarını bilmenin getirdiği çaresiz sükûnet içindeydi.

"Ben camiye gidip, yüzünü göreyim!" deyip evden çıktı.

Çarşıdan geçerken onu gören birkaç kişi yanına geldi. Kimi tokalaştı kimi sarılıp öptü, başsağlığı diledi. Caminin kapısına vardığında, girişin sağında demir ayaklar üzerine konmuş tabutu gördü. Üzerinde yeşil bir örtü vardı. Recep dayısı, bir sandalye çekmiş, tabutun yanında oturuyordu. Dayısına doğru yöneldi.

"Yeğen ağa!" dedi dayısı. "Başımız sağ olsun... Kaybettik eniştemi dün!.."

"Babam anlattı, dayı."

"Kalp krizi dediler hastaneden... Raporunu öyle yazdılar..."

"Hiçbir emaresi yoktu, dayı!.. Böbrek taşından, mideden ufak tefek sıkıntılar yaşadığını biliyoruz da... Kalbiyle alakalı hiçbir şey yoktu..."

"Öyleydi oğlum, ama ne yapacağız! Vadesi bu kadarmış. Ecel gelince önüne durmanın imkânı yok, biliyorsun..."

"Öğle namazından sonra mı?"

"Evet, yeğenim..."

"Karamandağı'nda yer hazırlandı mı?"

"Merak etme, hazırlıkları tamam..."

"Kapağını açalım da yüzüne biraz bakayım, dayı!.."

Dayısı ile tabutun kapağını kaldırdılar, ayakucuna doğru bir kol boyu ittirdiler. Beybabası, başının üst tarafından ve belinden bağlanmış, beyaz kefeninin içinde yatıyordu. Baş bağını çözdü... Sonra kefen bezini araladı, yüzünü açtı. Dayısı ve kendisi vardılar sadece... Bir süre yüzünü seyretti dedesinin... Etraftakiler durumlarına saygı gösterip, yanlarına yaklaşmadılar. Alnında bir yara izi vardı, serçe parmağı kadar uzunlukta bir deri yırtığı...

"Alnındaki bu yara?.."

"Yüzüstü düşmüş ya, merdiven aşağı! Alnını vurmuş basamağa..."

"Başka bir tarafında var mı? Başka yara bere?"

"Yok, oğlum," dedi dayısı, "yıkanırken ben de yanındaydım, baktım... Sadece bu alnındaki..."

Hasan, bir müddet baktı beybabasına... Yüzü, yüzünden en fazla on, on beş santim uzaktaydı... Hiç konuşmadan, gözlerinden yaşlar boşanarak... Düşüncesini odaklayarak ona ulaşmaya çalışıyordu...

"Ne oldu sana?.. Ne geldi başına?.. Daha göreceğimiz günlerimiz vardı beraber... Benim ilerleyip, büyük adamlara karıştığımı görecektin hani daha?.." diyordu...

Birkaç dakika baktıktan sonra, eğilip beybabasının alnını öptü. Eli ile yanaklarını okşadı. "Allah mekânını cennet etsin, beybaba!.. Nurlar, ışıklar içinde uyu..." dedi. Kefenini tekrar bağladılar, tabutun kapağını kapattılar.

"Ne zamandan beri bekliyorsun, dayı?"

"Yıkayıp tabutuna koyduğumuzdan beri... Avni gelip arada değiştiriyor beni..."

"Beraber bekleyelim." dedi.

Öğle ezanı okununcaya, namaza girenler bitirip çıkıncaya kadar iki elini önünde bağlayıp, dedesinin başında bekledi.

Namaz çıkışına doğru, çarşıdan insanlar gelip toplandılar. Yavaş yavaş saflara dizildiler. Öğle namazından çıkanların da katılması ile büyük bir kalabalık oldu tabutun arkasında. Kasabanın emektarı Recep Hoca kıldırdı namazını. Namazından sonra, katılanlara, onu nasıl bildiklerini sordu Recep Hoca. Kalabalık yüksek sesle: "İyi biliriz!" dedi. "Hakkınızı helal eder misiniz?" diye sorduğunda: "Helal olsun!" dediler. Sonra tabutu yerinden aldılar, çarşıda ve sahil yolunda bir müddet omuzlarında taşıdılar, Terzi Hasan'ı evinin ve dükkânının önüne getirip, helalliğini istediler. Daha sonra, bir kamyonun sırtına koydular, cenazenin defnine katılacak olanlar, arkada dizilmiş arabalara doluştular. Cenaze konvoyu yavaş yavaş ilçe mezarlığının bulunduğu Karamandağı'na ilerledi. Hasan'ın da mezara inip çalışması ile cenaze, usulüne göre defnedildi. Etrafına briketten bir sıra dizip, mezarın sınırlarını görünür hâle getirdiler. En sonunda, başucuna tahtadan hazırlanmış geçici taşını koydular. Tahtaya: "Hasan Yıldırım Ö. 7.7.1987" yazılmıştı. Duaları okunduktan sonra, cenazenin defin merasimi tamamlandı ve gelenler yavaş yavaş dağıldılar.

***

Bir fakir terziyim ben bu çarşıda,
Bahriyeli hayallerim var benim...
Evlat göndermeye, bir torun ya da
Şanlı gemilerde yerim var benim...

Kırk altının baharıydı, mart ayı,
Çok diledim Bahriye'de kalmayı.
Ben kalmazsam evladım gelsin deyi,
Murat ettim, ondan zorum var benim...

Azımsama, terzilikti ya işim;
Şanlı Yavuz'u görmüşüm, bilmişim!
Bir anadan bir kızını almışım,
Bırakıp gidilmez yârim var benim...

Çatalzeytin bir nahiye, tenha yer,
Okumak mı? Hayali cihan değer!
Torun torba, bolca gelirse eğer,
Onlar okudukça kârım var benim...

Oğullar istedim, hedefim vardı,
Bir Sümer'im geldi, kesildi ardı.
Çokça istemiştim, bir tane verdi,
Yaradan'a ah-ı zarım var benim...

Nice iyiler de gördük, kötü de
İnsanı da gelip çattı, iti de...
Seksen dörtte gördük mürüvveti de
Cümlesinden fazla terim var benim...

Bir yaz günü, sene seksen yedide,
Kalkmış göçmüş isem, bunda acı ne?
Ne çileyle kattım insan içine,
Pırıl pırıl torunlarım var benim...

***

-21-

Kandıra, Kocaeli, Haziran 2020

Yavuz gemisindeki askerliğini 1946 yılında bitirdiğinde gemideki amirlerinden, tezkere bırakarak gedikli sınavlarına girmesi için davet alan Terzi Hasan, dul yaşayan, sadece bir kızı ve bir oğlu olan kayınvalidesinin, kızını gurbete göndermeyi kabul etmemesi, eşi Fatma'nın da annesini yalnız bırakmaya pek gönüllü olmaması üzerine memleketine, Kastamonu'nun Çatalzeytin ilçesine dönmek zorunda kalmıştı. Dönmesine dönmüştü köyüne ama kendisinin kalamadığı Bahriye'ye, bir evlat yetiştirip gönderme muradını yüreğinin bir köşesine koyup saklamıştı.

Kaderin cilvesinden olsa gerek, sadece tek bir kız çocuğu olmuş, bir oğlu doğmuşsa da yaşamamış, böylece muradına erebilmek için kızının erkek torun getirmesini beklemişti.

Kızının doğurduğu dört çocuk içinde tek erkek, ilk torundu; küçük Hasan... Onu, 1963'te doğduğu günden delikanlılık çağına kadar Bahriye hikâyeleri ile büyütmüş, Bahriye sevgisi aşılamaya çalışmıştı.

1977'de birlikte gittikleri Heybeli'deki sınavlarda Bahriye'nin Deniz Lisesi'ne girmeyi kıl payı kaçırmışlardı. Terzi Hasan, otuz yıldan fazla gönlünde sakladığı muradının peşinden koşmayı yine de bırakmamıştı...

1980 yılında yine birlikte gittikleri Deniz Harp Okulu sınavlarında başarılı olmuşlardı. Torun Hasan, türlü badirelerden sonra Deniz Harp Okulu'na girmeyi başarmış ve 1984 yılında mezun olmuştu.

Terzi Hasan, torununun Bahriye teğmeni olup beyaz üniformalar giydiğini, beline kılıç taktığını, kimi askerlerin ona selam verdiğini görmüş ve muradına ermişti. Onun, denizaltıcılar camiasına katılıp, 1985 yılından itibaren denizaltı gemilerinde sorumlu görev alarak, denizaltıcılık kariyerine başladığını da görebilmişti.

Terzi, altmış dört yaşında rahmetli olunca, Bahriye'ye verdiği torununun daha sonra neler yaptığını göremedi.

Dedesinin defninden iki ay kadar sonra Hasan, üsteğmen oldu. Üsteğmen Hasan, kardeşi Canan'ın çalıştığı Çapa Tıp Fakültesi Hastanesi'nde tanıdığı Hatice hemşire ile 1990 yılında evlendi ve eşini Ereğli'ye gelin götürdü. 1992 yılında kızı Elçin dünyaya geldi. Elçin bir yaşını doldurmak üzere iken, 1993 Ağustos'unda babası yüzbaşı oldu ve *Cerbe* denizaltısına çarkçıbaşı olarak atandı. 1985 yılında stajyer olarak geldiği Ereğli'de yaklaşık dokuz yıldır görev yapıyordu.

Hasan'ın annesi Sümer, 51 yaşında iken yakalandığı amansız hastalıktan kurtulamayıp, 1994'ün Ocak ayının ikisinde, elleri Hasan'ın ellerinde iken, GATA Haydarpaşa Hastanesi'nde son nefesini verdi. Sümer'i, Çatalzeytin'de Karamandağı Mezarlığı'nda, babası Terzi Hasan'ın iki adım yanına defnettiler.

Annesinin kaybından sonra Hasan, Bahriye'nin kurmay mektebi olan Deniz Harp Akademisi sınavlarını kazandı, 1996-98 arasında Harp Akademilerinde kurmaylık eğitimi aldı. 1998'de kurmay binbaşı rütbesi ile mezun olup, denizaltıcılık yapmaya devam etti. Türkiye 1999 yılında yaşanan Marmara ve Düzce depremlerinin yaralarını sarmaya çalışırken, 10 Kasım günü Kasımpaşa Deniz Hastanesi'nde Hasan'ın ikinci kızı Simin doğdu.

Binbaşı Hasan, 2000-2001 yıllarında *Hızırreis* denizaltısının komutanlığını yaptı. Gemisi ile Karadeniz'e çıktı çok kere. Bu seferlerin kimisinde olabildiğinde Çatalzeytin'e yaklaştı, düdükler çalarak kasabadakilere selam verdi. O gelip geçerken, evdeki babası ve anneannesi ile onun geçeceğinden haberdar olanlar balkonlarına çıktılar, açıktaki denizaltıya bayrak sallayarak selam verdiler. Kasabasına yaklaşamadığı kimi geçişlerinde evdekileri telefonla aradı Hasan ve kasabanın önünden geçtiğini ama çok açıkta olduğu için kendisini göremeyeceklerini söyledi.

Hızırreis'teki komutanlığından sonra Deniz Kuvvetleri onu, 2001-2004 yılları arasında, Brüksel, Belçika'da askerî göreve gönderdi. Bu göreve giderken, eşini ve kızlarını da birlikte götürdü.

Brüksel'deki görevinin son yılında anneannesi amansız hastalığa yakalandı. Fatma, 20 Haziran, 2004'te vefat ettiğinde Hasan'ın Belçika'dan dönmesine iki ay kalmıştı. Cenazeye gelip, anneannesini, Terzi Hasan'ın birkaç adım uzağına defnetti.

Belçika'dan döndükten sonra sırasıyla; Deniz Harp Akademisi'nde, Genelkurmay Başkanlığı'nda ve Gölcük'teki Denizaltı Filosu'nda, kurmay başkanı ve denizaltı komodoru olarak görevler yaptı.

Hasan'ın 2010 yılında Yüksek Askerî Şûra tarafından amirallik rütbesine terfi ettirildiğini, hayatta kalan tek büyüğü olan babası Avni görebildi.

Avni, oğlunun tek yıldızlı bu rütbede; Savunma Bakanlığı'nda daire başkanlığı ve Çanakkale'de Boğaz Komutanlığı yaptığını; 2012-14 arasında Denizaltı Filosu Komutanı olarak görev aldığını; genç rütbelerinde dokuz yıl kalıp çalıştığı, eşini gelin götürdüğü Zonguldak'ın Ereğli ilçesine bir kez daha atandığını ve 2014-2016 yılları arasında Karadeniz Bölge Komutanı olduğunu da gördü.

Avni, 2010 yılından itibaren ciddi rahatsızlıklar geçirmeye başladı. Dolaşım bozukluğu nedeniyle bacaklarında birkaç damar nakil ameliyatı geçirdi. 2013 yılında ise akciğerlerinde kanser hastalığına yakalandı. Hasan, babasının yaşadığı bu rahatsızlıkların tedavisi için elinden geleni yaptı. Ankara'daki GATA Hastanesi'nde, Avni'nin yaşadığı rahatsızlıkların bir kısmına şifa bulundu, kanser hastalığının ise ilerlemesi yavaşlatıldı.

Denizaltı Filosu'nda komutanlık yaptığı sırada, 2013 yılının sonlarına doğru, Hasan'ın, emrindeki denizaltı gemileri ile Kıbrıs'tan Türkiye'ye içki ve sigara kaçakçılığı yaptığı yönünde bir ihbar geldi Deniz Kuvvetleri'ne... İhbarın ekinde, emrindeki subaylarla yaptığı telefon görüşmelerinin ses kaydı vardı.

Birinci amiri, konuyu Hasan'a sorduğunda, iddia edilen şeylerin asılsız ve iftira olduğunu, bunun, dönemin kumpaslarından biri olduğunu, ihbarı gönderenlerin, Türk Silahlı Kuvvetleri'ne Balyoz, Ergenekon ve askerî casusluk kumpaslarını kuran, ordunun moral ve maneviyatını bozmaya, biat ettiremediği TSK mensuplarını tasfiye etmeye çalışan bilindik çevreler olduğuna inandığını söyledi. Amirinin kendisine inanmadığını görünce: "Ben bu devletin bir amiraliyim." dedi, "Sordunuz, söyledim. Sözüme inanılmıyorsa mahkemeye verin, işin aslı meydana çıksın!.."

Genelkurmay Askerî Savcılığı ve Mahkemesince sürdürülen bu dava 2014 yılı başından 26 Mayıs, 2016 gününe kadar devam etti. Bu yıllar, Tuğamiral Hasan'ın olası terfi dönemiydi.

Askerî savcının, yaptığı soruşturmanın ardından dava açtığını görünce, 2015 yılı başında sıralı amirlerine gönderdiği uzunca bir mektup ile istifa edip emekliliğini istedi, Hasan. Mektubunda, soruşturmayı yapan askerî savcılara dikkat çekiyor, bunların özel bir gündemle ve kasıt içinde hareket ettiğini söylüyordu.

Amirleri: "Biz meseleyi anladık, sana hapis cezası verilmesini ve Silahlı Kuvvetler'den çıkarılmanı isteyen askerî savcıyı da biliyoruz. İstifa etme, mahkemeye derdini anlat, durumu takip edeceğiz." deyince, istifadan vazgeçti. Kendisini tasfiye etmeye çalışanlara karşı direnmeye karar verdi.

Genelkurmay Askerî Mahkemesi, yargılama sonunda 26 Mayıs 2016 tarihinde Hasan'a bir yıl hapis cezası verdi. Bu karardan bir buçuk ay sonra, 15 Temmuz 2016 gecesinde Türkiye, TSK içinde yuvalanmış bir soysuz ve şerefsiz sürüsünün hain ve kanlı darbe girişimi ile karşı karşıya kaldı.

Hain kalkışma sırasında, Ereğli'de Karadeniz Bölge Komutanlığı görevine devam ediyordu. Darbe girişiminden haberdar olur olmaz birliğine koştu, komutayı eline aldı, darbeye karşı koyup birliklerini ve personelini darbenin dışında tutmayı amaçlayan tedbirler uyguladı. Darbenin karşısında olduğunu, ilçedeki mülki makam sahiplerine de bildirmişti. Ne var ki darbeci hainlerin o gece yayımladıkları sahte sıkıyönetim mesajı ile ortaya çıkan sözde atama ve görevlendirme listelerinde adı geçiyordu. 20 Temmuz 2016 günü Ereğli'de gözaltına alındı. Ertesi günü Zonguldak'ta tutuklandı ve Beycuma Cezaevi'ne kondu. Tutuklanmasının hemen ardından, görevinden açığa alındığını, olağanüstü hâl ilanından sonra çıkarılan bir kararname ile de Türk Silahlı Kuvvetleri'nden ihraç edildiğini öğrendi.

Zonguldak'ın Beycuma beldesindeki cezaevinde geçirdiği on günden sonra, onu Kocaeli, Kandıra'daki 2 No.lu F Tipi Cezaevi'ne naklettiler. 2017'nin başında Zonguldak'ta, 15 Temmuz hain darbe girişimine katılmak suçu ile üç kez ağırlaştırılmış müebbet hapis istenerek yargılamasına başlandı.

Yargılamayı yapan mahkeme, 2018 yılı Haziran ayında, "görevini ihmal etmek suretiyle darbeye yardımcı olmak" suçundan on beş yıl hapis cezasına hükmetti. Ankara'daki bir üst mahkeme, 2018 yılında aldığı dört beş satırlık karar ile bu cezayı onadı.

Hasan, Kandıra'da tek başına yatmaya devam ediyor, eşi Hatice ve kızları Elçin ile Simin, kız kardeşleri Nalan, Canan ve Cansu, İbrahim amcasının oğlu Metin, Mustafa amcasının en büyük oğlu İrfan ve Günsel halasının oğlu Gürbüz, ziyaretlerine gelerek güç vermeye çalışıyorlardı.

"Sabredeceğiz!" diyordu gelen ziyaretçilerine. "Devlet ve millet, bir uçurumun kenarına getirildi, oradan döndü. Bu toz duman kalkınca, kuru ile yaş meydana çıkacaktır. 'Ankara'daki hâkimler' -Yargıtay'ı kastediyordu- benim kusurumun olmadığını muhakkak göreceklerdir, dayanın." Kendisine mektup yazanlara gönderdiği cevapları bol bol şiirlerle süslüyordu. Bu süreçte, otuz beş, kırk yıllık arkadaşlarının, meslektaşlarının, en yakını olduğunu düşündüğü pek çok akrabasının, kendi kanından canından bildiği pek çok insanın sessizce uzaklaştığını, seslerini soluklarını kesip, sırtlarını çevirdiklerini görüyordu. Zonguldak'taki mahkeme, hapis cezasına hükmetmemiş miydi?.. "Darbeciydi" işte, daha ne?.. Bu duruma içinden isyan ediyordu, ama sesi Kandıra'nın duvarlarından dışarıya gitmiyordu. "Balyoz, Ergenekon ve askerî casusluk kumpaslarına düşen arkadaşlarıma, meslektaşlarıma ben böyle mi yaptım?" diyordu... "Onlar dara düştüğünde ben sırtımı mı çevirdim, onlar bana böyle yapıyorlar?.."

Darbeci olmadığını ispat etmek için Kandıra'da çırpınırken, Genelkurmay Askerî Mahkemesi'nin içki ve sigara kaçakçılığı ihbarı üzerine Mayıs 2016'da hapis cezası verdiği davanın yeniden görülmesine karar verildi adli makamlarca... Davayı Çanakkale'deki Ağır Ceza Mahkemesi görecekti. Yeniden yapılan yargılama iki celsede bitti. Duruşmalara Kandıra Cezaevi'nden katılmıştı. Sonuçta, ihbarın delili olarak askerî makamlara gönderilmiş olan telefon görüşme kayıtlarının "yasa dışı yollardan" elde edildiği tespit edildi ve Hasan, bu davadan beraat etti.

Telefon görüşme kayıtlarının yasa dışı olduğu, Genelkurmay'daki askerî savcı ve hakîmlerin, 2014 yılından 2016 Mayıs ayına kadar yaptıkları soruşturma ve kovuşturma sırasında da gün gibi açıktı aslında. Ne var ki bu askerî yargı mensupları, iki buçuk yıl boyunca bu gerçeği göz ardı etmişler, dosyayı açık tutarak Hasan'ın terfi etme ihtimalini ortadan kaldırmışlardı. Bu dosyaya bakan askerî savcı ve hakîmler, verdikleri karardan kısa süre sonra, 15 Temmuz 2016 gecesinde yaşanan hain darbe girişimi sırasında darbeciler arasında suçüstü yakalanmış, kimisi müebbet, kimileri ise on yıllara varan hapis cezalarına çarptırılmışlardı.

O Kandıra'da yatmaya devam ederken, babasının bacaklarında yaşadığı dolaşım bozukluğu artık tedavi edilemez hâle geldi. Doktorlar, 2019 yılında, babasının bir bacağını ampute etmek zorunda kaldılar. Avni'nin sağlık durumu, 2019 ve 2020 yıllarında daha da kötüye gitti. Bu arada, 2013 yılında önünü alabildikleri kanser hastalığı tekrar ortaya çıkmıştı.

Takvimler 2020'nin Haziran sonuna yaklaşırken Hasan, Kandıra'da dört yılını doldurmak üzere idi. Bu sürenin üç yılını tek başına geçirmiş, avlusuna gelen kuşların, böceklerin, bağırarak konuşabildiği ama yüzlerini hiç göremediği, çevre avlulardaki birkaç mahkûmun arkadaşlığı ile ayakta durabilmişti. Bir de ziyaretçilerinin ve dışarıdan mektup gönderenlerinin verdiği kuvvet ile...

Sen! Avlumda gezinen yeşil böcek,
Hemen koşturup da gitme, kal biraz...
Bana inan, sen ve ben varız bir tek,
Tanrı misafiri saydım, gel biraz...

Böcek, senin evin barkın var mıdır?
Can yoldaşın, çocukların nerdedir?
Yatıp kalktığın yer böyle yer midir?
Benim gibi efkârlara dal biraz...

Olup olacağın kaderdir başı,
Sabretmek ve bir imtihan say işi.
Bak, yarın salıdır, bekle görüşü,
Kimler gelir Ankara'dan? Gül biraz...

Dört duvarı Allah'ın ovası say,
Bir nefes çek, denizin havası say.
Tek de dursan, sen bülbül yuvası say,
Sabır, sebat! Kanaatkâr ol biraz...

İşte böyle, ben böcekle konuştum,
Ona haber sordum, akıl danıştım.
Düşünmeyle ele güne karıştım,
Tek başına dönmez oldu dil biraz…

Haziran boyunca aldığı mektuplar, Nalan'ın gözetiminde olan babasının artık kritik duruma geldiğini, epeyce ağırlaşmış olduğunu söylüyordu. Nalan, babasının, "Hasan'ın çıktığını görebilecek miyim?" diyerek inlediğini söylüyordu…

***

-22-

Kandıra, Kocaeli, 24 Haziran 2020

Haftanın çarşamba günüydü. Gün doğmuş, güneş biraz yükselmiş, kuzey kenarından doğru avluya vurmaya başlamıştı. Sabah sekize doğru, odasının üst katındaki yatağından kalkıp, aşağı indi. Mevcudu saymak ve avluya açılan kapının kilidini açmak için gelen görevlilere: "Günaydın!" dedi.

Her gece uyumadan önce yatağında iki saat kadar okuma veya yazma yapıyor, saat iki, üç arasında yatıyordu. Görevliler ayrıldıktan sonra, uykuya devam etmek için tekrar yukarı çıktı. Önce, gece yazdığı şiiri, kantinden aldığı kareli deftere temize çekti, ardından yattı.

Son birkaç aydır odasına bir arkadaş vermişlerdi. O da kendisi gibi ihraç edilmiş bir TSK mensubu idi. Yargılamasında darbeye katılmadığı görülmüş, ancak, örgüt üyeliğinden on yıl hapis cezası almıştı. Arkadaşının bu cezası Yargıtay'da onaylanıp, kesinleşmişti. Kendisi uykusundan eksik kalanı alırken, oda arkadaşı, aşağıda kahvaltısını yapmış, günlük okumalarına başlamıştı.

Yeni başlayan korona salgını yüzünden cezaevinde yürürlüğe konan hijyen kurallarına kendileri de bazı tedbirler ilave etmişlerdi. Mesela, günde iki öğün olan yemeklerini -geç saatte bir kahvaltı ve erken saatte akşam yemeği- ayrı ayrı yemeye başlamışlar, aynı anda masaya oturmayı bırakmışlardı. Avludaki günlük sporlarını da önce biri, sonra diğeri yapıyordu. Amaç, iki kişi de olsalar, fiziksel mesafeyi açık tutmaktı.

Saat on buçuk gibi uyanıp kalktı. Alt katta kahvaltısını hazırladı, televizyonun karşısındaki plastik masaya oturup, bir gözü televizyonda, kahvaltısını yapmaya başladı. Bir ara, görevliler, abone oldukları günlük gazeteleri ve ekmeklerini getirip, oda kapısının bel hizasındaki mazgalından içeriye uzattılar. Bir Sözcü ve bir Karar gazetesi, iki de kepekli ekmek... Kendisi Sözcü'ye aboneydi.

Masanın sol yanına Sözcü'yü açtı. Yemeye devam ederken okumaya başladı. Köşe yazarlarından birinin, FETÖ mensubu askerlerin aramalarında ele geçirilen bir dolarlık banknotlar konusu üzerinde durduğunu gördü. Ne zamandır aklını kurcalayan konuydu bu...

"Şu yazıyı bahane edeyim de konuyu açıp sorayım artık!" dedi kendi kendine.

Oda arkadaşı öğle üzeri avluda başladığı sporunu bitirip duşa girdiğinde, kendisi çıktı avluya. Küçücük bir dikdörtgen avluda, devamlı sekizler çizerek her gün on iki, on üç bin adım... Avluda bir tur yaklaşık kırk adım ediyordu. Dön oğlum, dön!.. Sonra esneme ve kondisyon egzersizleri... Dört yıldır! Üç senesi tek başına... Avlunun duvarlarında bahar mevsimlerinde peyda olan böceklerin eşliğinde... İki yazdır avlunun üstündeki tellere yuva yapan ve dört beş yavru büyüten bir çift kumrunun bakışları altında... Az mı konuşmuştu onlarla!..

Sporunu bitirip ter içinde odaya girdiğinde, oda arkadaşı, kitaplarını masaya yaymış, çalışıyordu.

"Yahu!" dedi, "Uzun zamandır aklımı kurcalayan bir şey var!"

"Hayırdır, komutanım!"

"Şu sende çıkan bir dolar!"

"Evet?"

"Onun yanında başka bozukluk da bulmuşlar mıydı?"

"Yok! Sadece bir dolar vardı."

"Bak! Bugünkü gazeteler bu konuyu açmışlar yine..."

"Okuyacağım, çalışmam bitince."

"Bir şey daha soracağım. Ben bu şerefsiz sürüsü katiller hakkında, devlete millete kastetmiş bu soysuzlar hakkında sabah akşam ağız dolusu küfürler ediyorum... Senin niye hiç onların aleyhinde gıkın çıkmıyor?.."

"Yani... Sizin gibi böyle ulu orta küfretme alışkanlığım yok. Herhâlde ondan..."

"Öyle mi? 2013'te bunların ne olduğunu anladığını söylüyorsun ya... Ya 2013 öncesi?.."

"Anlayamadım!"

"Ömrünün herhangi bir döneminde bunlara bir bağlılık hissettin mi? 2013'ten önceyi diyorum..."

"Size anlattım ya!" dedi oda arkadaşı: "Bizim memlekette, soyumuz sülalemiz geniştir. Epeyce akrabamız, ahbabımız vardır. Bir kısmı bunlara yakın olmuşlardır..."

"Ben, seni soruyorum!"

"Yani... Ben 2013'te bunların ne olduğunu anlayınca..."

Lafı gevelemeye çalıştığını görüyordu.

"Tamam," deyip, konuyu kapatmak istedi, "ben anlayacağımı anladım, tamam. Son bir şey söyleyeceğim, sonra kapatalım bu konuyu..."

"Buyurun, komutanım!"

"Seni kendileri getirip verdiler buraya. Üç senelik yalnızlığın üzerine kim gelirse, seve seve kabul edecek durumdaydım zaten. Ama ben artık rahatsız olmaya başladım. Senin bu örgüte ve soysuzlar çetesine karşı duramayışın, onların aleyhinde hiçbir şey söyleyemeyişin... Ben bundan rahatsızım. Artık seninle bir arada kalmak istemiyorum!.."

"Ama komutanım!" dedi şaşkınlık içindeki oda arkadaşı: "Ne kötülüğümü gördünüz, size karşı bir saygısızlığım mı oldu kaç aydır?"

"Yok, arkadaş! Mesele saygı filan değil!" dedi: "Ben yalnız kalmak istiyorum. Bir dilekçe yazıp, idareye vereceğim yarın sabah. Bizi ayırın, ben yanımda kimseyi istemiyorum, diyeceğim..."

Oda arkadaşı bir süre itiraz etti. Hasan'ın dosyasının Yargıtay'dan çıkmasına pek bir şey kalmadığını, dosyanın bozulması ihtimali olduğunu -Hasan da bu ihtimale tutunarak yaşıyordu zaten- birkaç ay içinde Hasan'ın çıkmasının muhtemel olduğunu... Neticeyi görene kadar kalmalarının iyi olacağını...

"Hayır, olmaz!" dedi. "Bir gün dahi olmaz!"

"Siz bilirsiniz!" dedi sonunda oda arkadaşı. Konunun kapanması üzerine, Hasan yatağına çıktı, oturup, dilekçesini yazdı. Derin görüş ayrılığı nedeniyle, tek kalmak istediğini bildiriyor, yanındaki arkadaşının başka odaya alınmasını istiyordu. Dilekçesini ertesi sabah teslim edilmek üzere alt kattaki televizyonun önüne koydu, duşa girdi. On beş, yirmi dakika sonra havlusunu beline dolayıp duştan çıktığında, oda kapısının mazgalının açıldığını, iki görevlinin, gözetleme camından içeriye baktığını gördü.

"Buyurun, hoş geldiniz!" dedi her zamanki güleç tavrı ile. Burada geçirdiği her gün onlara karşı nazik davranmış, onlar da buna aynı şekilde -ama görevlerinin gerektirdiği mesafeyi hiç kapatmadan- karşılık vermişlerdi. Soğuk, resmî, duygusuzca, ama nazik...

Konuşmak için mazgala eğilen görevli: "Sen daha toplanmadın mı?" dedi.

"Ben toplanmayacağım!" dedi Hasan: "Arkadaş toplanacak... Odadaki televizyon benim, buzdolabı benim... Ayrıca ortopedik yatağım var, o da benim... Pek bir eşyası yok, onun toplanıp gitmesi daha kolay!"

"Hasan, ne diyorsun?"

Görevliler ne dediğini anlamamışlardı.

"Tamam, ayrılacağız da... Onun gitmesi, benim kalmam daha pratik değil mi?.. Hem, onu benim yanıma vermiştiniz zaten!"

Sanıyordu ki idare biraz önce yaptıkları tartışmayı haber almış, belki kendisi duşta iken arkadaşı, ayrılmak istediğini idareye söylemiş, onlar da konuyu ikinci müdüre filan iletip, hemen talimatını almışlardı. Oda arkadaşına "Haydi, toplan!" demeye gelmişler, ama kimin odadan ayrılacağını karıştırmışlardı...

"Yahu, sen ne diyorsun Hasan?" diye seslerini yükseltti görevliler... Gülüyorlardı bir de... "Kâğıdın geldi, haberin yok mu?.."

Sadece: "Ne kâğıdı?" diyebildi...

Başından aşağı bir sıcaklığın tüm vücuduna yayılmaya başladığını, kalbinin hızlandığını, ellerinin titremeye başladığını fark etti. Yoksa?.. Yıllardır gün sayıp, beklediği yazı mı? Yargıtay'ın hakkındaki kararı bozacağı yazı!..

"Yargıtay, dosyanı bozmuş, haber vermediler mi?"

"Vallahi mi? Bozmuş mu?" diye kekeledi. Bu konuşmaları duyan arkadaşı da yukarıdan inmiş, yanına gelmişti.

"Bozmuş ya! Haydi, toparlan, diyoruz, anlamıyorsun..."

"Allllaaaaahhh!.."

1980 senesinde Deniz Harp Okulu sınavını kazandığını öğrendiğinde gösterdiği tepkinin aynısıydı bu verdiği karşılık. Yıllardır güzel haber alamamış bir yürekten kopan çığlık...

Naralar kopup, geliyordu dilinin ucuna... Ama onları içinde zapt etmeyi başardı. Ne yapmalıyım şimdi, diye soruyordu kendine... Aklı çalışmayı durdurmuştu... Hâlbuki tahliye haberi geldiğinde neler yapılacağını koca koca kâğıtlara tek tek yazmış, alt kattaki panoya asmış, "tahliyede yapılacak işler" listesini yıllarca gözünün önünde tutmuştu. Sararıp soluncaya kadar... Dört yıl!..

"Bakın, bu haberin şakası olmaz! Ciddisiniz değil mi?" diye sordu tekrar. "Gelen yazıyı gözümle göreyim, Allah aşkına!"

"Bak şuna ya! Bizim verdiğimiz habere bak, adamın verdiği cevaba bak!" diyerek söylenmeye başladı kapının dışındakiler... "Millet şu haberi almak için kalan ömrünün yarısını verir, paşa bize ne diyor..."

"Allah aşkına! İşte burada böylece bekliyorum." dedi: "Bir suretini getirin de göreyim... Toplanmam dert değil, yarım saat sürmez, hazır olurum! Ama şu yazıyı gösterin bir kere..."

"Peki," dediler sonunda, "sen eşyalarını toparlamaya başla bu arada... Unutma, gece yarısını geçmemesi lazım çıkışının!"

Kapıdakiler ayrılıp gidince suçsuzluğunun nihayet görülmüş olmasını öğrenmenin verdiği huzurla oda arkadaşına baktı: "Kusura bakma!" diyebildi. Sonra, beline sardığı havlusunun açılan eteklerini toplaya toplaya avluya koştu. Başladı komşu avlulara seslenmeye:

"Komşuuu! Heeeyy! Ses verin!.."

"Hasan ağabey, ne oldu?" diye hemen karşılık geldi sırt odadakilerden.

"Yargıtay, kararımı bozmuş, 'tahliye' demiş. Şimdi geldi haberi. Size aylardır söylüyordum ya! Toplan, dediler. Çıkıyorum birazdan!.."

"Ağabey, haydi, gözlerin aydın olsun... Geçmişler olsun!" diye kutladılar neşe içinde...

"Ben şimdi toplanmaya başlıyorum. Birazdan avlu kapısını da kapatırlar. Kapanır da bir daha seslenemezsem, hakkınızı helal edin! Allah'a emanet olun. Darısı başınıza inşallah!" diyerek helalleşti onlarla.

Bu seslenip bağırmalardan civardaki diğer odalarda kalan, yüzlerini hiç görmediği, ama seslerini çok iyi tanıdığı, büyük kısmı müebbetlik pek çok mahkûm ve tutuklu, bağırarak, demir kapılara vurarak onu kutladılar. O da her birine iyi dileklerini bildirdi. Sonra, girdi odaya, toplanmaya başladı.

Biraz sonra o "kâğıdı" getirip verdiler. Tek paragraflık, tek bir sayfa yazıydı. Yargıtay'da ilgili heyet aynı gün toplanmış, dosyasını görüşmüş ve kararını vermişti... Yargıtay, Zonguldak'taki mahkemenin onu mahkûm eden kararını ve bu kararı onayan üst mahkeme kararını bozuyor, başka bir suçtan tutukluluğu yoksa Hasan'ın *derhâl* salıverilmesini istiyordu...

Zonguldak'ın ceza kararını açıkladığı Haziran 2018'den beri her gün, her saat beklediği; eşine, çocuklarına, gelen gelmeyen, kendisini duyan, duymayan bütün tanıdıklarına: "Bekleyin, sabredin... Yargıtay'da hâkimler vardır, benim durumumu onlar görecektir!" dediği yazı buydu işte...

"Tamam!" dedi. "Şükürler olsun! Bu kararı verenlere, haberini bana getirenlere Allah zeval vermesin... Hemen toplanıyorum! Hazır olunca zile basar, haber veririm size..."

"Haydi, çabuk ol!" dediler: "Karanlığa kalmasan iyi edersin... Geçen arabalar azalır, bulamazsın filan..."

"Bir şey daha!"

"Ne var?"

"İki dakika çıkıp, koridordan evime bir telefon açsam da haber versem? Kimsenin haberi yoktur..."

"Oh-hooo! Senin avukat çoktan haberi almış, seninkilere duyurmuştur. Merak etme!.."

"Emin misiniz? Eşyam da çok... Öyle otobüse, taksiye filan sığmaz... Kalmayayım kapı ağızlarında..."

"Sen bize mi öğretiyorsun bu işi?" dediler. "Sen dört seneliksin, bizim yirmi senemiz geçti buralarda... Merak etme, onlar haberi muhakkak alıp yollara düşmüşlerdir."

"Eh, peki o zaman!" dedi.

Bir saat sonra hazır olabilmişti: 55 ekran televizyonu, büro tipi bir buzdolabı, bir buçuk sene önce ağır bel fıtığına tutulduğu sırada, altı ay uğraşıp da dışarıdan satın alabildiği otuz, kırk santim kalınlığındaki ortopedik yatak ile sert sünger yatağı, kocaman kocaman on iki çöp torbasına gelişigüzel doldurduğu şahsi eşyaları ve iki plastik kova dolusu kitabı vardı. Siyah kılıfları içinde iki tane de bağlaması... Bütün bunları, ayrılırken, beraberinde çıkaracaktı.

Odadan çıkarmaya geldiklerinde, kapının iç yanına yığılmış eşyayı görünce şaşırmıştı infaz korumacılar.

"Sen bir evlik eşya biriktirmişsin yattığın yerde!"

Taşınacak eşyanın çokluğundan hoşnut olmamışlardı. İş ocaklarında çalışan turuncu tulumlu mahkûmlardan birkaç kişi bulup getirdiler hemen. Odanın kapısını açtılar. "Haydi!" dediler... Birkaç saat önce çıkıştığı oda arkadaşı ile vedalaştı. Gönlünü hoş etmek için ona epeyce bir şeyler bırakmıştı.

"Hey gidi kapı!" diyordu içinden, önünde açık duran kapıya... "Görecek miydim ben çıkayım diye böyle ardına kadar açıldığını?.."

Anın tadını çıkarmaya çalışıyordu. Aklından mükemmel dizeler, dörtlükler geçmeye başlamıştı. Coşkulu sevincin beraberinde getirdiği ilham... Dilinin ucundan satırlar dökülüyordu. Az durun, şunu yazayım, dese, herhâlde çileden çıkarlardı...

Dört yıldır yazdığı şiirler hep sabır, tahammül, dayanma, içinden geçilen tünel, tünelin sonundaki ışık gibi konular üzerinde dönmüş, yazarak ve dışarıdakilerle paylaşarak ayakta durmaya çalışmıştı.

Tanrım, yılı geçti, bu kadar yeter!
Çek, çıkar kulunu, gülsün gözlerim...
İmtihandır, lakin ne vakit biter?
Sonuna eriştir, bilsin gözlerim...

En küçük bir kusurumuz var ise,
Cehennemler ateşini ver bize!
Kuyulardan kurtar, derman ver dize,
Gün ışıklarına gelsin gözlerim...

Birlikte, dört tekerlekli çekçek arabaları ile pek çok sefer yaptılar, kan ter içinde Hasan'ın eşyasını cezaevinin binasından dışarı çıkardılar. Tahliyesine ilişkin evrak işleri de neşeli konuşmalar içinde yapıldı. İşlemler sırasında görevlilerin takındığı tavır şaşırtmıştı onu. Dört yıldır zerresini görmediği, sıcaklık, samimiyet!

"Biz biliyorduk senin çıkacağını aslında!" dediler Hasan'a.

"Ne olurdu," diyerek cevapladı onları, "bu bildiğinizi moralim dip yaptığı vakitlerde söyleseydiniz de biraz moral verseydiniz..."

"Yapamazdık! Kurallara aykırı olurdu." diye karşılık verdiler.

Son olarak, kurumun emanetinde kalan parasını aldı. Bin iki yüz lira kadar bir şeydi. Kimlik kartını ve denizaltıcılık yüzüğünü de kendisine teslim ettiler.

Eşyalarını iki görevlinin yardımı ile bahçe kapısından dışarı çıkardığında ter içinde kalmış, heyecandan ağzı kurumuştu. Bu arada saat akşamın dokuzunu bulmuş, hava kararmıştı. Başı dönüyordu... Dört yıldır, akşam karanlığında hiç açık havaya, avluya çıkmamıştı. Çayırlara, bayırlara dönüp alabildiğince koşmak istedi bir ara...

Ne yapacaktı şimdi? Ankara'dan evden çıkıp gelenleri, onlar çabucak gelemese de İstanbul'dakilerden koşup gelenleri beklemesi gerekiyordu. Neşe içindeydi. Nihayet, üst üste şu yedi kapıyı geçmiş ve çıkmıştı. Önündeki İzmit-Kandıra yolundan otobüsler, kamyonlar, otomobiller, motosikletler geçiyor, kimisi az ilerideki durakta yolcu indirip bindiriyor, kimisi durmaksızın gidiyordu. Avluda uzaktan uzağa sesini duyduğu arabalardı bunlar. Şimdi yanaşıp elini uzatsa, dokunabilecekti... Her taraf çayır çimendi, etraf ağaç doluydu. Duvar diplerinde çiçeklikler vardı. Yemyeşil...

Etrafını incelemeye koyuldu. Cezaevinin jiletli telleri ile sarılı, yüksek direklerinde kocaman projektörler yanan dış duvar boyunca ince bir yol uzanıyordu ileriye doğru. Canı orada yürümek istedi. Sekiz üzerinde dönmeden, düz bir hat üzerinde seksen yüz adım atmak! İnanılır gibi değildi... Yürüse miydi şimdi biraz? Kimse önüne durmaz, üstüne kapı filan kapatmaz mıydı? Dümdüz yürümek! Dışarıda her gün yapabilecekti bunu artık...

Eşya, getirip de yığdığı yerde, kendisi, dört senedir göremediği, bakamadığı şeylere bakıyor, gözlerini, gönlünü doyuruyordu.

Cezaevinin dış güvenliğinden sorumlu olup, bahçe kapısındaki kulübede nöbet tutan dört beş jandarma personeli, yarım saatten fazladır kapının önünde volta atan, arada bir durup, sağını solunu inceleyen, başını kaldırıp, etrafında dönen, az önce içeriden bırakılmış bu adamı izliyorlardı, hiç laf atmadan... Biraz sonra bir jandarma eri çıktı kulübeden ve kâğıt bardakta taze demlenmiş bir çay getirdi ona. Bu jest, onu çok mutlu etti. Teşekkür ederek aldı. Erin hatırını sordu. Hem yürüyor hem de yıllar sonra ilk kez, ikram edilen bir çayı yudumluyordu. Biraz sonra, bir karşılık vermek gerektiğini düşündü. Kulübeye yanaşıp, kaç kişi olduklarını sordu. "Altı." dediler. Eşyalarının yanına gitti. Kendisini almaya geleceklere hediye vermek üzere odasından getirdiği çikolatalı gofretlerden altı tanesini götürdü, nöbetçi jandarmalara birer tane ikram etti.

Çaya karşılık yaptığı bu jest üzerine, kulübedekiler onunla konuşmaya başladılar: Geçmiş olsundu... Ne kadardır içerideydi... Neden yatmıştı... Niye çıkmıştı... Asker miydi... Rütbesi neydi...

Girmeden önceki rütbesini söylediğinde, hareketlerinden kıdemli bir asker olduğunu zaten tahmin ettikleri bu adama daha saygılı davrandı kapıdakiler. Bu tutumları yüreğine iyi geldi. Gölcük ve Ereğli'deki mesai günlerini hatırladı.

"Gelip alacaklar, değil mi komutanım!" dedi nöbetçilerin en kıdemlisi.

"Vallahi, içeriden telefonla haber vermeye fırsat bulamadım. Haberleri var mı emin değilim. Gelseler de gelmeseler de şu yeşilliğin içinde sabaha kadar volta atarım böyle..."

Bunları söylerken, jandarmaların kıdemlisinin elindeki cep telefonuna bakıyordu dosdoğru. "Ah! Şu telefonu bir dakika alabilsem de Hatice'nin numarasını çevirsem!" diyordu içinden. Karşısındaki teklif etmeyince çekingenliği bir tarafa bıraktı:

"Yani bir dakika konuşabilsem... Hanımın telefonu aklımda... Tık tık tık, anında çeviririm!"

Kıdemli nöbetçi ne demek istediğini anladı ve elindeki telefonu uzatırken: "Komutanım," dedi, "şundan çevirin isterseniz... Benim limitsiz paketim var..."

Telefonu kaptı sahibinin elinden ve Hatice'nin cep numarasını çevirdi... Yıllardır her cumartesi yaptığı on dakikalık görüşmede çevirmeye izni olan tek telefon... Ezbere biliyordu. Başka da kimsenin numarası yoktu aklında... Karşı taraf uzun uzun çalıyordu, ancak açan yoktu...

"Nasıl duymazlar!.."

Çarşamba gecesinin saat onuydu. Hatice, bir türlü açmadı... Rehberinde kayıtlı olmayan bir numara aradığı için mi açmaktan kaçınmıştı acaba?.. Başka bir numarayı arasa? Kimi? Bir dakika, deyip, eşyalarının yanına koştu. Şiirlerini temize çektiği harita metot defterinin son sayfasına birkaç telefon ve adres not etmişti. Defteri, kitaplarını doldurduğu plastik kovaların içinde buldu, son sayfasından Elçin'in numarasını küçük bir kâğıda aktardı ve kulübeye geldi:

"Bir de kızımın numarası var elimde, onu da çevireyim mi bir?" dedi, en sevimli bakışı ile telefonun sahibine. Nezaket gösterip, telefonu tekrar verdi kıdemli... Elçin'in numarasını tuşladı ve karşıyı dinlemeye verdi dikkatini... Birkaç kez çaldıktan sonra Elçin'in telefonu açıldı:

"Alo?"

"Alo! Kiminle görüşüyorum?.."

"Elçin! Kızım, baban ben, baban!.."

"Baba?.."

"Benim kız! Evet!.."

"Baba?.."

"Kızım! Benim yahu! Çıktım..."

Önce kısa bir sessizlik oldu karşıda. Ardından Elçin bağıra bağıra ağlamaya başladı. Hiç sesini çıkarmadan İstanbul'da ağlayan kızının hıçkırıklarını dinledi uzun uzun... Elçin: "Baba! Baba!.." diyebiliyordu sadece. Sonunda, kendi gözleri de yaşa boğuldu...

Yakındaki nöbetçiler, içeriden çıkanların, dışarıda yıllardır bekleyenlere "Çıktım!" dediği böyle görüşmelere şahitlik etmeye alışkınlar mıdır bilinmez, ama telefonda yaşanan bu duygu yoğunluğunu saygı ile karşıladılar, sessizce yerlere baktılar.

"Kızım, çıktım! Yargıtay bugün dosyamı görüşüp bozmuş ve tahliyeme karar vermiş... Haberiniz olmadı mı?"

Elçin, hıçkırıklar içinde pek konuşamıyor, sadece "baba" diyordu... Haberlerinin olmadığı belliydi.

"Anneni çevirdim deminden kaç kez, açmadı! Açılmaz mı böyle bir vakitte telefon!" dedi.

"Ben onlara haber veririm şimdi..."

"Tamam, kızım. Ben cezaevinin dış kapısında, dışarıdayım. Bu telefon da buradaki görevlilerden birisinin. Fazla konuşamam yani. Gelip beni almanızı bekliyorum. Bu telefona yakın bir yerdeyim, bilgin olsun..."

"Hemen yola çıkıyoruz baba!" diyen Elçin, ağlamaya devam ediyordu.

"Ankara'dakilerin gelişi en az dört saat ister. İstanbul'daki kuzenlere, bacanağa, Metin dayına haber verin. Onlardan uygun olan birileri gelsin, beni alsın. Çok da eşyam var, iki, üç bagaj eder." dedi. Sonra, telefonu kapattı.

İki dakika geçmedi, kıdemli nöbetçinin telefonu çalmaya başladı. Hatice arıyordu. Bir, iki dakika karşılıklı ağlaşmadan sonra, Simin ile mutfakta çikolatalı kek pişirdiklerini, telefonu salonda bıraktığı için duymadığını söyledi, Hatice.

***

İki saate kalmadan, Kandıra'daki 2 No.lu F Tipi Cezaevi'nin dış kapısı önüne otomobiller geldi İstanbul'dan. Hasan, nöbetçilere ikram ettiği çikolatalı gofretlerden üç tane daha çıkarıp, bir kitabın üzerine dizmiş, yanına da iki sazının ilkini dikmiş, "en önce kim gelecek" yarışmasında dereceye giren sürücülere vermek üzere bekliyordu.

İlk önce Günsel halasının oğullarından Gürbüz ulaştı Kandıra kapısına. Yaptığı açık görüş ziyaretleri ile Kandıra'yı komşu kapısı yapan, mektubunu hiç eksik bırakmayan Gürbüz... Arabasında; eşi Kübra, kardeşi Ahmet Dursun, küçük oğlu Ahmet Umut ve Abdi Usta'nın torunu Metin vardı. Yarışma ödülü saz, Ahmet Dursun'a nasip olmuştu.

İkinci gelen araba, rahmetli Mustafa amcasının en büyük oğlu İrfan'ınkiydi. Kemalköyülülerin her türlü işine koşan, Kandıra'daki yılları boyunca Hasan'a desteğini ve yakınlığını eksik etmeyen İrfan'ın... Onun yanında; eşi Nevin, kardeşi Burhan, büyük oğlu İlkay ve Elçin vardı... Üçüncü araba, Bayrampaşa tarafından çıkıp gelmişti; Halil amcasının kızları Gülnur ve Gülden ile eşleri Güven ve Tevfik... Dördüncü ve son araba ile İçerenköy'den bacanağı Yaşar ve kayınbiraderi Metin geldiler. Hasan, gelen herkesle kucaklaşırken, arabaların ödüllerini neşe ile takdim etti sürücülerine. Elindeki Yargıtay kararını da bayrak gibi sallıyordu: "İşte bu!.. Dört senedir beklediğimiz yazı!.." diyerek...

Arabalar yan yana dizildiler. Hasan'ın, cezaevlerinden çıkanlarda nadiren görülecek miktardaki eşyası bagajlara doldurulurken, evlerinden çıkmakta birkaç dakika geciken diğer kuzenler, ahbaplar, arkadaşlar da ulaştılar Kandıra'ya... Bagajların yüklemesi tamamlanınca, hep beraber İstanbul'a doğru yola çıktılar. Hatice ve Simin de Ankara'daki tek kuzen Turhan ile yola düşmüş, İstanbul'a geliyorlardı.

Hasan'ın arzusu üzerine önce, nam salmış bir kokoreççiye gitti bütün kafile. Hasan, tahliye olma telaşı ile atladığı akşam yemeğini dört yıldır burnunda tüten iki yarım ekmek arasında kokoreç ile telafi etti. Daha sonra, İrfan'ın evine geçildi hep beraber. İrfan, Metin Doğan'ın babasından kalan dört katlı binada kirada oturuyordu. Üst katında da Gürbüz vardı.

İrfan ve Gürbüz'ün evlerinde o gece büyük bir kalabalık misafir edildi. Nevin ve Kübra, sabahın ilk saatlerinde kopup gelen bu insanları oturtup ağırlayabilmek için koşuşturdular. Haberi alan tüm kuzenler gelip kalabalığa katıldılar, İstanbul'un pek çok yerinden. Seyrantepe'deki Münir ve eşi Yasemin, Yedikule'den Arzu... İrfan'ın diğer kardeşi Orhan... Bir iki saat sonra, Ankara'dan gelenler de bu kalabalığa karıştılar. Ankara'dakilerle gözyaşlarına boğulmuş kucaklaşmalardan sonra oturdular ve cezaevindeki açık ve kapalı görüşlerde, telefon görüşmelerinde konuşulamayan şeyleri anlatmaya başladılar birbirlerine... Sabah, tan yeri ağarıp İstanbul'u aydınlattığında dört yılın hasreti henüz giderilememişti.

Canan ve Cansu yurt dışında yaşadıkları için, Nalan ise, Ankara'da babasının başından ayrılamadığı için katılamadılar bu mutlu geceye. Ağabeyleri; Nalan ile Ankara'ya gittiğinde, Canan ve Cansu ile onlar apar topar atlayıp, ağabeylerini görmeye, Ankara'ya geldiklerinde yüz yüze görüşebilecekti...

Çıktık, geldik Kandıra'nın kışından,
Bize de baharlar, yazlar göründü...
Sıyrıldık hainin kirli işinden,
Neşe, sevinmeler, hazlar göründü...

Bir yol kenarında, betondan bir köy,
Hasret, eza, keder; tek verdiği şey!
Dört yıldır duyduğum bir hüzünlü ney,
Şimdi teli kıvrak sazlar göründü...

Gece gündüz duvarlara sarıl, yat,
Kuşlar ile kendine dünya yarat.
İçe sinmez hâller, çekilmez surat;
Şimdi içi gülen gözler göründü...

Merakın var ise, atla, sen de git!
Yaşayanlar anlatsın, dinle yahut.
Kandıra'da hiç tükenmeyen ağıt;
Artık tatlı diller, sözler göründü...

***

Bir iki gün İstanbul'da kaldılar. Hasan'ın üstüne birkaç parça yazlık kıyafet alındı. Hatice'nin İçerenköy'de oturan kardeşlerini ziyaret ettiler. Sonra, Turhan ile ailece Ankara'ya döndüler.

Ankara'ya vardıklarında, doğruca Eryaman'a, Nalan'a gittiler. Amaç, ağır hasta olan babasını görmek, elini öpüp, hatırını sormaktı.

Babasını, tam teşekküllü hastane gibi donatılmış bir odanın orta yerindeki özel yatağında; sağ bacağı diz üzerinden ampute edilmiş, bir deri bir kemik; yeme, içme, konuşma ve nefes alma becerilerini yitirmiş vaziyette buldu Hasan. Solunum ihtiyacı oksijen cihazı ile karşılanıyordu. Daha birkaç ay öncesine kadar seyrek de olsa mektuplaştığı babasının bu kadar ağırlaştığını tasavvur edememişti Kandıra'da...

Yaklaşıp eğildi, ellerini öptü. Anlaşılmayan bir şeyler söylemeye çalışıyordu babası. Ama gözleri parlıyor, sanki gülüyordu. Hasan, anlamış gibi karşılık verdi:

"Gördün mü? Çıktım, geldim işte... Hep yazıp söylüyordum ya, dayan baba, az kaldı, geliyorum, diye... Sen de benim çıkışımı ne güzel bekledin... Çok iyi gördüm seni!.."

Aslında hiç de iyi görmemişti.

Babası, Hasan'ın sağ salim döndüğünü gördükten sonra Nalan'dan, kendisini Çatalzeytin'e götürmesini istedi. Yola dayanabilecek durumda olmadığını anlatmaya çalıştılar, ama babası isteğinden vazgeçmedi. Nalan, temmuz ayının başında babasını aldı, Çatalzeytin'e götürdü.

Gidişlerinin üzerinden bir hafta geçmeden, Nalan'dan Ankara'ya haber geldi: Babası, Çatalzeytin'de ağırlaşmış, Kastamonu'daki Eğitim ve Araştırma Hastanesi'nde yoğun bakım servisine yatırılmıştı.

Hasan, Hatice ile Kastamonu'ya koştu. Bilincinin kapalı olduğunu öğrendikleri babasını görmesine izin vermediler. Hasan'ı Ankara'da gördükten sonra babasının kendisini tamamen bıraktığını, hiçbir telkin ve teşviki kabul etmediğini anlattı, Nalan.

Babası, Çatalzeytin'de geçirdiği birkaç günden sonra girdiği komadan bir daha çıkamadı. Kastamonu'daki hastanede, Hasan'ın Kandıra'dan çıkışından tam bir ay sonra, 24 Temmuz 2020 günü sabahında son nefesini verdi. Onu, vasiyeti üzerine Çatalzeytin'in Çelebiler Mahallesi'nin Kemalköyü'ndeki aile mezarlığında, annesinin, babasının ve kardeşlerinin yanına defnettiler.

Babasının defin işlemleri tamamlanıp, duaları edildikten sonra Hasan bir süre daha mezarın başında kaldı. Herkes ayrılmıştı. Yalnız başınaydı. Babası sanki söylediklerini duyacakmış gibi, mezarın başucuna doğru eğildi:

"Bekle baba!" dedi. "Yakında şanımı, şerefimi de geri alacağım mutlaka. Biraz daha bekle..."

Bir müddet sustu. Boğazı düğümlenmiş, konuşamıyordu.

"Beybabamı göreceksindir!.."

Bu kısacık cümlenin hatırlattığı beybabasıyla dolu anılar yüreğini doldurdu birden, göğsüne sığmaz oldu. Bir an nefesi kesilmişti. Elini göğsüne götürdü, coşan duygularını zapt etmeye çalışıyordu. Koskoca adamın gözlerinden yaşlar akıyordu. Daha fazla konuşamadı, konuşmak istemedi. Ona da haber vermenin bir yolu olsaydı!.. Biliyordu, beklenecekti. Beklenecek, 2016'da elinden aldıkları şanı ve şerefi geri verilecek, o da bunu görecek, gelip buradaki büyüklerine haber verecekti...

***

Yargıtay'ın 24 Haziran 2020 Çarşamba gecesi Hasan'ı cezaevinden tahliye ettiren kararından yaklaşık dört ay sonra, tahliyenin gerekçelerini ve dosya hakkındaki Yargıtay tespitlerini bildiren "Gerekçeli Karar"ı öğrendiler. Bir ay eksiği ile dört yıl cezaevinde kalan Hasan'ın, 15 Temmuz 2016 gecesi görevini aslında nasıl yaptığını Yargıtay, bu belgede uzun uzun açıklamıştı. Dört yıldır attığı sessiz çığlıklarla herkese duyurmaya çalıştığı; o geceki hain girişime nasıl baktığını, haberdar edildiğinde hangi dürtülerle hareket ettiğini gösteren, Hasan'ın, âdeta "ömrüme bedel" dediği satırlardı bunlar... Eziyetler çekiliyor, büyük üzüntüler yaşanıyor, ama bir gün mutlaka ortaya çıkma huyu olan gerçekler de yavaş yavaş su yüzüne çıkıyordu. Kararın ayrıntılarını en yakınındakilerle paylaştıktan sonra hiç vakit kaybetmeden Ankara'dan atladı arabaya Hatice ile Çatalzeytin'e koştu. Onları kaybettiği sıra ile beybabası Terzi Hasan'ın, annesi Sümer'in, anneannesi Fatma'nın ve babası Avni'nin mezarlarını dolaştı. Hepsinin başında durdu ve: "Geldim!.." dedi. "Bakın, size ne getirdim!.." Sonra Yargıtay'ın 2020/3031 sayılı gerekçeli kararını açtı, yüksek sesle onlara şu satırları okudu:

"... *Örgütsel bağı kesin olarak ortaya konamayan sanığın, suç işleme karar ve iradesine katıldığının kanıtlanamadığı...*

Suçun işlenişine icrai bir hareketle iştirak etmediği hususunda tartışma bulunmadığı, bilakis, yukarıda yer verilen davranışlarıyla kalkışmanın karşısında durduğu ve başarıya ulaşmaması için de kendi birliği üzerinde gerekli tedbirleri alması nedeniyle...

Sorumluluk bölgesi olan Zonguldak/Karadeniz Ereğli'de darbenin icrai hareketleri bağlamında değerlendirilebilecek bir olayın da yaşanmadığının anlaşılmasına...

Darbeye teşebbüs fiilinin öğrenilmesinden itibaren savunma ve ortaya koyduğu tavırlar ile darbe suçuna iştirak ettiğine dair emare bulunmadığı gibi...

Tanık olarak dinlenen İlçe Kaymakamı ve Belediye Başkanı'nın anlatımlarına göre, sanığın darbe karşıtı olduğu, yasa dışı emre uymayacağı yönünde irade açıklamasında bulunduğu..."

Öte âleme göçmüş büyüklerine bu haberi verebilmekten kaynaklanan derin bir iç huzuru kapladı yüreğini. Dualarla yâd etti hepsini. "Huzur içinde uyuyun..." dedi: "Yavaş oluyor, ama oluyor..."

Çatalzeytin'de, doğduğu evde birkaç gün vakit geçirdiler, Yargıtay kararını ahbapları, akrabaları ile paylaştılar. Belediyenin Sahil Caddesi boyunca koyduğu salıncaklı ve uçsuz bucaksız Karadeniz manzaralı kameriyelerden birisinde -eve en yakın olan- tek başına oturduğu bir gece yarısında şöyle yazdı:

"Bakma, dolanırım ya adam gibi,
Karalar çalındı şanıma benim...
Nerelerden düştüm, gördüm en dibi,
Felek bıçak vurdu canıma benim...

Temmuz ayı idi, bir meşum gece!
Soysuzlar bastı meydanı gizlice.
Ben de bir yol tuttum kendi kendimce,
Tezgâhlar kuruldu önüme benim...

Ben ki, böyle bir utancı görmüşüm,
Ne fark eder yaşamışım, ölmüşüm?
Hainlerin arasında kalmışım;
En çok bu dokundu kanıma benim...

Bahriye nerede, yoldaşım hani,
Cümlesi terk etti, unuttu beni.
Gelip geçti nice dostun kervanı,
Birisi durmadı hanıma benim…

Eşkıya kim, neden çullandı, kime?..
Hedef ben mi oldum bu zalim kine?
Atıp yedi kapının taa dibine,
Üç nöbetçi kondu yanıma benim…

Ben de görüp bildim, neymiş, feleği,
Artık üç gün huzur getirse, iyi!
Düşe kalka geçtim altmış seneyi,
Daha ne kaldı ki sonuma benim?..

Daha sonra Ankara'ya döndü ve Yargıtay kararları ışığında, davasının Zonguldak'ta yeniden görülmesini beklemeye başladı.

***

İki Hasan, Deniz Lisesi sınavlarına giriş için İstanbul'da, 1977

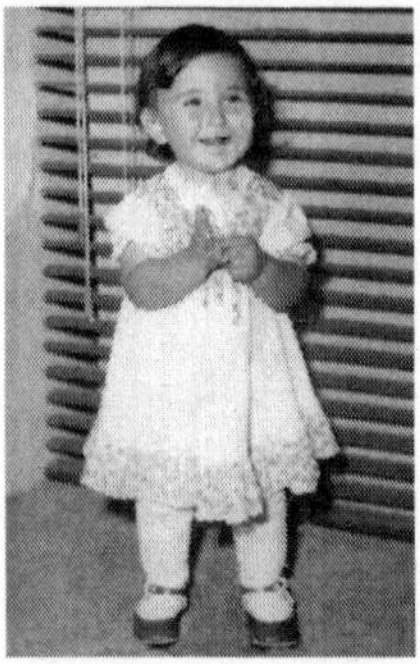

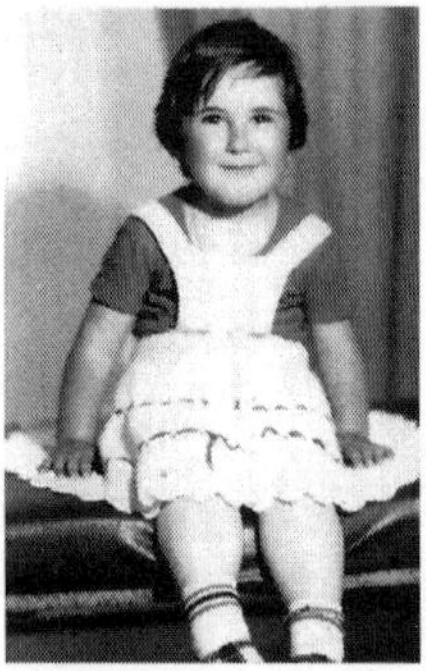

Son torun Cansu, 1978 ve 1979

Canan ve Cansu, Karabük'te, 1979

Terzi Hasan dükkanda, makine başında, 1980'ler

İki Hasan. Hasan'ın Deniz Harp Okulu'nda yemin töreni sonrasında, İstanbul, Eylül 1980

İki Hasan ve Fatma, aynı tören sonrasında, Eylül 1980

Terzi Hasan ve Fatma, 1980'ler

Hasan ve Canan, Validebağ Sağlık Meslek Lisesi önünde, 1981

Teğmen Hasan, Çatalzeytin, Eylül 1984

Cansu, Ada vapurunda, ağabeyinin mezuniyet töreninden dönüyor. 31 Ağustos 1984

Teğmen Hasan, mezuniyet töreninde annesinin elini öpüyor. 31 Ağustos 1984

Terzi Hasan ve en küçük torun Cansu, 1984

Terzi Hasan ve Fatma, 1986

Cansu, 23 Nisan Bayramı'nda şiir okuyor, Çatalzeytin, 1986

Teğmen Hasan, Çatalzeytin'de düğünde, 1986

TCG Uluçalireis Muhabere Subayı Tğm.Hasan köprüüstü vardiya nöbetinde, 1986

Canan ve arkadaşları, TCG Uluçalireis'e ziyarette, Gölcük, Mayıs 1987

Üsteğmen Hasan, ve denizaltıcı erler, TCG I.İnönü, Kdz. Ereğli, 1988

Canan ve anneannesi Fatma, Çatalzeytin, 1996

Avni, Hasan ve kızlar. Soldan sağa; Cansu, Nalan ve Canan.
Çatalzeytin, 2009

Tuğamiral Hasan, Dumlupınar Denizaltısı Şehitlerini anma töreninde. Gelibolu, Çanakkale, 4 Nisan 2012

Çanakkale Boğaz Komutanlığında, Ağustos 2011

Tuğamiral Hasan, Dumlupınar Denizaltısı Şehitlerini anma töreninde. Gelibolu, Çanakkale, 4 Nisan 2012

Karina
Yayınevi

www.karinakitap.com